A. D. GARRETT

# Ihr letzter Blick



GOLDMANN
Lesen erleben

*Buch*

Während eines dreimonatigen Sabbaticals in St. Louis, Missouri, stößt DCI Kate Simms nicht nur überraschend auf ihren unliebsamen Exmentor, Professor Nick Fennimore, sondern auch auf die Spur eines Serienkillers, der es auf junge Mütter und deren Kinder abgesehen hat. Im Nachbarstaat Oklahoma wird zur gleichen Zeit die Leiche einer Frau aus einem See geborgen – auch von ihrem Kind fehlt jede Spur. Als das gemeinsame Muster deutlich wird, beginnt für Simms und Fennimore die fieberhafte Jagd nach dem Killer. Ein Killer, der gebrochene Frauen wählt – Exjunkies, Missbrauchsopfer, Prostituierte –, der den Blick seiner Opfer nicht erträgt und dessen Mission noch längst nicht beendet ist …

*Autor*

A. D. Garrett ist das Pseudonym der preisgekrönten Thriller-Autorin Margaret Murphy und des renommierten Forensik-Professors Dave Barclay. »Ihr letzter Blick« ist nach »Schnittmuster« das zweite Buch der Autoren im Goldmann Verlag.
Weitere Informationen unter: http://www.adgarrett.com/

# A. D. Garrett

# Ihr letzter Blick

Thriller

Übersetzt
von Claudia Franz

GOLDMANN

Die Originalausgabe erschien 2014 unter dem Titel
»Believe No One« bei C&R Crime,
an imprint of Constable & Robinson, London.

Dieses Buch ist auch als E-Book erhältlich.

MIX
Papier aus verantwortungsvollen Quellen
FSC® C014496

Verlagsgruppe Random House FSC® N001967
Das FSC®-zertifizierte Papier *Holmen Book Cream* für dieses Buch
liefert Holmen Paper, Hallstavik, Schweden.

1. Auflage
Deutsche Erstveröffentlichung Januar 2016

Umschlaggestaltung: UNO Werbeagentur, München
Umschlagbild: FinePic®, München
Redaktion: Babette Leckebusch
LT · Herstellung: Str.
Satz: DTP Service Apel, Hannover
Druck und Bindung: GGP Media GmbH, Pößneck
Printed in Germany
ISBN: 978-3-442-48385-3
www.goldmann-verlag.de

Besuchen Sie den Goldmann Verlag im Netz

Dieses Buch
ist den Ermittlern und Freiwilligen weltweit gewidmet,
die sich mit allen Kräften darum bemühen,
vermisste Kinder wiederzufinden und in
Sicherheit zu bringen.

## Die Ermittler

**Missouri**

Methodenaustausch-Team, St Louis, Missouri
Detective Greg Dunlap (Police Department East St Louis)
Detective John Ellis (Police Department St Louis)
Detective Valance (Police Department St Louis)
Special Agent Dr Detmeyer (Psychologe des FBI)
Detective Chief Inspector Kate Simms (Greater Manchester Police, Großbritannien)
CSI Roper (Kriminaltechniker des Police Department St Louis)

**Oklahoma**

Sheriff's Office des Williams County
Deputy Sheriff Abigail Hicks
Sheriff Launer
Professor Nick Fennimore (britischer Forensiker)
Dr Janine Quint (Rechtsmedizinerin in Tulsa)

**Aberdeen, Schottland**

Josh Brown (Fennimores Doktorand)

## US-Datenbanken und Organisationen

AFIS
Automated Fingerprint Identification System – Automatisiertes Fingerabdruckidentifizierungssystem

CODIS
Combined DNA Index System – DNA-Datenbank des FBI

CPS
Child Protective Services – Jugendschutzbehörden vieler amerikanischer Bundesstaaten

DHS
Oklahoma Department of Human Services – Jugend- und Familienbehörde von Oklahoma

IACCI
International Association of Cold Case Investigators – Internationale Organisation der Ermittler unaufgeklärter Fälle

IHIA
International Homicide Investigators' Association – Verband amerikanischer Mordermittler

LEO-Portal des FBI
Law Enforcement Online – Online-Forum der amerikanischen Polizeibehörden

NamUs

National Missing and Unidentified Persons System – die Datenbank der Vereinigten Staaten für vermisste und nicht identifizierte Personen

NCIC

National Crime Information Centre – zentrale Datenbank der Vereinigten Staaten zur Sammlung unterschiedlichster Informationen, die zur Kriminalitätsbekämpfung beitragen können; Einrichtung des FBI

NCMEC

National Centre for Missing and Exploited Children – Nationales Zentrum für vermisste und ausgebeutete Kinder

OSBI

Oklahoma State Bureau of Investigation – FBI-Ableger des Bundesstaats Oklahoma

Team Adam

flexible Einsatzgruppe von pensionierten Polizisten, die bei der Suche nach vermissten Kindern und bei Familienzusammenführungen helfen

ViCAP

Violent Criminal Apprehension Program – Datenbank des FBI, die Informationen über schwere Verbrechen sammelt, um mögliche Verbindungen zu anderen Verbrechen zu signalisieren.

# Prolog

Wenn es etwas gibt, das ein Bauer aus Oklahoma wirklich schätzt, dann ist es Wasser.

Lance Guffeys Großvater hat den Schwarzen Sonntag überlebt, den 14. April 1935. Das war auch der Tag, an dem Lance' Vater geboren wurde. Außerdem war es der Tag, an dem Amerika einen der verheerendsten Staubstürme dieser Zeit erlebte. Viele Millionen Morgen guten Mutterbodens wurden von den Farmen im Westen hinweggefegt, fielen wie Vulkanasche auf die Städte östlich der Great Plains hinter den Rocky Mountains nieder, wehten fünfzehntausend Meilen weiter zum Atlantik und verdunkelten den Himmel über Washington.

Oklahoma hat bitter bezahlt, hat seine Lektion aber gelernt. Nach dem Dust Bowl, den Jahren der verheerenden Staubstürme, wurden dort mehr Seen angelegt als in irgend einem amerikanischen Bundesstaat sonst. Allein in jenem Jahr hob Lance' Großvater zwei Bewässerungsteiche aus. Als Lance zehn war, hatten sie bereits fünf, jeder bis zu einem Morgen groß. Lance' Vater hatte ihm mal erzählt, dass seine Haut bei den wochenlangen Erdarbeiten die rostrote Färbung des Lehms annahm, von den Fingerspitzen bis hinauf zu den Ellbogen. Da der Lehmboden wegen seines Eisengehalts nach Blut roch, haftete ihm ständig der Geruch des Todes an.

Im Moment roch das Land nach duftendem Gras und Sonnenschein; bald würden sie zum ersten Mal Heu ernten. Im Frühjahr hatte es ein paar Mal ordentlich geregnet, aber seit zwei Wochen war es staubtrocken. Da die Temperaturen jetzt, Anfang Mai, bereits auf dreißig Grad geklettert waren, würde man jeden Tropfen Teichwasser brauchen. Es war einer der kleineren Bewässerungsteiche, dem Lance sich in diesem Moment näherte. Im Sturm der letzten Nacht war eine alte Kanadische Schwarzpappel umgestürzt und lag nun quer über der flachen Böschung. Bei großer Hitze suchte sein Vieh diese Stelle auf, um sich zu suhlen, und so bestand die Gefahr, dass eine Kuh über einen im Schlamm versunkenen Ast stolpern konnte.

Lance Guffey betrachtete den mächtigen alten Baum. Der Sturm hatte ihn entwurzelt, und er lag zerknickt und geborsten auf etlichen Quadratmetern Weideland. Die schimmernden Blätter verloren bereits an Glanz. Das Wurzelwerk ragte drei Meter über den Boden hinaus, eine große, flache Scheibe – blutrot wie eine Nachgeburt –, die einen Krater von fast zehn Metern Durchmesser in den Boden gerissen hatte. Guffey kratzte sich am Kopf, ging ein Stück links um den Baum herum, dann ein Stück rechts und dachte darüber nach, welche Äste er zuerst absägen und wie er den Stamm zerlegen sollte, um ihn fortschaffen zu können. Dann kehrte er zu seinem Traktor zurück und holte die Kettensäge. Drei Stunden später hatte er unter den Augen seiner kleinen Herde Black-Angus-Rinder die zugänglichen Teile kleingesägt und machte sich daran, den Stumpf aufs Trockene zu ziehen.

Die Frau hatte in dem weichen Schlamm des Teichs überwintert. In den Oktoberstürmen waren Böen in die Kanadische Schwarzpappel gefahren, hatten Schwaden feinen Schlicks von der Sandbank herübergetrieben und die Frau in ihrem Schlammnest vor Raubtieren geschützt. Fünf Monate hatte sie gewartet, was nicht viel war im großen Plan des Lebens, diesen langen Jahren des universellen Daseins. Fünf Monate waren nicht einmal genug, um Getreide reifen zu lassen oder ein Kind auszutragen. Die Frau war selbst noch ein Kind gewesen, als sie einen Sohn geboren hatte. Im Juni hätte er mit ihr seinen zehnten Geburtstag feiern sollen, aber er hatte zu viel gesehen und durfte nicht weiterleben; er war verschwunden, als sie verschwunden war. In ihren letzten, von Schmerz und Angst und Verwirrung erfüllten Momenten hatte sie gehofft, an einen besseren Ort zu kommen, als es die Erde bislang für sie gewesen war.

Klirrende Ketten und schnappende Haken wühlten den Schlamm auf und ließen, wie frisches Blut, Rinnsale aus rotem Lehmwasser emporsteigen. Die roten Fäden erreichten die Grenze zwischen Wasser und Luft und bildeten Schlieren, die wie wabernder Rauch hinter Glas aussahen. Ein Haken schlug in eine Astbeuge und den massiven Stamm der Schwarzpappel; ein Zweigbüschel mitsamt seinen pfeilförmigen Blättern pflügte durch den Schlamm und grub unter, was sich ausgesät hatte, wo es nicht wachsen konnte.

Lance Guffey hatte den Schwefelgestank verwesender Blätter und den blutigen Eisengeruch des Lehms in der Nase, bis plötzlich der Geruch des Todes seinen Farmerinstinkt weckte. Nervös schaute er sich um, schaltete dann den Motor ab, sprang vom Traktor hinunter und zählte sein Vieh, weil er befürchtete, dass sich eine seiner Jungkühe in den herabhängenden Ästen des Baums verfangen haben könnte. Aber die Herde war vollständig. Träge das harte Präriegras wiederkäuend, beobachteten sie ihn und warteten darauf, dass er seine Arbeit beendete, damit sie sich im Teich abkühlen konnten.

Einen Zipfel seines Hemds auf Mund und Nase gedrückt, trat er an den Baum heran und sah plötzlich ein

Stück Haut, das im Gewirr der Zweige kaum zu erkennen war. Der Körper schien in Blätter und Tang gekleidet zu sein, wie die Nymphen in den Märchen, die er seinen Töchtern immer vorgelesen hatte. Das Wasser, das an den wachsartigen Blättern der Schwarzpappel haftete, reflektierte die Sonne und blendete ihn, aber er konnte genug erkennen, um sicher zu sein, dass dies hier keine Wassernymphe war.

# 1

Wahnsinn ist, immer wieder das Gleiche zu tun und andere Ergebnisse zu erwarten.

Einstein

**Aberdeen, Schottland**

Nick Fennimore starrte auf die ungelesene E-Mail in seinem Postfach, und sein Mund wurde trocken. Der Betreff lautete: ›Ist das Ihre Tochter?‹

Unwillkürlich zuckte seine Hand. Er zwang sich, langsamer zu atmen und die E-Mail genau zu studieren. Er musste wie ein Wissenschaftler denken, nicht wie ein Vater. Die Mail hatte einen Anhang. Solche Nachrichten hatte er schon häufiger bekommen – meist von kranken, sadistischen Menschen, denen es ein Vergnügen bereitete, andere zu quälen. Sie waren auf der Facebook-Seite, die er im Namen seiner Tochter angelegt hatte, gepostet worden. Diese Mail hier war die erste, die direkt an seine Uni-Adresse geschickt worden war. Der Absender hieß ›anon67912‹ und hatte ein Hotmail-Konto.

Fennimore ließ sein Virenprogramm über Mail und Anhang laufen: keine Trojaner, Spyware oder Viren. Dann klickte er die Mail an. Sie enthielt keine Nachricht, nur den Betreff und den Anhang. Er wischte sich den kalten Schweiß von der Unterlippe und öffnete mit einem Doppelklick den Anhang.

Ein Mädchen. Einfach nur ein Mädchen. Sie war schlank

und wirkte ernst. Neben ihr ging ein Mann. Er schien älter zu sein als sie – Mitte dreißig, schätzte Fennimore. Der Mann war untersetzt und trug einen Anzug. Dunkles Haar, volle Lippen, eher unauffällig. Fennimores Blick wurde wieder von dem Mädchen angezogen. Konnte das Suzie sein?

Er öffnete eine Bilddatei, die er kreiert hatte: seine Tochter im Alter von zehn bis fünfzehn Jahren. Die Bilder waren etwas veraltet, da seine Tochter bald schon sechzehn wurde. Sollte sie noch leben. Die Statistik sprach dagegen. Die Statistik besagte, dass Suzie vor fünf Jahren gestorben war, kurz bevor oder nachdem ihre Mutter ermordet worden war. Aber in dieser Sache hatte Fennimore nie wie ein Wissenschaftler denken können, immer nur wie ein Vater.

Nun starrte er wieder auf die E-Mail, und seine Finger schwebten über der Tastatur. *Das ist doch der helle Wahnsinn*, dachte er. *Sicher ist das nur einer dieser Verrückten.* Trotzdem klickte er auf den Antwort-Button und tippte: ›Bitte rufen Sie mich an.‹ Er fügte seine Büro- und seine Handynummer hinzu und klickte auf ›Senden‹.

Er verkleinerte die mit Photoshop bearbeiteten Bilder seiner Tochter und schob sie neben das Foto aus der E-Mail. Seine Vorstellung von einer fünfzehnjährigen Suzie zeigte ein Gesicht, das vor Gesundheit strotzte und jederzeit gerne lächelte. Das Mädchen aus dem Anhang hingegen wirkte düster; es blickte vor sich hin, als würde es an etwas anderes denken. Fennimore fragte sich, was der Mann wohl zu ihr sagen mochte. Sie schien im selben Alter zu sein wie Suzie und hatte – wie Suzie – dunkle Haare und braune Augen. Allerdings trug sie ein knielanges, braun-oranges Kleid, das in der Taille gegürtet war, ein winziges Täschchen über dem Unterarm, das ihre schmale Silhouette betonte, und High Heels. Fennimore schüttelte gedankenverloren den Kopf – kaum möglich, seinen Wildfang von einer Tochter in dieser anmutigen jungen Frau wiederzuerkennen.

Ein Tonsignal riss ihn aus seinen Betrachtungen: eine neue Nachricht im Posteingang. Schnell maximierte Fennimore die Outlook-Maske, wo ihn aber nur eine automatische Antwort erwartete: anon67912 existierte nicht mehr.

Er öffnete die ursprüngliche Mail, und ein paar Mausklicks später scrollte er bereits durch ihre Eigenschaften. Sicher war sie über einen anonymen Server gekommen – nur ein Anfänger würde eine solche Mail von einer ungeschützten IP-Adresse senden –, aber er musste es wenigstens versuchen. Erstaunlicherweise war die IP-Adresse aufgeführt, mitten zwischen dem Wust an Buchstaben und Zahlen. Sie konnte ihm den Standort des Absenders verraten, und so wuchs seine Aufregung, als er mithilfe von WHOIS die IP-Adresse zurückverfolgte und den Provider fand.

Ihm entfuhr ein leiser Fluch: Sie war als privat blockiert. Der Provider könnte ihm den Standort des Absenders verraten, aber das würde er nicht tun – nicht ohne richterliche Anordnung. Fennimore musste sofort an Kate Simms denken, die für ein paar Monate auf der anderen Seite der Welt lebte, in den Vereinigten Staaten. Aber nicht einmal sie würde auf einer derart schmalen Basis eine richterliche Anordnung bekommen.

Wieder betrachtete er das Foto. Das war einfach nur eine Jugendliche, die mit einem älteren Mann eine sonnige Straße entlangging. Sie hielten einen Abstand von gut dreißig Zentimetern. Das Mädchen ging rechts, nah an einer nackten Wand entlang; Fenster waren nicht zu sehen. Die Linke des Mannes war auf Taillenhöhe angehoben, als zeige er auf etwas, während das Mädchen eher zerstreut wirkte. Daran war nichts schlimm, nichts verdächtig. Warum suchte er in dem jungen Gesicht also nach Zeichen des Kummers? Und selbst wenn er fündig würde, könnte es nicht eine harmlose Erklärung geben – eine bevorstehende Prüfung oder panische Angst vor einem Zahnarzttermin?

*Aber wenn das alles so harmlos wäre, warum sollte jemand die beiden beobachten, sie fotografieren und dir das Bild schicken?* Wer auch immer das Foto geschickt hatte, er hatte sich die Mühe gemacht, Fennimores Uni-Adresse herauszufinden. Dies war eine Botschaft an ihn persönlich.

Er starrte das Bild so lange an, dass er, als er endlich wegschaute, die Silhouette des Mädchens und des Mannes im grauen Himmel vor seinem Bürofenster sah. Er blinzelte, um das Nachbild zu verscheuchen, und schaute noch einmal mit einem frischen Blick auf das Foto. Ein harter Schatten verlief zwischen dem Mann und dem Mädchen, als würden sie zu verschiedenen Tageszeiten über verschiedene Bürgersteige gehen.

Später würde er noch die Messgrößen des Mädchengesichts mit denen seiner Tochter vergleichen: Augenabstand; Position der Ohren im Verhältnis zum Augenlid; Größe, Form und Position von Nase und Mund. Das Ergebnis wäre nur eine Annäherung, zumal die Gesichtserkennungssoftware ihm auch nicht weiterhelfen konnte, da sein simuliertes Bild von einer alternden Suzie ebenfalls nur eine Annäherung war. Für einen exakten Vergleich müsste er außerdem wissen, aus welcher Distanz und welchem Winkel das Foto gemacht worden war. Es schien leicht in der Aufsicht aufgenommen zu sein – von einer Brücke herab vielleicht? Fennimore suchte nach einem entsprechenden Hinweis und entdeckte dicht an der Wand ein kleines rundes Element. Nachdem er das Foto mit Photoshop geöffnet hatte, zoomte er den Bereich heran. Es sah aus wie eine dunkelgrüne Metallkuppel an einem Bügel – vielleicht eine Straßenlaterne. War das Bild also tatsächlich von einer

Brücke aus aufgenommen worden? Vielleicht stieg die Straße aber auch an, während der Bürgersteig geradeaus weiterführte. In einiger Entfernung hinter den beiden Gestalten sah man – das Nummernschild von einer Mauer verdeckt – die Rückseite eines weißen Kastenwagens mit einer Rolltür, auf die jemand einen schwarzen Schnörkel gesprüht hatte.

Sein Blick wurde wieder von dem Gesicht des Mädchens angezogen. Suzie oder eine vollkommen fremde Person? Unmöglich zu sagen. Das Kleid und das gestylte Haar waren nur schwer mit der Suzie zu vereinbaren, die mit dem Skateboard durch die Gegend gesaust war. Plötzlich packte ihn eine große Aufregung: Der Unfall! Einmal hatte sich Suzie beim Üben eines neuen Tricks übel den Kopf aufgeschlagen. Die Wunde – ein kleiner diamantförmiger Fleck an ihrer linken Schläfe – hatte gerade erst zu heilen begonnen, als sie verschwand. Würde der Fleck nach all den Jahren noch zu sehen sein? Er griff zur Maus und zoomte das Gesicht heran. Bei starker Vergrößerung konnte man erkennen, dass dieser Teil des Bildes verschwommen war. Vielleicht hatte die Kamera gewackelt, vielleicht war auch just in dem Moment, als der Fotograf auf den Auslöser gedrückt hatte, der Wind ins Haar des Mädchens gefahren. Es fiel ihr in die Stirn und war dann nach links gekämmt. War das Absicht, um die Narbe zu kaschieren? Der Schatten, den die Haare warfen, und die verschwommene Stelle ließen nicht erkennen, ob es da irgendetwas zu verbergen gab. Fennimore erhöhte den Helligkeitsgrad und spielte mit dem Kontrast. Eine Stunde dauerte es, bis er schließlich etwas zu erkennen vermeinte – eine kleine diamantförmige Stelle.

Er musste die E-Mail zu ihrer Quelle zurückverfolgen. Es war sieben Uhr abends, wie er mit einem Blick auf die Uhr feststellte. Das IT-Team hatte längst Feierabend gemacht; seine Nachforschungen würden also bis morgen warten müssen. Auch die Heizung hatte sich schon vor ein paar Stunden abgestellt, und die Temperaturen im Gebäude für Biowissenschaften sanken in den Keller. Anfang Mai in Aberdeen konnte sich anfühlen wie Februar. Er sollte heimgehen und sich ausruhen, aber das war unmöglich.

*Kaffee*, dachte er. Und dann würde er sich den biometrischen Daten widmen.

# 2

**East St Louis, Illinois**

Detective Chief Inspector Simms schaute aus dem SUV und sah Meilen um Meilen ausgebrannte Häuser, zugenagelte Wohnungen, verlassene Fabriken und unbebaute, mit Bäumen und Gestrüpp überwucherte Grundstücke an sich vorüberziehen. Auf dem Brachland sammelte sich der Schutt an, und der Müll auf der Straße türmte sich am Stacheldraht und an den verrosteten Bauzäunen zu wilden Haufen auf. Dies war East St Louis, Illinois – eine eigene Stadt, obwohl sie nur zwei Fahrminuten von St Louis, Missouri, auf der anderen Seite des Mississippi entfernt lag.

Simms nahm für drei Monate an einem Methodenaustauschprogramm der Polizei von St Louis teil. Ihre Aufgabe war es, ungeklärte Fälle neu aufzurollen und britische Ermittlungsmethoden und Arbeitsprozesse weiterzugeben. Die Association of Chief Police Officers – der britische Verband der polizeilichen Führungskräfte von England, Wales und Nordirland – bezahlte ihr Gehalt und das eines Kollegen von der Kriminaltechnik; außerdem übernahm der Verband die Beratungshonorare für Professor Varley, einen forensischen Psychologen, mit dem Simms im vergangenen Jahr zusammengearbeitet hatte. Die amerikanische Seite des Austauschprogramms bestand aus Kollegen aus St Louis, Missouri: Detective Ellis, einem Mann mit steinerner Miene, militärischem Haarschnitt und unverblümten Manieren, Detective Valance, einem jungen Detective mit kindlichen Zügen, und CSI Roper, einem großen, hyperaktiven Kriminaltechniker. Die psychologische Perspektive auf amerikanischer Seite kam mit Dr Detmeyer ins Spiel; er arbeitete als Psychologe bei der Behavioral Analysis Unit des FBI, der Abteilung für Verhaltensanalyse. Schließlich gehörte noch Detective Dunlap zum Team, ein grauhaariger Afroamerikaner Anfang fünfzig, der die Mordkommission von East St Louis, Illinois, vertrat. Seine Teilnahme hatte er mit den Worten kommentiert: »Unsere beiden Bundesstaaten pflegen einen freien Austausch von Verbrechen, warum sollten die Guten nicht auch ihre Kräfte austauschen?«

Simms betrachtete durch die Windschutzscheibe die Szene der Verwüstung. Zurzeit ermittelten sie in einem ungeklärten Mordfall und waren auf dem Weg zum Tatort in East St Louis. Alle trugen kugelsichere Kleidung, auch Simms und die Kriminaltechniker. Einen der SUVs steuerte Greg Dunlap, der Detective aus East St Louis. Er hatte eine leise Stimme und ein trauriges Gesicht, aber wenn er einen Raum betrat, war ihm die allgemeine Aufmerksamkeit gewiss.

»Vorhin im Präsidium habe ich die Adresse auf Google Maps gesucht«, sagte Simms. »Es hat mich gewundert, dass es gar keine Street-View-Bilder gibt.«

Detective Dunlap schien nicht überrascht. »Ich würde mich auch nicht mit einer teuren Kameraausrüstung in diese Gegend wagen«, sagte er. »Die meisten Menschen rasen mit hundert Sachen hier durch, da würden die Bilder ganz schön verwackeln. Allein im letzten Jahr hat es in East St Louis achtundzwanzig Morde gegeben, und das bei nur siebenundzwanzigtausend Einwohnern.«

»Keine erfreuliche Statistik«, sagte Simms.

Er nickte. »Was East St Louis an Masse fehlt, das macht es an finsterer Entschlossenheit wett. In der Mordstatistik können wir es glatt mit Baltimore aufnehmen.«

Eine Weile fuhren sie schweigend weiter. Simms fand es schwer, diese desolate Landschaft mit der lebendigen Stadt auf der anderen Seite des Mississippi in Einklang zu bringen. »Was ist hier nur passiert, Greg?«, fragte sie und dachte insgeheim: *Ausschreitungen, Tornado, Krieg.*

»Die Handwerksbetriebe sind pleitegegangen oder in Bundesstaaten mit Steuervergünstigungen oder besserer Rohstoffversorgung umgezogen. Es gab mal ein Sprichwort: ›Wenn du in East St Louis keinen Job findest, dann findest du nirgendwo einen.‹ Das ist allerdings schon lange her. Jetzt müssen die Kids, die sich das College selbst finanzieren, bis in die Einkaufszentren von Fairview Heights fahren, um einen Job zu finden. Die öffentlichen Schulen versagen, und die meisten Kinder verlassen die Schule ohne Bildung, ohne jede Aussicht auf Arbeit und ohne einen Funken Anstand im Leib.« Er schüttelte den Kopf. »Gewalt und Kriminalität sind die einzige Möglichkeit, wie Jungs sich hier beweisen können.«

Er schwieg und nickte nachdenklich, fast schwermütig. »Das war nicht immer so. *Steam Boat Willie,* einer der ersten Micky-Maus-Filme, ist hier entstanden, und Miles Davis kommt auch von hier. Barbara Ann Teer ist ein paar Blocks weiter aufgewachsen – die Gründerin des National Black Theatre in Harlem. Es gibt eine lange Liste von bedeutenden Afroamerikanern, die irgendeine Verbindung zu East St Louis hatten.«

»Sind Sie auch hier aufgewachsen?«, erkundigte sich Simms.

Er zog den Kopf ein, um das Gebäude, an dem sie gerade vorbeifuhren, in Augenschein zu nehmen. Es war eine Jugendhaftanstalt, ein großer viktorianischer Komplex, der mit einem Stacheldrahtzaun und Sperrdrahtrollen gesichert war. »Das war mal die Highschool.« Er nickte zum Parkplatz hinüber. »Unter dem Parkplatz da ist der Fußballplatz, auf dem ich für ein Stipendium für die Universität St Louis ausgewählt wurde.«

Nun kamen sie an einem zugenagelten Haus vorbei. Auf eines der Bretter hatte jemand geschrieben: »Ich bin schwarz wie du. Ich bin arm wie du. Aber du bist hier eingebrochen und hast mir alles genommen, was ich hatte.«

Eine halbe Meile später bogen sie in eine Siedlung des sozialen Wohnungsbaus ein. Die zwei- und dreistöckigen Häuser, die sich Block um Block aneinanderreihten, befanden sich in einem derart desolaten Zustand, dass man sie genauso gut abreißen konnte.

Mitten auf einer Brachfläche saßen auf klapprigen Stühlen und von Ratten zerfressenen Sofas eine Gruppe von Männern und Jungen. Die Köpfe der Männer, die hinter ihren Wrap-around-Sonnenbrillen gar keine Augen zu haben schienen, drehten sich langsam mit, als der Wagen der Polizei von East St Louis und die beiden zivilen SUVs vorbeifuhren.

Wie auf ein verabredetes Signal hin sprangen die Jungen auf, verschwanden hinter den Ecken und in den Gebäuden und stimmten ein ganzes Konzert von Schreien und Pfiffen an.

Vor einem dreistöckigen Gebäude blieb der Konvoi stehen. Simms wusste aus den Akten, dass man es 2010 zum Abriss freigegeben hatte. Aber dann war der Stadt das Geld ausgegangen, und man konnte nicht einmal mehr die heruntergekommensten Häuser abreißen, diese Sammelplätze für Hausbesetzer, Drogendealer und ihre Kunden.

»Sie bleiben in meiner Nähe, Chief, okay?«, sagte Dunlap.

Es widerstrebte Simms, sich »Chief« nennen zu lassen, aber sie hatte schnell begriffen, dass es die Amerikaner mit offiziellen Titeln sehr ernst nahmen. »Okay, Detective«, sagte sie daher.

Dunlap wartete, bis seine Kollegen von der East St Louis Police aus ihrem Streifenwagen ausgestiegen waren, und verließ dann seinen SUV. Fünf Streifenpolizisten waren es und ein uniformierter Sergeant, der Dunlap die Hand gab.

»Gehen Sie ruhig hinein«, sagte der Sergeant zu Dunlap und Simms. »Wir kümmern uns um die Wagen.«

»Diese Leute hier würden sich doch sicher nicht an Polizeiautos vergreifen, oder?«, fragte Simms.

»Vor einigen Jahren haben ein paar Typen direkt vor dem Rathaus das Radio aus dem Wagen des Polizeipräsidenten gestohlen«, sagte Dunlap mit einem verhaltenen Lächeln. »Das war verdammt peinlich. Jetzt lassen wir es nicht mehr drauf ankommen.«

Der Sergeant schaute Dunlap mit gerecktem Kinn an. »Kommen Sie klar da drin?«

»Wir schlagen uns schon durch«, sagte Dunlap und schaute an ihm vorbei. »Passen Sie vor allem auf sich selbst auf.«

Auf dem brachliegenden Gelände hatte sich bereits eine kleine Menschenmenge angesammelt.

Elleesha Tate war siebzehn gewesen, als sie starb. Eine Zeit lang hatte ihr Zuhälter unter Mordverdacht gestanden, aber er hatte ein Alibi, und seine DNA war nicht an ihrem Körper gefunden worden. Bis zum heutigen Tag war niemand für die Tat zur Verantwortung gezogen worden.

Auf den ersten Blick schien es nicht sehr wahrscheinlich, dass man den Mord an Elleesha Tate noch aufklären konnte. Die Regeln, nach denen man ungeklärte Fälle wiederaufrollte, waren jenseits des großen Teichs nicht wesentlich anders als in Großbritannien. In beiden Ländern arbeitete die Polizei mit Checklisten, und obwohl sich die Fragen geringfügig unterschieden, bevorzugten sowohl die amerikanischen als auch die britischen Ermittler Fälle, in denen es eine hohe Wahrscheinlichkeit gab, dass der Täter noch lebte. In den Worten von Detective Ellis: »Wir bringen Übeltäter gerne hinter Schloss und Riegel, und einen toten Mann kann man nicht belangen.«

Die endgültige Entscheidung für oder gegen einen Fall hing allerdings von der Wahrscheinlichkeit seiner Aufklärung ab. Als sie ein paar Tage zuvor um den Konferenztisch herumgesessen und die Pros und Kontras in diesem Fall erwogen hatten, war Detective Ellis davon überzeugt gewesen, dass der Mord an Elleesha Tate vermutlich unaufgeklärt bleiben würde.

»Sie war Crystal-Meth-abhängig und hat ihre Sucht durch Prostitution finanziert. An dem Tag, als sie starb, hatte sie eine Menge Männerbesuch – allerdings nicht gerade Typen, die Schlange stehen, um eine Zeugenaussage zu machen.« Er hielt inne, um sein gestärktes weißes Hemd wieder in die Hose zu stecken. »Sie wurde mit dreißig Messerstichen getötet, und trotzdem hat die Polizei von East St Louis keinerlei Spuren gefunden, auch kein Blut – außer ihrem eigenen natürlich, davon gab es reichlich. Das Sperma in ihr war eine wilde Mischung und insofern unbrauchbar.«

Simms überflog die Checkliste, die vor ihr lag. Ellis hatte recht: Elleesha war kein Fall, den man noch einmal wieder aufrollen sollte.

»Außerdem hattet ihr Jungs den Täter ja schon«, sagte Ellis und nickte zu Dunlap hinüber, dem Detective aus East St Louis. »Nur dass ihr sein Alibi nicht entkräften konntet.«

»Ich kann mich an den Fall erinnern«, sagte Detective

Dunlap. »Allerdings habe ich den Zuhälter nie für einen überzeugenden Verdächtigen gehalten.«

Plötzlich rührte sich der FBI-Psychologe, als wäre er aus einem Traum gerissen worden. »Da kann ich nur zustimmen. Zuhälter setzen Grausamkeit und Angst eher ein, um Kontrolle auszuüben. Es ist wesentlich wahrscheinlicher, dass Elleesha von einem Kunden umgebracht wurde.« Dr Detmeyer kam von der Abteilung 4 der Verhaltensanalytiker des FBI, die auch für das ViCAP zuständig war – die Datenbank des FBI, in die Informationen über schwere Verbrechen eingespeist wurden. Er musste es also wissen.

»Chief Simms, was denken Sie?«, fragte Dunlap.

»Ich schließe mich der Mehrheit an«, sagte Simms. »Obwohl ...« Das Wort war ihr entschlüpft, bevor sie sich auf die Zunge beißen konnte.

»Reden Sie weiter«, forderte Dunlap sie auf. Für britische Gepflogenheiten schien das amerikanische Team erstaunlich nicht-hierarchisch zu sein, und so nahm Dunlap oft die Rolle des offiziellen Sprechers ein.

»Sie wissen doch, wie das ist – der Tatort erzählt eine ganz eigene Geschichte und stellt sie in einen Kontext.« Simms wurde bewusst, dass sie Nick Fennimore paraphrasierte, und riss sich am Riemen. An Fennimore wollte sie jetzt ganz bestimmt nicht denken. »Okay, Elleesha erfüllt nicht einmal die Hälfte der Kriterien auf der Liste. Aber das Gebäude könnte abgerissen werden, bevor jemand die Chance bekommt, sich noch einmal dort umzuschauen. Selbst wenn wir nichts Neues finden, wäre das doch ein willkommener Anlass, unsere Vorgehensweise am Tatort zu vergleichen.«

»Damit ihr uns zeigen könnt, wie man das ›richtig‹ macht, was?« Detective Ellis malte Anführungszeichen in die Luft, und das Leinen seines blütenweißen Hemds knarzte wie Segeltuch in einer frischen Brise.

»Hey, nun mal langsam, Ellis«, meldete sich Valance zu Wort, der jungenhafte Detective mit den blauen Augen. Er hatte sich die Haare kurz scheren lassen, vermutlich, um härter zu wirken, dachte Simms. Tatsächlich betonte die Frisur nur die Sanftheit seiner Züge.

»Ist schon okay«, sagte Simms. »Es ist doch ein guter Moment, um Klartext zu reden.« Sie sah sich am Tisch um und blickte jedem einzeln in die Augen. »Die britische Polizei hat dank der Sparmaßnahmen über siebentausend Frontsoldaten und zwölftausend sonstige Mitarbeiter verloren. Wir müssen lernen, effizienter zu arbeiten – während ihr es mit einer größeren Menge an Mordfällen zu tun habt. Eigentlich sind wir hier, um Erfahrungen auszutauschen und uns im Zuge der Arbeit ein paar Tipps und Tricks abzugucken.«

Ellis wirkte durchaus beschämt, entschuldigte sich aber nicht.

»Was tun wir also?«, fragte Dunlap mit seiner warmen, vollen, vernünftigen Stimme. »Ein frischer Blick?«

Valance nickte enthusiastisch. Roper sagte: »Ich bin dabei.« Detmeyer behielt alle im Blick.

»Was haben wir schon zu verlieren?«, sagte Simms. »Bestenfalls ein paar Stunden.«

»Man kann mehr verlieren als nur Zeit, wenn man nach East St Louis fährt«, knurrte Ellis.

Das leise Lachen am Tisch provozierte ein Stirnrunzeln bei ihm. »Ich meine das verdammt ernst.« Ellis wies mit dem Kinn zu Dunlap hinüber. »Dunlap, Sie sollten das wissen.«

»Ja«, sagte Dunlap. »Ich weiß es.« Er dachte ein paar Sekunden nach. »Aber ich würde sagen, einen Blick ist es wert.«

Die Treppe roch nach Schimmel und verbranntem Plastik

»Crystal Meth«, sagte Dunlap.

In den letzten zwanzig Jahren war Methamphetamin zum Fluch der Innenstädte und der ländlichen Gemeinden gleichermaßen geworden. Laut Statistik kostete die Meth-Abhängigkeit die Vereinigten Staaten bis zu fünfzig Milliarden Dollar im Jahr.

Als er das Treppenhaus hochschaute, die Hand an der Pistole, fügte Dunlap hinzu: »Vermutlich sind sie abgehauen, als man ihnen geflüstert hat, dass die Bullen da sind. Wir sollten trotzdem vorsichtig sein.« Die Etagen waren wie leergefegt. Als sie den dritten Stock erreichten, wo Elleesha gewohnt hatte, blieb Detective Ellis an der Tür stehen, um Wache zu halten, während alle anderen hineingingen.

Lampen oder Strom gab es nicht, und die Bretter vor den Fenstern verhinderten, dass Licht hereinfiel, aber die Kriminaltechniker hatten innerhalb kürzester Zeit drei batteriebetriebene LED-Lampen aufgestellt.

»Die Tapete ist abgerissen worden«, sagte Simms, als sie die Tatortfotos mit den taubengrau verputzten Wänden verglich.

»Die Wohnung wurde jemand anderem zugewiesen, nachdem die Kriminaltechnik hier fertig war«, erläuterte Dunlap. »Man hat die Tapete abgerissen, die Wände angestrichen und die Türen lackiert.«

»Im Polizeibericht steht, dass der Angriff im Bett begann«, sagte Simms.

»Das Bett stand an dieser Wand hier.« Paul Roper, der Kriminaltechniker von der Polizei St Louis, zeigte auf die Wand schräg gegenüber vom Fenster. Er war groß und drahtig und schien von einer nervösen Energie getrieben. »Sie ist in der Ecke dort verblutet, zwischen Bett und Fenster.«

»Die Verteidigungswunden ließen darauf schließen, dass

sie sich gewehrt hat«, sagte Simms. »Vielleicht hat sie sich vom Bett gerollt, um dem Täter zu entkommen.«

Roper ging zur Wand, die Vergrößerung eines Tatortfotos in der Hand. »Es ist viel arterielles Blut herausgespritzt und herabgetropft«, sagte er.

Simms betrachtete das Bild. An Wand, Fenster und Fensterbank hatte sich in großen Bogen das Blut verteilt. Dazwischen sah man Tropfen, die augenscheinlich nicht dazugehörten, sondern vom Messer herabgetropft waren, wenn der Mörder die Hand zurückgezogen und zum nächsten Stich angesetzt hatte.

»Aber dieser hier fällt aus dem Rahmen«, sagte der Kriminaltechniker und zog mit der Spitze des kleinen Fingers einen Kreis um einen Tropfen auf dem Foto.

»Inwiefern?«, fragte Ellis von der Tür her. Es war heiß in dem Gebäude. Sein Hemd hatte seine gestärkte Frische verloren und klebte ihm am Leib. Er sah aus, als lebte er mit sich und der Welt nicht mehr im Einklang.

»Eine Menge Blut wurde verspritzt, wo die Frau gelegen hat.« Roper zeigte auf ein paar tränenförmige Blutstropfen auf dem Bild. »Da der Täter immer wieder mit dem Messer zugestochen hat, folgen andere Blutstropfen der Bewegungsrichtung der Hand.« Er reichte das Bild herum und machte die Bewegung des Messers und des herabtropfenden Bluts nach. »Ein paar Tropfen sehen aus, als würde das Messer zurückgezogen, manche zeigen in die andere Richtung, genauso wie man es erwarten würde.« Nun nahm er Valance das Bild wieder aus der Hand. »Dieser Tropfen aber wirkt, als wäre er direkt von oben herabgefallen.« Er zeigte auf einen einzelnen Fleck, der wie ein umgekehrtes Ausrufezeichen aussah.

»Vielleicht ist er hochgespritzt, dann wieder herabgefallen und auf der Wand gelandet«, spekulierte Dunlap.

Der Kriminaltechniker wirkte skeptisch »Das ist mehr ein Klecks als ein Spritzer, was auf eine geringe Geschwindigkeit hindeutet.« Mit einer blitzschnellen Bewegung beugte er sich vor, um das Foto an die entsprechende Stelle im Raum zu halten. »Das Fußende des Bettes stand ungefähr … hier.« Er deutete mit der Handkante eine Linie an und trat einen Schritt zurück. »Elleeshas Leiche lag in der Ecke am Kopfende des Bettes.«

Die Fotos zeigten die größte Konzentration von Blutspuren und Spritzern unter dem Fenster und in der Ecke, wo Elleesha sich gewehrt und um sich getreten und der Messerklinge zu entkommen versucht hatte. Der Blutstropfen, für den Roper sich interessierte, befand sich über einen Meter vom Fußende des Bettes entfernt.

»Dieser Blutstropfen war mindestens drei Meter vom Ort des Angriffs entfernt. Warum?«

»Weil es anstrengend ist, dreißig Mal ein Messer in Fleisch und Muskeln zu rammen.« Das waren die ersten Worte, die sie vom FBI-Psychologen vernahmen, seit sie das Gebäude betreten hatten.

Alle drehten sich zu ihm um.

FBI Special Agent Dr Detmeyer machte selten den Mund auf, aber Simms hatte das Gefühl, dass er unentwegt mit sich selbst sprach. Er war schlank, Anfang fünfzig und von mittlerer Größe; sein Blick war durchdringend und seine Bewegungen schnell und präzise. In drei großen Schritten war er in der Ecke, beugte sich vornüber und tat so, als würde er zustechen. »Elleesha hört auf, sich zu wehren, während sie langsam verblutet, und er tritt einen Schritt zurück, um Luft zu schöpfen. Vielleicht wankt er ein wenig.«

»Oder sein Fuß verfängt sich in der Bettwäsche«, sagte der junge Valance mit leuchtendem Gesicht.

Der FBI-Psychologe musterte ihn, bis er beschämt errötete.

»Nein, nein«, sagte Dr Detmeyer, »das war eine gute Idee. Er wankt also – oder verfängt sich in irgendetwas – und hält die Messerspitze nach unten, während er ums Gleichgewicht ringt.« In einer typischen Geste des Erschreckens fuhr er mit beiden Händen nach hinten, als hätte er Angst umzufallen. »Ein Tropfen Blut rinnt an der Messerspitze herab und tropft langsam von oben an die Wand. Eine Blitzattacke, das Opfer wehrt sich, das Blut wird überall verspritzt«, fuhr der Psychologe fort. »Blut ist glitschiges Zeug – man sieht oft Schnitte an den Händen von Angreifern, wo sie am Messer ausgerutscht sind.«

Simms verspürte eine gewisse Erregung. »Wir könnten es also mit dem Blut des Täters zu tun haben?«

»Einem *Foto* vom Blut des Täters«, korrigierte Ellis über die Schulter. »In diesem Bereich hat man keine Blutspuren gesichert. Die Tapete ist fort. Es gibt nichts mehr, das man sicherstellen könnte.«

Simms betrachtete das Foto im Licht der LED-Leuchten. Eine dünne, bräunliche Blutspur zog sich von dem Tropfen, der dem Kriminaltechniker aufgefallen war, die Wand hinab. Das Foto in der Hand, ging sie in die Hocke, glich es mit der Position des Fensters ab, schätzte die Länge des Bettes und versuchte zu ergründen, wo das Blut an der Wand herabgetropft sein könnte.

An der betreffenden Stelle fand sich der Hauch eines Schattens an der Fußleiste. »Können wir bitte ein Licht an diese Stelle bekommen«, sagte sie.

Eine der LED-Lampen wurde umgesetzt, und dann sahen es alle: den schmalen Spalt zwischen der Wand und der Fußleiste. Einer nach dem anderen richteten sie sich wieder auf, scharten sich um das Foto von dem Blutstropfen, blickten zwischen dem Bild und der Wand hin und her und stellten jeder seine eigenen Überlegungen an.

Irgendwann ging Simms hin und presste die Wange flach an die Wand. Man reichte ihr eine Taschenlampe, und sie leuchtete in den Spalt hinein. »Wenn ich mich nicht irre, sehe ich da einen bräunlichen Fleck«, sagte sie. »Könnte Blut sein.«

»Es gibt nur eine Möglichkeit, das herauszufinden, scheint mir«, sagte CSI Roper mit einem Grinsen im Gesicht und war bereits auf dem Weg zur Tür. »Ich hol dann mal die Motorsäge aus dem Wagen.«

# 3

Schätzungsweise zweiundvierzig Prozent der Ehen in England und Wales enden mit einer Scheidung.

Die britische Statistikbehörde ONS, 2012

**St Louis, Missouri**

Die Verlegerin lächelte. Sie nahm jedes einzelne Exemplar von *Glückssachen und schlechte Statistiken* in die Hand, schlug die Titelseite auf und steckte den Schutzumschlag hinein, damit Fennimore es bequem signieren konnte.

Als die letzte Traube von Fans den Saal verließ, stellte sie fest: »Sie haben wirklich ein interessantes Publikum, Professor. Es ist ungewöhnlich, dass junge Männer mit einem … nun … akademischen Hintergrund dieselbe Veranstaltung besuchen wie …« Sie deutete mit dem Kinn auf eine Gruppe junger Frauen, die sich schüchtern umdrehten, um ihm noch einmal zuzuwinken.

»Sie hätten also nicht gedacht, dass ein populärwissenschaftliches Werk sowohl Fachidioten als auch Fangirls interessieren könnte?«

Sie runzelte die Stirn und drückte den Rücken durch, und ihm wurde bewusst, dass er sie gekränkt hatte. Das wunderte ihn. »Fachidioten« war seines Erachtens keine Beleidigung – er war schließlich selbst einer. Und »Fangirl«? Viele Leute schrieben ihren Namen auf einen Zettel, um sicherzugehen, dass der Autor die korrekte persönliche Widmung in ihr Exemplar schrieb. Aber nur Fangirls schrieben auch noch ihre Telefonnummer dazu. Und Fennimore hatte ein halbes Dutzend Telefonnummern in der Jackentasche.

Da er wusste, dass es ihm an der nötigen sozialen Kompetenz mangelte, um etwas Versöhnliches zu sagen, sagte er lieber gar nichts. Die Verlegerin beschäftigte sich derweil damit, die Restexemplare zu zählen und auf einen Stapel zu legen.

Die Buchhändler, die sich über die bisherigen Verkaufszahlen freuten, kamen und erkundigten sich, ob es ihm etwas ausmachen würde, auch noch die restlichen Exemplare zu signieren. Prompt kehrte das Lächeln ins Gesicht der Verlegerin zurück.

Er ließ den Blick durch den Buchladen schweifen, weil er immer noch die Hoffnung hegte, Kate Simms mit einem süffisanten Lächeln an einem der Regale lehnen zu sehen. Er hatte ihr eine E-Mail geschrieben, dass er in St Louis war – ob sie sich nicht treffen wollten. Sie hatte nicht einmal geantwortet. Seit sie den letzten gemeinsamen Fall abgeschlossen hatten, war sie nicht mehr ans Telefon gegangen, wenn er angerufen hatte, und seine E-Mails hatte sie mit großer zeitlicher Verzögerung in einem ziemlich geschäftsmäßigen Tonfall beantwortet. Seinen jüngsten Versuchen, per SMS Kontakt aufzunehmen, war auch kein Erfolg beschieden gewesen, sodass er sich sogar an den Leiter ihrer Abteilung in St Louis gewandt hatte, damit er ihr etwas ausrichtete. Daraufhin hatte Kate seine E-Mail mit vagen Ausflüchten beantwortet – sie stecke bis zum Hals in Arbeit, aber man würde hoffentlich vor seiner Rückreise noch einen Kaffee trinken können. Einen Kaffee! »Hoffentlich«, immerhin. Wenigstens hatte sie ihn nicht aufgefordert, zum Teufel zu gehen, und so hatte er ihr eine Karte für die Lesung zukommen lassen.

Fennimore sollte in ein paar Wochen beim Jahrestreffen

der IHIA, der International Homicide Investigators' Association in St Louis sprechen – dem Verband amerikanischer Mordermittler –, und seine amerikanische Verlegerin hatte ihn gefragt, ob er nicht ein paar Autogrammstunden und Lesungen einschieben könne. Da die Sommerferien ins Haus standen und er noch Stunden guthatte, lag es nahe, frühzeitig in die Vereinigten Staaten aufzubrechen und die Sache etwas gemächlicher anzugehen. Die IT-Abteilung seiner Universität hatte die anonyme E-Mail nicht zurückverfolgen können, worauf er auf Suzies Facebook-Seite eine Nachricht gepostet hatte, dass sich anon67912 doch bitte bei ihm melden möge. Bislang hatte er nichts gehört. Das Foto war vielleicht eine Spur, aber er würde Kate Simms' Hilfe benötigen. Das war der eigentliche Grund dafür, dass er seinen Doktoranden Josh Brown gebeten hatte, seine Sommerseminare zu übernehmen, und die bittere Kälte der »Granitstadt« Aberdeen gegen die schwüle Feuchtigkeit von St Louis, Missouri, eingetauscht hatte. Er hatte sich sogar darum gekümmert, bei der Polizei von St Louis ein paar Vorträge halten zu dürfen, aber seine Bemühungen hatten nichts gefruchtet. Kate ging ihm aus dem Weg.

Im Taxi auf dem Weg zum Hotel bekam er eine SMS. Kate: »Sorry, konnte nicht weg. Ich hoffe, es lief gut.«

Er wählte sofort ihre Nummer, und sie ging – kleines Wunder – tatsächlich dran.

»Dir sei vergeben«, sagte er. »Wenn du mit mir essen gehst.«

»Ich kann nicht.«

»Natürlich kannst du.« Es war so schön, ihre warme Stimme zu hören. Selbst wenn sie ihm einen Korb verpasste, stieg sofort seine Laune und erfüllte ihn mit neuer Energie. »Nun komm schon, Kate – ich zahle auch. Wir gehen ins Dominic's on the Hill. Dort gibt es das beste italienische Essen in ganz St Louis. Sag, wo du bist, dann hole ich dich ab.«

Als sie nichts erwiderte, dachte er schon, er habe sie am Wickel. Dann sagte sie allerdings: »Das wäre keine gute Idee, Nick, das weißt du selbst.«

»Was? Ich möchte doch nur essen – jeder muss mal essen.«

»Du willst mich nicht verstehen.«

»Ist es wegen Kieran?« Ihr eifersüchtiger Idiot von einem Ehemann. »Weil …«

»Nein«, ging sie dazwischen. »Lass Kieran aus dem Spiel. Es geht um mich – *ich* will es nicht.«

Im ersten Moment verschlug es ihm die Sprache. Als er seine Stimme wiederfand, sagte er: »Ich brauche deine Hilfe, Kate.«

Eine Pause, dann: »Suzie?«

»Ja«, sagte er. »Ich denke … ja.«

Das Schweigen, das nun folgte, machte deutlich, dass sie immer noch unter den desaströsen Folgen ihrer Entscheidung litt, als er sie zum letzten Mal um Hilfe gebeten hatte. Als sechs Monate nach dem Verschwinden seiner Frau und seiner Tochter die Leiche seiner Frau aufgetaucht war, hatte ihm Simms, die damals Detective Sergeant gewesen war, Zugang zu Erkenntnissen und Beweismitteln aus den Ermittlungen verschafft. Als Betroffener hätte er niemals auch nur in die Nähe dieser Informationen gelangen dürfen. Unter der Hand hatten sie gemeinsam Tausende von Pfund aus dem Budget der Crime Faculty verbrannt und den Ermittlern ins Handwerk gepfuscht. Kate war von der Crime Faculty geflogen und beruflich jahrelang auf der Stelle getreten. Allerdings hatte sie immer beteuert, dass sie ihre Entscheidung nicht bereue, und in seiner gnadenlosen, schamlosen und vollkommen einseitigen Fixierung auf das, was er von ihr wollte, vertraute Fennimore darauf, dass sie das ehrlich meinte.

»Okay«, sagte sie schließlich. »Ich komme dorthin.«

Das Dominic's on the Hill war sehr beliebt bei der Polizei von St Louis, und so saß an einem Zwölfertisch in der Mitte des Speisesaals bereits eine Gruppe Polizisten. Mit zweien von ihnen hatte Fennimore schon zusammengearbeitet, andere hatte er bei einem seiner Vorträge kennengelernt. Sie luden ihn ein, sich zu ihnen zu setzen, aber er lehnte ab, begab sich stattdessen zu einer Nische im hinteren Teil des Restaurants und behielt nervös die Tür im Blick.

Als zehn Minuten später Kate Simms hereinkam, musste er sich am Tisch festhalten, um nicht aufzuspringen. Für Polizisten konnte jeder Blick zum Anlass für Spekulationen werden, und Klatsch konnte sich schnell zu einem handfesten Skandal ausweiten. Kate war in die Vereinigten Staaten gegangen, um genau das zu vermeiden, also blieb er sitzen und bemühte sich um einen gleichmütigen Blick. Die Kollegen schauten trotzdem – wie sollte es auch anders sein? Kate war braungebrannt und durchtrainiert und trug eine schlichte weiße Bluse und marineblaue Chinos. Als er sie zum letzten Mal gesehen hatte, war ihr Haar kurz und fransig gewesen; jetzt war es wieder gewachsen und hing ihr glatt und glänzend auf die Schultern hinab. Einer der Polizisten fing seinen Blick auf und grinste. Fennimore runzelte die Stirn, schüttelte Kate demonstrativ die Hand und bot ihr förmlich einen Platz an. Simms spielte mit.

»Kollegen?«, sagte sie leise, als sie ihm gegenübersaß. »Wie schön.«

»Tut mir leid. Das hatte ich nicht bedacht.«

Ihr Blick besagte, dass sie nichts anderes erwartet hatte.

»Wie läuft es daheim?«, fragte er, um das Schweigen zu

brechen, das sich zu einer unangenehmen Stille auszuwachsen drohte. »Becky muss mitten in den Prüfungen für die Highschool stecken.«

»Oh, Becky haben die Hormone voll im Griff. Teenager werden von dem Prüfungsstress ja schier umgebracht. Oder von der Langeweile. Oder von beidem gleichzeitig.«

»Klingt anstrengend«, sagte er.

»Sie wird sich schon wieder bekrabbeln, wenn die Prüfungen erst einmal vorbei sind und sie nach London flüchten kann, um ihre alten Schulfreunde wiederzusehen.« Die Familie war nach Nordengland umgesiedelt, nachdem Kates Zeit bei der London Metropolitan Police mit einem Paukenschlag geendet war.

»Und Tim?«, fragte er zögerlich. Fennimore hatte erst im vergangenen Jahr von Kates fünfjährigem Sohn erfahren. Simms musste schwanger geworden sein, bevor er selbst nach Schottland zurückgeflogen war, aber sie hatte sich zu dieser erstaunlichen Koinzidenz nur ausweichend geäußert.

»Tim wickelt seine Großmutter um den kleinen Finger«, sagte Simms mit einem liebevollen Lächeln. »Kieran ist der Einzige, der ihm etwas sagen darf. Tim ist ein Vater-Sohn.«

»Kieran kommt also gut ohne dich zurecht?«

»Nun, Mum ist ja da. Und Kieran …« Ein seltsames Leuchten trat in ihre Augen, und er wartete, dass sie weiterredete. Nach einer Weile riss sie sich zusammen und rang sich ein Lächeln ab. »Kieran geht vollkommen in seinem neuen Job auf.«

»Schön.« Das eigentümliche Leuchten blitzte noch einmal in ihren Augen auf, während ihr Daumen über ihren Ehering strich. Irgendetwas bereitete ihr Sorgen. Als das Lächeln in ihrem Gesicht erlosch, hakte er nach: »Oder etwa nicht?«

»Ja«, sagte sie. »Sehr schön.«

Fennimore schaute in das sanfte Braun ihrer Augen.

Wenn Kate Simms wütend oder amüsiert war, blitzten bernsteinfarbene Funken darin auf, aber das hier war anders. Komplizierter. Er wünschte, er hätte bessere Menschenkenntnis, aber Simms hatte ihm hinreichend oft bescheinigt, dass ihm auf diesem Gebiet der Sinn für Feinheiten fehlte. Klar, ausweichendes Verhalten und irgendwelchen Blödsinn erkannte er sofort, dazu war er zu sehr Wissenschaftler. Ging man davon aus, dass alle logen, durfte man niemandem glauben und musste alles hinterfragen. Aber die subtileren Gefühle und nonverbalen Signale waren ihm ein Buch mit sieben Siegeln.

»Sehr schön?«, fragte er. »Gibt es da irgendetwas, das sich meinem Verständnis entzieht?«

»Das will ich hoffen«, sagte sie. »Sollen wir bestellen?«

»Okay. Möchtest du gleich zur Sache kommen?«

»Machen ein, zwei Stunden einen Unterschied?«, fragte sie.

»Nein«, sagte er, da es leider so war.

»Dann muss das, was du von mir willst, noch ein bisschen warten. Ich habe Heimweh und freue mich darauf, mit einem alten Freund zu sprechen.« Er vermeinte ein Glitzern in ihren Augen zu sehen, aber sie nahm einfach eine Serviette, faltete sie auseinander und fügte mit einem verhaltenen Lächeln hinzu: »Außerdem bin ich wild entschlossen, dir ein schönes Essen abzuluchsen, wenn ich schon dafür singen muss.«

Als sie nach dem Essen Kaffee bestellt hatten, zeigte er ihr einen Ausdruck von dem Foto. Kate holte tief Luft, nahm ihn und betrachtete das Foto. Fennimore erzählte ihr, dass er es von einem anonymen Absender bekommen hatte, und zwar von einem Konto, das extra zu diesem Zweck eingerichtet und dann sofort wieder gelöscht worden war.

Behutsam legte sie das Foto hin und schaute ihm ins Gesicht. »Nick«, sagte sie. »In all den Jahren hast du Unmengen von diesem Zeug bekommen. Wenn das Foto authentisch wäre – wenn der Absender es für authentisch halten würde –, hätte er dir Kontaktdaten geschickt.«

»Nicht, wenn er sich selbst damit kompromittiert.«

»Warum sollte er es dir dann überhaupt schicken?«

»Was weiß ich. Schuldgefühle, Sorge …«

»Grausamkeit?«, ergänzte sie die Aufzählung. »Was, wenn es sich einfach um einen der vielen Sadisten handelt, die Salz in die Wunde streuen wollen?«

»Kann schon sein«, sagte er. »Aber du musst zugeben, dass du auch dachtest, es sei Suzie.«

»Ja. Ich dachte, das Mädchen sieht ihr ähnlich. Aber nur im ersten Moment. Tausende von sechzehnjährigen Mädchen – Hunderttausende – dürften Suzie ähnlich sehen.«

»Das ist mir schon bewusst. Aber, Kate … Kannst du dich erinnern, dass Suzie diesen grässlichen Unfall hatte, ein paar Wochen, bevor sie …«, er stockte, »… verschwand?«

»Klar kann ich mich erinnern.« Suzie hatte die Bordstein-Tricks mit einem Skateboard geübt, das sie sich von Kates Tochter Becky ausgeliehen hatte.

Fennimore drehte das Foto zu sich um, suchte die Stelle mit der Narbe an der Schläfe und schob Simms das Bild wieder hin. »Siehst du?«

Sie betrachtete es. Als sie ihm wieder in die Augen schaute, erkannte er Mitleid und Trauer in ihrem Blick. »Ich sehe einen Schatten, Nick. Einen Schmutzfleck auf der Linse.«

»Genau deshalb brauche ich deine Hilfe.«

»Wozu?« Allmählich schien sie zu verzweifeln.

»Digitale Bildoptimierung«, sagte er. »Die Software habe ich, aber ich kann nicht damit umgehen. Wenn ich alles aus dem Bild herausholen könnte, hätte ich Gewissheit.«

Sie schüttelte den Kopf.

»Das Bild könnte Hinweise auf das Umfeld enthalten – Dinge, die mir entgangen sind …«

»Nein«, sagte sie. »Nein und immer wieder nein.« Sie hatte die Stimme erhoben, und die Polizisten am anderen Ende des Raums drehten sich zu ihnen um.

Sie wurde rot und senkte die Stimme wieder. »Du musst aufhören, dich selbst zu quälen. Ich dachte, du hast eine Spur, irgendetwas, mit dem ich arbeiten kann. Es tut mir leid, Nick, wirklich.« Sie kramte ihre Sachen zusammen und schlüpfte aus der Sitzecke heraus. »Ich wünschte, ich könnte dir helfen. Ich …« Sie hielt inne und holte tief Luft. »Eine schöne Reise noch«, sagte sie, drehte sich auf den Hacken um und verschwand.

Als er wieder in seinem Hotel war, ging Fennimore auf die Facebook-Seite seiner Tochter. Seine verschlüsselte Botschaft an den anonymen Absender war nicht beantwortet worden. Er las die neuesten Kommentare, löschte die Hassbotschaften und stellte den Rest in den öffentlichen Bereich. Dann kontrollierte er die drei E-Mail-Konten, die er eingerichtet hatte. Keinerlei Anzeichen für eine Antwort von ›anon67912‹. Auf einem seiner privaten Konten, dessen Adresse er den Teilnehmern einer Konferenz genannt hatte, fand er eine interessante Nachricht. Sie stammte von A. Hicks vom Sheriff's Office im Williams County. Die einzige A. Hicks, die er kannte, war Hilfssheriff in Oklahoma.

Deputy Sheriff Abigail Hicks. Fennimore war bereits im vorletzten Jahr in den Vereinigten Staaten gewesen, um an der Jahresversammlung der IHIA teilzunehmen, dem amerikanischen Verband der Mordermittler. Dort war er kurzfristig eingeladen worden, bei der Christian Laurie Conference in Mountain Home, Arkansas, ein Seminar zu halten. Wegen der fantastischen Fischgründe, der niedrigen Kriminalitätsrate und der preisgünstigen Immobilien war die Gegend ein beliebter Rückzugsort für pensionierte Polizisten. Die hatten es persönlich genommen, als eine junge Frau an einer Raststätte an der I-40 in der Nähe von Mountain Home ermordet worden war, hatten eine Stiftung gegründet und die nötigen Mittel gesammelt, um eine nach dem jungen Opfer benannte Konferenz zu organisieren. Die war mit einem geringen Budget veranschlagt worden, damit sie für die Teilnehmer erschwinglich sein würde: Deputy Sheriffs, Rechtsgehilfen und Kriminaltechniker aus den ländlichen Bezirken, die sich die Unkosten für die bombastischeren Konferenzen schlicht nicht leisten konnten. Deputy Hicks arbeitete im Sheriff's Office des Creek County. Sie hatte großen Eindruck auf Fennimore gemacht, weil sie Scharfsinn, Einfallsreichtum und Hartnäckigkeit unter Beweis gestellt hatte.

Ihre E-Mail war förmlich und zurückhaltend, was gar nicht zu der direkten, herzlichen Art passte, die er in Erinnerung hatte. Sie ermittele in einem Mord an einer jungen Frau, die von einem Farmer entdeckt worden sei, als er einen umgestürzten Baum aus einem seiner Bewässerungsteiche ziehen wollte, schrieb sie.

»Die Leiche wurde vom Schlamm begraben, als das Ufer abgerutscht ist. Der Farmer hat erklärt, dass der Teich zwischen November und März einfriere. In Anbetracht des Klimas und der geographischen Situation schätzt der Kriminaltechniker, dass die Leiche wahrscheinlich im späten Oktober oder frühen November ins Wasser geworfen wurde, kurz vor Einsetzen des Frosts. Die Leiche war gut erhalten, wegen der günstigen Kombination von Kälte und Schlamm, der sie davor bewahrt hat, von Tieren zerfleddert zu werden.«

Das las sich wie der Bericht eines jüngeren Studenten, und Fennimore fragte sich, ob Deputy Hicks ihre Fähigkeiten an ihm austestete. Sie war der Meinung, dass der Tod dieses Opfers mit einem anderen Mord in Zusammenhang stehen könne, der drei Jahre zuvor geschehen war.

Sie hatte ihre Handynummer hinzugefügt. Es war elf Uhr abends; als sie sich meldete, hörte er Countrymusik und laute Stimmen im Hintergrund.

»Professor!«, rief sie in ihrem gewohnt herzlichen Tonfall. »Wie geht es Ihnen? Bleiben Sie dran, ich geh mal raus.« Ein paar Sekunden später brachen Musik und Stimmengewirr plötzlich ab.

»Sie haben meine E-Mail also gelesen«, sagte sie. »Danke, dass Sie sich melden.« Er hörte förmlich das Grinsen in ihrer Stimme. »Werden Sie sich meinen Fall also anschauen?«, fragte sie so direkt, wie er sie in Erinnerung hatte.

»Kommt drauf an. Warum glauben Sie, dass er mit dem anderen Mordfall in Zusammenhang steht?«

»Beide Frauen wurden im Wasser gefunden, beide keine Meile von der I-44 entfernt, und beide hatten Reste von Klebeband im Haar.«

»Nun, Wasser eliminiert Spuren, weshalb es so beliebt für die Entsorgung von Leichen ist«, spöttelte er. »Die Interstate 44 ist eine sehr lange Straße, wenn mich mein Gedächtnis nicht trügt, und dass ein Mörder sein Opfer knebelt, ist auch nicht gerade ungewöhnlich.«

»Ist das eine Kostprobe vom berühmten britischen Sarkasmus?«, fragte sie. »Mir ist durchaus bekannt, dass Wasser Spuren eliminiert und Mörder ihre Opfer knebeln, vielen Dank, Professor. Und ich bin mehr als einmal von Wichita Falls, Texas, nach St Louis, Missouri, gefahren, um eine Vorstellung von der Länge der I-44 zu haben.«

Er lächelte, weil es ihm gefiel, dass sie sich von ihm nicht für dumm verkaufen ließ, obwohl sie etwas von ihm wollte. Bei ihren nächsten Worten schlug aber bereits sein wissenschaftlicher Sensor aus.

»Das Entscheidende ist aber: Für einen Knebel wurde der Klebstoff zu weit oben am Kopf gefunden. Ich vermute eher, dass den Opfern die Augen zugeklebt wurden.«

»Das ist in der Tat ungewöhnlich.« Er spürte, dass er bereits in die Geschichte hineingezogen wurde.

»Nicht wahr?«, sagte sie. »Warum sollte man jemandem die Augen zukleben, wenn man ihn töten will? Leichen quatschen schließlich nicht. Und warum sollte der Täter das Klebeband abschneiden, bevor er sich der Leiche entledigt?«

Er dachte darüber nach. »War das Opfer bekleidet oder unbekleidet?«

»Das Mädchen war nackt. Kein Schmuck, nichts.«

»Dann hat er offenbar alles Verräterische entfernt.«

»Klebeband – verräterisch?«, fragte sie.

»Nun kommen Sie schon, Deputy«, stichelte Fennimore. »Ich weiß, dass Sie schon einen intus haben, aber deshalb müssen Sie nicht Ihren Verstand ausschalten. Was, wenn es sich um eine neue Marke handelt oder um Spezialklebeband. Vielleicht ist das Gewebe irgendwie besonders oder die chemische Zusammensetzung des Klebstoffs.«

Ein *Mhm-mhm* war zu vernehmen, und er hatte das Gefühl, dass sie sich Notizen machte.

»Sie sagten, das Klebeband sei *abgeschnitten* worden?«, fragte er dann unvermittelt.

»Im rechtsmedizinischen Bericht stand, dass genau an der Stelle, wo sich die Klebstoffspuren befanden, das Haar des Opfers mit einem glatten Schnitt abgetrennt worden sei.«

»Man hat den Klebstoff natürlich analysieren lassen …«

»Er ist jetzt im Labor in Tulsa.«

»Dann ist die Sache ja klar. Sie müssen nur mit dem Rechtsmediziner sprechen und ihn bitten, ob …«

»Eilmeldung – nicht alle Mediziner sind Männer«, sagte sie. »Dr Janine Quint hat sich darum gekümmert.«

»Okay, dann bitten Sie eben Dr Janine Quint, die Proben von den beiden Opfern zu vergleichen. Wenn die chemische Zusammensetzung identisch ist, würde das Ihre Annahme stützen.«

»Das werde ich ganz bestimmt nicht tun. Erstens haben wir keine Vergleichsprobe vom ersten Opfer ...«

»Aber Sie sagten doch gerade, dass Klebstoff an beiden Leichen war.«

»Ist Ihnen klar, Professor, wie die Sheriff's Departments der verschiedenen Countys arbeiten?«

»Ich habe ein paar Mal *High Noon* gesehen.«

»In der Tat gibt es Leute, die behaupten, dass sich seither nicht viel verändert hat«, sagte sie kichernd. »Der Sheriff wird gewählt. Bezahlt werden er – meist ist es tatsächlich ein Er! – und seine Leute aus dem Steuertopf der jeweiligen Region. Wenn man nun in einem der ärmsten Countys der Vereinigten Staaten lebt, wo das Einkommen der Haushalte vierzig Prozent unter dem nationalen Durchschnitt liegt, wird das Budget der lokalen Ordnungskräfte gerne einmal zusammengestrichen.«

Sie schien sich vom Thema zu entfernen, aber das störte Fennimore nicht. Er mochte es, dass die Amerikaner weit ausholten, wenn sie etwas erklären wollten. Meistens bekam man spannende Geschichten zu hören, und die besten Geschichtenerzähler waren die Leute vom Land. Geschichten stellten Kontext her, und Kontext war alles in seiner Arbeit.

»In vielen Countys im Bundesstaat Oklahoma bekommen Deputy Sheriffs nur einen Schnuppervertrag über sechs Monate«, fuhr Hicks fort. »In diesem Zeitraum können Dumpinglöhne gezahlt werden, und man hat nicht einmal ein Anrecht auf eine Ausbildung. Nach Ablauf der sechs Monate ist das County verpflichtet, diese Leute im Rahmen des CLEET – des Council on Law Enforcement Education and Training – zu regulären Ermittlern auszubilden. Hat man diese Ausbildung absolviert, kann man den Amtseid ablegen und ein zertifizierter Ermittler werden – mit allen Befugnissen und einer Gehaltserhöhung.«

»Sicher wollen Sie mir jetzt erzählen, dass es die meisten Hilfssheriffs nicht über den Schnuppervertrag hinausschaffen, was?«

»Sie werden in den Dreck gespuckt wie saure Drops«, sagte sie. »Es gibt keine Kündigungsfrist und keine Abfindung. Manche geben auf und arbeiten lieber im Knast, wenn man sie dort nimmt. Sonst gehen sie zu Walmart.«

»Und manche ziehen zum nächsten County weiter?«

»So wie ich«, sagte sie.

»Und wo sind Sie jetzt?«, erkundigte er sich.

»Im Sheriff's Office im Williams County – mein fünftes Amt in drei Jahren«, antwortete sie. »Und in der ganzen Zeit habe ich nur einmal eine offizielle Fortbildung genossen, bei der Mountain Home Conference nämlich. Und die habe ich aus eigener Tasche bezahlt.«

Er grunzte anerkennend. »Das bedeutet also, dass regelmäßig bessere Hobbypolizisten an komplexe Tatorte geschickt werden und Beweise platttrampeln.«

»Ja, Sir, genau so ist es.«

Allmählich kamen sie der Sache näher. »Wenn ich mich mit einer weiteren Vermutung vorwagen darf, dann hat einer dieser Hobbypolizisten auch den Tatort des ersten Mords verwüstet.«

»Dieser Hobbypolizist war ich, Professor. Es war mein erster Mordfall. Ich habe Spuren am Tatort zerstört, wichtige Beweise vermasselt und einen Wahnsinnsärger mit der

Rechtsmedizin bekommen. Dort kann ich mich mit dieser Sache nicht blicken lassen, nicht in diesem Teil von Oklahoma, wo alle Autopsien in Tulsa durchgeführt werden. Zufällig arbeitet dort nämlich Dr Quint, die das erste Opfer obduziert hat.«

Fennimore schwieg. »Okay«, sagte er schließlich. »Ich kann nachvollziehen, dass Ihnen das widerstrebt. Vielleicht sollten Sie dann mit dem Staatsanwalt von Oklahoma sprechen.«

»Der ist ein Arschloch«, sagte sie. »Zu seinem Mitarbeiter könnte ich gehen, der ist in Ordnung, aber ich habe einfach nicht genug in der Hand.«

»Und deshalb haben Sie sich an mich gewandt. Ist Dr Quint denn wirklich so nachtragend? Vielleicht kann ich mal mit ihr reden. Sie ist in der besten Position, um ein paar zusätzliche Untersuchungen durchzuführen.«

Sie seufzte. »Professor, ich habe einen gewaltigen Fehler begangen, als ich die Leiche geborgen habe.« Eine Sekunde lang hörte man nur das Zirpen von Grillen und Heuschrecken, dann atmete Hicks deutlich hörbar aus. »Die Vorstellung, Ihnen von der Sache zu erzählen, bringt mich schier um, aber okay. Ich war Hilfssheriff im Creek County südwestlich von hier. Sechs Wochen war ich dabei und vollkommen grün hinter den Ohren. Das Opfer wurde von ein paar Anglern in einem Bach gefunden. Es hatte drei Tage und Nächte ununterbrochen geregnet. Wer auch immer die Leiche ins Wasser geworfen hat, hat sie nicht hinreichend beschwert, und so ist sie fortgetrieben und an einer Biegung des Baches ans Ufer gespült worden. Als ich dort eintraf, hatte es wieder zu schütten begonnen, und die Leiche wollte schon wieder davontreiben. Als ich darüber nachdachte, wie weit das Wasser sie wohl tragen würde, während diese Angler dastanden und darauf warteten, dass ich etwas unternahm, geriet ich in Panik. Das Sheriff's Office konnte ich nicht erreichen, und der Streifenwagen parkte eine Meile weiter weg. Ich hätte die Männer bitten sollen, mir zu helfen, sie an ein Boot zu binden oder in eine Plane zu wickeln – oder egal was zu tun, um die Spuren zu sichern. Tatsächlich aber sprang ich ins Wasser und zerrte sie einfach an Land.« Sie seufzte. »Was für ein dämlicher Anfängerfehler. Nicht einmal Fotos habe ich gemacht. All dieser Regen, das ansteigende Flusswasser, ich mit der Leiche …« Sie hielt inne, und wieder hörte er, wie sie lang und anhaltend Luft ausstieß. »Die Leiche war fast skelettiert. Sie wissen ja, wie das ist – in diesem Zustand zerfallen sie einem unter den Fingern, wenn man sie nicht richtig behandelt. Die Strömung brachte mich aus dem Gleichgewicht, ich stolperte …«

»… und Sie haben die Haare verloren, und mit den Haaren die Reste des Klebebands.«

»Wenn es nur das wäre … Ich verlor die Haare, den Kiefer und ein paar Halswirbel. Den Schädel konnte ich nur deswegen festhalten, weil ich … aber egal, das wollen Sie lieber nicht hören.«

Er sah es förmlich vor sich: Deputy Hicks, die wild im Wasser herumfuchtelte und nach allem grabschte, was sie mit ihren Fingern zu packen bekam – und ein menschlicher Schädel hatte nicht viel, woran man ihn festhalten konnte.

»Ich habe etliche Spuren vernichtet, aber der Klebstoff war noch da«, sagte sie.

»Das glaube ich Ihnen«, sagte er. »Haben Sie Ihrem Sheriff davon erzählt?«

»Sheriff Launer interessiert sich nicht dafür, wer in anderen Countys ermordet wird. Außerdem ist er überzeugt davon, dass der Schuldige in den hiesigen Wäldern zu suchen ist. Hier wohnen viele Familien, die früher mit schwarzgebranntem Schnaps gehandelt haben, jetzt aber auf Cannabis-Anbau umgestiegen sind oder Methamphetamin kochen. Der Sheriff ist überzeugt davon, dass unser Opfer über eine dieser Familien gestolpert ist oder seinen Dealer geärgert hat.«

»War die Frau denn Crystal-Meth-süchtig?«

»Es gibt ein paar Indizien dafür, aber sie hatte eine Entziehungskur hinter sich und schien zum Zeitpunkt ihres Todes auf dem besten Weg, ihr Leben in den Griff zu bekommen.«

»Aber Ihr Sheriff versteift sich auf seine Theorie?«

»Er stellt sich zur Wiederwahl, und Drogen sind ein gewaltiges Problem hier in der Gegend. Ich soll keine wilden Spekulationen anstellen, Professor, sondern lieber da draußen herumrennen, damit er seinen Wählern beweisen kann, dass er seinen Job macht.«

»Ich sehe nicht, wie ich Ihnen helfen kann, Abigail«, sagte Fennimore.

»Warum kommen Sie nicht her und werfen einen Blick auf die Sache?«

»Oklahoma ist nicht gerade um die Ecke.«

»Von St Louis nach Tulsa sind es höchstens dreieinhalb Stunden.«

»Woher wissen Sie denn, dass ich in den Staaten bin?«, fragte er. »Sind Sie eine Stalkerin, Deputy Hicks?«

Sie lachte. »Das steht auf der Website Ihres Verlags.«

Fennimores Verlag drängte ihn alle paar Monate, etwas aus seinem Leben preiszugeben, und er schickte ihnen die weniger sensiblen Daten. Allerdings hatte er sich die Website noch nie angeschaut und fragte sich auch nur selten, was dort über ihn berichtet wurde.

»Dem Terminkalender zufolge haben Sie heute Abend in St Louis Ihr Buch signiert«, fuhr Hicks fort. »Demnächst haben Sie ein paar Lesungen in Chicago und halten einen Vortrag auf dem IHIA-Kongress, aber dafür brauchen Sie vermutlich nicht mehrere Wochen. Ich gehe also davon aus, dass Sie Zeit haben. Es sei denn, Sie verfolgen eine geheime Mission.«

Simms war seine geheime Mission gewesen, aber da sie nun definitiv aus dem Spiel war, steckte er in St Louis fest und hatte viel Zeit. Wie er aus Erfahrung wusste, würde ihn das nur in Grübeleien versinken lassen.

»Sie angeln doch gern«, lockte sie ihn. »Wir haben hier unten wunderbare Fischgründe.«

»Fischgründe?«, sagte er. »Was für Fische?«

»Barsche und Welse. Auch den Blauen Sonnenbarsch.«

»Und Forellen?«

Sie schnalzte. »Oklahoma ist ein bisschen warm für Forellen«, sagte sie. »Aber es gibt wirklich viele Barscharten.«

Sie musste seine Enttäuschung spüren, denn sie fügte schnell hinzu: »Wer ein bisschen auf Zack ist, weiß aber, dass man bei Tahlequah im Cherokee County Forellen angeln kann. Es gibt ein paar eiskalte Bäche in der Nähe des Tenkiller-Staudamms, ungefähr eine Fahrstunde von meinem Sheriff's Office entfernt.«

*Dreieinhalb Flugstunden*, dachte Fennimore. Weniger, als wenn man mit dem Zug von Aberdeen nach London fuhr. In St Louis herrschten über dreißig Grad, und die Luftfeuchtigkeit war unerträglich. Landluft, kühle Bäche und Fliegenfischen waren eine verlockende Aussicht – zumal er Deputy Hicks als ziemlich hübsch und munter in Erinnerung hatte.

»Okay«, sagte er. »Überredet. Holen Sie mich morgen früh in Tulsa ab. Ich komme mit dem ersten Flug aus St Louis.«

# 4

**Schottland**

Das Opfer ist nackt auf einen Tisch geschnallt. Ihr Haar ist mausbraun, ihre Nase klein. Im Flügel des rechten Nasenlochs befindet sich ein Loch für einen Nasenstecker. Der Kopf ist in den Nacken gelegt, der Mund leicht geöffnet, sodass eine Reihe schadhafter Zähne sichtbar wird. Ihre Haut ist weiß und durchscheinend wie fettarme Milch, ihre Lippen schimmern bläulich. Die Augen kann man nicht sehen, weil sie mit Klebeband zugeklebt sind. Es ist zweimal eng um ihren Kopf gewickelt.

Ein Mann beugt sich über sie. Er ist groß und komplett schwarz gekleidet, von den roten Nitril-Handschuhen mal abgesehen. Sein Gesicht wird von einer schwarzen Skimaske bedeckt. Die roten Daumen in die Hosentaschen gesteckt, neigt er den Kopf zur Seite und denkt nach.

»Der Winkel stimmt nicht«, sagt eine Stimme hinter ihm. »Dreh die Kamera ein wenig nach links.«

Gehorsam geht der Maskierte zu seinem Laptop und justiert die Webcam, die über dem Bildschirm angebracht ist. »Okay?«

»Besser.«

Fergus seufzt und lehnt sich in seinem Sessel zurück, um sich das Ganze anzuschauen. Im Kamin prasselt ein Holzfeuer, während ein kalter Nordostwind den Eisregen gegen seine Fenster peitscht. Der Winter in Schottland ist noch nicht vorüber.

Über die Jahre hinweg hat er schon viele Videos bekommen und mit dem Fortschritt der Technik dann DVDs, aber immer hat er sich die Tötung zuerst in Echtzeit angeschaut. Die Aufnahmen wurden ungefähr einen Monat später in eine Dropbox hochgeladen. Bis zu den Zeiten von Skype hatten die beiden Männer das Live-Streaming der Tötungen an eine private URL-Adresse geschickt. Das Risiko war relativ gering, aber es bestand immer die Gefahr, dass ein Red Bull schlürfender Internetfreak, der permanent im Netz unterwegs war, über ihre Adresse stolpern würde. Mit der Erfindung von automatisierten Bots und Webcrawlern überschritt das Risiko dann die Grenze des Zumutbaren. Skype hatte allerdings auch seine Grenzen, da die Tonspur oft hinterherlief und das Live-Erlebnis beeinträchtigte. Gott sei Dank war er so vorausschauend gewesen, auf einer digitalen Backup-Kopie zu bestehen – nicht nur wegen der besseren Bildqualität, sondern auch, weil er sie mehrfach abspielen konnte. Fergus übertrieb es aber nicht, weil das Gesetz des sinkenden Grenzertrags auch hier griff: Egal wie aufregend eine Aufnahme sein mochte, wenn man sie zu oft ansah, verlor sie mit der Zeit ihre Wirkung. Selbst wenn es sich um das Ableben eines Mitmenschen handelte.

Im Moment schaut er auf einen neu erworbenen 55-Zoll-Breitbildfernseher mit High Definition, 9.2 Surround Sound System und Highspeed Internet. Zukünftig würde er in der Lage sein, die Aufnahmen per Skype direkt auf diesen gewaltigen Bildschirm zu bekommen, was dann hoffentlich auch die alles andere als perfekte Bildqualität wettmachen würde.

»Direkte Beleuchtung«, hört er sich selbst sagen, auch wenn er seine eigene Stimme nicht erkennt, da sie von der Stimmverzerrungs-Software unkenntlich gemacht wird. Aus den neuen Lautsprechern hat sie die hallige Qualität des Kino-Sounds – Darth Vader, der Befehle an einen Minion erteilt.

Gehorsam nimmt der Minion einen Lampenständer und richtet den Strahler auf das Gesicht der Frau, die aber nicht reagiert.

»Ist sie bewusstlos?«

»Warte.« Der Mann auf dem Bildschirm nimmt einen Fuß des Opfers und kratzt mit dem Fingernagel über die Fußsohle, von der Hacke bis zum Zeh. Der Zeh zuckt.

Dann schaut er in die Webcam. »Sie tut nur so.« Er spricht mit dem amerikanischen Akzent des Mittleren Westens, obwohl der ein oder andere vielleicht sagen würde, dass es nicht ganz authentisch klingt.

Er holt ein Teppichmesser heraus und drückt die kalte Klinge in die Haut unter ihren Augen. »Spinn nicht rum, oder ich steche zu«, sagt er. Blut hat es ihm angetan.

Er sticht nicht zu, da die Drohung ausreicht, um der Frau ein Wimmern zu entlocken. Der Klang ist unangenehm verzerrt, und Fergus nimmt sich vor, ein paar Einstellungen zu ändern, damit das beim nächsten Mal nicht passiert. Eigentlich wäre es sinnvoll, vorher einen Soundcheck zu machen, aber damit wäre sein Komplize vermutlich überfordert.

Sauer, weil er sich nicht entspannen und dem Moment hingeben kann, geht er zu der Stelle zurück, wo der Zeh zuckt, und lässt die Aufnahme noch einmal ablaufen.

»Wickel sie ein«, sagt er.

»Sie ist doch bereits gefesselt, Mann.«

»Ich sagte, ›wickel sie ein‹, du verdammter Idiot – *einwickeln.*« Der Mann mit der Skimaske schaut unsicher in die Kamera, und Fergus sagt: »Nimm die Rolle mit der Frischhaltefolie und wickel ihr das Zeug um die Brust.«

Das ist eine Novität. Fergus hat gelesen, dass man die

Brust gar nicht fest einschnüren muss, um Atemnot zu erzeugen; mit einfachen Mitteln das Heben und Senken des Brustkorbs zu behindern kann den gleichen Effekt haben.

»Vollständig einwickeln. Genau. Und jetzt tritt beiseite.« Der Mann ist allerdings nicht der Schnellste. »Raus aus dem Bild«, brüllt Fergus. »Ich will nichts mehr von dir sehen.« Den anderen herumzukommandieren ist Teil des Nervenkitzels.

Mit dem neuen Heimkinosystem hat es den Anschein, als wäre er mit ihr im selben Raum – als wäre er alleine mit dem Opfer. Ihre Brüste sind unter meterweise Frischhaltefolie plattgequetscht. Er dreht die Lautstärke auf und lauscht auf ihr Keuchen.

Mehr als einmal hatte er sich beschwert, dass er nichts hört, frustriert über die Grenzen der Technik und die räumliche Distanz zum Geschehen. Wenn er sich die Aufnahme jetzt noch einmal über die neuen Lautsprecher anhört, ist plötzlich alles ganz klar zu vernehmen. Sein Komplize flucht leise in sich hinein, und dann ist da das erregende Geräusch, wie die Frau röchelnd nach Luft ringt.

Der Folienwickel nimmt ihr die Bewegungsfreiheit und sorgt für einen erhöhten Angstpegel – was an sich schon aufregend ist –, aber sie atmet noch und ist immer noch bei Bewusstsein.

»Verdammt noch mal, ich sagte, du sollst sie eng einwickeln. Bekommst du eigentlich irgendetwas auf die Reihe?«

»Möchtest du es selbst machen?«

»Nein«, brüllt Fergus. »Ich möchte, dass du weniger wie ein Schwachkopf und mehr wie ein denkendes Wesen agierst.«

Der Mann lässt die Schultern sinken und ist offenbar verletzt. Als er wieder spricht, klingt es defensiv. »Das ist nicht meine Schuld. Dieses Material dehnt sich eben.«

»Bekommst du wirklich nichts auf die Reihe? Überhaupt nichts?«

Der Mann zuckt hilflos mit den Achseln. »Strammer geht es nicht.« Er schaut auf die Frau hinab, als wäre sie ein technisches Problem, für das seine Heimwerkerfähigkeiten nicht ausreichen.

In diesem Moment kommt Fergus eine Idee, und er diktiert sofort eine Einkaufsliste. Sein Opfer würde noch ein paar Stunden Schonzeit bekommen.

Eine Pause ist immer gut für den Prozess und sorgt für großen Spaß, wenn sie wieder zu sich kommen und registrieren, dass der Albtraum nicht vorbei ist. Wenn sie zu schnell klein beigeben und sich in ihr Schicksal fügen, sagt er dem Mann, dass er das Kind ins Spiel bringen soll. Das ist eine leere Drohung, da man sich der Kinder zu diesem Zeitpunkt längst entledigt hat, aber sie sorgt für einen Energieschub und bringt die Frauen auf vorbildliche Weise in Fahrt.

Zwei Stunden Vorlauf.

Auf dem Bildschirm sieht er nun, wie der Mann das Gerät aufbaut, das er im Baumarkt erworben hat. Es ist wunderschön. Sogar elegant in seiner Schlichtheit. Auf sein Kommando hin wird das Gerät zum Einsatz gebracht. Sie verliert das Bewusstsein. Sobald er es befiehlt, wird sie wiederbelebt, damit es von vorne losgehen kann. Er hört sich sagen: »Tu dies. Tu das«, weil er unentwegt darüber nachdenkt, was er verändern und verbessern kann – und wie er diesen groben Wüstling aus dem Bild bekommt.

Der Mann dreht der Kamera den Rücken zu. Seine Schultern heben und senken sich, und Fergus weiß, dass er sich nur mühsam beherrschen kann. Das langärmlige Baumwoll-Shirt ist unter den Armen und im Nacken dunkel vor

Schweiß. Unter den Lampen in der Todeskammer dürfte es siedend heiß sein; die beiden dort müssen sich wie Sardinen in der Büchse fühlen. Der Mann zupft an der Maske, und Fergus weiß, dass er sie am liebsten abreißen und Luft schnappen würde. Das kommt nicht infrage. Also macht der Mann weiter und nimmt Befehle entgegen, eine Marionette in den Händen des Puppenspielers.

Seine Sinne sind weit geöffnet für jede kleinste Regung, jedes Zucken und Stöhnen und Wimmern des Opfers. Diese Frau reagiert auf alles, als hätte man ihr die Haut abgezogen und Elektroden an die blanken Nervenenden gelegt. In Anbetracht dieser Qualen rutscht er auf die Sesselkante vor. Zum dritten Mal wird sie jetzt wieder zum Leben erweckt, bäumt sich auf und schlägt um sich, oder versucht es zumindest, während das Sound-System jedes Knistern der Frischhaltefolie überträgt. Richtig bei Bewusstsein scheint sie nicht zu sein – ihre Reaktionen sind weniger heftig, weniger erregend. Sie nähern sich dem großen Finale.

»Okay, es ist so weit. Lass mich ihre Augen sehen.«

Er registriert, dass den Mann ein Schauder überläuft; sein Komplize kann es nicht ertragen, ihnen in die Augen zu schauen. Für Fergus hingegen spitzen sich all die Monate sorgfältiger Vorbereitung und all diese aufregenden Stunden auf diesen einen Moment zu. Am Ende muss er ihnen in die Augen sehen.

# 5

**Wohnwagensiedlung Lambert Woods, Williams County, Oklahoma**

Morgens um Viertel nach sieben sang Jake Owen auf Cougar-108 »Summer Jam«. Der rothaarige Junge stellte sein altes Sony-Taschenradio lauter und träumte von den bevorstehenden Ferien. Mommas neuer Freund war für ein paar Tage zu Besuch, und im Schlafzimmer ging es hoch her. Der Junge drehte die Lautstärke voll auf, um sich am Küchentresen ein Erdnussbutter-Marmeladen-Sandwich schmieren zu können, ohne kotzen zu müssen. Es war heiß und würde noch viel heißer werden, aber im Kühlschrank standen Getränke, und er kannte im Wald ein kühles Plätzchen.

Wegen des Gefälles war ihr Trailer an einer Seite aufgebockt, daher spürte er die Vibrationen der Schritte, noch bevor seine Mutter die Schlafzimmertür aufriss. Der Junge schnappte sich eine Coke und steckte sie in seinen Schulrucksack, ohne sich umzudrehen.

»Stell diesen verdammten Krach leiser«, rief sie.

»Ich bin leise, wenn ihr es seid.«

»Was zum Teufel soll das denn heißen?« Sie trat einen Schritt in die Küche. »Du bist verdammt noch mal zu jung, um so zu reden.«

Die Erfahrung hatte ihn gelehrt, dass Momma mit Gegenständen um sich schmiss, wenn sie ausrastete – und die Risse im grauen Plastikgehäuse seines Radios zeugten davon, dass es nicht gut hüpfte. Daher steckte er es schnell zu der Coke in seinen Rucksack und griff nach dem Sandwich.

Dann drehte er sich um und schaute ihr direkt in die Augen. »Aber nicht zu jung offenbar, um mir anhören zu dürfen, wie ihr es treibt, was?«

Sie holte aus, aber jetzt erschien der Freund in der Tür und riss sie zurück wie einen Hund an der Leine. »Komm schon, Schätzchen«, sagte er und kratzte sich träge am Hintern, während er sie an ihrem mageren Handgelenk festhielt. »Der Junge hat nicht ganz unrecht.«

Dieser hünenhafte Prolet hatte ein Talent, dem Jungen das Gefühl zu geben, alles falsch zu machen, selbst wenn er das Gegenteil behauptete.

»Der Junge geht jetzt«, teilte der Junge seiner Mutter mit, indem er den Tonfall ihres Lovers nachäffte. »Du und dein Mister Matte könnt dann so viel Radau veranstalten, wie ihr wollt.«

»Du solltest ihm etwas mehr Respekt entgegenbringen«, rief sie. »Er hat auch einen Namen.«

»Den haben sie alle, Momma«, sagte er. »Sie bleiben nur einfach nicht lang genug, um sie sich alle merken zu können.« Er tippte sich an die Schläfe.

»Kein Problem, mir macht das nichts aus.« Liebhaber Nummer soundso viel ließ die Hand seiner Mutter los und fuhr sich mit beiden Händen durchs lange Nackenhaar. »Mister Matte ist nicht schlecht: die kahle Front für den Geschäftssinn, und hinten steigt die Party.«

Dann runzelte er plötzlich die Brauen, und der Junge konnte förmlich sehen, wie die Räder seines tumben Gehirns in Gang kamen.

*»Der Junge geht jetzt?«*, fragte er schließlich. »Nein, mein Sohn. Du weißt, dass heute Schule ist …«

»Richtig«, sagte der Junge und dachte: *Ich bin nicht dein verdammter Sohn.* »Das ist genau der Grund, warum ich jetzt zum Bus gehe.«

»Du weißt, dass ich das kontrolliere, nicht wahr?«

»Ja.« *Wer hat dich eigentlich zu meinem Betreuer ernannt?*

»Deine Momma hat nämlich einen Anruf von der Schule bekommen, als du das letzte Mal nicht dort aufgekreuzt bist. So einen Ärger können wir nicht gebrauchen.«

»Ich weiß«, sagte er und fühlte, dass seine Augen brannten.

»Nun, dann sind wir uns ja einig.« Er lächelte und entspannte sich. »Hast du gefrühstückt, Red?« Als wäre er sein Vater. Als würde ihn das einen feuchten Kehricht interessieren.

Der Junge hielt sein Sandwich hoch und ging zur Tür. Der Freund flüsterte etwas, seine Mutter kicherte, und dann waren sie schon wieder ins Schlafzimmer gestürzt, bevor der Junge auch nur die Tür zuknallen konnte.

Red war neun Jahre alt. Er konnte sich nicht erinnern, jemals woanders als in irgendwelchen Wohnwagensiedlungen gewohnt zu haben. Und auch nicht daran, dass seine Mutter jemals keinen Freund gehabt hätte. »Frauen brauchen jemanden, der sich um sie kümmert«, pflegte sie zu sagen. »Sich kümmern« bedeutete für gewöhnlich, dass sich die Männer holten, was sie kriegen konnten, und irgendwann die Fäuste zu Hilfe nahmen, gegen sie und gegen ihn. Das einzig Gute war, dass sie nie lange blieben. Dieser hier war eine Ausnahme: Er war schon fast sechs Monate da und noch nie handgreiflich geworden. Das war einer der Gründe, warum Momma ihn mochte. Ein weiterer Grund war, dass er sie beide vor einem Monat aus diesem beschissenen Wohnwagen in Avant, Osage County, herausgeholt und in diesem Zweiraum-Trailer im Williams County untergebracht hatte. Er kaufte seiner Mutter irgendwelches Zeug, und sie hatten immer genug zu essen. Manchmal ging er mit ihnen sogar zu McDonald's in Hays, was eigentlich auch für den Jungen Grund genug sein sollte, ihn zu mögen. Der Junge hatte ein eigenes Zimmer und ein Dach über dem Kopf, durch das es nicht hindurchregnete, was ihm gefiel. Kam hinzu, dass der Freund oft weg war, sodass man meist seine Ruhe hatte. Außerdem mochte Red die Landschaft und den ruhigen, schattigen Platz, auf dem der Trailer abgestellt war. Dass er seine alten Freunde verloren hatte, fand er weniger gut. Außerdem sorgten Momma und ihr Neuer dafür, dass er zur Schule ging, und das war nun wirklich ätzend.

Die Kids in seiner neuen Schule kamen größtenteils aus Durell, einem Vorort von Hays, von dem seine Mutter behauptete, er sei »im Kommen«. Sie nannten ihn Trailer-Proll oder Sozialschmarotzer. »Hey, Trailer-Proll, wo willst du hin?« oder: »Hey, Sozialschmarotzer, du bleibst besser an der Tür sitzen, damit du den Bus nicht verpestest.« Nachdem er auf dem Schulhof in mehrere Handgemenge verwickelt worden war, ließ man ihn meist in Ruhe. Trotzdem konnte er auf die Schule gut verzichten. Wenn aber die Lehrer anriefen, um mitzuteilen, dass er blaumachte, sprang der Lover seiner Mutter im Karree.

»Nenn mich Will«, pflegte der Neue zu sagen, was er aber noch nie getan hatte. Im Gegenzug nannte der Mann den Jungen »Red«, was ihm gefiel, oder »mein Sohn«, was ihm gar nicht gefiel. All diese Dinge summierten sich zu der allgemeinen Einstellung, mit der er dem Mann mit der Matte begegnete – ein ziemliches emotionales Wirrwarr. Letztlich wusste er nicht so recht, was er von ihm halten sollte.

Red schaute in das dichte Grün der Wälder und verspürte Sehnsucht danach, aber der Lover war ein Mann des Worts – er würde Momma so lange traktieren, bis sie in der Schule anrief, um sich zu erkundigen, ob er angekommen war. Also zuckte er missmutig mit den Achseln, kehrte dem Grün den Rücken und trottete die zwanzig Meter den holprigen Fahrweg hinab. Wo die Sonne durch die Kronen der Eichen fiel, brannte sie auf seinen Schädel. Am Ende des abfallenden Wegs stieß er auf die Asphaltstraße der eigentlichen Wohnwagensiedlung: eine schlechte, schwarz geteerte Straße, die von dem planierten Gelände mit den fünfzig Trailern in die Stadt führte. Er hätte die Straße nehmen sollen, da es der schnellste Weg war – in der Einbuchtung sah er schon ein paar Kinder stehen, die auf den Bus warteten –, aber er ging lieber durch die Siedlung und schaute sich die Leute an.

Auf der Veranda eines neumodischen Trailers aus Baracken-Modulen saß, wie meistens, ein Mann in seinem Schaukelstuhl, eine Beretta 92FS an der Hüfte und einen Revolver vom Typ Smith & Wesson .38 im Schoß. Einige Parzellen weiter hängte eine Frau Wäsche auf. Als er ihr zulächelte, runzelte sie die Stirn und fauchte: »Mach, dass du fortkommst.« Er grinste noch mehr und wünschte ihr fröhlich einen guten Morgen, nur um sie auf die Palme zu bringen. Zwei Trailer weiter saß ein fetter Mann in einem Metallica-T-Shirt neben seiner Fat Boy Harley und trank Bier. Die Beine seines Plastikstuhls spreizten sich wie die eines Rehkitzes, das noch nicht richtig laufen konnte. An seinem Sandwich kauend, ging der Junge weiter und betrachtete den Typen aus dem Augenwinkel – angeblich hatte er mal jemandem eine leere Dose an den Hinterkopf geworfen, mit einer Wucht wie Steven Okert von den Oklahoma Sooners.

Zu seiner Linken wummerte Chicano Rap aus einem Trailer; die Vibrationen des Basses waren tief in der Brust zu spüren. Über den Lärm hinweg hörte man eine maschinengewehrartige Salve von Stimmen: Ein Mann und eine Frau stritten sich auf Mexikanisch. Er schaute in die Richtung, fuhr aber sofort wieder herum, weil er zu seiner Rechten eine Bewegung erhascht hatte – einen braun-weißen Blitz, der unter einem Trailer hervorgeschossen war, direkt auf ihn zu. Er sprang zurück. Die Klauen des Tiers konnten sich noch in seine Seite krallen, bevor der Hund von seiner Kette zurückgerissen wurde. Es war ein geifernder Pitbull mit einem verschlagenen Blick; seine Augen sprühten vor Zorn. Der Junge hörte den fetten Mann hinter sich lachen und zog das T-Shirt hoch, um den Schaden zu begutachten. Die Klauen hatten drei rote Kratzer an seinen knochigen Rippen hinterlassen. Plötzlich war er fuchsteufelswild.

Er blitzte den Hund an, trat gegen einen Stein, der neben dem Asphalt im ausgetrockneten Schlamm steckte, und lockerte ihn mit Hacken und Zehen. Dann nahm er ihn und zielte auf den Hund, der mittlerweile den ganzen Trailer zum Wackeln brachte, weil er, schäumend und geifernd, an seiner Kette zerrte. Bevor aber der Junge den Stein schmeißen konnte, öffnete sich die Tür, und ein bärtiger Glatzkopf starrte ihn an. Er war sicher eins neunzig groß und einen Meter breit. Wenige Sekunden später quetschte er sich seitlich zur Tür heraus, stieg die Treppe hinab und verpasste dem Hund einen Tritt. Das Tier jaulte auf und legte sich dann friedlich hin.

»Hast du dir genau überlegt, was du da tust, Kleiner?«, fragte der Mann.

»Er hat mich angegriffen«, sagte der Junge, immer noch in Rage.

»Er ist angekettet.«

»Er hat mich aber trotzdem erwischt.«

»Ich seh kein Blut.«

»Ist doch scheißegal, ob man Blut sieht – er hat mich verdammt noch mal angegriffen.«

Der Glatzkopf riss die Augen auf. »Jetzt motzt er mich

auch noch an, dieses dürre Skelett. Du hast hier überhaupt nichts zu suchen – du solltest auf der Straße bleiben. Und wenn du dich jetzt nicht verpisst, lass ich den Hund von der Kette, dann werden wir ja sehen, wer schneller ist.«

Der Brustkorb des Jungen bebte heftig. Dieses verdammte Mistvieh sollte dran glauben. Seine Hand umklammerte den Stein, während sich der Mann nun zum Halsband des Hundes hinabbeugte.

Im nächsten Moment ließ der Junge den Stein fallen und rannte los. Staub wirbelte auf, als er an den Trailern und alten Klapperkisten vorbeiraste, Stühle umschmiss und eine Welle an Geschrei und Gebell hinter sich herzog. Er hörte – oder vermeinte zu hören –, wie der Pitbull hechelte und knurrte und immer wilder wurde, als er sich, stolpernd und Hindernissen ausweichend, gnadenlos seinen Weg bahnte. Der Junge rannte unbeirrt weiter, erreichte schließlich den Metallzaun am Rande der Siedlung, kletterte hinüber, ließ sich auf der anderen Seite hinabplumpsen und betete, dass der Hund ihm nicht folgen konnte. Zitternd, schwitzend und keuchend hielt er sich an einem Pfosten fest und beobachtete mit aufgerissenen Augen, wie sich der Pitbull frustriert zurückzog und einem Mastiff näherte, der an einem Trailer in der Nähe angebunden war. Als er ihn von hinten ansprang, jaulte und heulte der Mastiff und warf sich hin und her, um den Pitbull am Nacken zu packen.

Zwei hispanische Männer traten aus dem Trailer, Baseballschläger in der Hand.

Blut, Geifer und Fellfetzen spritzten auf. Die Kinder der Siedlung versammelten sich neben dem Jungen, um dem Spektakel beizuwohnen. Irgendwann ließ der Pitbull von dem Mastiff ab, aber die Männer schlugen und traten weiter auf ihn ein. Der Glatzkopf schlenderte langsam auf sie zu, nahm einem den Baseballschläger aus der Hand, warf ihn mit einem Kopfstoß zu Boden, verpasste dem anderen einen Hieb mit dem Schläger und erwischte ihn an der Schläfe, weil er sich gerade nach seinem Freund umdrehen wollte. Dann beugte er sich hinab, nahm seinen Hund am Halsband und hob ihn hoch. Der Kopf des Tiers wackelte hin und her. Der Mastiff, der immer noch an seiner Kette hing, wollte sich auf sie stürzen, aber als der Glatzkopf die Zähne fletschte, wich der Hund sofort zurück.

Der Mann verlagerte das Gewicht, rückte die leblosen Glieder seines Pitbulls zurecht und drehte sich zu den Kindern am Zaun um. Red wollte sich unauffällig nach hinten verziehen, aber es war kein Durchkommen, weil alle in die andere Richtung drängten.

Irgendjemand sagte: »Oh-oh.«

Der Glatzkopf durchbohrte Red mit Blicken. Er sagte kein Wort, aber das musste er auch nicht – seine Miene brachte zum Ausdruck, dass ihm vollkommen klar war, wen er für die Wunden seines Hundes verantwortlich zu machen hatte. Und er war nicht der Typ Mann, der vergab und vergaß.

# 6

**Quartier des Methodenaustausch-Teams, St Louis, Missouri**

Die Spurensicherung fand eine kleine Menge Blut zwischen der Fußleiste und der Wand in Elleesha Tates Wohnung, was ihnen das komplette DNA-Profil eines Landstreichers namens Jordan Driver lieferte. Es dauerte nicht lange, ihn aufzuspüren: Er saß im Gefängnis im Cook County, Chicago, und wartete auf einen Prozess wegen des Vorwurfs der sexuellen Nötigung und Körperverletzung einer Siebzehnjährigen.

Jordan war eins zweiundsechzig groß und dürr. »Der ist clever genug, um sich nicht mit jemandem anzulegen, der zurückschlagen kann«, sagte Detective Keith Valance. »Die ersten Worte aus seinem Mund lauteten: ›Ich gebe alles zu.‹ Eine Todeszelle in Missouri ist ihm offenbar lieber als fünfzehn, zwanzig Jahre in einem Gefängnis im Cook County. Das verstehe, wer will.«

»Ich kann das durchaus nachvollziehen«, sagte Detective Ellis.

Simms schaute Detective Dunlap fragend an. »Cook County ist berüchtigt«, erläuterte er.

Valance würde die Beweise zusammentragen und den Polizeibericht schreiben. Die anderen widmeten sich wieder dem Auswahlprozess.

Simms arbeitete sich schon seit morgens halb neun durch Fallakten hindurch. In Hemdsärmeln saß sie im Konferenzraum des Brentwood Police Department, einen großen Stapel Papiere zu ihrer Linken, einen kleineren zu ihrer Rechten. Das einstöckige Gebäude lag in einem Gewerbegebiet ungefähr acht Meilen von der Innenstadt von St Louis entfernt. Die kleinen abgedunkelten Fenster ließen kaum natürliches Licht herein, und das sanfte Brummen der Klimaanlage klang, als würde jemand auf dem Hals einer leeren Milchflasche blasen. Gelegentlich raschelte Papier, oder man hörte das Knarren der Sitzpolsterung, wenn jemand das Gewicht verlagerte oder nach einer neuen Akte griff. Der Raum mit der Glasfront war dem Methodenaustausch-Team vom Polizeichef von Brentwood zugewiesen worden; sie konnten es für die Dauer ihres Projekts nutzen.

»Hat sonst noch jemand einen Blick auf Fallon Kestler geworfen?«

»Einen Blick geworfen?«, fragte Detective Ellis. »Ihr Briten sprecht eine andere Sprache, das muss ich schon sagen.«

»Hat sonst noch jemand das Gefühl, dass wir uns den Fall näher anschauen sollten?«, fragte Simms, und ihre Augenbrauen zuckten.

Sie prüften eine Auswahl von dreißig Fällen – jüngeren Fällen und unaufgeklärten alten. Als sie die Liste abgearbeitet hatten, die schließlich den Mord an Elleesha Tate zutage gefördert hatte, waren noch einige Ressentiments zwischen den britischen und amerikanischen Kollegen im Spiel gewesen. Nun aber begannen sie, als Team zu arbeiten und sich auf das beste Vorgehen zu einigen, unabhängig davon, von welcher Seite der Vorschlag kam.

»Mutter und Kind«, sagte Simms. »Vor dreieinhalb Jahren tot aufgefunden, auf morastigem Terrain an der I-44.«

»*Wo* bitte?« Wieder Ellis.

Ellis konnte den gestelzten Stil der Engländer nicht ertragen.

»In einem Moor, könnte man der Einfachheit halber sagen«, erwiderte Simms.

»Ich bleibe bei Sumpf, wenn Sie nichts dagegen haben.« Teamarbeit verlangte nicht, immer auf Harmonie bedacht zu sein. Detective Ellis warf einen Blick in seine Notizen. »Wir folgen denselben Kriterien wie bisher, ja?«, fragte er.

»Tun wir«, sagte sie trocken.

»Okay, mal schauen … In dem Fall ist Wasser im Spiel … Es ist eine lange Zeit zwischen der Entsorgung der Leiche und ihrer Entdeckung vergangen … Die Zeugenaussagen sind unzuverlässig …« Er sah auf. »Riecht verdammt danach, als hätten wir hier einen toten Punkt erreicht.« Das sollte vermutlich kein billiges Wortspiel sein.

»Ein Kind wurde ermordet – das wäre doch eine Sache von öffentlichem Interesse, oder?«, beharrte Simms.

»Sie sind ja lernfähig«, sagte Ellis. »Aber es wurde ermittelt, und man hat nichts gefunden.« Er zählte an den Fingern die Probleme ab. »Wir haben keinen eigentlichen Tatort. Wir haben keine Spuren, keine Verdächtigen, keine Angehörigen, die nach Gerechtigkeit schreien …«

»Sie war sechsundzwanzig«, sagte Simms. »Und ihre Tochter war erst neun – und niemanden interessiert, dass sie umgebracht wurde?«

»Willkommen in Cranksterville. Quiltgruppen oder Muschelessen sind da nicht so gefragt. Unter guter Nachbarschaft versteht man eher, in die nächste Kaschemme einzubrechen und alles mitzunehmen, was nicht niet- und nagelfest ist.«

»Vielen Dank für diese erhellende Kurzfassung zur kulturellen Verständigung, Detective Ellis«, sagte Simms und funkelte ihn an.

Er neigte in ironischer Galanterie den Kopf. »War mir ein Vergnügen, Prinzessin Kate.«

Sie kniff die Augen zusammen und erkannte einen Anflug von Humor in seinem Gesicht – nicht etwa ein Lächeln, aber doch eine Art Sonnenstrahl hinter einem Wolkenschleier.

Jetzt ergriff Dunlap das Wort. »Sie wurde im Wasser gefunden, und Sie wissen ja, was Wasser mit DNA-Spuren anstellt. Ohne die können wir in einem solchen Fall aber keinen Täter finden. Tut mir leid, Chief, aber hier sieht es nicht so aus, als könnte man jemanden seiner gerechten Strafe zuführen.«

Dunlap war die Stimme der Vernunft und der Autorität. Und er hatte natürlich recht: Sie hatten nichts, an das sie anknüpfen konnten. Trotzdem konnte sich Simms nicht dazu überwinden, den Fall beiseitezulegen. Sie las den Obduktionsbericht, blätterte in den Fotos vom Fundort und dachte an Rachel, Fennimores Frau, die man ein paar Monate nach ihrem Verschwinden in den Sümpfen von Essex gefunden hatte.

# 7

Die meisten Serienmörder operieren auf einem geographisch präzise abgegrenzten Terrain.

Serienmörder: Interdisziplinäre Perspektiven für Ermittler (Publikation des FBI)

**Williams County, Oklahoma**

Lance Guffey stand auf der Veranda seines Einfamilienhauses und wartete auf Deputy Hicks und Professor Fennimore.

»Deputy Hicks.« Mit ausgestreckter Hand kam er die Treppe herunter.

Hicks stellte Fennimore als Forensik-Professor aus Großbritannien vor. Guffey drückte ihm kräftig die Hand und hieß ihn in Oklahoma willkommen. Er war knapp eins neunzig groß, breitschultrig und gut dreißig Jahre alt. Sein Gesicht war sonnengegerbt, seine Hände schwielig. Er bot ihnen etwas zu trinken an, aber Hicks drängte zur Eile. Guffey zog seine Basecap vom Oklahoma Farm Bureau aus der Tasche und setzte sie auf. Sein Gesicht war ernst, und er sagte kaum einen Ton, als sie zu der Stelle fuhren, wo er die Leiche gefunden hatte. Er erkundigte sich nur, ob sie den Namen des Opfers schon herausgefunden hatten.

»Nein, Sir«, sagte Hicks. »Aber ich bin an der Sache dran.«

»Nun, Gott dem Allmächtigen muss man ihn nicht verraten«, sagte Guffey. »Aber für uns wäre es leichter, für sie zu beten, wenn wir wenigstens einen Namen hätten.«

Nachdem sie zehn Minuten über kurz geschnittenen Rasen geholpert waren, brachte Hicks ihren Polizei-SUV kurz vor dem Bewässerungsteich zum Stehen. An dieser Stelle war der Teich zehn Meter breit, zog sich aber noch dreißig Meter hin und endete an einer leicht erhöhten Baumreihe. Im Wasser spiegelte sich der blaue Himmel mit den vereinzelten hohen Stratuswolken und bildete einen schönen Kontrast zum silbrig-grünen Blattwerk der Kanadischen Schwarzpappeln am Teichufer.

Fennimore schaute über das Wasser hinweg und lächelte verwundert. »Bei uns in Großbritannien würden wir Ihren *Teich* einen größeren See nennen.«

Guffey kratzte sich am Kinn und versuchte, seinen Stolz zu verbergen. »Wir müssen noch ein Stück weiter, Deputy«, sagte er. »Dahinten links ist es.«

Hinter einer Biegung zog sich das Ufer wie bei einer Nierenschale zurück. Am Boden sah man noch die Wunden des umgestürzten Baums. Sein mächtiger Stumpf lag ein paar Meter vom Ufer entfernt; die rote Scheibe des Wurzelstocks ragte empor und trocknete in der heißen Maisonne aus. Daneben hatte Guffey fein säuberlich Holzscheite aufgestapelt und Äste und Zweige auf einen weniger ordentlichen Haufen geworfen. Die Blätter waren bereits vertrocknet und zerfielen zu Staub.

Hicks schaltete den Motor aus, und sie gingen zu Fuß die verschlammte Böschung zum Seeufer hinab. Eine kleine Herde Black-Angus-Rinder stapfte knietief durch das trübe Wasser.

»Das erinnert mich an meine Heimat«, sagte Fennimore und nickte zu den Rindern hinüber. »Nur dass es da nicht so warm und sonnig ist.«

Guffey schaute ihn fragend an.

»Ich lehre an der Universität Aberdeen. An der Nordostküste von Schottland«, fügte er hinzu, da es in den Vereinigten Staaten sicher ein halbes Dutzend Aberdeens gab.

»Die Jungs da wussten, wie man Vieh züchtet«, sagte Guffey anerkennend.

Die Tiere käuten wieder und schauten zu ihnen herüber, unbeeindruckt von so viel Bewunderung.

Der Wasserspiegel des Teichs war gesunken, weil es schon so lange nicht mehr geregnet hatte, und so lag dort, wo das Wasser ans Ufer schwappte, der Lehmboden einen Meter frei und bildete Risse. Rohrkolben und andere Uferpflanzen standen im Trockenen. Der abgerutschte Uferabschnitt, unter dem während des Winters die Leiche gelegen hatte, war deutlich zu erkennen, ebenso die Ursache des Erdrutsches – zwei kleine, buschartige Bäume, die aufs Land gestürzt waren. Im nierenförmigen Uferbogen schräg gegenüber klaffte ein großes ovales Loch im Lehm, als hätte jemand hineingebissen.

»Und Sie haben sie im Schlamm unter dem abgerutschten Ufer gefunden?«, fragte Fennimore.

»Da muss sie gelegen haben«, sagte Guffey. »Ich habe sie erst entdeckt, als ich sie schon ein Stück weggeschleift hatte.«

Fennimore versuchte, sich die Szene vorzustellen. »Die Schwarzpappel ist also von rechts nach links gefallen, ein Stück aufs Trockene und ein Stück in den Schlamm.«

Guffey nickte. »Außer dass dort fast überall Wasser war. Der Wasserspiegel ist wegen der Trockenheit ziemlich gesunken.«

»Wissen Sie, wann die kleinen Bäume dort umgestürzt sind?«

»Das habe ich mich auch schon gefragt«, sagte Guffey. »Am neunundzwanzigsten Oktober letzten Jahres hatten wir einen Sturm – möglicherweise hat er bereits die Wurzeln der Schwarzpappel gelockert. Sobald wir die Sturmwarnung bekamen, haben wir das Vieh hier zusammengetrieben und auf die Weide am Haus gebracht. Damals standen sie noch, das weiß ich. Das war wirklich ein übler Sturm«, erklärte er. »Am nächsten Morgen bin ich über unsere Farm gefahren, um die Schäden zu inspizieren. Zwei Tage hat es mich gekostet, alles zu reparieren, und ich meine, mich erinnern zu können, dass ich die beiden umgestürzten Bäume damals schon gesehen habe. Sie müssen also zwischen dem neunundzwanzigsten Oktober und dem ersten November umgestürzt sein.«

»Das grenzt den Zeitraum ein«, sagte Fennimore. »Aber Sie haben sie nicht beseitigt?«

»Der Teich war damals bis zum Rand vollgelaufen, daher konnte ich nicht sehen, dass das Ufer an der Stelle abgerutscht war. Die Bäume waren auch niemandem im Weg. Hätte keinen Sinn ergeben, sich damit abzuquälen, wo so viele Zäune zu reparieren waren.«

Fennimore nickte. Er drehte sich einmal um die eigene Achse und blieb an der Baumreihe hängen, die etwa zehn Meter von ihnen entfernt auf einem schmalen Damm stand. Dann betrachtete er das Wiesenstück, auf dem an den Reifenspuren ihres SUVs deutlich zu erkennen war, auf welchem Weg sie gekommen waren.

Sie hatten den Fahrweg genommen und zwei mit Ketten und Vorhängeschlössern gesicherte Tore passiert.

»Wer auch immer die Leiche hier abgelegt hat, kann nicht über die Farm gekommen sein, weil Sie das ja bemerkt hätten. Und selbst, wenn Sie es nicht bemerkt hätten, wären die abgeschlossenen Tore im Weg gewesen.«

»Er hat sie also hierher getragen oder gezerrt«, sagte Hicks.

»Eine Leiche ist schwer«, gab Fennimore zu bedenken.

Hicks zog die Augenbrauen hoch.

»Ich weiß«, sagte er, »damit sage ich Ihnen nichts Neues. Aber die Leute unterschätzen oft, wie schwer und unhandlich ein toter Körper tatsächlich ist. Selbst eine eher kleine Frau wiegt über fünfzig Kilo, und was noch entscheidender ist: Das Gewicht ist nicht gleichmäßig verteilt. Arme und Beine schlenkern herum ...«

»Vielleicht hat der Täter sie quer über die Schulter gelegt«, schlug Guffey vor.

»Kann sein. Aber die meisten Menschen können eine Leiche bestenfalls wenige Hundert Meter weit tragen, und einen befahrbaren Weg sehe ich nicht.« Wieder blinzelte er zu der Baumreihe hinüber. »Es sei denn, bei den Bäumen dort befindet sich einer.«

Guffeys Augen leuchteten auf. »Mit einem Weg kann ich nicht dienen«, sagte er. »Aber vielleicht mit etwas, das denselben Zweck erfüllt.«

Er führte sie zu dem Damm. Dort standen weitere Schwarzpappeln, Rotzedern und eine Birkenart mit extrem schuppiger Borke; die äußere Schicht glänzte silbern, während das aufgerollte Innere zimtfarben leuchtete wie Bleistiftholz. War der Lockruf der Zikaden in den baumlosen Feldern schon zermürbend gewesen, wurde er an der Baumreihe ohrenbetäubend. Fennimore hielt sich an einem Ast fest und erblickte in fast zwei Metern Tiefe eine steinige Trasse in einem Felsenbett, durch das ein dünnes Rinnsal floss.

»Der Mud Creek«, sagte Guffey.

»Breit genug für einen SUV«, sagte Fennimore. »Wie kommt man hierher?«

Guffey zeigte gegen die Strömung des trägen Gewässers auf eine gewaltige Zerreiche. »Hinter der Eiche führt eine Brücke über den Bach. Sie gehört zur Straße nach Wilson.

Eigentlich ist es nur ein staubiger Fahrweg, aber ein paar Meilen westlich von hier stößt sie auf den Highway.«

Das wäre eine Möglichkeit. »Wer weiß davon?«, fragte Fennimore.

»Die meisten Menschen hier. Die Kids nehmen sie als Abkürzung, wenn sie mit dem Fahrrad in die Stadt fahren.«

»Sie sagten, der Teich sei nach dem Sturm letzten Herbst voll gewesen. Gilt das auch für dieses Bächlein?«

Guffey schüttelte den Kopf. »Das dümpelt schon seit Ewigkeiten vor sich hin.«

Fennimore schritt mit gesenktem Kopf über den Damm und suchte eine Stelle, die nicht zugewachsen war. Dort kletterte er die Böschung hinab.

»Was machen Sie, Professor?«, fragte Hicks.

»Mr Guffey, würde es Ihnen etwas ausmachen, hier herunterzukommen?«

Guffey stieg hinterher.

»Sie sind ein Stück größer als ich«, sagte Fennimore. »Können Sie den Teich hinter dem Damm sehen?«

»Nein, Sir.«

Fennimore ging gegen die Strömung auf die riesige Eiche zu. Nun kletterte Hicks ebenfalls hinab und folgte ihm durch das Rinnsal. Die Brücke befand sich nur fünfzehn Meter hinter dem Baum. Von der Straße aus konnte man den Teich auch nicht sehen.

»Ein Mann, der ziellos durch die Gegend fährt und eine Stelle sucht, wo er die Leiche loswerden kann, würde sie vielleicht unter die Brücke legen oder in das ausgetrocknete Bachbett. Als Versteck wäre das perfekt, aber er hat es nicht genutzt. Er hat die Leiche noch fünfzig Meter weiter gefahren, getragen oder gezogen.« Fennimore zeigte auf den Weg, den sie gekommen waren. »Von hier aus kann man den Teich nicht sehen, also muss er gewusst haben, dass auf der anderen Seite des Damms Wasser ist.«

Hicks rückte ihre Kappe zurecht. »Das weiß hier jeder.«

»Oder Google Earth«, sagte Fennimore. »Entscheidend ist, dass er die Sache geplant hat. Ihr Mörder geht methodisch vor. Er plant voraus.« Mit dem Rücken zur Brücke schaute er über die endlosen Weiten nicht eingezäunter Weizenfelder hinweg. So viel freier Raum, wo der Mörder sein Opfer hätte ablegen können. Dann drehte er sich wieder um und betrachtete das traurige Rinnsal, das vom Mud Creek übrig geblieben war. »Er ist nicht zufällig auf Ihren Teich gestoßen, Mr Guffey. Er hat diesen Ort bewusst ausgewählt.«

# 8

Ich glaube an alles, was einen durch die Nacht bringt – seien es Gebete, Beruhigungspillen oder eine Flasche Jack Daniel's.

Frank Sinatra

Sie beten für sie«, sagte Fennimore.

Er und Deputy Hicks waren auf dem Rückweg nach Westfield. Sie war tatsächlich so hübsch, wie er es in Erinnerung hatte. Ihr schwarzes Haar mit dem rostroten Schimmer war glatt und glänzend. Im Moment hatte sie es allerdings zusammengerollt, damit es unter ihre Kappe passte. Sie hatte irritierend blaue Augen mit einem dunkleren Ring um die Iris. Die hohen Wangenknochen und der mandelförmige Schnitt ihrer Augen deuteten möglicherweise auf eine indianische Abstammung hin, was Fennimore in Erinnerung rief, dass der Nordosten Oklahomas der Rechtsprechung der Cherokee Nation unterstand – das war einer der drei von der amerikanischen Regierung anerkannten Cherokee-Stämme.

»Die Guffeys sind mit Leib und Seele Farmer und ihrem Land von jeher verbunden«, sagte Hicks. »Sie glauben an Gott und die Familie und daran, dass jedes Kind ein Ebenbild Gottes ist. Überrascht es Sie, dass sie für die Frau beten?«

Wie könnte es ihn überraschen, wo es doch Tausende für ihn, Rachel und Suzie getan hatten? Er glaubte nicht an Gott oder an ein Leben nach dem Tod; war es also pervers, einen Trost darin zu finden, dass wenigstens ein paar der Menschen, die für ihn beteten, wie die Guffeys waren?

»Und Sie haben immer noch nichts vom CODIS gehört?«, fragte er, um das Thema zu wechseln. CODIS war das Combined DNA Index System – die DNA-Datenbank des FBI.

»Ich warte noch auf den Anruf«, sagte sie. »Aber die Frau muss schon ein Kapitalverbrechen begangen haben, um dort enthalten zu sein. Haben Sie schon einmal etwas vom NamUs gehört?«

»Das National Missing and Unidentified Persons System – die Datenbank der Vereinigten Staaten für vermisste und nicht identifizierte Personen«, sagte Fennimore wie aus der Pistole geschossen.

»Ich habe das Alter des Opfers und ein paar physische Merkmale eingegeben«, sagte Hicks. »Man kann auch DNA-Proben der Familie einspeisen. Sobald die DNA einer neuen unbekannten Person ins System gelangt, wird sie mit allen DNA-Proben im System abgeglichen. Sollte unser Opfer als vermisst gemeldet sein, haben wir bald einen Namen.«

»Wenn sie überhaupt im System ist«, sagte Fennimore. NamUs war keine zehn Jahre alt; nach allem, was er in einem Vortrag dazu gehört hatte, bestand das größte Problem darin, die Existenz des Systems an der Front der Polizeikräfte bekannt zu machen. »Wenn ich es richtig verstanden habe, ist man nicht verpflichtet, die Formulare auszufüllen. Außerdem muss ihre Familie wissen, dass sie vermisst ist, sie muss wissen, dass es NamUs gibt, und sie muss wollen, dass die Frau gefunden wird.«

Hicks wirkte deprimiert. Fennimore registrierte, dass er auf eines seiner Steckenpferde aufgesprungen war und es zu wild geritten hatte. Es fiel ihm aber schwer, sich zu entschuldigen, was schon Kate Simms als eine seiner am wenigsten sympathischen Eigenschaften bezeichnet hatte. Um die Sache wiedergutzumachen, fragte er: »Und wie kann ich Ihnen nun helfen?«

Sie ließ nicht durchblicken, was sie dachte, reagierte aber sofort auf seine Frage. »Würden Sie sich die Akten mal anschauen? Sie liegen hier im Fach.« Hicks klopfte auf die Armlehne.

Die Wahrscheinlichkeit, dass die beiden Fälle miteinander verknüpft waren, schien gering. Andererseits war er hier, weil er Zeit hatte und Abigail Hicks eine nette Ablenkung von seinen eigenen Sorgen war. Er klappte die Armlehne hoch und nahm zwei Mappen heraus. Eine trug den sechszackigen Stern des Sheriff's Department des Creek County. Wie sie an die Akte eines Sheriffs kam, für den sie gar nicht mehr arbeitete, wollte er lieber nicht wissen, aber es nötigte ihm Bewunderung ab, dass sie es irgendwie geschafft hatte.

Sie fuhren an klapprigen Holzbaracken vorbei – einem Friseur, zwei Anglerläden, einer davon baufällig – und kamen dann in die Innenstadt. Westfield war eine gediegene Stadt im Mittleren Westen. Die Architektur stammte im Wesentlichen aus dem frühen zwanzigsten Jahrhundert. Bis auf das Gerichtsgebäude, das weiß erstrahlte, waren es kantige rote Backsteinhäuser, die von Rasenflächen, Bäumen und leuchtenden städtischen Blumenbeeten eingerahmt waren. Allerdings war jeder dritte Laden an der Hauptstraße geschlossen, und morgens um Viertel nach neun lag die Stadt wie ausgestorben da.

Das Opfer aus dem Creek County, das Hicks vor drei Jahren gefunden und dann fast vollständig wieder verloren hatte, war Shayla Reed, vierundzwanzig.

»Ihre Mutter war an einer Überdosis gestorben. Shayla

wurde in Pflege genommen, nachdem ihr Vater sie und ihre Schwester, die damals ein Baby war, in einer Zweizimmerwohnung sitzen gelassen hatte, nur mit einem Paket Cheetos und einer Dose Diät-Cola für jeden«, sagte Hicks. »Shayla wurde von einer Pflegefamilie zur nächsten weitergereicht und driftete irgendwann in Drogensucht und Prostitution ab.«

Shaylas Leiche war Monate, nachdem sie abgelegt worden war, von Hicks' Anglern gefunden worden.

»Ihre Identität haben wir über NamUs bestimmen können«, sagte Hicks. »Wie es der Zufall wollte, hat ihre Schwester die Website zum ersten Mal aufgerufen, als ich soeben die Angaben zu Shayla hineingestellt hatte – können Sie sich das vorstellen? Shayla war einfach aus ihrem Leben verschwunden. Zunächst hat die Schwester das eher begrüßt, weil sie ohnehin immer nur Geld wollte. Irgendwann kam ihr die Sache aber komisch vor, weil Shayla Geburtstage und Thanksgiving sonst eigentlich nie vergaß. Unter ihrer letzten bekannten Adresse war sie nicht zu finden, also recherchierte ihre Schwester im Internet, entdeckte NamUs und gab ihre besonderen Kennzeichen ein ... Es existiert auch ein Schnappschuss von Shayla mit den Kindern ihrer Schwester – er steckt in dem gepolsterten Umschlag hinten in der Akte.«

Fennimore blätterte weiter und fand ein Hochglanzfoto: eine lachende Shayla, die auf Händen und Knien herumkrabbelt und ein Kleinkind auf dem Rücken trägt. Er drehte das Foto um. Die Beschriftung lautete: »Shayla an Bobbys viertem Geburtstag. Glückliche Zeiten.«

Shayla hatte in einer Wohnwagensiedlung in der Nähe der I-44 im Creek County gelebt. Fennimore überflog den restlichen Bericht, dann blieb er an einem Detail hängen, das Hicks wohlweislich nicht erwähnt hatte.

»Sie hatte ein Kind?«, fragte er.

»Das hatte ich doch gesagt.«

»Nein«, sagte er, und seine Brust schnürte sich zusammen. »Hatten Sie nicht.«

»Ich dachte, ich hätte es erzählt.« Da sie eine schlechte Lügnerin war, redete sie schnell weiter. »Ich habe mit dem Verwalter der Wohnwagensiedlung gesprochen. Er sagte, sie hätten zu dritt in dem Trailer gewohnt: ein Mann, eine Frau und ein Mädchen von ungefähr zehn Jahren. Nun ja, ich hatte ja erzählt, dass mir ein Fehler unterlaufen ist, als ich ihre Mutter aus dem Wasser gezogen habe. Aber dann sind wir mit Freiwilligen drei Tage lang den gesamten Bach abgelaufen, um nach dem Mädchen zu suchen. Stromaufwärts haben wir sogar in einem Teich herumgestochert, der über die Ufer getreten war – hätte ja sein können, dass ihre Mutter von dort fortgespült wurde. Bei dem Dauerregen und den Überschwemmungen sind viele Ufer eingebrochen. Das kleine Mädchen hätte eine Meile von dort fortgetragen worden sein können.«

Fennimore spürte ein Kribbeln am Hinterkopf. Könnte Suzie so etwas passiert sein? Sie war immer bei ihm, sein kleines Mädchen, wie der dumpfe Schmerz hinter seinen Augen.

»Das hätten Sie mir sagen müssen, Deputy«, sagte er.

»Ich weiß.« Sie klammerte sich ans Lenkrad. »Aber die junge Frau, die Mr Guffey in seinem Teich gefunden hat, hatte eine komplette Hysterektomie. Der Rechtsmediziner ist der Meinung, dass die Narben im Unterleib nach einer verpfuschten Abtreibung aussehen. Vermutlich musste man ihre Gebärmutter entfernen, um ihr das Leben zu retten. Sie war nicht älter als neunzehn. Es ist also nicht sehr wahrscheinlich, dass sie ein Kind hatte. Abgesehen von dem, das sie nicht wollte, natürlich. Ich dachte, wenn ich Ihnen das erzähle, zweifeln Sie an einem möglichen Zusammenhang zwischen den Fällen und schauen sich meinen gar nicht erst an. Es wäre mir aber sehr wichtig, dass Sie das tun.«

Er blinzelte überrascht. Die Sache hatte gar nichts mit ihm zu tun. Sie wollte ihn gar nicht schonen oder irgendwelche Parallelen unterschlagen; es ging ihr einzig und allein um ihren Fall und seine Hilfe. Seit letztem Winter war er so besessen von Suzie, dass er die Spuren ihrer Entführung in jedem Fall sah, in den ein Kind involviert war. Unwillkürlich fragte er sich, warum Abigail Hicks von County zu County zog und schlecht bezahlte, aussichtslose Jobs annahm. Konnte es sein, dass sie, wie die beiden getöteten Frauen, keinen familiären Hintergrund hatte? War das der Grund, warum ihr Shayla Reed und das neue Opfer so am Herzen lagen?

Hicks' Handy klingelte. »Die DNA-Ergebnisse sind da«, erklärte sie Fennimore, die Hand auf dem Mikro. »Bleib dran, ich fahr zur Seite«, sagte sie dann in ihr Handy und lenkte an den Straßenrand. »Schieß los.« Ein paar Minuten lang hörte sie zu und machte sich Notizen.

»Kannst du mir ein erkennungsdienstliches Foto mailen?« Hicks bedankte sich bei dem Anrufer und beendete die Verbindung.

»Die Leiche in Guffeys Teich ist Ellen ›Laney‹ Dawalt. Wir hatten Glück – sie ist im CODIS. Sie war mal wegen Meth-Besitzes angeklagt, was im Bundesstaat Oklahoma eine schwere Straftat ist. Man hat sie zu gemeinnütziger Arbeit verdonnert und zum überwachten Entzug.«

Ihr Handy vibrierte. »Das wird das Foto sein.«

Nach der Messskala zu urteilen, war Laney Dawalt einen Meter sechzig groß. Auf dem Foto war ihr Haar gebleicht, aber an den Wurzeln dunkler. Das rechte Profil zeigte ein Nasen-Piercing.

»Das ist also Ihr Opfer«, sagte Fennimore und glich die Beschreibung mit dem Foto ab.

»Bis hin zum angeschlagenen Schneidezahn«, sagte Hicks. »Sie lebte in einer Wohnwagensiedlung in Stilwell, Adair County. Dieser Mistkerl hat sie in einem anderen County entsorgt, weil er davon ausging, dass niemand gründlich nach ihr suchen wird.«

Fennimore dachte, dass der Täter vermutlich nicht ganz unrecht hatte, bedachte man die Gepflogenheiten des dortigen Sheriff's Office. »Können wir hinfahren und mit den Leuten in der Siedlung reden?«

Sie grinste. »Heißt das, Sie sind dabei?«

Er senkte den Kopf und fühlte sich hin und her gerissen.

»Okay, ich mache es kurz. Das Sheriff's Department des Adair County hat kein Interesse an dem Fall, aber der stellvertretende Staatsanwalt hat dafür gesorgt, dass ich in Begleitung eines dortigen Kollegen mit dem Verwalter der Wohnwagensiedlung sprechen kann.« Sie schaute ihn unter ihren Wimpern her an. »Hätten Sie Lust mitzukommen?«

Der Verwalter der Wohnwagensiedlung Country Roads im Adair County war ein dicker Mann um die vierzig; er trug Motorradstiefel, Jeans und ein Sweatshirt, von dem die Arme abgerissen waren. Durch diesen Eingriff kamen zwar keine gewaltigen Bizepse zum Vorschein, dafür aber eine ehrfurchtgebietende Unterarmbehaarung. Der Mann stand hinter dem Empfangstresen unter einem Ventilator, der auf Stufe zehn lief, und schwitzte immer noch. An einer Wand hingen Regalbretter mit Süßigkeiten und Snacks; in einem großen Kühlschrank standen kalte Getränke.

Nein, er habe Laney Dawalt nicht persönlich gekannt, teilte er ihnen mit, daher wisse er auch nicht, worüber er mit ihnen plaudern solle.

»Vielleicht haben Sie ja in ihrem Wohnwagen etwas gefunden«, sagte Fennimore.

»Zwei Tage, nachdem sie verschwunden ist, habe ich ihn an jemand anders vermietet.«

»Wann war das?«, erkundigte sich Fennimore.

»Vor fünf Monaten. Vielleicht auch schon eher.«

»Und Sie sind nicht auf die Idee gekommen, irgendjemandem mitzuteilen, dass die Frau verschwunden ist?«, fragte Hicks.

Der Mann lachte. »Sie machen Witze, was?«

Deputy Hicks steckte die Daumen in den Gürtel und starrte ihn an.

Der Verwalter verdrehte die Augen. »Die Leute sind abgezischt, obwohl die Miete von zwei Wochen noch ausstand. Sie sind weitergezogen, weil sie Schulden hatten, da muss man nicht groß nach den Gründen fragen – und nach den Bullen muss man auch nicht rufen.«

»Die Leute?«, fragte Hicks.

»Hä?« Er zog ein Gesicht, als hätte sie »Aliens« gesagt.

»Sie sagten ›sie‹ und ›die Leute‹, womit man normalerweise mehr als eine Person meint.«

»Nun ja.« Er steckte die rechte Hand unter den linken Arm und zupfte nachdenklich an einem Büschel seiner Unterarmbehaarung. »Sie und ihr Lover und der Junge.«

»Der *Junge*?« Hicks schaute Fennimore an. Es gab doch ein Kind. »Wie alt war der Junge?«

»Keine Ahnung. Schätzen können Sie es genauso gut wie ich.«

»Tatsächlich?« Sie kratzte sich am Nacken. »Ich hatte gehofft, dass Sie es besser einschätzen können.«

Der Mann schaute mit gerunzelter Stirn auf den Tresen hinab. »Wenn man mich drängt, würde ich sagen, dass er neun oder zehn war.«

»Was ist mit dem Mann, mit dem sie zusammenlebte?«

»Was soll mit ihm sein?«

»Ein Name wäre schon mal ein guter Anfang.«

»Daran kann ich mich nicht erinnern.«

»Okay, und wie sah er aus?«

»Normal, würde ich sagen.« Als er ihre Miene registrierte, fügte er hinzu: »Hören Sie, ich habe ihn nur einmal aus der Nähe gesehen.«

»Okay. War er so groß wie ich?« Sie drehte sich zu Fennimore um. »Oder wie er?« Schließlich zeigte sie mit dem Daumen auf den Deputy Sheriff des Adair County, der größenmäßig zwischen ihnen lag. »Oder wie der da?«

»Größer als der da«, sagte der Verwalter und zeigte mit dem Kinn auf Fennimore. »Braune Haare.«

»Wie alt?«

Er seufzte, als sollte er eine komplizierte Matheaufgabe im Kopf ausrechnen. »Mhm, jünger als er.«

Fennimore schien jetzt seine Vergleichsgröße zu sein.

»War der Junge ein Vater-Sohn?«

»Keine Ahnung ... Außer im Auto habe ich sie nie zusammen gesehen«, fügte er schnell hinzu, damit sie ihn nicht wieder so anstarrte.

»Was für ein Auto?«

»Irgendeine europäische Minikarre«, sagte er mit irritierender Gehässigkeit. »Grau.«

Sie erkundigte sich, ob die Leute Papiere vorgelegt hätten, was aber beide nicht getan hatten. »Wie haben sie ihre Miete bezahlt?«

»Bar.«

»Haben Sie das den Leuten im gesetzlich geforderten Mietbuch bescheinigt?«

»Ja klar.«

»Haben Sie das noch?«

Er nickte. »Sie hat es im Trailer liegen gelassen.«

»Gut. Wir werden es auf Fingerabdrücke hin untersuchen«, sagte Hicks.

Er zuckte mit den Achseln. »Tun Sie das. Aber es werden nur ihre und meine drauf sein.«

»Quittungen?«, fragte Fennimore mit Blick auf die Snacks im Regal.

Der Verwalter fixierte ihn mit einem bohrenden Blick. »Mister, wir verkaufen hauptsächlich Kartoffelchips und Cola. Dafür stelle ich keine Quittungen aus.«

Fennimore dachte an den abgeriegelten Drahtkäfig draußen, in dem Propangasflaschen aufbewahrt wurden. »Hat er je Gas zum Kochen gekauft?«

»Mhm …« Er schaute über Fennimores Schulter hinweg und kratzte sich am Unterarm, bis es blutete. »Einmal vielleicht …«

»Wir würden gerne das Registrierungsformular sehen«, sagte Hicks.

Er rührte sich nicht, aber da ihn die beiden Deputy Sheriffs und Fennimore erwartungsvoll anschauten, gab er sich schließlich einen Ruck. »Jetzt?«

»Das wäre außerordentlich hilfreich, Sir«, sagte Hicks ohne eine Spur von Sarkasmus.

Während er die einschlägigen Papiere heraussuchte, gingen sie zum Rand der Siedlung, wo der Trailer stand, in dem Laney Dawalt gewohnt hatte.

»Wo ist nur der kleine Junge?« Hicks schien eher mit sich selbst zu sprechen.

»Vielleicht liegt er noch in Guffeys Teich«, sagte Fennimore.

»Warum ist er dann nicht mit Laneys Leiche zusammen aufgetaucht?«

»Das hat mit der Größe zu tun und dem Body-Mass-

Index. Kinder treiben nicht auf dieselbe Weise an die Wasseroberfläche wie Erwachsene«, sagte Fennimore und verdrängte die Bilder von seiner Frau aus seinen Gedanken.

Sie erreichten die Anhöhe, wo der Deputy des Adair County sie schnaufend einholte. Hicks kramte ihr Handy heraus, und im nächsten Moment berichtete sie der Rechtsmedizinerin Dr Janine Quint, dass sie möglicherweise ein zweites Opfer hatten: einen neunjährigen Jungen.

»Doctor«, sagte sie. »Wenn ich mich jetzt an Sie wende, handele ich hinter dem Rücken meines Chefs. Sheriff Launer wird nicht begeistert sein über die Extrakosten.«

Als sie das Telefonat beendete, schenkte sie ihm ein Lächeln.

»Gute Nachrichten?«, fragte Fennimore.

»Sie sagt, sie würde mit Sheriff Launer sprechen und ihn auffordern, ein Taucherteam zu schicken.«

Der Trailer, in dem Laney Dawalt gewohnt hatte, war gar nicht mal so klein – es war eher eine Hütte als ein Trailer. Die neuen Mieter hatten ein Gärtchen angelegt und vor dem Grundstück eine niedrige Backsteinmauer hochgezogen; das Gras war auf beiden Seiten ordentlich gemäht. Das Domizil verströmte eine Aura bürgerlichen Anstands.

Hicks machte mit ihrem Handy ein Foto, steckte es wieder in die Tasche, zog ihr Notizbuch heraus und fertigte eine Skizze von der Position des Trailers im Verhältnis zur Straße, zum Zaun und zu den anderen Unterkünften am Hügel an. Die Fenster des Trailers standen offen; aus einem Radio im Inneren dudelte Countrymusik, die vom Zirpen der Zikaden fast übertönt wurde.

Ein Vorhang bewegte sich, dann flog plötzlich die Tür auf, und eine Frau erschien im Türrahmen. Ihre Augen blitzten. Sie war groß und blond und trug einen Baumwollkittel und Gummihandschuhe. In der einen Hand hielt sie einen Küchenschwamm. Ihr Gesicht war knallrot, als wäre sie gerade dabei, den Boden zu schrubben.

»Was ist denn hier los?« Sie schaute sie alle nacheinander an, als sollten sie sich besser zum Teufel scheren.

»Nichts, Ma'am«, sagte Deputy Hicks. »Wir wollten gerade verschwinden.«

Als sie den Hügel wieder hinabgingen, fragte Fennimore: »Was haben Sie vor?«

»Wir brauchen einen Durchsuchungsbefehl«, antwortete Hicks.

»Warum fragen Sie nicht einfach, ob wir uns drinnen mal umschauen dürfen?«

Sie schaute ihn mit unverhohlener Verwunderung an. »Wir sind in den Vereinigten Staaten von Amerika, Professor – wenn man in jemandes Privatbereich eindringen möchte, braucht man einen guten Grund. Der Schutz gegen unbegründete Durchsuchungen und Beschlagnahmungen ist im vierten Verfassungszusatz festgeschrieben.«

»Warum sind wir dann überhaupt dort gewesen?«

Sie reichte ihm ihr Notizbuch und holte ihr Handy wieder heraus, um ein Foto von ihrer Positionsskizze zu machen. »Wohnwagensiedlungen sind nicht sehr übersichtlich. Ich würde ziemlich dumm dastehen, wenn ich dem Richter den falschen Ort nennen würde. Die Durchsuchung wäre dann außerdem illegal und nicht mehr zulässig.«

»Okay«, sagte er. »Ich gebe mich geschlagen. Sie brauchen einen Durchsuchungsbefehl, und Sie brauchen verwertbare Fakten. Aber während wir uns hier unterhalten, reinigt Miss Oxy-Clean das Haus porentief von sämtlichen Spuren.«

Ihre blauen Augen glitzerten belustigt. »Da wir bei den Hinterwäldlern sind und meilenweit entfernt vom Auge der Gerechtigkeit, können wir uns ruhig ein paar Freiheiten herausnehmen.« Sie reichte dem örtlichen Deputy ihr Handy. »Ich denke, Sie könnten mit dem diensthabenden Richter sprechen und zusehen, ob wir nicht einen telefonischen Durchsuchungsbefehl bekommen.«

Fennimore grinste. »Wahnsinn.«

# 9

**Wohnwagensiedlung Lambert Woods, Williams County, Oklahoma**

Nach der Sache mit dem Pitbull blieb Red der nordöstlichen Ecke der Siedlung fern. Die anderen Kids erzählten, dass der Glatzkopf mit einem Baseballschläger dort patrouillierte und nach einer Woche auch noch den Hund an der Kette mitnahm. Angeblich humpelte der Hund auf einem Bein, hatte ein Triefauge und war böser denn je zuvor. Wenn man den älteren Kindern Glauben schenken durfte, erkundigte sich der Mann überall nach dem dürren rothaarigen Jungen.

Red erklärte, dass er keine Angst habe, aber er trug nun stets eine Basecap und schlich sich immer am westlichen Rand der Siedlung entlang, wo sich der Wald bis zum Highway hinabzog. Und er sprang auch erst über den Zaun, wenn der Bus in die Ausbuchtung fuhr. Auf der Rückfahrt stieg er früher aus und lief ein paar Meilen, um sicher nach Hause zu gelangen. Heute kam der große gelbe Bus pünktlich um halb acht, um die Kinder zur Schule abzuholen. Red wollte seine Deckung schon verlassen, als er den großen Glatzkopf aus dem Haupttor kommen und links abbiegen sah. Zehn Meter von den Kindern blieb er stehen, den Hund an einer dicken, geflochtenen Leine. Den Baseballschläger hatte er nicht dabei, aber brauchte jemand mit siebzig Pfund puren Muskeln und hündischer Aggression an der Seite so etwas überhaupt?

Eines der Kinder warf Red einen ängstlichen Blick zu,

und er trat schnell hinter einen Trailer. Sah so aus, als hätte er heute schulfrei. Nicht dass ihm das viel ausmachte, aber offenbar hatten die älteren Jungs mit ihrem Gerede recht. Er ging den leicht ansteigenden Pfad wieder hoch und traute sich nicht, den Zwischenraum zwischen den Trailern und dem Wald zu überqueren, bis er sich sicher sein konnte, dass der Glatzkopf ihm nicht folgte und nicht sehen konnte, in welche Richtung er ging. Pitbulls waren vermutlich keine guten Spürhunde, aber er wollte es nicht drauf ankommen lassen.

Am nordwestlichen Ende des Landstreifens wurde der Abstand zwischen Trailern und Wald geringer. Dorthin war der Junge unterwegs, als er plötzlich eine Stimme hinter sich hörte. Im ersten Moment erstarrte er, aber die Stimme war zu hell und zu freundlich, um dem Pitbull-Mann zu gehören. »Na, Bus verpasst?«

Er drehte sich um.

Mr Goodman, ihr direkter Nachbar, lag auf einer Gartenliege vor seinem Trailer. Er war ungefähr so alt wie Reds Mutter; ordentlich geschnittenes, kurzes braunes Haar, kleines Kinnbärtchen. In Reichweite neben ihm stand eine Kühlbox, und er hatte eine Dose Sprite in der Hand.

»Was geht Sie das an?«, fragte der Junge.

»Überhaupt nichts.« Er lächelte, als würde er das für witzig halten. »Der Herr weiß, dass ich in deinem Alter mehr als einmal blaugemacht habe.«

»Ich habe nicht gesagt, dass ich blaumache.« Red schaute um die Ecke des Trailers.

»Wen juckt's?« Der Mann trank noch einen Schluck Sprite und lehnte sich genüsslich zurück. »Schulwissen ist schnell vergessen.«

»Mhm.« Red interessierte nur, dass der Bus fort war. Und der riesige Glatzkopf und sein hässlicher Köter auch.

»Das *Leben* lehrt einen die Dinge, auf die es ankommt, oder?«

»Keine Ahnung«, sagte der Junge. »Ich lebe erst neun Jahre.«

»Neun, aha.« Er schien die Antwort gar nicht frech zu finden, sondern wirkte eher beeindruckt. »Du bist groß für dein Alter – ich hätte dich auf mindestens zehn geschätzt.«

Red verspürte einen Anflug von Stolz. »Das werde ich auch. Im September.«

Mr Goodman nickte, und Red schaute noch einmal zum Highway hinab.

»Der Bus ist längst fort«, sagte Goodman. »Du kannst dich genauso gut entspannen und den freien Tag genießen.«

»Genau das habe ich vor.« Red hängte sich seinen Rucksack über die Schulter und wollte gehen, blieb dann aber stehen und schaute auf die mit Tropfen benetzte Dose in der Hand des Mannes. Die Sonne knallte ihm in den Nacken, und wenn er den Mann seine Sprite trinken sah, bekam er mächtig Durst. Heimgehen konnte er nicht, weil da seine Mutter war und auch ihr Lover, der nach zwei ruhigen, friedlichen Tagen von seiner jüngsten Reise wiedergekehrt war.

Mit einem Mal schien Goodman zu verstehen. »Was habe ich nur für Manieren«, sagte er. »Warte.« Er nahm den Deckel von der Kühlbox und reichte dem Jungen eine Sprite.

Die kalte Dose fühlte sich gut an. Der Junge griff nach dem Aufreißring.

»Warte«, sagte der Mann. »Leg sie dir an den Hals.«

Red zögerte, und Goodman sagte: »Mach einfach, vielleicht gefällt es dir ja.«

Red drückte das kalte Metall an die Haut und spürte, wie sich der Pulsschlag in seinem Hals beschleunigte. Es fühlte sich tatsächlich gut an.

Goodman leckte sich die Lippen und fragte unvermittelt: »Magst du Strumpfbandnattern?«

»Die sind schon okay, denke ich.« Die Frage kam ihm komisch vor.

»Hast du schon mal eine in der Hand gehabt?«

»Nein.« Red riss die Dose auf und nahm einen langen Zug, den Kopf in den Nacken gelegt.

Der Mann beobachtete ihn. »Du musst keine Angst vor ihnen haben – sie sind nicht giftig. Zumindest nicht für Menschen.«

»Das weiß ich«, sagte Red sauer, weil ihm dieser Mann nicht einmal das basale Wissen eines Waldmenschen zutraute.

»Ich habe dich beleidigt«, sagte Goodman. »Das tut mir leid. Selbst ältere Kinder wissen das oft nicht.«

Red zuckte mit den Achseln, fühlte sich aber insgeheim geschmeichelt. Er trank noch einen großen Schluck Sprite und wischte sich mit dem Ärmel den Mund ab. Nun konnte er gehen.

Der Mann setzte sich auf und schwang die Beine über den Rand der Liege. »Ich habe fünf Strumpfbandnattern – drei Gewöhnliche und zwei Karierte. Die männliche Karierte hat elfenbeinfarbene und zitronengelbe Karos und lachsrote Augen – ein richtiger Albino. Möchtest du sie mal sehen?«

»Ich weiß nicht …«

»Das muss man wirklich gesehen haben«, sagte der Mann, als wollte er sagen: *Es ist deine Entscheidung, aber du würdest wirklich etwas verpassen.*

Red runzelte die Stirn und scharrte mit dem Schuh im Dreck.

»Das Weibchen der Gewöhnlichen Strumpfbandnattern ist trächtig. Später im Sommer werde ich hier lauter

Minischlangen herumwuseln haben. Ich könnte dir eine geben.«

»Momma sagt, Schlangen stinken.«

»Nein«, sagte Goodman. »Ihr Kot stinkt, aber nur, bis er getrocknet ist. Danach bemerkt man ihn gar nicht mehr. Und ich würde dir nur eine geben, die keine stinkende Flüssigkeit absondert, wenn du sie in die Hand nimmst.«

Red schaute von seiner Fußspitze auf. Goodman schien zu wissen, wovon er sprach ... Er verspürte einen sanften Zug, als würde ihn jemand beim Ärmel nehmen und in Richtung Trailer führen.

»Ich darf keine Haustiere haben«, sagte er, immer noch skeptisch.

»So sind Mommas halt – sie verderben den kleinen Jungen immer den Spaß.«

Der Mann grinste und schien das auch von dem Jungen zu erwarten. Red wusste, dass er seine Mutter verteidigen sollte, aber sie verdarb ihm ja tatsächlich jeden Spaß. Wenn sie arbeiten gehen würde, hätten sie auch Geld, und er könnte eine Strumpfbandnatter haben. Oder sogar einen Hund, den er mitnehmen könnte, wenn er in den Wald ging.

Der Mann beobachtete ihn. »Ich will dir ein Geheimnis verraten, von dem ich wünschte, man hätte es mir in deinem Alter auch verraten: Was Momma nicht weiß, macht sie nicht heiß. Was du in deinem Zimmer tust, ist einzig und allein deine Angelegenheit. Du hast doch ein eigenes Zimmer, oder?« Als Red nickte, fuhr er fort. »Alles, was du brauchst, ist ein Glasgefäß. Ich könnte dir eins leihen, das ich übrig habe. Schmuggel das in dein Zimmer, unters Bett, in einen Schrank – Mensch, du bist doch ein cleveres Bürschchen, ich muss dir doch keine Tipps geben, was?«

Red biss sich auf die Lippe. Das Gesicht des Mannes zog

sich zusammen und entspannte sich wieder, als hätte er Blähungen.

»Ich sollte jetzt gehen«, sagte der Junge.

»Und du möchtest nicht hereinkommen, um dir meine Strumpfbandnattern anzuschauen?«

Red starrte unsicher in die Dunkelheit hinter der Tür.

»Na, was meinst du? Nur fünf Minuten. Du darfst auch mal das Männchen in die Hand nehmen.«

Red fixierte den Mann. »Kommt drauf an ...«, sagte er. Aber er hatte längst eine Entscheidung getroffen.

Der Mann riss die Augen auf. »Worauf?«

Red zeigte mit dem Kinn auf die Kühlbox. »Haben Sie Bier da drin?«

»Klar.« Der Mann griff in die Box und hielt dem Jungen eine Dose Coors hin. Ein träges Lächeln breitete sich auf seinem Gesicht aus.

Red schnappte sich die Dose, rannte los und kletterte behände über den Zaun zum Waldrand. Als er auf der anderen Seite war, rief er: »Sie Perverser!«

Goodman rannte hinterher, aber Red warf mit der halb vollen Sprite-Dose nach ihm und traf ihn mitten an der Brust. Der Junge schaute gar nicht, was er angerichtet hatte, sondern rannte los, immer weiter und weiter, lief Schlangenlinien wie ein Football-Spieler, sprang über herabgefallene Äste und Baumstümpfe hinweg, die Bierdose in der Hand, den Rucksack über der Schulter, bis er tiefer im Wald war als jemals zuvor; und immer noch rannte er weiter, bis er in der heißen, feuchten Luft fast erstickte. Keuchend kletterte er einen Felsenhang hoch, zertrampelte die gefleckten Blätter einer Pflanze, die Aasgeruch ausströmte, und rannte so lange, bis er wieder frische Luft atmete.

Vollkommen außer Atem hielt er an und musste lachen. »Dieser gottverdammte Perverse soll sein ›Männchen‹

selbst halten«, sagte er laut und spuckte dann aus, um den Geschmack der ekelhaften Worte aus dem Mund zu bekommen.

Vor sich sah er nur Eichen und Hickory und Mimosen und Moos, das die Felsen so dick überwucherte, dass es wahrhaft prähistorisch wirkte. Er drehte sich einmal um die eigene Achse, aber es sah überall gleich aus.

»Nun, mein Junge, da hast du dich ja ganz schön verlaufen«, sagte er zu sich selbst. Das schien die Panik, die in ihm aufsteigen wollte, zu besänftigen. Er ließ sich einen Moment Zeit, um seinen Atem unter Kontrolle zu bekommen und einfach nur zu lauschen. Wenn er auf einen Fahrweg stoßen würde, würde er den Heimweg schon finden. Über dem feinen Rascheln der Insekten hörte er Spechte klopfen. Er sah einen Baumläufer in Spiralen eine Eiche hochlaufen, den gebogenen Schnabel als drittes Bein benutzend. Ein Zaunkönig zwitscherte ein paar Melodien und flitzte dann über einen Wildpfad davon, zehn, fünfzehn Meter weiter. Instinktiv beschloss Red, ebenfalls diesem Pfad zu folgen. Er hatte ihn gerade betreten und wollte nun endlich sein hart erkämpftes Bier öffnen, als er plötzlich ein leises Geräusch im Unterholz hörte, fast eine Art Schlurfen. Den Blick in die Richtung gewandt, ging er weiter. Eine Minute später hörte er es wieder – ein leises Knistern von Zweigen und Blättern. Und ein Atmen, das wie ein Seufzen oder Stöhnen klang. Seine Nackenhaare standen zu Berge; in den Wäldern von Ost-Oklahoma lebten nämlich Bären und Pumas. Einen Schwarzbären hatte er sogar schon einmal mit eigenen Augen gesehen – der dicke schwarze Rumpf hatte sich langsam durchs Unterholz geschoben, kaum fünfzig Meter von ihrem Trailer entfernt. Im frühen Frühjahr war das gewesen. Er lauschte angestrengt, hörte aber nichts mehr.

Nachdem er ein paar Schritte getan hatte, vernahm er es wieder, eine Bewegung von weichen, vorsichtigen Tritten.

Sollte es ein Bär sein, wäre es ratsam, stehen zu bleiben und aus vollen Kräften »Hey, Bär!« zu schreien. Bären griffen sofort an, wenn man sie überraschte oder in die Nähe ihrer Jungen geriet, aber sonst taten sie fast alles, um die Begegnung mit Menschen zu vermeiden. Red glaubte aber nicht, dass es ein Bär war. Red dachte, dass es sich um einen Puma handelte.

Im Wald war es still geworden, als würden die Vögel und die anderen Kreaturen ebenfalls den Atem anhalten; selbst das Ungeziefer raschelte nicht mehr. Er könnte auf einen Baum klettern, aber da käme ein Puma leicht hinterher. Oder er könnte losrennen, aber so schnell wie ein Puma war er sowieso nicht. Eine gute Minute lang blieb er wie erstarrt stehen und wusste nicht, was er tun sollte. Irgendwann war es, als würde jemand den Ton wieder anstellen: Ungeziefer und Vögel legten als Erste los, dann brach ein Weißwedelhirsch aus dem Unterholz hervor. Das Tier drehte sich um, entdeckte ihn, warf die Hinterbeine von sich und war verschwunden, bevor er ihn richtig zu Gesicht bekommen hatte. Die Bewegung schien den Jungen wachzurütteln, und er ging wieder weiter, zunächst langsam und vorsichtig, dann forscher, zumal der Pfad breiter wurde. An einem Baum hing ein »Betreten verboten«-Schild, aber es war alt und schief und wirkte eher freundlich, als hätte ein Kind es an seinen Unterschlupf gehängt. Große Bedeutung maß er ihm jedenfalls nicht bei. Er musste den Rückweg finden, und das Beste, was ihm passieren konnte, war die Nähe von Menschen. Das Schild ermutigte ihn also eher.

An einer Lichtung hörte der Pfad plötzlich auf. Gräser und Farn schossen in einem ersten Frühlingsschub in die Höhe, und hier und dort sah man einen Schmetterling über die weißen und rosafarbenen Blüten im Gras hinwegflattern. Er stopfte die Bierdose in seinen Rucksack, setzte ihn sich auf die Hüfte und suchte nach einer Fortsetzung des Pfads. An einer Stelle in südwestlicher Richtung, wo das Gras plattgetrampelt war, wurde er schließlich fündig. Die Totenstille und die leisen Schritte noch im Ohr, hielt sich Red in der Nähe der Lichtung, schlich sich im Schatten voran und versteckte sich im Unterholz. Er stieß auf einen Haufen Maschendraht, den man am Rande der Lichtung entsorgt hatte, zusammen mit einem zerrissenen Plastiksack und einem Regenrohr aus Plastik. Der Pfad verlief nun durch ein Eichen- und Hickory-Wäldchen und öffnete sich unter den Bäumen zu einer Art Kreuzung. Im Schlamm waren Reifenspuren zu sehen. Der Junge bog aufs Geratewohl rechts ein, hielt sich aber abseits vom Weg. Parallel zum Weg verlief ein Bach, der später abknickte und in einen von Mücken wimmelnden Teich mündete. Irgendjemand hatte aus einer Plastikregenrinne einen Kanal gebaut, der von dem Teich wegführte und das Wasser in regelmäßigen Abständen durch schwarze Rohre in kurz geschnittenes Gestrüpp leitete. Einem dieser Rohre folgte der Junge, stolperte nach ein paar Schritten und fiel der Länge nach hin. Einen guten Meter über seinem Kopf zischte etwas durch die Luft, schwang wieder zurück und kam mit einem trockenen Geräusch zum Stillstand. Er rollte sich herum und sah hoch. Ein Stein von der Größe seines Kopfes hatte sich in den Stamm einer Platane direkt neben dem Weg gebohrt. Irgendwann erkannte er, dass der Stein eigentlich ein Holzklotz war und dass an jeder Ecke fünfzehn Zentimeter lange Holzstacheln herausragten.

Der Junge schaute auf die Stelle, wo er gestolpert war, und entdeckte einen dünnen Kupferdraht. Eine Stolperfalle. »Scheiße …«

Zitternd stand er auf und machte sich darauf gefasst, sich jeden Moment wieder ducken zu müssen, weil noch etwas aus den Bäumen schwirrte. Diese Falle sollte etwas schützen, das es wert war, gestohlen zu werden, dachte er. Als er dem Rohr weiter folgte, gab er Acht, wo er seine Füße hinsetzte. Ein intensiver, schwerer Geruch schlug ihm entgegen. Er folgte seiner Nase und dem schwarzen Rohr durch das kurz geschnittene Gestrüpp, bis er zu einer sonnigen Lichtung kam. Sie sah genauso aus wie die, von der er gekommen war, nur dass hier Tomatenpflanzen wuchsen. In langen Reihen standen sie hinter einem Maschendrahtzaun. An Zuckerrohr hochgebunden, waren sie fast schon so groß wie er selbst. Kleine gelbe Blütenrispen hingen an den Zweigen.

Warum um alles in der Welt sollte jemand tief im Wald Tomaten anbauen und mit einer Falle sichern? Der Geruch der Tomaten war in der Sonne sehr intensiv, aber es mischte sich noch etwas anderes darunter – etwas gleichermaßen Süßliches und Stechendes, wie frisch gemähtes Gras.

Immer auf der Hut vor Stolperfallen stieg er über den Zaun. In den ersten drei Reihen wuchsen tatsächlich Tomaten, aber dann wucherte jede dritte Pflanze wild empor. Die Blätter mit den fünf Zacken und den süßlichen, zitrusartigen Geruch mit diesem Hauch von Skunk-Sekret kannte er. Offenbar war er über eine Cannabis-Plantage gestolpert.

Schnell machte sich Red an die Arbeit und pflückte von jeder Pflanze ein Blatt ab, immer nur eins und immer auf einer anderen Höhe, manche außen, manche eher innen, ohne aber etwas von den Stängeln abzureißen. Auf diese Weise arbeitete er sich durch die Reihe hindurch, bis er mindestens dreißig Blätter in der Tasche hatte. Am liebsten hätte er auch noch ein paar Knospen abgezwackt, aber dafür war es vielleicht noch zu früh, denn er konnte keine entdecken.

Plötzlich hörte er in der Ferne das Heulen eines Lkws, der in einem niedrigen Gang fuhr. Red kletterte aus dem eingezäunten Bereich heraus und versteckte sich in dem gestutzten Gestrüpp. Er hielt den Kopf gesenkt, bis der Motor ausgeschaltet wurde, eine Tür knallte und Schritte auf ihn zukamen. Der Lkw war ein Ford Pick-up; über die Ladefläche war lose eine Plane geworfen. Der Fahrer schien alleine zu sein, ein kleiner, stämmiger Mann mit schwarzem Vollbart. Er trug Jeans und knöchelhohe Stiefel und rauchte Pfeife, um die Insekten fernzuhalten; trotzdem fuchtelte er wild herum und klatschte sich fluchend auf die nackte Haut.

Er blieb eine halbe Stunde, drehte die Hähne auf, um die Pflanzenreihen zu bewässern, kontrollierte die Tomatenranken und die gewaltigen Cannabispflanzen und blieb alle paar Minuten stehen, um seine Pfeife wieder anzuzünden. Als er fertig war, kam er ein zweites Mal an Red vorbei, um die Wasserhähne wieder zuzudrehen. Der Junge behielt ihn ständig im Blick, indem er durchs Gestrüpp äugte, und hoffte, dass der Mann die ausgelöste Falle nicht bemerken würde. Der schien aber nur daran interessiert, seine Pflanzen zu wässern und von den Mücken wegzukommen, die ihn in Scharen belagerten und nur darauf warteten, dass die Pfeife wieder ausging. Als er zu seinem Pick-up zurückkehrte, war Red über die Heckklappe geklettert und unter die Plane gekrochen, neben ein paar Gartengeräte und eine verschlossene Kassette.

Die Federung quietschte ein wenig, als der Mann, immer noch fluchend, ins Führerhaus stieg. Red wagte kaum zu atmen, bis der Motor ansprang und der Wagen zurückfuhr. Dann seufzte er auf und kramte im Rucksack nach seinem Coors. Mittlerweile war es warm geworden, aber es schmeckte genau richtig.

# 10

**Stilwell, Adair County, Oklahoma**

Professor Fennimore war bei Laneys Trailer geblieben, um die Kriminaltechniker einzuweisen, während Hicks zu Laneys Vater gefahren war, Mr Thomas Dawalt. Jetzt stand sie vor dem Tor zu seinem mit Schindeln verkleideten Häuschen am Rande von Stilwell, dem Verwaltungssitz des Adair County. Einen knappen Meter von ihr entfernt zerrte ein Schäferhund an seiner Kette, schnappte und knurrte und erwürgte sich fast selbst. Der Metallring, an dem die Kette hing, wirkte rostig, und der Beton, in den er eingelassen war, schien auch schon zu bröckeln. Hicks wechselte einen Blick mit dem Deputy des Adair County. Der hatte die Hand schon an der Hüfte, und es konnte kein Zweifel daran bestehen, dass er den Hund erschießen würde, wenn er sich losriss.

Die Vordertür stand auf. Hicks konnte durch das ganze Haus hindurch- und zur Hintertür wieder hinausblicken, wo man eine kleine Grünfläche sah. Als sie an der Hintertür eine Bewegung wahrnahm, erhob sie die Stimme, um das Gebell des Hundes zu übertönen.

»Mr Dawalt – Sir –, wir müssen mit Ihnen reden.«

Der Schatten schluffte durch den Flur, und im nächsten Moment erschien Thomas Dawalt in der Tür, ein großer, feingliedriger Mann mit Bierbauch. Er trug ein graues T-Shirt mit Schweißflecken unter den Armen und eine ausgewaschene Hose. Es wirkte, als hätte er sich ein paar Tage nicht rasiert und ein paar Wochen nicht mehr gewaschen.

Dawalt lehnte sich an den Türrahmen, ein süffisantes Lächeln im Gesicht und eine eiskalte Bierflasche in der Hand. »Kann ich helfen, Officer?«

Beim Klang seiner Stimme steigerte sich der Hund noch stärker in seine Wut hinein. Mit ausgestreckten Pfoten sprang er in Hicks' Richtung, aber das Gebell wurde von der Kette erstickt.

»Deputy«, korrigierte sie ihn. »Und ja, Sir. Sie könnten Ihren Hund zurückpfeifen, das wäre wirklich hilfreich.«

Dawalt schaute den Deputy Sheriff des Adair County an. Der hatte sich weder gerührt noch einen Ton gesagt, aber seine Hand schloss sich um seine Pistole. Nach einer Weile zuckte Dawalt mit den Achseln, setzte die Flasche an die Lippen, legte den Kopf in den Nacken und ließ den letzten Schluck in sich hineinlaufen. Dann richtete er sich wieder auf und warf mit der leeren Flasche nach dem Hund. Sie traf ihn am Hinterkopf. Das Tier jaulte auf, zog den Schwanz ein und ließ sich flach auf den Bauch fallen.

»Dann mal los«, sagte Dawalt. »Er wird Ihnen schon nichts tun.«

Der Deputy steckte die Hände in die Taschen und sagte: »Von wegen.«

Hicks hingegen öffnete langsam das Tor und achtete auf die kleinsten Anzeichen dafür, dass der Hund aufspringen würde, aber der blieb liegen, leckte sich nervös die Schnauze und beäugte die Besucher. Als Hicks mit klopfendem Herzen an ihm vorbeiging, schaute er sich unsicher nach Dawalt um.

Das Dach des Hauses hing durch, und die Farbe war vom Holz abgeblättert. Ein Auto parkte, die Schnauze voraus, am Fenster; eine Scheibe war kaputt und mit Pappe zugeklebt. Auf der Veranda stapelten sich zerbrochene Holzplatten und Bretter.

Dawalt ließ sich ihre Dienstmarke und ihren Ausweis zeigen, dann musterte er sie von oben bis unten. »Haben Sie sich verlaufen, mein Mädchen?«

Als seine schlammfarbenen Augen über sie glitten, lief es ihr kalt den Rücken hinab, aber sie hielt seinem Blick stand. »*Deputy*, wie ich schon sagte. Ich bin im Auftrag des Sheriffs hier, Sir«, sagte sie im Bemühen, höflich zu sein, obwohl dieser Typ ein Arschloch war und genau wusste, dass ihr Kommen nichts Gutes bedeutete.

Dawalt warf einen Blick auf den anderen Deputy, der die Rechte immer noch an der Pistole hatte und mit der Linken das Tor zuhielt. »Dann ist der da sicher Ihr Aufpasser, was?«

Der Deputy sah schnell weg, und Dawalt lachte.

»Was führt Sie den ganzen langen Weg vom Williams County hierher?«, erkundigte er sich.

»Ihre Tochter – Laney«, sagte sie und beobachtete seine Reaktion.

»Die wohnt nicht mehr hier«, sagte er, plötzlich wachsam.

»Nein, Sir.«

Er wartete, aber Hicks hatte keine Lust, auf der Vordertreppe über den Mord an seiner Tochter zu reden. Sie hob das Kinn und sah ihm in die Augen, bis sie schließlich das Gefühl hatte, dass sich sein Hirn durch den Biernebel hindurch in Gang setzte.

Er seufzte und drehte sich wieder zum Haus um. »Dann kommen Sie wohl besser herein.«

Hicks machte sich auf das Schlimmste gefasst, als sie das dunkle Haus betrat. Die Tür zum ersten Raum war geschlossen. Im Schlafzimmer, in das sie beim Vorübergehen einen Blick erhaschte, lagen dreckige Bettwäsche und schwarze Plastiktüten auf einem Haufen. Das Haus stank nach schalem Bier, Fertiggerichten, Schweiß und Katzenpisse. In der Küche stapelten sich benutzte Essensbehälter – in der Spüle, auf dem gelben Tischchen, in, auf und um den Mülleimer herum. Von Katzen war keine Spur zu sehen, aber da Hicks drei Jahre in den Niederungen des ländlichen Lebens gearbeitet hatte, kannte sie den fischigen Gestank von Meth-Süchtigen – Dawalt musste reines Ammoniak ausschwitzen.

Er ging bis zum Ende des Flurs durch, trat in die grelle Sonne hinaus und setzte sich auf einen alten Campingstuhl an einer schattigen Stelle. Hicks bot er den Liegestuhl daneben an. Sie schob ihn beiseite, zog einen Plastikstuhl aus dem Gewirr von Schrott und Müll auf dem Rasen und stellte ihn Dawalt gegenüber. Er zuckte mit den Achseln, griff in eine Kühlbox neben seinem Stuhl und holte zwei eisgekühlte Flaschen Budweiser heraus. Eine hielt er ihr hin.

»Nein danke, alles bestens«, sagte sie.

»Mag ja sein.« Seine Lippen zuckten. »Aber sind Sie nicht durstig?«

Das war sie, und dass ihr die Sonne in den Nacken knallte, machte es nicht besser. Aber sie hatte etwas zu erledigen, und wenn sie weiterhin um Laney Dawalts betrunkenen, Meth-süchtigen Daddy herumschlich, kam sie nie ans Ziel.

»Sir«, sagte sie. »Ich habe schlechte Nachrichten.«

Er trank einen Schluck Bier und schaute sie dann aus trüben Augen an. »Sie ist tot, oder?«

»Ja, Sir.«

Eine Pause, in der er noch mehr trank.

»Wollen Sie nicht wissen, wie es geschehen ist?« Das war meistens die erste Frage der Angehörigen.

»Drogen oder Selbstmord – suchen Sie sich was aus«, sagte er. »Ausprobiert hat sie beides.«

Wieder nahm er einen Schluck, und Hicks musste sich wirklich am Riemen reißen, um ihm die verdammte Flasche nicht aus der Hand zu schlagen.

»Sie hat sich nichts davon ausgesucht, Mr Dawalt«, sagte Hicks. »Laney wurde umgebracht.«

Die Flasche schlug an seine Zähne, und an seinem Kinn rann Bier hinab. Als er den neuen Fleck auf seinem T-Shirt inspizierte, sagte er: »Das Mädchen hat ein paar schlechte Entscheidungen getroffen. So, wie sie gelebt hat, war es nur eine Frage der Zeit …«

»So, wie sie gelebt hat …« Hicks schaute sich um und ließ den Satz in der Schwebe.

Er blickte sie an, und sein Kopf schwankte ein wenig. *Verärgere ihn nicht, dann fordert er dich nur auf, sein Haus zu verlassen*, dachte sie. Also schluckte sie ihren Ärger hinunter und erkundigte sich, als wollte sie es wirklich wissen: »Was für Entscheidungen, Sir?«

Seine Augenbrauen zogen sich zusammen, und sein Gesicht verfinsterte sich. »Sie ist weggelaufen.«

»Wann?«

Er winkte ab. »Nach der …« Dann schien er sich eines Besseren zu besinnen. »Keine Ahnung. Vor ein paar Jahren. Das DHS hat sie und den Jungen mitgenommen.«

Das Department of Human Services. »Laney kam in Pflege?«

Er schaute sie an, als wollte er sagen: *Ja und?*

»Bei der Obduktion wurde festgestellt, dass sie eine Totaloperation hatte. Der Rechtsmediziner ist der Meinung, dass sie eine verpfuschte Abtreibung hinter sich haben musste.«

Er zuckte mit den Achseln.

»Sie sagten, sie sei *nach* etwas weggelaufen. Meinten Sie, nach der Abtreibung?«

»Ja, es wird wohl um die Zeit herum gewesen sein. Wo hat man sie gefunden?«

»Oben im Williams County, im Bewässerungsteich einer Farm.«

Er sog an seinen Zähnen, schüttelte den Kopf und nickte hin und wieder, als würde er sich mit sich selbst unterhalten.

»Bevor sie vermisst wurde, lebte Laney allerdings mit einem Mann in einer Wohnwagensiedlung in der Nähe von Fairfield.«

Aus seinen finsteren Gedanken gerissen, starrte er sie an. Fairfield war nicht weiter als fünf Meilen entfernt von dem Ort, an dem er jetzt saß. »Hatten Sie nicht gesagt, Sie hätten sie im Williams County gefunden?«

»Ja, Sir. Aber bevor sie verschwand, lebte sie hier im Adair County.«

Er schniefte und trank einen Schluck Bier. »Typisch.«

»Ein Junge lebte bei ihr, ungefähr neun Jahre alt.«

Er nickte. »Mein Sohn, Billy.«

»Und sie hat sich nie bei Ihnen gemeldet?«

»Was denken Sie denn?«, knurrte er.

Hicks beugte sich vor. »Ich denke, dass ich es merkwürdig finde, dass wir uns schon seit fünf Minuten unterhalten und Sie nicht ein einziges Mal nach Ihrem Sohn gefragt haben, Mr Dawalt«, sagte sie leise.

Er senkte den Blick, und sein Brustkorb bebte. Irgendwann sagte er: »Werden Sie es mir verraten, oder sind Sie nur gekommen, um mich zu quälen?«

»Wir wissen nicht, was aus ihm geworden ist.«

Unvermittelt schien er in Tränen ausbrechen zu wollen und klammerte sich an seine Bierflasche. Nach einer Weile wischte er sich mit dem Handrücken die Nase ab und setzte sich auf, die Augen starr auf die Flasche gerichtet. Hicks wartete. Manchmal konnte man als Polizist nichts Besseres tun, als einem Mann Zeit zum Reden zu geben.

»Wir waren mal eine richtige Familie«, sagte er. »Aber nachdem meine Frau vom Krebs dahingerafft wurde, bin ich krank geworden – depressiv. Billy sah ihr so ähnlich. Ich konnte seinen Anblick nicht ertragen, das ging einfach nicht.«

Diese Art von rührseligen Geschichten hatte Hicks schon oft gehört: Eltern, die so zugedröhnt waren, dass ihnen alles egal war und sie ihre jüngeren Kinder der Obhut der älteren überließen.

»Laney hat sich also um Billy gekümmert«, sagte sie.

Dawalt hob den Kopf und fixierte sie mit seinen trüben Augen, plötzlich wütend. Offenbar fühlte er sich in die Defensive gedrängt.

»Sie war *fünfzehn* – alt genug also.«

Irgendetwas an seinen Worten irritierte sie, aber Hicks war hier, um nach Hinweisen auf den Verbleib des Jungen zu suchen, daher beließ sie es dabei.

»Sir, ich muss mehr über Laney in Erfahrung bringen. Gibt es Freunde, denen sie vertraut hat? Vielleicht hat sie irgendjemandem von dem Mann erzählt, mit dem sie zusammen war.«

Er schnaubte. »Und Sie denken, ich könnte Ihnen da weiterhelfen?«

Eigentlich dachte sie das nicht, aber die Gespräche mit den Leuten aus der Wohnwagensiedlung hatten auch nichts gebracht, und sie war verzweifelt. Also versuchte sie es noch einmal anders.

»Gibt es einen Ort, wo Billy hingehen würde, wenn er Angst hat? Irgendein Versteck?«

»Worüber *reden* Sie überhaupt? Es ist vier Jahre her, seit ich den Jungen zuletzt gesehen habe.«

»Vielleicht ein Ort, wo Sie mit ihm zum Angeln hingegangen sind, als er klein war, oder …«

Er unterbrach sie mit einer Handbewegung. »Sehe ich wie ein Angler aus?«

*Nein, Sir, Sie sehen wie ein selbstmitleidiger Suffkopf aus.* Sie verkniff sich den Kommentar und wartete stattdessen ab, ob er vielleicht doch noch etwas sagen würde, das ihr bei der Suche nach dem Jungen weiterhelfen könnte. Sah aber nicht so aus, da Mr Dawalt nun die leere Flasche mit dem Hals nach unten in die Kühlbox rammte, ein frisches Budweiser herausholte und es mit dem Flaschenöffner an seinem Schlüsselbund öffnete.

Er holte erst wieder Luft, als er das halbe Bier in sich hineingeschüttet hatte.

»Sir«, sagte sie. »Ich suche nur nach Hinweisen.«

Nachdem er noch einen Schluck getrunken hatte, wurde er gesprächiger.

»Dieses Mädchen hat Billy verdorben und dafür gesorgt, dass er mir weggenommen wird. Und als sie selbst keine Pflegeeltern mehr brauchte, hat sie ihn zu sich genommen.«

»Und seither haben Sie ihn nicht mehr gesehen?«

»Hören Sie mir eigentlich zu?« Plötzlich war er wieder wütend.

Hicks beschloss, ihre nächste Frage zu stellen, bevor sich seine Laune wieder komplett gegen sie wenden würde. »Haben Sie irgendetwas von Billy im Haus? Irgendetwas, das uns seine DNA liefern könnte?«

Erneut füllten sich seine Augen mit Tränen. »Denken Sie, er ist tot?«

»Ich weiß es nicht, Sir. Und es tut mir wirklich leid, dass ich Sie darum bitten muss. Aber es würde uns helfen, ihn zu finden, wenn wir seine DNA hätten. Es gibt eine Datenbank für vermisste Kinder. Wenn ich seine DNA hineinstellen könnte …«

»Ich kann Ihnen nicht helfen.«

Im ersten Moment verschlug es Hicks die Sprache. »Sie können nicht, oder Sie wollen nicht?«, fragte sie dann.

»Ich kann nicht. Was man verkaufen konnte, habe ich verkauft. Den Rest habe ich verbrannt.«

Sie starrte ihn an.

»Was hätte ich sonst mit dem Zeug machen sollen?«, sagte er, einen harten, selbstgerechten Ausdruck im Gesicht. »Es sah ja nicht so aus, als würde er wiederkommen.«

Sie schlug die Hand vor den Mund, weil das, was fast aus ihr herausgesprudelt wäre, bei der Suche nach Bill nicht weiterhelfen würde.

»Okay, Sir«, sagte sie, als sie sich wieder im Griff hatte. »Wenn ich von Ihnen einen DNA-Abstrich bekommen könnte – Sie sind schließlich Billys Daddy –, wäre das auch eine Option.«

Seine Miene verschloss sich. Sämtliche Ausdrucksfacetten – das Selbstmitleid, die Selbstgerechtigkeit, sogar das Misstrauen – waren plötzlich verschwunden. Er war totenstill, und seine Augen waren dumpf und verschleiert. Hicks erkannte den typischen Anblick eines Kriminellen, der sich selbst schützen will.

»Sir?«, sagte sie in der Hoffnung, sich geirrt zu haben. Vielleicht hatte sie seine Miene falsch interpretiert. »Wir würden nur einen Mundhöhlenabstrich machen – Sie würden nicht einmal etwas spüren.«

»Aber das wäre ein Eingriff in meine Privatsphäre, Deputy«, erklärte er.

»Mr Dawalt«, sagte sie vorsichtig. »Wir nennen das eine Referenzprobe aus der Familie. Sie würde mit nicht-identifizierter DNA in der Datei verglichen werden, nichts weiter.«

»Das sagen *Sie*.«

»Sir, ich bitte Sie darum, mir bei der Suche nach Ihrem Sohn zu helfen.«

»Wenn er lebt, kann er sich persönlich bei Ihnen vorstellen. Wenn er tot ist …« Dawalt zuckte mit den Achseln. »Nun ja … dann kann es ihm auch egal sein.«

Das war zu viel. Deputy Hicks ließ Dawalt auf seinem Stuhl in dem zugemüllten Hinterhof sitzen, an seiner Flasche nuckelnd, als wäre es ein Schnuller.

Der Hund sprang auf, als sie zur Vordertür herauskam.

»Sitz«, befahl sie, und er ließ sich wieder auf den heißen Beton sinken.

Der Deputy des Adair County betrachtete sie mit neuem Respekt. Er hielt ihr das Tor auf und grinste. »Das hat gesessen.«

Der Hund sprang auf, und der Deputy schloss schnell das Tor.

»Das Tier liegt angekettet in der prallen Sonne und hat nicht einmal Wasser«, sagte Hicks. »Werden Sie etwas dagegen unternehmen?«

»Wie bitte? Sie wollen, dass ich Dawalt deswegen belange?«

»Schon gut«, sagte sie. »Ich werde den Tierschutz selbst anrufen – gleich nachdem wir beim Department of Human Services vorbeigefahren sind. Ich möchte wissen, wann diese Kinder in Pflege gekommen sind.«

Er schaute zum Haus hinüber, dann wieder zu ihr. »Und da brauchen Sie einen Sozialarbeiter, um das herauszufinden?«

Hicks warf ihm einen kalten Blick zu. »Sie wissen doch, wie man sagt – der Teufel liegt im Detail.«

# 11

**Quartier des Methodenaustausch-Teams, St Louis, Missouri**

»Kommt Ihnen das irgendwie bekannt vor?«, fragte Detective Dunlap. »Mutter und Kind verschwinden von zu Hause. Mutter wird im Wasser gefunden, Kind ist fort.«

Simms schaute von der Akte auf, die sie soeben studierte. »Wie alt war das Kind?«

»Acht«, sagte Dunlap. »Ein Junge.«

»Erinnert mich an unser Opfer im Sumpf, Fallon Kestler«, sagte sie. »Ihre Tochter war neun.«

»Aber man hat die Tochter zusammen mit Fallon im Wasser gefunden«, sagte Detective Ellis. »Wie ich schon sagte, eine Leiche im Wasser bedeutet, dass man keine DNA hat. Kommt hinzu, dass wir auch keinen Tatort haben, keine Zeugen und keine Verdächtigen.« Er spreizte die Hände. »Und muss ich erst darauf aufmerksam machen, dass es sich um ein *Mädchen* handelte?«

Simms antwortete nicht, weil sie die Sache nicht so ohne Weiteres abtun wollte. Sie streckte die Hand aus, und Dunlap reichte ihr die Akte. »Nur um meine Neugierde zu stillen«, erklärte sie.

Das Mordopfer war Kyra Pender. Ihr kurzes Leben war auf brutale Weise geendet: Traumatische Asphyxie hatte der Rechtsmediziner als Todesursache festgestellt. Würgespuren waren nicht gefunden worden, aber der Rechtsmediziner hatte Petechien an der Innenseite der unteren Augenlider entdeckt. Die stecknadelkopfgroßen, rötlichen Blutpünktchen rührten von kleinen Blutungen der Kapillare her und waren typisch für Opfer von Erwürgen oder Ersticken. Darüber hinaus hatte Kyra zwei gebrochene Rippen.

Die Kriminaltechniker waren der Meinung, dass die Leiche von einer Brücke hinabgeworfen worden war. Die Reifenspuren mit Gummiabrieb deuteten darauf hin, dass eine große Limousine den Ort überstürzt wieder verlassen hatte. Vor zwölf Monaten war das gewesen.

Simms las einen Teil von Kyras Lebensgeschichte vor. »Ihre Mutter war sechzehn, als Kyra geboren wurde. Mutter und Kind zogen kurz nach der Geburt aus einer billigen Mietwohnung in eine Wohnwagensiedlung. Im Alter von zwölf begann Kyra, ihrer Mutter verschreibungspflichtige Medikamente zu stehlen. Mit sechzehn war sie Meth- und Crack-abhängig und mit ihrem ersten und einzigen Kind schwanger.«

»So läuft das eben«, murmelte Dunlap. »Man könnte es fast als einen natürlichen Kreislauf bezeichnen. Aber die Natur räumt hinter sich auf, während diese Drogengeschichten immer schlimmer und schmutziger werden.«

»Und Kyras kleiner Junge wurde nie gefunden?«, fragte Simms.

Dunlap schüttelte den Kopf. »Der ist weg.«

»Hier gibt es ein paar interessante Details. Ihre Leiche war in ein Lkw-Netz eingewickelt, als sie entsorgt wurde. Man hat es mit Steinen aus der Gegend beschwert und mit einem grauen Seil zusammengebunden.«

Ellis schüttelte den Kopf. »Diesen Fall hat man schon mikroskopisch genau untersucht.«

»Warum sind Sie sich da so sicher?«, fragte Simms.

»Ein Fall mit einem Kind«, sagte er. »Da muss man nicht groß nachdenken.«

»Würde man meinen, nicht wahr?« Dunlap kratzte sich

an den grauen Locken. »Tatsächlich aber ist Kyra Pender nicht im ViCAP.«

»Was? Man hat ihre Daten nicht in die größte Datenbank des FBI eingespeist?«

»Vom NCIC habe ich auch keine Informationen bekommen.« Das war das National Crime Information Centre, das sowohl Daten von Verbrechen als auch von vermissten Personen sammelte.

Ellis schluckte. »Wie bitte?«

»Nichts«, sagte Dunlap. »Rein gar nichts.« Er drehte Ellis seinen Laptop hin, damit er sich selbst davon überzeugen konnte. Der Kopf der Seite trug das blau-rot-gelbe FBI-Logo, unter dem sich ein Löwe in den Vordergrund schob – das Maskottchen von LEO, dem Online-Portal der Polizei. »Sehen Sie selbst.«

Während sich Ellis aufgebracht der Datenbank widmete, die Dunlap bereits durchforstet hatte, wandte sich Dunlap an Simms. »Die Angaben zu dem kleinen Jungen sollten mindestens in einem halben Dutzend Datenbanken enthalten sein – in solchen des Bundes und in unabhängigen. Die Tatsache, dass nicht einmal die beiden wichtigsten US-Datenbanken ihn kennen, ist …«

»… schier unglaublich! Das ist es«, knurrte Ellis.

Dunlap warf ihm einen Blick zu, fuhr dann aber in aller Ruhe fort, Simms das Prozedere zu erklären. »In Anbetracht von Kyra Penders Hintergrund haben die ermittelnden Kollegen den Fund ihrer Leiche vielleicht nicht für eine große Sache gehalten. Ihr Kind wird allerdings auch vermisst, und das ist schon etwas anderes. Ein vermisstes Kind kommt in *jede* Datenbank des FBI. Außerdem wird automatisch das NCMEC benachrichtigt – das National Centre for Missing and Exploited Children, die Organisation also, die sich um Fälle von vermissten und missbrauchten

Kindern kümmert. Sobald das NCMEC informiert ist, stellt es den ermittelnden Kollegen ein Mitglied des Team Adam zur Seite. Das Team Adam besteht aus pensionierten Polizisten und verfügt über Geld, Erfahrung und alle erdenklichen technischen Möglichkeiten. Seine einzige Aufgabe ist es, verschwundene Kinder aufzuspüren.«

»Aber die Details zu Kyras Fall wurden nie in die Datenbanken des FBI eingespeist, und so hat auch das NCMEC nie davon erfahren.« Simms sprach den Namen »Nec-Mec« aus, wie Dunlap es getan hatte.

»Genau«, sagte Dunlap. »Und das ist vollkommen verrückt. Da die Budgets allenthalben knapp sind, stürzt man sich doch auf jede Instanz, die Geld hat.«

»Blödsinn, Dunlap. Die Gründe kennen Sie doch nur zu gut.« Das war wieder Ellis.

»Ellis ...«, sagte Dunlap.

»Sie müssen wissen, Chief, dass sich das FBI nur für Serienmörder interessiert«, erläuterte Ellis. »Es gibt also keinen großen Anreiz dafür, sich mit einem schlichten, altmodischen Mord herumzuschlagen.«

Simms war bekannt, dass es sich um ein Problem handelte, das Ermittlungsbehörden überall in den Vereinigten Staaten mit dem FBI hatten.

»Das Problem ist«, fuhr er fort, »dass man gar nicht wissen kann, ob es sich um einen Massenmörder handelt, solange man nicht ein paar Fälle zusammenträgt.«

Special Agent Detmeyer schien nicht geneigt, die Politik seines Arbeitgebers zu verteidigen oder zu verdammen. Er schaute Ellis einfach mit neutralem Interesse an.

Ellis warf dem FBI-Psychologen einen argwöhnischen Blick zu, dann griff er nach der Fallakte und zog sie unter Simms' Ellbogen weg. »Das ist auf dem Grenzgebiet zwischen zwei Bundesstaaten passiert«, sagte er, als er den Bericht überflog. »Herr im Himmel, sie wurde im Forest Park abgelegt, praktisch unter unserer Nase.« Er starrte Dunlap entgeistert an.

»Sie wissen doch, wie das ist«, sagte Dunlap, diplomatisch wie immer. »In einem Fall wie diesem, wo nicht einmal eine Familie händeringend auf Neuigkeiten wartet, lässt man sich leicht ablenken. Man ist fest entschlossen, die Daten ins System einzugeben, aber dann kommt auch schon der nächste Mord herein oder Indizien in einem anderen Fall, und schon ist es vergessen.«

»Würden *Sie* so etwas vergessen?«, fragte Ellis ihn. »Wenn ein Kind involviert ist?« Er wandte sich an Simms. »Würden Sie? Kann ich mir kaum vorstellen. Der verantwortliche Ermittler hat seinen Job nicht gemacht – das ist eine Schande.«

Simms sagte: »In Großbritannien haben wir ein ganzes Team von Analysten, die sich darum kümmern, die Daten …«

»Schön für Sie«, sagte Ellis in einem Tonfall, der eher nach »Halt's Maul« klang.

»Ich will mich nicht auf Ihre Kosten profilieren, Ellis«, sagte Simms. »Es geht mir um etwas Grundsätzliches: Unsere Verfahrensregeln schreiben verbindlich vor, dass Polizeikräfte bestimmte Verbrechen ins System stellen. Ein Großteil der Arbeit wird ihnen sogar abgenommen, und trotzdem gibt es immer noch einen gewissen Prozentsatz an Kollegen, die ihre Daten nicht weiterreichen. Jedes System hat seine Schwächen – das muss man akzeptieren und das Beste draus machen.«

»Ach ja?«, sagte Ellis. »Ich stelle hundert Prozent meiner Fälle ins System. Ich *hasse* es, diese verdammten Formulare auszufüllen, aber ich tu es trotzdem. Das ist meine Vorstellung davon, das Beste aus etwas zu machen.«

# 12

**Fennimores Motel in der Nähe von Westfield, Williams County, Oklahoma**

Es war schon Mitternacht, als Fennimore von Deputy Abigail Hicks auf den neuesten Stand gebracht wurde. Sie hatte für den Professor ein Zimmer in einem familienbetriebenen Motel ein paar Meilen außerhalb von Westfield reserviert. Die Beschreibung auf der Website versprach »authentische Architektur des Mittleren Westens«, und so zog sich um das Erdgeschoss eine überdachte Holzveranda mit einem dekorativen Koppelzaun herum. Ein verbeulter Ford Mustang war allerdings das Pferdeartigste, das diesem Zaun je nahe gekommen sein dürfte.

Fennimore saß vor seinem Zimmer, den Stuhl nach hinten gekippt und die Füße auf den Zaun gelegt. Geblendet von den grellen Scheinwerfern des zehn Jahre alten SUVs, hielt er sich die Augen zu, worauf Hicks das Licht schnell ausschaltete. Dann nahm sie eine Papiertüte vom Beifahrersitz und stieg aus.

»Gut sehen Sie aus.«

Sie trug jetzt Jeans und T-Shirt und hatte die Haare hochgesteckt, um Luft an den Nacken zu lassen. Fennimore sollte ruhig die Frau hinter der Dienstmarke sehen.

»Ich war in der Wohnwagensiedlung, um Sie heimzufahren«, sagte sie. »Da waren Sie aber nicht mehr.«

»Ich hatte den Herrn von der Kriminaltechnik gebeten, mich mitzunehmen.«

»Und das hat er getan?«

»So weit war es ja nicht«, sagte Fennimore. »Warum überrascht Sie das?«

»Ich habe vorhin mit ihm gesprochen. Er hat Sie als ungehobelten Burschen bezeichnet.«

Fennimore zog die Schultern hoch und spreizte die Hände – ein Bild beleidigter Unschuld. »Wieso denn das? Nur weil ich gesagt habe, dass ich es für eine schlechte Idee halte, wild mit Luminol um sich zu spritzen? Seine biochemischen Eigenschaften richten oft Schaden an, daher ist es an Tatorten mit Vorsicht zu genießen.«

»Wenn es nur das gewesen wäre«, stellte Hicks fest. »Angeblich haben Sie über Zaubertricks und hübsche Farben fabuliert und als Straßengaukler tituliert.«

Er dachte einen Moment nach. »So betrachtet waren meine Worte wohl tatsächlich ungehobelt. Aber offenbar habe ich ihn mit meinem enzyklopädischen Wissen über forensische Methoden doch beeindruckt.«

Sie lächelte. »Ich höre Sie gerne reden.«

»Das ehrt mich«, sagte er. »Leute von geringerem Urteilsvermögen haben schon behauptet, ich redete wie ein Lehrbuch.«

»Nun, das tun Sie auch, Professor.«

Seine Augenwinkel kräuselten sich, was sie erfreut zur Kenntnis nahm; meistens sah er so traurig aus.

Auf der Holzveranda stand ein zweiter Stuhl, und er zeigte mit der Hand darauf. Sie ließ sich mit einem Seufzer nieder, da sie die langen Stunden, die sie gearbeitet hatte, in jedem Muskel spürte. »Und? Haben Sie irgendetwas Brauchbares in Laneys Trailer gefunden?«, fragte sie.

»Der ist sauber«, sagte Fennimore. »Blitzblank sauber – von einer obsessiven Sauberkeit, würde ich sogar sagen. Der Verwalter hat sogar den Teppichboden rausgerissen, bevor die neuen Mieter eingezogen sind.«

»Dabei schien er gar nicht der Typ zu sein, bei dem der Kunde König ist«, sagte Hicks.

»Wir reden auch nicht über einen normalen Kunden, Deputy.«

Das musste sie zugeben. »Wenn der Teppich auf die Müllhalde gewandert ist, könnten wir ihn vielleicht …«

»So viel Glück ist uns nicht beschieden«, unterbrach sie der Professor. »Er wurde auf dem Siedlungsgelände verbrannt. Man muss aber auch das Positive sehen: Sollte Miss Oxy-Clean in ihrem Haus einem Verbrechen zum Opfer fallen, verfügen wir über forensische Spuren, die durch nichts kontaminiert wurden.«

Sie kicherte.

»Ernsthaft«, sagte er. »Ich habe schon schmutzigere DNA-Labore gesehen.«

»Ich wünschte, ich hätte bessere Neuigkeiten«, sagte sie. »Laney hat die Anmeldeformulare unterschrieben, und die einzigen Fingerabdrücke auf dem Mietbuch sind von ihr. Andererseits hatten Sie recht – der Typ, mit dem sie zusammenwohnte, hat für das Propangas bezahlt.«

»Bar vermutlich«, sagte Fennimore.

»Ja. Von einem der Durchschlagpapiere der Quittung haben wir einen unvollständigen Handabdruck abnehmen können, aber der reichte nicht, um im AFIS fündig zu werden.«

Fennimore nickte. »Handabdrücke sind nicht so zuverlässig wie Fingerabdrücke.«

»Wir haben ihn mit dem des Verwalters abgeglichen und mit dem aus Laneys Polizeiberichten. Keine Übereinstimmung.«

»Also könnte es tatsächlich der Handabdruck des Mannes gewesen sein, mit dem sie dort zusammenwohnte.«

»Oder der des nächsten Menschen, der Gas gekauft hat«,

sagte Hicks. »Und selbst wenn er von Laneys Freund war, wissen wir immer noch nicht, ob er etwas mit dem Mord zu tun hatte.«

»Er ist zur selben Zeit verschwunden wie sie«, erwiderte Fennimore. »Das macht ihn zu einem wichtigen Verdächtigen.«

Sie nickte. »Aber wir haben keine Ahnung, wer es sein könnte …«

»Und so schließt sich der Kreis.« Fennimore seufzte. »Warum erzählen Sie mir nicht von Ihrem Besuch bei Laneys Vater?«

»Okay. Aber ich habe Hunger und bin sterbensmüde und auch ein wenig angewidert von der menschlichen Natur. Ohne Essen und Alkohol kann ich Ihnen die Geschichte nicht erzählen.«

Sie öffnete die Papiertüte, die neben ihrem Stuhl stand, und er richtete sich ein Stück auf.

»Sie haben etwas zu essen mitgebracht?«

»Pulled-Pork-Sandwiches und eingelegtes Gemüse. Haben Sie noch nicht gegessen?«

»Doch, im Schatten eines furchterregenden, auf seinen Hintertatzen stehenden Plastikbären«, sagte er. »Aber das scheint schon Ewigkeiten her zu sein. Und den Alkohol, der mir angeboten wurde, habe ich sehr zu meinem Bedauern abgelehnt.«

»Könnte sein, dass ich ein paar Flaschen Sierra Nevada im Kofferraum habe.« Das sagte sie mit einem bewusst beiläufigen Tonfall, um es nicht so aussehen zu lassen, als wäre sie *allzu* perfekt vorbereitet.

Er stand auf und hielt ihr die Hand hin. »Geben Sie mir den Schlüssel, ich hole es.«

»Die Alkoholgesetze von Oklahoma sind sehr streng, was das Trinken in der Öffentlichkeit angeht«, sagte sie.

Er schaute zum Parkplatz hinüber, der bis auf wenige Autos leer war. »Wie öffentlich ist öffentlich?«

Sie zögerte. »Wir müssten es mit hineinnehmen.«

»Ich verspreche Ihnen, mich wie ein Gentleman zu benehmen«, sagte er und winkte sie herein.

Das Bier schmeckte nach Malz, Karamell und frisch gemähtem Gras; es war stark und wunderbar kalt und milderte den Ärger, der Hicks den ganzen Nachmittag in seinen Fängen gehabt hatte. So konnte sie Laney Dawalts traurige Geschichte erzählen, ohne mit Gegenständen um sich werfen zu wollen.

»Der Junge war ihr Bruder?«, fragte Fennimore nach.

»Ja.« Sie registrierte, dass er »war« gesagt hatte. Offenbar ging Fennimore – wie der Rechtsmediziner und Dawalt und überhaupt alle – davon aus, dass Billy tot war. »Mr Dawalt behauptet, er sei zu krank gewesen, um sich um seinen Sohn zu kümmern. Laney sei ja alt genug gewesen, sagt er.«

»Für was genau?«, fragte Fennimore.

»Ich hatte mir schon so etwas gedacht«, sagte sie finster. »Dawalt behauptet, er habe Laney und Billy nicht mehr gesehen, seit sie in Pflege kamen. Also bin ich zum Department of Human Services gefahren, um mehr über die Sache zu erfahren. Laney ist ein paar Wochen nach dem Tod ihrer Mutter schwanger geworden.«

»Oh«, sagte Fennimore.

»Mr Dawalt hatte nicht einen einzigen Gegenstand, der uns Billys DNA liefern könnte. Also habe ich ihn höflich um einen Mundhöhlenabstrich gebeten, um eine familiäre Referenzprobe ins CODIS zu stellen, aber er hat sich schlicht geweigert. Man sollte doch meinen, dass ein Mann Berge versetzen würde, um sein Kind wiederzubekommen, aber dieses Arschloch schert sich einen feuchten Kehricht darum.«

»Sieht so aus, als hätte Mr Dawalt etwas zu verbergen«, sagte Fennimore.

»Darauf können Sie wetten. Dawalt hat selbst verraten, dass Laney zum ersten Mal weggelaufen ist, nachdem sie eine Abtreibung hatte.«

»Die ja auch im Bericht des Rechtsmediziners erwähnt wird.«

Sie nickte. »Ich habe mich beim Krankenhaus des Adair County erkundigt. Laney wurde im dritten Monat mit Blaulicht eingeliefert. Sie hatte fast zwei Liter Blut verloren. Der Chirurg hat mir erzählt, dass sie so übel zugerichtet war, dass man nur noch eine Totaloperation vornehmen konnte. Sie war fünfzehn, Professor. *Fünfzehn.*« Hicks brach ab, nahm einen Schluck aus der Flasche und leckte sich mit der Zunge über die Zähne, aber der bittere Geschmack kam nicht vom Bier.

»Sie denken, Dawalt war der Vater«, sagte Fennimore.

Sie zuckte mit den Achseln. »Das ist der einzige mir ersichtliche Grund, warum ein Vater seine minderjährige Tochter einem Kurpfuscher anvertrauen sollte. Es würde mich nicht wundern, verdammt, wenn er einen Drahtbügel genommen und ihren Unterleib eigenhändig verwüstet hätte. Es war auch nicht Dawalt, der den Notarzt gerufen hat, sondern Laneys fünfjähriger Bruder. Ihr Daddy hat sie nur in die Badewanne gesetzt, damit sie nicht die Couch ruiniert.«

»Wurde er je angeklagt?« Fennimore sah bleich aus.

»Er hat behauptet, er sei nicht zu Hause gewesen. Und Laney hat nichts erzählt – vermutlich hatte sie Angst, was Dawalt ihrem Bruder antun könnte. Das DHS hat die beiden zu verschiedenen Pflegeeltern gegeben, aber an ihrem sechzehnten Geburtstag hat sie Billy besucht, und sie sind zusammen abgehauen.«

Er schüttelte ungläubig den Kopf. »Das hat sie beide das Leben gekostet.«

Hicks packte die Wut. »Wie können Sie das sagen? Laney hatte kein Jahr zuvor ihre Momma verloren. Vermutlich wurde sie von ihrem eigenen Vater vergewaltigt und dann von ihm gezwungen, das Baby abzutreiben. Trotzdem hatte sie noch die Güte und Stärke, sich um ihren kleinen Bruder kümmern zu wollen.«

»Aber er war doch gut versorgt.«

Sie lachte bitter auf. »Entschuldigen Sie bitte, Professor, aber Sie wissen nicht, wovon Sie reden.«

Er wollte etwas sagen, aber dann sah sie, wie in seinen Augen die Erkenntnis aufblitzte. »Sie haben recht«, sagte er. »Es tut mir leid. Ich habe nicht die geringste Ahnung.«

Hicks hatte noch nie erlebt, dass er sich entschuldigt hatte, und zwar aufrichtig. Offenbar war ihm klar, dass sie über sich selbst gesprochen hatte. *Verdammter Mist*, dachte sie.

Das Letzte, worüber sie sprechen wollte, war ihre verkorkste Kindheit, daher sagte sie schnell: »Morgen kommt ein Taucherteam aus Tulsa, um Mr Guffeys Teich abzusuchen. Ich glaube allerdings nicht, dass sie Billy dort finden. Es könnte sein, dass seine DNA bereits im CODIS ist, nur dass wir nichts haben, um das abzugleichen. Ich brauche mehr als die DNA seiner Schwester, um eine definitive Zuordnung vornehmen zu können.«

»Das Krankenhaus könnte Billys Heel-Prick-Card noch haben«, sagte Fennimore. »Das ist eine Blutprobe, die kurz nach der Geburt der Hacke entnommen wird, um rechtzeitig angeborene Stoffwechselkrankheiten zu erkennen.«

Sie nickte. »Wir nennen es die Guthrie Card. Aber die medizinischen Einrichtungen von Oklahoma löschen die Daten nach zweiundvierzig Tagen.«

Er schaute sie nachdenklich an.

»Ich habe mich erkundigt«, log sie.

»Woran ist die Mutter gestorben?«, fragte er.

»Krebs«, sagte Hicks.

»Dann könnte das Krankenhaus Gewebeproben haben.«

»Das klingt schon besser, Professor«, sagte sie und stieß mit Fennimore an. »Ich rede mal mit dem Chirurgen, der Laney operiert hat, vielleicht kann der mir ja weiterhelfen.«

»Die DNA seiner Mutter und seiner großen Schwester wäre schon einmal ein Fortschritt«, sagte Fennimore. »Aber Mr Dawalts DNA würde uns Billys gesamtes DNA-Profil verraten. Ich nehme an, eine familiäre Referenzprobe kann man nur freiwillig abgeben, oder?«

Sie nickte. »Um im CODIS zu landen, hätte er schon ein schlimmes Verbrechen begehen müssen. Seine Weigerung, eine DNA-Probe abzugeben, könnte darauf hindeuten, dass er als unidentifizierte Tatortprobe dort vertreten ist. Leider habe ich keinen triftigen Grund, ihn …« Sie sprang auf. »Der Hund!«

»Was für ein Hund?«, fragte Fennimore.

Er wirkte so verwirrt, dass sie lachen musste. *Was für ein schöner Anblick!*

»Ich fasse es nicht, dass ich nicht schon vorher darauf gekommen bin. Ich habe Dawalt doch mit eigenen Augen ein Verbrechen begehen sehen.« Angesichts der schlichten Schönheit dieser Erkenntnis hätte sie am liebsten losgejubelt. »In Dawalts Vorgarten war ein Hund angekettet, ohne Wasser, Schatten und Unterstellmöglichkeit, bei einer Hitze von über dreißig Grad. Außerdem hat Dawalt eine Glasflasche nach dem armen Tier geworfen und es voll am Hinterkopf getroffen. Tierquälerei ist ein schweres Delikt, Professor, so steht es in den Statuten. Wie es aussieht, werde ich die DNA-Probe wohl bekommen.«

»Darauf sollten wir anstoßen.« Er bot ihr ein frisches

Bier aus der Kühlbox an. »Haben wir nun für den restlichen Abend frei?«

Sie schaute ihn unentschlossen an. »Eigentlich wollte ich heute Nacht noch ein paar Details zum Fall in die Datenbanken des FBI eingeben, aber der Computer streikt mal wieder. Vor morgen Nachmittag wird der Schaden nicht behoben sein.«

»Hat Oklahoma keine eigene FBI-Abteilung?«

»Das OSBI kann nur auf Einladung in Ermittlungen einbezogen werden.«

»Dann laden Sie es doch ein.«

»Das können Sie vergessen.« Sie schüttelte den Kopf und spürte, wie ihr das Bier zu Kopf stieg.

»Aber wieso um alles in der Welt?«, fragte Fennimore. »Die haben doch erfahrene Ermittler. Und Labore. Und Geld.«

»Stimmt schon«, sagte Hicks. »Aber der Leiter des OSBI ist vor vier Jahren gegen Sheriff Launer angetreten – und hat sogar fast gewonnen. Der Sheriff ist nicht der Typ, der so etwas vergisst.«

»Ah«, sagte Fennimore. »Also stecken Sie in einer Sackgasse.«

Sie schaute ihn über den Flaschenhals hinweg an. »Nun, ein Fall für den Abschleppdienst bin ich noch nicht. Haben Sie schon einmal etwas von dem National Centre for Missing and Exploited Children gehört?«

»Natürlich«, sagte er. »Die Website der entsprechenden britischen Kinderschutzbehörde ist mit der ›Vermisste Kinder‹-Website der Organisation verlinkt.«

*Vermutlich hat er die Seite eine Million Mal aufgerufen, um nach einem kleinen Mädchen zu suchen*, dachte sie.

»Sobald NCMEC von Billy Dawalt erfährt, werden sie einen Team-Adam-Berater bereitstellen«, fuhr sie schnell fort, da er ihr Mitleid sicher ebenso wenig wollte wie sie das seine. »Und mit dem Team Adam kommen erhebliche Ressourcen ins Spiel.«

»Und da Sheriff Launer mit dem NCMEC kein Hühnchen zu rupfen hat ...«

»Fließen diese Ressourcen direkt an mich.« Sie warf ihm einen verschmitzten Blick zu. »An *uns* – wenn Sie dabei sind.«

»Oh, ich amüsiere mich gut«, sagte Fennimore.

Fennimores Gesicht leuchtete, wenn er lächelte, und sie packte der irre Wunsch, ihn zu küssen.

»Sie hätten also nichts dagegen, wenn ich Ihren Laptop mal benutzen würde?«

»Dazu waren Sandwiches und Alkohol also gedacht?«, sagte er. »Als Bestechung?«

»So direkt würde ich das nicht ausdrücken. Sollte Ihr Laptop übrigens verschlüsselt sein, könnte ich sogar aufs LEO-Portal des FBI gehen, ohne mich irgendwelcher Regelverstöße schuldig zu machen.«

Er stellte sein Bier ab und griff nach seiner Reisetasche. »Ich muss schon sagen, ich bin enttäuscht«, sagte er und schaute sie über den Monitor hinweg an, als der Laptop hochfuhr.

»Wieso?«

»Ich hatte gehofft, Sie seien gekommen, um sich im Nachtangeln zu versuchen«, sagte Fennimore.

Hicks lächelte ihn träge an. »Es ist doch noch früh, Professor.«

# 13

**Wohnwagensiedlung Lambert Woods, Williams County, Oklahoma**

Red saß auf einem alten Stuhlkissen, den Rücken an den dicken grauen Stamm einer Eiche gelehnt. Er lauschte der Countrymusik aus seinem Kofferradio, während er auf die Baseball-Ergebnisse zur vollen Stunde wartete. Auf dem Müllhaufen der Siedlung hatte er eine blaue Plastikplane gefunden und sie als Schattensegel zwischen der Eiche und einem Beerenbusch aufgespannt; sollte es ein Unwetter geben, würde sie ihn auch vor Regen schützen. Sein Unterschlupf lag nicht mehr als fünfzehn Gehminuten von seinem Zuhause entfernt, aber das reichte, um nicht zu hören, wenn seine Mutter nach ihm schrie. Er trank ein Bier und zog an einem Joint aus ein bisschen Tabak und dem Gras, das er in der Cannabis-Plantage im Wald gestohlen hatte.

Der Ford Pick-up, mit dem er vor ein paar Tagen mitgefahren war, hatte ihn auf Nebenstrecken nach Durell gebracht, sieben Meilen von zu Hause entfernt. Er hätte ein Dutzend Mal abspringen können, da der Mann oft bremsen und zweimal sogar an einer Kreuzung anhalten musste. Red war aber neugierig, zumal der Tag ohnehin gelaufen war, und so fuhr er den ganzen Weg bis in die Stadt mit. Als sie am Baumarkt anhielten, kletterte er unter der Plane hervor. Wenn alles gutging, würde er später auf demselben Weg nach Hause mitgenommen werden. Er vermeinte nämlich zu wissen, wer der untersetzte Mann war. Die Kinder in der Wohnwagensiedlung erzählten immer, dass in dem Wald eine Familie namens Tulk hauste. Den Tulks gehörte die Siedlung und auch der Wald, wo er die Cannabis-Plantage gefunden hatte. Die anderen Kinder erklärten ihn für verrückt, weil er in den Wald ging – da seien überall Fallen, und die Tulks gingen nicht sehr zimperlich mit Eindringlingen um.

Bei Family Dollar kaufte er sich eine Sprite und ließ eine Tüte Skittles mitgehen. Dann wartete er am Parkplatz auf seine Mitfahrgelegenheit, trank Sprite, steckte sich die Dragees einzeln in den Mund und kaute langsam, damit er lange etwas davon hatte. Irgendwann kam der Mann mit einer voll beladenen Karre aus dem Baumarkt wieder heraus und hievte Dünger, Holzpfähle und etliche Sperrdrahtrollen auf seinen Pick-up. Als die Ladefläche voll war, zurrte er die Plane fest, und der Junge wusste, dass er zu Fuß nach Hause laufen musste.

Zweieinhalb Stunden war er unterwegs. Danach trocknete und zerbröselte er das Gras und verkaufte einem Mitschüler etwas davon. Am nächsten Tag wollte der Junge sein Geld allerdings zurück, weil es angeblich minderwertig war und für eine ordentliche Rauschwirkung zu wenig THC hatte. Sie einigten sich darauf, dass der Junge nur zahlte, was er schon geraucht hatte, und den Rest zurückgab. Lediglich fünf Dollar hatte Red mit dem Zeug eingenommen, gerade einmal genug für das Bier, das er jetzt trank, und ein paar Zigarettenblättchen. Vielleicht würde er im Juli noch einmal zu der Stelle gehen, um nachzuschauen, ob man die Knospen dann pflücken konnte. Im Moment war er erst einmal gewillt, die Reste zu genießen.

Er zog noch einmal an seinem Joint und schloss die Augen. Entspannt wie er war von dem schwachen Zeug und den paar Schlucken Bier, schenkte er dem Rascheln im niedrigen Gestrüpp keine große Beachtung. Er schlug die Augen auf, sah aber nichts und machte sie gleich wieder zu. Träge kratzte er seinen Rücken an der rauen Borke der Eiche. Wieder hörte er das Geräusch – das Rascheln von Blättern und Zweigen irgendwo in der Nähe –, konnte sich aber nicht aufraffen, etwas zu unternehmen. Er hob einfach die Hand, als würde er einen Kumpel grüßen, und sagte: »Hey, Bär!« Dann sank er kichernd wieder zurück.

Eine halbe Minute lang herrschte Stille, und er döste weiter – bis er zu seiner Rechten ein Stampfen vernahm. Der Junge drehte sich um, konnte aber wegen der Plastikplane nichts erkennen. Irgendetwas war da zwischen den Bäumen, ein dunkelblauer Schatten, der immer größer und dunkler wurde und direkt auf ihn zukam. Jetzt wollte er doch aus seinem Unterschlupf krabbeln, aber Bier und Marihuana lähmten seine Glieder und vernebelten ihm den Verstand. Bevor er den Schatten besser erkennen konnte, war er schon bei ihm.

Ein Mann, kein Bär. Er packte Red am Kragen, fegte ihm die Basecap vom Kopf und riss ihm die Dose aus der Hand.

»Hey!«, rief der Junge und schlug auf die Hand ein, die ihn mit eisernem Griff festhielt.

»Selber hey!«, sagte die Stimme. Es war Mommas Lover. Er drückte Red mit einer Hand gegen den Baum und hielt die Dose aus dem Unterschlupf, damit er sie besser sehen konnte. »Coors? Und dann auch noch kalt?« Nachdem er einen Schluck getrunken hatte, reichte er ihm die Dose zurück und ließ seinen Kragen los.

Red war so überrascht, dass er an Ort und Stelle niedersank und erst gar nicht an Flucht dachte. Ohne ein Wort zu sagen, hob der Mann den Joint auf, den Red fallen gelassen hatte, riss das Papier auf, zerrieb den Inhalt zwischen den Händen und hielt die Handflächen in den Wind, damit die

Reste davonwehten. Dann setzte er sich neben Red und ließ seine langen Beine aus dem Unterschlupf herausschauen.

Er kramte eine Packung Dunhill Lights und ein Feuerzeug mit einem eingravierten Wolf aus seiner Tasche hervor und bot dem Jungen eine Zigarette an, als wäre es das Normalste der Welt.

»Schönes Plätzchen hast du hier«, sagte er, als sie beide Feuer hatten und es sich zwischen den Essenspapieren und den zerdrückten Sprite-Dosen – den Überresten von zwei Tagen Schuleschwänzen – bequem gemacht hatten. »Schwer zu übersehen allerdings, mit all dem Müll im Vorgarten und dieser Plane, die wie das Sternenbanner am Independence Day flattert.« Er schielte zum Plastikdach hoch. Der Junge schaute weg, weil er sich wie ein Vollidiot vorkam.

»Es spricht nichts dagegen, wenn man am Ende eines harten Tags ein Bier trinkt und vielleicht auch ein bisschen Gras raucht, um runterzukommen. Aber so wirst du wie all die anderen Verlierer enden, die auf ihre Sozialhilfe warten und ansonsten den ganzen Tag vor ihrem Trailer sitzen, sich an den Eiern kratzen und Bier in sich hineinkippen.«

Red spürte, wie seine Stirn und seine Augen heiß wurden.

»Ich kann dich verstehen – wirklich«, sagte der Mann. »Du hast es nicht leicht mit deiner Mutter, die sich mit Drogen und Alkohol zugedröhnt hat und von Mann zu Mann gerannt ist.« Red warf ihm einen scharfen Blick zu. »Ich weiß, Kind – ich bin auch einer von ihnen. Aber ich bemühe mich wenigstens, dich und deine Momma gut zu behandeln.« Er nickte und sagte zu sich selbst: »Ja, das tue ich.«

»Ich weiß«, sagte Red.

Der Mann senkte überrascht den Blick, und Red spürte, dass sein Gesicht heiß wurde.

»Sollte das ein Kompliment sein?«

»Hoffentlich nicht.« Der Junge verzog keine Miene, aber dann konnte er sich nicht mehr beherrschen und grinste.

Mommas Matten-Mann lächelte ebenfalls. Dann nahm er seine Basecap ab und wischte sich mit dem Ärmel über die Augenbrauen. »Mann, das ist so heiß, dass selbst die Grillen Schatten suchen.« Er stieß Red mit dem Ellbogen an. »Kann ich einen Schluck Bier haben?«

Red reichte ihm die Dose. Der Mann trank und gab sie ihm wieder zurück. Schließlich lehnte er sich an den breiten Stamm der Eiche, rauchte seine Zigarette und schaute ein paar Minuten in das dichte Grün des Waldes hinaus.

»Du bist ein cleveres Kerlchen«, sagte er auf seine langsame, eintönige Weise. »Du wirst mehr aus dir machen als andere, weil du schnell bist, körperlich und geistig. Aber, Red, du hast auch ein Talent dafür, Leute auf die Palme zu bringen, daher musst du dir einen klaren Verstand bewahren.« Er schob seine Hand unter das Kissen, auf dem der Junge saß. Red jaulte und sprang auf.

Eine kleine Plastiktüte steckte zwischen den Fingern des Mannes: Reds Drogenvorrat, die getrockneten Überreste der Cannabisblätter. »Und du wirst dir deinen klaren Verstand nicht bewahren können, wenn du kiffst, mein Kind.«

Der Mann hatte Red noch nie »mein Kind« genannt. Red spürte seinen Missmut und wusste, dass er recht hatte.

»Ich verstehe, warum du sauer auf deine Momma bist – und auf mich auch. Aber, Red ... Deine Mutter hat genug am Hals. Sie kann den Sheriff nicht in ihrem Haus gebrauchen und möchte dich auch nicht ans System verlieren.«

»Hast du ihr etwas gesagt?«, fragte der Junge und war wieder auf der Hut. Zur Not würde er sich mit Fäusten verteidigen. »Hast du ihr hiervon erzählt?«

Der Mann seufzte. »Für ein cleveres Kerlchen kannst du ganz schön begriffsstutzig sein. Wenn ich ihr etwas gesagt hätte, wäre sie jetzt schon hier und würde herumtoben. Und sie würde bestimmt keine mit dir rauchen.«

»Oh«, sagte Red. »Okay.«

Der Lover lachte. Red runzelte die Stirn und fragte ihn, was daran so verdammt komisch war. Aber der Mann lachte nur noch lauter, schlug ihm auf die Schulter und sagte: »Das war vermutlich die emphatischste Entschuldigung, die ich je von dir hören werde, mein Sohn.«

Red zuckte mit den Achseln. Vermutlich tat es ihm tatsächlich leid. Dieser gewaltige Mensch hätte hier reinplatzen und seinen Unterschlupf einreißen können, aber er hatte es nicht getan.

»Ich wollte jetzt zurückgehen«, sagte er und setzte seine Basecap wieder auf. »Kommst du mit?«

»Geh schon mal«, sagte der Junge. »Ich muss noch meinen Müll aufsammeln.«

»Soll ich dir helfen?«

»Nein«, sagte Red und bückte sich, um Papier aufzuheben. »Es ist mein Müll, also werde ich selbst aufräumen.«

»Okay.« Der Mann gab dem Jungen die Plastiktüte zurück, ließ sie aber nicht sofort los. »Denk an das, was ich dir gesagt habe, ja, Red?«

»Mhm«, machte der Junge, konnte ihm aber nicht in die Augen schauen.

»Gut«, sagte der Mann. »Es könnte nämlich wirklich mal ein Schwarzbär hier auftauchen, und ich möchte nicht eines Tages herkommen und nur noch Fleisch und Eingeweide unter deiner Plane vorfinden.«

# 14

**Quartier des Methodenaustausch-Teams, St Louis, Missouri**

Das Methodenaustausch-Team saß seit acht Uhr morgens am Konferenztisch im Police Department von Brentwood, St Louis. Es konnte Wochen dauern, um alles Nötige für einen vollständigen ViCAP-Eintrag für Kyra Pender zusammenzustellen und zu prüfen, aber Valance hatte sich die Nacht um die Ohren geschlagen, um Informationen über ihren achtjährigen Sohn John in die Datenbank des National Centre for Missing and Exploited Children einzuspeisen.

Sie hatten einen weiteren Fall entdeckt, der einen zweiten Blick wert war: den Fall Rita Gaigan. Fallon Kestler, Rita Gaigan und Kyra Pender waren allesamt alleinerziehende Mütter vorpubertärer Kinder gewesen und hatten als Prostituierte gearbeitet und Drogen genommen. Fallon Kestler war seit dreieinhalb Jahren vermisst. Rita Gaigan war ein Jahr später aus ihrem Trailer verschwunden und Kyra Pender wiederum eineinhalb Jahre danach. Weder Ritas noch Kyras Sohn waren gefunden worden. Fallon und Rita waren eingeäschert worden, weil ihre Familien sich keine Beerdigung leisten konnten. Kyra lag in einer städtischen Grabstelle, sodass man ihre Leiche im Bedarfsfall exhumieren konnte; bei den anderen beiden mussten sie sich mit den Obduktionsfotos und den Berichten der Rechtsmediziner und Coroner zufriedengeben.

Die Temperaturen draußen lagen bei dreißig Grad, die

Luftfeuchtigkeit war ebenfalls sehr hoch, aber die Klimaanlage hielt die Raumtemperatur gleichmäßig bei achtzehn Grad. Vier Stunden lang brütete das Team über den Berichten, jeder auf seine Weise: Die Kriminaltechniker und Simms listeten Ähnlichkeiten und Unterschiede auf; Dunlap schrieb zu jeder Frau die wesentlichen Details auf einen Zettel und breitete sie nebeneinander aus, als handelte es sich um ein Kartenspiel; der FBI-Analyst benutzte ein System mit Spiegelstrichen und heftete jeden Fall mit Klebepunkten und Post-its an eine Wandtafel; Valance schien mit einem Computerprogramm zu arbeiten; Ellis wiederum blätterte wild in den Akten herum, als hätte er irgendwo in dem Papierwust einen Hundertdollarschein verloren.

Gegen Mittag waren sie bereit für einen Informationsaustausch. Simms ging zu einem der Whiteboards.

»Ich habe Schwierigkeiten, mir das alles zu merken – haben Sie etwas dagegen?«, fragte sie und nahm einen Textmarker.

»Machen Sie nur«, sagte Dunlap.

Sie malte eine Tabelle auf, trug die Namen der Opfer ein, ihre letzte bekannte Adresse und den Fundort der Leiche. Dann forderte sie das Team auf, sich an der Vervollständigung zu beteiligen.

| Opfer | Letzte bekannte Adresse | Fundort der Leiche | Todesursache | Spuren |
|---|---|---|---|---|
| Fallon Kestler (26) & Mae-Beth (9), Tochter (zusammen mit ihrer Mutter gefunden) | Wohnwagensiedlung nahe Rolla, Phelps County, Missouri | Sumpf an der I-44 nahe St Roberts, Fort Leonard Wood, Pulaski County, Missouri | | |

| Opfer | Letzte bekannte Adresse | Fundort der Leiche | Todes-ursache | Spuren |
|---|---|---|---|---|
| Rita Gaigan & Trey (10), Sohn noch vermisst | Wohnwagensiedlung, nahe St James, Phelps County, Missouri | Highway 86, nahe Wildcat Glade, Newton County, Missouri (an der Grenze zu Oklahoma) | | |
| Kyra Pender & John (8), Sohn noch vermisst | Wohnwagensiedlung nahe Union, Franklin County, Missouri | Teich, Forest Park, Stadtgebiet St Louis, Missouri | | |

»Kyra und Fallon hatten beide gebrochene Rippen«, sagte Valance.

Simms trug es in die Tabelle ein.

»Und alle drei Opfer hatten Klebstoffreste im Haar«, sagte Roper, der Kriminaltechniker. »Die Obduktionsberichte von Fallon und Kyra sagen, dass der Kleber an der oberen Gesichtshälfte und im Schläfenhaar hing. Bei Rita wissen wir es nicht. Die Todesursache bei Rita ist Asphyxie. Sie hatte Petechien – Blutpünktchen – an der Innenseite beider oberen Augenlider, außerdem ›Blutergüsse‹ an Brustkorb und Leber – ohne genauere Angaben.«

»Wer hat die Bilder?«, fragte Ellis.

Der Kriminaltechniker schüttelte den Kopf. »Von Rita haben wir keine Obduktionsfotos.«

»Dann müssen wir beim Pathologen nachfragen«, sagte Simms über Ellis' Schnauben hinweg.

»Rita und Kyra hatten beide Petechien an den Augenlidern«, sagte Dunlap. »Irgendein Hinweis, woher Kyras und Fallons gebrochene Rippen stammen könnten?«

Roper schüttelte den Kopf. »Der Arzt konnte die Ursache nicht feststellen. Er war sich allerdings sicher, dass sie nicht von stumpfer Gewalteinwirkung herrührten.«

»Okay, wir haben also ähnliche Verletzungsmuster«, sagte Dunlap. »Lasst uns nach anderen Übereinstimmungen suchen.«

»Eine Gemeinsamkeit ist klarerweise, dass sie alle in Wohnwagensiedlungen gewohnt haben«, sagte Simms. »Und alle sind sie erst ein paar Monate vor ihrem Verschwinden in eine neue Umgebung gezogen.« Sie trug die Anzahl der Wochen unter »Letzte bekannte Adresse« in die Tabelle ein.

Der FBI-Psychologe hatte noch keinen Ton gesagt. Dr Detmeyer schien eher ein Beobachter als ein Leithammel zu sein, dachte Simms. Er meldete sich nur zu Wort, wenn er das Gefühl hatte, etwas Substanzielles beitragen zu können.

Valance wiederum schien an einer Hypothese zu arbeiten. Er sondierte etwas an seinem Bildschirm und kritzelte Zahlen in das Notizbuch, das daneben lag. Irgendwann bat er Simms, eine zusätzliche Spalte zu zeichnen, in die man eintragen konnte, wann die Frauen getötet wurden. Simms tat es, und sie machten weiter. Als sie die Spuren zusammengetragen hatten, trat Simms einen Schritt zurück und studierte das Ergebnis.

| **Opfer** | **Letzte bekannte Adresse** | **Fundort der Leiche** | **Todesursache** | **Spuren** | **Todesdatum – bezogen auf heute** |
|---|---|---|---|---|---|
| Fallon Kestler (26) & Mae-Beth (9), Tochter (zus. mit ihrer Mutter gefunden) | Wohnwagensiedlung nahe Rolla, Phelps County, Missouri | Sumpf an der I-44 nahe St Roberts, Fort Leonard Wood, Pulaski County, Missouri | Unbekannt, zwei gebrochene Rippen – keine stumpfe Gewalteinwirkung | Lkw-Netz, mit Seil zusammengebunden, Steine zum Beschweren, Klebereste an Haar und Schläfen | vor 42 Mon. |

| Opfer | Letzte bekannte Adresse | Fundort der Leiche | Todesursache | Spuren | Todesdatum – bezogen auf heute |
|---|---|---|---|---|---|
| Rita Gaigan & Trey (10), Sohn noch vermisst | Wohnwagensiedlung nahe St James, Phelps County, Missouri | Highway 86 nahe Wildcat Glade, Newton County, Missouri (an der Grenze zu Oklahoma) | | Lkw-Netz Steine zum Beschweren, Klebereste im Haar (Position?) keine Fotos in der Akte? Seil? | vor 30 Mon. |
| Kyra Pender & John (8), Sohn noch vermisst | Wohnwagensiedlung nahe Union, Franklin County, Missouri | Teich, Forest Park, Stadtgebiet St Louis, Missouri | | Lkw-Netz, mit grauem Seil zusammengebunden – rote und blaue Flecken, Steine zum Beschweren, Klebereste an Haar und Schläfen | vor 12 Mon. |

»Das sind verdammt viele Gemeinsamkeiten«, befand Ellis.

Der FBI-Psychologe ließ sich seine Worte durch den Kopf gehen. »Wir haben nach alleinerziehenden Müttern mit Kind gesucht, nach drogenabhängigen Prostituierten. Das Ergebnis besagt zunächst nur, dass die Opfer unsere Parameter erfüllen.«

»Ein schlichtes ›Nein‹ würde es auch tun«, echauffierte sich Ellis.

»Was mir signifikant zu sein scheint, ist hingegen, dass sie alle aus ihrer Gegend weggezogen sind, sogar in ein anderes County, obwohl sie schulpflichtige Kinder hatten«, fuhr Detmeyer fort. »Zwei dieser Kinder wurden sogar von Jugendschutzbehörden betreut.« Er schaute vom Whiteboard zu Ellis hinüber. »Und wenn eine Familie aus einem County in ein anderes zieht, kann es eine Weile dauern, bis ihr ein Sozialarbeiter zugewiesen und der Papierkram abgearbeitet wird … Sieht fast so aus, als würde der Mörder seine Spuren verwischen und den Moment hinauszuzögern versuchen, in dem jemand Alarm schlägt.«

Valance sah Detmeyer aufgeregt an und klappte dann plötzlich seinen Laptop auf. »Ich denke, Sie haben recht, Doctor.«

Detmeyer zog eine Augenbraue hoch, aber das bemerkte Valance gar nicht, weil er sich gänzlich auf seinen Bildschirm konzentrierte. »Okay … Wenn man sich die Anzahl der Monate zwischen den Todesdaten anschaut, scheint kein bestimmtes Muster vorzuliegen. Aber wenn man sich die Daten genauer ansieht … Fallon wurde um Thanksgiving herum vermisst. Rita in derselben Jahreszeit, aber zwölf Monate später, und Kyra verschwand um den Juni letzten Jahres herum.« Als Valance die anderen anblickte, glänzten seine Augen vor Aufregung. »Alle sind sie vor irgendwelchen Schulferien verschwunden.«

Simms nickte langsam und spürte, dass ihre Haut kribbelte. »In den Schulen sind solche Kinder oft am besten geschützt. Wenn keine Schule ist, wem fällt dann schon auf, dass sie weg sind?«

Detmeyer wirkte nachdenklich.

»Aber wenn es derselbe Typ ist«, sagte Valance und wirkte mit einem Mal weniger enthusiastisch, »warum sollte er dann seinen Tötungsrhythmus ändern? Zweimal Thanksgiving, im Abstand von einem Jahr, aber dann lässt er plötzlich eine große Lücke zwischen Rita und Kyra. Und letztes Jahr wird er gar nicht aktiv.«

»Vielleicht war er im Gefängnis oder krank oder im Ausland«, sagte Detmeyer.

Dunlap musterte den FBI-Psychologen. »Was meinen Sie, Doc, sind wir einer Sache auf der Spur?«

Detmeyer neigte skeptisch den Kopf. »Was wir haben, ist noch ein bisschen dürftig.«

Ellis verdrehte die Augen, aber Dunlap sagte: »Was brauchen wir, um das Bild zu vervollständigen?« Er schaute die anderen an und wartete auf Vorschläge.

»Rita Gaigans Obduktionsfotos«, sagte Simms.

»Wir sollten die Spuren noch einmal unter die Lupe nehmen und einen frischen Blick drauf werfen.« Das war der Vorschlag von Roper, dem Kriminaltechniker.

»Ich würde gerne mehr über das Seil erfahren, mit dem die Lkw-Netze zusammengebunden wurden«, sagte Dunlap.

»In Maine gibt es das Cordage Institute, eine Organisation der Seilhersteller«, sagte Roper. »Ich kann mich dort mal erkundigen.«

»Wir sollten noch einmal mit den Zeugen und Familien sprechen«, fügte Detmeyer hinzu.

Simms suchte in ihrem Notizbuch nach den Details der familiären Verhältnisse. »Warten Sie – Rita Gaigans Sohn wurde erst vermisst, nachdem Ritas Leiche gefunden worden war. Am Tag, bevor sie verschwand, hat sie Trey in St James, Phelps County, in einen Bus nach St Louis gesetzt, damit er zu seiner Tante fährt. Wir müssen in Erfahrung bringen, wann genau er verschwunden ist und was unternommen wurde, um ihn zu finden.«

»Ich schau mal nach, was ViCAP und NCIC sagen«, erklärte Valance, schloss schnell das Programm, mit dem er seine Notizen verglichen hatte, und öffnete das LEO-Portal des FBI. Im Umgang mit dem Computer war er schnell und souverän, und Simms musste an Josh Brown denken, Fennimores Doktoranden.

»Das Team Adam muss in die Suche nach Trey involviert gewesen sein«, sagte Simms. »Könnten die uns nicht ein paar Hintergrundinformationen geben?«

»Nachfragen können wir ja mal«, sagte Dunlap. »Eine unabhängige Meinung zu den Ermittlungen wäre nicht schlecht. Ritas Leiche wurde allerdings auf der anderen Seite des Staates gefunden, fast schon auf der Grenze zu Oklahoma. Wir brauchen mehr Leute, um die Sache noch einmal aufzurollen. Der Chief hier in Brentwood hat eine leitende Funktion im Major Case Squad, die ja schließlich für besonders schwere Verbrechen zuständig ist. Ich rede mal mit ihm, ob er uns helfen kann.«

»Hey!« Alle Blicke richteten sich auf Valance. Seine Hand war über der Tastatur erstarrt, als hätte er Angst, dass die Seite auf seinem Bildschirm verschwinden könne, wenn er etwas berührte.

»Alles okay, Valance?«, fragte Dunlap.

Valance hatte die Augen aufgerissen. »Ich hatte die Datenbanken gar nicht gecheckt, als ich heute ins System gegangen bin – was soll sich über Nacht schon groß ändern? Aber jetzt ist der Eintrag von Kyra Pender plötzlich markiert. Mögliche Verbindung mit einem Fall von Entführung und Mord an einer Frau plus Verschwinden eines Kindes.«

Ellis, der sich Notizen gemacht hatte, schaute auf. »Hier in Missouri?«

Valance schüttelte den Kopf. »Nein, diesmal in Oklahoma.«

# 15

**Sheriff's Office im Williams County, Oklahoma**

Deputy Abigail Hicks strich sich übers Haar, um zu kontrollieren, ob sich Strähnen gelöst hatten. Sheriff Launer hatte sie zu sich gerufen, und das konnte nichts Gutes heißen.

Er saß an seinem Schreibtisch und wirkte wie der Immobilienmakler, der er im Grunde seines Herzens war. Seine Uniform war sauber und frisch, seine Wangen glatt rasiert. Auf dem Schreibtisch stand eine Kiste mit Flugblättern. Ein Exemplar klebte außen dran: Unter seinem lächelnden Gesicht wurden seine Errungenschaften aufgelistet, unter anderem der Rückgang der Drogenkriminalität um dreißig Prozent.

»Ich habe Sie gestern Abend bei der Debatte vermisst«, sagte Sheriff Launer. Er und der Gegenkandidat waren in der Baptistenkirche gegeneinander angetreten.

»Das tut mir leid, Sheriff. Ich musste so lange arbeiten.«

Er grinste. »Hab schon gehört.«

Hicks' SUV hatte von Mitternacht bis zwei Uhr vor dem einzigen Motel der Stadt geparkt, da hatte der Kleinstadttratsch die Telefonleitungen sicher heißlaufen lassen. *Gut gemacht, Abigail.*

Sich jetzt zu verteidigen würde die Sache nur verschlimmern, also räusperte sie sich und fragte: »Ist die Debatte gut gelaufen?«

»Das lassen Sie mal meine Sorge sein«, sagte er gut gelaunt. Sheriff Launer hatte das geleckte Aussehen eines

Serienstars und das Lächeln eines Hais. »Ich kann mich nicht erinnern, Sie *überhaupt* gestern im Büro gesehen zu haben.«

»Ich hatte noch einen freien Tag.«

»Sie haben sich freigenommen, haben aber spät abends noch gearbeitet, und bei alledem sind Sie mit einem Polizeiwagen quer durchs Land gefahren, ohne meine Erlaubnis einzuholen.« Sein Mund erstarrte zu einer harten Linie. »Erklären Sie mir das, Deputy.«

*Mist.* Sie holte tief Luft. »Es war eine polizeiliche Angelegenheit, Sir. Es ging um die Frau, die in dem Teich auf Guffneys Farm gefunden wurde. Wir kennen jetzt ihre Identität. Sie kam aus dem Adair County …«

Er unterbrach sie mit einer Handbewegung. »Laney Dawalt, ja. Ich habe das Memo bekommen.«

»Ich bin hingefahren, um …«

»Die Details können Sie in Ihren Bericht schreiben«, unterbrach er sie erneut. »Ich dachte, ich hätte Ihnen aufgetragen, den Papierkram zu der Leiche aus dem Teich zu erledigen, Deputy.«

»Ja, Sir. Der Papierkram ist auf dem neuesten Stand.«

Er kniff die Augen zusammen und suchte nach Zeichen mangelnden Respekts in ihrer Miene. Hicks starrte auf den Nagel in der Wand hinter ihm, wo er seine Polizeiurkunde aufgehängt hatte. Nach ein paar angespannten Momenten sagte er: »Lassen Sie mich das klar sagen: Ich mag es nicht, wenn meine Deputys ohne meine Erlaubnis mit dem Arsenal des Sheriff's Department in der Gegend herumschwirren.«

Der Sheriff nannte die Wagen und Waffen der Polizei gerne »Arsenal«; das erinnerte die Menschen daran, dass er einen militärischen Hintergrund hatte.

»Laney wurde ermordet, Sir«, sagte sie. »Ihr kleiner Bruder war bei ihr, als sie verschwand, und er wird immer noch vermisst.«

Er lehnte sich zurück, die Hände vor sich auf dem Schreibtisch, die Finger locker verschränkt. »Warum habe ich nichts davon erfahren?«

Die Augen ihres Chefs blitzten wütend, und Hicks stand kerzengerade da. Sie war müde und ein wenig verkatert, aber Launer patzige Widerworte zu geben wäre verdammt dämlich. Sie konzentrierte sich wieder auf seine Polizeiurkunde und wartete auf die Abmahnung.

Die erste Überraschung war, dass sie nicht kam. Die Wut löste sich auf und wich einem Ausdruck, den Hicks nicht recht einzuschätzen vermochte.

»Laney und der Junge kamen aus dem Adair County?«

»Ja, Sir. Sie lebten im Adair County, aber der Mörder hat sie hierhergebracht, damit …«

»Die Entführung ist also, rein technisch gesehen, ein Fall für die Kollegen aus Adair.«

»Technisch gesehen ja«, sagte sie und befürchtete, dass ihr Plan, das Team Adam einzubeziehen, schon an der ersten Hürde scheitern würde. So schnell wollte sie aber nicht aufgeben. »Adair will den Fall aber nicht, Sir.«

Er lehnte sich mit glänzenden Augen vor. »Sehr gut«.«

»Ach ja?«

»Das ist die beste Neuigkeit, die ich in dieser Woche vernommen habe«, sagte er. »Sie tun nun Folgendes: Speisen Sie sämtliche Daten, die Sie bekommen können, in die Datenbank des NCIC ein. Und stellen Sie sie auf die Website der – wie hieß sie noch – dieser Organisation für vermisste Kinder.«

»Ja, Sir. Im Wesentlichen habe ich die Falldaten allerdings schon heute Nacht in die Datenbanken von NCIC und NCMEC eingegeben«, sagte Hicks.

Er zog die Augenbrauen hoch. »Sie waren ja tatsächlich fleißig.«

»Wie ich schon sagte – ich habe lange gearbeitet.«

Sheriff Launer lächelte sein Hai-Lächeln. »Okay, das muss ich zugeben, Deputy. Voraussichtlich werden Sie noch heute vom Team Adam hören. Wenn die sich melden …«

»Das haben sie schon, Sir.«

»Haben sie schon?«

»Ich habe heute Morgen einen Anruf vom NCMEC bekommen. Sie sagten, sie könnten einen Team-Adam-Berater aus Tulsa schicken, wann immer wir wollen.«

»Und was haben Sie ihnen gesagt?« Die Haut um seinen Mund herum spannte sich an, als würde er gleich wieder über sie herfallen.

»Ich habe gesagt, dass ich mit Ihnen darüber reden müsse.«

»Nun, rufen Sie dort an und sagen Sie den Leuten, sie seien herzlich willkommen. Die Feuerkraft dieser Männer können wir sicher gut gebrauchen. Seit Katrina sind das ja wahre Helden.«

Jetzt verstand sie, was Sheriff Launer im Sinn hatte. Die ganze Nation hatte im Fernsehen miterleben dürfen, wie Familien tränenreich wiedervereint wurden. Kinder waren in die Arme von Müttern und Vätern gefallen, die sie nach dem Hurrikan monatelang nicht gesehen hatten, während die Polizisten im Hintergrund gestanden und übers ganze Gesicht gestrahlt hatten. Das war in den letzten Wochen von Sheriff Launers Wahlkampagne geschehen. Jetzt sah er sich offenbar schon, zusammen mit dem Team Adam, über sämtliche Fernsehbildschirme des Adair County flimmern. Die Männer des Team Adam waren tatsächlich Helden – sie kämpften gegen das Böse und setzten sich für die Familie und die Unantastbarkeit kindlicher Unschuld ein –, und Launer gedachte, ein wenig von diesem Glanz auf sich selbst fallen zu lassen.

Zwei der Team-Adam-Berater hatte Hicks im letzten Frühjahr bei der Mountain Home Conference erlebt. Gute Männer, alle beide. Mordermittler vom alten Schlag, bescheiden, obwohl sie fünfunddreißig Jahre Erfahrung auf dem Buckel gehabt haben mussten. Sie waren stolz auf ihr Team, aber ihr Stolz richtete sich darauf, vermisste und entführte Kinder nach Hause zurückzubringen. Sie brauchten nicht die Ego-Dusche der persönlichen Anerkennung, und sie mussten auch nicht ihre Karriere im Blick behalten. Diese beiden Männer waren damit zufrieden gewesen, zu helfen und zu vermitteln, und ließen andere den Ruhm einheimsen – Bühne und Rampenlicht würden also gänzlich Sheriff Launer gehören.

Hicks rief das Team Adam von dem Schreibtisch an, den sie sich mit den beiden anderen Deputys teilte. Auf einem Klebezettel am Computerbildschirm stand: ›Defekt‹.

Der Berater, der dem Fall Dawalt zugewiesen wurde, war zufälligerweise einer der beiden Männer, die sie bei der Mountain Home Conference im April kennengelernt hatte. Kent Whitmore war ein großer Mann mit sanfter Stimme, der mit der schleppenden Redeweise der Menschen aus West-Oklahoma sprach. Nach ein bisschen Smalltalk richtete Hicks ihm aus, dass der Sheriff sich freuen würde, wenn Whitmore bei den Ermittlungen helfen könnte.

»In ein paar Stunden bin ich da«, sagte er. »Brauchen Sie in der Zwischenzeit etwas?«

»Funktionierende Technik wäre nicht schlecht«, sagte sie und schnipste gegen den gelben Zettel an ihrem Bildschirm.

»Computerprobleme?«, fragte er.

»Hier im Haus läuft im Moment nur einer, und der steht im Büro des Sheriffs und ist für uns tabu.«

»Wenn Ihr Computer nicht funktioniert, dann werden Sie auch Ihre E-Mails noch nicht gecheckt haben, oder?«

»Nein, Sir«, sagte sie. »Aber warten Sie einen Moment …« Sie rief ihr E-Mail-Programm auf dem Smartphone auf. »Ich habe hier eine Nachricht von einem Detective Valance von der Polizei St Louis.«

»Lassen Sie sich ruhig Zeit«, sagte Whitmore, zuvorkommend wie immer.

Mit klopfendem Herzen las sie die Mail. »Gütiger Gott«, murmelte sie, als sie die Liste der Gemeinsamkeiten überflog, die der Detective angehängt hatte. »Da gibt es ja wirklich viele Parallelen zum Fall Dawalt, oder?«

»Kyra Pender war in der Datenbank des NCIC als mögliche Verbindung zu Ihrem Opfer markiert«, sagte Whitmore. »Vielleicht möchten Sie erst mit Detective Valance sprechen, bevor ich komme.«

»Das ist sicher sinnvoll. Wir haben auch einen Teilabdruck von einer Hand – den werde ich ihm zusammen mit den Dateien von den Fällen schicken.« Es war heraus, bevor sie sich auf die Zunge beißen konnte, und Whitmore sprang sofort darauf an.

»Fällen?«, fragte er. »Reden wir hier von mehr als einem Opfer, Deputy Hicks?«

»Ich weiß es nicht, Mr Whitmore.« Sie schaute zur offenen Tür des Büros von Sheriff Launer hinüber. Da er bereits auf die Palme gegangen war, weil sie in einem Mordfall des Adair County ermittelte, wusste sie nicht, wie er reagieren würde, wenn sie ihre Nase in einen drei Jahre zurückliegenden Fall aus dem Creek County steckte. »Können wir darüber sprechen, wenn Sie hier sind?«

»Ja natürlich.«

Das hatte er ohne jedes Zögern gesagt. Sie dachte an die aufmerksamen grauen Augen des Expolizisten und die Weisheit und Freundlichkeit, die darin lagen, und war ihm dankbar für sein Taktgefühl.

Sie legte auf und rief sofort Fennimore an. »Professor«, sagte sie. »Wir müssen reden.«

# 16

## Castle Point, St Louis Metropolitan District

Trey Gaigans Tante war in St Louis von einer Sozialwohnung in die nächste gezogen. Schließlich gelang es ihnen, sie in dem heruntergekommenen Vorort Castle Point aufzuspüren, ungefähr zehn Meilen nördlich vom Stadtgebiet. Dunlap und Ellis suchten sie in ihrem einstöckigen, mit Schindeln verkleideten Haus auf. Sie führte sie in ihr winziges Wohnzimmer und starrte auf die unzähligen Spielsachen und die Klamotten, die auf dem Sofa herumlagen, als könnte sie das Chaos durch Willenskraft beseitigen. Die Schiebetür zum Hinterhof stand auf, und mit der heißen, feuchten Luft drang der Lärm spielender Kinder herein. Bei jedem Schrei und jedem schrillen Lachen zuckte die Frau zusammen. Im Moment wurde ihr Blick vom Fernseher in der Ecke angezogen, wo Oprah feierlich nickte, während ein Chiropode über die Bedeutung der Fußpflege für das allgemeine Wohlbefinden philosophierte. Dunlap stellte den Fernseher aus und räumte ein Eckchen auf dem Sofa frei. Die Frau setzte sich, obwohl es eher wie ein Kollaps aussah, wie ihre Beine unter der Last der Sorgen nachgaben. Er setzte sich auf den Stuhl gegenüber, während Ellis stehen blieb und den Blick durch den Raum schweifen ließ.

»Ich verstehe nicht ganz«, sagte sie. »Die Polizei hat doch ermittelt, als Trey abgehauen ist. Diese Typen vom Team Adam waren da und …«

In diesem Moment wurde ihr nasales Gejammer vom Auftritt eines kaum einen Meter großen Jungen unterbrochen, der brüllend und mit erhobenen Fäusten hereingestürmt kam. Seine Mutter schrie erschrocken auf. Der Junge stolperte über Dunlaps lange Beine, und der Detective konnte ihn gerade noch auffangen und wieder auf die Füße stellen. Irritiert steckte der Junge den Daumen in den Mund und kaute gierig darauf herum, offensichtlich sprachlos wegen der Anwesenheit zweier großer Männer im Haus. Als Ellis den Jungen anfunkelte, drehte er sich panisch um, rannte den Weg zurück, den er gekommen war, und nahm die Hintertreppe in einem Satz.

Die Frau seufzte, als hätte sie die Luft angehalten, und presste ihre Hand an die Stirn. »Jetzt habe ich vergessen, was ich sagen wollte.«

»Sie wollten uns vom Team Adam erzählen«, sagte Dunlap.

»Ah«, sagte sie. »Richtig. Sie haben uns den Fernseher geschenkt.« Als sie einen flüchtigen Blick in die Richtung warf, runzelte sie die Stirn, als könnte sie sich nicht vorstellen, warum er nicht lief. »Aber ich habe es Ihnen ja schon gesagt: Trey war nicht vermisst, er ist weggelaufen. Er ist immer weggelaufen. Ich könnte nicht sagen, wie oft er Rita davongelaufen ist. Das tut er einfach.«

»Aber er ist immer wiedergekommen«, sagte Dunlap.

Sie schaute ihn verdutzt an. »Ja klar, weil die ihn geschnappt haben.«

Ellis verlagerte das Gewicht, und Dunlap spürte seine Ungeduld. »Warum erzählen Sie uns nicht, was passiert ist?«

»Nichts ist passiert. Rita hat ihn hergeschickt – na ja, nicht wirklich *hier*her, damals haben wir ja in Benton Park West gewohnt. Das war eine kleine Wohnung – *winzig*, meine ich. Die Kinder mussten auf der Straße spielen, das ging gar nicht anders, und ich hatte eigentlich gar keine Zeit, auch noch auf Trey aufzupassen. Außerdem wollte sie mir auch ein bisschen Geld überweisen, aber das hat sie nie getan.« Ellis schnalzte, und sie wurde rot. »Klar, *jetzt* weiß ich auch, dass Rita mir gar kein Geld schicken *konnte*, weil sie ja, Sie wissen schon …«

»Tot war?«, sagte Ellis.

Dunlap warf ihm einen warnenden Blick zu. Ellis zuckte mit den Achseln, stellte sich in die Tür zum Hinterhof und nahm ihnen mit seiner großen Gestalt das Licht. Die Kinder mussten seine Gegenwart auch spüren, denn sie hörten auf zu schreien. Eine nervöse Stille senkte sich herab.

»Warum glauben Sie, dass Trey davongelaufen ist?«, fragte Dunlap.

»Er hat gesagt, dass er das tut. Er hat gesagt, dass er nicht bei mir bleiben muss. Er hasst es, bei uns zu sein, hat er gesagt. Er hasst das Baby, das ihn nachts weckt. Er hasst mich.« Ungläubig schüttelte sie den Kopf, dass jemand sie so wenig mögen konnte. »Er ging morgens raus und kam erst zum Abendessen wieder. Ich habe versucht, Rita anzurufen, damit sie ihn zurücknimmt, aber der Verwalter von der Wohnwagensiedlung hat gesagt, dass sie ausgezogen ist.« Wieder schüttelte sie den Kopf. »Das war doch total verrückt, dass sie mir zugemutet hat, noch ein Maul durchzufüttern. Und dann hat man sie gefunden …« Zitternd wischte sie sich mit der Hand die Nase ab. »Die Wohnung war doch so klein. Die Kinder mussten auf der Straße spielen – das ging gar nicht anders, und ich hatte ja selbst drei, und Trey war schon so groß …«

»Ist schon okay, Ma'am.« Dunlap machte eine beschwichtigende Handbewegung. »Erzählen Sie mir einfach, was passiert ist.«

»Die Polizei kam und hat uns das … mit Rita erzählt. Trey hat gar nicht mit mir oder der Polizei gesprochen, er ist einfach verstummt – für immer, meine ich. Als wäre er schwachsinnig oder so. Ehrlich gesagt, war das sogar eine Erleichterung. Und dann, ungefähr … zwei Wochen später, habe ich die Kinder zum Essen gerufen, wie immer, und Trey war weg.« Sie wollte nach Dunlaps Hand greifen, beherrschte sich aber noch rechtzeitig und legte stattdessen die Finger an den Mund. »Aber es ging ihm gut. Das wusste ich von der Postkarte.«

»Was für eine Postkarte?«, fragte Dunlap.

Sie blinzelte. »Die Postkarte, die Trey geschickt hat.«

Eine Stunde später, als sie wieder nach Brentwood zurückgekehrt waren, erzählte Dunlap dem Rest des Teams die Geschichte. »Man hat sofort einen Amber Alert ausgelöst, die Alarmstufe für vermisste Kinder. Man hat die Umgebung abgesucht und ist auch im Phelps County gewesen, wo Rita bis zu ihrem Verschwinden gelebt hat. Die Wohnwagensiedlung wurde auf den Kopf gestellt und auch das Umland. Das Team Adam hat dafür gesorgt, dass die Nachrichten im gesamten Bundesstaat über das Verschwinden des Jungen berichteten.«

»Sie waren gründlich«, sagte Detmeyer.

Dunlap nickte. »Aber sie haben nicht den winzigsten Hinweis auf den Verbleib des Jungen gefunden. Und dann bekam seine Tante über einen Monat später diese Postkarte …«

»Moment mal, über einen Monat später?«, fragte Valance.

»Als sie eintraf, legte sie sie auf den Fernsehschrank«, sagte Dunlap. »Es kam ihr gar nicht in den Sinn, irgendjemanden davon in Kenntnis zu setzen. Erst als einer der Team-Adam-Berater bei ihr aufkreuzte, kam es heraus.«

»Auf der Postkarte muss ein Stempel mit Datum gewesen sein«, sagte Simms.

»Sie war drei Wochen, nachdem Trey verschwunden war, in St Louis abgeschickt worden«, sagte Dunlap. »Der Text lautete: MIR GEHT ES GUT. TREY. Seine Fingerabdrücke waren auch drauf; die ermittelnden Kollegen haben sie mit denen auf seinen Sachen im Haus der Tante abgeglichen.«

»Hat Trey der Polizei den Mann beschrieben, mit dem seine Mutter zusammen war?«, fragte Simms. Personenbeschreibungen von Kindern waren oft sehr fantasievoll, aber selbst eine vage Vorstellung von Alter, Körperbau und Größe wären besser als nichts.

»Hat er nicht«, sagte Ellis mit harter Miene. »Als Rita tot aufgefunden wurde, hat der Junge das Reden eingestellt. Buchstäblich eingestellt, meine ich. Bis zu dem Tag, an dem er selbst verschwand, hat er keinen Ton mehr gesagt.«

»Es handelt sich also um mutmaßliche Entführung mit Mord in einem County, die Entsorgung der Leiche in einem anderen und ein verschwundenes Kind in einem dritten«, sagte Simms. »Was aus Trey geworden ist, darüber kann man nur spekulieren. Dieser verdammte Hurensohn weiß, wie man Spuren hinter sich verwischt, was?«

Ellis schaute sie verblüfft an. »Hat Prinzessin Kate soeben geflucht?«

Simms war nicht zum Witzeln aufgelegt. »Der Mörder ist zurückgekommen, um Ritas Kind zu holen«, sagte er. »Er hat ihn direkt von der Straße aufgesammelt, weil er wusste, dass Trey ihn identifizieren könnte.«

»Das wissen wir nicht«, sagte Dunlap.

»Wo ist er also, Detective?«

»Vielleicht ist er ja wirklich weggelaufen«, sagte Ellis. »Die Tante wollte ihn nicht, und er konnte sie und ihre Kinder nicht leiden. Nebenbei bemerkt, ist sie wirklich eine Nervensäge.«

»Warum hat er seiner Tante dann nicht einfach mitgeteilt, wo er ist?«, fragte Simms. »Warum sollte er eine Postkarte schicken, wenn er seine Tante so hasst?« Ellis zuckte mit den Achseln, und sie fuhr fort. »Weil der Mörder nicht die Polizei im Nacken haben wollte. Er schrieb den Text, presste die Fingerabdrücke des Jungen auf die Karte und dann ...« Die Fantasie verweigerte ihr den Dienst, weil Simms sich wirklich nicht vorstellen wollte, was dann mit Trey Gaigan geschehen war.

»Der leitende Ermittler, der den Fall damals betreut hat, kommt zur Mittagspause aus seinem Distrikt herüber. Er bringt alles mit, was er hat, und erzählt uns, was nicht im Bericht steht«, sagte Dunlap.

»Was passiert denn nun mit dem Fall aus Oklahoma?«, fragte Detmeyer.

»Der Sheriff ist für das Gebiet zuständig«, sagte Valance. »Er will das OSBI nicht in die Ermittlungen einbeziehen.«

»Hat er einen Grund genannt?«, fragte Dunlap.

»Er war in Eile, weil er einen Fernsehauftritt hatte. Angeblich ist er besorgt, dass eine Einmischung des lokalen FBI-Ablegers die Ermittlungen in einen Zirkus verwandeln könnte.«

»Fernsehauftritt?«, fragte Detmeyer. »Hat er einen Kommentar zu dem Fall abgegeben?«

»Nein«, sagte Valance. »Es war ein lokaler Kabelsender. Sheriff Launer ist im Wahlkampf.«

Simms schaute von Dunlap zu Detmeyer und zog die Augenbrauen hoch.

»Was ist denn?«, fragte Valance.

»Man könnte meinen, dass Sheriff Launer nichts gegen einen Zirkus hätte, wenn er selbst den Zirkusdirektor gibt«, sagte Simms.

»Von der Abteilung für Schwerkriminalität haben wir grünes Licht«, sagte Dunlap. »Sie würde eine überstaatliche Ermittlung finanzieren. Wenn Launer das erste Treffen im Williams County ausrichten möchte, können wir unsere Jungs dorthin schicken.«

»Haben Sie mit dem Deputy gesprochen, der in dem Fall ermittelt?«, erkundigte sich Simms bei Valance.

»Ja«, sagte Valance. »Die Kollegin ist der Meinung, dass sie vielleicht noch einen Mord im Creek County haben. Allerdings gibt es nicht genug Indizien, um eine echte Verbindung herzustellen.«

»Haben Sie nach der Todesursache gefragt?«, erkundigte sich Roper. Laut Datenbank des NCIC wurde sie im Obduktionsbericht zum Mord in Oklahoma nicht genannt.

»Die Leiche war schon zu verwest«, sagte Valance. »Aber das Opfer hatte Klebstoffspuren im Haar. Außerdem ist das Opferprofil identisch – Drogensüchtige auf Entzug, alleinerziehende Mutter –, obwohl das fragliche Kind in diesem Fall ihr Bruder war. Laney Dawalt ist aus einer Wohnwagensiedlung im Adair County verschwunden, zusammen mit dem Kind. Sie wurde jenseits der Grenze im Bewässerungsteich einer Farm gefunden, im Williams County. Von ihrem kleinen Bruder fehlt jede Spur. Das Taucherteam aus Tulsa hat die Suchaktion soeben beendet – im Teich ist der Junge nicht.«

# 17

So etwas wie Altruismus gibt es nicht.

**Westfield, Williams County, Oklahoma**

Das erste Treffen der Sonderermittlungsgruppe fand in der Stadt Westfield im Williams County, Oklahoma, statt. Das Motel, in dem Fennimore wohnte, wurde zum Versammlungsort bestimmt, und die Besitzer waren entzückt, ihren Gesellschaftsraum entstauben zu dürfen. Fennimore stieg eine Treppe hoch und öffnete eine Tür, hinter der Stimmengewirr zu hören war. Das intensive Bitterschokoladenaroma von Kaffee, das ihm entgegenschlug, wurde vom süßlichen Geruch warmer Kekse abgemildert. Flugblätter, welche von der Erfolgsgeschichte der Amtszeit Sheriff Launers berichteten, lagen auf drei ordentlichen Stapeln auf einem Tisch direkt an der Tür. Fennimore überflog die Liste von Wohltaten und las fasziniert, dass man durch »kreativen Einsatz der Ordnungskräfte« 60.000 Dollar eingespart hatte.

Eine tragbare Leinwand war so aufgestellt worden, dass man sie von der Tür aus nicht sehen konnte. Die Stuhlreihen waren auf die Leinwand ausgerichtet, und auf einem Gestell davor standen ein Laptop und ein Beamer. An die Kiefernholzvertäfelung des Raums hatte man vier riesige Poster von Sheriff Launer gehängt, eines davon direkt neben die Leinwand. Sein lächelndes Gesicht wurde von den Flaggen der Vereinigten Staaten und von Oklahoma eingerahmt.

Sheriff Launer höchstpersönlich stand mitten in einem Pulk von Deputys und strahlte, als würde er für den Senat kandidieren. Gleichzeitig behielt er den Raum ständig im Blick, und Fennimore war klar, dass er ihn sofort bemerkt hatte. Fennimore sah auch, dass der Sheriff beobachtete, wie Abigail Hicks nun auf ihn, Fennimore, zukam, ein sauberes schwarzes Futteral unter den Arm geklemmt, als hätte sie Angst, es abzulegen.

Sie reichte Fennimore die Hand.

»Ist das ein Netbook?«, fragte er.

»Nagelneu«, sagte sie strahlend. »Mit besten Grüßen vom Team Adam.« Offenbar hatte man es ernst genommen, als sie gesagt hatte, dass sie einen Computer brauche. »Und das Beste ist, dass ich es behalten darf.«

»Das würde ich mir schriftlich geben lassen«, sagte er, weil er an Launers Flugblatt und seinen »kreativen Einsatz der Ordnungskräfte« denken musste.

Sie beugte sich vor. »Längst geschehen.« Ihre Miene verriet nichts; sie könnten genauso gut Informationen über den Stand der Dinge austauschen.

Launer schritt durch den Raum, schüttelte Hände und spielte den Part des guten Gastgebers.

»Das ist ja ein schöner Aufmarsch.« Fennimore hatte über dreißig Personen gezählt.

»Ja.« Sie schaute sich im Raum um. »Wir haben Leute von der Abteilung für Schwerkriminalität aus St Louis, vom NCMEC und vom Team Adam. Die IACCI ist auch da, die International Association of Cold Case Investigators – sie wollen eine weltweite Datenbank für ungeklärte Mordfälle entwickeln, eine absolute Novität. Einer der Leute aus der Führungsriege ist auch Team-Adam-Berater, er ist mit dem NCMEC-Team aus Tulsa gekommen.«

Fennimore nickte und nahm sich vor, später nach Details zu fragen. Er schaute sich im Raum um. Der Leiter der Abteilung für Schwerkriminalität aus St Louis hatte ihn angerufen, sobald er erfahren hatte, dass Fennimore als Berater für das hiesige Sheriff's Office arbeitete. Fennimore hatte erklärt, dass er das nicht in offizieller Funktion tat, ließ sich aber trotzdem dazu überreden, an dem Treffen teilzunehmen. Die Detectives aus St Louis erkannte er an den Marken, die sie an einem Band um den Hals trugen. Ein paar Kriminaltechniker mit den entsprechenden Abzeichen auf ihren Polo-Shirts mischten sich unter die Leute. »Wer ist denn der finstere Typ in dem Anzug dahinten?«, fragte er.

»Der FBI-Psychologe«, sagte sie. »Es ist übrigens auch britische Polizei vertreten. Eine Chief Soundso, die an einem Austauschprogramm mit der Polizei St Louis teilnimmt.«

Sein Herz schlug plötzlich schneller.

»Simpson oder Simmons«, sagte Hicks. »Das hab ich vergessen.«

»Kate Simms«, sagte er. War sie im Raum? Er ließ den Blick über die Grüppchen schweifen und dachte, dass er ihre Gegenwart eigentlich spüren müsste. »Sie ist Chief Inspector, also nur eine Stufe unter dem Chief of Police – eine Chief of Detectives, wenn Sie so wollen.«

»Wenn *ich* es will?« Ihre Mundwinkel verzogen sich zu einem Lächeln. »Sie reden wie ein Ritter aus alten Zeiten«, sagte sie. »Haben Sie mit dieser Chief of Detectives schon einmal zusammengearbeitet?«

»Vor Ewigkeiten. Bei der National Crime Faculty in England.«

»Aber Sie haben sofort gewusst, wen ich meine«, sagte Hicks.

*Verdammt, ihr entgeht nichts.*

»Wir mailen gelegentlich«, sagte er und gab sich Mühe, es beiläufig klingen zu lassen. »Ich denke, sie hat mal erwähnt, dass sie zu einer Fortbildung nach St Louis geht.«

Hicks hob die Augenbrauen; der dunkle Ring um ihre blaue Iris verlieh ihrem Blick eine wilde, fast wölfische Intensität.

Nun hatte er Kate Simms jenseits der Menge entdeckt. Sie stand am Buffet und hielt Ausschau, was sie zu ihrem Morgenkaffee essen könnte. Dabei redete sie mit einem jungen Detective und lächelte. Fennimore musste an sich halten, um nicht ihren Namen zu rufen. »Da ist sie«, sagte er. »Kommen Sie, ich stelle sie Ihnen vor.«

Aber Hicks wurde von einem Techniker gerufen, weil man ihren USB-Stick brauchte, um die Bilder von dem Opfer und dem Fundort zeigen zu können. Sie drehte sich zu Fennimore um. »Gehen Sie alleine hin«, sagte sie. »Sagen Sie ihr hallo, bevor wir loslegen.«

Fennimore schlängelte sich durch die Menge, bis er neben Simms stand. Sie hatte ihn nicht kommen sehen, aber als er an ihr vorbei nach einem Teller und einem Keks griff, schaute sie über die Schulter. In ihren Augen blitzte etwas auf, das im nächsten Moment schon wieder verschwunden war.

»Nick.« Sie lächelte. »Das hätte ich mir ja denken können.«

»Ist es meine Schuld, dass uns das Schicksal immer wieder zusammenführt?«

»Du bist Wissenschaftler, du glaubst nicht ans Schicksal.«

»Ich bin Statistiker, ich glaube an Wahrscheinlichkeiten.« Er schenkte sich einen Kaffee ein und goss Simms nach. »Aber egal, nachdem du mir glaubhaft versichern konntest, dass du keine Zeit für mich hast, bin ich fünfhundert Meilen gefahren, um bei einem Fall eher ländlicher Provenienz zu helfen. In einem anderen Bundesstaat und in einem Fall, bei dem bis gestern nichts auf irgendwelche Verbindungen zu anderen Morden irgendwo sonst auf der Welt hingedeutet hat.«

»Du bist schon von Anfang an dabei?«

Er senkte bescheiden den Kopf.

»Ist da eine Frau im Spiel?«

»Bin ich so leicht zu durchschauen?«, scherzte Fennimore.

»Wie Glas.«

»Halb voll oder halb leer?«

Sie zuckte mit den Achseln. »Egal, man kann jedenfalls hindurchschauen.«

»Hast du je von Altruismus gehört?«

Sie warf ihm einen süffisanten Blick zu. »Nennt man das heute so?«

Das Klappern eines Tellers riss ihn aus der Betrachtung von Simms' Augen, und er merkte erst jetzt, dass Deputy Hicks zu ihnen getreten war.

Kate Simms biss in ihren Keks, schaute mit hochgezogenen Augenbrauen zu Hicks hinüber und dann wieder zu ihm zurück. »Glas«, sagte sie amüsiert, um dann noch einen Schluck Kaffee zu trinken.

Ihr Lachen erfüllte ihn mit einer überschäumenden Freude und löste etwas, das sich in seiner Brust festgesetzt hatte, seit sie aus dem Restaurant in St Louis hinausmarschiert war.

»Deputy Hicks«, sagte Fennimore. »Wir reden gerade über Statistiken.«

»Ja«, sagte Simms, und ihre Augen lachten immer noch übermütig. »Über Unwahrscheinlichkeiten.«

Fennimore stellte sie einander vor. Kate wischte sich die Hände an einer Papierserviette ab, bevor sie Hicks mit einem Lächeln die Hand hinstreckte. »Hervorragende Arbeit«, sagte sie.

»Professor Fennimore war wirklich eine große Hilfe«, sagte Hicks.

»Das kann er sein.« Einen kurzen Moment lang war Simms ernst. »Lassen Sie sich nur nicht auf seine Zahlenspielereien ein.«

Vielleicht war sie verwirrt, jedenfalls antwortete Hicks nicht. Nach einem unbehaglichen Schweigen entschuldigte sich Simms und kehrte zum Team aus St Louis zurück.

Im nächsten Moment erschien Sheriff Launer an Hicks' Seite. Sein Hemd wirkte wie frisch aus der Packung, und seine Haare waren verdächtig braun für einen Mann Anfang fünfzig.

»Sind Sie bereit für Ihren großen Auftritt, Deputy?« Er war liebenswürdig und lächelte sogar, aber sein Lächeln hatte etwas Grimmiges und entblößte so viele Zähne, dass Fennimore die Frage nur als herablassend verstehen konnte.

Deputy Hicks ließ sich nichts anmerken. Sie schaute ihren Chef mit ihren intensiven Wolfsaugen an und sagte völlig unbeeindruckt: »Ja, Sir, ich bin bereit.«

»Ich übernehme die Vorstellung, dann überlasse ich Ihnen die Bühne.«

»Wo wir schon bei Vorstellungen sind, dies hier ist ...«

»Ihr lieber Professor.« Launer streckte die Hand aus und strahlte. Als Fennimore einschlug, nahm der Sheriff mit der freien Hand seinen Arm, unmittelbar über dem Ellbogen. »Wie ich hörte, hält sie Sie nachts ganz schön auf Trab.«

Fennimore ließ seine Hand los, aber der Sheriff hielt seinen Arm gepackt, als wollte er seine Muskeln auf Masse und Spannkraft testen.

»Schön, Sie kennenzulernen, Professor«, sagte Launer, lockerte den Griff und schlug Fennimore kräftig auf die Schulter. »Nun kommen Sie aber, Deputy Hicks«, sagte er, immer noch strahlend. »Sie treten jetzt ins Rampenlicht.«

Detective Dunlap sprach als Erster. Er begann mit einer Würdigung Sheriff Launers und dankte ihm und dem

County für die Gastfreundschaft. Dann lobte er Deputy Hicks, weil sie durch ihre Arbeit dazu beigetragen hatte, eine Verbindung zu den Morden in St Louis herzustellen, und weil sie den Handabdruck auf dem Durchschlagpapier der Quittung sichergestellt hatte. Fennimore war beeindruckt von der natürlichen Autorität dieses Mannes.

Sheriff Launer trat als Nächster ans Mikrofon. Er gab jemandem hinten im Raum ein Zeichen, und als sich die Leute umdrehten, öffnete sich die Tür, und ein Mann mit einem Fotoapparat und eine Frau mit einem Notizbuch traten ein.

»Kommen Sie, kommen Sie«, sagte er und stellte sich nun höchstpersönlich zwischen die beiden Flaggen. »Das sind Merl und Shona vom *Westfield Examiner* – der wird im gesamten County gelesen. Dauert nicht länger als eine Minute, liebe Leute.«

Die Leute schauten sich an, aber niemand sagte etwas. Der Mann mit dem Fotoapparat war bestens vorbereitet. Merl schoss drei Fotos vom Sheriff allein, der vor seinem eigenen Bild stand und genauso lächelnd dieselbe Pose einnahm, dass es so aussah, als würde er vor einem Spiegel stehen. Dann bat Launer den FBI-Agenten vor. Detmeyer zögerte, kam aber offenbar zu dem Schluss, dass er sich nichts dabei vergab, und ließ sich zu einem Foto mit Handschlag herab: Launer grinsend wie in einer Zahnpastareklame, der FBI-Mann düster und ernst. Schließlich wurden die Berater vom Team Adam vor die Kamera gebeten. Während er ihre Hände schüttelte, sagte er: »Wir hier im Williams County tun alles, um die Werte der Familie zu schützen.« Er sprach langsam, behielt Shona im Blick und vergewisserte sich, dass sie beim Schreiben mitkam. »Nachdem wir eine Verbindung zu einem Mordfall in Missouri entdeckt haben, hat das Sheriff's Office des Williams County die Sonderabteilung für Schwerkriminalität, das FBI und diese wunderbaren Männer vom Team Adam versammelt, um alles in unserer Macht Stehende zu tun, diesen Fall zu lösen.«

Fennimore schaute sich unauffällig im Raum um. Hier waren lauter erfahrene Polizisten versammelt; sie ließen sich nichts anmerken, aber er spürte die Spannung wie die Stille vor dem Sturm.

»Für die anderen Abteilungen kann ich nicht sprechen«, sagte Launer, und prompt räusperte sich jemand. »Aber weder ich noch sonst einer aus meinem Team werden ruhen, bis Laney Dawalts Mörder seiner gerechten Strafe zugeführt wurde und der kleine Billy Dawalt wieder zu Hause bei seinem Daddy ist.«

Sobald die Presse fort war, überließ er Deputy Hicks das Feld. Er blieb aber an der Seite stehen, wo sie ihn sehen konnte, verschränkte die Arme und belauerte sie wie ein Raubtier. Sie schilderte die Beweislage auf eine klare, unprätentiöse Weise und ertrug Launers Unterbrechungen und Kommentare mit bewundernswertem Gleichmut. Dunlap ergriff als Erster das Wort, als sie die Zuhörer um Fragen bat.

»Unsere Opfer waren erst kurz vor ihrem Verschwinden in ein anderes County gezogen. Wissen Sie zufällig, wie lange Laney Dawalt an ihrer letzten Adresse gewohnt hat?«

»Sie ist neun Wochen vor ihrem Verschwinden ins Adair County zurückgezogen«, sagte Hicks ohne jedes Zögern. »Davor hat sie in der Nähe von Chandler im Lincoln County gewohnt.«

»Haben Sie dort mit jemandem gesprochen?«

»Dazu hatte ich noch keine Zeit«, sagte sie. »Aber wenn Sheriff Launer mir …«

»Was auch immer Sie benötigen, Deputy Hicks«, sagte er beflissen und ließ seine weißen Zähne und seine ganze

Falschheit aufblitzen. »Wir wollen doch diesen Jungen sicher heimbringen, nicht wahr?« Er breitete wie ein Baptistenprediger die Arme aus, als wartete er auf das Amen, aber außer einem verhaltenen »Ja, Sir« von zweien seiner Deputys kam nichts. »In dieser Sache habe ich bereits Kontakt mit dem Sheriff's Office des Adair County aufgenommen. Wir haben mittlerweile die DNA von Billys Mutter und seinem Vater; wenn der arme Junge also tatsächlich im CODIS sein sollte, können wir wenigstens seine sterblichen Überreste identifizieren.«

Hicks' Rolle in der Beschaffung dieser Beweismittel wurde mit keinem Wort erwähnt. Fennimore schaute zu ihr hoch. Ihr Gesicht war eine ausdruckslose Maske, aber ihr Kiefer spannte sich an. Sie atmete tief ein und ließ die Luft dann langsam wieder herausfließen.

»Waren Sie bereits in der Wohnwagensiedlung des Opfers aus Missouri?«, erkundigte sich Hicks.

»Wir wollten erst mit Ihnen reden, bevor wir eine Strategie entwickeln«, sagte Dunlap.

Sheriff Launer wirkte plötzlich nervös. Vielleicht fühlte er sich in dieses »Ihnen« nicht hinreichend einbezogen, vielleicht passte es ihm auch nicht, dass ein Detective sein Handeln nach einem Deputy ausrichtete, der in der Hackordnung ganz unten rangierte.

Ein schlanker Mann meldete sich zu Wort. »Roper, Kriminaltechnik«, stellte er sich vor. Er hatte leichte Glubschaugen, was auf eine Überfunktion der Schilddrüse hindeutete. »Haben Sie die Klebstoffreste analysieren lassen?«

Jetzt mischte Launer sich wieder ein. »Während wir uns hier unterhalten, werden sie in unserem County-Labor untersucht.«

»Sie hatten doch eine Theorie zu diesem Klebstoff, Deputy Hicks«, meldete Fennimore sich zu Wort.

»Ja, Professor.« Hicks schaute sich im Raum um. »Professor Fennimore ist forensischer Berater aus Aberdeen in Schottland. Er hat uns in diesem Fall geholfen.« Es war eine Frage der Höflichkeit, ihn vorzustellen, was Sheriff Launer nicht getan hatte. »Mir ist aufgefallen, dass der Klebstoff zu hoch am Kopf saß, um von einem Knebel herzurühren. Meiner Ansicht nach dürfte er eher von einer Augenbinde stammen.« Das Team aus St Louis machte sich Notizen. »Der Mörder hat sie abgeschnitten, bevor er sich der Leiche entledigt hat. Dabei hat er auch eine Haarsträhne erwischt.« Sie tippte auf eine Stelle hoch oben an ihren flachen Wangenknochen.

»Vielleicht hat er die Strähne ja als Trophäe behalten«, gab jemand zu bedenken.

»Könnte sein«, sagte der FBI-Psychologe.

»Der Professor ist der Meinung, dass der Mörder forensische Beweise entfernt haben könnte«, sagte Hicks.

»Falls er die Strähne als Trophäe abgeschnitten hat, könnte sich das irgendwann vielleicht als hilfreich erweisen«, sagte Detmeyer. »Aber wenn er es getan hat, um die Beweise für eine Augenbinde zu vernichten, würde das etwas über ihn verraten, das uns jetzt schon bei der Suche helfen könnte. Es wäre denkbar, dass er es nicht erträgt, angeschaut zu werden, was auf eine körperliche Behinderung oder eine Narbe schließen lassen könnte.«

»Wenn es immer derselbe Typ ist, sehe ich nicht, dass er irgendwie entstellt sein sollte«, sagte Hicks. »Er scheint ein unauffälliger Zeitgenosse zu sein.«

»Okay.« Detmeyer nahm sich einen Moment Zeit zum Nachdenken. »Wenn er ihnen die Augen nicht verbindet, um eine körperliche Verunstaltung zu verbergen, dann würde die Augenbinde nahelegen, dass er seine Opfer kannte, und zwar gut.«

»Warum?«, fragte Ellis. »Schuldgefühle?«

Detmeyer schüttelte den Kopf. »Selbst Soziopathen würden die Augen bedecken – oder sogar das ganze Gesicht –, wenn es sich bei ihrem Opfer um eine vertraute Person handelt.«

Jetzt stellte Kate Simms sich vor. »Wie lange wurde Laney vermisst?«, erkundigte sie sich.

»Sechs Monate«, sagte Hicks.

»Und sie und Billy haben in Adair mit einem Mann zusammengelebt?« Als Hicks nickte, fragte Simms: »Haben Sie eine Beschreibung des Mannes?«

»Ihr Trailer stand etwas abseits«, sagte Hicks. »Kommt hinzu, dass er nach Auskunft der Nachbarn oft weg war.«

»Haben Sie nun eine Beschreibung oder nicht?«, fragte Launer.

Hicks fixierte den Sheriff mit ihren intensiven blauen Augen. »Hab ich, Sir, aber ich bin mir nicht sicher, wie zuverlässig sie ist. Das Einzige, worin sich die Zeugen einig sind, ist, dass er einen Bart und lange Haare hatte.«

»Nun, das engt den Personenkreis ein«, witzelte Launer.

»Ist es denkbar, dass sie mit dem Mörder etwas hatte, wenn ihr Freund weg war?«, fragte Simms.

»Sie ist im Gefängnis clean geworden und war nach ihrer Entlassung regelmäßig bei den Anonymen Drogenabhängigen«, erläuterte Hicks. »Die Rechtsmediziner sagen, dass sie zum Zeitpunkt ihres Todes von den Drogen los war. Und in den beiden Monaten, die sie im Adair County gelebt hat, war der einzige männliche Besucher der Typ, mit dem sie zusammenwohnte.«

»Nun kommen Sie schon, Deputy.« Launer schaute lächelnd in die Menge, als schämte er sich für seine Untergebene. »Sie sagten doch selbst, dass die Nachbarn sich nicht einmal auf sein Aussehen einigen konnten. Vielleicht liegt der Grund schlicht darin, dass sie *verschiedene* Männer gesehen haben?«

»Nein, Sir.«

Das Lächeln schien in seinem Gesicht zu verrutschen, als er mit diesem entschiedenen Nein klarzukommen versuchte. »Würde es Ihnen etwas ausmachen, das zu erläutern?«

»Was das Aussehen ihres Freunds angeht, waren sie sich nicht einig, aber sein Auto kannten sie alle – einen europäischen Kleinwagen, grau oder grau-blau«, klärte Hicks ihn auf. »Es war das einzige Auto, das sie je gesehen haben. Laney lebte sehr zurückgezogen. Ihr Bruder ist zur Schule gegangen. Das Sheriff's Office des Adair County musste in der Zeit, in der Laney in der Siedlung gewohnt hat, zweiundzwanzig Mal dort anrücken, aber kein Notruf hatte etwas mir ihr zu tun.«

Fennimore sah, dass einige der Anwesenden anerkennend nickten. Es war durchaus beeindruckend, dass eine einzige Person in so kurzer Zeit so viel herausgebracht hatte.

»Wäre es denkbar, dass wir jetzt vielleicht durchgehen, was wir über die Morde in Missouri wissen?« Die Frage kam von Detective Dunlap, dem Afroamerikaner aus East St Louis. Aus dem ViCAP hatte man schon einige Informationen bezogen, und die Ähnlichkeiten zwischen Laney Dawalt und ihren eigenen drei Opfern waren verblüffend. Dunlap projizierte eine Tabelle mit den Parallelen ihrer Fälle an die Leinwand.

»Das Taucherteam aus Tulsa hat ein graues Seil in dem Teich sichergestellt, in dem Laney gefunden wurde«, sagte Hicks. »Ich habe ein Bild davon …« Sie blätterte durch die Papiere, die vor ihr lagen, während sich CSI Roper an seinem Laptop durch die Bilder der Spurensicherung hindurchklickte. Hicks zog im selben Moment ein glänzendes

Farbfoto aus dem Stapel, als auch Roper ein Bild von dem Seil gefunden hatte und an die Leinwand projizierte. Hicks ging hin und hielt ihr Foto daneben.

Das Bild auf der Leinwand zeigte ein Stück graues Seil mit roten und blauen Einsprengseln. Hicks' Seil war mit rotem Schlamm verschmiert, aber man konnte die Farben noch gut erkennen. Ein Raunen ging durch den Raum. Das Seil war von ziemlich charakteristischer Machart. Ermittler stürzten sich auf alles, was charakteristisch war, da es zur Aufklärung von Verbrechen beitrug. Und diese beiden charakteristischen Beweismittel waren gleich, obwohl sie von zwei verschiedenen Tatorten zweier verschiedener Opfer stammten.

Nun wandten sie sich Trey Gaigans Verschwinden zu. Der junge Valance und Detective Ellis, ein wahrer Hüne, berichteten von ihrem Besuch bei Treys Tante und der Entdeckung, dass Trey nach seinem Verschwinden eine Postkarte geschrieben hatte.

»Sie sollten sich die Postkarte genauer ansehen«, sagte Fennimore.

»Wieso das denn?«, fragte Sheriff Launer. »Wir haben doch soeben vernommen, dass außer den Worten und den Fingerabdrücken des Jungen nichts darauf zu sehen war.«

»Hat sich jemand die Briefmarke angeschaut?«, fragte Fennimore und gab sich Mühe, das Alphatier-Gehabe des Sheriffs einfach zu ignorieren.

Roper, der Kriminaltechniker aus St Louis, sagte: »Die meisten amerikanischen Briefmarken sind mittlerweile selbstklebend. Ich bedaure es sehr, dass man die gummierten abschafft – sie ersetzen praktisch einen Mundhöhlenabstrich.«

»Trotzdem muss er die Briefmarke draufgeklebt haben«, sagte Fennimore. »Ich denke an *Low-Template-DNA*.«

Der Kriminaltechniker nickte. »Das ist das, was wir ›*Touch-DNA*‹ nennen«, erklärte er für die Anwesenden und bezog sich auf die Möglichkeit, aus einer einzigen am Tatort isolierten Zelle ein DNA-Profil zu erstellen. Sein Fuß unter dem Tisch tappte nervös herum, als müsste sich Roper beherrschen, um nicht aufzuspringen und durch den Raum zu rennen. »Man braucht nur ein paar Zellen aus den äußeren Hautschichten, um genug DNA für eine Identifizierung zu bekommen. Was diese Technik betrifft, hinken wir in den Vereinigten Staaten hinterher. In Boulder, Colorado, hat man sie allerdings benutzt, um die Eltern von Jon Benét Ramsey vom Mord an ihr freizusprechen.«

Launer schnaubte. »Diese Postkarte muss durch die Hände von zig Personen gegangen sein: Postbeamte, Treys Tante, ihre Kinder, Polizisten, die Männer vom Team Adam.«

»Ich kann nicht sagen, wie Sie das hier in der Gegend handhaben, Sheriff«, erwiderte Fennimore und versuchte nicht einmal, einen sarkastischen Unterton zu vermeiden. »Aber ich bin mir ziemlich sicher, dass sich die Team-Adam-Berater und die Kollegen aus St Louis Mühe gegeben haben, das Beweismittel nicht zu kontaminieren.«

»Soll das eine Unterstellung sein?«

Simms verdrehte die Augen, und Fennimore registrierte, dass er zu weit gegangen war. »Ich wollte nur sagen, dass …«

»Ich weiß, was Sie sagen wollten«, ging Launer dazwischen. »Und ich habe es nicht nötig, mir von einem übellaunigen Briten, der einfach hier hereingeschneit kommt, einen solchen Scheißdreck anzuhören. Sie halten mich wohl für einen Willy-Billy aus den Wäldern, der mit seinen Cowboystiefeln über den Tatort trampelt und Kaugummi aufs Beweismaterial spuckt. *Darüber* sollten Sie sich mal mit Abigail Hicks unterhalten, Professor.«

»Gentlemen«, sagte Dunlap.

»Nein, das ist mein voller Ernst. Ihr Jungs sollt wissen, mit wem ihr es zu tun bekommt. Der Grund, warum wir keinen Beweis für eine Verbindung zum Mord im Creek County haben, ist schlicht, dass Hicks die Sache vermasselt hat.«

Hicks durchbohrte den Sheriff mit ihren intensiven blauen Augen.

»Dachten Sie, ich weiß das nicht?« Launer grinste. »Was dachten *Sie* denn, warum Sie nie über die sechsmonatige Probezeit hinauskommen?«

Hicks schaute zu Boden, am ganzen Körper erstarrt.

Nicht einmal Launer hätte er es zugetraut, dachte Fennimore, dass er einen seiner eigenen Leute vor sechs anderen Teams so demütigt.

Nun erhob sich einer der beiden Team-Adam-Berater, die ziemlich weit hinten im Raum saßen, ein großer Mann in den Fünfzigern mit Glatze und einem grauen Spitzbart. Durch seine schiere Größe und seine physische Präsenz zog er sämtliche Blicke auf sich, fort von Deputy Hicks.

»Kent Whitmore«, stellte er sich vor. »Team Adam.« Er sprach mit dem schleppenden Akzent des Mittleren Westens, aber seine tiefe Stimme trug mühelos im ganzen Raum. »Wir freuen uns aufrichtig über das, was Sie vorhin über unsere Arbeit gesagt haben, Sheriff.«

Launer war immer noch in Kampfstimmung, aber er konnte dem Mann ja nicht befehlen, den Mund zu halten und sich zu setzen, und so stotterte er ein paar Worte vor sich hin.

»Das ist sehr freundlich von Ihnen, Sheriff Launer, Sir«, sagte Whitmore, als wäre er von Launers Eloquenz tief beeindruckt. »Und wir fühlen uns wirklich geehrt, dass wir hierher eingeladen wurden. Was auch immer Sie brauchen, wir werden alles tun, was in unserer Macht steht.« Er nickte zur Leinwand hinüber. »Wenn die Anwesenden vielleicht kurz zusammenfassen könnten, was sie von uns erwarten, dann gehen wir gleich an die Arbeit. Wenn Sie zum Beispiel die Analyse der DNA-Proben, die Deputy Hicks von Mr und Mrs Dawalt beschaffen konnte, beschleunigen wollen, würden wir ein privates Labor darauf ansetzen. Und falls Sie die Informationen zu den Fällen großflächiger unter die Ordnungskräfte streuen wollten, könnten wir die Behörden in den gewünschten Bundesstaaten kontaktieren.«

Er sagte nur, was alle schon wussten, und lobte Hicks unter der Hand für ihre gute Arbeit. Sein Tonfall und sein bescheidenes Auftreten riefen in Erinnerung, warum sie eigentlich da waren, und Fennimore war beschämt. Er hatte sich vom Sheriff provozieren lassen, obwohl selbst Hicks über seine höhnischen Bemerkungen hinweggesehen hatte.

Launer war nicht dumm und wusste, dass man ihn ausgebootet hatte. Wenn er jetzt noch einmal auf Hicks' Versagen zurückkäme, stünde er selbst wie ein Idiot da. Das Alphatier in ihm verspürte dennoch den Drang, seine Autorität unter Beweis zu stellen.

»Mr Fennimore, ich bin mir sicher, dass Hicks Ihre Hilfe gerne in Anspruch genommen hat. Ab sofort schaffen wir es aber auch alleine«, sagte er. »Wenn Sie also nichts dagegen hätten …« Er zeigte auf den Ausgang, um zu signalisieren, dass Fennimore den Raum verlassen möge.

Hicks schaute auf. »Sir, Sie können Professor Fennimore nicht einfach wegschicken. Er …«

Launer wandte sich Hicks zu. »Haben Sie etwas gesagt, Deputy?«

Fennimore stand auf. »Das ist schon in Ordnung. Ich gehe.«

Dunlap wollte protestieren, aber Fennimore hatte sich

entschieden. »Es ist wirklich besser, wenn ich gehe. Wenn so viele Institutionen an einer Ermittlung beteiligt sind, sollte man sein Ego besser an der Garderobe abgeben. Es tut mir leid, dass ich meines in der Brusttasche gelassen habe, angeschaltet und mit vollem Akku. Sollten Sie mich brauchen, wissen Sie ja, wo Sie mich finden können.«

# 18

**Main Street, Westfield, Williams County, Oklahoma**

Deputy Hicks fand den Professor im Danley's, einer Bar in einer Seitenstraße der Main Street. Auf einem Schild an der Tür stand: »Keine Schusswaffen – weder versteckt noch offen. Keine Ausnahmen, im Namen des Gesetzes!« Das Schaufenster des Danley's sollte eigentlich Licht hereinlassen, aber das wurde durch das blinkende Budweiser-Logo mehr oder weniger verhindert. Im Innern war gerade mal Platz für fünf Tische und eine fünf Meter lange Bar, die mit gehämmertem Kupferblech verkleidet war.

Abigail Hicks trug Uniform, und so kratzten, als sie hereinkam, sofort ein paar Stühle über den lackierten Holzboden – kein Grund zur Beunruhigung, sondern einfach ein Reflex, aber sie sollte doch darüber nachdenken, welchem Raumteil sie besser nicht den Rücken kehrte. Das Geräusch war aus der hinteren rechten Ecke gekommen, neben der Bar. Drei dunkelhaarige Männer saßen im Schatten der Treppe und fixierten sie wie Kojoten aus dem Hinterhalt. Zwei von ihnen hatten einen dunklen Vollbart, was ihre Augen umso gefährlicher blitzen ließ. Über ihren Köpfen drehte sich ein Deckenventilator, der aber nicht vielmehr bewirkte, als den Gestank von Bier, Schweiß und Testosteron aufzumischen.

Fennimore stand mit dem Rücken zur Tür am Tresen. Wenn man die drei Typen im Schatten sitzen sah, konnte einem angst und bange um ihn werden. Er becherte mit Bob Ross, dem Fischköder-Verkäufer, was ihm einen gewissen

Schutz gewährte – aber nur solange Köder-Bob nüchtern war. Bob war ein hartgesottener Landmensch, der an das altmodische Ideal der Gastfreundschaft glaubte, und Gastfreundschaft schloss natürlich Alkohol ein. Und während er im Grunde seines Herzens ein anständiger Kerl war, vergaß er in der Kneipe Freund und Bruder und verwandelte sich in einen unflätigen, blutlüsternen Säufer.

Der Wirt hatte einen Baseballschläger hinter dem Tresen liegen, da es nach dem Oklahoma State Law ein schweres Delikt war, in einer Kneipe eine Schusswaffe bei sich zu haben. Er nickte Hicks zu, aber seine Augen schweiften weiter durch den Raum und behielten die Gäste im Blick, langsam und ohne jedes Anzeichen von Unruhe. Es sollten einfach alle wissen, dass er wachsam war.

Hicks setzte sich auf den Barhocker neben Fennimore, seitlich von der Bar, damit sie die drei Kojoten unter der Treppe im Blick hatte.

»Darf ich Ihnen etwas anbieten, Deputy?«, fragte Danley.

»Nein danke, Dan«, sagte sie.

Fennimore, der sich leise mit seinem Saufkumpan unterhielt, drehte sich um, als er ihre Stimme hörte.

»Deputy Hicks!« Er klang liebenswürdig und nur ein wenig betrunken, und sie konnte nur hoffen, dass das für Köder-Bob auch galt.

»Sie waren nicht leicht aufzutreiben«, sagte sie und redete ihn absichtlich nicht mit Namen an – je weniger die Leute von einem wussten, desto länger hatte man das Vergnügen, in Danley's Bar bleiben zu dürfen.

»Sie hätten mich anrufen können«, sagte Fennimore.

»Das habe ich getan. Sollten Sie Ihr Handy mal wieder anschalten, werden Sie sehen, dass Sie eine Nachricht von mir haben.«

Er grunzte und kramte in seiner Hosentasche nach seinem Handy. Als er es gefunden hatte, schaltete er es an und wollte es in die Brusttasche stecken, was ihm aber erst beim zweiten Versuch gelang. Hicks wurde klar, dass sie den Grad seiner Trunkenheit unterschätzt hatte.

»Deputy Hicks«, sagte er. »Kennen Sie Bob Ross?«

Bob lehnte sich vor und hob das Glas zur Begrüßung.

»Wir sind uns schon begegnet«, sagte Hicks.

»Beim letzten Mal hat sie mir morgens den Kaffee ans Bett gebracht«, sagte Bob mit einem verschmitzten Grinsen.

»Bob …«, warnte sie ihn.

»Im Knast«, gab er zu. »Ich habe meinen Rausch dort ausgeschlafen.«

Sie brachte ihn mit einer Kopfbewegung zum Schweigen und wandte sich an Fennimore. »Haben Sie die ganze Zeit hier gesteckt?«

Fennimore schaute auf die Uhr. »Nur eine Stunde. Vorher habe ich sämtliche Geschäfte der Stadt abgeklappert. Fast hätte ich einen alten Shaker-Schaukelstuhl erworben – weiß der Kuckuck, wieso. Zu Hause in Schottland schlafe ich sowieso meistens in meinem Büro.«

»Ein Mann ganz nach meinem Herzen«, sagte Bob. Er lallte, hatte aber noch nicht das Stadium der Streitsucht erreicht.

»Mein Freund Bob hier hat mich vor einer Verzweiflungstat bewahrt«, sagte Fennimore.

Vor ihm auf dem Tresen lag eine Papiertüte, und Hicks sagte: »Wie ich sehe, sind Sie doch fündig geworden – haben Sie bei Bob ein paar schöne Köder ergattert?«

»Köder?« Fennimore legte schützend seine Hand auf die Tüte. »Köder! Blasphemie! Das sind Fliegen. Trockenfliegen, um genau zu sein.«

Köder-Bob kicherte. »Dieser Herr hat sehr genaue Vorstellungen vom Angeln.«

»Die hab ich, verdammt noch mal«, sagte Fennimore. »Ekelige, unansehnliche Kunstscheiße. Da kann man einen Fluss gleich verminen, wenn man hingeht und Fische mit einem *Köder* fängt!«

»Vielleicht möchten Sie ein wenig leiser reden, Sir«, sagte Hicks, die den größten der drei dunkelhaarigen Männer im Blick behielt. Sie vermeinte, ihn zu kennen, und hatte schon die schlimmsten Befürchtungen.

Schließlich stand sie auf und griff nach Fennimores Tüte, wobei sie sich zwischen den Köder-Mann und Fennimore schob. »Sie müssen mitkommen.«

»Bin ich verhaftet?«, fragte Fennimore.

»Ist das der Lohn dafür, dass ich Sie hier raushole?«

Hicks ließ ihre Hand auf dem Kupfertresen liegen, um eine Schranke zwischen Fennimore und Bob zu errichten. Dabei war ihr durchaus bewusst, dass sie ein Risiko einging, wenn sie den Kojoten den Rücken zukehrte. Sie hörte die Männer murmeln, was nicht sehr freundlich klang, also beugte sie sich zum Professor vor und sagte leise: »Bleiben Sie, wenn Sie mögen, aber da sitzen drei Typen und beobachten Sie. Wenn Sie mich fragen, haben die schon gecheckt, wie viel Grün in Ihrer Geldklammer steckt und wie man Sie am besten darum erleichtern kann.« Sie war ihm so nah, dass sie die Hitze von seiner Haut ausstrahlen spürte.

Er fuhr auf seinem Barhocker herum und stützte sich mit dem Ellbogen auf den Tresen. Dass überhaupt noch andere Leute an den dunklen, staubigen Tischen saßen, schien ihn zu überraschen.

»Bob«, sagte er und streckte die Hand aus. »War mir ein Vergnügen.« Er holte sein Portemonnaie heraus, und Hicks stellte sich schnell vor ihn, um diesen gierigen Gesichtern, die aus dem Dunkel hervorschimmerten, die Sicht zu versperren.

In einem Imbiss an der Main Street, in dem auch Staatsanwälte, Gerichtsmitarbeiter und vor Gericht aussagende Polizisten verkehrten, tranken sie Kaffee. Es konnte sicher nicht schaden, wenn der Professor während des Ausnüchterns von Gesetzeshütern umgeben war. Nach seinem zweiten Kaffee sagte sie: »Da haben Sie aber noch einmal Glück gehabt.«

»Wenn ich mich nicht irre, reden Sie nicht von den wunderschönen Forellenfliegen, die ich vorhin gekauft habe. Adams-Fliegen!«

»Sie müssen aufpassen, wo Sie sich betrinken, Professor«, sagte sie. »In dieser Gegend gibt es Leute, die für den Preis eines Meth-Kristalls Blut vergießen würden, und solche Leute verkehren auch in Danley's Bar.«

»Okay.«

»Okay, Sie glauben mir, oder: Okay, Sie gehen nicht mehr in irgendwelche Kneipen in finsteren Seitenstraßen?«

»Beides.« Er runzelte die Stirn und betrachtete die verstreuten Zuckerkristalle auf der Melaminplatte des Tisches. »Sie müssen wissen, dass ich noch nie aus einer Fallbesprechung rausgeworfen wurde.«

»Sie haben aber auch ziemlich vom Leder gezogen.« Als er sie verwirrt anschaute, dachte sie, dass er für einen intelligenten Kerl ziemlich wenig von Menschen verstand.

»Eines sollten wir gleich klären«, sagte sie. »Sheriff Launer ist *mein* Problem. Ich muss selbst mit ihm fertigwerden.«

Er schob mit den Fingerspitzen seinen Kaffee von sich fort. »Ich hätte mich nicht einmischen dürfen.«

Sie lehnte sich zurück. »Nun, Sie sind einfach immer für eine Überraschung gut. Aber Ihre Entschuldigung ist angenommen.«

»Das war keine Entschuldigung, das war eine Tatsachenbehauptung.« Er hielt inne. »Der Typ ist ein Ekelpaket, oder?«, sagte er dann. »Immer im Angriffsmodus. Er muss etwas zu verbergen haben. Was ist sein schauerliches Geheimnis?«

Heute war offenbar der Tag, an dem sie ihre Meinung über Professor Fennimore ständig revidieren musste. Sie konnte die Frage nicht einfach ignorieren, aber sie konnte auch nicht vollkommen aufrichtig sein. *Erzähl ihm einfach irgendetwas, das stimmt und ihn zufriedenstellt.*

Die Kellnerin tauchte aus dem Nichts auf, und Hicks brachte Fennimore mit einem Blick zum Schweigen. Während die Frau die Kaffeetassen auffüllte, überlegte Hicks, wie viel sie dem Professor verraten sollte. Er beobachtete sie, und man sah förmlich seine Nase zucken.

Als die Kellnerin wieder in der Küche verschwunden war, erzählte Hicks ihm einen Teil von Launers Geschichte. »Er war mal beim Militär und hat in Afghanistan gedient.«

»Er ist ein Kriegsheld?«

»Er war bei der Logistik. Nicht, dass das ein Problem wäre, die Armee braucht schließlich Nachschub. Im Gespräch lässt er aber gerne Hinweise fallen, die so klingen, als hätte er sich mit den Taliban Gefechte geliefert und wäre durch Spreng- und Brandfallen gelaufen, um Essen und Munition an die Front zu bringen.«

»Aber die Wirklichkeit war weniger aufregend?«

»Eher Scharmützel am Satellitentelefon als Feuergefechte im Kriegszirkus.«

»Und als er die Army verlassen hat, ist er zur Polizei gegangen?«, fragte er.

»Nach der Army hat Launer erst einmal drei Jahre im Baumarkt gearbeitet, um sich ein Studium zu finanzieren und eine Maklerlizenz zu erwerben.«

»Moment mal«, sagte Fennimore mit einem Grinsen, das

verriet, dass er immer noch nicht ganz nüchtern war. »Wollen Sie mir erzählen, dass er Immobilienmakler ist?«

»So nennt man das vermutlich, wenn jemand Häuser unters Volk bringt. Er hat gut davon gelebt, dass er bezahlbaren Wohnraum an Menschen verkauft hat, die ihn eigentlich *nicht* bezahlen konnten. 2006 wurden die Subprime-Hypotheken dann toxisch, und das bedeutete das Ende seines Geschäfts. Da er aber ein findiger Typ ist, hat er sich nach etwas anderem umgeschaut.«

»Eine Karriere als Ordnungshüter bietet sich für einen Exmilitär ja förmlich an«, sagte Fennimore.

»Nach der jahrelangen Tätigkeit bei der Logistik bot es sich für ihn eher an, Budgets zu strecken. Er hat drei neue Deputys eingestellt, womit er in seiner Wahlkampagne ja auch prahlt. Ich bin eine davon. Drei andere wurden allerdings, als sie am Ende ihrer Probezeit angekommen waren, sofort gefeuert. Eine Frau aus der Verwaltung hat er kurzerhand als Bewährungshelferin in den Knast geschickt – wo man weniger verdient. Sie hat dann von sich aus gekündigt.«

»Sie haben sich ja gründlich informiert.«

Sie zuckte mit den Achseln. »Ich wollte nur verstehen, warum er so ein Hurensohn ist.« Fennimore war offensichtlich erpicht darauf, hinter ihre Fassade zu schauen, und sie setzte eine so nichtssagende Miene auf, wie es ihr nur möglich war. Nach einer Weile gab er achselzuckend auf.

Sie legte einen Zehndollarschein auf den Tisch und stand auf. »Los, wir gehen.«

»Wohin?«

»Ein Stück die Straße hoch«, sagte sie. »Auf Bitte der Einsatztruppe aus St Louis. Die haben ein paar Fragen an Sie.«

# 19

Lass mich ihr Gesicht sehen – ihre Augen.«

Der Mann in Schwarz betrachtet sich selbst auf dem Bildschirm, wie er, schwitzend unter der verdammten Skimaske, das Klebeband von Laney Dawalts Gesicht abriss, gedemütigt von seinem tumben Gehorsam.

Seine Nitril-Handschuhe tropften, da der Schweiß an den Handgelenken hinabrann. Er krepierte fast in dieser feuchten Hitze, aber er gehorchte brav den Befehlen.

Laney war verschnürt wie ein Truthahn an Thanksgiving. Ihre Brust schien flach und blass durch die straff gewickelte Frischhaltefolie hindurch. Widerlich ist das. Ekelhaft. Fergus ist ein krankes Schwein. Ständig denkt er sich neue Perversionen aus – »Verfeinerungen« nennt er sie. Widerliches, krankes Schwein.

Er sieht sich auf dem Bildschirm Dinge tun, die ihm befohlen wurden wie einem kleinen Loser, der auf dem Schulhof hin und her geschubst wird. Seine Kopfhaut kribbelt vor Scham, weil er der kleine Loser ist, und er hasst Fergus noch mehr, weil er ihn daran erinnert.

»Jetzt«, sagte die verzerrte Stimme. »Tu es. Komm zum Ende.«

Laney riss die Augen auf, als er an sie herantrat. Er löste das Seilende und ließ Seil nach. An dem Tag war er wirklich *hundemüde* gewesen. Sie zappelte, wimmerte, kämpfte gegen die Plastikfolie an und warf den Kopf hin und her. Ihre Stimme war zu schwach zum Schreien, aber sie flehte dennoch. Ihr Mund formte Worte.

Stück für Stück ließ er Seil nach.

*Quietsch, quietsch, quietsch.*

Irgendwann wandte sie den Blick von ihm ab und schaute an die Decke der Todeskammer. Ihre Lippen bewegten sich, als würde sie beten. Er wollte hören, was sie sagte, und beugte sich näher an sie heran.

Ihre Worte schienen durch seine Brust und seinen Kopf hindurchzuwallen, und er verspürte eine Zärtlichkeit, die fast so etwas wie Liebe war. Sie betete zu *ihm.*

»Was zum Teufel tust du da?«, brüllte Fergus.

Das Seil rutschte ihm aus der Hand. Die Handschuhe rissen, und er spürte das Brennen der Reibung. *Quietschquietschquietsch.* Er packte zu und hielt das Seil wieder fest, alles unter den Beschimpfungen und Flüchen von Fergus.

In den letzten Minuten der Aufnahme war sie still. Sie atmete stotternd aus, dann zuckte ihre Kehle bei dem Versuch, wieder Luft in die Lunge zu saugen. Vergeblich.

Das grelle Licht der Panik in ihren Augen wurde immer blasser und verglomm dann; ihr Gesicht erschlaffte. Sie war ruhig.

»Ist sie tot?« Fergus' Stimme klang tiefer als in Wirklichkeit, wegen der Verzerrungssoftware.

Er zwickte Laney. Nichts passierte. »Okay?«, fragte er.

»Versuch es noch einmal.«

Er hatte der Kamera den Rücken zugekehrt, als Fergus seinen letzten Befehl gegeben hatte. Auf der Aufnahme sieht er, wie sich seine Schultern anspannen, und er fühlt gleichermaßen Mitleid und Selbstverachtung.

Am liebsten hätte er geschrien: »Fick dich!«, hätte die Kamera auf den Boden der Todeskammer geschmissen und jedes Teil der Ausrüstung kurz und klein gehauen, um sich dann Fergus vorzuknöpfen, ihm das Gesicht zu zerschlagen und die Faust in die Kehle zu jagen. Aber er tat es nicht.

In der Aufnahme zwickt sein Bildschirm-Selbst in Laneys Wangen und Rippen. Keine Reaktion.

*»Okay?«*, fragte er. »Zufrieden?«

Sekunden verstrichen.

»Geh auf Nummer sicher«, sagte Fergus. Bastarde wie er wollten noch das letzte Fitzelchen Lust aus dem Moment der Erlegung quetschen. Die »Erlegung« – als würden sie auf einem prächtigen Pferd durchs Moor galoppieren und der Beute hinterherjagen.

»Hier.« Er kratzte mit dem Daumennagel über Laneys Fußsohle. »Siehst du? Nichts.« Er schaute in die Kamera. »Die ist hinüber, Mann.«

Und dann trennte er die Internetverbindung.

Der Mann in Schwarz nimmt einen kalten Schluck Coors, die Augen auf den toten Fernsehbildschirm gerichtet, um nicht den Moment zu verpassen, wenn die Aufnahme wieder von vorne beginnt. Zu Beginn der Aufnahme ist Laney noch nicht in Plastik eingewickelt, sondern liegt nackt auf der Palette, die Augen halb geschlossen. Eine kleine Reisetasche steht geöffnet auf dem Boden neben der Palette; sie enthält medizinisches Gerät, Beatmungstuben, tragbare Beatmungsgeräte, Stethoskope, Spritzen und ein gelbes Defibrillator-Paket. Eine der Digitalkameras ist neben der Palette aufgebaut, im Bildwinkel der zweiten Kamera am Fußende von Laneys Körper. Das rote Licht brennt – die Kamera läuft.

Er sieht sich selbst, wie er wie ein Profi Wiederbelebungsmaßnahmen ergreift: ein Adrenalinstoß, direkt ins Herz injiziert. Puls kontrollieren. Schwach, aber regelmäßig. Eine halbe Minute Beatmungsbeutel und Maske, dann den Nacken überstrecken, damit der Kopf die »Schnüffelposition« einnimmt; das Laryngoskop einführen und hochziehen, um Zunge und Kehldeckel anzuheben und die Stimmlippen des Kehlkopfs freizulegen. Den Endotrachealtubus zwischen Stimmlippen und Luftröhre einführen. Das Laryngoskop entfernen und mithilfe einer Spritze fünfzehn Milliliter Luft in den Cuff pumpen, den kleinen Ballon am Tubus. Beatmungsbeutel und Ventil anschließen und beatmen.

Er nickt vor sich hin. Wie ein beschissener Profi.

Die Ausrüstung ist minimal – nur Beutel und Tubus –, daher muss er das Heben und Senken der Brust genau beobachten und aufpassen, dass er die Lunge nicht zu stark aufpumpt. Eine Minute, eineinhalb. Sie reagiert nicht. Er nimmt die Maske ab und wischt sich mit dem T-Shirt-Ärmel den Schweiß von Stirn und Gesicht; sein Mund ist eine schmale Linie, und seinen Lippen entweicht ein hoher Klagelaut.

Wieder kontrolliert er ihren Puls und spürt nun das fatale Beben des Kammerflimmerns.

Herr im Himmel. Hektisch holt er den Defibrillator, klatscht Pads auf Laneys Brust, wartet, bis das Display die Bereitschaft des Geräts anzeigt, und verpasst ihr einen Stromstoß. Keine Reaktion. Er erhöht die Voltzahl um fünfzig, dann noch einmal um fünfzig und jammert leise: »Komm zurück, Laney. Bitte. *Bitte*, komm zurück.«

Noch ein Versuch. Der Defibrillator lädt sich auf. Und noch einmal. Ihr Körper bäumt sich auf, eine Hand fällt herab, und ihr Arm zappelt theatralisch an der Palettenkante herum. Sie wimmert. Flatternd öffnen sich ihre Augen.

»Da bist du ja«, sagt er leise, fast liebevoll. Er verspürt die Wärme und Großmut, die ihm früher zu eigen waren. Er hat ihr das Leben geschenkt.

Sie winselt. Ihre Augen wandern zum Bildschirm des Laptops, weil sie weiß, dass die geheimnisvolle Stimme Befehle erteilen wird. Sie wird bestimmen, was als Nächstes geschieht. In einer Anwandlung von Wut geht der Mann zum Laptop und klappt ihn zu.

Wieder wimmert sie.

»Schhhh«, beruhigt er sie. »Alles in Ordnung. Wegen dem musst du dir keine Gedanken mehr machen – der ist weg.« Er streicht ihr eine Strähne aus dem Gesicht. »Jetzt gibt es nur noch dich und mich.«

# 20

Einzigartigkeit ist fast immer ein wichtiges Indiz.

A. C. Doyle, »Das Geheimnis von Boscombe Valley«

Vier Tage waren seit dem großen Treffen vergangen. Die Detectives von St Louis, einschließlich Kate Simms, waren nach Missouri zurückgekehrt, um ihre eigenen Fährten zu verfolgen. Polizisten wurden überallhin geschickt, wo in Missouri eine Leiche gefunden worden war. Sie arbeiteten unter Hochdruck, sprachen mit Polizeibehörden und Sheriff's Offices und kopierten Berichte: Polizeiberichte, Obduktionsberichte, Laborberichte, Zeugenaussagen. Sie kopierten die Tonaufnahmen von Zeugenvernehmungen und besuchten Beweismittellager, um sie mit einem Kofferraum voller Papierkisten und sonstigem Material wieder zu verlassen. Sie verabredeten sich mit Rechtsmedizinern, die ihre Befunde erläuterten und ihnen digitalisierte Obduktionsfotos, Slides und Proben zur Verfügung stellten. Sie sprachen mit Zeugen und potenziellen Zeugen, redeten noch einmal mit Nachbarn, Freunden und Bekannten der ermordeten Frauen und trafen sich mit den Lehrern und Klassenkameraden der vermissten Kinder. Laney Dawalt war zu den Treffen der Anonymen Drogenabhängigen gegangen, aber man hatte keinen Zusammenhang mit den anderen Opfern herstellen können. Entweder hatten sie ihre Drogentherapie alleine durchgezogen, oder es lag an der Anonymität der Organisation, dass man nicht fündig wurde.

Die Einstellung der britischen Seite zu Zeugenaussagen war, gelinde gesagt, skeptisch, aber die amerikanischen Detectives begeisterten sich für die Idee, jemanden aufzuspüren, dessen Leben sich geändert hatte, weil er vielleicht auskunftsfreudiger wäre.

Jede Aussage – ob neu oder alt – wurde auf der Suche nach Auffälligkeiten noch einmal hin und her gedreht. Detectives widmeten sich der langwierigen und mühseligen Arbeit, die Details ins ViCAP des FBI einzuspeisen. Die Verbrechensanalysten im britischen Bramshill hatten zeitgleich damit begonnen, dieselben Daten ins ViCLAS einzugeben. Die beiden Datenbanken waren mit demselben Ziel entwickelt worden – Verbindungen zwischen Gewaltverbrechen zu erkennen und die Täter dingfest zu machen –, aber man hatte sie nicht so eingerichtet, dass sie miteinander kommunizieren konnten. Jedes System musste sich unabhängig beweisen, und die britischen und amerikanischen Ermittler verfolgten interessiert, welches die meisten Verbindungen und Hinweise liefern würde.

Währenddessen verfolgte Abigail Hicks in Oklahoma ihre Ermittlungen mehr oder weniger alleine. Fennimore war mit der doppelten Absicht in Oklahoma geblieben, Hicks seine Hilfe anzubieten und Simms aus dem Weg zu gehen. Launer war nicht von seiner Position abgerückt, und so musste er ihm auch aus dem Weg gehen. Hicks schickte ihm ihre Fragen per E-Mail, und an den Abenden sprachen sie über den Fall und gingen angeln – obwohl die Forellen warten mussten, bis sie mehr Zeit haben würden und auch ein wenig Tageslicht, um die Fliegen auswerfen zu können.

Detective Dunlap leitete nun die Sonderermittlungsgruppe in St Louis. Er hatte Fennimore am Wochenende angerufen, um ihn um einen Rat zu bitten; der Rest des Teams hatte über Lautsprecher mitgehört.

»Das Krankenhaus hat die Fotos von Rita Gaigans Obduktion verschusselt«, sagte Dunlap. »Laut Obduktionsbericht war ihr Körper noch ziemlich gut erhalten. Wir brauchen diese Bilder, und Simms behauptet, Sie finden alles.«

»Er ist der Schutzheilige der verlorenen Beweismittel.« Das war Kate Simms.

Der Klang ihrer Stimme entlockte ihm ein Lächeln. »Okay … Das Sheriff's Office müsste noch Abzüge haben.«

»Ob du es glaubst oder nicht, auf die Idee sind wir auch schon gekommen, Nick.« Wieder Kate, angriffslustig. »Die sagen aber, sie hätten nie Obduktionsfotos bekommen.«

»Im Krankenhausarchiv hat man uns versprochen, sie zu suchen, aber die sind chronisch unterbesetzt«, fügte Dunlap hinzu. »Das kann Monate dauern.«

»Haben Sie es beim Pathologen selbst versucht?«

*»Nick.«* Simms legte ihre ganze Verzweiflung in das Wort.

»Okay«, sagte er, bevor sie grob werden konnte. »Ihr habt mit ihm gesprochen. Aber habt ihr speziell die vermissten Bilder erwähnt?«

»Natürlich nicht. Wir haben mit ihm gesprochen, bevor wir von ihrem Verlust erfahren haben.«

»Leute, die mit dem Tod zu tun haben, sind von ihrer Kunst manchmal besessen«, sagte Fennimore. »Da ich ebenfalls ein Besessener dieser Art bin, hätte ich definitiv Fotos für mein Privatarchiv gemacht.«

Das war zwei Tage her. Ein zweites Treffen der Sonderermittlungsgruppe wurde anberaumt, und man bat Fennimore hinzu. Das Motel, in dem er wohnte, war wieder als Einsatzzentrale ausersehen worden, und als Fennimore den Gesellschaftsraum betrat, war er zum Bersten gefüllt.

Detective Dunlap begrüßte ihn gleich an der Tür. »Danke, dass Sie sich die Zeit nehmen konnten, Professor.«

Sheriff Launer kam auf sie zu. Er lächelte mit zusammengebissenen Zähnen und sah aus wie ein Pitbull mit Zahnschmerzen. »Was soll das, zum Teufel?«

»Er ist auf Einladung der Polizei von St Louis hier, Sheriff.«

»Sie befinden sich auf meinem Territorium, Detective.« Launer redete leise, und das Lächeln war ihm mitten ins Gesicht geklebt, aber es konnte kein Zweifel daran bestehen, dass er stinksauer war. »Ich hatte doch gesagt, dass ich diesen Typen hier nicht will – wir haben genug Laborratten in unserem Team. Und zwei meiner Deputys sind zertifizierte Kriminaltechniker.«

»Befindet sich zufällig ein Ronald-McDonald-Smiley auf den Zertifikaten?«, fragte Fennimore.

»Professor.« Dunlaps Stimme grollte finster.

Fennimore schwieg.

»Der Professor ist Berater der Sonderermittlungsgruppe von St Louis. Sie werden gar nichts mit ihm zu tun haben«, sagte Dunlap und ließ durchblicken, dass sie sich zwar auf Launers Territorium befinden mochten, dass Fennimore aber nicht seiner Gerichtsbarkeit unterstand.

Sie fixierten sich stur. Die grauen Augen des Sheriffs waren finster und undurchdringlich, aber Dunlap hielt seinem Blick unbeirrt stand und strahlte mit seinen braunen Augen eine ruhige Selbstsicherheit aus. Einer würde nachgeben müssen, und in diesem Fall war es Launer, der irgendwann mit steifem Nacken abzog, die Fäuste in die Seiten gestemmt.

»Scheint so, als würde er mich nicht mögen.«

»Hör auf, ihn zu provozieren – damit könntest du besser fahren«, sagte jemand hinter ihm.

Kate Simms. Er drehte sich um, und sein Herz tat einen kleinen Satz. »Er provoziert *mich*.«

Dunlap schaute Simms an. »Ist der immer so?«

»Gelegentlich.«

»Professor«, sagte Dunlap. »Gehen Sie dem Mann aus dem Weg.«

Dunlap trommelte die Leute zusammen. Die Tische hatte man wie bei einer Konferenz aufgestellt, um die vierzig Leute unterzubringen. Ein paar saßen bereits, und die Dreier- und Vierergruppen lösten sich nun auf und gesellten sich dazu. Dunlap bat Valance, die Sitzung zu eröffnen. Der junge blonde Detective aus St Louis stand auf und ging zu einem Laptop, den man bereits für ihn auf den Projektorständer gestellt hatte. Er wirkte fast kindlich, und es schien ihn nervös zu machen, vor so vielen Menschen zu stehen. Fennimore sah, dass Kate Simms ihm aufmunternd zulächelte.

»Das Krankenhaus konnte Rita Gaigans Obduktionsfotos nicht finden«, sagte Valance. »Aber der Professor hatte recht: Der Rechtsmediziner hatte selbst ein paar Fotos gemacht, um sie für die Lehre zu benutzen.« Er steckte einen Stick in den USB-Anschluss seines Laptops.

Rita Gaigans Körper war aufgedunsen, das Fleisch fleckig und grün. Finger, Lippen, Augen und Zehen waren von Wasserschildkröten und Fischen angeknabbert worden. Das anhaltend schlechte Wetter hatte die Tiere allerdings träge und appetitlos werden lassen, daher war die Leiche in einem besseren Zustand, als man hätte erwarten können.

»Im Bericht des Sheriffs steht, dass sie von einem Mann beim Eisangeln gefunden wurde«, sagte Valance. »Vor dreißig Monaten. Sie erinnern sich vermutlich an den Winter.«

Ein zustimmendes Murmeln ging durch den Raum.

»Dieser Winter hat den Rekord von 1923/24 gebrochen.

Fast siebzig Zentimeter Schnee und Temperaturen von minus dreißig Grad.«

*Fahrenheit*, dachte Fennimore. Da läge man dann bei minus fünfunddreißig Grad Celsius. Er dachte an die BBC-Berichte aus der Zeit: Eisstürme von New York bis Texas; Bäume, die vollständig in eine gläserne Eisschicht eingehüllt waren; Strommasten, die unter den schieren Massen an gefrorenem Wasser zusammengebrochen waren.

»Der Mann hat ein Loch ins Eis gehackt und direkt darunter etwas Dunkles treiben sehen. Er griff hinein, weil er dachte, es sei ein Streifenbarsch. Stattdessen hielt er Ritas Kopf in den Händen.«

Den passionierten Anglern im Raum lief ein Schauer über den Rücken, Fennimore eingeschlossen.

Valance klickte sich durch die Bilder auf dem Bildschirm hindurch. Sie waren sehr scharf und hatten einen guten Farbkontrast. Die Blutergüsse an Unterleib und Brustkorb waren deutlich zu sehen. Und auch die Ähnlichkeit mit denen auf den Obduktionsfotos von Fallon Kestler und Kyra Pender.

»Der Rechtsmediziner hat sich die Fotos erst angeschaut, als wir ihn danach gefragt haben«, erläuterte Valance. »Er hatte sie geschossen und dann vergessen.« Er klickte ein weiteres Bild an. Ein kleiner, schneckenförmiger Bluterguss auf Ritas Unterleib, eher auf der rechten Seite.

»Dieser Bluterguss wird im Obduktionsbericht nicht erwähnt, weil er nicht da war.« Das geschah gelegentlich: Eine günstige Kombination von Aufnahmewinkel und Blitzlicht brachte etwas zum Vorschein, das man im Raumlicht nicht sehen konnte. Fennimore fügte den interessanten Bluterguss zu der Mind-Map hinzu, die er erstellte. Das nächste Bild zeigte die Position des Klebebandrests in Ritas Haaren. Quer über die Stirn und an den Schläfen.

*Muster*, dachte er und fügte auch das seiner gedanklichen Landkarte hinzu. Er liebte es, wenn sich Muster herauskristallisierten.

»Er hat Steine aus der Umgebung benutzt, um die Leichen zu beschweren«, sagte Dunlap.

Das war eine Enttäuschung. Wenn er sie von woanders mitgebracht hätte, würden sie noch ein charakteristisches Detail erhalten – die Steine würden sie vielleicht sogar zu einem bestimmten Ort führen.

»Über das Seil hingegen hat uns das Institut in Maine etwas erzählen können.« Er nickte CSI Roper zu.

»Es handelt sich um ein äußerst reißfestes, sehr leichtes, doppelt geflochtenes Seil«, sagte der Kriminaltechniker, der aufgesprungen war, als hätte man ihn plötzlich von der Leine gelassen. »An allen Leichenfundorten war es das gleiche, selbst bei Fallon Kestler vor dreieinhalb Jahren. Dieses Seil wurde für den Gebrauch auf See entwickelt, vor allem für die Takelage von Rennsegelbooten. Beste Qualität und sehr speziell. Zurzeit prüfen wir, wer so etwas vertreibt.«

Die Polizei St Louis hatte die Postkarte ausfindig gemacht, die Trey Gaigan seiner Tante geschrieben hatte. Da das Polizeilabor in St Louis mit seiner Arbeit Wochen im Rückstand lag und die Analyse von Low-Template-DNA bzw. Touch-DNA heikel und arbeitsintensiv war, hatte das Team Adam ein privates Labor mit der Analyse beauftragt. Dort hatte man an einem Fragment von der Papillarleiste eines Fingerabdrucks eine winzige Menge Epithelzellen gefunden.

»Männliche DNA«, sagte Dunlap. »Nicht von dem Jungen. Das Teilprofil reicht gerade für einen Abgleich und für die Information, dass sie nicht von dem Jungen ist. Zurzeit ist es im CODIS, aber freuen Sie sich nicht zu früh – wir könnten Dutzende von Treffern erzielen.«

Labortests und statistische Analysen waren Aspekte der Ermittlungen, die leise im Hintergrund vonstattengingen. Von Zeit zu Zeit erbrachten sie nützliche Resultate, neue Spuren oder sogar den Namen eines Verdächtigen. Manchmal waren die Ergebnisse aber auch enttäuschend – wie das der Analyse des Klebstoffs zum Beispiel, den man an der Haut einiger Opfer gefunden hatte. Er wurde als Substanz eines Klebebands identifiziert, das man praktisch in jedem Baumarkt und Walmart der Vereinigten Staaten kaufen konnte.

Deputy Hicks war die Nächste. Die Suche nach Billy Dawalt im CODIS hatte kein Ergebnis erbracht – was immerhin die Hoffnung wachhielt, dass er noch leben könnte. Dawalt senior hingegen war im System: Er hatte bei einem Einbruch Blut hinterlassen, nachdem er eine Scheibe eingeschlagen hatte, um sich Zutritt zu verschaffen. Ironischerweise wäre er, wenn er der Referenzprobe zugestimmt hätte, jetzt noch ein freier Mann.

Als Mann des Worts hatte Launer Hicks erlaubt, ins Lincoln County zu fahren, hatte aber gleich klargestellt, dass sie Fennimore nicht im Dienstwagen mitnehmen dürfe. In diesem Fall machte das keinen großen Unterschied: Wo auch immer Laney Dawalt ihren Lebensgefährten kennengelernt hatte, sie hatte es niemandem erzählt.

»Da könnte man auch in einen Brunnen rufen: Alles, was man zurückbekommt, ist finsteres Schweigen und das Echo der eigenen Stimme«, erzählte sie über ihre Gespräche mit den Bewohnern der Wohnwagensiedlung. Niemand hatte Laney regelmäßig mit einem Mann gesehen, und als sie ins Adair County zurückgezogen war, hatte sie es niemandem erzählt. Der Verwalter war der Erste gewesen, der überhaupt gemerkt hatte, dass sie nicht mehr da war. Er hatte nämlich an Laneys Tür geklopft und den Trailer leer vorgefunden.

»Ich habe auch noch einmal mit dem Verwalter der Wohnwagensiedlung in Adair gesprochen«, sagte Hicks. »Er konnte sich an Laneys Freund noch vage erinnern. Angeblich war er viel älter als sie und sprach irgendwie komisch.«

Detective Dunlap schaute auf. »Das behaupten einige Leute, mit denen wir gesprochen haben.«

»Ein Sprachfehler?«, fragte Fennimore.

»Nein, Sir. Er sagte, es habe geklungen, als komme er irgendwo aus dem Osten.«

»Richtig«, sagte Valance, und seine blauen Augen funkelten aufgeregt. »Einer sagte sogar, er klinge nach ›Harvard‹.« Er sprach das Wort mit dem in die Länge gezogenen »a« der Neuengland-Staaten aus.

Diesem Hinweis würden sie nachgehen, wenn sie künftig mit Bewohnern von Wohnwagensiedlungen und Bekannten der Opfer reden würden.

Die Befragungen, die immer noch liefen, hatten noch etwas herausgebracht: Der Mann, der mit den Opfern zusammengelebt hatte, hatte ein braunes Sweatshirt der Oklahoma Sooners getragen. Launer wies darauf hin, dass diese Information ungefähr so aussagekräftig war wie Hicks frühere Beschreibung des Mannes als langhaarig und bärtig. Der Rest der Anwesenden teilte seine Skepsis allerdings nicht. Die Treue der amerikanischen Football-Fans zu ihren Vereinen war berüchtigt, und so legte das Sweatshirt nahe, dass der Mann eher aus Oklahoma als aus Missouri kam.

Dunlaps Handy vibrierte und rutschte seitlich über den Tisch. Er schaute aufs Display. »Die Briefmarke hat im CODIS drei Treffer in den Vereinigten Staaten erbracht.« Das war besser, als sie gehofft hatten. Drei Treffer bedeuteten, dass man nur drei Verdächtige aufspüren musste, um sie aus den Ermittlungen auszuschließen. Dunlap scrollte die Informationen. »Einer ist tot, einer im Gefängnis, und einer … ein gewisser Henry Connor, ein Exhäftling, lebt in der Gegend von St Louis.«

Valance kontrollierte bereits Connors Daten im System. »Einbruch in einem besonders schweren Fall, Angriff auf eine minderjährige Person.«

Ein erregtes Raunen ging durch den Raum.

»Keine aktuelle Adresse«, sagte Dunlap, und die Enttäuschung war seiner Stimme anzumerken. »Ich werde die Polizei in St Louis bitten, ihn zur Fahndung auszurufen.« Er nickte Kate Simms zu, die übernahm, während er sich in den hinteren Teil des Raums zurückzog, um zu telefonieren.

»Die Abteilung für Schwerkriminalität in Großbritannien ist auch der Meinung, dass die Tötungsdelikte in einem Rhythmus von sechs Monaten geschehen«, sagte Simms. »Die achtzehnmonatige Lücke zwischen Rita Gaigan und Kyra Pender könnte bedeuten, dass es noch mehr Opfer gibt, die wir bislang nicht gefunden haben. Das werden wir erfahren, wenn wir mehr Daten haben.«

»Daten wollen Sie?« Ellis, der griesgrämige Detective mit dem militärischen Haarschnitt, legte die Hand auf einen Stapel Papiere zu seiner Rechten. »Reaktionen auf den Werbespot des Team Adam.«

Das Team Adam hatte an alle FBI-Abteilungen der Bundesstaaten und an die Sheriff's Departments von vierhundertdreiundsiebzig Countys in Oklahoma, Missouri, Illinois, Arkansas und Kansas einen Bericht herausgegeben, in dem die Gemeinsamkeiten zwischen den Fällen aufgelistet waren.

Fennimore betrachtete den Stapel. »Wie viele?«

»Fünfzig«, sagte Ellis. »Das passiert, wenn man Ärger sucht – man findet ihn. Die meisten Fälle sind nicht einmal im ViCAP, weil es angeblich eine solche Plackerei ist, die Formulare auszufüllen.« Er ließ den Daumen über die Akten gleiten, als handelte es sich um einen Packen Karten. »Fünfzig Morde in vierzig Bundesstaaten. Es wird Monate dauern, all diese Daten einzugeben.«

Dunlap kehrte zum Tisch zurück. »Dazu haben wir gar nicht die Leute.«

»Nun, wir können nicht einfach sagen, danke für die Info, aber das ist uns leider zu viel Arbeit«, erwiderte Ellis.

»Die könnten es selbst machen«, schlug Fennimore vor.

Dr Detmeyer nickte. »Dafür ist das System eigentlich gedacht«, sagte er. »Wenn die Kollegen denken, dass ihre Morde mit den unseren zusammenhängen, sollten sie Leute auftreiben, die den Job machen.«

»Mr Whitmore«, sagte Dunlap. »Könnten Sie den Kollegen auf die Sprünge helfen?«

»Sicher«, sagte der Team-Adam-Berater. »Wir könnten eine Strategie entwickeln, wie wir die lokalen Polizeibehörden dazu, äh …, motivieren, ihre Daten ins System einzugeben.«

Wieder vibrierte Dunlaps Handy. Sämtliche Köpfe gingen hoch. Der Detective entschuldigte sich, aber alle Augenpaare blieben auf ihn gerichtet.

»Wo?«, fragte er. Pause. »Am frühen Abend kann jemand von uns da sein.« Er beendete das Gespräch und schaute ins Publikum, ein triumphierendes Leuchten in den Augen. »Das war St Louis«, sagte er. »Die Kollegen haben Henry Connor geschnappt.«

# 21

**Wohnwagensiedlung Lambert Woods**
**in der Nähe von Hays, Williams County, Oklahoma**
**Freitagabend**

Red kam nur langsam voran. Der Weg vor ihm schien zu schwanken, da er selbst ein wenig torkelte. Es war Freitag, und die Sommerferien hatten begonnen. Er war zur Schule gegangen, wie von seiner Mutter verlangt, daher war er der Meinung, dass er sich das Bierchen am Ende eines harten Tags redlich verdient hatte. Das Bier hatte er natürlich geklaut. Er hätte nicht gedacht, dass der Perverse zweimal auf denselben Trick reinfallen würde, aber offenbar war er im Kopf genauso langsam wie auf den Beinen. Reds Plan war es gewesen, eine Weile in seinem Unterschlupf zu sitzen, sein Bier zu trinken und wie verabredet um sechs zu Hause zu sein – Momma und ihr Lover hatten einen Ausflug geplant, erst zu Pizza Hut in Hays und dann ins Kino. Nachdem er sein restliches Gras geraucht hatte, war er allerdings eingeschlafen. Jetzt wurde es bereits dunkel, also musste es schon nach acht sein. Zeit, heimzukehren und sich eine Standpauke anzuhören.

Unsicher auf den Beinen, stolperte er ein paarmal über Baumwurzeln und Steine, die aus dem Matsch herausragten. Den ganzen Tag über hatten die Zikaden einen Lärm veranstaltet, der Fensterscheiben zum Bersten bringen konnte, aber mit Einbruch der Dämmerung verstummten sie eine nach der anderen; nun hörte man das Quaken der Frösche in den Teichen am Wegrand und das sanftere Zirpen der

Heuschrecken und Grillen. Tief im Wald vernahm er die Rufe eines Vogels, die klangen, als würde jemand zwei Löffel aneinanderschlagen, und in der Nähe verausgabte sich eine Scharlachtangare, um ihr Terrain zu behaupten. Als die Dunkelheit herabsank, riss ihr wildes Gezwitscher ab.

Red hievte sich den Rucksack auf die Schulter und rannte die letzten hundert Meter nach Hause. Nachdem er um den Trailer herumgegangen und eingetreten war, torkelte er durch den Wohnraum direkt in die Küche, heiß und benommen von dem Bier. Erst wollte er nach seiner Mutter rufen, besann sich dann aber anders. Er hatte furchtbaren Hunger und würde sicher ohne Essen ins Bett geschickt werden, weil es schon so spät war.

Er hielt die Luft an, aber es war nichts zu hören. Vielleicht waren sie ohne ihn ausgegangen. Dann hörte er allerdings das rhythmische Knarren des Betts im Schlafzimmer. Im Brotkasten lag frisches Brot. Er nahm zwei Scheiben und bestrich sie mit Erdnussbutter, dann holte er sich eine kalte Sprite aus dem Kühlschrank, um sie mit in sein Zimmer zu nehmen und Radio zu hören. Das Erdnussbrot zwischen den Zähnen, damit er die Hände frei hatte, kramte er in seinem Rucksack nach seinem Sony. Er stopfte es in die Jacke, versteckte seinen Rucksack hinter einem Stuhl und biss schon einmal von seinem Brot ab. Verdammt, war das gut!

Er war bis zur Trennwand zum Wohnbereich gelangt, als er etwas vernahm, das ihm das Blut in den Adern gefrieren ließ. Einen schrillen Schrei. Nicht wie von einem Menschen, sondern eher wie der gequälte Schrei eines Kaninchens, das in eine Falle geraten ist.

Mit klopfendem Herzen fragte er: »Mom?«

Keine Antwort.

Er legte Sandwich und Sprite-Dose auf die Sessellehne, kehrte auf Zehenspitzen in die Küche zurück, holte ein Messer aus dem Messerblock auf dem Küchentresen und schlich zum Schlafzimmer seiner Mutter. Die Tür war nicht abgeschlossen. Er zog den Bügelgriff aus der Vertiefung, drehte ihn ganz langsam herum und schob die Tür so leise wie möglich auf, um einen Blick hineinzuwerfen.

Der Raum war düster. Seine Momma lag auf dem Bett, aber er konnte sich keinen Reim auf das machen, was er da sah.

Als er einen Schritt in das Zimmer trat, rief sie etwas, aber sie bekam die Worte nicht richtig heraus, und er verstand sie nicht.

Irgendetwas stimmte nicht mit ihrem Gesicht.

Sie richtete sich ein Stück auf, sodass er im ersten Moment dachte, sie wolle sich auf ihn stürzen, aber dann wurde sie von irgendetwas zurückgehalten. Er konnte sich das alles nicht erklären.

»Momma?«

Zu seiner Linken bewegte sich etwas – ein dunkler Schatten in der Nähe des Kleiderschranks. Er fuhr mit dem Kopf herum, und der Schatten schien sich zu verfestigen.

Plötzlich war sein Mund trocken, und die Nackenhaare standen ihm zu Berge. Sein Herz hämmerte in seiner Kehle und schlug den Rhythmus zu den Worten in seinem Kopf: *Boogeyman – der schwarze Mann. Boogeyman – der schwarze Mann.*

# 22

**St Louis, Missouri**

Detective Ellis und Detective Valance erreichten kurz nach acht das Art-déco-Gebäude der Polizei von St Louis. Royston, der Streifenpolizist, der Henry Connor aufgespürt hatte, nahm sie in Empfang.

»Ich war auf Streife, als ich den Fahndungsaufruf hörte«, erzählte er. »Bei der nächstbesten Gelegenheit habe ich mir das Fahndungsfoto angeschaut und den Mann sofort erkannt. Ich habe ihn nämlich vor fünf Tagen in seinem Nachtquartier am Tucker Boulevard aufgegabelt und ins Obdachlosenheim in North Tucker gebracht.« Er führte sie durch die Sicherheitsschleuse und dann einen Gang entlang. Mithilfe seiner elektronischen Schlüsselkarte verschaffte er sich Zugang zu den Verhörräumen. »In North Tucker teilte man mir allerdings mit, dass man ihn ins Heim der Evangelikalen in der Locust Street geschickt habe, wo man ihm einen Schlafplatz in einer Notunterkunft verschafft hat. Dort ist er aber nur eine Nacht geblieben. Er hätte überall sein können.«

Ellis schwieg genervt. Er war nicht der Typ, der sich dafür interessierte, wie Connor gefunden wurde; er wollte einfach nur mit ihm reden, nun, da er gefunden *war*. Valance erkannte schon an seiner steifen Körperhaltung, dass ihm gleich der Geduldsfaden reißen würde. Für seinen Geschmack sollte sie der Kollege von der Streife einfach nur zu ihm führen und sich dann vom Acker machen.

»Und wo haben Sie ihn dann gefunden?«, fragte Valance.

»Er ist zum Tucker Boulevard zurückgekehrt.« Royston

öffnete die Tür zu einem Sitzungsraum. An der Wand hing ein 42-Zoll-Bildschirm, auf dem Stuhl darunter lag ein Pappdeckel, und mitten auf dem Tisch stand ein Konferenztelefon, das wie ein zerquetschtes Insekt aussah.

»Ich sehe keinen Connor«, sagte Ellis gereizt.

»Von hier aus haben wir eine Videoverbindung zum Verhörraum«, erklärte Royston. »Als ich sagte, dass ich ihn in seinem Nachtquartier am Tucker Boulevard aufgegabelt habe, war das eine etwas beschönigende Formulierung. Er hat vielmehr in der Kanalisation darunter geschlafen. Ich dachte, dass Sie sich vielleicht mental darauf einstellen wollen, was Sie erwartet.« Er nahm eine Fernbedienung von einem der Stühle und richtete sie auf den Monitor.

Der Mann im Verhörraum trug einen Trenchcoat, der aussah, als hätte er ihn schon im Schützengraben getragen. Seine Haare verschwanden unter einer speckigen Mütze, und sein Bart war lang, schmutzig und verfilzt. Das ganze Gesicht war dreckverkrustet. Während sie ihn noch anschauten, schob der Mann zwei schmutzige Finger unter den Mantel und kratzte sich das Brusthaar. Man konnte fast die Flöhe springen sehen.

»Das soll er sein?« Ellis' Finger schoss vor. »Wegen dem bin ich hier angereist?«

»Was soll mit ihm sein?«, fragte der Uniformierte gereizt.

Valance kehrte Ellis den Rücken zu; in dieser Verfassung konnte man nicht mit ihm reden.

»Mein Kollege ist nur ein bisschen empfindlich.« Er grinste. »Seine Laune wird sich schon bessern, wenn er einen Kaffee und einen Donut hatte.« Valance streckte die Hand aus. »Danke, Officer Royston, Sie haben mehr getan, als man von Ihnen erwarten konnte. Ich werde es in meinem Bericht erwähnen. Es tut mir leid, dass Sie so viel Zeit für die Sache opfern mussten.«

Der Polizist ließ die Daumen noch eine Weile in den Taschen und fragte sich offensichtlich, ob Valance das ernst meinte. Der schaute ihn aber unbeirrt freundlich an, bis Royston schließlich Luft ausstieß und ihm die Hand gab.

»Ich habe Connors Akte ausgedruckt«, sagte er, nahm den Aktendeckel vom Stuhl unter dem Monitor und reichte ihn Valance. »Darin finden Sie alles, was Sie brauchen.«

Ellis wartete, bis der Mann von der Streife aus der Tür war, dann sagte er: »Wow, Valance, das war aber artig von Ihnen.«

Jetzt platzte Valance der Kragen. »Was zum Teufel ist denn in Sie gefahren? Connor ist von Notunterkunft zu Notunterkunft gezogen, und dieser Polizist ist ihm wie ein Bluthund auf der Fährte geblieben. Statt Feierabend zu machen, hat er stundenlang hier auf uns gewartet, hat einen Verhörraum organisiert und dafür gesorgt, dass Connor zur Stelle ist, wenn wir kommen. Ich war nicht artig, Ellis, ich habe einfach darauf verzichtet, ein Arschloch zu sein.«

Ellis warf ihm einen harten Blick zu. Er hatte lange, bevor Valance geboren worden war, sein goldenes Abzeichen bekommen, und der junge Detective zollte ihm in vielerlei Hinsicht Respekt. Das änderte nichts daran, dass er ein Arschloch *war*, und Valance würde den Teufel tun, jetzt klein beizugeben.

Ellis zeigte mit dem Kinn zum Monitor hinüber. Connor bohrte in der Nase und wischte die Hand dann an der Hose ab. »Können Sie sich vorstellen, wie dieser Typ Rita Gaigan in seinen Wagen gelockt haben soll? Können Sie sich vorstellen, dass dieser Typ überhaupt je einen Wagen hatte?«

»Wir haben um Henry Connor gebeten, und wir haben ihn bekommen«, sagte Valance. »Seine DNA ist auf der Postkarte, die Trey Gaigan seiner Tante geschickt hat. Nun kommen Sie schon, Ellis. Wir wissen doch gar nicht, ob es vergeudete Zeit war, bevor wir nicht mit diesem Typen gesprochen haben.«

»Okay, okay.« Ellis schaute auf den Monitor. »Aber wenn ich gewusst hätte, dass ich sechshundert Meilen zurücklege, um von einer biologischen Waffe bedroht zu werden, hätte ich Sie alleine fahren lassen.« Er ging zur Tür.

»Was haben Sie vor?«, fragte Valance.

»Hatten Sie nicht etwas von Kaffee und Donuts gesagt?«

Valance las Connors Akte bei einem Kaffee, während Ellis einen Burger aß und dann noch zwei Donuts, die unter so viel Zuckerguss verschwanden, dass sie ein diabetisches Koma auslösen könnten.

Der schwere Einbruch hatte im Haus von Connors Exfrau stattgefunden. Connor war der Meinung gewesen, dass sie sich, nachdem sie ihn rausgeschmissen hatte, ein paar seiner Dinge unter den Nagel reißen wollte. Als er mit einem Golfschläger die Scheibe in der Hintertür eingeschlagen hatte, hatte sie die Polizei gerufen. Weil sie von dem herumfliegenden Glas verletzt worden war, wanderte er für ein Jahr in den Knast. Das Polizeifoto aus dieser Zeit zeigte ihn glatt rasiert, die Haare kurz geschnitten. Sogar Hemd und Krawatte trug er. Seine Augen waren allerdings rot gerändert, und er wirkte wild und verzweifelt.

Als er wegen des tätlichen Angriffs auf einen Minderjährigen verhaftet wurde, war Connor bereits der Mensch, der er jetzt war. Er hatte ein Kind verprügelt, weil es versucht hatte, seinen Hut zu stehlen, mitsamt den fünfzehn Dollar und sechsundvierzig Cent, die er an jenem Morgen mit seiner Straßenmalerei am Gateway Arch – dem großen Bogen, der an die Erweiterung des Territoriums der USA erinnerte – verdient hatte. Henry Connor war nämlich Kunstlehrer gewesen, bevor ihm der Suff alles genommen hatte.

Als sie den Vernehmungsraum betraten, setzte sich Valance wie verabredet hinter den Tisch, während Ellis den Stuhl gegenüber von Connor nahm; ihre Knie berührten einander fast.

Connor stank nach altem Urin und einem ganzen Bataillon an ungewaschenen Füßen, was sich noch mit den Ausdünstungen des Alkohols der letzten Nacht vermischte. Die Wirkung des Wick VapoRub, das sie sich vorsorglich unter die Nase geschmiert hatten, war schnell verflogen.

Valance legte die Akte auf den Tisch und klopfte mit einem Finger darauf. Ellis holte schnell durch die Nase Luft und sagte: »Wollen Sie uns etwas über die Postkarte erzählen?«

Er schaute sie ausdruckslos an und erklärte, er habe keinen blassen Schimmer, wovon sie redeten. Valance zeigte ihm eine Fotokopie von der Postkarte und nannte ihm das Datum des Poststempels.

»Februar«, sagte Valance. »Vor zwei Jahren. Diese Postkarte.« Er drehte sie um, damit er das Bild vom Gateway Arch sehen konnte.

Jetzt nickte Connor langsam. »Oh, daran erinnere ich mich. Ich habe den Verdienst dieses Morgens durch nur fünf Minuten Arbeit verdoppelt. Der Typ hat mir fünfundzwanzig Dollar bar auf die Hand und eine kleine Flasche Jack Daniel's gezahlt, damit ich die Adresse auf die Karte schreibe, in ein Postamt gehe und eine Briefmarke draufklebe. Ich sagte, mach ich, wenn er mir auch noch seinen Mantel gibt.« Er runzelte die Stirn bei der Erinnerung. »Das war ein schrecklicher Winter.«

»Ist das der Mantel?«, fragte Valance und gruselte sich schon bei der Vorstellung, dass sie dieses abgerissene Ding als Beweismittel mitnehmen müssten.

»Nein, nicht dieser – dies ist ein Sommermantel.« Connor zupfte an den Aufschlägen seines Trenchcoats, was prompt ekelerregende Geruchsschwaden freisetzte. »Er hat mir einen guten Wintermantel gegeben. Seine Basecap wollte er mir allerdings nicht geben. Angeblich hat er sie noch gebraucht.«

»Was war das denn für eine Basecap?«, fragte Valance.

»Braun«, sagte er. »Mit einer goldenen Applikation.«

*Oklahoma Sooners.*

»Der Mantel hat mich durch zwei Winter gebracht.«

»Okay, könnten wir dann wieder auf die Karte zu sprechen kommen?«

»Die Karte?«

»Die Postkarte.«

Er wirkte ratlos, und Valance tippte auf die Fotokopie, die vor ihm auf dem Tisch lag. »Was für ein Postamt?«

Connor kratzte sich am Kopf, dann fuhr er mit einem Fingernagel unter einem anderen Nagel entlang und ließ den Dreck auf den schmierigen Mantel fallen.

»Muss downtown gewesen sein, da ich ja unten beim Bogen gemalt habe.«

»Daran können Sie sich noch erinnern?«

Er zuckte mit den Achseln. »Das ist das, was ich tue.«

Das war das, was er jeden Tag tat, wollte er wohl sagen.

»Wo war der Mann, als Sie im Postamt waren?«

»Woher soll ich das denn wissen?«

»Na los«, sagte Valance. »Versuchen Sie, sich zu erinnern. Er hat Ihnen das Bargeld und den Whisky gegeben …«

»Nein«, unterbrach ihn Connor. »Den Whisky hat er behalten. Der Mann hat an der Straße gewartet. Er hat gesagt, er wolle sehen, wie ich die Karte einwerfe, bevor er mir den Jack gibt.« Er nickte. »Ja genau, er hat an der Straße gewartet, jetzt erinnere ich mich wieder.«

Ellis und Valance zogen sich in den Sitzungsraum zurück.

»Er hat Connor hineingeschickt, damit er nicht von den Sicherheitskameras erfasst wird«, sagte Valance. Alle amerikanischen Postämter hatten ein Videoüberwachungssystem im Schalterraum und an den Haupt- und Seiteneingängen. »Die Basecap war eine Vorsichtsmaßnahme, falls doch irgendwo eine Kamera sein sollte, die ihm entgangen war.«

»Oder Connor lügt«, sagte Ellis.

Valance zog die Augenbrauen hoch. »Haben Sie Ihre Meinung über ihn geändert?«

Ellis zuckte mit den Achseln. »Laut Akte war er nicht immer ein Penner«, sagte er. »Und im Gefängnis haben sie ihn vermutlich einer gründlichen Reinigung unterzogen.«

Valance schlug die Akte auf, und sie blätterten sie gemeinsam durch. »Okay ... Vor drei Jahren hat Connor noch unterrichtet. Wir dachten, dass der Täter seine Opfer während der Schulferien holt, damit ihr Verschwinden nicht so schnell auffällt. Was aber, wenn es stattdessen genau die Zeit war, in der Connor Urlaub hatte?«

Ellis nickte. »Wir müssen seine Exfrau fragen, was er zu dem Zeitpunkt getan hat, als die früheren Opfer verschwunden sind.«

»Der Einbruch bei seiner Exfrau ist zweieinhalb Jahre her – damals hatte er bereits seinen Job verloren. Das war kurz vor dem Verschwinden von Rita Gaigan. Irgendwann danach hat er eine einjährige Haftstrafe im County-Gefängnis angetreten. Abgesessen hat er allerdings nur ... vier Monate.«

Weil die Gefängnisse zu der Zeit nämlich aus allen Nähten geplatzt waren und man Platz schaffen musste.

»War er schon draußen, als Ritas Sohn verschwand?«

Valance schaute nach. »Nein. Als Trey Gaigan verschwand, war Connor noch im Knast. Und die zweite Verhaftung wegen des tätlichen Angriffs auf den Minderjährigen war im Juni letzten Jahres, was ihn auch im Fall Kyra Pender ausschließt. Er kann nicht unser Mann sein.«

Sie kehrten in den Vernehmungsraum zurück und baten Connor, den Mann zu beschreiben, der ihm Geld und Alkohol gegeben hatte, damit er eine Briefmarke auf eine Postkarte klebte und sie in den Briefkasten steckte.

Durchschnittlich groß, sagte Connor. Weder dick noch dünn, einfach normal. Mausgraues Haar. Vielleicht. Einen Bart hatte er, daran könne er sich noch erinnern. Oder doch nicht? Oder vielleicht doch, wenn er es recht bedachte. Einen Kinnbart. Dann schwor er, dass er einen gewaltigen Schnäuzer hatte.

»Aber an den Jack können Sie sich noch genau erinnern, was, Connor?«

»Ich tu mein Bestes«, knurrte Connor und blitzte Ellis an. Er hatte blaue Augen, in denen sich eine blasse wachsartige Masse abgelagert hatte, wie man es sonst nur bei sehr alten Menschen sah. Das Weiß seiner Augen war gelb, als befördere seine Leber das Gift direkt dorthin.

»Wie hat er geklungen?«, fragte Valance.

»Geklungen?«

»Wie hat er geredet? Kam er von hier, oder …?« Er ließ den Satz in der Schwebe, während der Mann mit seinen alkoholgetränkten Hirnzellen einen klaren Gedanken zu fassen versuchte.

Nach einer langen Weile sagte er: »Mittlerer Westen.«

»Okay, das ist prima«, sagte Valance. »War es ein starker Akzent, so richtig vom Land vielleicht?«

»Nein.« Er schüttelte nachdenklich den Kopf. »Nicht wirklich stark … ein paar Vokale waren futsch.«

»Wie futsch?«, fragte Ellis.

»Keine Ahnung. Irgendwie flach, würde ich sagen. Als er fragte, ob ich ihm einen Gefallen tun könne, hat er ›favour‹

wie ›feyvarr‹ ausgesprochen. Das passte nicht so recht dazu, dass er die Vokale so in die Länge zog.«

Die beiden Detectives wechselten einen Blick.

Er missverstand das als Ausdruck von Skepsis. »Was soll ich sagen? Ich bin halt mehr der visuelle Typ.«

Unvermittelt hatte Valance eine Eingebung. »Denken Sie, Sie könnten den Mann zeichnen?«

»Vermutlich.«

Connor konnte keinen Bleistift halten, dazu war der Tremor zu stark. Valance ließ also ein Flipchart und ein paar Textmarker bringen.

Sobald er einen Stift in die Hand nahm, hörte die Hand zu zittern auf. Er nahm das Flipchart vom Tisch, warf es auf den Boden und kniete sich davor. Die beiden Detectives schoben den Tisch an die Wand, damit er mehr Platz hatte.

Dann schauten sie Connor zu. Er begann mit den Augen, malte dann Kinn und Haare, skizzierte einen Hemdkragen, wandte sich wieder dem Gesicht zu, ergänzte eine Linie, schattierte ein paar Stellen, malte dicke Augenbrauen. Nun folgten eine Krawatte, dunkle Schatten unter den Augen. Sie hielten die Luft an, als aus den breiten Linien ein Gesicht entstand.

Schließlich hockte sich Connor auf die Hacken, drückte die Kappe auf den Stift und lächelte zu ihnen auf.

Valance schaute von dem Gesicht auf dem Bild zu der zerlumpten Gestalt des Künstlers.

Es war ein brillantes Porträt. Die gekrümmten Schultern, die leicht derangierte Erscheinung. Das Gesicht hatte den gehetzten Ausdruck eines Menschen, dem sein Leben entgleitet und der seine Zukunft in der Kameralinse vor sich sieht: Henry Connor am Tag seiner Verhaftung wegen schweren Einbruchs – der Künstler hatte sein eigenes Polizeifoto gemalt.

# 23

Red wacht in einer stockdusteren Umgebung auf.

*Nichts zu sehen. Keine Luft. So heiß.*

Er spürt, dass der Boden unter ihm in schneller Bewegung ist; Steine schlagen gegen Metall. Er steckt in einer Metallkiste und kann sich nicht erinnern, wie er dorthin gelangt ist. Es stinkt nach Pisse – seiner eigenen, wie er weiß, denn er hat sich im Trailer in die Hose gemacht.

Dann kehrt die Erinnerung wieder. Er steckt in einem Kofferraum. Raschelndes Plastik liegt unter ihm, und neben ihm spürt er zu beiden Seiten die harten Kanten von Kisten.

*Keine Luft!*

Er tastet an sich herum, findet den Griff von dem Küchenmesser und packt es mit beiden Händen. Jetzt kann er sich wenigstens verteidigen.

*Ich brauche Luft.*

Mit den Beinen schiebt er die Kisten in den hinteren Bereich des Kofferraums, um sich ein bisschen Platz zu verschaffen. Dann versucht er, den Verriegelungshebel zu bewegen, aber seine Finger haben nicht genug Kraft. Also tastet er nach einer Stelle unter sich, wo das Plastik ein bisschen nachgibt, und schneidet ein Loch hinein. Er rammt das Messer ins Metall und dreht es hin und her, bis es den verrosteten Boden des Kofferraums durchstößt. Das Loch ist nicht größer als eine kleine Münze, aber jetzt bekommt er wenigstens Luft. Das Auto holpert und hüpft durch Schlaglöcher; Steine prasseln gegen den Unterboden. Offenbar fahren sie über einen Kiesweg. Gelegentlich gleiten sie über eine glatte Oberfläche, vermutlich einen asphaltierten Abschnitt oder eine Kreuzung. Er geht mit dem Auge an das Loch heran, aber es ist zu dunkel, um etwas zu sehen. Dann legt er sich neben das Loch und schmiegt die Wange ans kühle Metall.

Seine Momma hatte auf dem Bett gelegen. Es war dunkel gewesen, und er hatte nicht gut sehen können. Sie war bandagiert …

Er presst die Hand an den Kopf und versucht, den Schmerz herauszudrücken. Nein, nicht bandagiert – sondern *eingewickelt*. Es hatte ausgesehen wie bei diesen Insektenpuppen, die er manchmal im Wald entdeckte. Oder wie ein Käfer, der in ein Spinnennetz geraten und eingesponnen worden war. Ihr Gesicht war silbern gewesen – er hatte Mund und Augen nicht sehen können …

*Weil sie eingewickelt war, du Blödmann* – mit Klebeband eingewickelt. Silbernem Klebeband.

Irgendetwas war aus der Dunkelheit auf ihn zugekommen …

*Boogeyman – der schwarze Mann. Boogeyman – der schwarze Mann.*

Er wimmert. Aus seinen Augenwinkeln quellen Tränen, aber er beißt sich auf die Unterlippe. *Nein, hör auf – du musst jetzt nachdenken, du willst doch überleben, du willst Momma helfen.*

Aber sosehr er sich auch bemüht, er kann sich keinen Reim auf die Sache machen. Sein Kopf schmerzt von der Hitze und dem Bier und … O Gott, Momma, die trotz des Klebebands schreit, die ihn warnen möchte, die ihn wegschicken will.

Ihm ist speiübel, und er kann sich gerade noch rechtzeitig auf Hände und Knie stützen, bevor er das Bier, die Tacos und den einen Bissen Erdnussbutterbrot erbricht. Anschließend kriecht er so weit weg von der Schweinerei, wie es nur geht, rollt sich eng zusammen und schluchzt, bis er das Gefühl hat, dass man ihm das Herz aus der Brust gerissen hat.

# 24

**Williams County, Oklahoma**

Der Mann hat Kameras und Beleuchtung aufgebaut und prüft alles noch einmal, um sicherzugehen, dass es keine Pannen gibt. Er ist angespannt und gibt sich besondere Mühe, weil ihm bewusst ist, dass er schon etwas vermasselt hat: Die Sache in Sharla Janes Trailer zu beginnen war gegen die Abmachung, und er hat den Jungen deswegen verloren. Jetzt muss er so tun, als wäre alles in Ordnung, und später zusehen, wie er den Jungen wiederbekommt.

Sein Laptop ist für alle Schandtaten bereit. Das Skype-Icon ist bereits auf dem Bildschirm zu sehen, der Status ist aber noch nicht aktiviert. Die Webcam wird er ausrichten, wenn er den Projektortisch aufgestellt hat; mittlere Höhe wird er benötigen. Er wählt ihn aus den dreien aus, die an der Seitenwand lehnen. Sie sind ramponiert und schwer, und man braucht schon ein bisschen Geschick, um sie ohne größere Verletzungen aufzubauen. Er rückt ihn an eine günstige Position, hebt mit der rechten Hand die Platte an, schiebt den Gelenkbügel zu der Klammer an der Unterseite der Platte und schiebt gleichzeitig mit der Linken die Beine mit den scherenartigen Verstrebungen auseinander.

Unvermittelt erklingt ein gurgelndes Geräusch; seine Hände zucken, die Platte sackt ab und klemmt das Fleisch seiner Linken in der Metallverbindung der Beine ein. Er brüllt auf, kämpft mit der Klappe und spürt, wie sich seine Haut im schartigen Metall verfängt und aufreißt.

»Scheiße«, schreit er. »Scheiße!«

Er befreit sich aus dem Gerät, schleudert den Ständer fort, der an die Wand knallt, und steckt die Hand in den Mund. Das Blut schmeckt salzig und nach Kupfer. Er ist noch nicht bereit. Es ist noch zu früh, verdammt.

Sein Handy ist leise gestellt. Als es in seiner Hüfttasche vibriert, fühlt es sich an wie ein Elektroschock an den Eiern. Er holt es heraus und schaut aufs Display.

Eine SMS, ein Wort: »Skype.«

*Nein, nein, nein. NEIN*. Er nimmt die Hand aus dem Mund; sofort schießt frisches Blut aus einem hässlichen Riss im Hautlappen zwischen Daumen und Zeigefinger. Schnell nimmt er die verletzte Hand wieder an die Lippen. *Verdammt*, tut das weh!

Mit einer Hand schreibt er zurück: »Nicht fertig.«

Eine Sekunde später vibriert das Handy in seiner Hand. Noch eine SMS: »Kein Widerspruch, du Klugscheißer.«

Er zuckt zusammen und hört förmlich den barschen Tonfall.

»NICHT FERTIG«, schreibt er zurück.

Zwei scharfe Vibrationen, wie eine Warnung, dann die Nachricht: »Tu, was man dir sagt.«

Er hat ein ungutes Gefühl. Diese Beharrlichkeit hat nichts mit Mordlust zu tun – für gewöhnlich wünscht Fergus, dass alles fertig ist, bevor sie die Verbindung herstellen; er hat ihn noch nie gedrängt. Offenbar ist er wegen irgendetwas sauer, dabei war es so schon ein harter Abend. Der Mann fühlt sich nicht stark genug, um von Angesicht zu Angesicht mit ihm zu sprechen, noch nicht. Also schreibt er: »E-Mail«, schaltet das Handy aus, nimmt eine Tasche, die außerhalb des Bildwinkels der Kamera steht, kramt zwischen den sterilen Päckchen herum und holt einen Verband heraus. Fergus wird einen Moment brauchen, bis er sich eingeloggt hat.

Sie haben ein Gmail-Account mit einer nicht zurückverfolgbaren E-Mail-Adresse eingerichtet: eine wilde Mischung aus Zahlen und Buchstaben. Beide haben sie das Passwort, aber keiner von ihnen hat je eine E-Mail von dieser Adresse verschickt. Die Ein-Wort-SMS lässt den anderen wissen, dass er den Entwurfsordner kontrollieren soll. Für den Provider sieht es wie ein inaktives Konto aus, und da keine E-Mails verschickt werden, hat auch die Polizei keine Möglichkeit, sie zum Provider zurückzuverfolgen.

Der Mann bedeckt das blutende Fleisch mit Gaze, klebt sie mit Klebeband fest und wickelt einen sterilen Verband darum. Bei Schnittwunden kann man gar nicht vorsichtig genug sein.

Als er sich ein wenig beruhigt hat, öffnet er das Gmail-Konto. Sein Komplize ist regelrecht paranoid, wenn es ums Löschen sämtlicher Texte beim Log-out geht, daher befindet sich nur eine Mail im Entwurfsordner.

Der Betreff lautet: »Geh auf Skype, Arschgesicht.«

Gleichzeitig verkündet das Gurgeln und Zwitschern von Skype, dass jemand Kontakt zu ihm aufnehmen will. Als er ihn abweist, krampft sich sein Magen zusammen. Der andere ist Tausende von Meilen weit weg – es ist nicht so, dass er irgendetwas unternehmen könnte. Aber seit sie sich kennen, sagt Fergus: »Tu dies«, »tu das«, und er tut es.

Im Verlauf weniger Minuten ertönt das Skype-Signal noch drei, vier, fünf Mal. *Leck mich.* Er schaltet sein Handy wieder ein und findet ein halbes Dutzend SMS: alles Beleidigungen, die seinen Verstand und seine Männlichkeit infrage stellen und ihn bedrohen.

Mit zitternden Händen schreibt er: »Ich hatte doch schon geschrieben, dass ich noch nicht fertig bin.«

»Wag nicht, *mir* die Stirn zu bieten.«

Zu sauer, um Angst zu haben, schimpft er zurück: »Dir

die Stirn bieten? Ich bin nicht deine verdammte Marionette.«

»Wenn du es wärst, würde ich die Fäden abschneiden und noch in dieser Minute verschwinden.«

»Was ist los mit dir?«

»Frag dich lieber, warum ich mich so früh eingeloggt habe.«

Das macht ihn nervös. Er zögert, und schon kommt die nächste SMS: »Google Alert hat mir eine nette Nachricht geschickt: Du bist im landesweiten Fernsehen, du Wichser.«

Plötzlich wird er von wilder Panik gepackt.

Als das Handy wieder vibriert, wäre es ihm fast aus der Hand gefallen.

»Man hat Laney gefunden, in der Nähe von Hays. Und wo bist *du* jetzt? Mein messerscharfer Verstand sagt mir, dass du nicht weit weg bist, verdammt.«

Er fühlt, wie seine Gesichtsmuskeln erschlaffen. *O Gott, o Gott …*

Als er aufs Display schaut, merkt er, dass er einen Moment weggetreten war: Es ist noch eine SMS eingetroffen.

»Regel Nr. 1: Man scheißt nicht auf die eigene Schwelle.«

*Als wüsste ich das nicht. Als wüsste ich das verdammt noch mal nicht.*

Dann folgt gleich die nächste Nachricht: »Man hat Billy nicht gefunden. Die Vierundsechzigtausend-Dollar-Frage lautet also: Wo ist Billy?«

Mit zitternder Hand schreibt er zurück: »Ich habe mich um ihn gekümmert.«

»Hast du ihn zu netten Pflegeeltern gebracht? Wie lieb von dir.«

Scheiße. *Scheiße!* Er weiß es.

Ein leises Wimmern hinter ihm. Er erstarrt.

»Sei ruhig, bitte«, flüstert er. »Lass mich nachdenken.«

Vor drei Jahren hatte er sich auf Chat-Foren umgeschaut und Beiträge von Großmäulern gelesen, die sich mit etwas rühmten, das sie sicher nie getan hatten. Damals hatte er gerade aufgenommen, wie in Shayla Reeds Augen das Licht erlosch – er hatte die Momente zwischen Leben und Tod also auf Band. *Ich könnte ihnen zeigen, wie es wirklich ist, und Geld damit machen*, hatte er gedacht. Fergus hatte ihm die Sache allerdings vermasselt, weil es angeblich zu riskant war. Und er hatte sich gefügt. Die Aufnahmen waren ein Privatvergnügen geblieben und er ein armer Mann.

Bis ihm ein Gedanke kam, als hätte ihm jemand ein Geheimnis ins Ohr geflüstert: *Über die Kinder hat Fergus nichts gesagt.*

Es gibt einen Namen für die Prostituierten, die an den Lkw-Raststätten an den Fernstraßen arbeiten: *lot lizards*, Parkplatz-Eidechsen. Wenn man an einem Lkw-Rastplatz an einer Interstate anhält und einfach ein paar Stunden schlafen will, sollte man besser ein Schild hinter die Windschutzscheibe stellen. Tut man es nicht, klopfen diese Mädchen an deine Tür, bis du eine von ihnen erschießt, um ein Auge zutun zu können. Die meisten sind derart fertig, dass sie fast alles tun würden, um dich glücklich zu machen; und solltest du jüngeres Fleisch bevorzugen oder Jungen oder etwas Abgefahrenes, findest du ein paar Meter weiter ihre Zuhälter, die sich bereitwillig als dein persönlicher Sex-Shopper betätigen. Er ergriff also die Gelegenheit und tauschte ein Kind gegen Cash, und es blieb nicht bei dem einen Mal.

»Du hast ihn verkauft, oder?«

Verdammt, hatte der Mann übersinnliche Kräfte? Woher mochte er das wissen? Aber er wusste es, und es war witzlos, alles abzustreiten.

»Ich habe Ausgaben«, schreibt er. »Fixkosten.«

Die Pause vor der nächsten Nachricht ist so unerträglich,

dass er fast erleichtert ist, als das Skype-Signal ertönt. Er stellt den Projektortisch auf, kramt die Skimaske aus seiner Ausrüstungstasche und zieht sie sich übers Gesicht. Sofort wird es stickig. Bevor er den Link öffnet, drückt er auf den Schalter für das Bodengebläse.

Fergus sitzt in seinem Bauernhaus, das sieht man am Flackern des Kaminfeuers an den gekalkten Wänden. Wie immer hat er die Webcam so eingestellt, dass sein Gesicht im Schatten liegt, und seine Stimme ist wie immer verzerrt. Aber sie wissen beide, dass der Anblick und die Worte des Mannes trotz der Entfernung eine große Macht ausüben.

»Also«, sagt Fergus. »Du hast es vermasselt. Wieder einmal.«

Er steht da und schweigt. Jede Frau, mit der er zusammen war, hat ihn als guten Unterhalter bezeichnet, wenn er es aber mit Fergus zu tun hat, findet er einfach nicht die richtigen Worte.

Im Hintergrund ist jetzt wieder das leise Schniefen zu hören. Fergus vergisst sich für einen Moment und lehnt sich begierig vor, die Hände auf den Armlehnen des Sessels, als wäre er auf dem Sprung. Selbst seine Wut wegen Laney und Billy ist wie weggeblasen. Als er sich noch weiter vorbeugt, fällt für einen Moment das Licht der Lampen auf sein Gesicht, obwohl er alles sorgfältig arrangiert hat, damit er immer im Schatten bleibt. Fergus zieht sich sofort wieder zurück, aber seine Stimme ist angespannt, gierig.

»Ist sie es? Lass sehen.«

Sharla Jane schnieft und stöhnt hinter ihm, und er wünschte, er hätte sie geknebelt, weil er unbedingt nachdenken muss.

»Ich sagte, ich möchte sie sehen.«

»Erzählst du mir sonst nicht immer etwas über Belohnungsaufschub?«

Fergus ballt die Fäuste, und man sieht seine Zähne aufblitzen. »Okay, dann unterhalten wir uns eben ein bisschen.« Er lehnt sich in seinem Sessel zurück. »Womit sollen wir beginnen? Ach, ich weiß. Ist dir klar, dass dein freundlicher Sheriff im Lokalradio in Shit Town, Oklahoma, gesprochen hat? Er sagte, er wolle ›Li'll Billy Dawalt um jeden Preis finden‹. Er sagte, er habe eine Verbindung zwischen dem Mord an Laney und einigen Morden in Missouri gefunden. Kannst du mir noch folgen? Verstehst du den tieferen Sinn dahinter? Sie reden von einer Mordserie. Die Medien lieben Serienmörder, daher stürzen sie sich auf die Sendung und verbreiten sie im ganzen Land. Das ist alles wahnsinnig aufregend, weil jetzt nicht mehr der Sheriff von Shit Town mit seinem Klemmbrett herumrennt – jetzt ermittelt eine Sonderermittlungsgruppe aus verschiedenen Bundesstaaten, und selbst das FBI ist involviert. Die sind derart heiß, dass sie sogar Hilfe aus Großbritannien in Anspruch nehmen. Und das ist nun wirklich BESCHISSEN NAH AN MEINER HEIMAT.«

Der Mann mit der Skimaske senkt den Kopf und knirscht mit den Zähnen, wie er es immer tut, wenn Fergus in Rage gerät. Die Wunde an seiner Hand pocht, und er ist schweißüberströmt. Er wünschte, er könnte die Maske abnehmen, aber dazu fehlt ihm der Mut.

»Weißt du, wie viele Leichen aufgetaucht sind?«, fragt Fergus.

Er schüttelt den Kopf, elend, stumm.

»Nein?«, fragt Fergus. »Ich auch nicht. Aber jede beschissene Leiche, die du dilettantisch entsorgt hast, wird neue Verbindungen ergeben. Innerhalb einer Woche wird auch noch das letzte Kuhdorf, das mal eine weibliche Wasserleiche hatte, das politische Kapital der Geschichte erkannt haben. Den finanziellen Nutzen nicht zu vergessen.

Sie werden ins Fernsehen gehen, werden mit ihren Obduktionsfotos herumfuchteln und Gerechtigkeit für die Toten fordern. Und ein paar dieser Toten werden die deinen sein.«

Es sind immer »die seinen«, wenn es Probleme gibt.

»Billy Dawalt und all diese Kinder, mit denen du deine ›Fixkosten‹ bestreitest, sind tickende Zeitbomben, die nur darauf warten, dich auffliegen zu lassen. Es könnte mir nicht gleichgültiger sein, wenn du dich in die Scheiße reinreitest, aber wenn die Bullen auf deine Fährte kommen, kommen sie auch auf meine.«

»Ich weiß nicht, wo Billy ist«, sagt er. »Vermutlich ist er längst tot.«

»Deine dummdreiste Masche kannst du dir sparen«, giftet Fergus. »Ich kenne dich. Ich weiß alles über dich.«

»Ach ja?«, sagt er. »Das beruht auf Gegenseitigkeit.«

»War das eine Drohung, Willy Winzling?« Fergus lehnt sich weit genug vor, dass der Mann das brennende Licht in seinen Augen sehen kann.

Er fühlt sein Herz in der Kehle pochen. Dieser verhasste Name bringt das ganze Elend seiner Kindheit zurück.

»Wenn du mir drohst, stellst du dich besser darauf ein, dass es auf dich zurückfällt.«

»Nein, nein. Ich wollte nur sagen, dass wir uns schon lange kennen.«

Fergus lehnt sich wieder zurück und kichert leise vor sich hin. Die Verzerrungssoftware verleiht dem Geräusch etwas Gespenstisches, das die Eier schrumpfen und die Beine weich werden lässt.

»Ich kann dir sagen, was als Nächstes passieren wird«, fährt Fergus fort. »Die Polizei wird die Leichenfundorte noch einmal unter die Lupe nehmen und diese Huren zu ihren Wohnwagensiedlungen zurückverfolgen. Sie wird mit den Nachbarn sprechen und jeden staubigen Winkel deiner Idyllen im Trailer-Himmel einer forensischen Untersuchung unterziehen. Folgst du mir noch? Das will ich verdammt noch mal hoffen, weil dein Leben davon abhängt, dass du jetzt genau zuhörst. Du musst zurückgehen und Sharla Janes Haus mit Bleichmittel schrubben. Du wirst dich der Frau *und* des Jungen entledigen, wie befohlen, und zwar schnell und vorsichtig.«

*Er weiß nicht, dass Red entkommen ist!* Im Taumel seiner Erleichterung ist er plötzlich froh über die Maske und hofft, dass sich seine Gedanken nicht in seiner Körpersprache ausdrücken. Noch besteht eine Chance, alles richtig zu machen.

»Ich brauche hier nicht mehr lange. In achtundvierzig Stunden bin ich aus dem Land raus.«

»DU HIRNVERBRANNTER SCHWACHKOPF – kapierst du nicht, wie dringend das ist?« Fergus brüllt jetzt unkontrolliert. Wieder nähert er sich dem Monitor und zuckt dann schnell zurück, als er seinen Fehler bemerkt. Sein Gesicht ist ein verschwommener Fleck aus roten Lippen und gefletschten Zähnen, wie eine gemarterte Seele in einem Horrorfilm.

Ein paar Sekunden lang hört der Mann nichts als Fergus' abgehackten Atem, unnatürlich tief durch den Stimmenverzerrer.

»Schaff die Überwachungsausrüstung fort, die Kameras, die Tische, den Apparat – alles. Und dann hau ab. Du fängst jetzt sofort damit an. Und wenn du alles erledigt hast, suchst du dir ein Loch, kriechst rein und kommst erst wieder raus, wenn ich es dir sage.«

*Als wäre ich eine Kakerlake.* Seine ohnmächtige Wut weicht nun kaltem Zorn. Er schaut über die Schulter zu Sharla Jane hinüber.

»Aber ich habe sie doch schon eingewickelt. Es kann

gleich losgehen«, sagt er und lässt die Schultern hängen, um zu signalisieren, wie enttäuscht er ist.

*»Ooo… kay«*, sagt Fergus, als müsste man sich bei einem kleinen Kind nachsichtig zeigen. »Aber du musst einen Zacken zulegen.«

Der Mann packt den Monitor mit beiden Händen und geht mit dem Gesicht so dicht an die Kamera heran, dass er nur noch ein schwarzer Schatten sein dürfte. Plötzlich verspürt er eine sonderbare Ruhe. »Lass uns eine Sache klarstellen – ich *muss* nicht tun, was du sagst.«

Er hört ein schockiertes Geifern. Es klingt fast so wie Sharla Janes würgender Atem, und der Vergleich verleiht ihm Kraft. Später wird er darin den Moment erkennen, in dem Fergus die Kontrolle verloren und er sie gewonnen hat.

»Ich bin diesen Zirkus satt, du Wichser. Wenn du Spaß haben willst, besorg dir selbst ein Spielzeug.« Dann kappt er die Verbindung.

Kontrolle. Sie war immer in greifbarer Nähe. Er musste nur auf die Idee kommen, sie sich zu nehmen.

Er dreht sich um, und da ist sie: Sharla Jane Patterson. Es gibt kein natürliches Licht, aber die Spots tauchen den Raum in einen grellen Schein, perfekt für die Aufnahme. Sharla Jane ist an eine Palette gebunden, ihre Augen sind mit Klebeband zugeklebt. Ihr Körper ist von der Brust bis zur Hälfte der Oberschenkel mit einer Betonplatte beschwert. Ihre Kehle zuckt in dem Versuch, die Lunge gegen ein Gewicht von hundertdreißig Pfund mit Luft zu füllen.

# 25

Reds Finger sind wund, weil er die ganze Zeit am Verriegelungsmechanismus des Kofferraums herumgefummelt hat. Er hat versucht, an den Metallbolzen zu ziehen und gegen die Hebel zu drücken, aber das ist nicht so einfach, wenn man nichts sieht. Er wischt sich den Schweiß aus den Augen, nimmt sein Küchenmesser und schiebt es ins Schloss. Irgendetwas scheint nachzugeben. Er verstärkt den Druck, aber in diesem Moment holpert der Wagen über einen dicken Stein, und Red wird hochgeschleudert. Er knallt mit dem Kopf an die Kofferraumklappe, seine Hand rutscht weg, und die Messerklinge bricht ab. Er flucht und versucht es noch einmal, aber als er seinen Finger in den Schlitz steckt, spürt er einen brennenden Schmerz. Mit einem Schrei lässt er das Messer fallen. Schnell presst er die Hand auf den Mund, um sich zum Schweigen zu bringen. Der Finger ist aufgeschlitzt – ein Stück von der Klinge muss noch im Schloss stecken. Er drückt fest auf die Haut, um den Schmerz und die Blutung zu stillen. Ihm ist klar, dass er jetzt nicht innehalten darf, aber er hat Angst, und es tut so verdammt weh.

»Willst du daliegen und jammern?«, sagt er laut zu sich selbst, kann sich aber kaum verstehen, weil er so weint. »Hör auf zu heulen, du verdammte Memme. Du musst hier raus.«

Aber er kann nichts dagegen tun und überlässt sich noch eine Weile seinem Schmerz. Als er vom Weinen erschöpft ist, zieht er seine Jacke aus und streift sich das T-Shirt über den Kopf. Er wischt sich Rotz und Tränen aus dem Gesicht und wickelt den Stoff um die Hand. Nun ist er bereit für den nächsten Versuch.

Erneut holpert der Wagen, und er stellt sich darauf ein, wieder an die Kofferraumklappe zu knallen. Der Untergrund ist jetzt wirklich uneben, und auch der Motor klingt anders – er heult förmlich. Red hört, dass Äste und Unterholz an den Wagen schlagen. Sie müssen von der Straße heruntergefahren sein.

Nach ungefähr fünf Minuten bleiben sie stehen.

Der Junge lauscht. In der Ferne ist noch ein Wagen zu hören. Ein lautes, sonores Brummen, vielleicht von einem SUV. Oder von einem Lkw. Der Fahrer seines Wagens steigt aus, während der SUV immer näher kommt und dann bei ihnen anhält. Der Motor läuft noch, aber Red kann über das Brummen hinweg zwei Stimmen vernehmen, beides Männerstimmen. Zwei Türen knallen zu, das zweite Auto lässt den Motor aufheulen und fährt davon. Er ist allein.

Wieder macht er sich an dem Schloss zu schaffen, hält dann aber abrupt inne. Irgendjemand klopft auf den Kofferraum. Er hält den Atem an.

*Tock, tock, tock*, wie ein Code.

Er geht auf die Knie und spürte die harte Kofferraumklappe an den Schultern. Sie wissen, dass er hier ist. Sie spielen mit ihm und tun so, als würden sie davonfahren, dabei ist einer von ihnen hiergeblieben. Mit beiden Händen packt der Junge das abgebrochene Messer und hält es mit zitternden Händen vor sich. Das Klopfen schwillt zu einem Trommeln an, in der Ferne ist Donner zu hören, und plötzlich bekommt er wieder Luft: Es ist Regen, nur Regen. Und schon bald entlädt sich prasselnd ein Wolkenbruch über der Kofferraumklappe.

# 26

Paradoxerweise sind wir wacher, wenn wir schlafen,
als wenn wir es nicht tun.

Erich Fromm, *Vom Haben zum Sein*

**Einsatzzentrale der Sonderermittlungsgruppe,
Westfield, Oklahoma
Samstag, zwei Uhr morgens**

Der Regen fiel als dichter, grauer Vorhang hinter der überdachten Holzveranda herab. Er trommelte auf das Schindeldach und wurde vom Asphalt des Parkplatzes in die Höhe geschleudert. Fennimore zog die Kapuze seiner Öljacke über und schaute zu, wie das Regenwasser die zur Straße hin abfallende Fläche hinabströmte. Abigail Hicks hatte ihn aus einem Traum gerissen, in dem ein Mädchen in einem Sommerkleid mit einem älteren Mann an einer hohen Wand entlangging. Die Straße lag in der Sonne, und der warme Wind, der ihr durchs Haar strich, trug den Geruch von Flusswasser und Blumen herbei. Plötzlich ertönte direkt in ihrer Nähe das verstimmte Zweitonmotiv einer Polizeisirene; sie zuckte zusammen, wollte sich umdrehen und trat fehl. *Fauxpas*, dachte Fennimore unwillkürlich. Der Mann an ihrer Seite hatte schnell ihren Ellbogen gepackt. Als sie sich aufrichtete, versuchte Fennimore, wenigstens einen kurzen Blick auf ihr Gesicht zu werfen, um herauszufinden, ob es seine Tochter war, aber die Schulter des Mannes verstellte ihm die Sicht.

Er wachte auf und rief Suzies Namen ins dunkle Hotelzimmer. Gleichzeitig hörte er auf dem Nachttisch sein Handy vibrieren und vor seinem Fenster den Regen herabrauschen. Hicks gab keine Erklärungen ab, sondern fragte nur, ob er in fünf Minuten abmarschbereit sein könne.

Ein Blitz tauchte den SUV des Sheriff's Department, der jetzt auf den Parkplatz fuhr, in grelles Licht; dann zerrissen kurz nacheinander weitere Blitze den Himmel, sodass sich der Wagen in einer Sequenz abgehackter Standbilder zu nähern schien.

Hicks fuhr dicht an die Veranda heran und riss die Tür auf. Regentropfen prasselten wie Erbsen auf den steifen Stoff seiner Kapuze herab, und in den beiden Sekunden, die er zum Einsteigen brauchte, war sein Leib durchnässt wie von einem ganzen Eimer Wasser übergossen. Es strömte von seiner Jacke auf den Sitz, durchtränkte seine Hose und sammelte sich im Fußraum.

»Anschnallen«, sagte Hicks. »Wir haben eine Leiche am Cupke Lake, zwölf Meilen südlich von hier.«

»Billy?«, fragte er.

»Das weiß ich nicht, Professor. Der Anruf kam unmittelbar nach Beginn des Unwetters. Wir haben nur den Ort – ein Campingplatz am See. Der Handyempfang dort ist selbst an schönen Tagen mit Rückenwind miserabel, und bei all den elektrischen Entladungen war der Anrufer weg, bevor wir viel erfahren konnten. Klein und nackt ist alles, was ich weiß. Der Deputy, der heute Nacht Schicht hat, ist kurz vor mir aufgebrochen. Er hinterlässt ein Zeichen am Weg – falls er den Ort bei dem Wetter findet.«

Hicks fuhr langsam, pflügte durch Wasserlachen und holperte über Schlaglöcher. Sie krümmte sich übers Lenkrad, um einen Blick auf die Straße zu erhaschen, wenn die Scheibenwischer die Sicht freigaben. Ein paar Meilen vor dem See schaltete sie den Lichtwarnbalken an; nun wurde das Innere des SUVs abwechselnd in Rot und Blau getaucht.

Sie hätten die Abzweigung verpasst, wenn nicht am Weg zum See ein Jeep Cherokee gestanden hätte. Die Scheinwerfer blinkten hektisch auf, als sie sich näherten, und Hicks verlangsamte das Tempo. Sie fuhr direkt neben die Fahrertür, da sich das Unwetter über ihnen entlud, und ließ das Wagenfenster herab. Der Fahrer tat es ihr nach.

»Wir konnten da unten nicht stehen bleiben, Deputy«, brüllte er, um sich verständlich zu machen. »Die Kinder hatten zu viel Angst.«

Er wirkt selbst panisch, dachte Fennimore. Die ganze Familie saß in dem Jeep, die Eltern und drei Kinder – ein Teenager und zwei kleinere Jungen, die Zwillinge zu sein schienen.

»Ist schon okay, Sir«, rief Hicks. »Ist der andere Deputy unten?«

Er schüttelte den Kopf. Regenwasser tropfte vom Schirm seiner Basecap hinab. »Der ist vor zehn Minuten vorbeigefahren, weil er unser Signal nicht bemerkt hat.«

Sie nickte. »Könnten Sie vielleicht in unseren Wagen umsteigen und mir zeigen, wo …«

Seine Augen schossen zu seiner Frau auf dem Beifahrersitz hinüber. »Ich glaube, ich sollte bei meiner Familie bleiben. Es ist direkt den Weg hinunter, vielleicht fünfzig Meter – Sie werden unser Zelt sehen, wo der Bach in den See mündet.«

»Okay.« Hicks meinte, verstanden zu haben. »Aber, Sir?« Sie senkte die Stimme und bedeutete ihm, sich aus dem Wagen zu lehnen. »Sind Sie sicher, dass Sie gesehen haben, was Sie zu sehen dachten?«

Sein Blick verhärtete sich. »Ich war im Irak. Ich weiß,

wann ich es mit einer Leiche zu tun habe.« Er warf einen Blick in den Jeep und beugte sich dann in den Spalt zwischen den Wagen, damit seine Familie es nicht mitbekam. »Meiner Meinung nach …« Er hielt inne, und im Innern seiner Augen schien etwas zu zerbrechen. »Deputy, der Körper war so klein …« Seine Miene ließ erkennen, dass er es eigentlich für seine Pflicht hielt mitzukommen, dass er es aber nicht übers Herz brachte, ein Kind aus dem Wasser zu ziehen.

»Würden Sie mir einen Gefallen tun, Sir?«, rief Hicks. »Würden Sie bitte hier stehen bleiben und dem anderen Deputy den Weg zeigen, wenn er zurückkommt?«

Er nickte schnell, da er sich unbedingt nützlich machen wollte. Fennimore war klar, dass sie ihm die Möglichkeit eröffnet hatte, sein Gesicht zu wahren. »Ja, Ma'am. Ja, das mach ich.«

Der Weg war ein einziger Morast, aber da der SUV für ein solches Gelände gebaut war, hatten sie in weniger als einer Minute das Seeufer erreicht. Hicks stellte das Warnlicht aus und steuerte eine kleine Landzunge an, wo die Familie ihr Zelt aufgeschlagen hatte – zwischen einer Bucht und dem, was eigentlich ein kleiner Bach war, jetzt aber zu einem reißenden Strom angeschwollen war. Das Zelt stand noch, aber das Wasser leckte bereits an der Tür.

»Ich sehe nichts«, sagte Hicks. »Sind wir schon zu spät?«

Sie richtete den Strahl des Scheinwerfers nach links, wo das schwarze, aufgewühlte Wasser vom peitschenden Wind in die Bucht getrieben wurde. Es regnete so heftig, dass man kaum fünf Meter weit sehen konnte. Von einer Leiche keine Spur.

»Das verdammte Licht wird vom Regen reflektiert«, sagte Hicks und griff in das Mittelfach, um eine Taschenlampe herauszuholen. »Ich steige aus und schau nach.«

Als sie die Tür öffnen wollte, wurde die Bucht von einer

Serie von Blitzen erhellt; in diesem Licht leuchtete nun etwas Weißes auf, das sich im halb abgebrochenen Ast eines Baums verfangen hatte.

Innerhalb einer Sekunde waren sie beide aus dem Wagen gesprungen und zum Wasser geeilt. Noch ein Blitzschlag, und das weiße Objekt leuchtete bläulich unter der statischen Entladung. Es war eine Leiche, die mit dem Gesicht nach unten im Wasser lag, und der Familienvater hatte es ganz richtig erkannt – sie war winzig.

Einen Moment lang stand Hicks wie erstarrt da, den Strahl der Taschenlampe auf den Körper gerichtet.

»Abigail?«

Sie blickte auf die Leiche, die auf und ab schwappte und sich bald von dem Ast losreißen würde.

»Deputy Hicks.«

Nun schaute sie ihn an. Wasser rann an ihrem Gesicht herab, die Haare klebten am Kopf, und von ihrem Selbstbewusstsein war nicht mehr viel übrig. »Was soll ich tun, Professor? Ich möchte die Sache nicht wieder vermasseln.«

Fennimore sah sich um. Der Strom hatte jetzt bereits eine Seite des Zelts eingerissen, und die Polyesterwand flatterte und peitschte wie ein loses Segel im Wind. Innerhalb weniger Minuten würde es im steigenden Wasser verschwunden sein. Er brüllte es Hicks zu, aber der Wind verschluckte seine Worte. Also tippte er ihr auf die Schulter und zeigte auf das Zelt. Im nächsten Moment begann sie, Jacke und Schuhe auszuziehen.

»Sie sollten auf Ihren Kollegen warten«, schrie Fennimore.

Sie packte ihn an den Aufschlägen seiner Jacke, zog ihn zu sich herüber und brüllte ihm ins Ohr: »Das Wort ›Cupke‹ stammt aus der Sprache der Creek und bedeutet ›lang‹. Zu dem Zeitpunkt, wenn er gemerkt haben wird, dass er die Abzweigung verpasst hat, ist die Leiche längst fort.« Sie watete ins Wasser, ohne sich noch einmal umzuschauen.

»Verflucht, Abigail!« Fennimore watete hinter ihr ins Wasser. Als sie über die Schulter sah, rutschte ihm der Kies unter den Füßen weg, und er hätte in der Strömung fast das Gleichgewicht verloren.

»Bleiben Sie, wo Sie sind!«, brüllte Hicks.

Fennimore sah vom Ufer aus zu, wie sich Hicks am Ast einer Pappel festhielt, der schon halb im Wasser hing, sich dann vorbeugte und einen Knöchel der Leiche zu fassen bekam. »Holen Sie ein Seil aus dem Kofferraum.«

Er rannte mit Rückenwind zum Wagen, kam etwas langsamer zurück, weil ihm der Regen ins Gesicht peitschte, und warf Hicks ein Ende des Seils zu. Sie band es sich um die Hüfte. Das andere Ende schob Fennimore durch die Stoßstange des SUVs und wickelte es sich um den Bauch.

Hicks hob den Ast an, damit er seine Beute freigab, aber er tat es nicht. Nun brach sie mit beiden Händen einen kleineren Ast ab. Angst hatte sie nicht, weil sie darauf vertraute, dass Fennimore sie im Zweifelsfall an Land ziehen würde. Als sie an die Leiche herankam, schob sie ihre Arme darunter, zog sie vorsichtig zu sich herüber und nahm sie in den Arm.

Mit schleppenden seitlichen Schritten kehrte sie ans Ufer zurück. Als sie das Wasser schließlich verlassen hatte, ließ Fennimore das Seil fallen und eilte ihr zu Hilfe. Hicks legte den kleinen Körper so vorsichtig ab wie eine Mutter ihr schlafendes Kind. Aber es war kein Kind, das konnte er jetzt sehen. Und sie hatte auch noch nicht lange im Wasser gelegen.

Fennimore verspürte ein gewaltiges Triumphgefühl: Diese Frau, die im Tod so klein und zerbrechlich wirkte, könnte ihren Mörder und den der anderen zu Fall bringen.

# 27

Die einfachste Erklärung ist für gewöhnlich
die richtige.

Eines der Grundprinzipien Wilhelm von Ockhams

**Einsatzzentrale der Sonderermittlungsgruppe, Westfield, Oklahoma**

Gegen halb fünf Uhr morgens war Dr Quint, leitende Rechtsmedizinerin aus Tulsa, ins Krankenhaus des Williams County gekommen und hatte erklärt, dass sie die Leiche für die Obduktion mitnehmen würde. Im Osten von Oklahoma wurden nämlich sämtliche Obduktionen von der Rechtsmedizin in Tulsa durchgeführt. Da Detective Dunlap ihre Meinung noch vor der morgendlichen Lagebesprechung hören wollte, bot das Team Adam an, sie mit einer Piper nach Tulsa zu fliegen. Dr Quint erklärte erfreut, dass sie auf diese Weise eine halbe Stunde einsparen würde.

Die Tote war bereits anhand ihrer Fingerabdrücke identifiziert worden: Sharla Jane Patterson, siebenundzwanzig Jahre alt. Sie hatte einen Sohn, Riley, neun Jahre alt, der ein Jahr in einer Pflegefamilie gewesen war, bevor sie ihn wieder zu sich genommen hatte. Das Büro des Department of Human Services, das mit diesem Fall befasst war, öffnete erst um halb neun, aber das Notfallteam war benachrichtigt worden. Sobald man jemanden auftreiben würde, der einen Schlüssel besaß, würde man aus Rileys Akte ein Foto schicken. Sharla Janes letzte bekannte Adresse war eine Wohnwagensiedlung im Osage County gewesen, fünfzig Meilen nördlich von Tulsa. Der County-Sheriff war auf dem Weg zu ihnen.

Das Unwetter war vorüber, und beim ersten Tageslicht würde ein Team aus Deputys und Freiwilligen zum Cupke Lake zurückkehren, um nach dem Jungen zu suchen.

Noch ein vermisstes Kind.

Den versammelten Ermittlern mit ihren eingefallenen Augen sah man den Schlafmangel an, aber sie wurden beflügelt von starkem Kaffee, Adrenalin und der Aussicht, den Jungen noch lebend wiederfinden zu können.

Detective Dunlap eröffnete die Sitzung. »Wir müssen uns jetzt entscheiden«, begann er. »Wollen wir Details an die Presse geben oder nicht?«

»Was könnte man damit falsch machen?«, fragte Launer.

»Die meisten entführten Kinder sind drei Stunden nach ihrer Entführung bereits tot«, sagte Dr Detmeyer. »Sharla Jane Patterson lag ein paar Stunden im Wasser, und wir wissen nicht, wie lange sie schon in der Gewalt des Mörders war. Sheriff Launer hat recht: Wenn Riley Patterson tot ist, kann ihm die Öffentlichkeit nicht mehr schaden.«

Launer nickte, ein zufriedenes Lächeln auf den Lippen.

»Aber wenn Riley zu den vierundzwanzig Prozent Kindern gehört, die diese drei Stunden überleben …«, fuhr Detmeyer gleichmütig fort, als hätten diese Daten nichts mit echten Menschen zu tun, »dann würde ihn eine Bekanntmachung in große Gefahr bringen.«

»Riley Patterson könnte noch leben«, erwiderte Launer, »und wir werden ihn nicht finden, indem wir zwei Dutzend Zivilisten in den Wald schicken, um seinen Namen zu rufen. Ich würde sagen, wir geben einen Amber Alert heraus.« Das war eine landesweite Maßnahme, mit der die Öffentlichkeit über Hörfunk und Fernsehen mobilisiert wurde.

»Wollen Sie uns verarschen?«, fragte Ellis. »Denken Sie daran, was passiert ist, als das Team Adam ein einziges kleines Telex an die FBI-Büros und die Sheriff's Offices geschickt hat.«

»Fernsehen und Radio kann man nicht mehr kontrollieren, wenn man sie erst einmal wild gemacht hat«, sagte Fennimore. »Innerhalb einer Stunde werden die Leitungen überlastet sein, weil sich sämtliche Spinner, Serienbekenner und durchgeknallten Gutmenschen zu Wort melden.«

Alle Blicke richteten sich auf ihn – man wusste, dass er aus Erfahrung sprach.

Der Team-Adam-Berater ergriff das Wort. »Außerdem können wir nicht sicher sein, dass Riley entführt wurde. Er könnte bei einem Freund oder einem Nachbarn sein. Vielleicht liegt er längst in seinem Bett und schläft.«

»Solange wir nichts aus dem Sheriff's Department des Osage County hören, können wir diese Frage nicht entscheiden«, sagte Dunlap. »Im Moment erfüllt Riley Patterson einfach nicht die Kriterien für einen Amber Alert.«

Die Mehrheit stimmte ihm zu.

»Nun, okay.« Ein irritiertes Stirnrunzeln legte sich auf Launers Stirn. »Aber ich muss der Presse irgendetwas erzählen – mein Amt wird seit heute früh um vier mit Anrufen bombardiert.«

Fennimore fragte sich, wie die Presse bei dem entsetzlichen Unwetter überhaupt etwas von einer Sache erfahren haben konnte, von der nur die Sonderermittlungsgruppe wusste. Er schaute zur Tür des Sitzungsraums hinüber und erwartete fast, Launers zahmen Zeitungsredakteur auf der Lauer liegen zu sehen.

»Sind wir uns einig, dass der Mord und die Entsorgung der Leiche vermutlich überstürzt erfolgten?«, fragte Fennimore, und der FBI-Psychologe nickte. »Dann hatte er vielleicht keine Zeit, den Trailer zu putzen. Und sollte er forensische Spuren hinterlassen haben, könnte uns das vielleicht seine Identität verraten.«

»*Falls* er in Eile war und *falls* er nicht geputzt hat«, sagte Launer. »Und würde es nicht ewig dauern, die Spuren im Trailer zu sichern?«

»Okay«, sagte Dunlap. »Kompromissvorschlag: Wir halten Informationen vor den Medien zurück, bis wir Sharla Janes Trailer durchsucht haben. Aber für den Jungen rufen wir eine landesweite Polizeifahndung aus.«

Launer wirkte verstimmt, aber Dunlap traf auf allgemeine Zustimmung.

Nachdem sie sich geeinigt hatten, wandten sie sich der Aufgabe zu, Sharla Jane mit den anderen Opfern zu vergleichen. Sie passte perfekt ins Muster: Vor eineinhalb Jahren hatte sie eine sechsmonatige Haftstrafe wegen Fahrens unter dem Einfluss psychoaktiver Substanzen abgesessen. Sie hatte mal als Prostituierte gearbeitet und war drogenabhängig gewesen. Eine alleinstehende, verletzliche Frau. Süchtige und ehemalige Süchtige – leichte Opfer für Pädophile. Fennimore hatte es in den letzten Wochen immer wieder gehört, aber irgendetwas daran überzeugte ihn nicht.

»Warum hat man die Frauen gefunden, nicht aber die Kinder?«, fragte Fennimore.

Die Frage war heraus, bevor er darüber nachdenken konnte; Fennimore war es eigentlich lieber, wenn er bereits Antworten auf seine Fragen hatte, und seien sie noch so unvollständig. Das war allerdings nur berufliche Eitelkeit. Manchmal war es besser, eine quälende Frage laut zu stellen und darauf zu hoffen, dass irgendjemand – egal wer – mit der Antwort aufwartete.

Deputy Hicks wirkte unbehaglich. »Das haben Sie doch

selbst gesagt, Professor. Kinder treiben anders im Wasser als Erwachsene.«

»Taucher haben Guffneys Teich abgesucht – Billy Dawalt war nicht dort«, erwiderte Fennimore.

»Hier in Oklahoma haben wir zwanzig Prozent der stehenden Gewässer der Nation«, sagte Launer. »Da finden sich viele Stellen, wo man eine Leiche reinschmeißen kann.«

»Aber es sind sechs Frauen zum Vorschein gekommen und nur ein Kind.«

Ellis zuckte gereizt mit den Achseln. »Ist doch klar – er schmeißt die Frauen weg wie Müll. Sein Interesse gilt den Kindern.«

Fennimore blinzelte, um das Bild von einem ernsten Mädchen in einem Sommerkleid zu vertreiben, einem Mädchen, das Suzie sein könnte, wie sie neben einem älteren Herrn durch eine sonnige Straße spaziert. »Und wenn er dann mit ihnen … fertig ist?«

Launer verdrehte die Augen. »Er bringt sie um und schafft sie fort – wie er auch ihre Mütter fortgeschafft hat.«

»Und warum«, wiederholte Fennimore, »haben wir dann nur eine Kinderleiche gefunden?«

Der Sheriff breitete die Arme aus. »Keine Ahnung. Vielleicht hat er sie begraben, in einen Brunnen geworfen, weiterverkauft … Herr im Himmel, Sie hatten fünf Jahre Zeit, darüber nachzudenken, wie sich ein Perverser eines Kindes entledigt, nachdem er seinen Spaß mit ihm hatte. Warum erzählen *Sie* uns nicht, was er mit ihnen getan hat?«

»Hey, ich bitte Sie«, sagte Dunlap, während Deputy Hicks ein »Sheriff Launer, Sir …« entfuhr.

Launer winkte ab. »Ich werde ihn doch nicht wegen dieser sogenannten ›persönlichen Tragödie‹ mit Samthandschuhen anfassen.«

In die schockierte Stille hinein sagte Fennimore: »Er hat

recht. Man kann sich ein Argument, wie taktlos auch immer es vorgebracht sein mag, nicht verkneifen, nur um jemandes Gefühle zu schonen.«

Launer warf ihm einen misstrauischen Blick zu und wusste nicht recht, ob er dieses Scharmützel gewonnen hatte.

»Pädophile haben es auf bestimmte ›Typen‹ abgesehen, oder?«

Launer nickte, immer noch auf der Hut.

»Aber wenn die Frauen, auf die sie es abgesehen haben, einem bestimmten Typ entsprechen, dann gilt das für die Männer selbst auch. Sie sind auf die Kinder fixiert. Die Mütter sind nur ein Mittel zum Zweck – Zugang zu den Kindern. Der Mann, der diese Frauen umgebracht hat, hatte uneingeschränkten Zugang zu ihnen. Er hätte die Kinder im eigenen Haus missbrauchen können, und wenn er sie hätte entführen wollen, wäre er in der idealen Position dazu gewesen. Er hätte nur anbieten müssen, die Kinder zur Schule zu bringen oder mit ihnen zur Videothek oder einkaufen zu fahren, um nie wieder mit ihnen heimzukehren. Aber das hat er nicht getan. Er hat die Mütter *und* die Kinder gewollt.«

Er wechselte einen Blick mit Simms. Ihre Augen glänzten.

Launer zog die Schultern hoch. »Was wollen Sie uns damit weismachen?«

»Zwei Menschen sind schwerer zu kontrollieren als einer, vor allem wenn einer von ihnen erwachsen ist«, sagte Fennimore. »Er ist ein hohes Risiko eingegangen. Aber das war es wert – wenn er die Mütter wollte und nicht die Kinder.«

»Wie bitte?«, sagte Launer. »Haben Sie die Polizeifotos gesehen?«

Natürlich hatte er die gesehen. Die Fotos vom Tag der

Verhaftung. Die Gesichter so grau und zerfurcht, dass die Frauen fünfzig zu sein schienen statt fünfundzwanzig. Die Haut an Stirn und Wangen hatte rote Flecken, als hätte man sie mit Schrot bombardiert.

»Das war vor dem Entzug«, sagte Fennimore.

»Ich kann dem Sheriff nur zustimmen«, sagte Ellis. »Die Frauen entsprechen ja nicht einmal einem bestimmten Typ – es gibt blonde und dunkle und große und kleine und eine Altersspanne von neunzehn bis dreißig. Das Einzige, was sie gemeinsam haben, ist das Kind.«

Fennimore wandte sich an den Rest der Anwesenden. »In wie vielen Entführungen von Mutter und Kind war Ihrer Erfahrung nach das Kind das Ziel?«

Schweigen.

»Okay, lassen Sie mich anders fragen: Bei wie vielen Kindesentführungen wurde die Mutter ebenfalls entführt?« Die Leute schauten sich an, und Fennimore sah, dass der ein oder andere die Augenbrauen hochzog oder den Kopf schüttelte. Er betrachtete Kent Whitmore vom Team Adam, der sich beim ersten Treffen für Hicks eingesetzt hatte. »Mr Whitmore?«

Der Berater strich sich mit Zeigefinger und Daumen über den grauen Kinnbart. »So einen Fall habe ich noch nie erlebt.«

»Natürlich nicht. Weil ein Kindesentführer auf der Lauer liegt und sich das Kind schnappt, wenn es am verletzlichsten ist – genau dann nämlich, wenn es alleine ist.« Das war eine starke Verallgemeinerung, und Fennimore hasste Verallgemeinerungen. Wenn er sich Gehör verschaffen wollte, blieb aber kein Platz für wissenschaftliche Skrupel und Relativierungen.

Die Anwesenden schauten sich an. Was er sagte, ergab Sinn.

Dunlap wandte sich an den FBI-Psychologen. »Dr Detmeyer, was denken Sie?«

»Professor Fennimore hat da vielleicht etwas Richtiges erkannt …« Dr Detmeyer hielt inne, um in seine Notizen zu schauen. »Soweit wir wissen, hat keines der Opfer zum Zeitpunkt seines Todes Drogen genommen. Rita Gaigan hat ihren Sohn am Tag vor ihrem Verschwinden zu ihrer Schwester geschickt. Vielleicht hatte sie Angst, dass ihm etwas passieren könnte. Laney Dawalt hat ihren Bruder aus einer Pflegefamilie geholt, weil sie der Meinung war, dass er bei ihr besser aufgehoben ist. Sharla Jane wurde clean und ist es geblieben, damit sie ihren Sohn wieder zu sich nehmen durfte.«

Detmeyer ließ seinen kalten, ruhigen Blick durch den Raum schweifen. »So viele Fehler sie auch gemacht haben und so beschädigt sie auch waren, diese Frauen *haben* sich um ihre Kinder gekümmert. Möglich, dass der Mörder sie genau aus diesem Grund ausgewählt hat – dass er die Kinder benutzen wollte, um Kontrolle über die Mütter zu erlangen. Bedroht man ein Kind, dann ist die Mutter wehrlos.«

»Was sagt uns das über den Mann?«, fragte Dunlap.

»Unter anderen Umständen würde ich sagen, dass er vielleicht eine Körperbehinderung hat oder sich seinen Opfern körperlich nicht gewachsen fühlt«, antwortete Detmeyer. »Aber er hat Laney Dawalt eine Viertelmeile von der Straße zum Bewässerungsteich geschleppt. Fallon Kestlers Leiche wurde zehn Minuten von einem unbefestigten Weg entfernt in einem Sumpfgebiet gefunden, zusammen mit ihrer Tochter. Das heißt, dass er zweimal von seinem Wagen zu der Stelle gegangen sein muss, über gefährliches Terrain, mitten in der Nacht, mit einer ziemlich unhandlichen Last.« Er schaute sich im Raum um. »Vielleicht genießt er es, Kontrolle über sie zu haben, und findet ein sadistisches Vergnügen darin, wenn sie um ihre Kinder bangen.«

»Nun«, sagte Launer. »Sie sind Psychologe, und es ist vermutlich Ihr Job, sich in Leute hineinzuversetzen. Ich hingegen bin Polizist. Mein Job ist es, diesen Typen zu schnappen, und ich sehe nicht, wie mich all dieses Gerede meinem Ziel näherbringt.« Er zeigte vehement mit dem Finger auf die Tür. »Da draußen gibt es Familien, die Angst um ihre Kinder haben. In dem Unwetter da draußen gibt es einen Jungen, der sich in den Händen eines Monsters befindet. Nennen Sie diesen Mann, wie Sie wollen: einen Pädophilen, einen Psychopathen, egal. Ich für meinen Teil werde nicht auf meinem Hintern sitzen und mich in Untätigkeit üben. Deputy Hicks, Sie können ja hierbleiben. Der Rest meiner Leute kommt mit mir zum Cupke Lake, dann wollen wir doch mal sehen, ob wir den Jungen nicht finden.«

Fennimore wusste, dass dies eine der Gelegenheiten war, bei denen er sich einfach in Demut üben und die Klappe halten sollte. Takt war aber noch nie seine große Stärke gewesen.

»Hatten Sie nicht gesagt, dass man den Jungen nicht findet, indem man durch den Wald läuft und seinen Namen ruft?«, fragte er.

Launer nahm seine Kappe vom Tisch. »Besser als nichts tun.« Dann machte er sich auf den Weg zum Ausgang.

»Besser oder besser fürs Foto?«

Der Sheriff, der schon fast zur Tür hinaus war, blieb stehen. Dann schien er sich aber eines Besseren zu besinnen und ließ es nicht auf einen Streit ankommen. Er knallte sich die Kappe auf den Kopf und ging weiter, ohne sich noch einmal umzudrehen, seine Deputys im Schlepptau.

# 28

Es tropft in den Kofferraum, und Red ist so durstig. Eine Stunde steht er schon in diesem Unwetter. Er hat ein paar von den Tropfen aufgeleckt, die durch die schadhafte Gummidichtung gesickert sind, aber davon ist ihm nur schlecht geworden, und er hat alles wieder erbrochen. Jetzt fühlt er sich fiebrig. Trotz seiner hartnäckigen Versuche hat er sich nicht befreien können. Stundenlang hat er am Schloss herumgefummelt, die Finger mit Streifen umwickelt, die er aus seinem T-Shirt herausgerissen hat, aber die Kofferraumklappe wollte einfach nicht aufgehen. Als er sich nun zitternd in seine Jacke wickelt und den Reißverschluss bis oben zuzieht, fühlt er etwas Hartes an der Hüfte. Das Sony-Radio steckt immer noch in der Tasche. Er holt es heraus, stellt es an und legt trostsuchend sein Ohr darauf.

# 29

**Einsatzzentrale der Sonderermittlungsgruppe, Westfield, Oklahoma**

Morgens um halb sieben herrschten dreißig Grad im Schatten und dreiundachtzig Prozent Luftfeuchtigkeit. In die Klimaanlage des Motels war bei dem Gewitter der Blitz eingeschlagen, und sie hatte den Dienst eingestellt. Im Sitzungsraum war es unerträglich heiß. Kate Simms' Bluse klebte an ihrer Haut, trotz des elektrischen Ventilators, der nicht weit von ihr wie ein kleiner Hurrikan tobte. Als der Motel-Besitzer mit ein paar Krügen Eistee kam, erlag sie der Versuchung wegen der Eisstücke darin, obwohl ihr die Karies fördernde Süße eine Grimasse entlockte.

Dr Quint war zehn Minuten nach Sitzungsende zum County-Flughafen aufgebrochen. Der Sheriff war im Feld, um die Suche nach dem Jungen fortzusetzen. Er hatte einen festen Stamm an Jägern und Waldarbeitern, auf die er in solchen Fällen zurückgreifen konnte; bislang waren zwanzig am Cupke Lake eingetroffen.

Sharla Janes letzte bekannte Adresse, ein auf ihren Namen angemeldeter Trailer mit zwei Zimmern, hatte sich als Fehlschlag erwiesen. Im Sheriff's Office des Osage County hatte man ihnen mitgeteilt, dass sie und Riley bereits drei Monate zuvor ausgezogen waren. Niemand hatte sie in all der Zeit, die sie dort gelebt hatte, je mit einem Mann gesehen. Einem Nachbarn hatte sie erzählt, dass sie an einen ›schönen‹ Ort ziehe, hatte aber nicht näher ausgeführt, wohin und mit wem.

»Okay, wo können wir sonst noch suchen?«, fragte Dunlap.

Kent Whitmore, der Team-Adam-Berater, ergriff das Wort. »Wie Sie wissen, bekommen viele Leute in Miss Pattersons Situation irgendeine Art von Sozialhilfe – Essensmarken, Zuschüsse für unterhaltsberechtigte Kinder und so weiter. Das Department of Human Services kann Ihnen sicher sagen, ob sie irgendwelche Vergünstigungen in Anspruch genommen hat.«

Aber Sharla Jane hatte ihre Essensmarken drei Monate lang nicht abgeholt. Und das DHS hatte auch nur ihre alte Adresse.

Der Sitzungsraum war umgeräumt worden. Nun standen immer zwei Tische zusammen, damit die Zweierteams in diesem provisorischen Büro einander gegenübersitzen konnten. Die Telefongesellschaft hatte zusätzliche Festnetzleitungen eingerichtet, obwohl viele Ermittler Handys benutzten. Vier Teams machten sich daran, sämtliche Schulen im Williams County zu kontaktieren, aber durch die Sommerferien war es nicht leicht, die richtigen Leute zu erwischen. Bislang hatten sie jedenfalls noch nichts herausfinden können. Andere Kollegen fuhren damit fort, Marineausstatter und Speditionen abzuklappern und nach dem Seil zu fragen. Mittlerweile wussten sie, dass es auf Zehntausenden von Segelbooten zum Einsatz kam, von den Großen Seen bis hinunter zu den Keys in Florida, aber sie konzentrierten sich vorerst auf Segelausstatter in Oklahoma und Missouri.

Detective Ellis und Detective Valance hatten sich mit Verwaltungsangestellten des Williams County zusammengetan, um in der Hoffnung, Sharla Janes neue Adresse herauszufinden, bei den registrierten Wohnwagensiedlungen anzurufen. Valance, der soeben in sein Handy sprach, schaute zu Simms hinüber. Der erstarrte Gesichtsausdruck deutete darauf hin, dass irgendetwas nicht stimmte.

»Problem?«, signalisierte Simms stumm.

Er nickte knapp, während er der Person am anderen Ende der Leitung stirnrunzelnd zuhörte. Dunlap, der auf der anderen Raumseite mit einem britischen Kriminaltechniker konferierte, hielt inne, berührte den Mann entschuldigend am Arm und ging zu Valance hinüber. Nick Fennimore, der ein paar Meter weiter saß und telefonierte, beendete sein Gespräch schnell und folgte dem Detective. Als Valance die drei auf seinen Tisch zukommen sah, blickte er demonstrativ nach rechts, wo die Leute des Sheriffs arbeiteten. Sofort schlugen die drei eine andere Richtung ein: Simms ging zum Wasserspender, Dunlap zum Whiteboard in der Nähe, und Fennimore blieb an einem Tisch stehen und knüpfte ein Gespräch mit CSI Roper an. Alle behielten sie Valance im Blick.

Der hielt einen Finger hoch, um sie um ein wenig Geduld zu bitten, während er ins Handy sagte: »Sir, würden Sie bitte einen Moment dranbleiben?« Er drückte seinen Gesprächspartner weg, schloss die Hand um das Handy und stand auf. Als er zum Eingang hinübernickte, begaben sich alle zur Schwingtür und steckten auf der anderen Seite die Köpfe zusammen.

»Ich spreche gerade mit dem Verwalter einer Wohnwagensiedlung vierzig Meilen von hier«, klärte er sie auf. »Als ich ihn fragte, ob eine Sharla Jane Patterson bei ihm gemeldet sei, sagte er: ›Den Namen hab ich schon mal gehört.‹ Als ich ihn bat, etwas deutlicher zu werden, sagte er: ›Das ist doch die Frau, die im Cupke Lake gefunden wurde – ihr Junge ist noch vermisst, nicht wahr?‹«

Mit ernster Miene sagte Dunlap: »Stellen Sie Ihr Handy laut.«

Dunlap machte den Verwalter der Wohnwagensiedlung darauf aufmerksam, dass noch andere Personen mithörten, und stellte sich als Detective einer Ermittlungsgruppe aus St Louis vor.

»Oh«, sagte der Verwalter. »Stammt die Frau aus Missouri? Es wurde doch behauptet, sie sei aus Oklahoma.«

»*Wer* hat das behauptet, Sir?«, fragte Dunlap.

»Das kam in den Radionachrichten«, antwortete der Verwalter. »Das Sheriff's Office hat einen Anruf von einer Familie erhalten, die am See gecampt hat. Sie haben die Leiche der Frau mitten in diesem Unwetter entdeckt. Ihr Sohn Riley wird noch vermisst – der Sheriff hat um sachdienliche Hinweise gebeten.«

Dunlap schaute Simms an.

»Kannten Sie Miss Patterson, Sir?«, fragte Dunlap. »War sie bei Ihnen gemeldet?«

»Nein, Sir«, antwortete der Verwalter. »Das war sie nicht. Und wir haben im Moment auch keine rothaarigen Jungen in der Siedlung.«

Dunlap dankte dem Verwalter und beendete die Verbindung. »Sheriff Launer hat eine Beschreibung des Jungen senden lassen«, sagte er.

»Und ob ich das getan habe, verdammt.« Sheriff Launers Stimme hallte wie ein Echo aus dem Betonschacht des Treppenhauses wider. Er kam die Stufen hochgeeilt, verlangsamte auf dem Treppenabsatz das Tempo und setzte sein Politikerlächeln auf.

»Wir hatten uns darauf geeinigt, nichts von der Suche nach dem Jungen verlautbaren zu lassen, bis wir den Trailer untersucht haben«, sagte Dunlap.

»Mir ist nur in Erinnerung, dass *Sie* das gesagt haben«, erklärte Launer. »Ich kann mich aber nicht entsinnen, dass ich zugestimmt hätte.«

»Großartig«, sagte Fennimore.

»Nick«, warnte ihn Simms.

Er ignorierte sie. »Haben Sie Ihre Umfrageergebnisse schon gecheckt?«

Launer kniff die Augen zusammen. »Was wollen Sie damit sagen?«

»Ich hoffe jedenfalls, Ihr kleiner Werbefeldzug ist das Leben eines Jungen wert.«

Launer wollte auf ihn losgehen, aber Dunlap trat ihm in den Weg. Sonderlich groß war er nicht; seine kräftige Gestalt flößte Launer aber offenbar Respekt ein.

»Die grausame statistische Wahrheit ist, dass Riley Patterson vermutlich schon lange tot war, als Sheriff Launer seine Radioansprache gehalten hat.« Dunlap sprach ganz ruhig, und obwohl er Launer anschaute, waren seine Worte an Fennimore gerichtet. Indem er sich seiner Sprache bediente, bat er ihn, persönliche Animositäten außen vor zu lassen.

Der Detective hatte recht – wahrscheinlich war der Junge tot. Simms wusste das, und Fennimore wusste es auch. Er entspannte sich ein wenig und tröstete sich mit dieser wissenschaftlichen Wahrscheinlichkeit.

»Sharla Jane ist umgezogen, wie die anderen auch«, fuhr Dunlap fort. »Der Unterschied ist, dass wir dieses Mal nicht sechs Monate hinterherhinken. Dieses Mal sind wir ihm dicht auf den Fersen, und ihr Zuhause wird von forensischen Beweisen nur so wimmeln. Wir müssen es nur finden und die Spuren sichern.«

Ein Jauchzer war zu hören. Einen Moment später stand Ellis auf dem Treppenabsatz, einen Zettel in der Hand und ein feistes Grinsen im Gesicht. »Wir haben eine Adresse«, verkündete er.

# 30

Du betrachtest diese verstreuten Häuser und
bist von ihrer Schönheit fasziniert. Wenn ich sie
betrachte, lautet mein einziger Gedanke,
wie einsam sie doch daliegen und wie
ungeschoren man dort Verbrechen verüben kann.

A. C. Doyle, »Das Haus bei den Blutbuchen«

**Einsatzzentrale der Sonderermittlungsgruppe,**
**Westfield, Oklahoma**
**Viertel nach acht morgens**

»Sharla Jane hat ihren Sohn in der Grundschule in Hays angemeldet, ungefähr dreißig Meilen von hier«, erklärte Ellis. »Die Schulleiterin hat beim Frühstück Nachrichten gehört und gleich die Nummer angerufen. Sie behauptet, Riley Patterson sei an ihrer Schule gemeldet.«

Die Frau hatte ein Foto von einem kleinen, sommersprossigen Jungen mit leuchtend rotem Haar mitgeschickt.

»Manchmal«, sagte Launer mit einem selbstgefälligen Lächeln, »kann man den Dingen tatsächlich auf die Sprünge helfen.«

Fennimore konzentrierte sich angestrengt auf dic Spinnweben in den Dachsparren über Launers Kopf und hielt den Mund.

»Nun, dann lassen Sie uns schnell ein Aufgebot zusammenstellen«, sagte Launer. »Wir haben eine Ortsbegehung.«

Vierzig Minuten später fuhr eine Kavalkade an Polizeifahrzeugen durch das Tor der Wohnwagensiedlung Lambert Woods. Gewöhnliche Vier-Meter-Trailer wechselten sich ab mit längeren Modellen und auch ein paar größeren Mobilheimen am Rande der Siedlung.

Sheriff Launer fuhr in seinem Polizeiwagen an der Spitze des Konvois. Als Nächstes kam ein schwarzer SUV, der von Detective Dunlap gelenkt wurde. Ellis, Fennimore und Valance saßen mit im Wagen. Kate Simms, die beiden Kriminaltechniker der Sonderermittlungsgruppe, Dr Detmeyer, einige Polizisten aus Missouri und die Team-Adam-Berater folgten in vier weiteren Fahrzeugen. Sheriff Launer hatte zwei Deputys zurückbeordert, die immer noch am Cupke Lake nach Riley gesucht hatten, aber sie waren noch nicht eingetroffen.

Dunlap hielt neben Launers Wagen vor dem Büro des Verwalters. Die Luft vibrierte von dem tiefen, kehligen Dröhnen einer frisierten Maschine, die hochgejagt wurde. Aus einer Häuserzeile ein Stück weiter plärrte Radiomusik. Eine Frau schimpfte lautstark mit zwei Kindern, die unter dem Fenster ihres Trailers spielten. Aber die Kunde von ihrem Aufmarsch, die sich wie eine Explosionswelle in der Siedlung verbreitete, veranlasste den sofortigen Rückzug sämtlicher Lebewesen. In weniger als einer Minute lag der Ort wie ausgestorben da.

Launer blieb im Wagen sitzen und richtete den Seitenspiegel so aus, dass er die Kurve hinter sich im Blick hatte.

Dunlap ließ den Motor laufen, damit die Klimaanlage funktionierte, und schien auf ein Zeichen von Launer zu warten. Fennimore schaute Ellis an und zog fragend eine Augenbraue hoch. Ellis wiederum konnte seine Ungeduld kaum noch zügeln.

»Worauf zum Teufel wartet er denn – auf eine Einladung mit Goldsiegel?«

»Vielleicht wartet er auf seine Deputys«, sagte Dunlap, diplomatisch wie immer.

»Wenn ihr mich fragt«, sagte Fennimore, »dann wartet er noch auf den Übertragungswagen von Cougar 108. ›Manchmal kann man den Dingen tatsächlich auf die Sprünge helfen‹«, knurrte er.

Im nächsten Moment lenkte ein Reporter von Cougar 108 seinen Übertragungswagen um die Ecke.

Die Ermittler versammelten sich in Grüppchen am Straßenrand, während Launer seinen Kommentar abgab. Simms stand bei Ellis und Valance und unterhielt sich mit ihnen, dann wechselte sie ein paar Worte mit den Kriminaltechnikern. Sie wirkte entspannt, schien gut mit allen auszukommen und wurde offenbar als Teil des Teams akzeptiert. Fennimore freute sich für sie, da sie lange genug eine Außenseiterin gewesen war – nicht zuletzt durch ihre bedingungslose Loyalität ihm gegenüber. Dann konzentrierte er sich wieder auf Launer, der die Fragen des Radioreporters mit ein paar nichtssagenden Phrasen beantwortete. Als er damit fertig war, drehte er sich zum Verwalter der Siedlung um.

»Wir werden jetzt gleich die Spurensicherung in den Trailer schicken«, sagte er laut genug, damit der Journalist es hören konnte. »Aber zuerst muss ich mich selbst dort umsehen, um sicherzustellen, dass der Junge … der arme kleine Riley … nicht im Haus ist.«

Fennimore hatte die Selbstkorrektur durchaus registriert: Dem Jungen einen Namen zu geben war werbewirksamer.

»Ich könnte Ihnen den Schlüssel geben, Sheriff«, sagte der Verwalter. »Aber ich bringe Sie besser selbst hin. Der Trailer liegt etwas abseits, fünf Minuten zu Fuß vom Kern der Siedlung.«

Launer nickte und ging zu seinem Cruiser. »Dann mal los.«

Fennimore wandte sich an Dunlap. »Will er wirklich im Konvoi hinfahren?«

»Sheriff Launer, kann ich Sie kurz sprechen?«, bat Dunlap. Er schob den Sheriff vom Verwalter weg und kehrte dem Journalisten den Rücken zu. Mit gesenkter Stimme sagte er: »Auf dem Weg zum Trailer könnten wir vielleicht Wagenspuren sicherstellen. Vielleicht sollten wir besser zu Fuß hingehen.«

»Wir?«, fragte Launer amüsiert. »Dies ist *mein* Tatort, Detective. Wenn Sie wollen, können Sie gerne mitkommen.« Er schaute zu Fennimore hinüber. »Aber *der* da bleibt hier.«

Eine Viertelstunde später kamen Launer und Dunlap wieder. Sie hatten zwei Polizisten aus Missouri am Trailer zurückgelassen, damit sie ihn bis zum Eintreffen der Deputys bewachten.

Die Neuigkeiten, die sie mitbrachten, waren nicht erfreulich.

»An den Wänden hängen Fotos von Sharla Jane und Riley«, sagte Launer. »Aber keins von dem Typen, mit dem sie zusammen war. Keine Kleidung, kein Rasierer, nicht einmal eine Zahnbürste. Und von Riley keine Spur.« Er hob den Arm und winkte jemanden herbei: seine Deputys, die endlich eingetroffen waren. Einer schleppte eine Metallkiste mit den Gerätschaften der Kriminaltechnik.

»Lassen Sie uns den Trailer schleunigst durchwühlen und schauen, ob wir fündig werden«, sagte Launer und stieg wieder den Hügel zu Sharla Janes Trailer hinauf, seine Deputys im Schlepptau.

Fennimore und Dunlap wechselten einen Blick.

»Wenn wir diesen Mörder je schnappen, werden uns die Verteidiger Launers Spurensicherungskünste um die Ohren knallen«, sagte Fennimore.

Dunlap nickte. »Wir müssen ihn aufhalten.«

»Launer will Geld sparen«, erklärte Paul Roper, der Kriminaltechniker aus St Louis. »Wir könnten die Spurensicherung vornehmen, ohne seinem Sheriff's Office einen Cent in Rechnung zu stellen.«

»Perfekt.« Fennimore zögerte. »Ich bin mir allerdings nicht sicher, ob ich der Richtige bin, um auf die Unzulänglichkeit seiner Leute hinzuweisen.«

»Am Cupke Lake werden wir Riley Patterson nicht finden«, meldete sich der Team-Adam-Ermittler zu Wort. »Wir sollten darüber nachdenken, die Suche in den Wald dort hinten zu verlagern.« Er nickte zu dem bewaldeten Hügel hinter dem Trailer hinüber. »Und da wir nun sicher sind, dass Riley fort ist, muss ich mit dem Sheriff über die Auslösung eines Amber Alert reden.« Whitmore runzelte die Augenbrauen. »Wenn Sie mögen, kann ich bei der Gelegenheit auch über die Spurensicherung mit ihm sprechen.«

»Mr Whitmore«, sagte Fennimore. »Sie sind ein Ausbund an Höflichkeit.«

# 31

**In den Wäldern des Williams County, Oklahoma**
**Morgen**

Red lauscht. Der Wagen hat das Tempo verlangsamt.

Die beiden Männer waren am frühen Morgen zurückgekommen. Einer war aus dem SUV in den Wagen umgestiegen und fuhr dann in Richtung Highway zurück. Eine halbe Stunde lang holperten sie über einen schlechten Untergrund dahin; der Wagen wurde derart hin und her geschleudert, dass sich Red wie ein Seestern an den Kofferraumboden drücken musste, um sich nicht das Hirn zu demolieren.

Jetzt befinden sie sich auf einem Feldweg, und der Fahrer hat das Tempo angezogen. Der Lehmboden ist sanfter als der Asphalt, was die Sache für Red erleichtert. Das Schleifen und Prasseln der Reifen auf dem unbefestigten Grund hat sogar etwas Einschläferndes – bis Red plötzlich hellwach ist, weil es unter ihm brummt. Sie fahren über eine Holzbrücke. Ein paar Minuten später hört er Hunde bellen. Die Reise muss sich dem Ende zuneigen. Er drückt die Beine durch und macht sich bereit.

Der Motor verstummt. Der Wagen ruckelt noch ein wenig vorwärts, kommt dann aber zum Stehen. Red legt sich auf die Seite und tut so, als wäre er bewusstlos. Das Messer hält er unter seinem Körper mit beiden Händen gepackt. Was er da eigentlich tut, weiß er nicht. Er fühlt sich heiß an und krank. Seine Angst ist so gewaltig, dass er am liebsten weinen würde. Er möchte zu seiner Momma, dabei weiß er, dass er sie nie wiedersehen wird. Er schwört zu Gott, dass er nie wieder etwas Schlechtes tun wird, wenn ER ihn von diesem entsetzlichen Ort wegbringt.

Stimmen sind zu hören, Gelächter. Die Kofferraumklappe geht auf. Durch die halb geschlossenen Lider sieht er zwei wütende Augen aufblitzen. Der Fahrer. Der Mann weicht zurück, legt den Arm übers Gesicht und flucht, weil es nach Kotze stinkt.

Der Junge sieht seine Chance gekommen. Er sticht mit dem Messer um sich und ist schon hoch und draußen und rennt um sein Leben. Hinter ihm jault und heult ein ganzes Rudel Hunde. Sie zerren an den Ketten, und man hört Schreie.

»Bleib sofort stehen, du kleiner Wichser!«, ruft jemand.

In seiner Panik riskiert der Junge einen Blick über die Schulter. Der Mann hat ein Gewehr angelegt, und Reds Herz setzt aus. Seine Beine versagen ihm den Dienst. Eine dicke Frau schlägt dem Mann den Arm herunter, und der Schuss geht daneben. Dann verpasst sie dem Typen eine Ohrfeige.

»Verdammt, das ist ein Kind, kein Eichhörnchen!«, brüllt sie.

Für einen Moment weiß niemand, was er tun soll.

Die Frau blickt Red direkt ins Gesicht. »Komm her, mein Sohn.«

Red schaut sich in alle Himmelsrichtungen um. Er befindet sich auf einer großen Lichtung. Vor ihm steht ein großes Haus. Im Schatten der Vordertür sieht er eine zweite Frau. Auf jeder Seite des Wagens steht ein Mann: der Fahrer und jemand, der sein Bruder sein könnte. Zwei weitere Männer schauen von einem Pick-up herüber – einen von ihnen kennt er. Alle Männer sind bewaffnet.

Die Frau sagt: »Du kannst nicht abhauen, mein Sohn. Im

Wald wimmelt es von Fallen.« Sie schaut ihn an, als wartete sie darauf, dass die Information bei ihm ankommt. »Jetzt mach schon.«

Die Frau trägt eine braune Baumwollhose und ein strahlend weißes T-Shirt. Wie ein Mann steht sie da, breitbeinig, die Hände zu Fäusten geballt. Red behält sie im Blick, rührt sich aber nicht. Sie seufzt und nimmt dem Mann, der ihn erschießen wollte, das Gewehr weg. »Geh zu ihm«, sagt sie mit müder Stimme.

Als der Mann einen Schritt tut, ist der Bann gebrochen. Red fährt auf den Hacken herum und rennt in den Wald, in wildem Tempo, die Hunde hinterher. Er kennt sich aber nicht aus, und ihm ist schwindelig vor Fieber. Im nächsten Moment stolpert er und fällt; das Messer fliegt ins Unterholz. Sie sind ihm dicht auf den Fersen, wirklich dicht, und er kann das Messer nicht zurückholen. Mühsam rappelt er sich wieder auf, stolpert ein paar Schritte, hört ein Knacken, dann gibt der Boden unter seinen Füßen nach. Er versucht noch, aus dem Gefahrenbereich zu springen, aber seine Beine sind zu schwach. Er fällt, dreht sich, greift ins Leere und sieht lauter Bilder vor sich: Bärenfallen, Bodenfallen, Stolperdrähte mit stachelbewehrten Gewichten wie in der wilden Cannabis-Plantage im Wald bei sich daheim. Dann wird um ihn herum alles schwarz.

# 32

**Aberdeen, Schottland**
**Zwei Uhr nachmittags, British Summer Time**

Josh Brown hat ein neues Spielzeug entdeckt. Er hatte einen Artikel über den Sprachgebrauch von Psychopathen gelesen und herausgefunden, dass die Uni ein Wortmuster-Analyse-Programm namens Wmatrix besaß. Vielleicht konnte ihm das nützlich sein, um die narrativen Darstellungen von Leuten, die Justizirrtümer beklagten, besser einschätzen zu können – ein spezielles Steckenpferd von ihm. Die Sprache von Psychopathen ist für gewöhnlich emotional verflacht, hatte er erfahren, und zeigt einen hohen Grad an Zweckorientierung: »Ich will dies, also tu ich das.« Oder: »Ich musste töten, weil …« Sie berufen sich auf die Notwendigkeit des Selbsterhalts und primitive körperliche Bedürfnisse; höher entwickelte Bedürfnisse wie intellektuelle und emotionale Zufriedenheit spielen in den Narrativen der Psychopathen keine große Rolle. Professor Fennimore war in den fünf Monaten zwischen dem Verschwinden seiner Frau und seiner Tochter und dem Fund der Leiche seiner Frau dreimal vernommen worden, und wie die Sonderermittler hatte auch Josh Brown Zugang zu den Protokollen. Zum Spaß jagte er die Transkriptionen der Vernehmungen durch Wmatrix: Wie es aussah, war Fennimore kein Psychopath.

Fennimores Geschichte war berühmt auf dem Campus, nicht nur in Aberdeen. Josh hatte sich den Fall zu eigen gemacht, seit er zum Studium nach Schottland gekommen war. Er schaute sich in den Internetforen um und begann gelegentlich selbst einen Chat, hatte aber bislang keine Spur gefunden. Und nun hatte er auch noch Fennimores Sommerseminare übernommen und arbeitete für die Sonderermittlungsgruppe, sodass ihm nur ein, zwei Stunden am Tag blieben.

Er speicherte die Einschätzung von Wmatrix und öffnete seine Fotogalerie. Dort fand er ein Bild von einem Mann und einem Mädchen, die nebeneinander durch die Sonne gingen. Der Mann war etwa dreißig, schleppte ein bisschen zu viel Gewicht mit sich herum, sah aber sonst nicht schlecht aus. Sein Anzug war von guter Qualität und wirkte wie der eines erfolgreichen Geschäftsmanns. Das Mädchen war vielleicht sechzehn; sie trug ein knielanges Kleid und hatte ein Unterarmtäschchen mit einem schmalen Riemen in der Hand. Sie war schlank und schritt selbstbewusst auf High Heels einher. Das Mädchen könnte Professor Fennimores Tochter sein – oder auch nicht. Josh hatte das Bild von einem USB-Stick gestohlen, den Fennimore auf seinem Schreibtisch liegen gelassen hatte. Der Stick war nicht verschlüsselt, daher hatte sich Josh zu seinem Verhalten berechtigt gesehen.

Fennimore wird sich auf dieses Mädchen kaprizieren, verständlicherweise. Aber das ist der falsche Ansatz. Kinder sind ein unbeschriebenes Blatt; sie sind leicht erklärt oder wegerklärt. Sie können herumgereicht und umbenannt und mit einer neuen Identität versehen werden. Erwachsene hingegen haben eine Vergangenheit – eine persönliche Geschichte, Freunde, einen Bildungsweg, eine Karriere, vielleicht sogar einen Ruf. Das ist der Punkt, an dem Josh ansetzt.

Er beschnitt das Foto und erstellte eine JPEG-Datei nur von dem Gesicht des Mannes. Nachdem er sie gespeichert hatte, lud er sie mit einem freien FotoSketcher hoch und hatte das Foto mit einem Mausklick in eine Zeichnung verwandelt, die er ebenfalls speicherte. Von all den Foren, auf denen er sich umgeschaut hatte, schien ihm *Rettet Suzie!* am vielversprechendsten zu sein. Aber es würde zu viele Fragen aufwerfen, wenn plötzlich ein aktuelles Foto dort auftauchen würde. Möglicherweise würde es sogar auf Professor Fennimore zurückfallen, und das wollte Josh nicht. Daher nahm er stattdessen die Zeichnung, postete sie und wartete darauf, dass Kommentare hereinkamen.

# 33

**In den Wäldern des Williams County, Oklahoma**
**Morgen**

Als Red wieder zu sich kommt, liegt er am Boden einer Grube. Fünf Gesichter schauen auf ihn herab, vier Männer und eine Frau – nicht die dicke, sondern eine jüngere. Er hat keine Löcher im Leib, also waren keine Stacheln in der Grube. Zwei Hunde schnüffeln am Rand der Grube herum und lassen Erde und Steinchen auf ihn herabrieseln. Er blinzelt und hebt den Arm, um seine Augen zu schützen. Einer der Hunde springt immer wieder auf die Vorderpfoten und jault.

Der Fahrer, der ihn erschießen wollte, schiebt den Hund weg, beugt sich in die Grube und hält ihm die Hand hin. Red schlägt die Zähne in den fleischigen Teil seines Daumens. Der Mann schreit auf, flucht und will seine Hand wegreißen, aber Red hat sich festgebissen. Die anderen johlen und lachen, aber der Schießwütige brüllt wie ein Stier. Irgendwann stößt jemand mit einem Stock nach Red, und er fällt auf den Hintern. Als er aufschaut, sieht er, dass es die Dicke war.

Die Männer lachen immer noch, aber sie wirkt ziemlich sauer. »Wenn du da rauswillst, Junge, solltest du dich wie ein guter Christ benehmen.«

Red funkelt zurück und bohrt die Finger in die Erde, auf der er gelandet ist.

»Wie du willst.« Die Frau fuchtelt vor ihrem Gesicht herum, als wollte sie Fliegen verscheuchen. »Wir können dich genauso gut erschießen.«

Red weiß, wer die Frau ist: Es ist Marsha Tulk. Die Kinder in der Schule haben gesagt, dass sie bei den Tulks den Ton angibt, und wenn sie von Erschießen redet, dann ist das kein Witz.

Sie verschwindet vom Rand der Grube, und Red springt auf. »Warten Sie!«, ruft er. »Ich komme raus!«

Prompt kehrt das fette, runde Gesicht wieder. Die Augen sind dunkel, klein und hart, aber in den Augenwinkeln haben sich amüsierte Fältchen gebildet. »Oh, raus kommst du in jedem Fall … Fragt sich nur, wie.«

»Ich bin jetzt brav«, sagt Red.

Sie kneift die Augen zusammen. »Ich möchte, dass du meine Worte wiederholst.«

»Ich werde mich wie ein guter Christ benehmen«, sagt er, den Blick auf die feuchte Erde zu seinen Füßen gerichtet.

Im nächsten Moment wird er von zwei starken Armen hochgehievt. Die Männer lassen ihn nicht los, sondern schauen zu der Dicken mit den kleinen, harten Augen hinüber.

Sie sieht ihn an, als wäre er ein ungeratenes Exemplar der Gattung Mensch, schüttelt den Kopf und sagt: »Bringt ihn zum Haus.«

Mrs Tulk setzt sich in einen Schaukelstuhl auf der Veranda. Die beiden Männer führen Red zu ihr und wollen ihn auf einen Holzstuhl setzen.

Er wehrt sich, und sie fragt: »Muss ich dich festbinden lassen?«

Er schüttelt den Kopf. Sein Schädel dröhnt. Oder ist es der schräge Gesang der Zikaden?

»Ich kann dich nicht verstehen«, sagt sie.

»Nein, Ma'am, Sie müssen mich nicht festbinden.«

Sie nickt zufrieden, und die beiden Männer lassen ihn los.

Die Frau betrachtet sein schmutziges Gesicht, die zerschnittenen Hände und die dreckige Kleidung. »Nun, kleiner Junge, du siehst schlimm aus.«

Die Art und Weise, wie sie das sagt, bringt ihn fast zum Weinen, daher starrt er mit gerunzelter Stirn auf die kräftige rechte Hand, die die Frau locker auf die Armlehne ihres Schaukelstuhls gelegt hat. Ihre Nägel sind spitz, die Knöchel grob, schwielig und so gelb wie Vogelklauen.

»Was hattest du im Wagen meines Sohns zu suchen?«, fragt sie.

Die vier Männer haben sich um sie herum versammelt. Um den Mann, den er gebissen hat, kümmert sich eine junge Frau – jene, die er schon an der Haustür gesehen hatte. Die anderen drei lehnen am Geländer oder sitzen darauf. Der, den er erkannt hat, ist der Stämmige von der Cannabis-Plantage, mit dem er beim ersten Mal mitgefahren ist. Im Moment lacht keiner mehr. Sie sehen weniger verrückt als gefährlich aus, und er weiß, dass er sich vorsehen muss.

»Ich bin geflüchtet.«

»Wovor?«

»Pflegefamilie«, sagt er.

»Warum bist du in einer Pflegefamilie?«

»Momma ist tot.« Er schluchzt auf und bekommt für einen Moment kein Wort heraus. Mrs Tulk kramt in ihrer Hosentasche und reicht ihm ein Kleenex.

»Kann ich ein Glas Wasser haben?« Ihm ist heiß und schwindelig, und sein Gesicht ist von der Hitze und der Heulerei ganz geschwollen. »Äh, bitte, Ma'am?«

»Lass uns das erst hinter uns bringen«, sagt die Frau. »Wie kommt es, dass du nicht bei deinem Vater bist?«

Er zuckt mit den Achseln. »Den kenn ich gar nicht.«

Die Frau verlagert ihren fetten Körper im Schaukelstuhl und stößt ein missbilligendes Zischen zwischen den Backenzähnen hervor.

»Ich werde dir die Frage jetzt noch einmal stellen und bitte dich, sie mir dieses Mal aufrichtig zu beantworten«, sagt sie. »Wovor läufst du davon?«

Der Junge senkt den Kopf und lässt die Arme zwischen seinen Knien herabbaumeln. Er kann nicht nach Hause gehen, weil er weiß, dass seine Momma nicht mehr heimkehren wird. Wenn er das aber sagt, wird die Polizei kommen und ihn wirklich in eine Pflegefamilie stecken.

»Ich flüchte …«, sagt er und lässt sich Zeit, damit er sich eine glaubhafte Geschichte ausdenken kann, »… vor meinem Pflegevater.«

»Warum?«

»Weil er …«, sagt der Junge, »… pervers ist. Er wollte mir seine Strumpfbandnattern zeigen. Ich kann das Männchen mal halten, hat er gesagt, als ob das was Schmutziges ist. Dann hat er mir Bier gegeben …« Er reißt die Augen auf, weil er weiß, dass sein Blick so blau und unschuldig ist wie der junge Mai. »Ich wollte nicht …«

»Wie alt bist du?«, fragt sie mit harter Miene.

»Neun.« Er denkt nach. *Sie glaubt mir nicht. Ich habe gelogen, und sie glaubt mir nicht, und jetzt muss ich sterben.*

Stattdessen wirft die Frau ihren eigenen Jungen einen verwunderten Blick zu. »Er ist fast noch ein Baby.«

»Bin ich nicht.«

Damit zieht er ihre Aufmerksamkeit wieder auf sich. Er wird nervös, aber ihre Miene ist jetzt milder. »Natürlich bist du das nicht. Aber du bist auch nicht groß genug, um mit einer solchen Verworfenheit alleine klarzukommen. Hast du denn sonst keine Familie? Eine Tante? Eine Großmutter?«

Er schüttelt den Kopf.

»Woher kommst du, Junge?«

»Das kann ich Ihnen nicht sagen.«

»Das wirst du aber müssen«, sagt sie und beugt sich vor. »Sonst bekommen wir Ärger miteinander.«

Er will ihr in die Augen schauen, schafft es aber nicht. »Ich schwöre, Ma'am, ich möchte Sie nicht wütend machen, wirklich nicht. Aber ich kann nicht dorthin zurückgehen.«

Das Entsetzen über das, was er erlebt hat, muss ihm ins Gesicht geschrieben sein, denn sie sagt: »Ich werde dich nicht zwingen, dorthin zurückzugehen, mein Sohn. Ich will nur wissen, wo du herkommst.«

Jetzt lügt sie selbst, aber er ist nicht so dumm, einer Frau wie Mrs Tulk so etwas zu sagen. »Aber wenn ich es Ihnen verrate, werden andere es auch erfahren, und *die* könnten mich dann zurückbringen.«

Sie schnaubt leise, und er sieht wieder die Fältchen in ihren Augenwinkeln erscheinen. »Nun, du bist ein kluger Junge. Allerdings unterstellst du, ich würde es jemandem erzählen, und das tu ich nicht.«

Er schaut die vier Männer um sich herum an.

Sie registriert es und reagiert ungehalten. »Herr im Himmel, willst du denn nicht, dass dieser Mann bestraft wird?«

Er kneift die Lippen zusammen und hört Rodney Atkins in seinem Kopf singen: »Wenn du durch die Hölle gehst.«

Mrs Tulk lehnt sich in ihrem Schaukelstuhl zurück und betrachtet ihn eine Weile. »Harlan, wo kann dieser Junge in den Kofferraum deines Wagens geklettert sein?«

Der Mann, der ihn erschießen wollte, sagt: »Ich weiß nicht, Momma.« Er ist groß und dunkelhaarig wie seine Brüder und hat einen Bart. So stark und mächtig er auch wirkt, er scheint nervös zu sein.

»Dann streng deinen Grips an«, sagt sie.

Harlan schüttelt die junge Frau ab, die seine Hand verbindet und nun stattdessen Red anstarrt.

»Vielleicht habe ich bei der ...«, Harlan zögert, »...Tomatenplantage im Wald den Kofferraum aufgelassen.« Sein Blick huscht zu dem Jungen hinüber und dann wieder zu der Frau.

»Stimmt das, Junge?«, fragt sie.

Red gibt eine Antwort, die durchaus einen wahren Kern hat. »Ich habe tatsächlich auf der Lichtung, wo ich in den Kofferraum geklettert bin, den Geruch von Tomatenpflanzen bemerkt.« Dass der Geruch von Marihuana mindestens ebenso stark war, erwähnt er lieber nicht.

Sie schaut den Jungen neugierig an. »Wie lange warst du denn im Kofferraum?«

»Ich habe mich kurz nach Einbruch der Dunkelheit hineingeschlichen. Mr Harlan ist eine Weile gefahren, dann hat er angehalten und ist mit jemand anderem weggefahren. Es wurde schon wieder hell, als sie zurückkamen, und dann haben wir uns wieder auf den Weg gemacht.«

Ihre Augen schweifen zu ihrem Sohn hinüber. Der Junge sieht ein leichtes Nicken. »Woher wusstest du, dass es dämmert, obwohl du im Kofferraum warst?«

»Diese alte Karre besteht doch nur aus Rost und Luft, Ma'am.«

Die anderen lachen, und Harlan will protestieren, aber Mrs Tulk sagt: »So ist es, Harlan, das weißt du selbst.« Dann wendet sie sich wieder an Red. »Wie heißt du, Junge?«

»Caleb.« Es ist nicht zu übersehen, dass sie weiß, dass er lügt. »Aber alle nennen mich nur Red.« Noch eine Lüge. Die Kinder in der Schule haben jede Menge Namen für ihn, aber Red nennt ihn niemand.

»Ich will dir helfen, mein Sohn, und du machst dich über mich lustig.«

Red denkt, dass sich noch nicht viele Leute über Mrs Tulk lustig gemacht haben.

»Das tut mir leid, Ma'am. Aber ich gehe nicht zurück.«

»Das hatten wir bereits«, sagt sie mit einem drohenden Unterton.

»Ich gehe dann wohl mal«, sagt er. »Ich möchte gerne gehen. Lassen Sie mich einfach verschwinden.« Seine Stimme hat einen flehenden Unterton, der ihn mit Scham erfüllt, aber Mrs Tulk sieht aus, als würde sie ernsthaft darüber nachdenken.

Die junge Frau hat Harlan Tulks Hand gereinigt und wirft Mrs Tulk jetzt einen schüchternen Blick zu, während sie den Rest des Verbands um seinen Daumen wickelt.

»Wolltest du etwas sagen, Haley?«, fragt Mrs Tulk.

»Ich könnte ihn bei mir aufnehmen«, sagt die junge Frau.

»Vielleicht hat er selbst eine Meinung dazu. Wie ich schon sagte, er ist kein Eichhörnchen, das man einfach abknallt, und ein Haustier ist er auch nicht.«

»Nein, Ma'am.« Sie wird rot. »Ich wollte nur sagen, dass ich mich um ihn kümmern kann, bis wir herausgefunden haben, wer er ist.«

Red spürt heiße Panik in sich aufsteigen und kämpft dagegen an – er wird längst fort sein, wenn sie es herausfinden.

»Darf ich, Ma'am?«, fragt die junge Frau. »Darf ich ihn behalten?«

Mrs Tulk schaut Red an. »Junge, du bringst uns in eine Zwickmühle. Wenn wir dich behalten, kommt dich die Polizei vielleicht suchen, und dann müssten wir eine Erklärung parat haben. Wenn wir dich irgendwo rauslassen – in der Stadt zum Beispiel –, wird dich die Polizei in die Mangel nehmen, und das würde sie ebenfalls hierherführen. Und dann müssten wir auch eine Erklärung parat haben.«

»Nein, Ma'am.« Red hat das Gefühl, langsam Boden unter den Füßen zu gewinnen. Diese Leute wollen genauso wenig Ärger mit dem Gesetz wie er. »Ich würde kein Wort über Sie verlieren. Lassen Sie mich an der richtigen Straße raus, und ich finde mich alleine zurecht.« Aber noch während er das sagt, wird er von einer gewaltigen Übelkeit gepackt. Er fühlt sich schwach, krank und heiß und weiß nicht einmal, ob er sich von seinem Stuhl erheben kann.

Mrs Tulk schaukelt in ihrem Schaukelstuhl vor und zurück, mustert ihn und versucht, sich ein Bild von ihm zu machen. Er hält ihrem Blick stand, bis plötzlich die Veranda zu schwanken beginnt; im nächsten Moment beugt er sich vor und übergibt sich. Die Kotze landet auf den Schuhen des stämmigen Sohns.

Alle schreien angeekelt auf, und der Stämmige ruft: »Pass bloß auf, du kleiner Wichser!«

Dem Jungen schießen Tränen in die Augen; es deprimiert ihn zutiefst, dass er sie nicht aufhalten kann.

Mrs Tulks Rechte schießt vor, und er weicht dem Schlag aus, aber nun packt sie ihn mit der Linken im Nacken und hält ihn fest, bis er sich beruhigt hat. Sie will ihn gar nicht schlagen. Stattdessen legt sie die rechte Hand auf seine Stirn, was wunderbar kühl und angenehm ist.

»Der Knabe glüht ja«, sagt sie. »Hast du im Wald etwas Falsches gegessen, mein Kind?«

»Nein, Ma'am, ich …« Fast hätte er gesagt, dass er am Abend Tacos und einen Bissen von einem Sandwich gegessen hat, aber dann würde sie vielleicht denken, dass seine »Pflegeeltern« in der Nähe wohnen. »Ich habe etwas von dem Wasser getrunken, das in den Kofferraum getropft ist, und davon ist mir übel geworden.«

»Harlan.« Sie schleudert den Namen heraus wie einen Befehl. »Was ist in dem Kofferraum?«

Der große Sohn zuckt mit den Achseln. »Nur ein paar Papiertüten und ein halb voller Beutel mit Blut, Fisch und Gräten für die Plantage.«

»Himmel!«, ruft sie. »Der Junge hat eine Vergiftung, und wir sitzen hier herum und zwingen ihn zum Reden.« Sie schaut sich wütend in der Runde um, als wäre das die Schuld der anderen. »Haley, geh mit ihm hinein. Er soll ganz viel trinken.«

Die junge Frau ist sofort an Reds Seite, redet ihm gut zu, damit er aufsteht, und säuselt ihm lauter törichte Worte ins Ohr.

»Wenn er sich übergibt«, sagt Mrs Tulk, »gib ihm noch mehr, bis er es bei sich behält. Und setz ihn in die Wanne – stell sicher, dass er sich wäscht.«

Red lässt sich in das dunkle, kühle Haus führen. Er will nicht sterben – aber gleichzeitig steht er neben sich und sieht einen fremden Jungen in das Haus von schlimmen Leuten gehen, vor denen selbst die hartgesottensten Typen zittern.

# 34

Der gesunde Menschenverstand ist eine
Ansammlung von Vorurteilen,
die man im Alter von achtzehn erwirbt.

Einstein

**Einsatzzentrale der Sonderermittlungsgruppe, Westfield, Oklahoma**

Es ist Nachmittag, und die Sonderermittlungsgruppe hat sich im Sitzungsraum zu einer Skype-Konferenz versammelt. Dr Quint würde aus Tulsa die Obduktionsbefunde übermitteln, während der britische Gegenpart von Dr Detmeyer, der forensische Psychologe Professor Varley, von der Universität Nottingham in Großbritannien zugeschaltet sein würde. Fennimore hatte schon bei einer Reihe von Fällen mit ihm zusammengearbeitet.

Zunächst stellten die Kriminaltechniker ihre Befunde vor. Am Kopfende von Sharla Janes Bett hatten sie Rückstände von Klebeband gefunden, aber keine Fingerabdrücke. Von dem Seil, das der Mörder bei den anderen Opfern benutzt hatte, war nichts zu sehen gewesen, weder in Sharla Janes Trailer noch am Cupke Lake. Da es für die Takelung von Rennsegelschiffen entwickelt worden war, schwamm das Seil; wenn man trotzdem nichts gefunden hatte, legte das vielleicht nahe, dass die Leiche gar nicht gefesselt und beschwert worden war.

Dunlap bat die Psychologen um ihre Meinung.

»Die anderen Morde hat er gut geplant, um die Wahrscheinlichkeit einer frühzeitigen Entdeckung zu reduzieren«, sagte Dr Detmeyer. »In diesem Fall hatte er auch alles vorbereitet, hat es dann aber nicht durchgezogen und Sharla Jane nicht gut versteckt. Vielleicht dekompensiert er.«

»Dekompensiert?«, ging Varley scharf dazwischen. Alle schauten nun auf den Bildschirm, wo die Skype-Verbindung aufgebaut war. Professor Varley war ein dünner, bleicher Mann mit einem langen, schmalen Gesicht und einem schütteren Haaransatz. »Ah, Sie meinen, er lässt nach.«

Detmeyer reflektierte die Korrektur, wie Fennimore ein Detail an einem Tatort betrachten würde: ausdruckslos, aber mit deutlichem Interesse abwägend. Nach einer Weile sagte er: »Was ich meine, ist: Möglicherweise verliert er die psychische Kontrolle, weil er unter Druck steht; ›dekompensiert‹ war nur ein technischer Begriff, den ich gewählt hatte, um das zum Ausdruck zu bringen.«

Varley zog eine Augenbraue hoch. »Aha ... Könnten wir zum Zwecke der Verständigung technische Begriffe vielleicht vermeiden?«, sagte er und schaffte es, gleichzeitig leidend und gelangweilt zu klingen.

Kate Simms warf Fennimore, der auf der anderen Seite des Tisches saß, einen amüsierten Blick zu; sie selbst hatte mehr als einmal laientaugliche Übersetzungen von Professor Varleys psychologischem Jargon benötigt.

»In Ordnung«, sagte Dr Detmeyer. »Wir können uns aber sicher darauf verständigen, dass er in letzter Zeit Fehler gemacht und dabei einen untypischen Mangel an Kontrolle offenbart hat. Interessant scheint mir auch die Tatsache, dass Sharla Jane schon das zweite Opfer ist, das innerhalb eines Monats im Williams County gefunden wurde. Das könnte bedeuten, dass er plötzlich impulsiver handelt«, fuhr er fort. »Vielleicht ist das County auch sein vertrautes Terrain.«

»*Vielleicht … könnte bedeuten … scheint mir*«, äffte Launer ihn nach.

»Bei der Vorhersage menschlichen Verhaltens gibt es nichts Absolutes, Sheriff«, sagte Detmeyer.

»Für den gesunden Menschenverstand ist die Sache alles andere als ein Rätsel«, erwiderte Launer. »Er wollte die Leiche jenseits der Landesgrenze abwerfen, wie er es immer getan hat, aber dann hat er im Radio gehört, dass wir ihm auf der Spur sind. Also hat er sich ihrer schnell entledigt, weil er noch nie eine Sonderermittlungsgruppe an den Hacken hatte.«

Da konnte nicht einmal Fennimore widersprechen.

Überall auf dem Konferenztisch lagen Stapel mit Kopien von den Fotos. Fennimore blätterte darin herum: Bilder von Sharla Jane auf der Vorderveranda, lächelnd und voller Stolz auf ihr neues Heim; Bilder von ihr allein; Bilder mit Riley. Meist waren sie innen aufgenommen, aber es gab auch eins von Riley, der neben dem rauchenden Grill unter den Bäumen am Trailer stand: Er trug eine viel zu große Schürze und hielt mit einer Grillzange eine Burger-Frikadelle hoch.

»Haben die Bilder etwas Nützliches erbracht?«, fragte Fennimore.

CSI Roper, der fahrige, rastlose Kriminaltechniker, nahm sich der Frage an. »Sie wurden mit einem Tintenstrahldrucker ausgedruckt, den wir hinten im Haus gefunden haben. Keine Fingerabdrücke auf den Fotos oder dem Drucker. Und bevor Sie jetzt fragen, Professor: Wir haben auch den Grill untersucht, innen und außen. Der Mann muss gründlich sauber gemacht haben.«

»Sharla Jane hat drei Monate lang mit ihm zusammengewohnt«, sagte Launer. »Irgendwo *müssen* Sie etwas gefunden haben.«

»In Bad und Küche haben wir winzige Blutflecken gefunden«, sagte der Kriminaltechniker. »Nichts, das einen gewaltsamen Übergriff nahelegen würde. Küche und Badezimmer eben …« Er zog eine Schulter hoch, als bedürfte das keiner weiteren Erklärung. »Wenn wir Glück haben, liefern sie uns allerdings seine DNA.«

»Sie haben also rein gar nichts«, sagte Launer und bleckte die Zähne.

»Nur einen Teilfußabdruck auf dem Vinylboden in der Küche, wahrscheinlich von einem Stiefel, Größe fünfundvierzig«, sagte Roper.

»Die Deputys haben im ganzen Haus Dreck verteilt«, sagte Ellis, der wütend und schlecht gelaunt wirkte. »Der Abdruck könnte von jedem sein.«

»Wer hat denn was von Dreck gesagt?«, fragte der Kriminaltechniker.

Fennimore schaute von seinen Fotos auf. »Wenn es kein Dreck war, dann …« Er dachte nach. »War es vielleicht Urin?«

Roper nickte. »Wir haben eine ausgetrocknete Pfütze direkt hinter der Schlafzimmertür gefunden. Irgendjemand – wahrscheinlich ein großer Mann – ist hineingetreten. Der erste Abdruck auf dem Vinylboden in der Küche war zu verschmiert, um ihn genau erkennen zu können, aber wir haben die wahrscheinliche Position der nächsten beiden Schritte eingestäubt – und ein sehr hübsches Muster erhalten.«

»Was exakt der Grund ist, warum man immer erst die Kriminaltechnik reinlassen sollte«, sagte Fennimore zu niemandem Bestimmtes. »Ich würde mich zu der Behauptung versteigen, dass die Deputys des Williams County eine gute Kontrolle über ihre Blasenmuskulatur haben. Daher würde ich eher auf einen panischen Neunjährigen tippen.«

Launer warf Fennimore einen grimmigen Blick zu, und Dunlap ging schnell dazwischen, indem er den Kriminaltechniker fragte: »Hilft uns der Abdruck weiter?«

Roper ging nach vorne und steckte einen Stick in einen der USB-Anschlüsse des Computers. Dann klickte er sich durch die Bilder aus dem Inneren des Trailers und hielt bei einem Fußabdruck inne. »Wir haben ein gutes Sohlenmuster, das wir zum Hersteller zurückverfolgen können. Der Schuh war an der Innenkante stärker ausgetreten, was auf Pronation schließen lässt – der Fuß des Besitzers rollt am Knöchel auf der Innenkante ab.« Er studierte das Bild. »Und hier, hier und hier ...«, er zeigte auf Kerben und Rillen im Vinyl, »... kann man schadhafte Stellen erkennen.«

Fennimore nickte anerkennend. Der Mann wusste, was er tat. »Haben Sie ...?«

»Wir haben einen Teil des Bodens herausgenommen«, sagte Roper, der die Frage schon ahnte. »Und jetzt versuchen wir, ein deutlicheres Bild zu bekommen.«

Launer kratzte sich an einem Mückenstich am Ellbogen. »Das sind vermutlich Dreißig-Dollar-Stiefel von Walmart. Haben wir etwas, mit dem wir diesen Stiefelabdruck abgleichen können?«

»Noch nicht«, sagte der Kriminaltechniker.

»Irgendetwas von *irgendeinem* der anderen Opfer?«

»Nein, aber ...«

»Wozu soll das dann gut sein?«

»Abriebmuster sind charakteristisch«, sagte Fennimore. »Wenn wir den Schuh finden, können wir beweisen, dass der Abdruck von dieser Person stammt und von niemandem sonst.«

»Bin ich etwa der Prinz aus Aschenputtel?«, sagte Launer. »Liefern Sie mir Abdrücke, die ich ins AFIS eingeben kann, dann bin ich wirklich beeindruckt.«

Roper zuckte mit den Achseln. »Wie ich schon sagte, wir haben alles eingestäubt, aber er hat gründlich geputzt.«

Während die Diskussion ihren Gang nahm, betrachtete Fennimore immer noch die Schnappschüsse von der Familie und stellte sie nebeneinander an seinen Laptop: Sharla Jane und der Junge am Küchenfenster mit den karierten Vorhängen, durch die grünliches Licht fällt; Sharla Jane alleine vor dem Fenster, hübsch und schüchtern; Sharla Jane im Nachthemd mit verstrubbeltem Haar, eine Hand abwehrend vor dem Gesicht; der Junge am Küchentresen, das Gesicht in goldenes Licht getaucht – er kaut an einem Burger, hält die Hand wie eine Pistole hoch und schielt in die Kamera.

Plötzlich fiel der Groschen. »Wurden diese Fotos alle in Sharla Janes Trailer in Lambert Woods aufgenommen?«

»Klar«, sagte Roper und blinzelte, als er so unvermittelt in seiner Darstellung unterbrochen wurde. »Wieso würden Sie etwas anderes denken?«

»Die Vorhänge wurden ausgetauscht.« Er hielt das Bild von Sharla Jane vor dem grünen Vorhang hoch, dann die andere Aufnahme von ihrem Sohn am Küchentresen mit dem schlichten gelben Stoff im Hintergrund.

»Sie hat andere Gardinen aufgehängt«, sagte Launer. »Ja und?«

»Wenn ich sage, die Vorhänge wurden ausgetauscht, meine ich auch die Hängevorrichtung.« Fennimore kämpfte mal wieder mit den Tücken der amerikanischen Sprache. »Die *Hardware*. Hier. Die karierten Gardinen hängen an einer Stange, aber auf diesem Foto von Riley …« Er schob dem Sheriff den Schnappschuss hin. »Keine Gardinenstange.«

Sämtliche Köpfe senkten sich noch einmal über die Kopien.

»Die Schiene wurde durch eine Stange ersetzt«, sagte Roper. »Zurzeit hängen dort die karierten Gardinen, und die sind an einer Stange befestigt.«

»Aber Sie sagten doch, Sie hätten bereits alles eingestäubt«, sagte Launer.

»Wir haben die Stange eingestäubt«, sagte der Kriminaltechniker, der vor Aufregung plötzlich ganz rote Wangen hatte. »Aber wenn unser Mann die Schiene durch eine Stange ersetzt hat, dann brauchte er eine vollkommen andere Verankerung. Seine Fingerabdrücke könnten sich auf der Rückseite der Träger befinden.«

»Nicht nur die Fingerabdrücke und nicht nur auf den Trägern und der Stange«, sagte Fennimore. »Wenn man eine Hand für den Träger braucht und eine für den Schraubenzieher, wohin dann mit den Schrauben?« Seine Aufregung wuchs, als er beobachtete, wie den Leuten allmählich ein Licht aufging. »Man steckt sie in den Mund. Und diese hübschen, selbstschneidenden Gewinde nehmen DNA auf wie sonst nur ein Mundhöhlenabstrich. Und wenn man sie dann in die Wand bohrt, bewahren sie die DNA.«

Roper grinste und kramte schon seine Instrumente zusammen, während Launer einen seiner Deputys freistellte, um ihn zu begleiten. Als sich die allgemeine Aufregung wieder gelegt hatte, gesellte sich via Skype die Rechtsmedizinerin Dr Quint aus ihrem Büro in Tulsa zu ihnen.

Sie begrüßte die Anwesenden und kam gleich zur Sache. »Sheriff, ich schicke Ihnen jetzt die Obduktionsfotos.«

Während die Ermittler darauf warteten, dass die Fotos eintrafen, fasste sie den Verlauf der Obduktion zusammen und erinnerte sie daran, dass die Leiche frisch und der Leichenfraß minimal gewesen war. Sharla Jane war ein bisschen untergewichtig gewesen, aber zum Zeitpunkt des Todes gesund. Ihre Augen waren beschädigt.

»Erst dachte ich, es seien Schildkröten gewesen«, sagte Quint. »Sie wissen ja, dass diese Viecher Augäpfel lieben.«

Die Leute aus Oklahoma murmelten zustimmend.

»Aber es war kein Tierfraß.« Sie schaute sie an. »Sharla Janes Augen sind mit einem scharfen Gegenstand bewusst herausgeschnitten worden.«

Wieder Gemurmel. »Himmel hilf«, entfuhr es jemandem.

Fennimore nahm einen Stift und kritzelte herum, bis ein Augenpaar aus dem Bild herausstarrte.

»Irgendeine Vorstellung, was für eine Waffe dafür benutzt wurde?«, fragte Dunlap.

»Ich würde mal vermuten, etwas wirklich Scharfes wie ein Teppichmesser. Die Waffe hat die Hornhaut durchdrungen, die Iris zerschnitten und die Linse und das Lockwood-Ligament beschädigt. Bis zur Retina ist sie allerdings nicht vorgedrungen.« Da niemand einen Kommentar abgab, fuhr Quint fort. »Sie war außergewöhnlich bleich. Im oberen Rückenbereich und an den Armen gab es leichte bläuliche Hautverfärbungen. Äußerlich war sonst nicht viel zu sehen – ein paar runde Abdrücke am Brustbein und auf der linken Körperseite.« Sie zeigte die Stellen an ihrem eigenen Körper und am linken Brustkorb.

Während sie sprach, erstellte Fennimore eine Mind-Map. Er malte Äste, Nebenäste, einzelne Wörter und Verbindungslinien, was im Ergebnis wie eine Mischung aus Skizze und Mitschrift aussah.

»An der medialen Seite ihres linken Oberschenkels habe ich eine Einstichstelle gefunden«, sagte die Rechtsmedizinerin. »Wir wissen, dass Sharla Jane früher Meth-süchtig war, aber für die Briten unter Ihnen möchte ich klarstellen, dass Methamphetamin meistens geraucht oder geschnupft wird. Injiziert wird es nur ganz selten. Ich habe Hinweise auf eine ehemalige Meth-Abhängigkeit gefunden – Hautschäden und Meth-Mund –, aber nichts deutet auf einen Rückfall hin. Und außer dieser einen Stelle gibt es auch keinerlei Hinweise auf den Konsum anderer Drogen. Ich habe sie abgetastet und einen Knoten gefunden. Es wird aber eine Weile dauern, bis die Toxikologen mit ihrem Ergebnis …«

»Wir brauchen Sicherheit, und zwar besser früher als später, Doctor«, sagte Dunlap. »Wenn sie rückfällig war, verkompliziert das den Fall.«

»Geduld, Detective«, sagte Quint. »Wenn man es mit Toten zu tun hat, braucht man oft gar keine schnellen Ergebnisse. Ein umfassender Drogentest wird in jedem Fall eine Weile brauchen, selbst mit der Hilfe unserer Freunde vom Team Adam. Allerdings konnte man ja davon ausgehen, dass Sie schnelle Ergebnisse brauchen, und die richtigen Teststäbchen und eine Urinprobe können da leicht Abhilfe schaffen – die sind schließlich ständig im Einsatz: im Drogenentzug, in den Gefängnissen, überall.«

Sheriff Launer verdrehte die Augen und spreizte seine Finger, als wollte er sagen: *Können wir zur Sache kommen?*

Sie zuckte mit den Achseln. »Sharla Jane war clean. In letzter Zeit hat sie weder Cannabis, Kokain, Amphetamin, Methamphetamin, Benzodiazepin oder Opiate konsumiert. Aber das hat die Sache nicht vereinfacht, Detective Dunlap. Es gab überhaupt keine offensichtliche Todesursache – keine Schnitte, keine stumpfe Gewalteinwirkung, keine Einschusswunden, keine Fesselspuren oder Blutergüsse am Hals, die auf ein Erwürgen hindeuten würden, keine Blutergüsse am Brustkorb, keine inneren Organschäden, keine Blutergüsse an Mund oder Nase, die auf ein Ersticken hindeuten könnten. Trotzdem habe ich Petechien gefunden – das sind diese Blutpünktchen, die typischerweise mit dem Ersticken einhergehen. Sharla Jane hatte sie am Gaumen, im Innern von Lid und Unterlid und hinter beiden Ohren.« Sie machte eine Pause. »Normalerweise bekommt man keine Petechien hinter den Ohren.«

*Hinter den Ohren.* Fennimore fertigte eine Comiczeichnung von einem Hinterkopf an und malte lauter Pünktchen hinter die Ohren.

»Und es gab Schäden in ihrer Kehle«, fuhr Quint fort. »Kratzer am Gaumensegel.«

»Hat er sie erstickt – indem er ihr etwas in den Rachen gesteckt hat?«, fragte Valance.

»Mit ziemlicher Sicherheit hat er ihr etwas in den Rachen gesteckt. Aber ich glaube nicht, dass er sie ersticken wollte.« Sie hielt ein durchsichtiges Plastikröhrchen hoch. »Dies hier ist ein Guedel-Tubus. In Notaufnahmen sieht man so etwas oft.«

»Er hat sie wiederbelebt?«

»Denkbar wäre es. Medizinstudenten können auch sehr ungeschickt sein, was niemand besser weiß als ich«, sagte sie mit einem reumütigen Lächeln. »Ich war schließlich auch mal eine. Es hinterlässt keinen guten Eindruck, wenn der Patient an seinem eigenen Blut erstickt, weil ein Student mit zwei linken Händen ein Stück Plastik in seine Stimmlippen gerammt hat. Daher achten die Hersteller darauf, dass diese Dinger äußerst weich sind.« Sie verbog das Röhrchen zu Demonstrationszwecken zwischen Daumen und Zeigefinger. »Dieser Typ muss schon zwei linke Hände gehabt haben. Oder er hat einfach einen Tubus in der falschen Größe genommen.«

»Er hat also tatsächlich versucht, sie wiederzubeleben?«, fragte Valance, dem die Verwirrung ins Gesicht geschrieben stand.

»Denkbar wäre es«, sagte sie wieder. »Wenn er Druckmassage gemacht hätte, würde man vielleicht ein paar gebrochene Rippen erwarten oder wenigstens einen Bluterguss in der Brust. Aber es gab weder Blutergüsse noch Brüche.«

»Sie sagten aber doch, am Brustkorb und an der linken Seite seien Blutergüsse gewesen«, rief Valance ihr in Erinnerung.

»Ich sagte Abdrücke. Aber solche Abdrücke haben wir oft bei Leuten, die nach einem Herzstillstand mit Elektroschocks behandelt werden.«

»Aha.« Valance versuchte es noch einmal. »Sie wurde also beatmet und defibrilliert?«

»Denkbar wäre es«, sagte die Rechtsmedizinerin.

Jetzt reichte es Launer. »Wir brauchen Antworten, Doctor, aber alles, was Sie sagen, ist: *Denkbar wäre es.*«

»Sie verwechseln mich mit einem Fernsehpathologen, Sheriff«, sagte sie. »Ich werde dafür bezahlt herauszufinden, *woran* sie gestorben ist. Das Wie und das Warum herauszufinden ist *Ihr* Job.«

Launer war beleidigt und ging zum Gegenangriff über. »Ist es wirklich zu viel verlangt, mir eine Todesursache und einen Tathergang zu nennen? Sie haben ein großes Buhei darum gemacht, dass sie keine auffälligen Verletzungen hat, also gehe ich doch wohl recht in der Annahme, dass sie erstickt ist, oder?«

»Ich glaube nicht, dass sie erstickt ist«, sagte Quint. »Ich glaube, die Todesursache war Ausblutung.«

Launer schnaubte.

Fennimore konzentrierte sich auf sein Gekritzel und fügte eine gestrichelte Linie zwischen »Asphyxie« und »Ausblutung« hinzu. Dabei dachte er: *Petechien hinter den Ohren.*

»Sie ist ausgeblutet«, fuhr Dr Quint fort, »aber sie hatte keine äußeren Verletzungen, die das erklären könnten, und innere Blutungen auch nicht. Es war wirklich keine Todesursache zu erkennen. Und dann kommt noch etwas anderes hinzu: Einer Leiche Blut abzunehmen ist nie ganz einfach, aber wenn man weiß, wo man nachschauen muss, findet man immer Blut. Ich persönlich bevorzuge die Vena femoralis, weil sie leicht zu finden ist und relativ nah an der Oberfläche liegt – warum soll man sich das Leben schwer machen, nicht wahr? Die rechte Oberschenkelvene war aber kollabiert. *Allzu* ungewöhnlich ist das nicht, aber normalerweise – und sagen Sie das bitte nicht weiter, weil die Toxikologen das *überhaupt* nicht mögen – kann man das Blut aus dem Bein ›melken‹, bis man genug hat, um mit einer Subkutanspritze eine Blutprobe zu entnehmen. Das habe ich auch diesmal versucht. Ging aber nicht. Also habe ich mich auf die Schlüsselbeinvene verlegt – das ist eine dicke Vene, die das Blut aus dem Kopf zum Herzen zurücktransportiert. Sie verläuft unter dem Schlüsselbein, ungefähr hier.« Sie tippte auf ihre eigenen, hübsch geformten Schlüsselbeine. »Kein Blut. Lungenarterie – ebenfalls Fehlanzeige. Ich musste eine Subkutanspritze ins Herz einführen, um eine Blutmenge zu bekommen, mit der das Labor etwas anfangen kann.«

Als das Team noch mit gerunzelter Stirn auf die Obduktionsfotos schaute, kam sie auf den »Knoten« zurück, den sie an der Innenseite von Sharla Janes linkem Oberschenkel ertastet hatte.

»In der Oberschenkelvene steckte die abgebrochene Spitze der Kanüle einer Subkutanspritze – eine Stärke von einem guten Millimeter. Das ist ziemlich dick; solche Kanülen werden normalerweise für Shunts bei Blutspenden verwendet. Also: Sharla Jane war bleich, sie hatte unauffällige bläuliche Hautverfärbungen, in den größeren Blutgefäßen befand sich kein Blut.« Sie hielt inne, damit ihr Publikum das sacken lassen konnte. »Ich glaube, er hat das Blut aus ihr herausgepumpt und zugeschaut, wie sie stirbt.«

Fennimore blickte auf sein Diagramm und auf die gestrichelte Linie zwischen »Asphyxie« und »Ausblutung«. Als das allgemeine Gemurmel sich gelegt hatte, sagte er: »Das erklärt aber nicht die Petechien.«

Quint schaute ihn an, als hätte er ihr soeben die Show verdorben.

»Vielleicht hat er sie in den Kofferraum gesperrt, und sie hat an Sauerstoffmangel gelitten«, sagte Simms.

Fennimore schüttelte den Kopf. »Petechien hinter den Ohren ...« Er blickte auf seine Zeichnung mit den abstehenden Ohren, die mit lustigen Pünktchen versehen waren. Das blassblaue Licht in Aberdeen blitzte vor ihm auf, und er roch den Tanggeruch der Docks. Vor seinem inneren Auge sah er eine Reihe von Plastikcontainern, die neben dem Schreibtisch seines Büros aufgestapelt waren. Alte Berichte – Revisionen von Coroner-Urteilen.

Er hatte es.

»Die Petechien hinter den Ohren deuten auf traumatische Asphyxie hin«, sagte er.

»Die Idee hatte ich auch«, sagte Dr Quint. »Aber es gab kein auffälliges Trauma. Sie war nicht aufgebläht, das Gesicht war nicht entfärbt ...«

»Vor ein paar Jahren hatte ich es mal mit einem interessanten Fall zu tun«, unterbrach Fennimore sie. »Ein Lkw-Fahrer hatte an einem Zulieferertor gehalten, um es zu öffnen. Die Bremsen waren defekt, und der Lkw rollte vor und drückte ihn gegen das Tor. Nach wenigen Minuten war er tot. Fotos von dem Geschehen gab es nicht, weil der Sicherheitsdienst des Unternehmens ihn bald gefunden und hineingebracht hat. Die Versicherungsgesellschaft hat die Ansprüche der Witwe bestritten, weil es keine Schäden an den inneren Organen, keine äußeren Verletzungen und auch nur wenige Hautverletzungen gab. Glücklicherweise war ein Mitarbeiter des Leichenschauhauses so umsichtig gewesen, die Leiche bei ihrer Einlieferung zu fotografieren. Das Gesicht des Fahrers war blau und aufgedunsen gewesen, während diese Symptome zum Zeitpunkt der Obduktion längst wieder verschwunden waren.«

Die Rechtsmedizinerin nickte langsam und schien das durchaus für möglich zu halten. »Ihnen ist aber klar, dass damit angesichts der Wiederbelebungsversuche eine ganz neue Dimension von Sadismus ins Spiel kommt, oder?«

Launer störte ihre Grübeleien. »Wollen Sie weiterhin in Rätseln reden oder würden Sie uns an Ihrem Geheimnis teilhaben lassen?«

Dr Quint schaute Fennimore an. »Professor?« Die Aufforderung verdankte sich ihrer Berufsehre: Fennimore hatte die mögliche Bedeutung der Symptome entdeckt, also sollte er dem Team auch seine Theorie erläutern.

»Petechien an den Augäpfeln oder unter den Lidern lassen sich leicht erkennen«, sagte er. »Die Haut dort ist dünn und wird von vielen Kapillaren versorgt. Wo die Haut dicker ist, wird es wesentlich schwerer – und Petechien hinter den Ohren lassen schon auf etwas Außerordentliches schließen, so etwas wie traumatische Asphyxie. Man könnte es Asphyxie durch stetige Kompression nennen. Noch besser sieht man solche Petechien bei einem wiederholten Trauma, wegen des kumulativen Effekts.«

»Sie meinen, er hat das mehrfach getan?« Valance wirkte schockiert, als Einziger von den Anwesenden.

»Ungewöhnlich ist das nicht«, sagte Dr Detmeyer.

Varley nickte knapp. »Die ultimative Form von Kontrolle.«

Fennimores Gedanken flogen zu Rachel, seiner Frau, und seiner Tochter Suzie. Die Zeit löste sich auf, sein Herz pochte, und er spürte wieder die Panik in sich aufsteigen, die ihn in den Wochen nach ihrem Verschwinden befallen hatte.

»Das heißt, der Mörder hat sie erstickt, wiederbelebt und dann ausbluten lassen«, ergänzte Dr Quint.

Das Bedürfnis des Wissenschaftlers, das vollständige Bild zu zeigen, hatte Fennimore in jener Zeit gerettet. Es rettete ihn auch jetzt.

»Sie haben etwas vergessen«, sagte er. »Der Mann hat ihr die Augen genommen.«

Alle wandten sich ihm zu.

»Die Augen spielen eine wichtige Rolle in den Präsentationen dieser Art von Raubtier«, sagte Dr Detmeyer. »Der Wunsch, zu sehen und gesehen zu werden.«

»Oder zu sehen und *nicht* gesehen zu werden«, sagte Varley. »Einem Opfer die Augen herauszuschneiden geht über funktionale Gewalt hinaus – also das, was er bräuchte, um sein Opfer zu überwältigen und gefügig zu machen. Diese Ebene von Gewalt bringt eher ein inneres Narrativ zum Ausdruck, das wir ›expressive Gewalt‹ nennen.«

Allen war klar, dass er mit »wir« meinte: »wir in Großbritannien«.

»Was *wir* seine ›Signatur‹ nennen würden«, sagte Detmeyer. »Aber wir wollten ja technische Ausdrücke vermeiden, oder, Professor?«, fügte er trocken hinzu.

Die Muskeln um Varleys Augen zuckten. Fennimore hatte den Eindruck, dass er sich provoziert fühlte, aber nach einer Weile neigte er leicht den Kopf und nahm Detmeyers höflichen Tadel hin.

Detmeyer schaute den Anwesenden ins Gesicht. »Einfach ausgedrückt, das Herausschneiden der Augen ist der äußerliche Ausdruck seiner Fantasien.«

»Der Täter hat die Fantasie, seinen Opfern die Augen herausschneiden zu wollen?«, fragte Dunlap.

»Aber den anderen Opfern hat er die Augen nicht herausgeschnitten, er hat sie nur mit Klebeband zugeklebt«, sagte Simms.

»Das ›Blind-Machen‹ ist in diesen Morden bildlich zu verstehen«, sagte Varley. »Symbolisch.«

Detmeyer nickte. »Bei Sharla Jane hatte er genug Selbstvertrauen gewonnen, um seine Fantasie wirklich auszuleben.«

Varley stimmte zu, aber Simms schüttelte den Kopf.

»Verzeihen Sie, Gentlemen, aber das ist mir etwas zu dünn. Seit Jahren entführt und ermordet er Frauen und Kinder, und jetzt soll er plötzlich anfangen, sie wirklich blind zu machen?«

»Böse Männer ändern sich halt genauso wie gute«, sagte Varley abschätzig.

Dunlaps Handy klingelte. Er entschuldigte sich und zog sich zu dem Tisch mit den Getränken und Keksen zurück.

»Sie sagten es doch selbst, Professor Varley«, erinnerte ihn Simms. »Das ›Erblinden-Lassen‹ war immer schon Teil seiner Fantasie – es ist nicht nur ein Modus Operandum, auf den er bei bestimmten Gelegenheiten zurückgegriffen hat.«

»Modus Operandi«, korrigierte Varley sie.

Simms wurde knallrot, und Fennimore sagte: »Warum bleiben Sie nicht bei der Psychologie und sparen sich Ihre Grammatikübungen auf, um Ihre Studenten zu beeindrucken?«

Etliche Augenbrauen gingen in die Höhe, und Varley war sichtlich empört.

»Wollten Sie andeuten, dass irgendetwas die Verhaltensänderung bewirkt haben könnte, Chief Simms?« Detmeyer schien ernsthaft über die Frage nachzudenken.

»Plötzlich schneidet er einem Opfer die Augen heraus,

statt sie ihm zuzukleben. Und er lässt es verbluten, statt es zu ersticken«, sagte Simms. »Es *muss* irgendetwas geschehen sein.«

»Gehen Sie davon aus, dass Sharla Jane das erste Opfer war, das er hat ausbluten lassen?«, fragte Professor Varley.

»Wir wissen es nicht. Vielleicht waren die anderen Obduktionen nur einfach nicht so gründlich wie die von Dr Quint«, sagte Simms.

»Oh, herzlichen Dank«, sagte Dr Quint, die jetzt demonstrativ mit dem Akzent des Mittleren Westens sprach. »Professor Varley, wir haben mindestens drei Leichen mit den gewöhnlichen Ausprägungen von Totenflecken. Und die hätten wir nicht, wenn er die Opfer hätte ausbluten lassen.«

Fennimore zog eine Schulter hoch. »Mit der Wissenschaft sollte man sich nicht anlegen. Unser Mann hat offenbar sein Verhalten geändert, und zwar radikal.«

»Ich stimme Ihnen zu«, sagte Detmeyer in seiner ernsten, unpathetischen Art. »Und er wird übermütig. Seinen Fußabdruck im Trailer zu hinterlassen …«

»Und das ist nicht alles, was er hinterlassen hat.« Dunlap war zu den anderen zurückgekehrt. »Ich habe soeben mit Roper gesprochen. Sie haben hinten an den Trägern für die Gardinenstange einen Teilabdruck vom rechten Zeigefinger und einen schönen Daumenabdruck gefunden.«

# 35

Daheim. Jetzt kann er sich entspannen, alles von sich abfallen lassen und die Aufnahme anschauen, die sein Leben verändert hat. Das ist, als würde er zuschauen, wie Geschichte gemacht wird. Fast verspürt er so etwas wie Ehrfurcht. Seine Finger zittern ein wenig, als er auf den Wiedergabeknopf an seinem Rekorder drückt.

Auf dem Bildschirm ist er maskiert und von Kopf bis Fuß in Schwarz gekleidet.

Sharla Jane liegt unter dem Hundertdreißig-Pfund-Gewicht und kämpft um Luft. Er kann sich noch erinnern, dass er darüber nachdachte, ob er noch eine Platte hinzufügen sollte, um auf hundertfünfzig zu kommen.

Der Adrenalinstoß nach seinem Triumph über Fergus ist mittlerweile abgeklungen, und in seiner Magengrube macht sich ein unbehagliches Gefühl breit. Die Kameras sind bereits eingerichtet, das Gewicht liegt an Ort und Stelle, und so beginnt er schließlich mit seiner Arbeit. Er hievt das Gewicht hoch und filmt die Frau, bis sie wieder voll bei Bewusstsein ist, um die Platte dann wieder auf sie hinabzusenken, so wie es ihm immer befohlen worden war. Die tyrannische Stimme seines Komplizen ist noch nicht zum Schweigen gebracht, zumindest nicht in seinem Kopf. Sosehr er sie auch hasst, er ist es gewöhnt, Befehle zu empfangen. Aus Sorge, er könne einen Fehler machen und sie könne ihm zu schnell wegsterben, hebt er die Platte schon nach kaum fünfzehn Sekunden wieder an, noch bevor sie das Bewusstsein wieder verloren hat.

Sobald sie Luft bekommt, beginnt sie zu husten und zu gurgeln und zu flehen.

Da er nicht antwortet, verstummt sie irgendwann. Außerhalb der Todeskammer ist es still; nur manchmal hört man in der Ferne das tiefe Brummen eines vorbeifahrenden Lkws. Er kann fast *hören*, wie sie lauscht und darauf wartet, dass das Quietschen des Flaschenzugs wieder einsetzt und das luftabschnürende Gewicht sich wieder auf ihre Brust herabsenkt.

Er kann nicht die ganze Nacht herumstehen und sich fragen, was er tun soll. Also nimmt er mit einem leisen Fluch die Spannung vom Gewicht und wickelt das Seil vom Feststellhaken. Sofort beginnt sie zu flehen, und er beeilt sich, um sie dann in seiner Nervosität zu lange unter der Platte liegen zu lassen. Als er das Gewicht wieder hochzieht, kommt sie nicht mehr zu Bewusstsein; er muss die Plastikfolie abwickeln, um Wiederbelebungsmaßnahmen zu ergreifen.

Als sie zu sich kommt, ist er so erleichtert, dass er sich auf die Hacken hockt und den Kopf in die Hände legt, damit die Kamera seine Tränen nicht erfasst. Das scheint das Ende. Er steht in einer Weise neben sich, dass er denkt: *Ich kann das nicht*. In ferner Vergangenheit hätte er um Verzeihung gebeten, aber jetzt ist er eine andere Person – eine andere sogar als gestern noch. Fergus hat nie etwas anderes getan, als Befehle zu erteilen und ihm das Gefühl zu vermitteln, er stehe im Weg.

Er sieht sich selbst, wie er zu dem Flaschenzugmechanismus hinaufschaut, und spürt plötzlich wieder dieses Gefühl, von innen ausgehöhlt zu werden. Der Flaschenzug, eine von Fergus' »Verfeinerungen« – er war einfach nur ein Mittel, ihn aus dem Weg zu schaffen.

»Das ist nicht das, was ich will. Das habe ich nie gewollt«, sagt er laut.

Sharla Jane schluchzt erleichtert auf. »Nein ... das weiß ich.« Der Tubus hat ihre Stimme beschädigt, und so rasselt es in ihrer Kehle, wenn sie flüstert. »Du musst niemandem wehtun.«

»Halt den Mund«, sagt er. »Mit dir redet niemand.« Seine Finger zupfen nervös an seiner Hosennaht. »Ich wollte nur sagen, dass ich es auf meine Weise mache.«

Er klingt wie ein Kind. Wieso zum Teufel gibt er eine Erklärung ab? Und das auch noch vor ihr.

Ihre Augen sind zugeklebt. Eigentlich muss er jetzt an ihre Augen, aber er rührt sich nicht. Er kann sich erinnern, dass sein Mund plötzlich staubtrocken war vor Angst, das Klebeband abzunehmen, um ihr in die Augen zu schauen.

Plötzlich wird ihm bewusst, dass sie redet, die Stimme leise und zögernd.

»Bitte ... Ich weiß, dass ich kein guter Mensch war, aber Riley – er hat noch das ganze Leben vor sich. Er hat niemandem etwas getan.«

»Tja, so geht's. Aber so unschuldig, wie du denkst, ist er auch wieder nicht.«

»Er ist ein *Kind.*« In ihrer Stimme schwingt Mitleid mit. Fast verspürt er Mitleid mit sich selbst.

»Wenn dir irgendetwas an dem Jungen liegen würde, hättest du die Finger vom Meth gelassen. Wenn dir irgendetwas an dem Jungen liegen würde, hättest du ihm das alles nicht zugemutet.«

»Eine Zeit lang war mir der Stoff wichtiger als er. Aber ich habe nie aufgehört, mich um ihn zu kümmern.« Tränen sickern unter dem Klebeband hervor, das sich bereits zu lösen beginnt. »Und die Scheiße, die ich angestellt habe, ist nicht Rileys Fehler«, sagt sie. »Das ist mein Fehler. Bestraf mich, aber bestraf nicht ihn.«

»KANNST DU VERDAMMT NOCH MAL AUFHÖ-

REN, MIR ZU SAGEN, WAS ICH TUN SOLL?«, brüllt er unkontrolliert und wild um sich spuckend. »*Niemand* sagt mir, was ich zu tun habe.«

»Nein.« Sie schluchzt und zittert und ertrinkt fast in ihren Tränen und der Rotze. »Nein, ich weiß. Es tut mir leid. Das war nicht so gemeint.«

Er holt tief Luft, und noch einmal und noch einmal. Er saugt die Luft in sich hinein, als wäre es Medizin. Gleichzeitig weicht er vor Sharla Jane zurück, da er ihr am liebsten die Eingeweide aus dem Leib reißen würde und panische Angst davor hat, die Kontrolle zu verlieren.

Diesen Teil sollte er herausschneiden, da er keine gute Figur macht. Normalerweise bearbeitet aber Fergus die Filme, und er weiß nicht, ob er das überhaupt kann.

»Es tut mir leid«, sagt sie wieder. Ihre Stimme klingt zittrig, aber sie gibt sich Mühe, nicht zu weinen. »Kann ich das irgendwie wiedergutmachen?«

Sie bietet ihm Sex an, obwohl er sich den einfach nehmen könnte. Das ist fast schon witzig. Er geht mit seinem Mund dicht an ihr Ohr und sagt: »Das wird sich zeigen.«

Er könnte ihr erzählen, dass der Junge entkommen ist, aber er sieht keinen Grund dafür. Ihn selbst hat nie jemand getröstet. Ihm hat nie jemand gesagt, dass es nicht seine Schuld ist. Oder ihm angerechnet, was er getan und wie sehr er sich bemüht hat.

*»Glaikit gull«*, murmelt er.

Als er auf die Frau hinabschaut, spürt er plötzlich selbstgerechten Ärger in sich aufsteigen. »Ich tu alles, damit es dir gutgeht«, sagt er. »Ich behandele dich anständig. Ich behandele dein Kind anständig. Ich bringe regelmäßig Geld heim. Ich verschaffe dir ein schönes Zuhause. Aber du kriegst den Hals nicht voll.« Er schüttelt den Kopf. »Wenn du einer Frau etwas schenkst, will sie immer nur mehr.«

Er bückt sich und holt aus der Leinentasche auf dem Boden hinter sich ein Teppichmesser. Damit schneidet er das Klebeband über ihren Augen durch. Sie schnappt nach Luft und zappelt, um dem kalten Metall zu entkommen. Instinktiv weicht er zurück und spürt einen scharfen Schmerz in der Wunde an seiner Hand.

»Hey«, sagt er. *»Hey!«*

Sie beruhigt sich, ihr Atem geht schnell und flach.

»Du musst stillhalten.« Er drückt den Verband auf den Daumen, um das neuerlich hervorschießende Blut zu stillen, und verzieht hinter der Maske das Gesicht. Die tiefe Fleischwunde macht die Arbeit beschwerlich, aber schließlich hat er das Klebeband von Gesicht und Haaren gelöst.

Die Augen weit aufgerissen und nass vom Weinen, muss sie unter den hellen Strahlern blinzeln. Er fährt ihr mit seiner breiten Hand übers Gesicht und wischt sich die Hand am Hosenboden ab. Dann nimmt er neues Klebeband und wickelt es immer wieder um Stirn und Bretter, um sie fest an die Palette zu binden.

»Das tut doch nicht weh, oder?«

Sie versucht, den Kopf zu schütteln, und sagt: »N-nnn-n.« Das Klebeband verhindert jede Bewegung, und reden kann sie auch nicht, weil sie in Panik ist. Erst jetzt wird ihm bewusst, dass er sich über sie gebeugt hat und das Teppichmesser nur ein paar Zentimeter vor ihrem Gesicht schwebt.

»Ich weiß«, sagt er besänftigend. »Ich weiß.«

Später wird er sich die Aufnahmen der anderen Kameras anschauen und prüfen, ob die Szene aus ihrem Bildwinkel noch näher wirkt.

Er zieht die Klinge wieder ein, steckt das Teppichmesser in den Hosenbund und streicht ihr übers Haar; fast summt er dabei. »Ist es so besser?«

Nun, da die eine Bedrohung fort ist, konzentriert sie sich

aber sofort auf die nächste und starrt auf das Gewicht über ihr. Getröstet wirkt sie nicht im Mindesten.

Er lächelt. »Manchmal ist es besser, wenn man nicht sieht, was auf einen zukommt, was?« Sie antwortet nicht, aber das muss sie auch nicht – es steht ihr ins Gesicht geschrieben, was sie denkt.

»Ich hole jetzt das Teppichmesser heraus und schneide den Rest von der Klarsichtfolie ab, ja?«

»Mhm«, macht sie, den Blick auf die große Scheibe gerichtet, die über ihr schwebt.

Die Klinge ist so scharf wie ein Rasiermesser, und so ist er im nächsten Moment schon fertig und wirft das Teppichmesser in die Tasche zu seinen Füßen. Bei dem plötzlichen Geräusch schreit Sharla Jane auf.

»Schsch«, macht er. »Alles ist gut.«

Er kramt in der Reisetasche herum, holt eine sterile Packung heraus und reißt sie auf. Dann bückt er sich und holt noch eine zweite und dann noch eine dritte heraus. Schließlich spießt er mit dem kleinen Finger eine Rolle Papierpflaster auf. Er breitet alles auf Sharla Janes Bauch aus, weil er dort am besten drankommt. Nachdem er sich auf diese Weise vorbereitet hat, tastet er in der Nähe der Leiste die Muskeln ihres Oberschenkels ab und arbeitet sich mit den Fingerspitzen beider Hände zum Knie vor. Sie hat nicht viel Fett am Leib, daher ist es leicht, die Furche zwischen den beiden großen Muskeln zu finden, wo im Innenbereich des Oberschenkels die Vene verläuft. Die Finger der linken Hand lässt er liegen, damit er die Vene nicht wieder verliert, und nimmt dann die Subkutanspritze mit der dicken Kanüle. Der Schlauch ist bereits daran befestigt. Sterilisieren ist nicht nötig.

»Das gibt jetzt einen kleinen Pieks«, sagt er.

Als er die Nadel hineinsticht, jault sie leise auf und versucht, den Kopf zu heben. Er drückt den Schlauch mit einer Klemme ab, um ihn mit dem Abflussbeutel zu verbinden, ohne eine Schweinerei zu veranstalten. Den Beutel legt er auf den Boden. Als er die Klemme wieder löst, fließt sofort Blut.

»Was tust du da?« Sie starrt ihn an, entsetzt, flehend. Er aber sieht ein anderes Gesicht, eines, das ihn in seine Träume verfolgt und sein Leben seit seinem achten Lebensjahr blutrot färbt.

»Hör auf«, ruft er. »Hör auf, mich anzusehen. Ich ertrage es nicht, wie du mich ansiehst. Was erwartest du denn von mir? ICH KANN DIR NICHT HELFEN.«

Sie schließt die Augen und wimmert, und mit einem Mal ist sie wieder die gute, alte Sharla Jane.

Er stoppt den Blutabfluss und beruhigt sie und redet auf sie ein, bis sie sich wieder gefasst hat. Es soll ja nicht zu schnell gehen, und die Gefahr besteht, wenn sie sich aufregt.

»Okay?«, fragt er, als er ihre Hand hält und ihr den kalten Schweiß aus dem Gesicht wischt. »Geht es dir jetzt besser?«

»Bitte tu das nicht«, sagt sie. »Bitte!«

»Möchtest du, dass ich aufhöre?«

Sie will nicken, aber das geht nicht. Er dreht sich zur Kamera um.

»Möchtest du, dass ich aufhöre?«

»Mit wem redest du? Bitte, *bitte*, warum tust du das?«

»Irgendwo da draußen ist einer, der das sehen möchte. Einer dieser Perversen, die sich Pay-per-View-Pornos anschauen, in der einen Hand die Mastercard, in der anderen ihren Schwanz. Solche Leute geilen sich an der Angst und dem Schmerz in den Augen sterbender Frauen auf. Für sie ist es der ultimative Kick, mit anzusehen, wie das Licht in ihren Augen erlischt.« Er bückt sich, um in der Leinentasche nach etwas zu suchen, dann richtet er sich auf und schaut wieder in die Kamera. »Ich bin nicht so.«

Mit Zeigefinger und Daumen zieht er ihr Augenlid hoch, wartet, bis sie ihn anschaut, und zeigt ihr dann, was er in der Hand hat. Das Teppichmesser. Seine Spitze ist direkt auf ihr rechtes Auge gerichtet.

»Nein.« Sie atmet so heftig, dass sie die Worte kaum herausbekommt. »Bitte … nicht.«

»Vertrau mir«, sagt er. »Manchmal ist es besser, wenn man nicht sieht, was passiert.«

Sie beginnt zu schreien.

»Das ist schon okay«, sagt er. »Schrei du ruhig, wenn du dich dann besser fühlst. Hier kann dich sowieso niemand hören.«

Der schwarz gekleidete Mann steht mitten in einem großen, rechteckigen, fensterlosen Raum. Er ist umgeben von Kameras, Stativen, Strahlerlampen und einem Laptop mit Webcam. Das Signal wandert durch Kabel und Stahlwände zu einer Satellitenschüssel an einem großen, rostroten Schiffscontainer, der, gut abgeschirmt von einer leeren, staubigen Straße, auf einem verlassenen, trostlosen Grundstück steht.

# 36

**Haus der Tulks, Williams County, Oklahoma
Nachmittag**

Marsha Tulk ist mit der Buchführung beschäftigt. Sie mag diese Zahlenjonglierereі, wie sie es nennt, und sitzt gerne in dem kleinen Büro mit Blick auf den Vorplatz, wo sie das Kommen und Gehen ihrer Familie im Blick hat. Im Hof ist es ruhig; Harlan und Bryce liefern aus, und Tyler kümmert sich um die Cannabis-Plantage im Wald. Und Waylon – nun, der Junge liegt vermutlich noch im Bett. Die Bücher listen Einkünfte, Kosten und Ausgaben des Tomatenhandels auf und verzeichnen einen bescheidenen Gewinn. Davon bezahlt sie ihre Jungs, um die Steuerbemessungsgrundlage zu minimieren und dem Staat nach Abzug der Ausgaben seinen Anteil zukommen zu lassen. Die Einkünfte aus dem Marihuana gehen natürlich nicht in die Kalkulation ein; diese Zahlen befinden sich nur in ihrem Kopf. Aber da die Kosten für Dünger, Bewässerung und Zäune über die Tomaten abgerechnet werden, kommen auf der Ausgabenseite nur die Kosten für Saatgut und Transport hinzu und gelegentlich noch ein paar Dollar, um die Räder dieser kleinen Geldmaschine zu schmieren.

Sie arbeitet die Quittungen ab und spießt alle, die sie schon im Computer hat, auf einen Dorn, fast hypnotisiert von dieser alltäglichen Routine.

Die erste Überraschung ereilt sie, als die Tür aufknallt und Waylon hereinschießt, angezogen und hellwach. »Momma, schnell, du must dir etwas anschauen.«

Die zweite Überraschung ist, dass er Nachrichten gesehen hat.

Auf dem Bildschirm sieht man rote und blaue Blinklichter – einen Cruiser und einen SUV, vor denen ein Sheriff steht. Die nächste Aufnahme zeigt einen Trailer.

»Warum soll ich mir das anschauen, Waylon?«, fragt sie und hält dann inne. Die Kamera schwenkt zur Einfahrt einer Wohnwagensiedlung: Es ist Lambert Woods, die Siedlung der Tulks. »Drogenfahndung?«, fragt sie.

Ihr jüngster Sohn spult den Festplattenrekorder zurück.

»Waylon, ich habe dich etwas gefragt.«

»Ich versuche ja schon, dir zu antworten, Ma.«

Bei einem Bild hält er an. Es ist ein Schulfoto, das ohne jeden Zweifel den Jungen zeigt, Red. Die Bildunterschrift lautet: ›Riley Patterson: VERMISST.‹ Nun, sie hatte sowieso nicht geglaubt, dass er Caleb heißt. Der Ticker am unteren Bildrand nennt die Notrufnummer des National Centre for Missing and Exploited Children. Der Moderator erklärt, dass der Junge am letzten Schultag noch in der Grundschule von Hays gewesen sei und dass er mit seiner Mutter in der Wohnwagensiedlung Lambert Woods gewohnt habe – derselbe Junge, der geschworen hat, dass seine Mutter tot ist und er vor einer Pflegefamilie flieht.

Marsha Tulk schaut sich die Nachrichten fünf Minuten lang an und ist dann im Bilde.

Ihr Sohn wird indes immer nervöser.

»Momma, dieser Trailer ist der letzte vor dem Wald«, sagt er schließlich. »Er kann nicht weiter als eine Meile von einer der Plantagen entfernt sein.«

Sie schaut ihn an und denkt: *Der Junge hat mich belogen.*

»Momma, dieser Junge wird die Polizei hierherlocken«, sagt Waylon und zeigt mit der Fernbedienung auf den Fernseher. »Wir müssen ihn melden.«

»Ich kenne Ort und Koordinaten jeder Plantage, die wir in diesem Wald haben, mein Junge«, sagt sie. »Und ich bin es, die entscheidet, was ›wir‹ tun müssen.« Sie lässt ihm einen Moment Zeit. »Haben wir uns verstanden?«

Er zögert und legt die Fernbedienung dann weg, als wäre sie eine geladene Waffe. »Ja, Momma.«

»Gut«, sagt sie. »Du kannst den Jungen jetzt holen.«

Mrs Tulk wirkt stinksauer.

Waylon hatte ihm nicht verraten wollen, worum es geht, aber Red ist klar, dass es nichts Gutes sein kann. Obwohl es ihm allmählich besser geht, ist sein Magen wieder in Aufruhr, und seine Beine geben nach.

Mrs Tulk wartet auf der Veranda. »Du wirst mir ein paar Dinge erklären müssen«, sagt sie.

»Ma'am, ich …«

Sie hebt einen Finger. »Bevor du etwas sagst, solltest du nachdenken.«

Seit seiner Ankunft hier hat er nichts anderes getan. Als ihn die Leute an jenem Morgen aus der Grube gehievt hatten, war er so verängstigt, dass er nur noch fortwollte. Aber jetzt, nachdem er so viel nachgedacht hat, plagt ihn die Angst, dass sie ihn wegschicken könnten. Jeder in der Gegend hier weiß, dass mit den Tulks nicht zu spaßen ist, und das bedeutet, sie spaßen nicht mit dir. Der Gedanke, dass sie ihn einfach fortschicken könnten, macht ihn geradezu sprachlos.

»Bist du stumm geworden?«, erkundigt sie sich. »Oder fragst du dich, in was für Lügen du dich verstrickt hast?« Sie schaut ihn eindringlich an, ohne etwas zu sagen. Red hat das Gefühl, als hätte man ihm die Seele herausgerissen, in Stücke geschnitten und an der falschen Stelle wieder eingesetzt.

Als er zu zittern anfängt, seufzt sie. »Du kommst wohl besser mit rein und schaust dir das mal an.«

Auf dem Bildschirm sieht man sein Gesicht mit einer Bildunterschrift, daneben das CNN-Logo.

»Warum wirst du von der Polizei gesucht?«

Aus dem eingefrorenen Bild auf dem Fernsehbildschirm lässt sich nichts schließen, also spekuliert er darauf, dass sie die volle Wahrheit nicht kennt, und hebt seine Handflächen an. »Ich habe ein bisschen Geld gestohlen, als ich von meinen Pflegeeltern ...«

Sie verpasst ihm einen derart heftigen Schlag mit den gelblichen Knöcheln ihrer Rechten, dass sein Kopf beiseitegeschleudert wird und seine Halswirbel knacken.

»Tisch mir ruhig noch eine Lüge auf«, sagt sie mit einem Gesicht wie eine geballte Faust. »Du wirst schon sehen, was passiert, wenn du mich so richtig auf die Palme treibst.«

In seinem Kopf hallt der Schlag noch wider, als er ihr schließlich alles erzählt, auch das von seiner Mutter, die er im Bett gefunden hat, gefesselt und mit Klebeband auf dem Mund. Er erzählt von dem Schatten im Zimmer seiner Mutter, der sich von der Wand gelöst hat und auf ihn zugekommen ist.

»Ein Schatten? Da musst du dir schon etwas Besseres einfallen lassen.«

In ihrem heißen Wohnzimmer rinnt ihm der Schweiß den Rücken hinab, aber gleichzeitig bläst ein eiskalter Wind durch ihn hindurch. »Ich konnte sein Gesicht nicht sehen – er *hatte* kein Gesicht.«

Waylon rutscht unruhig hin und her, aber sie befiehlt ihm still zu sitzen. »Jetzt aber mal Klartext«, fordert sie Red auf.

Red sieht ein schattenhaftes Gesicht vor sich, etwas, das sich aus der Dunkelheit herausschält. Ein Gesicht wie eine leere Tafel, auf die man alles schreiben kann, wovor man am meisten Angst hat. Aber das ist Kinderkram. Das sind Märchen für unbedarfte Kinder, die nicht wissen, dass die schlimmsten Dinge von Menschen getan werden.

»Willst du mir mitteilen, dass er eine Maske getragen hat?«

*Eine Maske.* Plötzlich kommt er sich furchtbar dumm vor.

»Ja, Ma'am«, sagt er. »Eine Maske, das war's.«

»Ein Mann mit Maske kam also auf dich zu.«

Er nickt, und sein eigenes Foto im Fernsehen lächelt ihn an, als wäre es im Bilde.

»Wer war das?«

Er runzelt die Stirn. »Ich weiß es nicht.« Schnell duckt er sich weg, als erwartete er den nächsten Schlag. Der kommt nicht, aber ihr Gesicht ist so grimmig, dass ihm klar ist, dass er es nicht dabei bewenden lassen kann. Er hat sich alle Mühe gegeben, nicht darüber nachzudenken, was in jener Nacht geschehen ist, und jetzt will diese Frau Dinge von ihm wissen, die nur den Wunsch in ihm wecken, für immer zu verschwinden.

»Was hast du gedacht, als sich dieser Schatten von der Wand gelöst hat und auf dich zukam?«

»Boogeyman«, sagt er. Im selben Moment wünscht er sich, er hätte sich lieber auf die Zunge gebissen, denn Waylon kichert und macht *Huhuuu.*

Mrs Tulk wirft ihm einen Blick zu. Sofort entschuldigt sich Waylon und entfernt sich ein paar Schritte von ihr.

»Das ist verständlich«, sagt sie. »Andererseits weißt du sicher, dass es so etwas nicht gibt, oder?«

»Natürlich weiß ich das.«

Waylon schnaubt, und Red wirft ihm einen Blick zu, in dem all der Hass liegt, zu dem sein Herz fähig ist – etwas zu *wissen* und etwas zu *glauben* ist nämlich keineswegs dasselbe. Klar weiß er, dass der Boogeyman eine Schauergeschichte ist, mit der man kleine Kinder erschreckt. Aber am letzten Abend hat er wirklich geglaubt, dass der Boogeyman bei ihm und seiner Momma im Raum war. Und im Wald war er sich absolut sicher, dass es der Boogeyman war, der hinter ihm hergerannt ist.

Sie schaut ihn an und runzelt die Stirn, als versuchte sie sich einen Reim auf die Sache zu machen. »Spiel die Aufnahme ab, Waylon«, sagt sie, und er drückt die Wiedergabetaste des TiVo. Da sind Leute und Blinklichter und Nachrichtenkameras. Dann erscheint ein Foto von ihrem Trailer auf dem Bildschirm. Vor der Haustür hängt Absperrband.

Red schaut ängstlich zu Mrs Tulk auf. »Richtig, ich weiß jetzt, wo du herkommst, Kind«, sagt sie. »Ich weiß eine Menge über dich. Das solltest du bedenken, wenn du mir jetzt den Rest erzählst.«

»Ja, Ma'am.«

»Du bist also heimgekommen. Was war das Erste, das du getan hast?«

»Ich hatte Hunger und habe mir ein Sandwich und eine Cola genommen.«

»Sagtest du nicht, deine Momma hat dich früher erwartet?«

»Ja, Ma'am. Aber das Haus war dunkel, also dachte ich, sie sind im Bett oder ohne mich ausgegangen.«

*»Sie?«*, hakt sie nach.

»Momma und ihr Lover – er heißt Will, aber ich nenne ihn Mann mit der Matte, wegen seiner Haare.«

»Ach ja?«, sagt sie mit leicht zusammengekniffenen Augen.

»Zu ihm sage ich das natürlich nicht«, fügt er hinzu.

»Dieser Mann mit der Matte soll also mit deiner Momma dort gewesen sein?«

Red nickt. Er sieht, dass er offenbar etwas Wichtiges gesagt hat, aber er weiß nicht, was. Bevor er eine Idee hat, wechselt sie schon das Thema.

»Warum bist du in den Wald gerannt?«, fragt sie. »Warum bist du nicht einfach zum Büro des Verwalters gegangen?«

»Das wollte ich ja. Aber am Zaun wohnt wirklich ein Perverser – er heißt Goodman und fragt mich immer, ob ich nicht in seinen Trailer kommen möchte.« Er wirft ihr einen schuldbewussten Blick zu. »Das ist auch der Typ, dem ich das Bier geklaut habe. Er hat mir ein Bein gestellt, und ich habe ihm eine verpasst und bin dann auf und davon. Dann weiß ich nur noch, dass ich irgendwann im Wald war.«

»Was hast du dir dabei gedacht?«, fragt sie. »Ein böser Mann ist hinter dir her – du hättest irgendwo hingehen sollen, wo Menschen sind.«

Er weiß nicht, was er gedacht hat oder ob er überhaupt etwas gedacht hat, als er nach der Begegnung mit dem Perversen einfach losgerannt ist. Zwischendurch hatte er wohl mal die verrückte Vorstellung, dass er den Mann ohne Gesicht in eine Falle der Tulks locken und dann nach Hause laufen und seine Mutter befreien könnte. Die beschämende Wahrheit ist aber wohl, dass er einfach weitergelaufen ist, weil er Angst hatte.

»Ich bin einfach gerannt.« Er lässt den Kopf sinken.

»Du bist nicht einfach *gerannt*. Du bist in den Kofferraum eines fremden Autos geklettert. Was hat dich denn da geritten?«

»Ich …« Er hält inne. Er würde ihr erzählen müssen, dass er schon einmal bei der Plantage war und auch in dieser Sache gelogen hatte.

»Ja? Ich werde es ohnehin bald erfahren, da kannst du mir genauso gut gleich die Wahrheit sagen.«

Er holt Luft und lässt es dann heraus. »Ich hatte mich schon mal in Bryce' Pick-up versteckt und mit nach Hays nehmen lassen. Als ich die Scheinwerfer sah, dachte ich also, ich krieche in den Kofferraum, klettere in der Stadt wieder heraus und rufe den Sheriff. Ich habe mich versteckt, bis Harlan sein Werkzeug im Kofferraum verstaut hatte, und bin dann hineingeklettert, als er die Wasserhähne zugedreht hat. Aber er ist gar nicht in die Stadt gefahren – er hat nur Nebenstraßen genommen. Also habe ich versucht, das Schloss aufzubekommen, aber das ging nicht. Dann haben wir angehalten, und Harlan ist mit dem anderen Mann weggefahren. Sie waren die ganze Nacht weg. Und danach war es dann schon zu spät.«

»Was zum Teufel meinst du mit, ›danach war es dann schon zu spät‹?« Sie schaut ihn grimmig an. »Hast du denn gar nicht an deine Momma gedacht? Warum hast du Harlan nicht einfach um Hilfe gebeten, statt dich dort in der Gegend herumzuschleichen?«

Red wendet den Blick ab, aber sein Foto ist im Fernsehen und beobachtet ihn, daher schaut er sie wieder an und beschließt, ehrlich zu sein. »Ich habe gesehen, was Sie da auf der Lichtung anbauen«, sagt er. »Ich dachte, dass Sie vermutlich nicht begeistert sind, wenn ich die Polizei rufen will.«

Mrs Tulk kratzt sich am Kinn. »Das ist wohl wahr. Aber warum hast du gelogen, als du mir erzählt hast, vor wem du fliehst? Vielleicht hätten wir deiner Momma ja helfen können?«

Er schüttelt den Kopf. »Ich wusste doch, dass sie schon tot war.«

»Woher wolltest du das wissen, wo du doch im Kofferraum gesteckt hast?«

Er zeigt ihr sein altes ramponiertes Radio. »Ich habe es in

den Nachrichten gehört. Man hat Mama gefunden. Sie haben ihren Namen genannt und so.«

Nun dreht sie sich endlich um und stellt mit der Fernbedienung den Fernseher ab. Mit einem Mal wirkt der Raum viel dunkler. Riley Patterson holt tief Luft.

»Mrs Tulk, Ma'am«, sagt er und kann es nicht verhindern, dass seine Stimme bebt. »Werden Sie mich an die Polizei ausliefern?«

# 37

**Einsatzzentrale der Sonderermittlungsgruppe, Westfield, Oklahoma**

Detective Chief Inspector Simms saß Fennimore in dem zum Büro umfunktionierten Gesellschaftsraum des Motels gegenüber. Er redete über Skype mit Josh Brown, dem Doktoranden, der seine Sommerseminare übernommen hatte. Im vergangenen Winter hatte Simms bei einem großen Fall, in dem sie ermittelt hatte, mit Josh zu tun gehabt. Fennimore hatte ihn hinzugezogen, und sein psychologisches Wissen war fraglos von unschätzbarem Wert gewesen. Während aber Fennimore großes Vertrauen zu dem Studenten hatte, hielt Simms lieber Abstand. Josh Brown hatte ein unglaubliches Talent, andere aus der Reserve zu locken, während ihn selbst eine Aura von Geheimnis umwehte. Als namenloser Fremder hatte er damals die Freunde eines Opfers dazu überredet, persönliche Informationen über das Opfer preiszugeben, aber obwohl das zur Lösung des Falls beigetragen hatte, war Simms ihr schwelendes Unbehagen nie losgeworden. Vor der Anklage, die in Folge ihrer Ermittlungen erhoben wurde, hatte sie ihn durchleuchten lassen, aber er war nie polizeilich auffällig geworden. Warum hatte er sich also der Zeugenaussage vor Gericht entziehen wollen? Simms gegenüber war er ausweichend und nervös, und sie verspürte im Gegenzug eine Abwehr, die schon an Abneigung grenzte.

In diesem Moment diskutierten er und Fennimore die Befunde der Rechtsmedizinerin und die Schwierigkeiten, dem Mörder auf die Spur zu kommen. Der Doktorand stellte Fragen über Fragen. Komisch, dachte sie, dass eine derart zurückhaltende Person so neugierig war. Sie stand auf, um nicht in das Gespräch hineingezogen zu werden.

Deputy Hicks stand am Fenster, einen Eistee in der Hand, und Simms ging zu ihr hinüber. Am Morgen waren die Zikaden noch still gewesen, aber am Vormittag hatte Simms bereits ein paar zaghafte Rufe vernommen, ein gelegentliches Schnarren und Zirpen, und je stärker Hitze und Luftfeuchtigkeit stiegen, desto mehr Tiere stimmten in den Chor mit ein. Innerhalb der nächsten halben Stunde würde der Lärm losbrechen wie eine Kreissäge.

»Jetzt geht's gleich los«, sagte Simms.

Hicks sah über die Schulter. »Was?«

Simms zeigte mit dem Kinn aufs Fenster.

»Oh.« Hicks schaute auf die Polizeiwagen auf dem Parkplatz hinunter. Das gleißende Licht, das sie reflektierten, schien zum metallischen Geräusch der Insekten zu passen.

Hicks zuckte mit den Achseln. »Für mich ist das der Klang des Sommers.«

Simms verstand das als Abfuhr, daher griff sie achselzuckend nach einem Krug mit Eistee, um ihr Glas aufzufüllen und dann zu ihrem Schreibtisch zurückzukehren. Schließlich schaute die junge Frau sie aber an, den Kopf zur Seite geneigt und ein kleines Lächeln auf den Lippen.

»Sie haben zwei kleine Trommeln, genau hier«, sagte sie und zeigte auf ihren Unterleib. »Diese Trommeln dellen sie ein und aus, wie man es mit einer leeren Cola-Dose macht – nur dass diese Viecher es Tausende von Malen in der Sekunde schaffen.«

»Lassen Sie mich raten«, sagte Simms. »Enzyklopädie Fennimore.«

Hicks grinste und schwenkte das zerstoßene Eis in ihrem Glas. »Er ist bis an den Rand mit Fakten gefüllt, nicht wahr?«

»Und fühlt sich verpflichtet, sie mit anderen zu teilen«, sagte Simms lächelnd.

»Darf ich Sie etwas Persönliches fragen?« Hicks musterte sie, und Simms verspürte eine gewisse Nervosität angesichts dieser dunkel umrandeten blauen Augen.

»Fragen Sie ...«

»Haben Sie und der Professor ...?«

»Was sollen wir haben?«, fragte Simms, plötzlich mit kalter Stimme.

Die junge Frau senkte den Blick, richtete ihre Wolfsaugen dann aber wieder auf Simms. »Eine Art Beziehung?«

»Wie kommen Sie denn darauf?«, fragte Simms, um nicht antworten zu müssen.

»Er wirkt so ... beschützend, könnte man sagen.«

»Nichts als falsch verstandene Ritterlichkeit«, sagte Simms obenhin. »Ich kann selbst auf mich aufpassen. Außerdem bin ich nicht interessiert.« Sie hielt ihre Linke mit dem Ehering hoch.

»Ah«, sagte Hicks, wirkte aber nicht überzeugt. Einen Moment lang schauten sich die beiden Frauen nachdenklich an.

Ein Juchzer von CSI Roper ließ darauf schließen, dass etwas Interessantes hereingekommen war. »Wir haben soeben beim DMV den Jackpot geknackt. Für die Nicht-Amerikaner unter uns: Das ist unsere Kraftfahrzeug-Zulassungsstelle.« Er verband seinen Laptop mit dem Computer-Bildschirm, damit alle die Informationen zum Fahrer sehen konnten.

»Die Reifenabdrücke, die wir am Trailer sichergestellt haben. Thomas Holsten«, sagte er. »Berufskraftfahrer-Führerschein.«

»Ein Job im Speditionsbereich würde seine Abwesenheiten von zu Hause erklären«, sagte Dunlap.

»Trucker«, sagte Ellis finster. »Wenn ich das FBI wäre, würde ich die DNA von jedem Lkw-Fahrer ins CODIS stellen.«

Simms betrachtete den Mann auf dem Bild. Er war glatt rasiert, das Haar kurz geschnitten; selbst Hemd und Krawatte trug er. »Der Typ sieht eher wie ein Büroangestellter aus«, sagte sie.

»Er ist ein Chamäleon«, sagte Fennimore, der über seinen Computerbildschirm hinwegschaute. »Er passt sich an. Andere Klamotten und ein Bart, den man sich in wenigen Wochen stehen lassen kann, und schon könnte es unser Verdächtiger sein.«

»Führerschein aus Missouri«, sagte Ellis.

Der Kriminaltechniker nickte. »Gemeldet mit einer Postadresse in Joplin, Missouri. Das ist direkt jenseits der Grenze von Oklahoma«, fügte er für die Briten hinzu. »Aber ich würde nicht zu viele Hoffnungen darauf setzen, dass er noch dort ist. Der Führerschein ist sechs Jahre alt – Ablaufdatum Ende Juli.«

»Es gibt nur eine Möglichkeit, das herauszufinden«, sagte Dunlap.

Zwei Detectives wurden damit beauftragt, die Adresse in Joplin zu überprüfen. Zwei weitere Teams wurden darauf angesetzt, Speditionen in Missouri abzuklappern. Laut Zulassungsvermerk im Führerschein durfte der Mann einen *semi* fahren – einen Sattelschlepper also. Zudem durfte er keine Gefahrengüter transportieren. Blieb noch eine Menge zu kontrollieren, aber für die Einsatzgruppe war die Nachricht der reinste Energieschub. Zwei Detectives durchforsteten Grundbücher nach Immobilien, die Holsten gehörten oder deren Hypotheken auf seinen Namen liefen. Da der FBI-Psychologe der Meinung war, der Mann habe möglicherweise Beziehungen zum Williams County, begannen sie die Suche dort. Holsten könnte seine Fahrberechtigung dazu benutzt haben, eine Kreditkarte zu bekommen, daher konzentrierten sich zwei weitere Teams auf Kreditkartengesellschaften. Die Deputys des Sheriffs wiederum zogen mit dem Foto aus Holstens Führerschein durch die Tankstellen, Läden und Fast-Food-Restaurants um Hays herum.

Achtzig Minuten später kam ein Anruf vom Team in Joplin.

Als Dunlap ihn entgegennahm, richteten sich sämtliche Augenpaare auf ihn. »Ja«, sagte er, hörte eine Weile zu und sagte dann: »Ja. Okay. Kommt zurück.« Er beendete das Gespräch und schaute in erwartungsvolle Gesichter.

»Die Postadresse auf dem Führerschein gehört zu einem chinesischen Restaurant. Die Besitzer sagen, sie hätten dem Mann einen Raum über dem Restaurant vermietet und die Post für ihn aufbewahrt, aber er habe nie dort gewohnt und seit ein paar Jahren auch keine Miete mehr bezahlt.«

Die Suche nach Immobilien verlief ebenso enttäuschend. Zwei Thomas Holstens waren als Grundstücksbesitzer im Williams County verzeichnet: ein zweiundachtzigjähriger Bauer und ein Büro, das auf einen zugelassenen Therapeuten mit Hauptsitz in Tulsa eingetragen war. Ein Haus oder eine Wohnung waren nicht auf ihren Namen gemeldet. Jetzt dehnten sie ihre Suche auf den gesamten Bundesstaat aus.

»Er hat eine falsche Adresse genannt, um seinen Führerschein zu bekommen, also könnten die Dokumente, die er als Identitätsnachweis vorgelegt hat, ebenfalls gefälscht sein – Holsten ist vielleicht nur eines von mehreren Alias«, sagte Dunlap. »Wir können nur hoffen, dass wir über die Speditionen etwas erfahren.«

»Ich habe mit einem meiner Doktoranden gesprochen«, sagte Fennimore. »Es wäre ein Schuss ins Blaue, aber er denkt, wir sollten Online-Foren und E-Mails durchforsten, indem wir bestimmte Schlüsselwörter und Phrasen zu seinem Umgang mit den Opfern eingeben.«

Dunlap schüttelte bedauernd den Kopf. »Dazu haben wir leider nicht die Leute.«

»Dazu braucht man nicht viele Leute, sondern nur ein bisschen technisches Knowhow. Josh hat mir erzählt, dass es ein Programm namens ›Spider‹ gibt – das sucht dann für einen.«

Dunlap wandte sich an Dr Detmeyer. »Kann uns das FBI dabei helfen?«

»Natürlich.« Detmeyer zögerte. »Vielleicht dauert es ein, zwei Tage, bis wir das Okay dafür bekommen und es einrichten ...«

»Ein, zwei Tage haben wir nicht«, sagte Dunlap. »Wenn wir überhaupt eine Chance haben, Riley Patterson zu retten, müssen wir sofort etwas tun.« Als sich sein Blick auf den Team-Adam-Berater richtete, glühten seine Augen. »Mr Whitmore?«

Whitmore hatte bereits sein Handy in der Hand. »Die Techniker haben wir«, sagte er. »Ich sehe also keinen Grund, warum wir es nicht versuchen sollten.«

# 38

**Haus der Tulks, Williams County, Oklahoma**

Waylon hatte getan, was ihm aufgetragen worden war, und seine Brüder zusammengetrommelt. An ihren Gesichtern kann Marsha Tulk erkennen, dass ihre Jungs auf dem Heimweg heftig debattiert haben.

Harlan schaut sich in dem großen Wohnzimmer um. »Wo ist er?«

»Haley hat den Jungen mit an den Elm Creek genommen, um ein paar Welse fürs Abendessen zu fangen«, sagt seine Momma. »Das gibt uns die Möglichkeit, ungestört darüber zu reden, was wir nun tun sollen.«

Ohne dass jemand etwas gesagt hätte, weiß sie, dass ihre Söhne den Jungen am liebsten zum Sheriff's Office bringen würden. Allerdings wagt sich keiner als Erster damit hervor.

Sie spielt die Aufnahme von der Nachrichtensendung ab, obwohl Waylon ihnen zweifellos alles erzählt hat, und am Ende wirken alle bestürzt.

»Dieses ganze Tohuwabohu auf unserem Gelände – warum erfahre ich aus den Nachrichten davon?«, fragt Marsha und schaut Tyler an. Seine Aufgabe ist es, im Büro des Verwalters von Lambert Woods die Wocheneinnahmen abzuholen, daher ist er häufiger in der Siedlung als die anderen.

»Zerreißen kann ich mich auch nicht, Momma. Ich war draußen bei der Plantage. Sammy hat versucht, mich auf dem Handy zu erreichen, aber du weißt ja, wie der Empfang auf der Ostseite ist.«

Sammy war der Verwalter der Wohnwagensiedlung.

»Warum hat er dann nicht *mich* angerufen?«

»Hat er doch, Momma.«

Das muss sie sich in der Tat selbst zurechnen – immer ließ sie dieses verfluchte Ding irgendwo liegen.

»Egal, jedenfalls ist die Meute jetzt dort«, sagt sie.

»Und sie werden sicher hierherkommen und Fragen stellen«, sagt Bryce. Er ist der Zweitjüngste und der Bedenkenträger der Familie.

Harlan nickt zu der Karte auf dem Bildschirm hinüber. »Man hat ihre Leiche vierzig Meilen östlich der I-44 gefunden«, sagt er. »*Da* werden sie nach dem Jungen suchen.«

Ausnahmsweise hält Marsha Tulk die Bedenken ihres Zweitjüngsten für berechtigt. »Meinst du? Eine ganze Armee Polizisten scheint in der Siedlung zu sein, direkt vor unserer Haustür – nicht vierzig Meilen weit weg, mein Sohn.«

Harlan schnalzt missbilligend und schüttelt den Kopf. »Ich wusste, dass wir den Jungen wegschicken sollen.«

Sie kneift die Augen zusammen. »Ich kann mich nicht erinnern, dass du das gesagt hättest. Ich erinnere mich nur, dass Haley gesagt hat, sie wolle den Jungen behalten, und von dir keinerlei Einwand kam. Und dann erinnere ich mich noch, dass er in deinen Wagen und in Bryce' Pickup geklettert ist, ohne dass ihr etwas davon mitbekommen hättet.«

»Das bestätigt doch nur, was ich sage«, erwidert Harlan. »Der Junge ist gerissen.«

»Für ihn ging es um Leben und Tod«, hält sie fest.

»Trotzdem. Er wird uns nur Ärger bringen.«

»Das hat er schon«, sagt Tyler, der sich in Diskussionen nie besonders hervortut, sondern eher zu allem Ja und Amen sagt.

»Nicht der Junge hat die Polizei hergebracht. Das verdanken wir dem Mann mit der Matte, diesem Will. Wir verdanken es der Tatsache, dass er diesem Jungen die Mutter weggenommen und sie dann umgebracht hat.« Niemand schaut ihr in die Augen. »Aber wie Tyler schon sagte, uns steht Ärger ins Haus, in welcher Form auch immer. Was tun wir also?«

»Wir haben nichts mit der Sache zu schaffen«, sagt Waylon mit einem Achselzucken.

»Wir haben nichts damit zu schaffen? Wir haben *nichts damit zu schaffen?*« Wenn man Marsha Tulk verärgert, wird sie nicht schrill wie andere Frauen, sondern wettert wie ein Mann. »Pass bloß auf, mein Junge. In den Nachrichten heißt es, dass man noch in anderen Mordfällen ermittelt. Wir haben unseren Trailer an einen *Serienmörder* vermietet.«

»Momma, jetzt beruhige dich mal«, sagt Tyler. »Woher hätten wir das denn wissen sollen?«

Sie lacht, ein hartes, heiseres Geräusch. »Wenn sie bei uns anklopfen, werden wir mehr tun müssen, als uns auf unsere Unwissenheit zu berufen.«

»Ich habe mich bei Sammy erkundigt«, sagt Tyler. »Den Mietvertrag hat nicht er unterschrieben – das hat Sharla Jane getan.«

»Nun, das ist immerhin etwas«, sagt sie. »Hat einer von euch ihn mal gesehen?«

Die Brüder schauen sich an. Drei schütteln den Kopf, während Tyler sagt: »Von weitem. Er war ja selten dort. Die Frau hat die Miete gezahlt, und es gab keinen Ärger. Es bestand also kein Grund, zum Trailer zu gehen.«

Sie nickt. »Genau das erzählen wir der Polizei – dass man ihn kaum zu Gesicht bekam. Die Sache mit der Plantage erzählen wir lieber nicht.« Nun gestattet sie sich ein Lächeln.

»Und du denkst, das reicht, damit sie wieder verschwinden?«, fragt Harlan.

»Warum nicht?«

»Wie du schon sagtest, die haben die Kinder der Opfer nicht gefunden. All diese Kontingente, die jetzt in unserem Vorgarten lagern, werden nicht eher wieder gehen, bis sie den Wald durchkämmt haben.«

»Stimmt schon. Aber sie werden auch keine Veranlassung haben, den Jungen woanders zu suchen als im Wald von Lambert Hill hinter der Siedlung. Da stehen vielleicht siebzig Pflanzen – das wären wie viel? Zwölf Prozent des Gesamtbestands? Höchstens. Die Bauern haben während der Dürre letztes Jahr weit mehr verloren.«

»Wir haben diese Pflanzen gesät und zwei Monate lang gehegt und gepflegt, Momma. Willst du sagen, dass wir sie rausreißen sollen, um sie zu verbrennen, oder was?«

»Das habe ich mit keinem Wort behauptet. Ihr Jungs habt genug Zeit, um sie auszugraben. Wenn ihr das richtig macht, könnt ihr sie vielleicht sogar wieder einpflanzen.«

»Vielleicht ist die Polizei längst im Wald«, sagt Bryce. »Und wenn wir die Plantage nicht vor ihr erreichen, könnten wir weit mehr verlieren als zwölf Prozent – dann wandern wir nämlich alle in den Knast.«

Sie winkt ab. »Mit der Sache befassen wir uns, wenn es so weit ist.«

»In dieser Plantage stecken eine Menge Investitionen: Samen, Infrastruktur, Betriebskosten – von der Zeit und der Arbeit, die jeder von uns hineingesteckt hat, ganz zu schweigen.« Harlan ist jetzt ganz Geschäftsmann. »Wir werden – Tausende verlieren.«

Marsha Tulk ist erstaunt, wie wenig ihre Söhne über die finanziellen Verhältnisse der Familie wissen, obwohl sie sich da auch nicht groß wundern muss. Sie lässt sie schließlich bewusst im Unklaren über die geschäftliche Seite ihrer Aktivitäten. Vermutlich würden sie große Augen machen, wenn sie wüssten, was ihre Arbeit wert ist. Bryce und Waylon sind aber nicht die Fleißigsten, und ein Mann ist nur ein Mann, wenn er einer sinnvollen Arbeit nachgeht.

Selbst jetzt hält sie sich bedeckt, kann ihren Ärger aber nicht verhehlen. »Man könnte fast meinen, ihr Jungs habt eure Gedanken ganz woanders, wenn ihr erntet und verkauft.«

Harlan schaut sie an. Er ist intelligenter als die anderen, und sie sieht förmlich, wie er den Wert ihrer Plantagen neu berechnet. »Und du bist wirklich gewillt, das Geld für einen dahergelaufenen Jungen aus einer Wohnwagensiedlung fortzuschmeißen?«, fragt er.

»Hört ihn euch an, unseren großspurigen Mr Harlan Tulk. Wenn dieses Kind nichts ist als ein dahergelaufener Junge aus einer Wohnwagensiedlung, was sind wir denn dann? Das Volk aus den Wäldern?«

»Ich habe nie behauptet, dass er …«

»Hast du vergessen, was wir in den Wäldern getan haben, Harlan? Unsere Vorfahren sind über Generationen hinweg Buschmenschen und Schmuggler gewesen – also erzähl mir nicht, dass dieses Kind nichts wert ist, weil es in einem Trailer wohnt.«

»Das tu ich doch gar nicht, Momma, wirklich nicht. Aber hör mir zu: Wenn die Polizei hier vorbeischaut – und das wird sie mit Sicherheit tun –, werden wir etliche Pflanzen verlieren.«

»Verdammt, Harlan, was hat dich nur zu diesem alten Weib gemacht?« Als sie merkt, dass sie ihm zu nahe getreten ist, holt sie tief Luft und bemüht sich um Sachlichkeit. »Wenn es dich beruhigt, kannst du ja neue Warnschilder aufstellen. Das sollte sie in ihrem Elan bremsen. Alles, was wir brauchen, ist ein bisschen Zeit, um die Pflanzen herauszuholen, bevor sie auf die Plantage stoßen.«

»Verdammte Scheiße.« Waylon wirft die Hände hoch. »Gib ihnen einfach den Jungen, dann haben sie gar keinen Grund mehr, hier in der Gegend herumzuschnüffeln.«

Mit erhobenen Fäusten fährt sie zu ihm herum. »Ich habe nie in meinem Leben irgendjemanden an die Polizei ausgeliefert.« Das Geräusch, wie ihre Knöchel an Waylons Schädel knallen, verleiht ihren Worten Nachdruck.

»Okay, Momma, okay«, sagt Harlan und stellt sich zwischen die beiden. Aber er erhebt nicht die Fäuste gegen sie, nicht einmal zur Verteidigung, weil das etwas ist, das *er* nie getan hat und auch nie tun wird, nicht gegen seine Mutter.

Sie schaut zu ihm auf, das Gesicht von knallroten Flecken überzogen.

»Der Junge tut mir wirklich leid«, sagt Harlan. »Wirklich, das tut er. Haley mag ihn, und ich verstehe sie. Aber dieser Junge gehört nicht zur Familie.«

»Dieser Junge hat soeben seine Momma verloren«, sagt sie. »Vermutlich durch die Hand des ersten Mannes in seinem Leben, dem er vertraut hat. Red lebt, weil er verschwinden konnte, und wir werden ihm helfen, verschwunden zu bleiben – bis der Mann, der seine Momma auf dem Gewissen hat, im Knast oder tot ist.«

Als Haley und der Junge ein paar Stunden später wiederkommen, ruft sie ihn ins Wohnzimmer, wo alle ihre Söhne versammelt sind. Sie teilt ihm mit, dass er bleiben kann, wenn er möchte. Ihr ist daran gelegen, ihm und ihren Söhnen zu signalisieren, dass es in dieser Frage keine Diskussion gibt.

»Aber eines muss dir klar sein«, sagt sie. »Wer in dieser Familie nichts leistet, wird nicht durchgefüttert.«

»Ich kann arbeiten«, sagt er schnell. »Ich könnte die Plantage wässern und den Dünger mischen.«

»Für einen Jungen ist das ziemlich viel Arbeit«, sagt sie.

»Mir macht das nichts aus. Vielleicht könnte ich mir ja ein bisschen Taschengeld verdienen?« Er wirkt unsicher, als er das sagt, aber sie lacht.

»Mein Sohn, du bist der geborene Geschäftsmann, und ich mag Jungen, die sich gerne nützlich machen.«

Waylon schnaubt. Er schmollt immer noch, weil er gezüchtigt wurde, nur weil er vorgeschlagen hat, den Jungen an die Polizei auszuliefern.

Sie beachtet ihn gar nicht, sondern schaut ihren zweitältesten Sohn an. Bryce hasst schweißtreibende Arbeit und ist für die heißen Tage im Wald eindeutig zu stämmig.

»Könntest du dem Jungen das vielleicht beibringen?«, fragt sie ihn.

Bryce zuckt mit den Achseln. »Ich kann es ihm zeigen, aber das heißt nicht, dass er es schafft.«

»Ich lerne schnell«, sagt der Junge.

Bryce schüttelt skeptisch den Kopf. »Es geht nicht nur um die Arbeit. Man gerät schrecklich ins Schwitzen, was die Mücken anzieht. Und wenn die Mücken dich nicht kriegen, beißen dich die Zecken.«

Marsha nickt mitfühlend – ihr Junge wird von den Viechern bei lebendigem Leibe aufgefressen.

»Mir egal«, sagt der Junge. »An mich gehen die nicht ran. Momma sagt immer, dass mein Blut bitter ist, weil ich zu viel Wut in mir habe.«

Als sich sein Gesicht verzieht, erkennt Marsha, dass ihm selbst aufgegangen ist, dass er über seine Momma geredet hat, als wäre sie noch da. Sie tätschelt sein Knie und sagt: »Nun denn. Mir scheint, der Herr hat dich gesegnet, und es wäre eine Sünde, keinen Gebrauch davon zu machen.«

# 39

Fergus hat eine SMS bekommen. Ein Wort: »E-Mail.«

Seit gestern, als Will so dreist war, die Internetverbindung zu unterbrechen, hat er nichts mehr von ihm gehört. Er hat das Gefühl, von einem Teil seines Gehirns abgekoppelt zu sein – dem undifferenzierten, fahrigen Teil, der impulsiv reagiert und nicht der Vernunft gehorcht. Und dennoch …

Zwanzig Minuten kann er sich beherrschen, dann hält er es nicht mehr aus – er muss einfach mehr erfahren. Er nimmt seinen Laptop aus der Aktentasche. Seine Programme und Dateien sind alle verschlüsselt und durch ein Passwort geschützt, aber der Atlantik und der halbe amerikanische Kontinent liegen in diesem Moment zwischen ihm und seiner Sicherheit.

Schnell öffnet er ihren gemeinsamen E-Mail-Account. Er klickt den Kasten fürs Passwort an, trägt die Sequenz aus Zahlen, Buchstaben und Symbolen ein – und zögert. Was, wenn es eine Falle ist? Panik steigt in ihm auf, und er bekommt eine Gänsehaut.

Er schüttelt den Kopf. Dieser große Trottel würde einen Trojaner nicht von einem Griechen unterscheiden können. Er klickt auf »Einloggen« und öffnet den Posteingang.

Im Ordner »Entwürfe« befindet sich eine einzige Nachricht. Betreff: »Geschäft nicht erledigt.«

Er öffnet den Entwurf. Kein Text, nur eine URL-Adresse und ein Passwort. So wie früher, als sie die Tötungen per Live-Stream ins Netz gestellt haben.

Seine Hände zittern. Dieses Gefühl der Machtlosigkeit

ist neu für ihn. Er holt tief Luft, kopiert die Adresse per »Kopieren und Einfügen« in die entsprechende Zeile und gibt das Passwort ins Dialogfeld ein.

Sharla Jane ist wie ein Paket eingewickelt und zugeklebt – eine rosafarbene, winselnde Sonderzustellung. Er beugt sich in seinem Sessel vor, krank vor Wut, aber auch aufgeregt. Denn selbst als er den Befehl gegeben hatte, die Sache abzubrechen, sich der Frau zu entledigen und sofort zu verschwinden, hat er die Verschwendung der Mittel bedauert, die sie in die Vorbereitung gesteckt haben. Er hatte sich um diesen Anblick betrogen gefühlt.

Irritiert schaut er zu, wie sich dieser Trottel mit der albernen Nackenmatte ins Bild schiebt und unbeholfen mit den Gewichten herumhantiert. Seine Irritation verwandelt sich schnell in Verachtung, als er Zeuge der hektischen Wiederbelebungsversuche wird.

Dann nimmt Will die Subkutanspritze. Um Gottes willen – ist es das, was er im Sinn hat? Sind jetzt Doktorspielchen angesagt?

Trotzdem kann er den Blick nicht eine Sekunde abwenden. Er muss zugeben, dass er gerne sehen möchte, wozu sein Protégé imstande ist, wenn seine derben Pranken nicht gelenkt werden.

Plötzlich wendet Will sein maskiertes Gesicht der Kamera zu und fragt: »Möchtest du, dass ich aufhöre?« Fergus fährt zurück. Es ist, als würde dieser dämliche Wichser wissen, was er denkt. »Nein«, ruft er unwillkürlich.

Eine Sekunde später schreit die Beute. Er sieht die Klinge in Wills Hand und springt auf. »Nein-nein-nein-neiiin!«

So war das nicht geplant. So hätte es nicht enden sollen.

Eines seiner Wegwerf-Handys klingelt ein Stück weiter auf dem Couchtisch. Als er sich darauf stürzt, rutscht der

Laptop herunter. Im letzten Moment kann er ihn noch auffangen, aber der Deckel knallt gegen die harte Tischkante. Fluchend stellt er das Gerät auf den Tisch und schnappt sich das Handy.

»Du ruinierst sie!«, schreit er. »Du *dämlicher* Bastard!«

»In *diesen* Augen das Licht erlöschen zu sehen ist nicht ganz einfach, nicht wahr?«

Die Antwort ist ein Schlag ins Gesicht. Sharla Janes Augen zu zerstören war ein Akt der Auflehnung – ein persönlicher Angriff auf ihn.

»Du vergisst, mit wem du redest«, warnt er den anderen.

»Nein, das ist mir soeben wieder eingefallen. Du bist nichts als eine feige Memme, die andere die Drecksarbeit für sich erledigen lässt. Immer ging es nur darum, was *du* willst. Mich hast du in all den Jahren immer kleingehalten.« Will redet in diesem nervtötend langgezogenen, affektierten Slang. »Das läuft jetzt nicht mehr. Die Dinge haben sich geändert.«

»Nichts hat sich geändert. Und du bist nichts als der hirnlose Versager, der du immer schon warst. Ich habe das alles erst möglich gemacht. Ich habe die Regeln geschaffen, und ich habe es geplant.«

»Geplant? Hier geht es nicht um Planung, hier geht es um *Tun*. Du hast dein Leben nur durch mich. Du siehst die Welt durch meine Augen. Du hast keine Ahnung, was es bedeutet, in diesem Raum zu sein und ihre Angst zu spüren und die Hitze von ihnen abstrahlen zu fühlen. Du hältst dich für ein Superhirn, aber weißt du, was du bist? Du bist einfach nur ein Spanner, der diese Frauen durch ein elektronisches Schlüsselloch angafft.«

Er hört das abfallende Tonsignal, das bedeutet, dass aufgelegt wurde, und starrt ungläubig auf das Handy in seiner Hand.

Im nächsten Moment wird ihm klar, dass er in seinem eigenen Haus ein richtiges Telefonat mit einem Mann geführt hat, der in zwei amerikanischen Bundesstaaten von der Polizei und dem FBI gesucht wird. Entsetzt öffnet er das Handy, reißt die SIM-Karte heraus und biegt sie so lange hin und her, bis sie bricht. Dann wirft er sie ins Feuer und sieht zu, wie sich die Flammen grün verfärben, bevor sie verbrennt. Er nimmt seinen Laptop, um sich auszuloggen, aber der Bildschirm ist kaputt. Hektisch schreitet er im Raum auf und ab und hört Wills Beschimpfungen in seinem Kopf widerhallen – Spanner, feige Memme –, bis er vor Wut fast platzt.

Er muss hier raus. Er nimmt seine Sporttasche, knallt die Haustür hinter sich zu, eilt mit knirschenden Schritten über den Kiesweg zu seinem SUV und wirft die Tasche auf den Beifahrersitz. Im Innern befinden sich ein Netz, eine Rolle Frischhaltefolie, ein Nylonseil, Klebeband und ein Jagdmesser.

# 40

Wir können es nicht ertragen, die Augen
von dem abzuwenden, das wir nicht ertragen.

Unbekannter Verfasser

**Einsatzzentrale der Sonderermittlungsgruppe, Westfield, Williams County, Oklahoma Sonntagmorgen**

Um 5.47 Uhr fanden die Webcrawler, die das Team Adam eingesetzt hatte, eine URL-Adresse, die eine Digitalaufnahme in einer Endlosschleife zeigte.

Um halb sieben versammelte sich die Sonderermittlungsgruppe.

»Diese Internetadresse wurde vermutlich zunächst in einem Internet-Relay-Chatroom gepostet«, erklärte CSI Roper. Selbst wenn er still saß, schien er ständig unter Strom zu stehen. »Das ist eine veraltete Technik, aber von Hackern, Crackern und allen anderen, die illegale Informationen anonym austauschen wollen, wird sie immer noch genutzt.«

»Heute Morgen um sechs war der Link auf drei SM-Foren«, sagte Roper. »Gegen fünf nach sechs tauchte er bereits überall im Netz auf: Twitter, Facebook, Newsfeeds – irgendjemand hat sogar einen Teil der Aufnahme auf YouTube gestellt. Sie hat sich wie die Pest verbreitet.«

Die Aufnahme zeigte Sharla Jane, die an eine Palette gefesselt war. Ihre Augen waren mit Klebeband verbunden, und ihr Brustkorb war mit einer Betonplatte beschwert. Sie rang nach Luft. Das Gewicht war mit einem Seil an einem schlichten Flaschenzug befestigt. Ein gesichtsloser Mörder beugte sich über sie.

Fennimores Handy klingelte. Josh Brown. Er wies den Anruf zurück und entschuldigte sich bei den Anwesenden. Niemand nahm es auch nur zur Kenntnis. Alle starrten auf die Szene, die sich auf dem Bildschirm abspielte.

Wieder klingelte sein Handy. Wieder Josh.

»Jetzt nicht, Josh.«

»Legen Sie nicht auf«, bat der Student. »Ich habe eine Website mit Sharla Jane gefunden.«

»Die schauen wir uns gerade an«, sagte Fennimore. »Wie in Gottes Namen haben Sie ...«

»Auf dieselbe Weise wie Sie – Spider, Webcrawler. Man nennt es nicht umsonst das World Wide Web.«

»Um Himmels willen, Josh. Wenn er herausfindet, dass Sie ihm auf der Spur ...«

»Er wird denken, dass ich einfach einer der vielen kranken Bastarde bin, die seinem Fanclub beitreten wollen. Außerdem müsste er die Zugriffe auf seine Website kontrollieren, und ich würde bezweifeln, dass er das tut. Er hat den Link freigegeben, weil er *wollte*, dass er gefunden wird, Nick.«

»Okay.« Fennimore atmete aus und versuchte, das nervöse Flattern unter seinem Brustbein unter Kontrolle zu bekommen. Unwillkürlich schaute er zum Bildschirm hinüber. Er wusste, dass diese Aufnahme ihnen mehr über den Mörder verraten würde, als sie in vielen Hundert Ermittlungsstunden erfahren hatten. Soeben schob der Mann Sharla Jane einen Guedel-Tubus in den Rachen.

»Ich muss Schluss machen«, sagte er.

Sie sahen sich den Mord bis zum Ende an, obwohl nur

wenige hinschauen konnten, als der Mann, der von Kopf bis Fuß in Schwarz gekleidet war, zum zweiten Mal zum Teppichmesser griff.

Detmeyer war der Erste, der das entsetzte Schweigen brach. »Wir brauchen eine Aufnahme von dem Video«, sagte er. »Damit wir uns das genauer anschauen können.« Er klang pragmatisch und emotionslos, während Fennimores Arme und Gesicht brannten, als wäre ein Schwarm Feuerameisen über ihn hergefallen.

Wenige Minuten später erfuhren sie, dass die Videoaufnahme über einen Server in Westfield hochgeladen worden war.

»Er ist hier in der Stadt?« Reflexartig fuhr Launers Hand an seine Pistole.

Roper schüttelte den Kopf. »Die Genauigkeit der geographischen Lokalisierung einer IP-Adresse hängt von der Anzahl der lokalen Knoten …«

»Könnten wir das bitte auf Amerikanisch bekommen?«, sagte Launer.

Roper dachte einen Moment nach. »Okay, vergleichbare Systeme wären … sagen wir mal … Hauptpostämter. Jede Stadt von einer gewissen Größe hat so etwas, nicht wahr?«

Launer schaute ihn hart an, als wartete er auf eine boshafte Pointe.

Der Kriminaltechniker fuhr unbeirrt fort. »Die Post des US Postal Service wird über dieses Hauptpostamt an die kleineren Gemeinden und einzelnen Farmen verteilt, und zwar im Umkreis von, keine Ahnung, dreißig Meilen?«

»Fünfzig und mehr«, sagte Launer.

»Okay, fünfzig. Dass ein Paket nach Westfield kommt, heißt also nicht, dass die Person, an die das Paket adressiert ist, in Westfield wohnt, nicht wahr?«

»Nicht notwendigerweise …«

»Das Internet funktioniert nach demselben Prinzip. Das Zeug wird durch einen Server irgendwo in Westfield auf den Weg gebracht – er fungiert als Verteilzentrum, wo Pakete elektronischer Information aussortiert und weiterverschickt werden.«

»Auf einem Postpaket kann ich die Adresse sehen, die mich in irgendjemandes Vorgarten führt«, sagte Launer. »Kann man das mit Ihrer IP-Adresse auch tun?«

»In einer großen Stadt vielleicht. Hier draußen können wir bestenfalls sagen, ob er sich noch irgendwo im Williams County aufhält.« Roper schüttelte bedauernd den Kopf.

Sie machten eine Pause, damit alle den eingebildeten Blutgeruch aus der Nase und Sharla Janes Schreie aus den Ohren bekommen konnten. Die Raucher verzogen sich ungeachtet der Hitze und der Luftfeuchtigkeit nach draußen. Fennimore machte sich Notizen. Als er aufblickte, sah er, dass Abigail Hicks ihn beobachtete. Die Bilder schienen ihr zugesetzt zu haben. Er legte den Stift hin und ging zu ihr.

»Alles okay?«, fragte er.

»Als er sie wiederbelebt hat, habe ich mich ganz fest darauf konzentriert, dass sie wieder atmen möge.« Sie sprach leise und schnell, als hätte sie Angst, dass es jemand hören könnte. »Verrückt, nicht wahr?«

Er schüttelte den Kopf. »Nein«, sagte er. »Nicht verrückt, sondern menschlich.«

In diesem Moment erschien Dunlap in der Flügeltür. »Alle bereit?«

Die meisten Anwesenden würden mit dem weitermachen, was sie getan hatten, als der Link hereingekommen war, während sich eine kleinere Gruppe die Aufnahme anderswo noch einmal anschauen würde. Seit die Sonderermittlungsgruppe das Motel zur Einsatzzentrale umfunktioniert hatte, waren für die Besitzer ganz andere Zeiten angebrochen, und sie vermieteten ihnen nur allzu gerne zusätzliche Räume.

Fennimore nahm seine Zettel und seinen Laptop, und Hicks folgte ihm.

»Haben Sie Sheriff Launer gesehen?«, erkundigte sich Dunlap bei Hicks.

»Er sagte, er habe genug gesehen.« Hicks' Miene verriet nichts. »Wenn er zurückkommt, will er mit Ihnen reden.«

Dunlap nickte, als wunderte ihn gar nichts mehr, und trat wieder auf den Treppenabsatz hinaus. Fennimore wandte sich an Hicks.

»Hat er gesagt, wo er hinwill?«

»Er sagte, er fahre nach Lambert Woods, um die Suche nach Riley einzuleiten.«

»Im Wald?« Tags zuvor hatte sich Launer noch geweigert, an den Wald hinter der Wohnwagensiedlung auch nur einen Gedanken zu verschwenden. »Hat er Whitmore nicht darüber aufgeklärt, dass man erst am Cupke Lake weitersuchen müsse?«

»Er hat es sich anders überlegt, als die Journalisten gemerkt haben, dass die Mücken am See ziemlich blutrünstig sind. Ein paar haben schon ihre Sachen gepackt und sind in die Stadt zurückgekehrt.«

»Hat er mit Whitmore gesprochen?«, fragte Fennimore.

»Er hat ihn mitgenommen.«

Fennimore kniff die Augen zusammen. »Was hat er denn vor?«

Ihre bemerkenswerten Augen fixierten ihn, und die dunklen Ringe um die Iris verfehlten auch diesmal nicht ihre Wirkung. »Sein Gegenkandidat hat in zwei Tagen zwei Prozentpunkte zugelegt. Er hatte gar keine andere Wahl – er hat den Revolver umgeschnallt und sich für seine Wahlkampagne gerüstet.«

# 41

**Alemoor Loch, Schottland**

Gordon schaute auf den Tauchcomputer an seinem Handgelenk; wie oft er das in den letzten zehn Minuten getan hatte, wusste er nicht mehr. Sie befanden sich in einer Tiefe von zweiunddreißig Metern, wohin auch nicht das winzigste Fitzelchen Tageslicht drang. Der integrierte Kompass zeigte an, dass sie sich über der tiefsten Stelle des Alemoor Loch befanden, was hieß, dass noch einmal dreiundzwanzig Meter kalten, dunklen Wassers unter ihnen lagen. Zehn Meter würden sie noch hinabgehen, tiefer, als er je gewesen war. Er war es im Geiste durchgegangen, hatte den Tauchplan auswendig gelernt und die Unterwasserkarte studiert, bis er das Gefühl hatte, er könne auch mit verschlossenen Augen tauchen.

Gordon spürte, dass jemand an der Partnerleine zog: sein Tauchlehrer John, der das Signal zum Abtauchen gab. Vierzig Meter, das war Rekord. Zwei Jahre hatte Gordon darauf hingearbeitet. Jetzt verspürte er einen Anflug von Panik, fasste sich aber schnell wieder. Er war über das Seil mit John verbunden – es gab also keinen Grund, Angst zu haben. Gemeinsam senkten sie den Kopf, setzten zum letzten Abstieg an und ließen zu, dass die Schwerkraft und die Kraft ihrer Beine das Kommando übernahmen.

In einer Tiefe von fünfunddreißig Metern wurde sein Tauchlicht plötzlich reflektiert und blendete ihn. Sofort verlangsamte er das Tempo. Er war darauf eingestellt, dass sich hier ein Felsvorsprung aus schwarzem Schiefer befand, da er die Tauchkarte so minutiös studiert hatte. Etwa drei Meter ragte der Felsen vor, dann fiel das Kliff wieder steil nach unten ab. Das Gestein war zerklüftet, sie würden also aufpassen müssen, um nicht mit der Ausrüstung daran hängen zu bleiben. Da sie aber nicht viel weiter hinabtauchen wollten, würde sie dieses Hindernis nicht vor größere Probleme stellen.

Kopfüber tastete er sich am schroffen Fels entlang. Anhand seines Tauchcomputers und der Blasen, die aus seiner Tauchermaske aufstiegen, musste er sich immer wieder vergewissern, wo überhaupt oben war. Er verspürte immer eine gewisse Panik – eine Art Klaustrophobie –, wenn er in der Finsternis auf harte Oberflächen stieß. »In schwierigen Situationen verwandelt sich Angst leicht in Panik«, hatte John ihnen erklärt. »Und wenn man panisch wird, kann man nichts tun, als sich auf das zu besinnen, was man gelernt hat. Die Panik übertönt sonst alles. Sie wird nicht auf die Stimme der Vernunft hören, und das ist dann das Ende.«

Er schaute beiseite, sah vier Meter weiter Johns Licht und sagte sich, dass alles in Ordnung sei. Ein Stück würden sie sich noch vorarbeiten, bis zur Kante des Überhangs, dann würden sie noch ein paar Meter hinuntergehen, um die Vierzig-Meter-Marke zu erreichen, um schließlich kontrolliert wieder aufzusteigen. Also kein Grund zur Panik.

Er widerstand dem Drang, sich seinem Tauchlehrer zu nähern, um dessen beruhigende Gegenwart zu spüren. Stattdessen sah er auf den Tauchcomputer und tastete sich weiter am Felsen hinab. In einer Tiefe von achtunddreißig Metern griff seine Hand unvermittelt ins Leere, und er wurde von Angst gepackt. Er schnappte nach Luft und hielt inne, um die Kontrolle wiederzuerlangen.

»Anhalten-atmen-nachdenken-handeln«, betete er sich das Club-Mantra vor, bis er wieder ruhig war.

Es war eine unheimliche Vorstellung, ins Schwarze unter dem Felsüberhang zu schauen, aber er musste sich dazu zwingen, es zu tun. Er begab sich in die Vertikale, griff mit den Fingern nach der Felskante und hing kopfüber da. Du kannst das, sagte er sich. Mit einer Hand hielt er sich am Felsen fest, mit der anderen richtete er die Taschenlampe in den Abgrund.

»O Gott!«, schrie er und drückte sich vom Felsen ab. Die Blasen blubberten wild aus seiner Maske hervor. Er kickte wild um sich, verfing sich mit dem Fuß an einem scharfkantigen Felsen und spürte, wie der Schmerz in seinem Knöchel explodierte. Er musste sofort aufsteigen, er musste hoch und raus.

Ein abruptes Reißen an seinem Handgelenk sandte eine weitere Schmerzwelle durch seine Armgelenke in die Schultermuskulatur. Er schrie immer noch und ließ rund um den Atemregler Blasen emporblubbern. Keuchend trat er um sich, kam aber nicht vom Fleck und merkte auch nicht, dass er in seiner Panik am Partnerseil zerrte.

John holte ihn an der Leine ein wie einen Fisch, packte ihn an beiden Armen, drückte ihn an den Felsen und schaute ihm in die Augen. Er erschlaffte. Nun veränderte der Tauchlehrer seinen Zugriff. Er legte seine Linke auf Gordons Brustkorb, um ihn zu stabilisieren, und gab ihm mit der Rechten Zeichen. Eine vertikale Bewegung mit der flachen Hand, dann tippte er sich mit zwei Fingern an die Schläfe. *Stopp*, sollte das besagen. *Nachdenken*.

Gordon nickte, obwohl Tränen seine Maske benetzten und seine Nase verstopft war. Er hatte das Gefühl zu ertrinken und musste dem Impuls widerstehen, den Atemregler auszuspucken. Eine Minute brauchte er, dann hatte er sich wieder unter Kontrolle, und John lockerte allmählich den Griff. Er zeigte auf seinen eigenen Tauchcomputer, hielt drei Finger hoch und zeigte hinab. Noch drei Meter, und er hätte sein Ziel erreicht und sogar überschritten.

Gordon schüttelte den Kopf. *Du verstehst nicht.*

John wiederholte die Geste.

Wieder schüttelte Gordon den Kopf. Mit zwei Fingern zeigte er auf seine Augen, dann deutete er mit einer Hand auf den Felsüberhang und mit der anderen darunter. Schließlich schüttelte er wieder den Kopf.

John zeigte auf Gordons Brust und signalisierte erneut: *Stopp*. Dann zeigte er auf seine eigene Brust, dann auf seine Augen. Er würde nachschauen.

Gordon legte Daumen und Zeigefinger zu einem Ring zusammen. *Okay*. Obwohl nichts okay war.

Der Tauchlehrer kroch die steile Wand hinab und leuchtete mit der Taschenlampe unter den Felsüberhang. Gordon lehnte sich an den Felsen. Das Licht wurde schwächer, und an den Rändern seiner Tauchermaske breitete sich Finsternis aus. Er atmete tief durch, da er merkte, dass er die Luft angehalten hatte. *Atme, du verfluchter Idiot*. Wenn du die Luft anhältst, wird sich in deinem Blut $CO^2$ ansammeln. Das ist betäubend und kann einen Taucher schnell umbringen. Er wartete, den Rücken an der Felswand, und konzentrierte sich darauf, langsam und gleichmäßig zu atmen, bis sich der $CO^2$-Spiegel normalisiert haben würde. Prompt wurde der Strahl seiner Taschenlampe wieder heller.

Eine Sekunde später schossen scharfe, unkontrollierte Lichtblitze durch die Dunkelheit unter ihm. Der Strahl von Johns Taschenlampe. Eine silberne Blase schwebte an seinem Gesicht vorbei und stieg wabernd zur Oberfläche auf – Luft aus dem Atemregler seines Tauchlehrers. Gordon musste sich am Felsen festhalten, um ihr nicht sofort zu folgen. Als er nämlich in die Finsternis unter dem Felsvorsprung geschaut hatte, hatte ein Gesicht zurückgeschaut.

# 42

Die narzisstische Person hat eine unsichtbare
Mauer um sich herum errichtet.
Sie ist alles, und die Welt ist nichts.
Oder besser gesagt: Sie ist die Welt.

Erich Fromm, *Vom Haben zum Sein*

**Einsatzzentrale der Sonderermittlungsgruppe, Westfield, Williams County, Oklahoma**

Die Aufnahme zum zweiten Mal zu sehen war um keinen Deut leichter, aber Fennimore gab sich Mühe, innere Distanz zum Geschehen auf dem Bildschirm zu gewinnen, indem er sich auf die Details konzentrierte: die Wörter, die der Mörder benutzte, seine Bewegungen, seine Körpersprache, die Einzelheiten des Raums, die aufblitzten, wenn die Kameraeinstellung wechselte.

Sie drängten sich in einem kleinen Zimmer mit einem winzigen quadratischen Fenster. Das bisschen kühle Luft, das ein Bodengebläse produzierte, wurde von der Hitze des Projektors wieder aufgehoben. Dunlap, Fennimore, Simms, Hicks und Detmeyer befanden sich in dem Raum, während Professor Varley über Skype zugeschaltet war. Eine Liste von Details hatten sie bereits aus der Aufnahme gewonnen: den blutigen Verband an der Hand des Mannes zum Beispiel und die gerippte Oberfläche der Wand. Ein Biometrie-Programm des FBI arbeitete daran, Größe und Körperbau des Mörders zu schätzen, indem es sich an Vergleichsgrößen im Raum orientierte: dem Netbook auf einem Projektorständer, den Kameras und Lampen, neben denen er stand, der Größe seiner Hand im Vergleich zu Sharla Janes Gesicht und Körper. Schrittlänge und Gang, die man aus der Aufnahme isolierte, wären weitere Identifikationsmerkmale – sollte man denn je in die Nähe dieses Mannes geraten.

»Dass er einen Flaschenzug benutzt hat, um das Gewicht zu bewegen, ist Dr Quint zufolge eine gute Erklärung dafür, warum man keine Blutergüsse oder Gewebeverletzungen gefunden hat. Offenbar hatte die Platte genau das richtige Gewicht, dass sich Sharla Janes Lunge nicht mit Luft füllen konnte.«

Wie auf Kommando atmeten alle Anwesenden tief ein.

Dunlap hielt die Aufnahme an, nachdem der Mörder Sharla Jane wiederbelebt hatte. »Was meint er mit: ›Das ist nicht das, was ich will?‹«, fragte er. »Hat er ein schlechtes Gewissen?«

»Das glaube ich nicht«, antwortete Fennimore. »Er sagt ja auch, er mache es auf seine Weise – als hätte er zuvor Befehle ausgeführt und weigerte sich nun, das zu tun.«

»Denken Sie, es ist noch jemand beteiligt? Vielleicht würden Sie die Güte haben, uns Ihre Meinung darzulegen.« Das war Professor Varley, der immer sehr empfindlich reagierte, wenn jemand – und sei es auch noch so zaghaft – auf seinem Gebiet wilderte.

Fennimores Netbook hatte einen eigenen Platz am Tisch, sodass alle den forensischen Psychologen sehen konnten, der wiederum den Bildschirm des Beamers sah. Fennimore nahm die Fernbedienung und spulte zu der Szene zurück, in welcher der Mörder das Gewicht auf Sharla Janes Brustkorb hinabsenkte und es dann schnell wieder anhob.

»Schauen Sie sich das an – er hantiert unbeholfen herum. Offenbar hat er nicht den blassesten Schimmer, was er da tut. Er ist es gewöhnt, dass ihm jemand sagt, was er tun soll.«

Varley wirkte skeptisch.

Sie betrachteten die hektischen Wiederbelebungsversuche des Mörders.

»Er hat panische Angst«, beharrte Fennimore.

»Der Tod eines menschlichen Wesens ist eine traumatische Erfahrung, selbst für einen Mörder«, erwiderte Varley.

»Er hat bereits fünf Morde begangen, da würde man meinen, dass er ein bisschen abgebrühter ist«, sagte Fennimore. Varley wollte etwas erwidern, aber jetzt brüllte der Mörder Sharla Jane an, und Fennimore zeigte schnell auf den Bildschirm. »Sehen Sie? Er verliert in dem Moment die Kontrolle, als er denkt, Sharla Jane wolle ihm reinreden.«

Eine Weile starrten sich die beiden Männer feindselig an, dann streckte Dr Detmeyer seelenruhig die Hand aus und bat um die Fernbedienung. Fennimore reichte sie ihm, und der FBI-Psychologe spulte im Schnelldurchlauf zur letzten Szene vor.

»Möchtest du, dass ich aufhöre?«, fragte der Mörder. Dann sagte er es noch einmal, den Blick direkt in die Kameralinse gerichtet. »Möchtest du, dass ich aufhöre?«

»Er wiederholt es«, sagte Detmeyer. »Er scheint mit jemandem zu sprechen.«

»Natürlich spricht er mit jemandem«, sagte Varley. »Er hat den Mord ins Internet gestellt, um zu trauriger Berühmtheit zu gelangen. Er weiß, dass er ein Publikum hat.«

»Einverstanden«, sagte Detmeyer. »Aber bei der Wiederholung scheint er mit einer bestimmten Person zu sprechen. Er betont auch das Wort ›du‹ ein wenig.«

»Es gibt nicht den *Funken* eines Beweises dafür, dass er einen Komplizen hat«, beharrte Varley.

»Okay, in diesem Punkt sind wir uns also noch uneinig«, sagte Dunlap. »Was haben wir sonst noch?«

»Können Sie zu dieser selbstmitleidigen Ansprache zurückgehen, kurz bevor er das Klebeband entfernt?«, bat Simms.

Detmeyer tat es, und dann hörten sie zu, wie sich der Mörder beklagte, dass er seine Opfer immer anständig behandelt und ihnen ein schönes Zuhause verschafft habe, dass die Frauen aber den Hals nicht vollbekamen.

»Klingt so, als sehnte er sich nach einer echten Beziehung, denkt aber, dass so etwas von vornherein zum Scheitern verurteilt ist«, sagte Dunlap.

»So ein Mann möchte keine gleichberechtigte Partnerschaft zwischen zwei Erwachsenen, er möchte verehrt werden«, sagte Simms.

Ausnahmsweise gab Varley der Frau im Raum recht. »Er möchte als Befreier angesehen werden, als Retter ...«

»Als Gott«, sagte Simms kalt, und Varley neigte den Kopf, ein stillschweigendes Zeichen weiterer Zustimmung.

»Frauen in Sharla Janes Situation sind es nicht gewöhnt, dass jemand sie anständig behandelt«, sagte Detmeyer mit den Worten des Mörders. »Seine Opfer sind aus dem schlimmsten Jammertal wieder aufgetaucht, und er war ihnen gegenüber freundlich und aufmerksam. Anfangs zumindest. Sie mussten ihn bewundern, vielleicht sogar verehren. Aber sobald sie ein wenig selbstbewusster wurden, musste sich die Beziehung unweigerlich ändern. Neben seinen Stärken mussten sie auch seine Schwächen erkennen. Er wird diese Degradierung vom Gott zum Mann gespürt haben, sehr zu seinem Unmut. Plötzlich waren sie nicht mehr einfach die Verlängerung seines Egos. Er fühlte den Machtverlust und fand das verletzend, unerträglich, vielleicht sogar beängstigend.«

Die Aufnahme lief weiter, und der Mann schrie Sharla Jane an: »Ich ertrage es nicht, wie du mich ansiehst.«

»Jetzt wissen wir, dass er nicht entstellt ist«, sagte Dunlap. »Alle, mit denen wir gesprochen haben, beschreiben ihn als vollkommen unauffällig. Wieso mag er es nicht, angeschaut zu werden?«

»Die Entstellung kann auch eine geistige sein«, erklärte Detmeyer. »Andererseits sagt er ja auch nicht: Ich ertrage es nicht, *dass* du mich ansiehst.« Er spulte ein Stück zurück. »Er sagt: ›Ich ertrage es nicht, *wie* du mich ansiehst.‹ Können Sie ihren Gesichtsausdruck sehen? Sie fleht ihn an.«

Fennimore nickte. »Und dann schreit er: ›ICH KANN DIR NICHT HELFEN.‹«

»Er behauptet, er kann ihr nicht geben, was sie braucht«, sagte Detmeyer.

»Ein Gott, der in seinen eigenen Augen versagt«, murmelte Simms.

Detmeyer nickte langsam, die Augen immer noch auf den Bildschirm geheftet.

»Tut es ihm leid, dass er ihr gegenüber versagt hat?«, fragte Dunlap.

»Nur insofern, als sein Selbstbild einen Knacks bekommt. Seine kleine Standpauke, was sie ihrem Sohn durch ihre Sucht zugemutet hat, sollte man nicht mit Mitleid mit ihrem Sohn verwechseln. Das ist Selbstmitleid – er redet über sich selbst«, sagte Detmeyer. »Er kann andere nur als Verkörperungen seines Selbst sehen.«

»Aber wenn er sich mit den Kindern identifiziert«, sagte Simms, »dann besteht die Chance, dass einige noch leben.«

*Sie denkt an Suzie*, schoss es Fennimore in den Sinn. Trotz der Hitze im Raum überlief es ihn eiskalt.

»Dieser Mann kennt so etwas wie Mitgefühl gar nicht.« Professor Varley hatte ein paar Minuten geschwiegen, und

Fennimore hatte fast vergessen, dass er auch noch da war. »Er benutzt die Kinder, um das Vertrauen ihrer Mütter zu gewinnen und Kontrolle über sie auszuüben. Das ist alles.«

Fennimore schaute Detmeyer an, und der bestätigte es mit einem Nicken.

»Trotzdem, er ist irgendwo da draußen, und die Kinder werden immer noch vermisst.«

Es klopfte an der Tür. Valance kam herein und brachte aus dem Flur einen kühlen Luftschwall mit. In der einen Hand hielt er einen Ausdruck, in der anderen einen USB-Stick.

»Das kam gerade herein«, sagte er. »Das Team Adam hat das Rippenmuster an der Wand des Raums zu identifizieren versucht. Sie denken, es handelt sich um das Innere eines Schiffscontainers. Ellis hat noch ein paar zusätzliche Teams auf die Speditionen angesetzt. Das ist aber noch nicht die große Neuigkeit.« Sein Blick wanderte aufgeregt über die anwesenden Ermittler. »Soeben hat er eine weitere Aufnahme hochgeladen. Eine Botschaft.«

Er schob den USB-Stick in einen freien Anschluss am Netbook und lud die Aufnahme hoch.

Der Mann trug Schwarz wie zuvor und war maskiert. Nur für Augen und Mund blieb ein Schlitz frei.

»Ich war es, der Sharla Jane Patterson ins Internet gestellt hat«, sagte er mit eintöniger, emotionsloser Stimme. »Laney Dawalt war auch von mir und Rita Gaigan und Shayla Reed – und noch ein paar andere. Aber das war nicht ich.« Er hielt inne, weil er merkte, dass er sich selbst widersprochen hatte, und schien nachzudenken. »Nur damit das klar ist: Ich habe es getan, okay? Ich habe sie getötet – aber das war ich auf Autopilot. Das ist jetzt Vergangenheit. Ich werde keine Befehle mehr befolgen. Ich bin eher ein zupackender Typ, und von nun an gilt, was ich sage.«

Er schaute in die Linse, und hinter seiner Skimaske sah man ein Lächeln. In diesem Lächeln spiegelte sich seine ganze Gewalttätigkeit, Bedrohlichkeit und schwelende, ungestillte Wut.

»*Ich* entscheide, wann ich bereit bin, ein Ende zu machen«, sagte er. »Ich bin der BTK-Killer und habe noch kaum angefangen.«

Der Bildschirm wurde dunkel.

»Können wir sicher sein, dass das unser Mann ist?«, fragte Dunlap.

»Die Biometrie-Analyse des FBI ist noch nicht abgeschlossen«, sagte Valance. »Aber er hat dieselbe Statur und dieselbe Stimme. Die Stimmanalyse stimmt mit der von der anderen Aufnahme mehr oder weniger überein. Und hier kommt der Clou: Shayla Reeds Name stand auf keiner der Listen, die an die Medien rausgegeben wurden.«

Es war also ihr Mann, okay.

»BTK-Killer?«, sagte Simms. »Das lässt irgendwelche Glöckchen läuten.«

»Dennis Rader«, erklärte Detmeyer. »Der Mann hat zwischen 1974 und 2005 in Wichita, Kansas, mindestens zehn Menschen getötet. Er hat höhnische Briefe an die Polizei geschrieben und sich selbst diesen Namen gegeben – weil er nicht wollte, dass ihm die Medien einen Namen verpassen, den er nicht mag. BTK steht für ›bind, torture, kill‹. Fesseln, foltern, töten.«

»Vermutlich hält er es für witzig, dass er aus dem ›bind‹ ein ›blind‹ macht – er macht sie blind, statt sie zu fesseln.«

»Ist unser Mörder also ein Nachahmer?«, fragte Dunlap.

Detmeyer wirkte skeptisch. »Rader hat seine Opfer verfolgt, ist in ihr Haus eingestiegen, hat sie gefesselt und auf die unterschiedlichsten Weisen getötet. Er hat Männer, Frauen und Kinder umgebracht – einmal sogar eine ganze

Familie. Fesseln und Strangulieren waren ein wichtiger Teil seiner Fantasien. Unser Mörder hingegen kommt den Familien sehr nahe, er wird sogar Teil von ihnen. Was er mit den Kindern gemacht hat, weiß ich nicht, aber ich sehe einfach keine Berührungspunkte.«

»Er möchte so berühmt werden wie Rader, schafft sich aber seine eigene Legende«, sagte Varley.

»Und damit hat er, wenn man ihm glauben darf, gerade erst begonnen«, fügte Hicks hinzu.

Einen Moment lang herrschte entsetzte Stille, weil alle sich vorstellten, wohin das führen mochte, dann machte es in Fennimores Gehirn so laut klick, dass die anderen es eigentlich hätten hören müssen.

»Nein. Er sagte, er habe ›noch kaum‹ angefangen.«

»Entschuldigen Sie bitte, Professor?«, sagte Hicks mit einem schwachen Lächeln.

»Die grammatische Konstruktion ist ungewöhnlich«, sagte Fennimore.

»Die Menschen reden eben manchmal komisch«, sagte Hicks.

»Als wäre er aus dem Osten«, sinnierte Simms. »Wenn wir herausfinden könnten, woher genau …«

Dunlap schaute Detmeyer an. »Kann das FBI uns da behilflich sein?«

»Das FBI hat eine Datenbank für forensisch bedeutsame Sprachphänomene, aber die ist dafür konzipiert, den Grad der Bedrohlichkeit eines Menschen einzuschätzen – und den kennen wir in diesem Fall ja bereits. Man bräuchte einen Experten für Dialektgeographie.«

Fennimore schaute Varley an.

»Ich kenne jemanden an der Aston University in Birmingham, der in den Vereinigten Staaten Linguistik studiert hat und sich seither für amerikanische Mundarten interessiert«, antwortete Varley. »Ich kann ihn fragen, aber ich kann nicht dafür garantieren, dass er so kurzfristig Zeit hat. Außerdem werden Sie ihm zusammen mit der Aufnahme eine professionelle Transkription zur Verfügung stellen müssen – sonst können Sie auch die Augen zumachen und eine Stecknadel in die Landkarte stecken.«

»Ich werde Josh Brown bitten, die Transkription anzufertigen«, sagte Fennimore.

Simms hielt die Luft an, und er stellte sich schon auf Protest ein. Dann schien sie sich aber eines Besseren zu besinnen und sagte: »Unser Mann erklärt, dass er keine Befehle *mehr* entgegennimmt. Sieht so aus, als hätte er doch einen Komplizen gehabt.«

Detmeyer neigte den Kopf. »Sieht so aus.«

Varley sagte gar nichts.

»Er hat all diese Frauen umgebracht, nur weil es ihm befohlen wurde?«, fragte Hicks.

»Nun ja, ich denke schon, dass er es auch wollte«, sagte Detmeyer. »Aber es scheint so, als wäre er mit der Todes*art* nicht zufrieden gewesen.« Er blickte auf Fennimores Computerbildschirm, von dem Varley ohne jedes Lächeln in die Versammlung schaute. »Ich hoffe, der Professor verzeiht mir meinen Jargon, aber ich denke, dass wir es hier mit einer ›komplementären Beziehung‹ zu tun haben. Einzeln mögen die Männer vergleichsweise harmlos sein, aber zusammen verhalten sie sich wie Pottasche und Wasser – das Ergebnis ist explosiv. Buono und Bianchi, die Würger von Hillside, haben auch zusammengearbeitet. Das Durchschnittsalter eines Serienmörders bei seiner ersten Tat liegt bei achtundzwanzig. Buono war bereits dreiundvierzig, als die beiden ihr erstes Opfer umbrachten. Viele sind der Ansicht, dass Buono ohne den Einfluss des Jüngeren niemals einen Mord begangen hätte.«

Varley nickte. »Normalerweise dominiert eine starke Persönlichkeit eine solche Beziehung und manipuliert die schwächere. Ihr Mörder ist der schwächere Part; indem er Befehle entgegennimmt, lebt er faktisch die Fantasien der dominanten Persönlichkeit aus.«

»Unser Mann hat panische Angst davor, von den Opfern beobachtet zu werden«, sagte Simms. »Aber der dominante Komplize bringt ihn dazu, sich selbst dabei zu filmen, wie er Frauen foltert und tötet.«

Detmeyer nickte. »Tatsächlich wird er von zwei Seiten beobachtet – von dem Opfer und von dem Mann auf der anderen Seite der Kamera. Indem er dem letzten Opfer schließlich die Augen herausschneidet, verweigert er der dominanten Person die finale Erfüllung, die Realisierung seiner Fantasien.«

»Mehr noch«, sagte Varley. »Auf eine symbolische Weise lässt er auch den anderen Mann ›erblinden‹, der ihn dieser als schmerzlich empfundenen Beobachtung aussetzt.«

»Für unseren Mann dreht sich also alles ums ›Erblindenlassen?‹, fragte Dunlap.

»Vermutlich ist das nur ein Teilaspekt«, sagte Fennimore und genoss den steinernen Blick, den Varley ihm wegen seiner Unverfrorenheit zuwarf. »Er hat Sharla Janes Hand gehalten, als sie starb. Er hat sie getröstet, als sie verblutete. Es muss auch um Blut gehen, oder?«

Detmeyer dachte eine Weile darüber nach. Schließlich nickte er.

Dunlap vergewisserte sich, dass niemand mehr etwas sagen wollte, und ließ dann seine warmen braunen Augen auf Detmeyer ruhen. »Also, Doctor, sind Sie jetzt bereit, sein Profil zu erstellen?«

# 43

**Haus der Tulks, Williams County, Oklahoma**

Es ist Nachmittag, und Marsha Tulk hat den Jungen zum Abwiegen in den Schuppen am Rande des Grundstücks geschickt.

Der Junge hat sich von Beginn an nützlich gemacht. Bryce lässt ihn auf der Plantage auf der westlichen Seite des Highways arbeiten, weit weg von Fernsehkameras und Polizisten. Ab sechs ist er den ganzen Vormittag dort, ohne jede Überwachung, und macht seine Sache gut. Bryce zufolge hat er einen grünen Daumen, und wie Marsha schon vermutet hat, ist er clever und anpassungsfähig. Haley verhätschelt ihn, wenn er es zulässt, während Harlan ihn meistens ignoriert. Und Waylon, nun, der ist ein bisschen eifersüchtig und tritt ihn gerne in den Hintern, aber das Kind ist flink und hält sich von ihm fern. Bryce wiederum ist erleichtert, dass er nicht mehr so oft nach den Plantagen schauen muss, und fachsimpelt mit ihm wie mit einem Erwachsenen über Sonnenstunden, Stickstoffanteile und Bewässerungsmengen.

Bevor sie den Jungen mit Bryce losschickte, damit er die Grundlagen lernte, gab sie ihm eine Basecap. Als er die Schnalle einstellte, wuschelte sie ihm durchs Haar und sagte: »Die musst du immer tragen, als Tarnung.«

Der Junge nickte und zog den Schirm tief in die Stirn. »Wir nennen dich ab sofort Caleb – oder auch nur ›Junge‹, wenn das für dich okay ist.«

»Ja, Ma'am«, sagte er und schaute sie mit seinen blassblauen Augen an.

»Zwei Dinge solltest du dir gut merken, Junge«, sagte sie. »Niemand darf dich finden, und du darfst *nie* meine Produkte stehlen.«

Sie schaute ihn an, bis er sagte: »Ja, Ma'am.« Dann fixierte sie ihn weiter, als könnte sie durch seine Haut hindurch in seine vollgekiffte Lunge schauen. Sie wusste, dass er sie bestohlen hatte – sie hatte es vom ersten Tag an gewusst, seit er gestanden hatte, dass er bei der Tomatenplantage in Bryce' Wagen geklettert war.

»Ich weiß, dass du deine Momma geliebt hast«, sagte sie. »Aber Drogen sind etwas für Dumme und Schwache. Hast du mich verstanden?«

Er nickte, aber sie bestand darauf, dass er es laut sagte. Also sagte er es – laut und feierlich. Schmerzhaft war es trotzdem, zugeben zu müssen, dass seine Momma schwach gewesen war.

Jetzt schleicht sie sich an den Schuppen heran, weil sie vielleicht sentimental und ein dankbares Opfer für ein Kind in Not sein mag, aber deswegen ist sie noch lange nicht blöd. Das Kind eines Junkies Cannabis abwiegen zu lassen stellt ein gewisses Risiko dar, vor allem wenn es schon auf den Geschmack gekommen ist. Sie hebt den Griff an und stößt die Tür auf, aber als sie hineinschaut, sitzt der Junge am Tisch, hat den Kopf auf die Arme gelegt und weint.

»Was ist passiert?«, fragt sie. »Hat dir jemand etwas getan?«

»Nein, Ma'am, niemand hat mir etwas getan.«

»Und warum weinst du dann und machst die Pflanzen nass?«

Hastig wischt er sich die Augen mit dem T-Shirt trocken. »Ich musste nur gerade denken, wie gut es Momma hier gefallen hätte.«

Skeptisch blickt sie auf die groben Planken und den Erdboden des Schuppens. »Meinst du?«

Der Junge hält ein Tütchen mit getrockneten Knospen hoch. »Sie würde denken, sie ist gestorben und im Paradies gelandet.«

Marsha weiß nicht, ob sie lachen oder weinen soll. Sie hat ein schlechtes Gewissen, weil sie ihn dazu gezwungen hat, seine Momma als schwach zu bezeichnen, und geht schnell Tyler suchen, der einen Blick auf die Wohnwagensiedlung und das Polizeiaufgebot werfen sollte.

Ihre vier Söhne sitzen alle im Wohnzimmer und sehen Nachrichten. Sie schauen auf, als sie hereinkommt und sagt: »Wenn dieses Arschloch mit der Matte hier aufkreuzt und den Jungen sucht, bringt ihn zu mir.«

Harlan und Tyler wechseln einen stummen Blick, und Harlan verdreht die Augen. Bryce nickt. Nur Waylon erkundigt sich nach dem Grund. Sie schaut ihn finster an.

»Gott verzeiht«, sagt sie. »Ich nicht.«

# 44

**Wohnwagensiedlung Lambert Woods**
**in der Nähe von Hays, Williams County, Oklahoma**
**Sonntagnachmittag**

Als Kate Simms und Deputy Hicks in der Wohnwagensiedlung eintrafen, war die Suchaktion noch nicht eingeleitet. Sheriff Launer sprach gerade mit Kent Whitmore, dem groß gewachsenen Team-Adam-Berater. Hicks zog die beiden beiseite und brachte sie auf den neuesten Stand.

»Gibt es ein Problem mit der Suche?«, fragte Simms dann. »Ich dachte, Sie hätten längst losgelegt.«

»Wir warten noch, bis der Suchtrupp komplett ist«, erklärte der Sheriff ausweichend.

Kate Simms betrachtete die Leute, die im scheckigen Sonnenlicht unter den Bäumen hinter Sharla Janes Trailer standen. Da Sonntag war, hatten sich viele Freiwillige gemeldet: Frauen, ältere Jugendliche und auch die Waldarbeiter und Jäger, die Launer schon für die Suche am Cupke Lake *rekrutiert* hatte – wie er selbst zu sagen pflegte. Einschließlich der Deputys mussten es fünfzig, sechzig Leute sein; schwer vorzustellen, wer da noch fehlen sollte.

Sie schaute Whitmore an, und der nickte in Richtung Zufahrtsweg, wo sich soeben eine Kolonne von Übertragungswagen den Hügel hochquälte. Offenbar hatte der Sheriff ein paar Anrufe getätigt und Einladungen ausgesprochen.

»Wie sicher können wir sein, dass es einen Komplizen gibt?«, fragte Whitmore, als sich Launer für die Kameras in Pose warf.

»Im Moment ist es noch reine Spekulation«, sagte sie, worauf Launer sofort missmutig eine Braue hochzog. »Zurzeit geht es um Dialektgeographie und Sprachmusteranalyse und solche Dinge – Professor Fennimore kann das sicher besser erklären«, fügte sie hinzu, war sich aber ziemlich sicher, dass sich Launer bei seinem sorgfältig vorbereiteten Fernsehauftritt nicht von Fennimore die Schau stehlen lassen würde. Er sog Luft zwischen den Zähnen ein und schaute sehnsüchtig auf die Kolonne der Übertragungswagen, die mittlerweile vorfuhr.

»Das Theoretisieren überlasse ich dann mal den Superhirnen«, sagte er. »Wir müssen eine Leiche finden.«

»Einen Jungen«, sagte Whitmore leise. Als Launer ihm einen gereizten Blick zuwarf, senkte er entschuldigend den Blick, wiederholte aber: »Wir müssen einen *Jungen* finden.«

Sie warteten noch eine Weile, während sich die Übertragungswagen formierten und die Journalisten für ihre Intros ihr schönstes Lächeln aufsetzten. Schließlich begab sich Launer in eine prominente Position, hob ein Büschel trockenes Gras auf, hielt es einen Moment auf Brusthöhe fest, warf es dann lässig in die Höhe und beäugte, wie es zu Sharla Janes Trailer hinüberwehte.

Dann wandte er sich mit lauter Stimme an die Freiwilligen: »Der Wind kommt aus Südwesten.« Er zeigte auf den Wald. »Der kleine Riley ist zweiundsiebzig Stunden nicht mehr gesehen geworden, daher müssen wir davon ausgehen, dass er bereits tot ist …«

Kent Whitmore räusperte sich und sagte: »Im Wald werden Sie Mobilheime wie dieses hier finden. Vielleicht hat sich Riley auch von jemandem mitnehmen lassen. Wir wollen die Hoffnung noch nicht aufgeben.«

Einen Moment lang war Launer irritiert, konnte es aber mit der Nonchalance des Politikers überspielen. »Die Hoffnung stirbt immer zuletzt!«, sagte er tadelnd, als hätte jemand anders als er daran gezweifelt.

»Wir bilden eine Menschenkette und arbeiten uns in südwestlicher Richtung in den Wald vor. Der Wind wird uns dann den …« Wieder hüstelte Whitmore. Launer runzelte die Stirn, sah dann aber davon ab, den Müttern und Vätern und ihren jugendlichen Kindern zu empfehlen, dem Gestank des Todes zu folgen. Stattdessen wirkte er nun traurig und ernst und murmelte: »Na ja, Sie wissen schon …«

Simms wechselte einen Blick mit Deputy Hicks und war froh, dass Fennimore nicht da war. Launer legte die Hände zu einem Pfeil zusammen, der in den Wald hinter dem Zaun zeigte, aber als die Menschen sich nebeneinander aufstellten, ergriff der Team-Adam-Berater noch einmal das Wort.

»Alle mal herhören!« Sein Bass war problemlos noch bei den letzten Beteiligten zu hören, und Simms sah, dass sich etliche Kameras auf den großen Mann aus Oklahoma richteten. »Halten Sie jederzeit Sichtkontakt mit den Personen zu beiden Seiten«, sagte er. »Und wenn Sie etwas finden – egal was –, müssen Sie auf jeden Fall anhalten und auf Unterstützung warten. Sie dürfen nichts von dem, was Sie vorfinden, in irgendeiner Weise verändern.«

Im Wald stießen sie bereits nach drei Metern auf ein Schild: ZUTRITT FÜR UNBEFUGTE VERBOTEN. Darunter hing ein zweites Schild: JAGEN VERBOTEN.

Sie blieben in einer Reihe und entdeckten nach ein paar Metern ein weiteres Schild: BEWAFFNETE PATROUILLEN – BETRETEN AUF EIGENE GEFAHR.

Nach zehn Minuten tauchten in regelmäßigen Abständen neue Schilder auf: NICHT WEITERGEHEN. SIE WURDEN GEWARNT.

Whitmore erkundigte sich, was es damit auf sich hatte.

»Kein Grund zur Sorge«, sagte Launer. »Das sind nur die leeren Drohungen des Landbesitzers.«

»Ich würde Ihnen raten, sich zu erkundigen, wer dieser Landbesitzer ist, Sheriff«, sagte Whitmore.

»Das würde uns Stunden kosten«, erwiderte Launer.

Ein Kameramann trat vor und richtete die Kamera auf die beiden Männer. Simms blieb einen Schritt zurück.

»Sheriff, haben Sie in den letzten fünf Minuten irgendwelche Spuren oder Fußabdrücke gesehen?«, fragte Whitmore in seinem ruhigen, sachlichen Tonfall. »Ich meine nicht Wildspuren oder Karnickelpfade, sondern Trampelpfade von Menschen, wie man sie in einem Wald an einer Siedlung mit mehr als fünfzig Häusern erwarten würde. In der Wohnwagensiedlung wohnen viele Kinder, und Kinder mögen Wald, Sheriff. Irgendetwas muss sie fernhalten.«

In ihrer Nähe erhob sich nervöses Gemurmel. Sheriff Launer kratzte sich am Nacken und nickte nachdenklich. »Ich verstehe Ihre Bedenken«, sagte er. »Aber wenn wir so viele Stunden verlieren, ist das Licht weg. Dann können wir erst morgen wiederkehren, und dieser kleine Junge ist jetzt schon drei Tage verschwunden. Wer will, kann sofort umkehren, aber wir gehen weiter.«

Whitmore schaute über die Reihe der Freiwilligen hinweg und erhob wieder die Stimme. »Ich würde allen raten, nicht weiterzugehen, bis wir wissen, was uns hier erwartet.«

Viele der Zivilisten brachen die Suche ab, ebenso wie Simms und die beiden Kamerateams, die ihnen gefolgt waren. Um auf alle Eventualitäten vorbereitet zu sein, hatte Launer einen seiner Deputys mit einer Digitalkamera ausgestattet. Jetzt nickte er dem Mann zu, der sofort den Linsenschutz abnahm und das Gerät anschaltete. Mit einem Blick versammelte Launer seine Leute um sich; sie bildeten eine neue Reihe und drangen langsam ins Unterholz vor.

Als er sie davonziehen sah, holte Whitmore sein Handy heraus. Er prüfte, ob er Empfang hatte, schüttelte aber nach einer Weile den Kopf und steckte das Handy wieder in die Tasche. »Haben Sie Empfang?«, fragte er.

Simms sah nach und schüttelte ebenfalls den Kopf.

Nun holte er ein Satellitentelefon aus dem Rucksack. Sekunden später sprach er mit Detective Dunlap in der Einsatzzentrale in Westfield, und zehn Minuten später hatte er in Erfahrung gebracht, dass der Wald der berühmt-berüchtigten Familie Tulk gehörte.

Er versuchte, den Sheriff auf seinem Handy zu erreichen. »Keine Chance«, sagte er. Die Rufe des Suchtrupps wurden immer leiser. »Im Moment sind sie noch in erreichbarer Nähe.« Er verstaute das Telefon wieder und hievte sich den Rucksack auf die Schulter. »Ich gehe hinterher.«

»Gut.« Simms folgte ihm.

»Ma'am, Sie sollten besser hierbleiben.«

»Und wer soll Sie finden, wenn Sie in eine Falle geraten?«

Er zögerte, und sie scheuchte ihn vor sich her. »Das ist schon in Ordnung. Ich bleibe ein paar Schritte hinter Ihnen und überlasse es Ihnen, den Weg freizumachen.«

Er kniff die Augen zusammen, rang sich dann aber ein Lächeln ab und folgte den fernen Rufen.

Fünf Minuten später, als sie den Suchtrupp fast erreicht hatten, verstummten die Rufe plötzlich.

»Alles in Ordnung?«, rief Whitmore. Launer klang nervös, als er sie aufforderte zu bleiben, wo sie waren. Kurz darauf kamen er und seine Leute im Gänsemarsch zurück.

Einer der Deputys pustete besorgt auf die Linse der Digitalkamera und versuchte, sie von Staub und Blättern zu befreien. Der, der sie ursprünglich getragen hatte, humpelte leicht; seine Uniform war verknittert und schmutzig.

Hicks bildete die Nachhut und vermied es tunlichst, Simms und Whitmore anzuschauen.

»Sind Sie verletzt?«, fragte Simms.

»Nur in seinem Stolz«, antwortete Launer für ihn. »Dieser Trottel ist direkt in eine Fallgrube getappt. Ich dachte, Sie wollten nicht mitkommen?«

Whitmore schaute auf ihn herab. »Ich konnte Sie auf Ihrem Handy nicht erreichen, aber ich dachte, Sie sollten wissen, dass dieser Wald Marsha Tulk gehört.«

»Diese Information hätte ich fünf Minuten eher gebrauchen können«, sagte Launer gereizt.

»Kennen Sie die Frau?«, fragte Whitmore, und Simms bewunderte ihn dafür, dass er sich an Launers Unverschämtheit nicht stieß.

»Sie und ihre ganze Sippschaft«, sagte Launer trocken. »Zufällig weiß ich auch, dass die Tulks acht Meilen westlich von hier wohnen. Was auch immer sie in diesem Wald beschützen, es kann sich nicht um Haus und Hof handeln, sondern verstößt vermutlich gegen das Bundesgesetz.«

# 45

**Haus der Tulks, Williams County, Oklahoma**

Das Haus der Tulks stand leicht erhöht auf einer kahlgeschlagenen Lichtung in einem Wald aus Eichen, Haselnuss- und Judasbäumen, über eine halbe Meile von einer Nebenstraße nach Hays entfernt. Das Holzhaus mit einem Dach aus Zedernschindeln und einer umlaufenden Terrasse schien aus dem Lehmboden emporzuwachsen. Ein verschlammter Pick-up und ein verrosteter Ford Sedan parkten vor der Scheune zur Linken. Ein kleinerer Schuppen in der Nähe des Hauses stand offen.

Sie waren mit nur zwei Fahrzeugen gekommen – dem Cruiser des Sheriffs und einem zivilen SUV, der von Detective Dunlap gefahren wurde. Mit an Bord waren unter anderem Detective Ellis und Chief Inspector Simms. Im Hof war es ruhig. Die vier, die nicht aus dem County kamen, blieben in ihrem Fahrzeug sitzen, ließen den Motor laufen, damit die Klimaanlage funktionierte, und warteten auf ein Zeichen des Sheriffs.

Jetzt trat ein Mann aus dem Haus. Er war groß und sah wie ein Wrestler aus. Sein Bart war pechschwarz und glänzte, als käme der Mann soeben aus der Dusche. An seiner Hüfte hing ein Revolver mit kurzem Lauf. Mit zusammengekniffenen Augen schaute er auf den SUV vor der Veranda hinab, und seine Schießhand glitt zum Griff seiner Waffe.

Simms war eine gute Schützin, aber sie hatte das Gewicht der Glock 17 an ihrer Hüfte noch nie als so beruhigend gefunden wie jetzt.

»Worauf wartet Launer?«, fragte Dunlap. Zehn Sekunden gaben sie ihm noch, aber als dann immer noch nichts vom Sheriff zu sehen war, sagte Dunlap: »Zum Teufel mit ihm«, und öffnete die Tür des SUVs. Feuchte Hitze wallte herein.

Der Bärtige spannte jeden Muskel an.

»Bist du sicher, dass du weißt, was du tust, Greg?«, fragte Ellis. »Dies ist nicht unser Zuständigkeitsbereich.«

»Der Typ ist doch schon auf hundertachtzig. Wenn wir noch zehn Minuten hier sitzen und ihn beäugen, schießt er noch um sich.«

Langsam kletterte er hinab und gab sich als Polizist aus East St Louis zu erkennen. Der Mann trat einen Schritt zurück und behielt beide Fahrzeuge im Blick.

»East St Louis, Illinois? Dann würde ich gerne mal einen Ausweis sehen, Detective.«

»Dazu muss ich in meine Gesäßtasche greifen«, sagte Dunlap. »Ist das okay für Sie?«

Der Mann nickte zögerlich.

Dunlap zog mit der linken Hand sein Ausweismäppchen aus der Tasche und zeigte ihm die Marke.

In diesem Moment verließ Sheriff Launer schwungvoll seinen Cruiser, einen Deputy mit Digitalkamera im Gefolge. Deputy Hicks stieg hinten aus.

»Mr Tulk?«, sagte Launer.

Der Bärtige blickte auf den Mann mit der Kamera. »Die können Sie gleich wieder ausstellen.«

Der Deputy warf Launer einen nervösen Blick zu, aber der Sheriff behielt Tulk im Blick.

»Sammeln Sie Spenden, Sheriff?«, fragte der Mann.

»Wie bitte?«

»Ich habe bereits gespendet, sollten Sie wissen – für Ihren Kontrahenten.« Tulk lächelte in die Kamera. »Möchten Sie hören, warum?«

Launer deutete mit dem Kinn auf die Kamera, und der Deputy stellte sie ab.

»Ich suche einen kleinen Jungen«, sagte Launer. »Er heißt Riley Patterson. Möglicherweise ist er im Wald von Lambert Woods gelandet.«

»Das ist ein ganzes Stück weiter, Sheriff, auf der anderen Seite des Highways. Soll ich Ihnen den Weg beschreiben?«

»Ich weiß, wo das ist. Ich muss in den Wald hinein und mich umschauen.«

»Was hält Sie davon ab?«

»Einer meiner Deputys hat sich verletzt.«

»Kann passieren, wenn man sich widerrechtlich Zutritt zu anderer Leute Eigentum verschafft.«

Launer betrachtete das Holster mit der Waffe an der Hüfte des Mannes. »Haben Sie eine Lizenz für das offene Führen von Schusswaffen, Mr Tulk?«

An einem der Fenster war eine Bewegung zu sehen, und ein paar Sekunden später erschien eine Frau auf der Schwelle.

»Er hat einen Waffenschein, Sheriff«, sagte sie. »Offen und verdeckt. So wie ich auch.«

Sie war groß und stämmig. Die cremefarbene Bluse trug sie über dem Jeansrock, und Simms hatte keinerlei Zweifel, dass sie ein Holster mit einer Waffe am Bund trug.

Launer schaute zwischen den beiden hin und her. »Wie ich Ihrem Sohn schon sagte, suche ich einen vermissten Jungen. Er könnte sich auf Ihrem Land befinden, am Lambert Hill, aber das Gelände ist mit Fallen gespickt. Einer meiner Männer hat sich schon verletzt. Es ist gar nicht so, dass ich die Sache weiterverfolgen will, in welcher Form auch immer«, er ließ seine weißen Zähne blitzen, »aber die Fallen sind illegal.«

»Na klar sind sie das«, sagte Mrs Tulk und schüttelte den Kopf, wie verantwortungslos Leute nur sein konnten.

»Wie ich schon sagte, niemand will Sie verklagen«, beharrte Launer unbeirrt freundlich, fast schon nachbarschaftlich. Aber seine Augenpartie färbte sich rötlich, und sein Lächeln, wenn er es denn zeigte, ließ den Hai dahinter erkennen. »Wir brauchen nur jemanden, der uns durch den Wald führt.«

»Ich wünschte, ich könnte Ihnen weiterhelfen«, sagte sie. »Aber was, wenn einer meiner Jungen sich verletzt?«

Sheriff Launer lief rot an. »So stellen Sie sich das also vor?«

»Was stelle ich mir wie vor?« Sie betrachtete ihn milde.

»Denken Sie, ich weiß nicht, was Sie da in Ihrem Wald sichern?«

»Ich weiß nicht, was Sie meinen. In der Wohnwagensiedlung leben allerdings ziemlich viele Leute. Jeder hätte diese Fallen aufstellen können.«

»Nur weil ich nur mit ein paar Deputys hier aufkreuze, sollten Sie nicht denken, dass ich nicht die Macht habe, Ihre Behauptungen zu überprüfen. Diese Leute hier sind von einer überstaatlichen Sonderermittlungsgruppe«, sagte Launer, der Dunlap nun zum ersten Mal Beachtung schenkte. »Wir haben zehn Kollegen aus St Louis, die nur auf meinen Einsatzbefehl warten.«

»Sheriff«, warnte ihn Dunlap.

Aber Launer hörte gar nicht zu. »Und Leute vom Team Adam«, sagte er. »Die schwimmen in Geld und machen vor nichts Halt, um ein Kind nach Hause zurückzubringen. Sie können also mit uns zusammenarbeiten, in den Wald mitkommen und den Jungen suchen, und dann sind wir auch schon wieder verschwunden. Oder …« Er hob einen Finger. »*Oder* ich komme mit Drogenspürhunden, Leichensuchhunden und Infrarot-Wärme-Detektoren zurück, und dann werde ich mithilfe eines ganzen Heers an Freiwilligen jedes Blatt und jeden Stein in Ihrem Wald umdrehen. Jeden Schuppen, jeden Busch und jedes Glashaus werde ich inspizieren, und wenn es auch nur den Hauch von Gras auf dem Gelände gibt, werde ich es finden.«

Mrs Tulk hatte sich die Ansprache gleichmütig angehört. Als er fertig war, sagte sie: »Wenn Sie nach Cannabis-Plantagen suchen, sollten Sie sich bei den Mexikanern umschauen, statt unbescholtene Amerikaner zu belästigen.«

»Wollen Sie sagen, dass die *Mexikaner* das Zeug oben auf Ihrem Hügel anbauen?«

»Um ehrlich zu sein, weiß ich gar nicht, was da oben wächst. Ich war schon zwei Jahre nicht mehr auf dem Lambert Hill. Und du, Harlan?«

»Ist schon eine Weile her«, sagte er. »Ein paar Meilen weiter nördlich in Richtung Deadman's Ditch habe ich aber, als ich Ende Mai mit den Hunden dort war, einen Kahlschlag entdeckt.«

»Ich kann mich gar nicht erinnern, dass ein solcher Fall angezeigt wurde«, sagte Launer mit bewusst neutraler Miene.

»Deadman's Ditch gehört den Tulks, Sheriff«, sagte Harlan. »Wir schützen unseren Besitz selbst.«

»Sie sollten das der DEA melden – der Drogenvollzugsbehörde, falls Ihnen das was sagt«, erklärte Launer. »Wenn Sie etwas bemerken, das irgendwie mit Drogen zu tun haben könnte, sollten Sie sich verdammt noch mal fernhalten und es melden.«

»Wären Sie denn gekommen, wenn wir es gemeldet hätten?«, fragte Mrs Tulk.

Der Sheriff lächelte. »Ich bin der Boss, Mrs Tulk – ich delegiere.«

»Daran habe ich keinen Zweifel.« Ihr Mund verzog sich, als würde sie am liebsten vor ihm ausspucken.

Launer ignorierte die Frau und schaute stattdessen ihren Sohn an. »Sie können von Glück sagen, dass Sie nicht erschossen wurden.«

»Wo wir von Glück reden«, sagte Mrs Tulk, »das gilt für Sie genauso.«

Jetzt hatte sie wieder seine Aufmerksamkeit.

»Sie mögen da draußen der Boss sein«, sagte Mrs Tulk. »Aber eines sage ich Ihnen: Dieses Land hier gehört den Tulks, und ich und die meinen werden die Stellung behaupten und es beschützen, wie wir es immer getan haben.« Simms konnte fast das Ozon riechen, als der wechselseitige Hass in ihren Blicken die Atmosphäre auflud.

Schließlich stampfte Launer zu seinem Wagen zurück, der Deputy mit der Kamera hinterher. Mrs Tulk hatte seinen Bluff durchschaut – rein rechtlich gesehen konnte er gar nichts tun. Dunlap nickte Mrs Tulk zu und kehrte mit Ellis zum SUV zurück. Hicks hingegen blieb, wo sie war, und Simms ließ sich Zeit, weil sie neugierig war.

Mrs Tulk sah zu, wie Launer zurücksetzte und beim Start Kies aufspritzen ließ. Sie wartete noch, bis der Wagen auf der unbefestigten Straße entschwand, und richtete ihre kleinen, harten Augen dann auf die beiden Frauen.

Hicks stellte sich vor, aber Mrs Tulk schaute Simms an. »Und wer sind Sie?«

»Ich bin nur eine Beobachterin«, sagte Simms.

»Von der UNO, was?« Mrs Tulk musterte Simms von oben bis unten. »Ich wette, Sie sind diese britische Polizistin, von der in den Nachrichten die Rede war.«

Simms hielt ihrem Blick stand. »Ich bin nur eine Mutter, die dabei hilft, einen kleinen Jungen wiederzufinden.«

»Ma'am?«, sagte Hicks respektvoll.

Mrs Tulk beachtete sie gar nicht, aber Hicks redete erst weiter, als die Frau sie schließlich scharf fixierte.

»Riley kann vielleicht den Mann identifizieren, der seine Momma getötet hat«, sagte sie.

»Ganz bestimmt. Viele dieser Nachrichtenleute behaupten, Sie suchen einen Serienmörder. Scheint ja zu stimmen.«

»Ja, Ma'am«, sagte Hicks. »Wir gehen davon aus – und wir müssen Riley beschützen.«

»Mhm.« Marsha Tulk verschränkte die Arme vor ihrem mächtigen Busen. »Es gab da doch noch einen Jungen – seine Momma hatte ihn zu seiner Tante geschickt, bevor sie ermordet wurde.«

»Trey Gaigan, richtig, Ma'am.«

»Er ist verschwunden, kurz nachdem seine Momma tot aufgefunden wurde. Die Leute im Fernsehen denken, dass euer Serienmörder ihn sich geholt hat.« Sie hob den linken Arm und kratzte sich mit einem gelben Fingernagel den Ellbogen. »So beschützen Sie also die Menschen, Deputy?«

»Bei allem Respekt, Ma'am, aber Trey war ja nicht in polizeilichem Gewahrsam …«

»Polizeilicher Gewahrsam? Sie würden einen Jungen einsperren, um ihn zu beschützen?« Mrs Tulk schüttelte den Kopf. »Das scheint mir die Verhältnisse auf den Kopf zu stellen, Deputy.«

Sie drehte ihnen den Rücken zu und marschierte ins Haus zurück.

Ihr Sohn stand mit locker herabhängenden Armen da, ein Funkeln der Genugtuung in den Augen. »Wenn Sie unser Land durchkämmen wollen, können wir Sie nicht daran hindern. Passen Sie aber gut auf, wo Sie hintreten«, sagte er.

# 46

Als Harlan ins Haus zurückkehrte, stand seine Mutter am Küchentisch und traktierte eine Teigkugel von der Größe eines Männerkopfs. Es hatte mal eine Zeit gegeben, in der er nichts lieber getan hatte, als seine Momma dabei zu beobachten, wie sie Teig klopfte und knetete und zu einer Kugel formte; der hefige Geruch war betörend gewesen, und der Gedanke an den reinen, knusprigen Geschmack des Brots hatte etwas Tröstliches gehabt. Aber das war schon sehr lange her. Wenn er seine Momma jetzt mit dem Teig herumhantieren sah, erinnerte ihn das nur an ihre Macht und die Heftigkeit ihrer Launen.

»Sag, dass ihr die Plantage auf dem Lambert Hill geräumt habt«, begann sie.

»Die ist geräumt.« Den ganzen Morgen über hatte er mit seinen Brüdern Pflanzen ausgegraben. »Momma …«

»Sag nicht, was du jetzt denkst, Harlan«, unterbrach sie ihn und hob eine mehlige Hand. »Ich möchte es gar nicht hören.« Sie fixierte ihn mit ihren kleinen Augen, und der zwölfjährige Junge in ihm zitterte. Der Mann in ihm tobte allerdings. Er drückte den Rücken durch und legte einen stählernen Ton in seine Stimme.

»Denkst du, wenn ich es nicht sage, wird es nicht geschehen?«

Sie knurrte und stürzte sich wieder auf ihren Brotteig.

»Was, wenn Launer seine Drohung wahrmacht und mit einem ganzen Aufgebot an Bullen und Spürhunden hier aufkreuzt?«

Sie schnaubte. »Du hast doch gesagt, die Plantage ist sauber. Ist dir im Übrigen nicht aufgefallen, wie dieser schwarze Bulle ihn angesehen hat? Launer ist ein Vollidiot.«

»Das kann man wohl sagen.« Er nickte. »Aber er ist nicht allein. Diese Geschichte hat im ganzen Land die Runde gemacht. Sie ist im Internet, Momma, was bedeutet, dass die ganze Welt zuschaut. Und bislang hat man weder den Mörder noch den Jungen. Sie brauchen aber eine Geschichte. Sie werden alles nehmen, was sie kriegen können, und wenn es eine Bande Weißer ist, die in den Wäldern Marihuana anbaut. Man wird sich darauf stürzen und von einer sensationellen Enthüllung sprechen.«

»Harlan ...«

»Und wenn sie die Plantage finden, kommen sie hierher und schnüffeln weiter.«

»Verdammt noch mal, Harlan!« Sie knallte den Teig auf den Tisch und keuchte.

Er stützte sich mit den Fäusten auf den Tisch, und sie beäugten sich wie zum Angriff bereite Kampfhähne. Als sich die Spannung wieder gelegt hatte, bestäubte Marsha den Teig und knetete im alten Rhythmus weiter.

Da er den Eindruck hatte, dass sie jetzt ruhiger war, sagte Harlan: »Wegen dem Jungen schnüffeln die Bullen hier herum, und das können wir uns nicht leisten. Lass eine einzige staatlich finanzierte Einrichtung auf den Hof, dann kannst du gleich eine Einladung an alle schicken.«

»In Ordnung«, sagte sie, obwohl sie ziemlich gequält aussah. »Hol ihn her.«

Er ging in den Schuppen, wo sie den Stoff abwogen. Die Tür stand immer noch offen, und es war ein Wunder, dass die Bullen die zum Trocknen ausgebreiteten Samen nicht gerochen hatten. Glasfenster hatte der Schuppen nicht, aber die beiden großen Holzläden ließen sie tagsüber geöffnet, um für Durchlüftung zu sorgen. So fiel auch genug Licht herein, um die Ernte zu begutachten und abzuwiegen. Da er aus dem grellen Nachmittagslicht kam, musste er die Augen zusammenkneifen. Am Wiegetisch stand der Junge nicht.

*Er versteckt sich*. Vermutlich hat er gedacht, dass die Bullen hier hineinschauen.

Harlan ging weiter hinein. Es war ein großer Schuppen, ungefähr zehn mal acht Meter. Holzwände trennten Bereiche ab, in denen die Pflanzen in unterschiedlichen Stadien des Trocknens ausgebreitet waren. Hinter der ersten Wand war Red nicht, hinter der zweiten auch nicht, und auch nicht hinter der letzten. Harlan vergewisserte sich noch einmal. Der Junge war fort.

Als er mit der Nachricht zurückkam, erwartete er ein Donnerwetter, aber seine Mutter riss einen Batzen Teig ab und legte ihn in eine Brotbackform, ein Lächeln auf den Lippen.

»Dieser Junge ist so schlüpfrig wie ein Aal«, sagte sie. Als er den Stolz in ihren Augen sah, fühlte er fast so etwas wie Eifersucht.

»Bist du nicht besorgt?«

»Doch, ich bin besorgt«, sagte sie. »Ich habe große Sorge, dass er dem Lover seiner Mutter in die Finger fällt oder einem Bären oder Kojoten über den Weg läuft.«

»Was, wenn die Bullen ihn finden! Er weiß zu viel.«

Sie stieß Luft aus. »Er würde den Bullen nicht ein Wort über uns verraten.«

Harlan schüttelte den Kopf. »Er ist neun, Momma.«

Sie seufzte, weil er meinte, sie zurechtweisen zu müssen. »Vielleicht machst du dich dann besser auf die Suche, bevor die Bullen ihn finden, oder?«

»Ich soll ihn suchen?«

»Tyler sollte in der Wohnwagensiedlung bleiben und ein

Auge auf die Dinge haben, die sich dort ereignen. Schnapp dir Bryce und Tyler. Von mir aus auch Haley, wenn du denkst, sie kann dir irgendwie nützlich sein.«

»Und wo sollen wir bitte anfangen?«, fragte Harlan stinksauer, weil er sich missachtet fühlte.

»Harlan«, sagte sie. »Er ist clever, aber er ist immer noch ein neunjähriger Junge. Er wird tun, was jeder Neunjährige tun würde – nach Hause gehen.«

# 47

**Einsatzzentrale der Sonderermittlungsgruppe, Westfield, Williams County, Oklahoma**

Nick wusste, dass Josh den Link zu dem Videoclip hatte, denn er hatte ihn ja mitten in der Sitzung der Sonderermittlungsgruppe angerufen. Was er nicht erwartet hätte, war, dass Josh bereits auf eigene Faust mit der Transkription begonnen hatte.

»Ich habe einen Aufsatz über den Sprachgebrauch von Psychopathen gelesen und dachte, es könne interessant sein, den Dialog zu analysieren. Wie oft erhält man schon die Gelegenheit, den Sprachgebrauch eines Psychopathen in seiner natürlichen Umgebung zu studieren?«

Kate Simms würde diese Facette der Interessen seines Doktoranden zweifellos als Beweis dafür ansehen, dass man ihm nicht trauen konnte. Fennimore hingegen kam das überhaupt nicht komisch vor. Josh Brown hatte erst drei Jahre Psychologie studiert, und dies war genau die Art von Wissbegierde und Eigeninitiative, die ihn aus der Menge herausstechen ließ.

Fennimore erzählte ihm von den Plänen, die Worte des Mörders von einem Dialektgeographen analysieren zu lassen, und von ihrem Verdacht, dass es einen zweiten Täter geben könne – einen Komplizen, der aus der Distanz Befehle gab. »Es sieht allerdings so aus, als hätte dieser dämonische Puppenspieler die Fäden durchtrennt«, sagte Fennimore.

»Und dann ist *Chuckys Baby* geboren«, ergänzte Josh.

»Wer?«

»Chucky?«, fragte Josh. »Die Ikone der Ikonen des Horrorfilms? Vergessen Sie es. Tatsächlich wollte ich Sie auch gerade anrufen – es gibt da etwas, auf das ich mir einfach keinen Reim machen kann.«

»Schießen Sie los«, sagte Fennimore.

»Sharla Jane fragt ihn, ob sie es irgendwie wiedergutmachen kann, und er sagt: ›Das wird sich zeigen.‹«

»Ja.« Diese Worte sind in Fennimores Gehörnerv eingebrannt.

»Dann murmelt er etwas, das ich nicht richtig verstehe. ›Dein Kind‹ vielleicht?«

»›Dein Kind‹ … Ja, das könnte es sein«, sagte Fennimore. »Gut möglich, dass er das Kind ins Spiel bringt, um ihr zu drohen.«

»Und dann sagt er … ›soll‹?«

»Vielleicht will er sie quälen, indem er damit droht, den Jungen büßen zu lassen«, sagte Fennimore.

»Irgendwie wäre das trotzdem komisch«, sagte Josh skeptisch. »Ich habe mir die Stelle tausendmal angeschaut, aber er scheint nicht zu triumphieren. Ich sehe nur Enttäuschung und … Bitterkeit?«

»Haben Sie versucht, Bässe und Höhen zu verändern?«, fragte Fennimore.

»Nein, aber das werde ich jetzt tun.«

»Wenn das nichts bringt, schreiben Sie einfach auf, was Sie phonetisch zu hören vermeinen. Sie können ja im Transkript markieren, was nur geraten ist. Die Sprachspezialisten haben vielleicht technische Tricks, um mehr herauszuholen.«

»Okay. Wohin soll ich es schicken, wenn es fertig ist?«

»Professor Varley kennt jemanden an der Universität Aston – er meldet sich, sobald er sich mit ihm geeinigt hat.«

»Gut. Über Handy bin ich jederzeit erreichbar.«

In Aberdeen war bereits früher Abend, aber Fennimore hatte keinerlei Zweifel daran, dass Josh die Nacht durcharbeiten würde, um die Sache zu erledigen. Joshs Arbeitsfanatismus und der vollständige Mangel an Sozialleben waren zwei der Gründe, warum Kate ihm misstraute. Als Fennimore und Kate vor all den Jahren an der National Crime Faculty zusammengearbeitet hatten, war sie ihm eine große Hilfe gewesen, wenn es um das Verständnis der subtileren Facetten der menschlichen Natur ging. Lügner und Gauner hatte Fennimore aber immer erkannt, und so wusste er selbst, dass Josh ihm irgendetwas verheimlichte. In dieser Hinsicht war er tatsächlich ein Lügner. Dennoch hielt Fennimore ihn für einen aufrichtigen Menschen. Außerdem war er ein verdammt guter Wissenschaftler, und damit hatte er in Fennimores Augen ein gehöriges Maß an Nachsicht verdient.

# 48

Riley Patterson hatte an der Schuppentür gestanden und alles mit angehört, was Sheriff Launer gesagt hatte. Ihm war klar gewesen, dass Mrs Tulk nicht dastehen und mit anschauen konnte, wie ihre Familie und ihr Geschäft den Bach runtergingen – sie *musste* ihn ausliefern. Noch vor Ende des Gesprächs hatte er sich aus dem Schuppen geschlichen. Zunächst rannte er, um Abstand zwischen sich und ihre Söhne zu bringen, aber jetzt befindet er sich auf der schattigen Seite eines bewaldeten Kamms, wo er immer in der Nähe des Highways bleiben wird.

Mrs Tulk denkt, dass er keine Ahnung hat, wer seine Momma umgebracht hat, aber Red weiß es, seit er ihr von den Ereignissen am Freitag erzählt hat. Es war ihm nicht sofort klar, aber als er nachts schweißgebadet aufwachte, fiel es ihm wie Schuppen von den Augen. Will hat Momma umgebracht, und wenn er nicht so eine Heulsuse wäre, wäre er auch alleine darauf gekommen. Er hätte auf Momma aufpassen sollen, statt wie ein Baby in den Wald zu flüchten, wie ein kleines verängstigtes Karnickel …

*Wie ein elender Feigling.*

Sein Unterleib krampft sich zusammen, als hätte jemand eine Faust hineingejagt. Er fällt auf die Knie, und im nächsten Moment schluchzt er und schreit seine ganze Wut in die Welt hinaus.

Im Kofferraum von Harlan Tulks Wagen, an jenem Abend, als seine Momma starb, hatte er sich die Seele aus dem Leib geheult, als würde der ganze Schmerz und Kummer seines Lebens darin liegen. Dieser neuerliche Schmerz hingegen entspringt einem Gefühl der Sünde. Es fühlt sich an, als wäre es seine eigene Verderbtheit, die all das Schlechte über ihn und seine Momma gebracht hat: seine Feigheit, die das alles zugelassen hat.

# 49

Für gewöhnlich bedarf es einer aktiven
Anstrengung, wenn etwas Unbewusstes
bewusst werden soll.

Erich Fromm, *Vom Haben zum Sein*

Sheriff Launer hatte die Suchaktion im Wald auf Montagmorgen verschoben, wenn zwei Such- und Rettungshunde mit ihren Hundeführern eintreffen würden. Nachdem Fennimore mit Josh gesprochen hatte, verbrachte er ein paar Stunden in seinem Hotelzimmer, las E-Mails, beantwortete Fragen seiner Studenten und suchte die Slides heraus, die er auf der Konferenz der International Homicide Investigators Association in St Louis projizieren würde. Wie immer ging er auch auf Suzies Facebook-Seite, obwohl sich sein Magen unweigerlich zusammenzog, wenn er den Link öffnete. Keine neuen Posts warteten darauf, gesichtet und auf Suzies Wall gestellt zu werden, daher öffnete er das Bild von dem Mädchen im Sommerkleid. Der Traum, den er Samstagnacht gehabt hatte, störte seither seinen Schlaf. Im Traum sah er wieder, wie das Mädchen auf dem Foto neben dem älteren Mann einherschritt. Der warme Wind trug den Duft von Blumen und einen entfernten Geruch von Flusswasser herbei. Eine Polizeisirene ertönte – leicht verstimmt für seine britischen Ohren. Das Mädchen zuckte zusammen, drehte sich um und trat fehl. *Fauxpas*, dachte Fennimore unwillkürlich. Was hatte das zu bedeuten? Er war sich ganz sicher, dass ihm irgendetwas an diesem Bild entgangen war.

Sein Handy klingelte, und Fennimore nahm das Gespräch an. Es war Hicks.

»Ich bin für heute fertig«, sagte sie.

»Okay …«

»Ich habe Take-out-Gerichte besorgt. Interesse?«

»Unbedingt«, sagte er. »Warum kommen Sie nicht her?«

Nach einem unbehaglichen Schweigen sagte sie: »Ich stehe fünfzig Meter links von der Zufahrt. Warum kommen *Sie* nicht?«

Wenige Minuten später stieg er in ihren verbeulten SUV.

»Entschuldigen Sie diese Nacht-und-Nebel-Aktion«, sagte sie. »Aber die Klatschtanten hatten ihren großen Tag, als ich das letzte Mal vor Ihrem Motelzimmer geparkt habe, und da dachte ich …« Sie zuckte mit den Achseln.

»Wo fahren wir hin?«

»Zu mir«, sagte sie.

Hicks wohnte in einem gemieteten Bungalow an einer maroden Straße am Stadtrand. Das Haus war winzig – Wohnzimmer, Schlafzimmer, Bad und Küche – und stand auf einem großen zugewucherten Grundstück mit Obstbäumen und einem verfallenen Holzschuppen. Sie mochte es aber, erklärte sie, weil sie nachts auf der Schwelle sitzen und in die Sterne schauen konnte. Offenbar war sie eine unverbesserliche Optimistin, da man den Nachthimmel vor allem deshalb so gut sah, weil zwei von drei Straßenlaternen kaputt und die meisten Häuser in der Nachbarschaft verlassen waren.

Sie aßen gebratenes Huhn und tranken Bier und redeten über den Fall. Hicks machte sich Gedanken wegen Billy Dawalt, den man im Trubel um Riley Patterson ganz vergessen zu haben schien.

»Billy ist seit sechs Monaten verschwunden«, sagte er. »Riley erst seit drei Tagen.«

»Ich weiß«, sagte sie. »Im Vergleich mit den anderen Kindern hat Riley gute Chancen – aber sie wären noch besser, wenn wir die Tulks dazu bringen könnten, mit uns zusammenzuarbeiten.«

»Erzählen Sie mir etwas über die Tulks. Wenn ich es recht verstanden habe, sind sie berüchtigt.«

»Das kann man wohl sagen.« Hicks biss von ihrem Huhn ab und kaute. »Mit Harlan und seinen Brüdern waren Sie schon mal in der Kneipe – damals, als Sie sich in Danley's Bar betrunken haben.« Sie kniff ein Auge zu. »Bevor ich Sie dann retten kam.«

»Ich kann mich nur erinnern, dass ich angenehm beschwipst war«, sagte er in einem Tonfall, von dem er hoffte, dass er eine gewisse Verächtlichkeit zum Ausdruck brachte. »An eine Rettung erinnere ich mich nicht.«

»Wenn Sie es unbedingt so sehen wollen, Professor«, sagte sie und kicherte in ihr Bier hinein. »Aber diese Jungs haben Sie aus dem Schatten fixiert wie Kojoten aus dem Hinterhalt.«

»Wie Sie es erzählen, könnte man fast meinen, ich sei tatsächlich in Gefahr gewesen.«

»Die Tulks stammen von einer langen Linie von Outlaws und Desperados ab«, sagte Hicks. »Bevor die Eisenbahn hierherkam – bevor Oklahoma überhaupt ein Staat war –, war es Grenzland. Indianerland. Damals pflegte man zu sagen: ›Es gibt keinen Sonntag westlich von St Louis und keinen Gott westlich von Fort Smith.‹«

»Und die Tulks halten den Geist der Grenze hoch, wollen Sie sagen?«

»Das ist eine Frage der Familienehre. Der einzige Unterschied ist, dass sie in den Wäldern Marihuana anbauen, statt Schnaps zu brennen.«

»Was die Fallgruben erklärt.«

»Und ihre Weigerung, uns bei der Suche auf ihrem Land zu helfen.«

Fennimore wusste, dass seine nächste Frage die Polizistin auf Probe in Bedrängnis bringen würde. »Wenn ich es recht verstanden habe, gab es am Haus der Tulks ein kleines Geplänkel – Andeutungen und Unterstellungen zum Marihuana-Anbau.«

Hicks nickte. »Der Sheriff und Harlan haben um dieses Thema einen kleinen Eiertanz aufgeführt. Das ist mir auch aufgefallen.«

»Ist da was dran?«

»Wie ich schon sagte, die Tulks verstehen es als eine Frage der Ehre, an Familientraditionen festzuhalten.«

Für ausweichende Antworten hatte Fennimore einen Riecher. »Mich würden eher die Anschuldigungen gegen den Sheriff interessieren.«

Eine Weile lang schaute sie ihn einfach an. Ihre wölfischen Augen verrieten nichts als Vorsicht, aber Fennimore fühlte sich trotzdem unbehaglich unter diesem Blick.

»Warum erzählen Sie mir nicht einfach eine Lagerfeuergeschichte, Abigail – ein bisschen allgemeines Geschwätz«, sagte er schließlich, um das Schweigen zu brechen.

Sie stellte ihr Bier ab. »Okay. Aber dieses – wie haben Sie es genannt?«

»Allgemeines Geschwätz.«

Sie nickte. »Aber dieses ›allgemeine Geschwätz‹ muss unter uns bleiben. Okay?«

»Okay«, sagte er.

Trotzdem widerstrebte es ihr offenbar, mit der Sache herauszurücken. Sie nahm einen großen Schluck aus der Flasche, stellte sie mit einem Seufzer wieder hin und brauchte drei Anläufe, um endlich zu beginnen.

»Auf dem Flugblatt von Sheriff Launers Wahlkampagne

steht doch, dass die Drogenkriminalität um dreißig Prozent zurückgegangen ist, nicht wahr?«, sagte sie.

»Was durch die Statistiken vermutlich nicht gedeckt ist, oder?«

»Die Notaufnahme des County-Krankenhauses hat dreiundzwanzig Prozent mehr Zulauf in Zusammenhang mit Meth-Abhängigkeit. Sie sind doch gut in Mathe, Professor«, sagte sie, und in ihren Augen spiegelte sich nackte Wut. »Können Sie mir erklären, wie die Drogenkriminalität runtergehen kann, wenn der Drogenkonsum steigt?«

»Schwierige Frage, in der Tat«, sagte er sanft. »Wie hat der Sheriff dieses mathematische Kunststück bewerkstelligt?«

Sie zögerte, und er dachte schon, sie würde einen Rückzieher machen und ihren Verdacht für sich behalten. Dann sagte sie aber: »Man kann die Verhaftungen von Drogenkriminellen um die Hälfte reduzieren, wenn man sie stattdessen an den Rand drängt, wo sie gesetzestreuen Bürgern nicht mehr ins Auge fallen. Oder man kann Delikte in eine andere Kategorie einordnen und einen psychotischen Übergriff unter Meth-Einfluss als ›häusliche Gewalt‹ deklarieren – die Drogen müssen nicht einmal erwähnt werden. Oder man verhaftet eine Prostituierte, weil sie Männer anspricht, schreibt aber einfach nicht in den Bericht, dass sie so high auf Meth war, dass man sie stundenlang nicht verhören konnte.«

»Wäre es nicht in Launers eigenem Interesse, bei Drogen genau hinzusehen, besonders während des Wahlkampfs?«, fragte Fennimore. »Eine Zunahme der Verhaftungen würde doch darauf hindeuten, dass er seinen Job macht, oder?«

Darauf antwortete sie nicht direkt. »Politik besteht darin, die Bedürfnisse deiner Wähler gegen die Interessen der Unterstützer deiner Kampagne abzuwägen.«

»Ich bin mir nicht sicher, ob ich das verstanden habe.«

»Kennen Sie den ausschlaggebenden Faktor, der über den Sieg entscheidet?«

»Charme?«, schlug Fennimore vor. »Ein gutes Wahlprogramm? Ein gewinnendes Lächeln?«

»Nichts davon – obwohl Launer mit seinem Lächeln zweifellos einen Startvorteil hätte«, sagte sie. »Nein, in der Politik geht es einzig um PR. Der Sheriff ist Mitglied im Country Club drüben in Hays und bedient sich dieser Kontakte fleißig. In den letzten sechs Monaten hat er den Radiosender für wöchentlich dreißig Minuten bester Sendezeit bezahlt – hier draußen erreicht man viele Leute übers Radio. Launers Flugblätter und Poster wurden von Merl und Shona vom *Westfield Examiner* entworfen und gedruckt. Er hat regelmäßig ganzseitige Anzeigen in dem Blatt, um sein Sheriff's Office ins beste Licht zu rücken. Das *kostet.*«

Allmählich dämmerte es ihm. »Sie denken, Launer hat einen Deal mit den Dealern?«

Hicks betrachtete mit gerunzelter Stirn ihre Bierflasche und schob sie auf dem Tisch herum, antwortete aber nicht.

»Sie sollten mit dem Distrikt-Staatsanwalt sprechen«, sagte Fennimore.

»Ich hatte Ihnen doch gesagt, dass der ein Arschloch ist. Außerdem habe ich keine Beweise.«

»Was ist mit Ihrer Freundin aus der Verwaltung?«, fragte Fennimore. »Die, die er als Bewährungshelferin in den Knast geschickt hat.«

»Sie meinen die Frau, die am nächsten Tag gekündigt hat – und aus dem County weggezogen ist? Als ich sie zum letzten Mal angerufen habe, bekam ich keinen Anschluss unter der Nummer. Ich habe nichts als Spekulationen und vorsichtige Schätzungen, Professor. Es bräuchte eine Menge mehr, um dieses schlafende Ungeheuer zu wecken.«

Unvermittelt schnappte sie sich ihre Bierflasche und sagte: »Lassen Sie uns rausgehen. Ich muss an die frische Luft.«

Sie nahmen ihr Bier und gingen über das Gelände zur Obstplantage. Es war Vollmond, und Fennimore konnte nun erkennen, wie gewaltig das Land hinter dem Grundstück war. Reihen um Reihen kleiner Obstbäume erstreckten sich vor ihnen: vor allem Pfirsiche und Süßkirschen, die nach den jüngsten Regenfällen schon erste Früchte trugen, aber auch Pflaumen und ein paar Birnbäume, an denen die tränenförmigen Fruchtansätze auf eine gute Ernte im August hoffen ließen. Die Zikaden waren verstummt, eine nach der anderen; jetzt erfüllte das sanftere Zirpen der Grillen und Heuschrecken die warme, duftende Luft.

Sie schaute ihn an, und ausnahmsweise einmal war es ihm kein Rätsel, was die glühenden Blitze in ihren Augen zu bedeuten hatten. Sie war frustriert, weil sie nichts tun konnte, das wusste er, da es ihm genauso ging.

Fennimore küsste sie, und sie erwiderte den Kuss, obwohl ihre Zähne eher wütend als leidenschaftlich gegen die seinen schlugen. Als die Anspannung allmählich nachließ, gab sie sich dem Kuss schließlich hin, während die Grillen zirpten und die Fledermäuse dicht über ihre Köpfe hinwegschwirrten.

Nach einer Weile löste sie sich von ihm. »Ich brauche immer noch frische Luft«, sagte sie und legte mit einem leisen Lachen ihre warme Stirn an seine Brust.

Fennimore küsste ihren Hals und ließ seine Hände über ihre Schultern und dann den Rücken hinabgleiten. Als sich seine Finger in ihren Hosenbund schoben, packte sie seine Hand.

»Das werden wir wohl nach innen verlegen müssen«, erklärte sie.

Er schaute sich um. »Lass mich raten – die Gesetze in Oklahoma sind wirklich streng, wenn es um Liebe an der frischen Luft geht?«

»Schlimmer.« Sie lachte. »Hier wimmelt es von Feuerameisen.«

# 50

**Im Wald, Williams County, Oklahoma**
**Sonntagnacht**

Es ist Vollmond, und Riley Patterson kann unter dem sternenklaren Himmel genug sehen – was gut ist, weil er seine Taschenlampe bei den Tulks zurückgelassen hat. Obwohl er aus eigener Dummheit eine Stunde verloren hat, konnte er die Zeit wieder aufholen, indem er auf Pausen verzichtet hat. Wo er hinwill, weiß er nicht, er will nur hier raus. Am schnellsten wäre er auf dem Highway, aber er hat Angst, gesehen zu werden. Lieber bleibt er oben auf dem Kamm und sieht die Straße nur manchmal zwischen den Bäumen aufblitzen, wie verwittertes Aluminium im Mondlicht.

Zu essen oder zu trinken hat er nichts, nur die Sachen, die er am Leib trägt, und sein Taschenradio. Er wird mehr brauchen, wenn er lange genug überleben will, um nach … wohin auch immer zu gehen. *Hauptsache fort*, sagt er sich – denn der kleine Junge in ihm unterstellt einfach, dass niemand wissen kann, wo er hingeht, wenn er selbst es schon nicht weiß.

Eine Weile folgt er einem Wildpfad und versucht, nicht an den Hunger zu denken, der an ihm nagt. Plötzlich hört er ein Rascheln im Unterholz. Als er es noch einmal hört, bleibt er stehen und ruft: »Hey, Bär!«

Er lauscht, aber es bleibt ruhig. Nur das eintönige Quaken der kleinen Laubfrösche und das Knistern der Nachtinsekten sind im Gras zu beiden Seiten des Wegs zu hören. Er biegt um eine Kurve und erstarrt. Auf dem Weg steht ein großer grauer Kojote. Er ist etwa fünfundzwanzig Meter von ihm entfernt und beobachtet ihn. Der Junge wartet, dass er sich verzieht, aber das Tier bleibt stehen und reckt die Schnauze in die Luft, um Witterung aufzunehmen. Das Mondlicht, das durch die Blätter fällt, liegt wie Silbermünzen auf seinem Fell. Wenn ein Kojote nicht verschwindet, soll man schreien, denkt er; also klatscht er über dem Kopf in die Hände und schreit. Der Kojote leckt sich aber nur die Lippen und setzt sich hin, den Schwanz um die Pfoten gelegt.

Riley hebt einen Stock auf und fuchtelt damit herum. »Verschwinde, du Biest!«

Der Kojote senkt die Schnauze und legt die Ohren an, ganz dicht an den Schädel. Dann hebt er eine Pfote an, steht auf und kommt einen Schritt näher.

»Bleib, wo du bist«, ruft Riley.

Der Kojote tut noch einen Schritt und fletscht die Zähne; seiner Kehle entweicht ein leises Knurren. Dann verzieht er sich ins Gras, aber der Junge weiß, dass er nur in seinen Rücken gelangen will. Als er den Stock fallen lässt und losläuft, rennt der Kojote hinter ihm her. Immer näher und näher kommt er, obwohl Riley im Zickzack rennt; jeden Moment wird er seine Pfoten im Rücken und seine Zähne an seinem Hals spüren.

Als er sich ängstlich umschaut, stolpert er und rollt den Abhang hinab. Im nächsten Moment spürt er einen Luftschwall an seinem Gesicht und sieht einen Steinbrocken auf den Kojoten zusausen. Eine Falle! Er ist auf eine Plantage der Tulks gestoßen. Der Kojote springt beiseite, rechnet aber nicht damit, dass der Stein zurückkommt, und wird am rechten Hinterbein getroffen. Er jault auf. Da das Bein aber nur gestreift wurde, kann er sich herumwerfen und wieder auf Riley stürzen. Der ist bereits losgerannt, direkt in den Wald hinein, weil dort die Plantage sein muss und damit auch ein Zaun. Wenn er den überwinden kann, ist er vielleicht in Sicherheit.

Als er zehn Meter in den Wald vorgedrungen ist, geben die Blätter und Zweige unter ihm plötzlich nach, und ihm ist sofort klar, dass er auf eine Fallgrube gestoßen ist. Da er aber klein und leicht ist und so schnell rennt, trägt ihn der Boden mit Gottes Hilfe, bis er die andere Seite erreicht hat. Der Kojote hingegen, der an seinen Hacken hechelt, stürzt kopfüber und mit einem wütenden Heulen hinein.

Riley stößt einen wilden Triumphschrei aus. »Hoffentlich hast du dir dein verdammtes Genick gebrochen!«

Aus der Grube ist nichts zu hören. Irgendwann siegt die Neugierde über den gesunden Menschenverstand, und er schleicht sich vorsichtig hin: ein Schritt und noch einer und noch einer, um in das Loch zu spähen.

Im nächsten Moment springt der Kojote auf ihn zu und knurrt und schnappt und zeigt seine weißen Zähne. Seine Augen sind wild, und sein Maul schäumt. Red lässt sich auf den Hintern fallen, kriecht zurück und tritt mit den Hacken um sich, weil er jeden Moment den Kopf des Kojoten am Rand der Grube zu sehen erwartet.

Die Grube ist aber tief genug, um einen Menschen zu fangen, und so fällt der Kojote immer wieder zurück.

Riley reckt die Faust empor. »Ha! Versuch nur, da rauszukommen, du Bastard!« Er wischt sich mit dem Handrücken den Rotz von der Nase und merkt erst jetzt, dass er weint. »Bastard!«, flüstert er noch einmal.

Als sein Brustkorb nicht mehr bebt, macht er sich wieder auf den Weg, macht aber einen großen Bogen um die Grube herum.

# 51

**Einsatzzentrale der Sonderermittlungsgruppe, Westfield, Williams County, Oklahoma Montagmorgen**

Detective Chief Inspector Kate Simms verließ das Motel um halb sechs, als im Osten das erste blasse Licht schimmerte. Hinter dem Haus entdeckte sie einen Pfad, der durch ein kleines Wäldchen führte, und ging in einen lockeren Laufschritt über. Seit die Sonderermittlungsgruppe aus St Louis hierhergezogen war, hatte sie ihre Beine nicht mehr bewegt, obwohl sie das brauchte, um sich abzureagieren. Und seit sie nachts um eins mit ihrer Familie geskypt hatte, stand sie noch einmal besonders unter Spannung. Ihr Ehemann hatte Geburtstag, und sie hatte ihn erreichen wollen, bevor er um sieben Uhr Ortszeit zur Arbeit ging. Ihre Mutter hatte ihren fünfjährigen Sohn Tim direkt aus dem Bett geholt, und er trug noch seinen Spiderman-Schlafanzug. Als Kate den Bildschirm anfassen wollte, wich er zurück und vergrub sein Gesicht an der Schulter seiner Großmutter. Kein noch so gutes Zureden konnte ihn dazu bringen, sie wieder anzuschauen, bis ihn seine Großmutter schließlich mit einem latent vorwurfsvollen Achselzucken forttrug, um ihm sein Frühstück zu machen. Becky wiederum hatte verlauten lassen, dass sie »zu viel für die Schule zu tun« habe, um sich überhaupt zum Computer zu bequemen.

Nur Kieran schien gut gelaunt. »Mach dir keine Gedanken«, sagte er entspannt und lächelte. »Den Kindern geht es gut. Uns allen geht es gut.« Er würde seinen Geburtstag abends mit ein paar Kollegen feiern, teilte er ihr mit. Granny würde es nichts ausmachen, sich um die Kinder zu kümmern; sie würde sich ohnehin wunderbar um alles kümmern. Simms hatte ihn noch nie so zufrieden gesehen und dachte unwillkürlich – was vielleicht ein wenig gehässig war –, dass sich Kieran schon immer nach einer Frau gesehnt hatte, die sich um ihn kümmerte.

Nach dem Anruf hatte sie sich einsam und deprimiert gefühlt und konnte nicht mehr schlafen. Joggen befreite den Geist, und die quälende Hitze hinderte sie daran, noch einmal jedes Wort und jede Geste wachzurufen, wie sie es in den finsteren Nachtstunden getan hatte.

Das Wäldchen wurde auf der einen Seite von dem Motel und auf der anderen von einer Schotterstraße begrenzt. Als sie ihre zweite Runde gedreht hatte, vernahm sie, dass sich auf der Straße ein Auto näherte. Hinter den Bäumen blitzte etwas Rotes auf, um hundert Meter weiter unerwartet anzuhalten. Sie verschwendete keinen weiteren Gedanken daran, bis sie kurze Zeit später Fennimore über den Hinterhof des Motels eilen sah. Nun fiel ihr auch wieder ein, dass Abigail Hicks einen roten SUV fuhr.

*Fennimore, du alter Hund*, dachte sie. Nach ihrem Lauf duschte sie, zog sich etwas Frisches an und ging über den Parkplatz zum Frühstück ins Hauptgebäude. In der Luft hing der Geruch von heißem Zedernholz und weichem Asphalt. Fennimore trat aus seinem Zimmer und winkte ihr zu.

»Ich wollte dich gerade suchen«, sagte er.

»Ich habe dich vorhin schon gesehen, als du ins Motel zurückgekehrt bist«, sagte sie.

»Ich brauchte ein bisschen Bewegung«, sagte er.

»Ach so?«, sagte sie und gönnte sich den Anflug eines Lächelns. »War das nicht das Auto von Deputy Hicks, aus dem du ausgestiegen bist?«

Er schaute sie unschuldig an.

»Nun komm schon, Nick. Vor mir brauchst du kein Geheimnis daraus machen.«

»Wir haben alle unsere Geheimnisse, Kate«, sagte er kühl.

Das saß. Er meinte Tim. Sie hatte Fennimore erst kürzlich von ihrem Sohn erzählt, der sechs Monate nach seiner Abreise geboren worden war. Er hatte dieses forensische Detail nie zur Sprache gebracht – nicht einmal Fennimore war derart direkt –, aber seither hing die Frage in der Luft, unausgesprochen und unüberhörbar. *Okay*, dachte sie. *Seine Beziehung zu Hicks geht dich nichts an. Themenwechsel.*

»Du sagtest, du wolltest mich suchen?«

»Ich habe soeben einen Anruf bekommen«, sagte er. »In Schottland wurde eine zweiunddreißigjährige Frau gefunden. Im Alemoor Loch in Scottish Borders. Ihr Kind wird noch vermisst – ein zehnjähriges Mädchen.«

Simms holte tief Luft. »Wann hat man sie gefunden?«

»Sonntag.«

»Wer hat dich angerufen?«, fragte sie. »Deine FLO?« Sein Family Liaison Officer. Die Polizei hatte Fennimore während der Ermittlungen zu Rachels und Suzies Verschwinden eine Opferschutzbeamtin zugewiesen, wie es in Großbritannien üblich war. Selbst fünf Jahre später noch meldete sie sich bei Fennimore, wenn etwas geschah, das auch nur entfernt an den Fall Rachel und Suzie erinnerte, damit er es nicht aus der Zeitung erfahren musste. Oder schlimmer noch: von einem Schmierenjournalisten, der ihn um eine Stellungnahme bat.

Er schüttelte den Kopf. »Nicht meine FLO. Josh.«

Sie zog eine Augenbraue hoch. »Josh hat dir die Neuigkeit *vor* dem Opferschutz mitgeteilt?«

»Offensichtlich«, sagte er bissig. »Könntest du dir also

jetzt vorstellen, von deinem Schaukelpferd herabzusteigen und bei der schottischen Polizei anzurufen, um mal nachzufragen, was zum Teufel da los ist?«

Eine Stunde später stand Simms vor der Sonderermittlungsgruppe im Sitzungsraum. Das Sheriff's Department des Williams County war spärlich vertreten, da Launer die Suchaktion im Wald von Lambert Woods für Tagesanbruch anberaumt hatte.

Das schottische Opfer war, wie ihre anderen Opfer auch, eine alleinerziehende Mutter. Sie war irgendwann zwischen Freitagabend und Samstagmorgen aus ihrem Haus verschwunden. Der Obduktionsbericht gab die Todesursache mit traumatischer Asphyxie an. Die Leiche war in einem mit Steinen beschwerten und mit Seemannsknoten verschnürten Lkw-Netz in den See geworfen worden.

»Sonntagnachmittag um halb vier nach dortiger Zeit wurde die Leiche gefunden. Sie hat eher Stunden als Tage im Wasser gelegen«, sagte Simms. »Spuren wurden nicht verwischt – der Tauchlehrer war mal bei der Navy und wusste genau, was zu tun ist. Eine Tauchereinheit der Polizei war eine Stunde später vor Ort. Man hat die Leiche geborgen und ins Borders General Hospital gebracht.«

»Gute Ausgangsposition, um Spuren zu finden«, sagte Fennimore. »Die Seile könnten noch versteckte Farbflecken oder Schmutz aus seinem Haus oder Wagen aufweisen.«

»Im Moment werden sie analysiert«, sagte Simms.

»Und die Tochter?« Er schaute sie nicht an.

»Die Taucherteams der Polizei sind noch dabei, das Loch Alemoor abzusuchen. In ungefähr vierzig Metern Tiefe gibt es einen Felsüberhang, unter dem sich die Leiche der Mutter mit dem Netz verfangen hat. Reines Glück. Wenn die Leiche des Kindes auf dieselbe Weise mit Steinen beschwert und versenkt wurde, könnte sie bis auf den Grund gesunken sein – und der ist fünfundfünfzig Meter tief.«

»So tief dürfen britische Polizeitaucher gar nicht mehr hinabgehen«, sagte Fennimore. »Kluger Bastard.«

»Die geowissenschaftliche Fakultät der Uni Edinburgh hat die Steine als grauen Andesit identifiziert. Ausgedehnte Lagerstätten dieser Gesteinsart findet man in den Cheviot Hills nördlich der Grenze zwischen England und Schottland. Die Geologen sagen, dass ein paar der Steine bearbeitet waren – mit einem Meißel oder einem Hammer«, fügte sie hinzu und sah Überraschung in einigen Gesichtern. »Vielleicht stammen sie also von einem Gebäude oder einer Mauer.«

»Kann das alles reiner Zufall sein?«, fragte Dunlap.

»Ich könnte eine Bayes'sche Analyse vornehmen«, sagte Fennimore. »Aber auf den ersten Blick würde ich sagen: Das ist verdammt unwahrscheinlich.«

»Haben wir dann jetzt zwei Mörder, die in einer transatlantischen Verbindung zueinander stehen?«, fragte Ellis.

»Und die ihre Opfer ungefähr zur gleichen Zeit töten?«, fügte Detective Valance hinzu.

»Die Sache hätte aber auch etwas Gutes«, sagte Fennimore. »Wenn die beiden sich kennen, dürfte es erheblich leichter sein, sie aufzuspüren. Dann suchen wir entweder nach einem Amerikaner in den Borders oder einem Schotten in Oklahoma.«

# 52

Riley Patterson ist hungrig und durstig und hat sich verlaufen. Das Land wird nun flacher, und der Wald scheint sich zu lichten. Da er Angst hat, seine Deckung zu verlassen, klettert er auf einen Baum, um sich zu orientieren. Als er die Straße von Norden nach Süden durch endlose Graslandschaften verlaufen sieht, weiß er wenigstens, wo er ist. Dies ist die Stelle, wo der Wald spitz zuläuft und dann einfach aufhört. Eine halbe Meile weiter nördlich beginnt er wieder und zieht sich den Lambert Hill hoch. Riley kann gerade so die krausen Wipfel der Bäume erkennen, die sich wie das Sommerfell eines Bisons über den Hügel legen.

Er hätte gedacht, ein bisschen nördlicher zu sein, aber die Sache mit dem Kojoten muss ihn vom Weg abgebracht haben. Luftlinie hat er erst knapp acht Meilen zurückgelegt. Jetzt könnte er weitergehen, an der Wohnwagensiedlung vorbei und dann noch sieben Meilen nach Hays, wo er eine Mitfahrgelegenheit ergattern könnte. Oder er könnte bleiben, wo er ist, und sich ausruhen. Er schaut auf die Straße und möchte sich einfach nur hinsetzen und weinen. Geweint hat er allerdings schon genug, daher schaut er weiter auf die Straße und versucht, zu einer Entscheidung zu gelangen.

Zu Hause gibt es Essen und Wasser, aber wenn er heimkehrt, könnte das den Zauber brechen. Wenn er selbst weiß, wo er hingeht, könnten andere das auch erraten. Falls Mrs Tulk der Polizei mitteilt, dass er geflüchtet ist, wird man in den Nachrichten davon berichten, und die Wohnwagensiedlung wird der erste Ort sein, an dem man nach ihm sucht.

*Nachrichten*, denkt er und tastet in seiner Tasche nach dem Kofferradio. Seine Finger spüren nichts als den Staub, der sich dort angesammelt hat. Verzweifelt schiebt er seine Finger tiefer hinein. Es ist nicht da.

Schnell klettert er den Baum hinunter und sucht es. Er geht sogar ein Stück zurück, um zu schauen, ob er es auf den letzten Metern verloren hat. Vergeblich, sein Radio ist fort.

In den Feldern unter ihm scheint das hohe bläuliche Gras in der Morgensonne zu schimmern. Am liebsten würde er sich hinunterschleichen und mit seinem Taschenmesser ein Büschel abschneiden, um den Saft herauszusaugen. Aber nachdem ihn das Regenwasser, das in Harlans Wagen gesickert ist, krank gemacht hat, traut er sich nicht mehr. Er braucht etwas Vertrautes um sich herum – Geräusche und Gerüche, die er kennt und die ihm ein Gefühl der Sicherheit vermitteln. Er braucht ein paar Stunden Schlaf in seinem eigenen Bett.

Nach Hause also.

## 53

**Einsatzzentrale der Sonderermittlungsgruppe, Westfield, Williams County, Oklahoma**
**Montag, später Vormittag**

Simms hatte es Fennimore überlassen, Josh anzurufen und ihn zu bitten, den Dialektexperten aus Birmingham von ihrer möglichen schottischen Spur zu unterrichten. Eine Stunde später war der Dialektgeograph in der Leitung. Die Detectives Dunlap, Ellis und Valance und Simms, Fennimore und Detmeyer versammelten sich um ein Konferenztelefon, das vorne im Sitzungsraum stand. Sheriff Launer durchkämmte immer noch den Wald auf dem Lambert Hill.

Dr Patrick Moran sprach mit einem Akzent aus Maine. Er hatte an der Boston University studiert, aber am Clare College in Cambridge promoviert.

»Ihre Zeugen hatten vollkommen recht damit, dass der Mörder aus dem Osten stammt«, sagte er. »Und zwar ganz weit aus dem Osten. Von dieser Seite des großen Teichs nämlich.«

»Unser Mann stammt aus Großbritannien?«, fragte Dunlap.

»Nun, das kann ich noch ein bisschen präzisieren«, sagte Dr Moran. »Die Aussprache wird vom Akzent des Mittleren Westens der USA überlagert, aber die Art und Weise, wie sich beim ›r‹ die Zunge etwas stärker im vorderen Mundbereich bewegt, würde man bei einem echten Amerikaner nicht erwarten. Das ist typisch für schottisches Englisch. Die Schotten sind rhotische Sprecher – sie lassen bei jedem ›r‹ die Zunge gegen den vorderen Gaumen vibrieren, selbst bei einem Wort wie ›iron‹.« Er hielt inne. »Lassen Sie es mich Ihnen vorführen.«

Er spielte ein kurzes Stück der Tonspur ab: ›Ich tu alles, damit es dir gutgeht – *I do everything to make it work.*‹

»Hören Sie? Statt ›work‹ sagt er ›wur-uk‹, als hätte das Wort zwei Silben.«

Ellis zupfte sich am Ohr, Valance zuckte mit den Achseln, aber Simms vermeinte es gehört zu haben.

»Es ist kaum wahrnehmbar«, sagte Dr Moran. »Aber es ist da. Nun ist Josh, der die Transkription angefertigt hat, über einen Ausdruck des Mörders gestolpert. Er dachte, unser Mann sagt ›dein Kind‹ und ›soll‹. Tatsächlich aber hat er gesagt: ›Glaikit gull.‹ Das ist ein schottisches Dialektwort für jemanden, der leicht hinters Licht zu führen ist. In den Borders benutzt man das Wort – in einem Ort namens Hawick.«

Fennimore saß plötzlich kerzengerade da. »Können Sie das buchstabieren?«

»H.A.W.I.C.K.«

»Hawick ist die nächstgelegene Stadt vom Alemoor Loch«, sagte Fennimore.

»Interessant, nicht wahr?«, sagte Dr Moran. »Um sicherzugehen, habe ich die Stelle einem Freund vorgespielt – Douglas Scott. Wir haben in Cambridge zusammen studiert, und er hat ein Buch über den Dialekt von Hawick geschrieben. Er hat es bestätigt – unser Mann stammt aus Hawick.«

Sie bedankten sich bei Dr Moran für seine Unterstützung und machten sich sofort an die Arbeit.

»Ich frage mal bei den Kollegen in Schottland nach, ob sie eine Person mit dem gesuchten Profil in ihrem System haben«, sagte Simms.

»Sadistische Mörder wie dieser schlüpfen nicht einfach wie eine Motte aus einer Puppe, in der sie sich von einem normalen Kind in einen rücksichtslosen Mörder verwandelt haben«, sagte Dr Detmeyer. »Die sonderbaren Obsessionen und diese Brutalität müssen sich schon in der Kindheit gezeigt haben – wenn irgendjemand hingeschaut hat, zumindest.«

»Reden wir hier über die üblichen Dinge: Tierquälerei, Brandstiftung, sexuelle Belästigung anderer Kinder?«, erkundigte sich Simms.

Er nickte. »Und noch ein paar mehr. Ich werde eine Liste zusammenstellen.«

»Okay«, sagte sie. »Aber ich kann Ihnen jetzt schon sagen, dass Jugendsünden unter Verschluss stehen. Ich werde mich erkundigen, aber es könnte sein, dass wir da nicht weiterkommen.«

»Ich werde Josh bitten, in den lokalen Nachrichtenarchiven nach einschlägigen Informationen zu suchen«, sagte Fennimore.

Eine halbe Stunde später kam der Suchtrupp in den Sitzungsraum getrottet, schweißgebadet, schmutzig und niedergeschlagen.

»Keine Spur von Riley?«, fragte Simms.

»Er war aber mal da.« Launer hatte seine alte Frische verloren und tat Simms fast leid. »Die Hunde haben eine Grube gefunden, wie Kinder sie als Unterschlupf benutzen, vollkommen ramponiert allerdings. Danach haben sie die Spur verloren. Tiefer im Wald haben sie seine Fährte wiederaufgenommen, wenn auch nur schwach. Die hat uns zu einer Cannabis-Plantage geführt, wie es aussah. Das Gras war allerdings futsch. Die Hunde sind fast durchgedreht und haben gewinselt und gezogen, immer in diesem Areal. Schließlich hat sich einer an einem unbefestigten Weg neben der Lichtung hingeworfen und wollte partout nicht weitergehen.«

»Wurde der Junge mit einem Wagen fortgebracht?«, fragte Dunlap.

»Sieht so aus.«

»Reifenspuren?«, fragte Fennimore.

Er schüttelte den Kopf. »Irgendjemand muss mit einer Landschaftsharke über den Weg gegangen sein.«

»Dann müssen wir die Spurensicherung in den Unterschlupf schicken«, sagte CSI Roper.

»In das, was davon übrig ist«, sagte Launer. »Viel Spaß dabei.«

»Ich habe die Koordinaten«, sagte der Team-Adam-Berater.

»Nehmen Sie Hicks mit«, sagte Launer. »Ich geh duschen.«

Zwei Stunden später bekam Fennimore einen Anruf. Die Schärfe seines Tonfalls veranlasste die anderen dazu, sofort aufzuschauen. Er war kreidebleich, sprach ein paar Worte in den Hörer, bedankte sich und legte auf.

»Das war die SCAS.«

Die britische Serious Crime Analysis Section hatte der Sonderermittlungsgruppe aus St Louis mit den wiederaufgerollten Fällen geholfen. Sie werteten alle schweren Verbrechen in Großbritannien aus und stellten den Ermittlern statistische Daten und vergleichende Verhaltensbeschreibungen zur Verfügung.

»Sie denken, dass es hinreichend viele Gemeinsamkeiten zwischen Rachel und Suzie und dem Opfer aus Hawick gibt, um sich das genauer anzuschauen.«

»Damit war zu rechnen, Nick«, sagte Simms leise. Rachel war zweiunddreißig gewesen, als sie verschwand, das Opfer aus Hawick ebenfalls. Und ihre Tochter war zehn wie Suzie damals. Und wie das Opfer aus Hawick hatte man auch Rachel im Wasser gefunden.

»Ist alles okay?«, fragte sie.

»Ja«, sagte er, aber seine Stimme klang metallisch und falsch.

Unvermittelt sprang er auf und stieß mit dem Knie an die Tischkante. Stifte und Zettel flogen in hohem Bogen auf den Melaminboden.

»Professor?«, fragte Dunlap.

Fennimore marschierte mit schlaksigen, unkoordinierten Bewegungen davon. Dunlap schaute Simms an, aber die runzelte die Stirn und schüttelte den Kopf, sodass er höflich wieder wegsah.

»Nick …«

Er spreizte die Finger und bedeutete ihr zu bleiben, wo sie war. »Fünf Minuten«, sagte er. »Gib mir fünf Minuten.«

Sie sah zu, wie er durch den Raum marschierte und förmlich durch den Notausgang auf die Feuertreppe stolperte. Drei Minuten gab sie ihm. Er stand einfach da, die Hände auf dem Geländer. Der Lärm der Zikaden bildete eine kompakte Wand in der sengenden Hitze.

Simms trat neben ihn und lehnte sich ans Geländer. Ihr sonnengebräunter Arm berührte ihn fast, aber nur fast.

Nach einer Weile entspannte er sich ein wenig und schaute ihr in die Augen.

»Sechs Jahre lang habe ich mir genau das gewünscht, Kate«, sagte er. »Weil ich dachte, es würde uns auf die Spur von Rachels Mörder führen.«

Sie drückte seine Hand, aber er schüttelte sie ab. »Ich habe zugesehen, wie dieser Mann Sharla Jane die Augen herausgeschnitten hat und sie dann ausbluten ließ … Ich habe es dieser Frau gewünscht, all diesen Frauen.«

»Das ist nicht unsere Schuld, Nick.«

»Ich weiß«, sagte er. »Ich weiß das. Aber was, wenn dieses Monster Rachel und Suzie entführt hat?«

»Solltest du es ihnen durch irgendeine verquere Logik auch gewünscht haben? Ist es das, was du sagen willst?« Als er nicht antwortete, sagte sie: »Wir wissen doch noch gar nicht, ob es eine Verbindung gibt. Es handelt sich nur um eine Routineuntersuchung.«

»Ich geh auf mein Zimmer«, sagte er. »Ich muss nachdenken.«

Auf dem ganzen Weg die Feuertreppe hinunter hielt er sich am Geländer fest, als ginge er über eine schwankende Seilbrücke.

# 54

Dass alles am Kontext hängt, ist eine Binsenweisheit, aber deshalb nicht weniger wahr.

Nick Fennimore

Die Crime Analysis Section rolle den Fall von Rachels und Suzies Verschwinden routinemäßig noch einmal auf, hatte Kate gesagt. Aber nichts fühlte sich daran wie Routine an. So wie die Zikaden in ihrem schrillen Pfeifen niemals innehielten, lauerte in Fennimores Hinterkopf ständig die Angst, was mit seiner Tochter geschehen war.

Er dachte an das Mädchen, das neben dem älteren Mann herging, und sofort stand ihm sein Traum klar und deutlich vor Augen. Der warme Wind, der Duft der Blumen, ein entfernter Geruch von Flusswasser. Die verstimmte Polizeisirene. Das Mädchen, das sich umdreht und stolpert. *Fauxpas* – Fehltritt. Was war das überhaupt für ein Geruch? Rosen? Nein, keine Rosen, eher Lippenblütler. *Paulownia* – der Blauglockenbaum.

Plötzlich hatte er es. In dem Jahr, als er mit seiner Familie nach Paris gefahren war, hatten die Blauglockenbäume auf der Île de la Cité in voller Blüte gestanden. Er hatte sich derart auf das Mädchen konzentriert, dass er den Kontext nicht beachtet hatte.

Mit pochendem Herzen öffnete er seinen Laptop und lud das Foto hoch. Die Wand lag in tiefem Schatten, aber er meinte trotzdem, regelmäßige Linien in der Struktur erkennen zu können. Der Weg wiederum, auf dem das Mädchen und der Mann gingen, war mit flachen Steinen gepflastert. War das eine Verzerrung im Bild, oder waren die Steine tatsächlich gewölbt? Er klickte sich durch ein paar Autokorrektur-Optionen hindurch, hellte das Bild auf und änderte den Kontrast. Innerhalb weniger Sekunden war er sich sicher: Die Wand war gemauert, und die Steine waren tatsächlich gewölbt. Sie bildeten ein sich wiederholendes Fächermuster.

Er googelte Straßenpflaster: historische Straßenpflaster, Konservierung, traditionelle Muster und noch ein paar andere. Eine halbe Stunde später wusste er, dass die Steine nicht in Fächerform gelegt waren, sondern als »Bögen« – eine Reihe von aufeinanderfolgenden und ineinandergreifenden Bögen. Und dieses Muster war typisch europäisch.

Er zoomte wieder heraus und betrachtete noch einmal die ganze Szene. Die grüne Metallkuppel, die an dem geschwungenen Bügel saß, war eine Straßenlaterne, wie er sich schon gedacht hatte; diesen Halterungstyp hatte er an den Laternen auf den Uferwegen der Seine gesehen. Das war es, was seine Träume ihm hatten mitteilen wollen. Das Foto war in Paris aufgenommen worden.

Kontext ist entscheidend. Und in diesem neuen Kontext bekam der weiße Kastenwagen eine ganz andere Bedeutung. Er vergrößerte ihn. Das schwarze Gekritzel könnte mehr sein als bloßes Gekritzel. Er verstärkte die Kontraste und stellte den Bereich schärfer. Ja, die Zeichen oben an der Rolltür könnten Symbole oder Buchstaben sein, die jemand bewusst draufgeschrieben hatte. Er nahm seinen Laptop und wollte den Raum verlassen, weil er unbedingt mit Kate Simms sprechen musste.

Gerade als er zum Zimmerschlüssel greifen wollte, klingelte sein Handy. Er ging dran, den Laptop in der linken Hand balancierend.

»Haben Sie Ihren Flug verpasst?«

Er schaute aufs Display. »Ollie?« Ollie Roskopff war sein Verleger in den Vereinigten Staaten. »Was für einen Flug? Wovon reden Sie?«

»Sie sollten im Flug 6443 der United Airlines sitzen und um zwölf nach zwölf in Chicago O'Hare landen. Sie waren aber nicht im Flieger.«

*Chicago?* Er gab sich Mühe, Roskopffs Worten einen Sinn abzugewinnen, aber er war in Gedanken immer noch bei dem Traum und Paris und Simms, die er um Hilfe bitten musste.

»Da Ihre Termine so dicht gedrängt sind, hatte ich den dortigen Vertreter gebeten, Sie am Flughafen abzuholen.«

Eine vage Erinnerung kam hoch. »Die Lesung in Chicago«, sagte er.

»Die Lesung in Chicago«, wiederholte der Verleger. »Genau die. Und das Interview mit *That's Entertainment!*, das Sie bereits verpasst haben.«

*O verdammt …*

»Ollie, das tut mir leid. Es hat mit diesen Ermittlungen zu tun.«

»Nun ja, ich konnte mich mit eigenen Augen davon überzeugen, dass Sie ein bisschen … abgelenkt sind. Das ist ja eine große Sache; selbst die Zeitungen in New York berichten davon. Aber als John – das ist der Vertreter – Sie auf dem Handy anrufen wollte, wurde er sofort zur Mailbox weitergeleitet.« Die Stimme seines Verlegers war ganz ruhig, aber die Pausen zwischen den Wörtern und die angespannte Stimmung sprachen eine andere Sprache.

»Die Zeit ist mir davongelaufen«, sagte Fennimore. »Ich dachte, bis zur Chicago-Reise ist es noch ein paar Tage hin …«

Aber Roskopff war noch nicht am Ende. »Ich habe eine

wichtige Sitzung verlassen, um bei *That's Entertainment!* mit einem ziemlich vergrätzten Journalisten zu reden, und wissen Sie auch, warum?« Er wartete gar nicht ab, was Fennimore für Mutmaßungen anstellen würde. »Weil ein Auftritt bei *That's Entertainment!* so viel wert sein kann wie Hunderttausende von Dollar, die man in Werbung investiert. Man schnellt auf den Bestsellerlisten nach oben und erhält Rezensionen; man kommt auf die Liste der Kandidaten, um die sich die Fernsehsender für ein Interview reißen, und wird als Gast in Talkshows eingeladen. Das Buch eines unserer Autoren wurde sogar in Oprah's Book Club empfohlen. Kurz, *That's Entertainment!* darf man auf gar keinen Fall vergrätzen.«

»Okay«, sagte Fennimore. »Das habe ich jetzt verstanden.«

»Das ist einfach … unverzeihliche Eitelkeit«, sagte Roskopff keuchend. »Sie sind auf den UA-Flug 5510 gebucht. 17.55 Uhr hebt er in Tulsa ab.« Er hielt inne und wiederholte dann noch einmal: »Flug 5510 um 17.55 Uhr – das sollte leicht zu merken sein, selbst in Ihrer gegenwärtigen Verfassung.«

»Warten Sie«, sagte Fennimore. »Ich kann hier nicht weg.«

»Natürlich können Sie. Ihr Ticket liegt beim Check-in.«

»Ollie, hören Sie, der Fall hat eine besondere Wende genommen«, sagte er. »Ich muss hierbleiben.«

»Wir leben im technologischen Zeitalter, Nick«, sagte Roskopff. »Sie können auf tausend Weisen mit den Ermittlern in Kontakt bleiben. Aber in Chicago ist Ihre physische Präsenz vor einem Live-Publikum gefragt. All diese Leute haben fünfzehn Dollar bezahlt, um Sie zu sehen. Das ist also der Ort«, sagte er, »an dem Sie zu sein haben.«

Wenn Fennimore sich recht erinnerte, war die Lesung nur der Anfang. Es folgten eine Autogrammstunde in einem Buchladen, ein Seminar an der University of Illinois und eine Lesung in einer Bibliothek am folgenden Tag.

»Nein, Ollie, Sie begreifen nicht …«

»Erzählen Sie mir nicht, dass ich nicht begreife«, sagte Roskopff. »Wissen Sie, was es uns kosten würde, wenn die Show nicht stattfindet? Wir haben ein Theater angemietet. Wir haben allein für dieses Event tausendzweihundert Karten verkauft. Sie bewegen also besser Ihren Arsch hierher, oder ich werde Sie verklagen … wegen entgangener Einkünfte aus Buchverkäufen, wegen der Rückerstattungen für die Tickets, wegen Enttäuschung Ihrer Leser, wegen der Arbeitsstunden, die es meine Mitarbeiter gekostet hat, das alles zu organisieren, wegen der verdammten Herzattacke, die ich gerade bekomme.«

Wenn er einfach nicht erschien, würde sich Fennimore des Vertragsbruchs schuldig machen. Mit *Glückssachen und schlechte Statistiken* hatte er gut verdient, aber einen Gerichtsprozess konnte er sich nicht leisten. Und den Schaden für seine wissenschaftliche Reputation auch nicht.

»UA-Flug 5510, Tulsa Airport«, sagte er.

»Ankunft in O'Hare um neunzehn Uhr fünfundvierzig. Ich habe eine Limousine bestellt, halten Sie also nach dem Fahrer Ausschau.« Roskopff war jetzt wieder die Ruhe selbst, als hätte er nie mit einem Prozess gedroht. »Die Fahrt in die Innenstadt dauert dreißig Minuten, aber wenn Sie ein bisschen zu spät kommen, umso besser. Ihre Wünsche an die Technik sind ja bekannt, daher brauchen Sie nur den USB-Stick mit der Präsentation, damit die Techniker ihn einstöpseln können.«

»Okay«, sagte Fennimore, der bereits nach seinem Laptop griff und sich vergewisserte, dass der USB-Stick in der Reißverschlusstasche steckte.

»Dem Journalisten habe ich gesagt, dass Sie in Ermittlungen zu einem Serienmord stecken. So konnte ich neue Bedingungen aushandeln.«

*Neue Bedingungen* … Fennimore wartete darauf, dass der Hammer fiel.

»Ich habe ihm versprochen, dass Sie heute Abend nach dem Event mit ihm in einem schönen Restaurant essen gehen.«

»Kein Problem«, sagte er erleichtert.

»Außerdem bekommt er Sie exklusiv für einen Beitrag zu Ihrer Rolle in den Ermittlungen.«

»Das sind schon zwei Bedingungen – außerdem kann ich niemandem die Exklusivrechte an laufenden Ermittlungen einräumen.«

»Niemand bittet Sie, Geheimnisse preiszugeben. Erzählen Sie ihm einfach, wie Sie in den Fall verwickelt wurden und was für eine Funktion Sie in der Sonderermittlungsgruppe haben. Nun kommen Sie schon, Professor. Ich bitte Sie doch nur, ihn mit irgendetwas vollzuquatschen.«

»Wie ein Verleger auf der Buchmesse«, sagte Fennimore und legte auf. Dann schaute er auf die Uhr. Er hatte gerade noch Zeit, Josh eine E-Mail zu schreiben, zu duschen, sich umzuziehen und mit Kate Simms zu reden.

Er fand sie im Sitzungsraum. Ein paar Köpfe drehten sich um, und ihm war klar, dass Simms die Neuigkeiten weitergegeben hatte. Sie kam zur Tür.

»Alles in Ordnung?«, fragte sie.

Er lächelte. »Ja, danke.«

Dunlap trat zu ihnen und drückte ihm sein Mitleid aus. »Wir werden die Polizeiberichte und die Obduktionsberichte durchgehen müssen, Professor. Wenn Sie dabei sein wollen, können Sie das natürlich gerne tun, aber Sie wissen ja, wie gnadenlos Polizisten sein können, wenn sie alte Akten durchforsten.«

Fennimore nickte.

»Und ich habe die Befürchtung, dass sich die Leute zurückhalten, wenn Sie mit im Raum sind«, sagte Dunlap.

»Ich weiß Ihr Taktgefühl sehr zu schätzen«, sagte Fennimore. »Und ich habe auch schon die perfekte Lösung: Ich fahre einfach ein paar Tage nach Chicago.« Er schaute Kate Simms an. »Kann ich dich kurz sprechen?«

»Chicago?«, fragte sie.

Sie saßen in einer Sitzecke in einem Restaurant. »Da kann ich mich wenigstens sinnvoll betätigen, wenn ich hier schon ausgebootet werde.« Das Gespräch mit seinem Verleger behielt er lieber für sich. »Ich habe über etwas nachgedacht, was du mal gesagt hast. Was, wenn tatsächlich ein paar der Kinder überlebt haben?«

»Nick«, sagte sie vorsichtig. »Wir wissen nicht, ob Rachel wirklich einem dieser Männer zum Opfer gefallen ist.«

»Ich weiß«, sagte er. »Ich spiele nur ein paar Möglichkeiten durch und schließe bestimmte Ermittlungslinien aus.« Er holte seinen Laptop aus der Tasche, und sie schüttelte den Kopf.

»Nicht wieder dieses Foto. Nick, das hatten wir schon …«

»Hör mir zu«, sagte Nick. »Was, wenn Suzie tatsächlich Teil dieser Sache ist und der Mann auf dem Foto unsere Verbindung nach Schottland wäre? Würdest du tatsächlich etwas ignorieren, das ein wichtiger Beweis sein könnte?«

»Das ist ein mieser Zug, selbst für deine Verhältnisse«, sagte sie.

»Ich weiß. Aber was, wenn es doch Suzie ist, Kate?« Bevor sie etwas sagen konnte, fügte er hinzu: »Und was, wenn ich dir sagen könnte, wo das Foto aufgenommen wurde?«

Sie schloss für einen Moment die Augen und atmete aus. »Okay«, sagte sie dann. »Ich höre.«

Er öffnete das Foto und erzählte ihr haarklein, warum er glaubte, dass das Foto in Paris aufgenommen worden war – und während er auf den geschwungenen grünen Bügel der Laterne zeigte und auf die typisch europäische Musterung des Pflasters, wusste er nur zu gut, dass sie nur aus Mitleid nicht sofort aufsprang und ging.

Dann verschob er den weißen Kastenwagen in die Bildmitte, vergrößerte ihn und beobachtete ihre Reaktion.

Sie runzelte die Stirn und drehte den Monitor so, dass sie besser sehen konnte. »Ist das Graffiti?«, fragte sie.

»Ich denke, das ist ein Banden-Code.«

Sie nickte nachdenklich. »Könnte sein.«

»Und wenn es so ist, dann stammt er aus einer bestimmten Region, und die Terrains von Banden sind geographisch ziemlich präzise abgesteckt.«

»Das stimmt.«

»Die Polizei in Paris hat doch sicher eine Graffiti-Datenbank, oder?«

»Hat sie«, sagte Kate.

»Und als Teil der Sonderermittlungsgruppe würdest du mit einer Anfrage bedeutend erfolgreicher sein als ich«, sagte er.

Sie betrachtete immer noch das Foto. »Schick mir eine E-Mail mit dem Bild«, sagte sie schließlich. »Ich werde sehen, was ich tun kann.«

»Vielleicht muss es gereinigt und die Bildqualität verbessert werden, damit man die Details erkennt«, sagte er und erntete prompt einen scharfen Blick. Kate Simms wusste, wann jemand sie manipulieren wollte: Verbessere die Bildqualität, dann lässt sich auch die strittige Frage nach Narbe oder Schatten klären.

»Ich sagte, ich werde sehen, was ich tun kann«, wiederholte sie.

# 55

Riley schleicht hinter dem Haus durch den Wald und gibt sich Mühe, keine Geräusche zu machen. Als er den Zaun am Waldrand erreicht, ist ihm schwindelig. Er stützt sich auf die oberste Querstrebe und hievt sich hinüber, kann aber auf der anderen Seite nicht mehr aufstehen. Er kippt wieder um, bleibt eine Weile liegen und schaut zu, wie sich die Gräser im Wind wiegen. Sein Mund ist so trocken, dass er nicht einmal mehr schlucken kann. Es fühlt sich an, als hätte er Glas in der Kehle, und seine Zunge ist dick und geschwollen. Seine Nase zuckt, da er den beißenden Geruch von brennendem Tabak riecht. In der Nähe muss jemand sein. Er rollt sich in den Schatten eines Buschs am Zaun und lauscht. Ein lautes, kratziges Geräusch ist zu hören, quäkende Stimmen.

*Ein Funkgerät der Polizei?*, denkt er. *Warum sollten sie immer noch hier sein? Warum können sie mich nicht einfach in Ruhe lassen?*

Auf dem Bauch kriecht er zum Haus. Alles ist mit Absperrband abgeriegelt, und die Hintertür ist versiegelt. Langsam schiebt er sich zu der Stelle hinab, wo der Trailer aufgebockt ist, und kriecht darunter. Es riecht nach Erde und auch ein bisschen nach den Exkrementen von Waschbären. Er kriecht weiter und gibt sich Mühe, nicht auszuschnauben, damit ihn die Polizei nicht hört. Dann schaut er durch den Spalt an der Vordertreppe. Direkt vor dem Haus parkt ein Polizei-Cruiser. Ein Deputy lehnt an dem Wagen und raucht eine Zigarette, den Rücken dem Haus zugewandt.

Zu müde und zu schwach, um zurückzukehren, bleibt Riley unter dem Trailer liegen, das Gesicht an die kühle Erde gepresst.

# 56

**Einsatzzentrale der Sonderermittlungsgruppe,**
**Westfield, Williams County, Oklahoma**
**Montagnachmittag**

Die Webspider, die von amerikanischen Technikern eingesetzt worden waren, entdeckten ein Forum, auf dem die Aufnahme von Sharla Janes Ermordung diskutiert wurde. Ein Forumsmitglied, das sich SouthernKingfish nannte, hatte den Link früher am Tag gepostet. Nun widersprach es jenen, die behaupteten, der Mord sei gar nicht echt, sondern nur eine Kombination aus geschickter Bearbeitung und Computersimulation. Ein anderer Beiträger hatte erklärt, dass das angebliche Opfer einfach eine Freiwillige sei, eine Drogensüchtige auf Meth – was auch die rauc Stimme erkläre.

SouthernKingfish schrieb, dass die Polizei es besser wisse. Sharla Jane auch. Er beschrieb die Wiederbelebungsinstrumente, die der Mörder benutzt hatte. Der Typ habe den falschen Guedel-Tubus gewählt, erklärte er, und damit ihre Stimmbänder beschädigt. Dann habe er einen kleineren Tubus genommen, aber da sei es schon zu spät gewesen, wie man höre, als Sharla Jane wieder zu Bewusstsein komme.

Die Beschädigung der Stimmbänder war gar nicht nach außen kommuniziert worden.

Der Dialektgeograph bestätigte, dass der Sprachstil mit dem Hang zu Satzkonstruktionen in britischem Englisch dem Stil der Videoaufnahme von Sharla Janes Ermordung ähnelte.

Der Webspider lieferte ihnen eine Reihe von E-Mail-Adressen, aber nun brauchten sie die Mithilfe des Service-Providers. Dunlap konnte im Auftrag der Sonderermittlungsgruppe eine richterliche Verfügung erwirken, um Zugang zum Konto von SouthernKingfish zu bekommen, einschließlich sämtlicher E-Mails, die er abgeschickt und erhalten hatte.

Innerhalb weniger Stunden hatte er einen leitenden Techniker der Gesellschaft am Konferenztelefon. Die Polizisten, die nicht im Feld waren, hatten sich um das Telefon versammelt.

»Keine verschickte und keine hereinkommende Post.« Die Stimme am anderen Ende der Leitung war männlich und klang blutjung.

»Er muss aber mindestens *eine* E-Mail bekommen haben«, sagte Dunlap. »Die Mail, in der die Details zu seinem Konto bestätigt wurden, nachdem er es eröffnet hatte.«

»Gelöscht«, sagte der Techniker.

»Das Konto wurde also gar nicht benutzt?«

»Oh, das schon. Aber nicht auf die Art und Weise, wie Sie sich das vorstellen.«

»Das müssen Sie uns erklären«, sagte Dunlap.

»Okay. Also ... Jedes Mal wenn Sie eine E-Mail verschicken oder empfangen, hinterlässt sie eine elektronische Spur, eine Art Feenstaub im Äther.«

»Aha«, sagte Dunlap.

»Nun können Sie aber auch einen gemeinsamen Account eröffnen. Sie vereinbaren ein Passwort mit ... mit wem auch immer und schreiben eine Mail. Die müssen Sie gar nicht abschicken, weil der andere ja einfach das Passwort eingeben und im Entwurfsordner nachschauen kann. Und da die Mail dort nie abgeschickt wurde ...«

»Kein Feenstaub«, schloss Dunlap.

»Richtig. Und im Entwurfsordner ist alles gelöscht.« Das allgemeine Stöhnen am Konferenztisch musste zu ihm durchgedrungen sein, denn er fügte hinzu: »Nicht so schnell. Das heißt ja nicht, dass sie weg sind«, sagte der junge Experte. »Wir haben viele Kopien der E-Mails, falls das System zusammenbricht oder jemand eine Mail aus Versehen löscht.«

»Selbst wenn man sie für immer löscht?«

»Es dauert eine Weile, bis wir damit nachkommen, den Papierkorb zu leeren. Gelöschte Dateien haben nicht gerade Priorität, kapiert?«

»Und was ist jetzt mit diesen speziellen gelöschten Entwürfen?«, fragte Dunlap. »Haben Sie die noch, oder haben Sie die nicht mehr?«

»Hey, Alter«, sagte der Junge. »Die sind schon seit zehn Minuten in Ihrem Posteingang.«

Es würde ein paar Stunden dauern, diese E-Mail-Entwürfe in die richtige Reihenfolge zu bringen und ein Gespräch aus ihnen zu rekonstruieren. Sobald man einen einigermaßen sinnvollen Ablauf gefunden haben würde, kämen Dr Detmeyer und Professor Varley zum Zug

Kate Simms würde in der Zwischenzeit mit Hicks zur Wohnwagensiedlung Lambert Woods fahren und bei der Befragung der Leute helfen. Hicks ging über den Parkplatz voran und hielt an ihrem verbeulten Suzuki-SUV.

»Heute kein Polizeiwagen, Hicks?«

Als Antwort bekam Simms ein Raster in die Hand gedrückt, in dem sämtliche Mobilheime der Siedlung verzeichnet waren. »Einen der Bewohner konnten wir bislang nicht ausfindig machen«, sagte Hicks. »Der Typ von Grundstück zweiunddreißig ist nie zu Hause, egal zu welcher Tageszeit wir aufkreuzen. Sein Auto steht vor dem Haus, aber er selbst scheint sich in Luft aufgelöst zu haben.

Er ist der nächste Nachbar von Sharla Jane. Wenn jemand etwas gesehen haben könnte, dann er.«

»Er wohnt sehr nah am Zaun«, stellte Simms fest.

Hicks nickte. »Allmählich muss man den Eindruck gewinnen, dass er sich in die Büsche schlägt, wenn er uns sieht.« Sie nahm ihre Kappe ab und legte sie auf die Rückbank. »Daher dachte ich, wir fahren mal undercover hin.« Sie tat, was sie selten tat, nämlich lächeln. Dieses Gesicht mit den hohen, flachen Wangenknochen spiegelte eine natürliche Zurückhaltung, aber wenn Hicks lächelte, bildeten sich Grübchen in ihren Wangen.

Der SUV hatte keine Klimaanlage, daher fuhren sie mit heruntergelassenen Fenstern über die kleinen Straßen und zogen eine Staubwolke hinter sich her.

»Kennen Sie Professor Fennimore schon lange, Chief?«, erkundigte sich Hicks.

»Zehn Jahre«, sagte Simms. »Aber das wissen Sie ja schon.« Die Sonderermittlungsgruppe hatte die Polizeiakten zu Rachel und Suzie durchgeackert, daher wussten nun alle, dass sich Fennimore in der Nacht, in der seine Frau und seine Tochter verschwunden waren, mit Simms getroffen hatte. Sie hatten zusammen zu Abend gegessen. Danach war Simms allerdings zu ihrer Familie heimgekehrt, statt mit ihm das Doppelzimmer zu teilen, das er reserviert hatte.

Ein paar Minuten fuhren sie schweigend.

»Ist er ein guter Mann?«, fragte Hicks. Ihre dunkel geränderten Augen blitzten.

*Um Himmels willen*, dachte Simms. *Sie ist verknallt in ihn*. Fennimore würde bald aus Chicago zurückkommen, und sie wollte wissen, woran sie bei ihm war.

»*Gut* ist nicht unbedingt das Wort, das ich benutzen würde«, sagte sie. »Er ist … sonderbar. Er kann grob und unsensibel sein, aber er ist auch sehr großzügig. Und witzig – manchmal wenigstens. Und intelligent ist er natürlich, wenn auch nicht so intelligent, wie er meint.« Sie hielt inne und dachte gut über das nach, was sie nun sagen würde. »Aber Sie sollten wissen, dass er rücksichtslos ist.«

Hicks schien sich ein wenig zu entspannen. Vielleicht war sie unter wilden Jungen und rücksichtslosen Männern aufgewachsen. Immerhin waren sie in Amerika, dem Land, das sich der Abenteuerlust verdankte. Farmland konnte innerhalb einer halben Meile in Wildnis übergehen, und Rücksichtslosigkeit galt hier womöglich als Mut.

»Rücksichtslos, mhm?« Hicks warf ihr einen versonnenen Blick zu, und Simms begriff, dass sie richtiggelegen hatte. »Ist das der Grund, warum Sie ihm aus dem Weg gehen?«

»Das dürfte Sie nichts angehen«, sagte Simms einfach.

»Entschuldigung, Ma'am«, sagte Hicks. »Es ist nur …«

»Sie wollen wissen, ob Sie ihm vertrauen können.«

Ein Zögern, dann nickte Hicks und starrte vor sich hin.

Simms holte Luft und atmete dann wieder aus. »Hören Sie, Deputy, Sie stehen erst am Anfang Ihrer Karriere. Ich weiß, was für einen Kampf es bedeutet, in einem frauenfeindlichen Milieu eingefahrene Verhaltensmuster zu überwinden.« Nun sah sie echte Überraschung im Gesicht der jungen Frau, als könnte die sich beim besten Willen nicht vorstellen, dass Macho-Gehabe und Frauenfeindlichkeit auch in der britischen Polizei vorkamen.

»Fennimore ist ein Spieler«, fuhr sie fort. »Und nicht nur mit Geld. Er geht Risiken ein, weil er den Adrenalinschub braucht. Der Schauder der Ungewissheit ist sein Element. Das war immer schon so, aber nach der Sache mit seiner Familie ist er noch düsterer und selbstzerstörerischer geworden.«

»Was ihm zugestoßen ist, hat ihn sicher bitter werden lassen«, sagte Hicks.

»Ja, das hat es. Und jetzt hat er auch noch herausgefunden, dass es eine Verbindung zwischen dem Mord an seiner Frau und unserem Mörder geben könnte. Er kennt keinen Halt und wird *alles* tun, was in seiner Macht steht, um herauszufinden, was mit seiner Tochter geschehen ist.«

»Sie wollen mir mitteilen, dass ich nicht damit rechnen soll, dass er bleibt.«

Simms dachte darüber nach. Als sie nach den Ermittlungen zu Rachels Tod vor eine Disziplinarkommission geschleppt worden war, hatte Fennimore seine Koffer gepackt und war sang- und klanglos nach Schottland entschwunden. Der Schmerz dieser Enttäuschung pochte immer noch wie eine alte Wunde. Aber Fennimore als Teil ihres Lebens war noch komplizierter als Fennimore irgendwo anders. Nur wenige Stunden war es her, dass er sie ohne jeden Skrupel dazu gebracht hatte, Ermittlungen zu seinem anonymen Foto anzustellen – ohne zu erkennen zu geben, dass er schon wisse, was für Schwierigkeiten sie sich damit einhandelte. Sie seufzte.

»Ehrlich gesagt, würde ich mir mehr Sorgen um Sie machen, *wenn er bliebe*«, sagte Simms.

Den Rest der Fahrt über schwiegen sie. Das flache Farmland, das an ihnen vorbeizog, war mit Maschendraht eingezäunt, der von Heckenkirschen überwuchert war. Das Gras am Feldrand wurde in der Sonne langsam braun, war aber immer noch mit roten und rosa Blümchen gesprenkelt. Sie bogen in die Wohnwagensiedlung ein und fuhren direkt zu dem fraglichen Grundstück. Es war an einen Vincent Goodman vermietet. Der Trailer war eines dieser größeren Modelle mit zwei Hälften und einer Veranda. Simms erinnerte er an das Chalet, das sie und Kieran für den Urlaub an der ostenglischen Küste gemietet hatten. Vor dem Grundstück stand ein Ford Taurus, und unter einer Markise, die fast so breit war wie der Trailer selbst, stand eine Gartenliege. Deputy Hicks parkte neben dem Trailer, wo man sie aus dem Fenster nicht sehen konnte. In der Ferne hörte man das Gebell eines Spürhunds und die Rufe des Suchtrupps, die weiterhin den Wald durchkämmten.

»Ich gehe zur Rückseite«, sagte Hicks. »Wenn er an die Tür kommt, verwickeln Sie ihn in ein Gespräch.«

Es war gegen Mittag und ziemlich heiß. Als Simms näher kam, knallte die Haustür hinter dem Fliegengitter zu. Sie klopfte und wartete.

Auf der Rückseite des Hauses kam es offenbar zu einem Handgemenge, dann erschien Hicks mit einem Mann, der ungefähr so alt und so groß war wie sie. Sein Haar war kurz geschnitten, und sein Kinnbart war ordentlich getrimmt. Er trug ein sauberes weißes T-Shirt und hielt sich den Unterarm. Er wirkte verängstigt.

»Mr Goodman«, sagte Hicks. »Warum wollten Sie davonlaufen?«

»Wollte ich doch gar nicht«, sagte er. »Ich wollte spazieren gehen.«

»Gehen Sie oft spazieren?«, fragte sie. »Wir sind nämlich in den letzten Tagen ein paar Mal hier gewesen, und Sie waren nie zu Hause.«

»Vielleicht habe ich geschlafen.«

Sie schaute ihn erstaunt an. »Sir, dann müssen Sie aber einen festen Schlaf haben.«

Darauf antwortete er erst gar nicht.

»Sie wissen, warum wir hier sind.«

Simms sah seinen wilden Blick, den sie sofort als Ausdruck eines schlechten Gewissens erkannte.

»Geht es um den Jungen?«

»Den Jungen?«, fragte Hicks.

Simms warf Hicks einen Blick zu. Sie verstanden sich ohne Worte.

»Den Mörder, meinte ich. Die Lady hat da drüben auf Grundstück dreiunddreißig gewohnt.«

»Sharla Jane Patterson. Sie kannten sie?«

»Eigentlich nicht.«

»Aber den Jungen kennen Sie«, sagte Simms.

»Tja.« Ihm wurde klar, was er da gesagt hatte, und sie sah wieder Panik in seinen Augen aufflackern. »Nein, nicht so.«

»Nicht wie?«, fragte Hicks, die sich dumm stellte.

»So, wie Sie denken.«

Die beiden Frauen schauten sich an, als wäre ihnen der Mann ein Rätsel.

»Der Junge ist ein Dieb.« Goodman schien sich verteidigen zu wollen. »Er hat Bier aus meiner Kühlbox geklaut.«

»Was Sie nicht sagen.« Hicks schnippte mit dem Daumen ihre Brusttasche auf und holte ein Notizbuch heraus. Dabei runzelte sie die Stirn und schüttelte den Kopf, als könnte man sich über den allgemeinen Verlust der guten Manieren nur wundern.

»Ja.« Seine Empörung wirkte jetzt selbstbewusster.

»Wenn Sie sagen, ›der Junge‹ …?«

»Sind Sie schwer von Begriff?« Mit einem Mal schien er die Geduld zu verlieren. »Riley Patterson natürlich.«

Sie klopfte mit dem Stift auf ihr Notizbuch. »Nur um auf Nummer sicher zu gehen«, sagte sie tonlos, als würde sie ihn nur zu verstehen versuchen. »Riley Patterson hat Ihnen also Bier gestohlen …«

Er seufzte theatralisch. »Aus meiner Kühlbox.«

Sie notierte es.

»Aus der Kühlbox in Ihrem Haus?«, fragte sie. Ihr Stift schwebte über dem Notizbuch.

»Was?« Einen Moment lang wirkte er verblüfft. »Nein! Er war *nie* in meinem Haus.«

Ihm brach der Schweiß aus. Seine Stirn und seine Arme glänzten, aber er hielt den rechten Arm immer noch fest. »Stimmt irgendetwas nicht mit Ihrem Arm, Mr Goodman?«, fragte Simms.

»Nein.«

»Darf ich mal sehen?«

»Nein.« Er schaute Hicks an, als sollte die ihm beistehen.

»Ich sage Ihnen mal was«, begann Hicks. »Wenn Sie sich nicht ein wenig kooperativ zeigen, können wir das Gespräch auch im Sheriff's Office in Westfield fortsetzen.«

Seine Schultern sackten herab, und es sah aus, als würde er in Tränen ausbrechen. »Sie werden das vollkommen falsch verstehen«, sagte er, nahm aber trotzdem seine Hand weg und enthüllte eine kaum verheilte Wunde an seinem linken Unterarm.

Der maskierte Mörder in der Aufnahme von Sharla Janes Ermordung trug einen Verband an der linken Hand.

»Zeigen Sie mir Ihre Hände«, sagte Hicks.

Zitternd hielt er sie ihr hin, erst Handflächen nach unten, dann Handflächen nach oben, aber es waren keine weiteren Schnittwunden zu sehen.

»Das müssen Sie uns erklären«, sagte Hicks.

»Das Kind ist am Abend seines Verschwindens an meinem Trailer vorbeigekommen.«

»Wann genau?«

»Ich weiß nicht – kurz nach Einbruch der Dunkelheit, würde ich sagen. Ich wollte dem Jungen helfen, aber er hat mich mit seinem Messer angegriffen und ist weitergerannt.«

»Wohin?«

»In den Wald.« Er nickte mit dem Kopf zum dichten Grün hinter dem Metallzaun hinüber.

»Warum dachten Sie, dass er Hilfe benötigt?«, fragte Simms.

»Er hat geheult und ist gerannt, als wäre der Teufel hinter ihm her. Und …« Er hielt inne und schien darüber nachzudenken, ob ihn seine Informationen entlasten oder nur noch weiter in die Sache reinreiten würden.

*»Und?«,* fragte Hicks in einem Tonfall, der keinen Zweifel daran ließ, dass sie die Worte mit einem spitzen Stock aus ihm herauskitzeln würde.

»Der Typ, mit dem seine Momma zusammenlebte, war ihm dicht auf den Fersen.«

Goodman war der erste Augenzeuge, der bestätigte, dass Sharla Janes Lover der Mann war, den sie suchten. Hicks sagte *Mhm, mhm* und notierte es, als hätte sie es doch die ganze Zeit geahnt.

»Und als Sie sahen, wie der Mann hinter Riley herrannte, was haben Sie da getan, Mr Goodman?«

»Ich war *verletzt*«, sagte er. »An meinem *ganzen* Körper war Blut. Ich bin ins Haus gegangen und habe meine Wunde versorgt.«

# 57

**Robert Gordon University, Aberdeen, Schottland**
**Montag, später Abend, Ortszeit**

Josh Brown saß in der kleinen Mitarbeiterküche im dritten Stock des naturwissenschaftlichen Gebäudes. Sie war sein inoffizielles Büro und gelegentlich auch sein Zuhause geworden. Auf dem »Save Suzie!«-Forum war die Hölle los. Auf die Zeichnung, die er hochgeladen hatte, waren Hunderte von Reaktionen eingegangen: Überlegungen zur Identität des Mannes, Anfragen von Leuten, die mit Josh persönlich telefonieren oder mailen wollten, Spekulationen zur Identität dessen, der das Bild gepostet hatte. Josh hatte alle Nachrichten beantwortet, über das Forum oder anonym, indem er E-Mail-Adressen angelegt und hinterher sofort wieder gelöscht hatte, während er für die Telefonate ein Wegwerfhandy benutzt hatte. Die Beiträge waren ernsthaft oder wirr oder regelrecht perfide gewesen, aber kein Mensch hatte ihm brauchbare Informationen liefern können.

Er schloss die Forumsseite, holte sich einen schwarzen Kaffee und widmete sich dem Stapel Zeitungsartikel aus den *Hawick News*. Professor Fennimore hatte ihm eine Art »Schnellkurs Serienmörder« geschickt, in dem der FBI-Psychologe die kriminellen Verhaltensweisen aufgelistet hatte, für die sich die Sonderermittlungsgruppe interessierte. Der Verhaltenspsychologe schätzte das Alter des Mörders (oder der Mörder) auf zwischen fünfundzwanzig und fünfunddreißig, was hieß, dass er (oder sie) vor zehn oder zwanzig Jahren Teenager gewesen war(en). Da er ein gründlicher Typ war, hatte Josh den Zeitungsarchivar gebeten, ihm Artikel zu schicken, die bis zu zwanzig Jahre zurücklagen.

Das war nicht wenig. Anders als die nationalen Blätter stürzten sich die Lokalzeitungen auch auf Banalitäten und berichteten selbst noch von den geringfügigsten Delikten. Josh sollte es recht sein, denn wenn ihr Mörder tatsächlich in Hawick aufgewachsen war, hatte er klein angefangen.

Ein Zweitonsignal von seinem Laptop tat kund, dass eine E-Mail eingegangen war. Frischer Nachschub an Geschichten, die Josh schnell überflog: jugendliche Spanner, Karnickelschlächter, Katzenquäler, ein paar Brandstifter. Die nächste Schlagzeile schien irgendwie aus dem Rahmen zu fallen.

MÄDCHEN UNTER WAND BEGRABEN, stand über dem Artikel. Josh las weiter: »Die Hawicker Schülerin Isla Bain wurde schwer verletzt, als in einem verfallenen Cottage am Rande des Whitlaw Wood eine Wand einstürzte. Isla (13) wurde von Hundebesitzern unter den Trümmern gefunden …«

Nun las er die nächste Schlagzeile: TAPFERER TEENIE VERLIERT KAMPF GEGEN DEN TOD.

Die nächste datierte eine Woche später: ISLA – POLIZEI BEFRAGT MITSCHÜLER.

Die letzte lautete: ISLAS TOD WAR MORD.

»Okay …« Diesmal las Josh den gesamten Artikel. Offenbar hatte ein Nachbar Isla mit einem Jungen im Lynn Wood gesehen, einem Waldstreifen, der in den Whitlaw Wood überging. Er war weit weg gewesen und hatte den Jungen, der eine Kapuze trug, nicht erkennen können. Vor sechzehn Jahren war das gewesen.

Der Archivar hatte noch einen Kommentar hinzugefügt: »Der Staatsanwalt stellte fest, dass Isla von einer oder mehreren Personen umgebracht wurde. Ich habe mit dem Detective gesprochen, der in dem Fall ermittelt hat. An Islas Hand- und Fußgelenken befanden sich Fesselspuren, außerdem war sie das Opfer sexueller Gewalt geworden. Keine brauchbaren DNA-Spuren. Als sie gefunden wurde, hatte sie im Liegen die Hände über den Kopf erhoben, als hätte sie jemand in dieser Position festgehalten. Das Ermittlerteam war sich sicher, dass man nach mindestens zwei Angreifern suchen müsse – einem, der sie festgehalten, und einem, der die Trümmerteile auf sie geschoben hat. An einen Einsturz haben sie nie geglaubt – die nächste eingebrochene Stelle war über drei Meter entfernt. Sie haben das aber für sich behalten, weil sie dachten, dass sich vielleicht eines der Kinder bei der Befragung verraten würde.«

Josh wählte die Nummer des Archivars und wurde direkt an seine Mailbox weitergeleitet. Also schrieb er ihm schnell eine E-Mail, um sich nach Namen und Nummer seiner Quelle bei der Polizei zu erkundigen. Als Nächstes rief er seinen Kontakt bei der schottischen Polizei an, da sie die Namen sämtlicher in jenem Jahr an der Highschool gemeldeter Jungen benötigten. Das müsse bis zum nächsten Morgen warten, wenn die Schule öffnete, teilte man ihm mit. Für den Fall, dass Islas Kleidung noch aufbewahrt wurde – die Gentechnik hatte sich in den letzten zwanzig Jahren weiterentwickelt, und die Bandbreite von »nutzbarer« DNA hatte sich durch *Low-Template DNA* erheblich erweitert. Sie einigten sich darauf, am nächsten Tag gegen Mittag noch einmal zu telefonieren.

Fennimore hatte ihn auf dem Weg nach Chicago angerufen: Er würde bis Dienstagabend schwer zu erreichen sein, sodass er sich im Zweifelsfall an Detective Chief Inspector Simms wenden solle. Josh wählte seine Nummer trotzdem, aber das Handy war tatsächlich abgeschaltet. Also scrollte er durch seine Kontakte zu Simms' Nummer und ließ den

Finger über dem Anruffeld schweben. Simms hatte kein Vertrauen zu ihm, und das machte ihn nervös. Es war ja auch nicht so, dass er etwas Konkretes in der Hand hatte. Vielleicht sollte er besser erst die Schulliste besorgen, mit dem Polizeikontakt des Archivars sprechen und die Fragen mit der schottischen Polizei klären, statt sich mit halbgaren Informationen zu Wort zu melden.

Was für einen Unterschied sollten ein paar Stunden schon machen, wo doch bereits fünfzehn Jahre vergangen waren?

Er schaute auf seine Uhr: Viertel vor zehn. Früh genug, um in der Stadt noch einen Drink zu nehmen. Die Sonne war gerade erst untergegangen. An schönen Sommertagen konnte das Licht fast bis Mitternacht nachleuchten, aber mit dem Nordostwind waren Wolken aufgezogen und ballten sich über der Granitstadt zusammen, daher brach die Nacht zwei Stunden eher herein. Der Wind, der vom Hafen kam, fegte durch die engen Seitengassen und brachte harten, kalten Regen von der Nordsee mit. Josh klappte den Kragen hoch und stemmte sich gegen den Wind. Es war ein Fußmarsch von zehn Minuten bis zur Market Street, wo man dem Hafenbecken so nahe kam wie nur möglich, ohne hineinzufallen. Nach weiteren fünf Minuten befand er sich in einer schmalen, gepflasterten Straße namens Back Wynd. Zu seiner Rechten lagen ein paar angesagte Läden, zu seiner Linken die graue Granitwand der St Nicholas Church.

Die Bar wimmelte von Nachtschwärmern, die fast alle männlich, jung und durchtrainiert waren. Josh bahnte sich einen Weg durch die Menge und freute sich über die Wärme und die bewundernden Blicke. Ihm gefiel die Aufmerksamkeit, wohlwissend, dass er gut aussah. Die Leute an der Bar kannten ihn, und so reichte ein Nicken als Bestellung. Er zog die Jacke aus und fuhr sich mit den Fingern durchs Haar. Der Barkeeper reichte ihm mit seinem Merlot auch ein Handtuch, und er nahm es lachend entgegen. Nachdem er sich den Kopf abgerubbelt hatte, gab er es zurück. Dann erregte eine Bewegung am fernen Ende der Bar seine Aufmerksamkeit. Ein Typ hatte sich vorgebeugt, um ihn besser sehen zu können. Josh stützte den Ellbogen auf den Tresen und fing seinen Blick auf. Der Mann war um die vierzig, fit, dunkelhaarig, Bart. Als Josh lächelte, schaute er verlegen weg, kippte sein Bier hinunter und war schon zur Tür hinaus, bevor sich Josh richtig auf seinen Barhocker gesetzt hatte.

Schade – der Typ war hübsch gewesen.

Josh aß einen Burger, redete mit dem Barkeeper und trank in der Stunde, die er blieb, ein Glas Wein. Er hatte in der Charlotte Street in der Nähe der Uni eine Wohnung gemietet. Um dorthin zu gelangen, ging er denselben Weg zurück, den er gekommen war. Die Wolkendecke war nicht aufgerissen, aber der Regen hatte aufgehört, und Josh hatte nun Rückenwind. Eine Styroporschachtel trieb holpernd über die Pflastersteine, und das Geräusch wurde von der Kirchhofmauer wie ein geflüstertes Gebet zurückgeworfen. Danach hörte er ein vereinzeltes Geräusch, als würde ein Stein ins Wasser plumpsen – trocken und fest, wie ein Schritt. Er verlangsamte das Tempo und lauschte. Da war es wieder: das trockene Geräusch eines Absatzes auf Stein, gefolgt von einem ledernen Schleifen. Seine Nackenhaare sträubten sich. Er wurde beschattet, und zwar nicht sehr professionell.

Er musterte seine Umgebung. Es war halb zwölf. Dieser Teil der Back Wynd war wie ausgestorben; die Fensterläden der Geschäfte waren verschlossen, und vor den Eingangstoren befanden sich Gitter. Die Mauer zum Kirchhof zu seiner Rechten war eine fünf Meter hohe Barriere. Er überquerte die Straße, schaute unauffällig nach links und erblickte den Schatten eines Mannes. Der Schatten stolperte und ging dann mit gesenktem Kopf weiter. Die beiden Nebenstraßen, durch die Josh hätte flüchten können, hatte er schon passiert. Zur Schoolhill, wo ihn nur weitere geschlossene Läden erwarteten, wäre es ein Sprint von hundert Metern. Er könnte umkehren und sich in O'Neill's Pub flüchten, aber selbst wenn er an dem Stalker vorbeikäme, müsste er trotzdem irgendwann nach Hause. Vor allem aber wollte er wissen, was für eine Art von Bedrohung dieser Mann darstellte.

Er stellte sich vor ein Schaufenster und tat so, als würde er sich für die Auslage interessieren. Aus dem Augenwinkel behielt er den Mann im Blick.

Sein Verfolger kam näher, und seine harten Lederschuhe hallten nun lauter, da er nicht mehr auf Zehenspitzen schlich. *Größer als ich*, dachte Josh. *Und schwerer*. Noch ein paar Schritte, und er wäre auf seiner Höhe.

*Die Hände, achte auf seine Hände.*

Irgendwann machte der Mann einen Schlenker und wollte in einem großen Bogen um Josh herumgehen.

Mit pochendem Herzen schoss Josh nach rechts: »Hast du dich verlaufen, Kumpel?«

Der Mann sprang zur Seite, als hätte ihn jemand geschubst. »Was? Redest du mit mir?«

*East London. Definitiv. Etwas abgeschwächt, aber unverkennbar.*

»Klar, weil du mich zu verfolgen scheinst.«

»Was? Nein!« Er breitete die Arme aus; die Hände waren leer.

Als Josh einen Schritt auf ihn zutrat, erkannte er den Typen aus der Bar. »Ich gebe dir einen kostenlosen Rat. Jemanden zu verfolgen ist keine gute Idee – wo der andere hinwill, ist nicht notwendigerweise der Ort, wo du sein willst.«

»Ich weiß nicht, was du meinst.«

Noch ein Schritt. »Das denk ich aber doch.«

»So ein Unsinn.« Der Mann wollte gehen.

Josh packte ihn am linken Arm, brachte ihn aus dem Gleichgewicht und stieß gegen seine rechte Schulter. Den Vorwärtsdrall des Mannes ausnutzend knallte er ihn ans Schaufenster.

Der Mann wehrte sich schwach, aber Josh hatte sein Handgelenk blockiert und knallte ihn an die Scheibe, bis er still hielt.

»Wer schickt dich?«

»Niemand. Niemand schickt mich.«

Er wollte sich umdrehen, aber Josh trat ihm die Beine auseinander. Schicke italienische Schuhe mit harten Ledersohlen. »Wenn deine Auftraggeber keinen Besseren gefunden haben als dich, bin ich echt beleidigt. Wer hat dir bloß erzählt, dass man harte Sohlen trägt, wenn man jemanden beschattet?«

»Ich weiß wirklich nicht, wovon du redest«, sagte der Mann. Seine Stimme klang vor Angst fast schrill.

»Von dir lass ich mich bestimmt nicht verarschen«, sagte Josh, verstärkte den Druck und presste ihn gegen die Scheibe, bis sie sich durchbog. »Du hast die Bar eine Stunde vor mir verlassen, und plötzlich bist du wieder da, auf derselben Straße zur selben Zeit wie ich.«

»Ich schwöre, dass ich nicht weiß ...« Josh bog das Handgelenk noch ein Stück hoch, und der Mann schrie auf. »In Ordnung! Okay ... Ich bin ins O'Neill's gegangen.«

»Und dann bist du zufällig im selben Moment herausgetreten, als ich vorbeikam. Was für eine beschissene Lüge.«

Josh hatte den Arm nun derart weit hinter dem Rücken des Mannes hochgebogen, dass der auf Zehenspitzen stand. »Hör zu, ich bin nur zu Besuch hier. Ich habe gehört, dass es hier in der Stadt ein paar Schwulenbars gibt, und da ...«

Jetzt war Josh einen Moment lang verunsichert, worauf sich der Mann sofort seinem Zugriff entwand.

*Aus der Übung, Josh, du hast keine Ausdauer.* Er ging in Kampfhaltung und machte sich auf das Schlimmste gefasst, aber der Mann hob sofort die Hände.

»Warte«, sagte er. »Ich wollte dich nicht erschrecken. Obwohl ja eigentlich du es bist, der mir eine Heidenangst eingejagt hat.«

Josh verzog keine Miene.

»Ich wollte nur ... Ich wollte dich nur fragen, wie es mit einem kleinen Gute-Nacht-Trunk wäre. Aber dann war ich plötzlich irgendwie zu schüchtern, weil ... na ja ... bislang habe ich mich nicht einmal geoutet.«

Wie er da so vor ihm stand, wirkte er plötzlich so verletzlich, dass Josh sich schämte. »Oje«, sagte er. »Tut mir leid. Überreaktion.«

Der Mann schaute ihn mit feuchten Augen an, kramte in seiner Tasche nach einem Taschentuch und putzte sich mit zitternden Händen die Nase.

Armer kleiner Schwuler. Er hatte es schon schwer, mit seiner Sexualität zurande zu kommen, und nahm all seinen Mut zusammen, um jemanden anzusprechen – und was bekam er dafür: einen Typen aus Essex, der sich wie die Kray-Zwillinge aufführte. Josh wusste nicht, was er tun sollte.

Als eine kleine Menschenmenge aus dem O'Neill's quoll, zuckte der Typ mit den Achseln. »Ich bin total unfähig. Ich sollte es einfach ...« Dann trottete er mit hängenden Schultern in Richtung Hafenbecken.

»Hey!«, rief Josh.

Der Ausdruck der Verlorenheit im Gesicht des Typen gab den Ausschlag.

»Wie wär's denn nun mit diesem Gute-Nacht-Trunk?«

# 58

Es ist frustrierend, wie viele Leute von
ehrlichem Verhalten schockiert sind und
wie wenige von Betrug.

Noël Coward

**Am Rande von Westfield, Williams County, Oklahoma**
**Dienstag, 23.30 Uhr**

Fennimore hatte seine Verpflichtungen gegenüber seinem Verleger erfüllt und die Wogen bei *That's Entertainment!* geglättet; er hatte Bücher signiert und Leser und Buchhändler bezaubert. Selbst John, den Vertreter, den er am Flughafen hatte warten lassen, hatte er milde gestimmt, indem er ihm eine Dose mit einem teuren, importierten Glenlivet geschenkt hatte. Jetzt war er wieder in Oklahoma und saß an Hicks' Küchentisch. Eigentlich hatte er noch eine Nacht in Chicago bleiben und den ersten Flug am Mittwochmorgen nehmen wollen, aber dann hatte er es doch nicht ausgehalten, den Ermittlungen noch länger fernzubleiben. Er hatte einen Direktflug nach Tulsa ergattert, hatte nach der Landung um Viertel nach zehn einen Wagen gemietet und sich direkt zu Hicks begeben.

Hicks kochte Chili-Reis, stellte ihm ein kaltes Bier hin und berichtete von den wichtigsten Ereignissen der letzten dreißig Stunden. Das FBI hatte eine gealterte Version des Führerscheinfotos von »Thomas Holsten« angefertigt, hatte einen Bart und längere Haare hinzugefügt und das Bild an alle Speditionen an der I-44 verteilen lassen. Amüsiert hörte er sich an, wie Hicks und Simms Sharla Janes Nachbarn vernommen hatten, und wünschte, er wäre dabei gewesen.

»Goodman hat also gesehen, wie der Junge in den Wald gerannt ist und von einem Mann verfolgt wurde?«, fragte Fennimore.

»Ja.«

»Ist jemand auf die Idee gekommen, den Zaun auf DNA hin zu untersuchen?«

Sie lächelte. »Roper hat schon angekündigt, dass du das fragen würdest. Er hat tatsächlich Hautzellen von einem unbekannten Mann gefunden. Das Team Adam hat ein privates Labor eingeschaltet, und so waren die Ergebnisse ganz schnell da: Die DNA entsprach jener von den Schrauben der Gardinenstange in Sharla Janes Trailer.«

*Klick. Noch ein Puzzleteil gefunden*, dachte Fennimore.

»Konnte Mr Goodman den Mann beschreiben?«

»Groß, schwarze Kleidung, Skimaske. Im Übrigen hat er behauptet, dass er Sharla Janes Freund selten gesehen hat.«

Die Sonderermittlungsgruppe hatte während Fennimores Abwesenheit ein psychologisches Profil des Mörders veröffentlicht, und der Freund der Mutter war einer der Hauptverdächtigen.

Kate Simms wiederum hatte ihm den E-Mail-Wechsel zwischen einem namenlosen Beiträger und einem Mann namens SouthernKingfish geschickt; ein Ausdruck lag jetzt vor ihnen auf dem roten Melamin-Tisch.

Abigail Hicks reichte Fennimore einen Teller mit Chili-Reis. »Kannst du etwas Interessantes darin erkennen?«

»Nur zwei Serienmörder, die sich infantile Beleidigungen an den Kopf werfen.« Er blätterte zur letzten Seite vor, wo sich die Beschimpfungen häuften.

»Ach, ernsthaft? Du schmeißt deine Tussi ins Alemoor

Loch und willst mich belehren?« Das war der Mann, für den sich die Sonderermittlungsgruppe interessierte.

Antwort: »Bist du scharf darauf, für den Rest deines Lebens weggesperrt zu werden?«

Ihr Mann: »Gefängnis oder Tod ist besser, als mit einem *nurrit prick* zusammenzuarbeiten, der zu feige ist, es selbst zu tun.«

»Was ist ein ›nurrit prick‹?«, fragte Hicks, die Fennimore über die Schulter sah.

»›Nurrit‹ ist Hawicker Dialekt für etwas Mickriges, Unbedeutendes – ein mickriges Arschloch also«, sagte Fennimore langsam.

»Das ist wirklich Schulhofniveau, oder?«, sagte sie.

»Ich zerquetsche dich«, wetterte der zweite Mann zurück. »Ich nagel dich an ein Brett, du Blutsauger. Du widerliches Insekt ...«

»Das würde ich bezweifeln, Mr-Ich-bin-viel-zu-englisch-um-mir-die Finger-schmutzig-zu-machen«, schrieb ihr Mann. »Wenn du aber mal vorbeischauen magst, kann ich dir vielleicht noch ein paar Tipps geben.«

Fast jedes Mitglied der Sonderermittlungsgruppe hatte den E-Mail-Wechsel studiert, als Fennimore in Chicago gewesen war. Er selbst hatte den vollständigen Text erst am Flughafen heruntergeladen, bevor er an Bord gegangen war. Seither hatte er ihn viele Male gelesen, und er ging ihm nicht aus dem Kopf, selbst wenn er ihn weglegte.

Er schaufelte Reis auf die Gabel, legte sie dann wieder hin, ohne überhaupt etwas probiert zu haben, und blätterte mit dem Daumen durch den Stapel.

»Hat eigentlich Josh in den *Hawick News* etwas Interessantes entdeckt?«, erkundigte er sich.

»Hast du nichts von ihm gehört?«

»Ich hatte ihm gesagt, dass er sich an Simms wenden soll.«

»Die hat ihn nicht erreicht«, sagte Hicks.

Fennimore schaute auf die Uhr; in Aberdeen war früher Morgen. Das war gar nicht Joshs Art. Als er es auf seinem Handy versuchte, wurde er direkt an die Mailbox weitergeleitet, also hinterließ er eine Nachricht. Dann schrieb er ihm eine E-Mail und fragte sich, ob er ihn anskypen sollte. Plötzlich merkte er, dass Hicks ihn beobachtete, den Kopf auf die Seite gelegt.

»Entschuldigung, hattest du etwas gesagt?«

»Ich fragte, ob wir uns Sorgen machen müssen.«

»Keine Ahnung.« Als er den Kopf schüttelte, drehte sich plötzlich der Raum.

»Hast du seit deinem Aufbruch nach Chicago überhaupt ein Auge zugetan?«

Er dachte nach. »Ich habe im Flugzeug ein wenig gedöst.«

Sie nahm ihm die Blätter aus der Hand und legte sie weg. »Jetzt entspann dich erst einmal, iss etwas und bleib eine Weile.«

Eineinhalb Tage Nonstop-Programm und amerikanische Gastfreundschaft hatten ihn ausgelaugt und ihm außerdem, das musste er zugeben, einen ordentlichen Kater beschert. Verärgert über sich selbst, griff er zu seinem Teller.

Nach dem Essen gingen sie wieder in den Obstgarten. Hicks schaute in den Mond. Ein paar Minuten lang standen sie einfach da, tranken Bier und sahen die Fledermäuse wie kleine animierte Comicfiguren zwischen den Bäumen entlangflitzen.

»Hast du je eine Fledermaus in Zeitlupe jagen gesehen?«, fragte er. »Sie benutzen ihre Flügel, um die Insekten einzuwickeln – selbst wenn es so winzige wie Fliegen oder Mücken sind. Und dann …« Er hielt inne, und plötzlich waren sämtliche Geräusche um ihn herum gedämpft. Er schloss die Augen und sah die Gesichter der Menschen, die darauf warteten, dass er ihr Buch signierte; auch der E-Mail-Wechsel drängte sich wieder in den Vordergrund. In seinem Kopf wirbelten Wörter und Bilder herum, bis ihm schwindelte. Schließlich riss der Gesang der Grillen und Heuschrecken ganz ab, und er wusste, warum er die E-Mails immer und immer wieder hatte lesen müssen. Der Schweiß brach ihm aus, und er fühlte sich kalt und elend.

Hicks schaute ihn besorgt an. »Alles in Ordnung, Professor?«

»Der Typ, mit dem unser Mann die E-Mails ausgetauscht hat …« Fennimore bekam seinen Atem nicht unter Kontrolle und musste innehalten, um nach Luft zu schnappen. »Die schottische Verbindung … Ich glaube, er ist in den Vereinigten Staaten. Ich glaube, ich habe mit ihm gesprochen.«

Hicks starrte ihn an. »Was? *Wann?*«

»In Chicago. Bei einer der Lesungen …«

Hicks' Handy piepste. Sie fluchte, zog es aus der Hemdtasche und schaute aufs Display. »Scheiße …«

»Was ist?«, fragte er, aber sie war bereits auf dem Weg zum Haus.

»Du kannst es mir unterwegs erzählen«, sagte sie. »Er hat wieder zugeschlagen: Mutter und Kind von einem Lkw-Rastplatz an der I-44 verschwunden, zwanzig Meilen nordöstlich von Hays.«

# 59

Die Mundwerkzeuge der Mücke
funktionieren wie Scheren.

Dr Alison Blackwell

Es war nur eine kurze Strecke von Hicks' Bungalow zur Einsatzzentrale, daher fasste Fennimore sich kurz.

»Bei einer der Lesungen in Chicago war ein Fan, der übertrieben freundlich zu mir war«, begann er. »Er tat so, als würde er mich kennen, bestand darauf, mir die Hand zu schütteln, und ließ sie dann gar nicht mehr los. Irgendwie hat er mir Unbehagen eingeflößt. Da er einen englischen Akzent hatte, habe ich mich erkundigt, ob er beruflich in den Staaten sei. Eine Mischung aus Beruf und Vergnügen, sagte er, und dass er Entomologe sei, Insektenforscher. Ein alter Freund habe ihn eingeladen. Nach einem Freundschaftsbesuch klang das allerdings nicht.«

Hicks zuckte mit den Achseln. »Er mochte einen englischen Akzent haben, aber was hat dich auf den Gedanken gebracht, dass er unsere schottische Verbindung ist?«

»In den E-Mails hat der Komplize unseren Mann ein ›Insekt‹ genannt, einen ›Blutsauger‹, und dass er ihn an ein Brett nagele, worauf unser Mann sagte: ›Das würde ich bezweifeln, Mr-Ich-bin-viel-zu-englisch-um-mir-die Finger-schmutzig-zu-machen.‹ Er hat sogar eine Art Einladung ausgesprochen.«

»Inwiefern?«

Fennimore zitierte aus der Erinnerung: »Wenn du aber

mal vorbeischauen magst, kann ich dir vielleicht noch ein paar Tipps geben.«

»Nun ja«, sagte Hicks. »Um unseren Sheriff zu überzeugen, wirst du etwas mehr vorzuweisen haben.«

»Okay.« Fennimore kramte in seinem Gedächtnis nach weiteren Details. »Der Mann bei der Lesung sagte, dass er ein Spezialist für Mückenvernichtung sei.«

»Mücken?«

»Schottische Mücken sind berüchtigte Blutsauger. Es ist alles da, Abigail: der englische Bezug, die Insekten, die Blutsauger, die Einladung.«

»Und eine Vernichtungsmission«, ergänzte Hicks. »Nun, dann finden wir unseren Mann besser zuerst. Wenn uns der ›Insektenexperte‹ zuvorkommt, besteht keine Chance mehr, die Frau und ihre Tochter lebend wiederzufinden.«

Die vermisste Frau hieß Faith Eversley. Sie war dreiundzwanzig und alleinerziehende Mutter. Ihre Tochter Ava war acht. Kate Simms beobachtete Fennimore von der anderen Raumseite. Er war bleich und besorgt und hörte Launers Bericht nur mit halbem Ohr zu.

»Keine Familie«, erklärte Launer. »Sie hat als Kellnerin in O'Malley's Bar in Hays gearbeitet. Ihre Chefin hat sie auch vermisst gemeldet. Um sechs Uhr abends hatte Faith vom Rastplatz östlich von Hays angerufen. Um sieben sollte ihre Schicht beginnen, aber sie sagte, sie komme vielleicht etwas später – ihr Motor sei überhitzt. Sie sagte, sie wisse sich schon zu helfen und würde sich melden, sobald sie wieder fahren könne. Nun hat Faith in den vier Monaten, die sie dort beschäftigt war, nicht einen Tag gefehlt, daher hat ihre Chefin, als der Anruf nicht kam, sie auf ihrem Handy zu erreichen versucht. Es schaltete sich aber nur die Mailbox ein. Nachdem sie noch etwas gewartet hatte, hat sie um acht Uhr fünfunddreißig im Sheriff's Office angerufen.«

»Haben wir eine Spur von dem Handy?«, fragte Dunlap.

Launer schüttelte den Kopf. »Ausgeschaltet.«

»Warum hören wir erst jetzt davon?«, fragte Simms. Es war schon weit nach Mitternacht.

»Die Raststätte ist knapp jenseits der Grenze«, erklärte Launer. »Der Sheriff des Craig County hat mich angerufen, nachdem er einen Deputy dorthin geschickt hatte. Der fand den Wagen auf dem Rastplatz, die Motorhaube geöffnet und Blut auf dem Beifahrersitz.« Er schaute sich im Raum um. »Sind wir uns einig, dass es sich um unseren Mann handelt?«

»Anderer Modus Operandi, aber das Opferprofil ist zu ähnlich, um ignoriert zu werden.« Detmeyer zögerte wie immer, die Sache überzubewerten.

»Nun, wir können nicht mit dem Schwanz in der Hand dastehen und nichts tun«, sagte Launer gereizt. »Wenn Sie also nichts dagegen haben, werte ich Ihre Antwort als Zustimmung. Ich werde einen Amber Alert für das Mädchen ausrufen.«

Alle nickten, auch Detmeyer, der die Unverschämtheiten anderer nie übelzunehmen schien.

»Die Barbesitzerin hatte ein Foto von der Frau mit ihrer Tochter«, fuhr Launer fort. »Das hat mir der Sheriff gemailt. Wir müssen es an die Medien weiterleiten.«

»Die Spurensicherung sollte sich den Wagen anschauen«, sagte Fennimore. Er kritzelte auf der Rückseite eines Aktendeckels herum, was nicht bedeutete, dass er in Gedanken woanders war, sondern dass er nachdachte.

Launer warf Fennimore einen mürrischen Blick zu. »Das hat das Craig County bereits getan.«

»Oh«, erwiderte Fennimore. »Sie meinen wohl, irgendwelche Deputys aus dem Craig County haben es getan?«

*Sarkasmus*, dachte Simms. *Genau das, was wir jetzt brauchen, Nick*. Sie schaute zu Hicks hinüber, aber die hatte eigene Sorgen. Sie hatte ihr Netbook auf einen leeren Tisch gestellt und starrte auf den Bildschirm.

Simms breitete die Arme aus und suchte Fennimores Blick. Er zog eine Augenbraue hoch und schien zu fragen: *Was denn?* Sie spreizte die Hände – eine Bitte um etwas mehr Diplomatie –, und er fügte sich mit einem genervten Stöhnen.

Nun ergriff Dunlap das Wort. »Wenn Sie das vielleicht vermitteln könnten, Sheriff, wären wir möglicherweise in der Lage, noch ein paar zusätzliche Spuren zu sichern.«

»Das Craig County hat uns bereits hinzugebeten«, sagte Launer. »Ich werde den Sheriff anrufen. Hicks wird …« Er schaute zu Hicks hinüber, die immer noch auf ihr Netbook starrte. »Deputy *Hicks*?«

Sie schaute auf.

»Wenn Sie genug mit Ihrem neuen Spielzeug gespielt haben, könnten Sie diese beiden Gentlemen vielleicht zu dem Lkw-Rastplatz begleiten«, sagte Launer und nickte zu den beiden Kriminaltechnikern hinüber.

»Ja, Sir. Sheriff«, sagte sie, nicht im Mindesten beeindruckt. »Bevor ich das tue, nur eine Bemerkung: Ich habe mir die Orte noch einmal angeschaut. Unsere Opfer wurden auf einer Strecke von vierhundert Meilen entlang der I-44 gefunden, von Bristow bis nach St Louis.«

»Das *weiß* ich«, sagte Launer.

Sie ging zu den beiden Rand-McNally-Karten von Oklahoma und Missouri, die an einer Wandtafel an der Stirnseite des Raums zusammengeklebt waren, und zeigte auf die östliche Seite, wo an der Grenze zu Illinois St Louis lag. »Kyra Pender, gefunden in einem Park in St Louis.« Ihr Finger glitt in südwestliche Richtung und folgte der Linie der I-44 ins Williams County. »Laney Dawalt. Ihre Leiche wurde in einen Bewässerungsteich geworfen, nur ein paar Meilen von Westfield entfernt. Dreihundertfünfzig Meilen liegen zwischen diesen Leichen.«

»Worauf wollen Sie hinaus, Deputy?«, fragte Launer.

Sie zeigte auf die Stecknadel, die Mr Guffeys Teich markierte. »Laney Dawalt – ein paar Meilen östlich von der Stadt entsorgt.« Sie zeigte auf die nächste Nadel. »Sharla Jane – Cupke Lake, nur zwanzig Meilen südlich von hier.« Sie nahm eine neue Stecknadel und steckte sie in die Karte, um die Stelle zu markieren, wo das neue Opfer verschwunden war. »Faith Eversley – fünfundzwanzig Meilen nördlich von Westfield.«

Die drei Stecknadeln bildeten ein stumpfes Dreieck mit der Stadt Westfield ein paar Meilen westlich von der längsten Seite. »Er hat seine Jagdgründe gewechselt«, erklärte sie.

Fennimore setzte sich auf. »Er ist heimgekommen.«

»Wie kommen Sie bloß auf die Idee, dass dies seine Heimat sein könnte?«, fragte Launer.

»Weil das nach einer Häufung aussieht«, sagte Fennimore, der die drei Punkte mit einem Finger in die Luft stach und dann miteinander verband.

»Haben Sie etwas dazu zu sagen?« Launer wandte sich an Detmeyer.

»Serientäter entwickeln ihr abnormales Verhalten oft in der Nähe der Heimat«, sagte Detmeyer.

»Habe ich da etwas verpasst? Meine Notizen sagen mir, dass Opfer Nummer eins im Fort Leonard Wood, Missouri, abgelegt wurde – *zweihundert* Meilen von hier entfernt.«

»Wir wissen gar nicht, ob Fallon Kestler sein erstes Opfer war«, sagte Detmeyer leise, aber entschieden, und gab dem Opfer einen Namen, ohne den Sheriff bloßzustellen.

»Okay, gut. Aber beginnen diese Hurensöhne nicht normalerweise in der Heimat, um von dort aus in die Ferne auszuschwärmen?«

Detmeyer nickte. »Aber bisher hat unser Mann Befehle ausgeführt, und jemand anders hat die Entscheidungen getroffen – sein Mentor in Schottland. Mitten im Mord an Sharla Jane hat er diese Beziehung beendet. Jetzt legt er los, zum ersten Mal allein, aber er fühlt sich unter Druck, weil Presse und Polizei sich für die Morde interessieren. Extreme Narzissten sind oft unsicher. Das heimatliche Terrain bietet ihm die Sicherheit, die er braucht, um weiterzumachen.«

»Entschuldigen Sie, Doctor«, sagte Hicks. »Aber hat unser Mann den Druck nicht selbst provoziert, indem er an die Öffentlichkeit gegangen ist?«

»Ja, das hat er. Aber er hat sich vermutlich aus demselben Grund dazu gezwungen gefühlt, aus dem Dennis Rader nach dreizehn tatenlosen Jahren Kontakt zur Polizei aufgenommen hat: Er sehnt sich nach Zustimmung, Anerkennung, Wertschätzung.«

»Denkt er denn nicht darüber nach, was passiert, wenn wir von ihm erfahren?«

»Unser Mann wird eher von Gefühlen als von Gedanken geleitet, Deputy«, sagte Detmeyer. »Im Verborgenen zu bleiben war für ihn vermutlich unerträglicher als das Risiko einer Offenbarung. Meiner Meinung nach hat er sich BTK genannt, weil er mit jemandem assoziiert werden möchte, der einen ganzen Staat jahrzehntelang in Angst und Schrecken versetzt hat. Im Grunde seines Herzens fühlt er sich nämlich als kleines Rädchen im Getriebe, als ein Niemand, der einfach nur Befehle ausgeführt hat.«

»Mir blutet das Herz«, sagte Launer. »Aber könnten wir uns jetzt bitte den beiden Personen zuwenden, die er in diesem Moment in seiner Gewalt hat. Dieses wild zusammengeschusterte Dreieck auf der Karte ist zufällig das am stärksten bevölkerte Gebiet des Williams County. Allein in Hays und Westfield leben vierzigtausend Menschen.«

»Wir können die Suche aber einengen«, sagte Hicks, »da wir nun Speditionen an einer kürzeren Strecke der I-44 abklappern können.«

Der Vorschlag stieß auf Zustimmung. Fennimore hatte sich aus der Diskussion zurückgezogen und kritzelte auf seinem Aktendeckel herum. Als es daran ging, Aufgaben zu verteilen, sagte er unvermittelt: »Bevor wir die Sitzung beenden, muss ich leider eine weitere Komplikation zu der ohnehin schon komplizierten Situation hinzufügen.«

# 60

Fergus hatte beschlossen, von Chicago aus nicht zu fliegen, sondern mit dem Wagen zu fahren, da er unter seinem richtigen Namen mit einem regulären Pass reiste. Wenn er mit seinem ehemaligen Komplizen fertig sein würde, würde nämlich die Überprüfung der Fluggastdaten am Flughafen Tulsa ganz oben auf der Prioritätenliste der Sonderermittlungsgruppe stehen. In St Louis, das auf halber Strecke der insgesamt sechshundertfünfzig Meilen lag, machte er eine Pause und aß etwas, weil er davon ausging, dass ein britischer Tourist in einem Café in der Stadt weniger auffiel, als wenn er an einer ländlichen Lkw-Raststätte Pulled Pork und Pickles essen würde. Hinter St Louis nahm er die I-44 und fuhr in Richtung Westen. Noch fünf, sechs Stunden, dann wäre er am Ziel.

Die Landschaft zwischen St Louis, Missouri, und dem Williams County, Oklahoma, war im Wesentlichen unspektakulär. Mit Ausnahme von ein paar Kalksteinformationen verlief die Straße Hunderte von Meilen über flaches Land mit nur wenigen Hügeln: eine Mischung aus Grasland, Obstfarmen, Ranches und großen Flächen mit Monokulturen aus Mais und Weizen. Tafeln am Rande des Highways luden Reisende ein, das örtliche Museum, die Shopping Mall oder die historische Innenstadt zu besuchen. Gelegentlich standen auf dürren Beinen Wassertürme herum wie die Kampfmaschinen der Aliens aus *Krieg der Welten*.

Um nicht einzuschlafen, hörte er Countrymusik und las die Tafeln am Wegesrand. Normale Menschen würden die

Fahrt ziemlich langweilig finden, aber für ihn hielt sie begeisternde Momente bereit. Er kannte diese Straße, als wäre er sie selbst schon gefahren – und in gewisser Weise ist er das ja auch. In der virtuellen Welt hat er sie tausendfach zurückgelegt und eine neue Welt entdeckt, ohne je einen Fuß auf diesen Boden zu setzen. Seinen Landmarken würde ein gewöhnlicher Beobachter kaum Beachtung schenken: ein trostloser Abschnitt des US Highway 68, nördlich von St James, Missouri; ein glänzendes Gewässer, das er von einer Überführung in der Nähe einer Stadt namens Cuba entdeckt hatte; der bewaldete Abschnitt am Fort Leonard Wood, den er für immer mit Fallon Kestler verbinden würde; eine mäandernde Landstraße westlich von Marshfield.

Cuba und Marshfield gehörten noch ihm, da die Polizei die beiden noch nicht gefunden hatte. Am liebsten würde er hinfahren und sich die Orte in natura anschauen, würde die Sonne auf der Haut spüren, die Insekten und die Vögel hören, das saftige, nasse Gras riechen und die Tötungen im Geiste noch einmal durchspielen. Vielleicht konnte er ja auf der Rückfahrt ein bisschen Zeit dafür erübrigen. Teil des Vergnügens war schließlich der Belohnungsaufschub, und zu wissen, wo diese Leichen lagen – zu wissen, dass es sie überhaupt *gab* –, reichte für den Moment. Er beschloss, nicht weiter darüber nachzudenken, dass er in letzter Zeit etwas impulsiv gewesen war. Die Frau im Alemoor Loch war eine bedauerliche Entgleisung gewesen, da Will ihn zur Weißglut getrieben hatte. Mittlerweile war er aber wieder er selbst – zielstrebig und kontrolliert – und wusste, was er wollte. Will war außer Kontrolle geraten, und das Profil, das die Polizei von ihm veröffentlicht hatte, kam der Realität gefährlich nahe.

Bei Anbruch der Nacht passierte er unbemerkt die Grenze vom Bundesstaat Missouri nach Oklahoma, als die Radionachrichten berichteten, dass eine weitere Frau mit Kind vermisst wurde. Die Wut packte ihn, da er den Verantwortlichen kannte, noch bevor der Nachrichtensprecher zu spekulieren begann und einen Zusammenhang mit Laney Dawalt und Sharla Jane Patterson herstellte. Das Alter der Kinder spreche dafür, sagte der Mann, und die außerordentliche Besorgnis der Polizei. Er brachte Entrüstung zum Ausdruck, dass ein einzelner Mensch seine Macht über Leben und Tod so gnadenlos ausspielte, und nannte ihn ein Monster. Gleichzeitig stürzten sich diese Leute wie die Geier auf die sterblichen Überreste der Frauen, spekulierten über ihr Leben und die schockierende Gewaltsamkeit ihres Todes und nannten ihre eigene Sensationslust »menschliches Interesse«. Welcher dieser Richter über Gut und Böse würde es aber ablehnen, wenn er, Fergus, jetzt an ihn herantreten und ihm seine Geschichte verkaufen würde?

Fergus hatte aber kein Interesse daran, berühmt zu werden. Es war ihm nie um Ruhm oder Ruch gegangen. Er pflegte einfach seine persönliche Leidenschaft, eine Extravaganz, die er sich in gewissen, kontrollierten Abständen gönnte. Wills Aufgabe war es, die Beute zu finden und seine Befehle zu exekutieren – ja, »exekutieren« war genau das richtige Wort. Fergus bestimmte den Zeitpunkt, die Todesart und die Modalitäten der Entsorgung. Bislang jedenfalls. Will hatte eine Linie überschritten und musste lernen, dass so etwas Konsequenzen hatte.

# 61

**Einsatzzentrale der Sonderermittlungsgruppe, Westfield, Williams County, Oklahoma Mittwoch, nachts um halb drei**

»Das ist er?«, fragte Dunlap.

»Soweit ich mich erinnern kann.« Fennimore ging herum und verteilte die Skizze eines glatt rasierten Manns mit sandfarbenem Haar und unauffälligem Gesicht. Es war der Mann aus seiner Lesung in Chicago, der Puppenmeister ihres Mörders. Dr Detmeyer hatte eine Videokonferenz mit einem Spezialisten des FBI organisiert, und Fennimore hatte die Arbeit mit dem forensischen Künstler soeben beendet. Das FBI bevorzugte Künstler gegenüber den üblichen elektronischen Programmen zur Phantombilderstellung.

Simms schaute auf die Uhr. Es war spät, und das Team hatte bereits eine doppelte Schicht hinter sich. Ein paar hatten sich schon verabschiedet und waren zu Bett gegangen. Launer war auch schon lange fort – er hatte um neun Uhr morgens ein Treffen mit wichtigen Persönlichkeiten von Hays, und die Berichterstattung der letzten Zeit berechtigte zu den schönsten Hoffnungen.

»Ich werde es der schottischen Polizei schicken«, sagte sie. »Dort wird gleich der Tag beginnen. Warum gönnst du dir nicht ein paar Stunden Schlaf? Ich melde mich, wenn sie in den Datenbanken etwas finden.«

Fennimore sagte nichts, aber er schien auch nicht bereit, das Feld zu räumen. Seinen Augen war anzusehen, dass er sich Vorwürfe machte, weil er den Worten des Mannes nicht genug Beachtung geschenkt hatte. Für ihn war es nicht nur die zufällige Begegnung mit einem Mörder gewesen, ging Simms auf. Möglicherweise war er dem Mann begegnet, den er seit fünf Jahren suchte.

Da er den Stimmungswechsel spürte, schaute Dunlap von seiner Kopie der Skizze auf. Ein flüchtiger Blick, und er hatte die Situation erfasst.

»Ich werde das Phantombild unter den amerikanischen Polizeikräften verbreiten«, sagte er. Die Polizei in Chicago hatte sich bereits die Aufnahmen der Sicherheitskameras aus der Harold Washington Library besorgt, wo der Mann Fennimore angesprochen hatte. »Die Videoaufnahmen werden mit dem ersten Flug in Tulsa eintreffen. Wenn Sie wollen, können Sie sie mit meinen Leuten zusammen sichten, Professor.«

Fennimore nickte dankbar, und Dunlap verließ den Raum.

Simms beugte sich zu ihm. »Nick«, sagte sie. »Tu dir das nicht an. Du hättest das nicht wissen können.«

»Ich habe ihm die Hand gegeben, Kate, und ich habe nichts gefühlt.«

»Dir ist es zu verdanken, dass wir jetzt eine ungefähre Vorstellung von seinem Äußeren haben. Vielleicht finden wir sogar eine Videoaufnahme von ihm. Du musst wach sein, wenn du dir diese Aufnahmen anschaust. Schlaf ein bisschen.« Als er etwas erwidern wollte, fügte sie hinzu: »Wenn es etwas Neues gibt, komme ich höchstpersönlich, um dich zu holen, das verspreche ich dir.«

Fennimore schaute sie aus hohlen Augen an, aber nach einer Weile ging er tatsächlich. Simms schaute ihm hinterher und hatte plötzlich Tränen in den Augen. *Was für ein Wahnsinn.* Sie schaute sich im Raum um. Dunlap schickte über LEO, das Online-Portal der amerikanischen Polizeibehörden, eine Suchmeldung heraus. Valance döste auf seinem Stuhl. Die zwei Deputys, die Nachtschicht hatten, mussten ebenfalls in der Einsatzzentrale bleiben. Einer saß vor einem Stapel Flugblätter und einer Tasse Kaffee und faltete die Zettel sorgfältig einmal in der Mitte durch, sodass man auf der Vorderseite das Gesicht von Sheriff Launer und den Aufruf WÄHLT sah. Deputy Hicks wiederum nahm gerade an ihrem Schreibtisch einen Anruf entgegen. Plötzlich saß sie kerzengerade da, nickte ein paar Mal und sagte: »Mhm, mhm, ja, Sir.« Dann schaute sie auf, versuchte, jemandes Blick aufzufangen, und landete schließlich bei Simms.

Dunlap hackte weiter auf seine Tastatur ein.

»Greg«, sagte Simms.

»Was?«

Simms deutete mit dem Kinn zu Hicks hinüber.

»Sir«, sagte Hicks in den Hörer. »Ich würde das Gespräch gerne laut stellen. Wäre das in Ordnung für Sie?«

Im nächsten Moment hatte sie die Aufmerksamkeit aller Anwesenden.

»Ich habe Jack Tate von Tate Trucking in der Leitung«, sagte sie, nachdem sie die Mithörfunktion aktiviert hatte. »Mr Tate denkt, dass er das Führerscheinbild erkennt, das wir überall verteilt haben.«

»Ich denke es nicht, ich *weiß* es.« Mr Tate hatte eine Stimme, von der man sich vorstellen konnte, dass sie wie eine Glocke durch den Hof der Spedition dröhnte. »Er hat sich ein bisschen verändert, aber das ist Bill Weaver, klar.«

*Noch ein Deckname*, dachte Simms.

Dunlap zeigte auf Detective Valance, der sofort eine Internetrecherche begann.

»Mr Tate war eine Weile nicht in der Stadt«, erklärte Hicks den anderen. »Und sein Assistent hat nicht erkannt, dass das Foto von einem ihrer Fahrer war.«

»Dieser Trottel wird morgen etwas zu hören bekommen«, knurrte Tate. »Ich habe auf dem Heimweg noch einmal im Büro vorbeigeschaut, um nachzusehen, ob es irgendetwas Dringliches gibt. Als ich das Foto in meinem Posteingangskasten fand, habe ich Sie sofort angerufen. Wir haben zwanzig Lkws und sechzehn Fahrer, und dieser Idiot erkennt die Ähnlichkeit nicht? Nicht zu fassen.«

»Wissen Sie, wo Mr Weaver jetzt sein könnte, Sir?«

»Das wüsste ich selbst gerne – er ist mit einem unserer Wagen auf und davon.«

»Ach ja?«, sagte Hicks. »Könnten Sie mir das Kennzeichen des Wagens nennen, Sir?«

Sie notierte es.

»Er hatte eine Fuhre nach Sullivan, Missouri, hat dann in St James einen leeren Container aufgenommen und sollte ihn eigentlich in ein Depot in der Nähe von Tulsa bringen. Dort ist er aber nie angekommen.«

»Haben Sie kein GPS in den Lkws?«

»Nein, aber ich könnte Ihnen seine Auslieferungsroute nennen. Außerdem haben alle unsere Wagen einen Pike-Pass.« Das war das elektronische Abrechnungssystem für die gebührenpflichtigen Straßen von Oklahoma.

»Wir brauchen die Zulassungsnummer des Lkws, den Weaver gefahren hat, und den ISO-Code und eine Beschreibung des Schiffscontainers«, sagte Hicks.

»Dann werde ich wohl mal meinen nichtsnutzigen Neffen anrufen, der nicht einmal seine eigenen Angestellten erkennt. Es kostet ihn keine Viertelstunde, das herauszusuchen.«

»Danke, Sir. Bevor Sie das tun, könnten Sie mir vielleicht noch sagen, wie lange Mr Weaver schon für Sie arbeitet?«

»Acht Monate ungefähr.«

»Hat er schon einmal etwas Ähnliches getan?«

»Ja, in der Tat. Letzten Herbst hat er mal einen leeren Container zu spät ins Lager gebracht.«

Hicks warf Dunlap und Simms einen Blick zu.

»Könnten Sie den Zeitraum etwas genauer angeben?«

Simms musste sich immer wieder vor Augen führen, dass Hicks ein unausgebildeter Deputy auf Probezeit war – sie stellte immer die richtigen Fragen und dachte wie ein Detective.

»Oktober, früher November, irgendwann in der Ecke.«

Die Luft im Raum schien sich zusammenzuziehen: Laney und Billy Dawalt waren Ende Oktober verschwunden.

»Dann bräuchten wir Ihre Hilfe auch, um diesen anderen Container zu finden.«

»O Gott.« Alle Entschiedenheit war aus seiner Stimme verschwunden, als ihm die Bedeutung ihrer Bitte aufging. Plötzlich klang er wesentlich älter. »Ich werde Ihnen das genaue Datum nennen und den Identifizierungscode. Was auch immer Sie brauchen, Deputy.«

»Eines könnten Sie tatsächlich noch für uns tun, Mr Tate«, sagte Hicks. »Denken Sie, Sie könnten uns Mr Weaver beschreiben, damit wir das Bild aktualisieren können?«

»Da habe ich sogar noch etwas Besseres für Sie«, sagte er, jetzt schon wieder schwungvoller. »Wir machen von jedem unserer Angestellten ein Foto – das müsste sich in seiner Akte befinden.«

Ein bisschen länger als eine Viertelstunde dauerte es schon, aber als die Sonderermittlungsgruppe wieder komplett war, hatten sie ein jüngeres Foto von Weaver. Die Erkennungs-Software des FBI bestätigte, dass die charakterisierenden Merkmale des Gesichts mit denen des Führerscheinfotos übereinstimmten. Thomas Holsten war Bill Weaver. Nun hatten sie auch die ISO-Codes der beiden vermissten Schiffscontainer und die Zulassungsnummer und ein Foto des roten Peterbilt 387, den Weaver zum Zeitpunkt seines Verschwindens gefahren war. Die Adresse auf dem Führerschein erwies sich erneut als Sackgasse; es handelte sich um ein leeres Grundstück am Rande von Joplin, Missouri, das kürzlich erst planiert worden war.

»Die Firma zahlt für den PikePass«, erklärte Hicks. »Daher gehen die Abrechnungen an sie. Man hat sie uns für den gesamten Zeitraum von Weavers Tätigkeit bei der Spedition zur Verfügung gestellt.« Sie würden ihnen Weavers bevorzugte Strecken verraten und auch, wann und wo er regelmäßig durch die Mautstationen an der I-44 gefahren war.

Dass sie einen neuen Namen hatten, bedeutete, dass sie mit ihren Befragungen noch einmal von vorne anfangen mussten, aber jetzt hatten sie wenigstens ein brauchbares Foto.

Launer stellte jedem Detective aus St Louis einen Deputy an die Seite. Sie begannen in Hays und Westfield und arbeiteten sich in konzentrischen Kreisen nach außen vor. Mittlerweile war es drei Uhr nachts, daher mussten die Lebensmittelgeschäfte und Restaurants bis später warten; Tankstellen und Bars waren allerdings einen Versuch wert. Hicks sollte mit Valance ein Team bilden, aber der junge Detective wurde im letzten Moment abberufen, als von den Mautstellen an der I-44 erste Bilder hereinkamen. Dunlap hatte jeden Lkw angefragt, der Beschreibung, Modell und Baujahr entsprach, allerdings hatte er sich nicht klargemacht, wie viele rote Peterbilt 387 es gab. Um die Bilder zu sichten, brauchte es ein größeres Team, und Valance hatte sich freiwillig gemeldet.

Von Koffein und Adrenalin beflügelt, fuhr Hicks an der Kreuzung Main Street und Hays Road auf eine QuikTrip-

Tankstelle mit angeschlossenem Shop. Es war dunkel und heiß, und sie litt unter erheblichem Schlafmangel. Die Lichter unter dem Vordach blendeten, und sie blinzelte zu ihnen hoch. Motten flatterten im Kreis herum und knallten immer wieder gegen die Lampen. Hicks konnte gut nachempfinden, wie sie sich fühlten. Als sie ein paar Mal durchatmete, um sich zu sammeln, kam ein Mann in einer dunklen Windjacke aus dem Laden. Er ging zu einem silbergrauen SUV und steckte in aller Ruhe seine Geldklammer in die Tasche. Hicks behielt ihn im Blick, bis sie die Tankstelle betrat. Erleichtert blieb sie in der kühlen, klimatisierten Luft stehen. Ein junger Typ von kaum zwanzig Jahren war dabei, Regale aufzufüllen, richtete sich nun aber sofort auf und wischte sich die Hände am Hosenboden ab. Die Tür zum Lager hinten im Laden war geöffnet, und es drang Countrymusik heraus.

»Ist der Chef hinten?«, fragte Hicks.

»Nein, Ma'am. Den Chef haben Sie um ein Haar verpasst«, sagte der Junge.

»Deputy, bitte«, sagte sie und schaute hinaus. »Ist er das?« Der SUV stand immer noch auf dem Gelände.

»Ja, Ma'am, äh, Deputy.«

Sie trat wieder hinaus, und der Mann mit dem Geldbündel kam auf sie zu. Er war Mitte vierzig und hatte etwas Bauchspeck angesetzt. Als er sie nun anschaute, sah sie, dass er das rote Polo-Shirt des Unternehmens trug.

»Kann ich Ihnen behilflich sein, Deputy?«

Sie zeigte ihm das Foto und erklärte, dass der Mann, den sie suche, einen Sattelschlepper oder einen europäischen Kleinwagen fahren könne. Er nahm das Foto, musterte es und gab es ihr dann zurück, wie es bereits drei andere Tankstellenbesitzer in der vergangenen Stunde getan hatten.

Sie wollte schon wieder hineingehen und den Jungen fragen, als er plötzlich sagte: »Ja, den kenn ich. Der kommt oft hierher. Gestern oder vorgestern war er noch da.«

Plötzlich platzte sie fast vor Energie und hatte ein Dutzend Fragen auf der Zunge, aber sie riss sich zusammen. *Sei ruhig und lass ihn reden, Abigail. Du möchtest doch nicht, dass er vor Aufregung etwas Wichtiges vergisst.* Also machte sie nur *Mhm* und nickte langsam, als wäre das alles nicht so wichtig.

»Will ... Soundso«, sagte er. »Einen Lkw habe ich allerdings nie gesehen. Er fährt einen VW Polo, eisblau metallic.«

Das war erstaunlich präzise. Sie zog fragend eine Augenbraue hoch.

»Meine Tochter hat soeben ihren Führerschein gemacht – gleich beim ersten Anlauf geschafft!«, erzählte er. »Ich fragte ihn also, was er von seinem Wagen halte. Er sagte, er sei sehr sparsam im Verbrauch, aber er wolle ihn verkaufen. Ich war mir nicht sicher – der Wagen ist bestimmt acht Jahre alt –, aber er hat angeboten, Amelie mal unverbindlich Probe fahren zu lassen.«

»Hat er eine Telefonnummer hinterlassen?«, erkundigte sich Hicks.

Der Tankstellenbesitzer schüttelte den Kopf. »Er sagte, er sei ein paar Tage weg und würde dann wieder vorbeikommen.«

»Hat er mit Kreditkarte bezahlt oder bar?«

»Mit Kreditkarte.«

»Das ist gut.« Kreditkarten hinterließen eine schöne, leicht nachverfolgbare elektronische Spur und mit ein bisschen Glück sogar eine aktuelle Adresse. Sie schaute zu den Überwachungskameras hoch. »Funktionieren die?«

»Klar«, sagte er. »Auf der Festplatte sind die Aufnahmen von drei Wochen gespeichert.«

»Die brauchen wir«, sagte sie.

»Okay.« Jetzt wirkte er ein bisschen nervös. »Was hat er denn ausgefressen?«

Sie betrachtete diesen freundlichen Mann, der so stolz darauf war, dass seine Tochter den Führerschein im ersten Anlauf geschafft hatte, und ihr lief ein Schauer über den Rücken.

»Sir«, sagte sie. »Wenn Sie es wüssten, würden Sie nicht fragen.«

# 62

**Einsatzzentrale der Sonderermittlungsgruppe, Westfield, Williams County, Oklahoma Mittwoch, nachts um Viertel vor vier**

Die Überwachungsaufnahmen der Tankstelle lieferten das Kennzeichen des Wagens. Der VW Polo war auf den Namen William McIntyre junior gemeldet. William McIntyre senior war acht Jahre zuvor bei einem Autounfall gestorben und hatte eine Frau und einen Sohn hinterlassen. Das Haus im Ranchstil, das aus den Siebzigerjahren stammte, hatte die Witwe geerbt. William junior war fünfunddreißig und nie mit dem Gesetz in Konflikt geraten. Die McIntyres waren schottische Immigranten, die seit fünfzehn Jahren in der Region lebten; das Haus schien ihr Hauptwohnsitz zu sein. Shona McIntyre, die Mutter von William junior, war vor zwei Monaten gestorben.

Jetzt, da sie einen richtigen Namen und eine Adresse hatten, waren plötzlich alle hochmotiviert.

Sie ließen eine polizeiliche Suchmeldung mit dem Foto von William McIntyre junior herausgeben; gleichzeitig wurde es an die Fahndungsseite des FBI, an Fox News und an CNN weitergeleitet. Das war eine riskante Strategie, aber die Chance, Faith und Ava Eversley lebendig wiederzufinden, stieg erheblich, wenn es ihnen bald gelang.

»Wenn McIntyre weiß, dass wir ihm sowieso auf der Spur sind, nehmen wir ihm den Grund, sie zum Schweigen zu bringen«, sagte Detmeyer. »Andererseits setzt ihn das unter großen Druck, und wenn Faith und Ava bei ihm zu Hause sind, müssen wir alles tun, um eine Geiselnahme zu verhindern.«

»Und wenn sie *nicht* bei ihm zu Hause sind«, griff Dunlap den Gedanken auf, »brauchen wir ihn unbedingt lebendig.« Er schaute sich im Raum um und sagte dann zögerlich, die Leute immer noch im Blick: »Also ... da wir das im Hinterkopf behalten müssen ... haben wir um taktische Unterstützung des FBI gebeten.« Jetzt musste er lauter sprechen, um gegen das allgemeine Stöhnen anzukommen. »In diesem Moment wird eine Spezialeinheit des FBI aus Oklahoma City eingeflogen«, sagte er. »*Wir* werden es aber sein, die den Mann festnehmen. Die Leute vom FBI tun ihren Job und verschwinden dann wieder.«

»Unsere Aufgabe ist es, das Grundstück und die Umgebung bis zu ihrem Eintreffen zu sichern«, erklärte Launer. Die Vorstellung, die »Feds« ins Boot zu holen, behagte ihm genauso wenig wie den anderen, daher hatte man sich darauf verständigt, dass er sich um die Organisation der Polizeiarbeit vor Ort kümmern solle. »Und zwar folgendermaßen.« Er gab mit dem Kinn ein Zeichen, und Valance projizierte ein Satellitenbild von Google Earth an die Wand.

Das Haus der McIntyres stand am äußeren Stadtrand von Hays in einer kleinen Siedlung aus Backsteinhäusern und einstöckigen Fertighäusern. Sie lagen an einem Straßenraster, das sich im offenen Land verlor. Ein schmaler Waldstreifen trennte die Siedlung von einer Eisenbahnstrecke, die im Westen in nordsüdlicher Richtung daran vorbeiführte. Die Interstate 44 lag fünf Meilen weiter nördlich, jenseits von nicht eingezäunten, flachen Feldern.

Wieder hob Launer das Kinn, und Valance zoomte heran.

»Die älteren Grundstücke sind durch Zäune oder Hecken abgetrennt, aber wie Sie sehen, haben die meisten Häuser nicht mehr als einen Flecken Gras zwischen Türschwelle und Straße. Dort werden wir wohl kaum unbemerkt bleiben, daher sollten wir Distanz wahren.

Meine Jungs werden südlich und nördlich auf dem Highway 69 Sperren errichten«, sagte er und zeigte auf strategisch günstige Punkte auf der Karte, die über das Satellitenbild gelegt war. »Das Sheriff's Office des Craig County wird die Ausfahrten der I-44 überwachen, die nördlich aus dem Williams County herausführen; wir übernehmen die südlichen Abfahrten. Hicks, Sie möchte ich an die Eisenbahnstrecke stellen – nehmen Sie Howie mit. Sie und Sie«, er zeigte auf zwei Deputys, »postieren sich an den Feldwegen nördlich von diesen Feldern, falls unser Mann eine Abkürzung nimmt. Aber lassen Sie sich nicht blicken.«

»Da draußen gibt es nicht viel, wo man sich verstecken könnte«, sagte Hicks.

»Was gut ist, wenn er auszubrechen versucht«, sagte Launer, »aber schlecht, wenn er sich im Haus verbunkert, weil wir keine klare Sicht darauf haben.«

Valance wechselte vom Luftbild zu Street View. Der Hof war mit Büschen und Bäumen zugewuchert, und die Läden vor den Fenstern waren geschlossen. »Die Satellitenaufnahmen können aber schon ein paar Jahre alt sein, Sheriff«, sagte der junge Detective.

Launer nickte. »Okay. Die SUVs der Kollegen aus St Louis sind zivil, daher können sie näher an das Haus heranfahren. Ich möchte aber noch einmal darauf hinweisen, dass wir nur dafür zuständig sind, das Gelände zu sichern«, sagte er. »Wir riegeln es ab, bis die Feds kommen, und wenn sie ins Haus eindringen, halten wir die Leute fern.«

Er nickte Dunlap zu, da er fertig war.

»Im Moment wissen wir noch nicht, ob er dort ist«, sagte Dunlap. »Daher müssen wir nicht nur darauf achten, ob

McIntyre das Haus verlässt, sondern auch, ob er vielleicht heimkommt.«

Sie fuhren im Konvoi los. An den verabredeten Stellen scherten die Cruiser des Sheriff's Department aus, ohne Blinklicht und Sirene. Die Gruppe aus St Louis und der Cruiser von Hicks und Howard bogen von der Main Street ab und fuhren parallel zur Bahnstrecke weiter, wo Hicks schließlich stehen blieb. Simms und Fennimore saßen mit Dunlap im zweiten Wagen der Leute aus St Louis. Alle trugen kugelsichere Westen, keiner sagte einen Ton. Auf den ersten fünfzig Metern standen Bäume zwischen ihnen und den Häusern, aber nach einer Rechtskurve erreichten sie die Siedlung. Das Haus der McIntyres lag zwei Reihen weiter in der NE 1st Street, der ersten Straße in nordöstlicher Richtung, am Rande einer kleinen Ansammlung von Häusern und Mobilheimen. Die meisten Häuser lagen im Dunkeln. Wie auf ein Signal hin schalteten Dunlap und der Fahrer des ersten Wagens die Scheinwerfer aus. Sie hatten immer noch keine freie Sicht auf das Haus. Dunlap nahm über Funk Kontakt zum ersten Wagen auf, dann bogen sie rechts ab, um die drei Seiten des Straßenrasters abzufahren und am anderen Ende der NE 1st Street zu parken.

Orangefarbenes Licht erleuchtete die Straße, als sie sich näherten.

»In dieser Beleuchtung werden wir auffallen wie Nonnen in einem Bordell«, sagte Ellis.

»Ich kann mich gar nicht erinnern, auf den Satellitenbildern Laternen gesehen zu haben«, sagte Fennimore.

Dunlap riss die Augen auf. »Verdammter Mist.«

Er gab Gas und bog im selben Moment um die Ecke wie der andere SUV.

Rauch stieg aus dem Haus auf, und aus einem Loch im

Ziegeldach schlugen Flammen empor. Eine tote Kiefer zwischen Haus und Garage brannte lichterloh und ließ ihre trockenen Äste wie einen Feuerregen auf die Garage herabfallen. Unter dem Garagentor züngelten Flammen hervor.

Dunlap wählte die Nummer der Feuerwehr. »Ein Nachbar hat bereits angerufen«, sagte er, als er seinen Sicherheitsgurt löste. »Zwei Löschzüge sind auf dem Weg.« Ein älteres Ehepaar stand dicht nebeneinander am Zaun des gegenüberliegenden Grundstücks. Sekunden später kamen mit heulenden Sirenen zwei Feuerwehrwagen in die Straße gerast.

In vielen Häusern ging das Licht an. Die Bewohner traten auf die Veranda oder in ihre Auffahrt, um zuzuschauen.

»Wir müssen diese Leute wieder hineinschicken und das Gebiet absperren, damit die Rettungsfahrzeuge durchkommen«, sagte Dunlap.

Detective Ellis und ein paar Kollegen aus dem anderen SUV begannen damit, die Bewohner in Sicherheit zu bringen. Dunlaps Handy klingelte; es war Launer.

»Wir haben die Situation hier im Griff, Sheriff«, sagte Dunlap. Offenbar wollte Launer unbedingt ins Zentrum des Geschehens gelangen, aber Dunlap blieb fest. »McIntyre könnte auf der Flucht sein«, sagte er. »Ihre Leute müssen sich darauf konzentrieren, ihn aufzuhalten, wenn er ausbrechen will.«

Ein Krankenwagen traf ein. Die Sanitäter blieben in sicherem Abstand stehen und schauten sich das Schauspiel mit den Umstehenden zusammen an. Ein paar Minuten lang hörte man nichts als das Brummen der Schläuche und die gebrüllten Befehle der Feuerwehrmänner.

Plötzlich knallte es zweimal, und alle Köpfe schossen herum.

»Gewehrschüsse«, sagte Dunlap. Eine Polizeisirene heulte auf und wurde schnell wieder abgeschaltet, dann krächzte eine Nachricht aus Dunlaps Funkgerät. »Schüsse abgegeben – Kollege am Boden! Einheit vier fordert Verstärkung an – wiederhole: Einheit vier fordert Verstärkung an. Kollege am Boden.«

Als die Sanitäter in ihren Wagen stiegen und auf Befehle warteten, hörte man einen dritten Schuss. Im nächsten Moment durchbrach Fennimore die Absperrung und war schon auf und davon.

»Wohin zum Teufel gehen Sie?«, brüllte Ellis.

Fennimore antwortete nicht. Die Schüsse kamen von der anderen Seite der Bahnstrecke, und Abigail Hicks gehörte zu Einheit vier.

Er rannte über mehrere Grundstücke, nahm zwei Straßen im Sprint und war in weniger als einer Minute in dem stark verholzten Wäldchen. Die Vorstellung des brennenden Hauses tanzte immer noch vor seinen Augen, und er blinzelte, um den Cruiser auf der Straße auszumachen. Sein Atem war abgehackt, und sein Herz hämmerte, aber jetzt sah er wenigstens etwas. Der Cruiser stand in einem schattigen Graben und wurde teilweise von Dornensträuchern und kleinen Bäumen verdeckt.

Er rannte hin. Der Wagen war leer. Fennimore griff hinein und schaltete den Lichtbalken und die Scheinwerfer ein. Nun sah er, dass auf der Straße die Kappe eines Deputys lag. Er lief hin. Auf dem Schweißband war mit Tinte Hicks' Name geschrieben. Verzweifelt ließ er den Blick durch den Graben schweifen und erblickte einen dunklen Umriss.

»O Gott …«

Ein Polizei-SUV kam auf der unebenen Straße angeholpert und blendete Fennimore mit seinen Scheinwerfern. Unmittelbar darauf folgte der Krankenwagen. Fennimore beschirmte sich die Augen und rannte weiter auf die Person am Boden zu. Auf dem Asphalt hatte sich bereits eine Blutlache ausgebreitet und wurde immer größer.

Es war Howie, der Deputy, der seine Nachtschicht damit verbracht hatte, Kaffee zu trinken und für den Sheriff Wahlkampfzettel zu falten. Der Polizei-Cruiser kam schlitternd zum Stehen. Fennimore war dumpf bewusst, dass sich die Türen öffneten.

Er schaute zum Wald hinüber und rief Hicks' Namen.

Im dichten Unterholz zwischen den Bäumen sah man das schwankende Licht einer Taschenlampe. Irgendjemand warf Fennimore zu Boden, während acht Polizisten der Gestalt, die jetzt zwischen den Bäumen auftauchte, einen ganzen Hagel an Befehlen zuriefen.

»Das ist Hicks.« Fennimore wollte aufstehen, aber Ellis hielt ihn fest.

»Sie werden sich noch erschießen lassen, Sie dämlicher Brite«, rief Ellis.

Fennimore schrie: »Nicht schießen, das ist Abigail Hicks.«

Eine Weile später stolperte Hicks, die Pistole im Holster, aus dem Wald. Mit der Taschenlampe leuchtete sie sich selbst an, um zu zeigen, dass sie nichts zu verbergen hatte. Ihre Brust und ihr linker Arm waren blutüberströmt.

# 63

Einfach von irgendetwas auszugehen ist nie ratsam.

Nick Fennimore

**Haus der McIntyres, bei Hays, Williams County, Oklahoma**

Während die Feuerwehr noch gegen das Feuer ankämpfte, wölbte sich das Rolltor und kippte mit dem lauten Ächzen überhitzten Metalls nach vorne. McIntyres VW Polo stand in der Garage. Dunlap verließ die Feuerwehrmänner, mit denen er sich unterhalten hatte, und trat zu seinen eigenen Leuten und Fennimore.

Ellis deutete mit dem Kinn zur Garage hinüber. »Haben Sie gesehen? Er muss ein anderes Auto genommen haben.«

»Möglich«, sagte Dunlap. »Der Brigadeleiter hat mir soeben erzählt, dass sie eine Leiche gefunden haben.«

Für eine winzige Sekunde flogen ihre Gedanken zu Faith Eversley.

»Männlich«, fügte Dunlap schnell hinzu. »Eine männliche Leiche.«

»McIntyre?«, fragte Fennimore.

Dunlap neigte den Kopf. »Nach dem zu urteilen, was der Chief gesagt hat, würde ich bezweifeln, dass man ihn anhand der äußeren Beschreibung identifizieren kann.«

CSI Roper stellte ein paar erste Untersuchungen an, bevor der Krankenwagen die Leiche zur Obduktion nach Tulsa brachte. Während Roper in die Einsatzzentrale in

Westfield zurücksauste, um seine Proben auszuwerten, fuhr Launer mit Hicks ins County-Krankenhaus, war aber schon nach einer halben Stunde zurück.

Er redete ausführlich mit seinen Deputys und dem Brigadeleiter, bevor er zu den Detectives aus St Louis hinüberschlenderte.

»Howie hat es nicht geschafft«, sagte er.

»Wie geht es Deputy Hicks?«, fragte Fennimore.

»Sie wird es überleben.« Launer schaute ihn nicht an. »Das Haus wird für eine Weile nicht zugänglich sein, aber ich könnte mir vorstellen, dass Sie alle …«

»Was heißt das genau?«, unterbrach ihn Fennimore. »In was für einem Zustand ist Hicks medizinisch gesprochen?«

Launer ließ den Blick auf Fennimore ruhen, bevor er seine Frage beantwortete. »Ihr *Zustand* ist, dass sie überleben wird. Und wenn Sie es *genau* wissen wollen: Sie hat am linken Oberarm eine Fleischwunde – einen Durchschuss. Es hat gar nicht so stark geblutet. Das meiste Blut an ihrem Körper stammte von Howie.«

»Was ist denn passiert?«, fragte Dunlap.

»Howie ist in den Wald getreten, weil er ein menschliches Bedürfnis verspürte. Hicks hörte zwei Schüsse, bat per Funk um Verstärkung und wollte ihm zu Hilfe eilen. Dann sah sie ihn über die Straße taumeln und zusammenbrechen. Als sie bei ihm ankam, konnte sie schon keinen Puls mehr finden. Die Ärzte sagen, der Schuss habe ein Loch in die Hauptarterie seines rechten Beins gerissen. Er ist in weniger als zwei Minuten verblutet. Dieser Bastard hat sich offenbar von hinten an ihn herangeschlichen, hat sich seine Pistole geschnappt und ihn aus nächster Nähe erschossen – möglicherweise hat er sich nicht einmal die Mühe gemacht, die Pistole aus dem Holster zu ziehen. Hicks hat sich an seine Fersen geheftet, worauf sich der Schütze umgedreht und einen Schuss abgegeben hat. Sie ist gestürzt. Den Schützen hat sie nicht gesehen. Sie hat nur noch gehört, wie ein Wagen angesprungen ist, aber den hat sie auch nicht gesehen.« Launer war anscheinend der Meinung, dass sich Hicks mit einer Kugel in der Schulter etwas mehr hätte anstrengen können.

Fennimore und Simms kehrten mit Dunlaps Leuten zur Einsatzzentrale zurück. Launer blieb vor Ort, um die »Operationen zu koordinieren« – wobei möglicherweise auch die Übertragungswagen der lokalen und staatlichen Sender zu dieser Entscheidung beigetragen hatten.

Fennimore rief Josh in Aberdeen an. Da sie nun McIntyres Namen hatten, sollte es leichter sein, die Zeitungsarchive zu durchforsten. Möglicherweise würden sie auch schon einen Hinweis auf ihre schottische Verbindung bekommen. Unter Joshs Handynummer wurde er immer noch an die Mailbox weitergeleitet, sodass Fennimore es bei seiner Sekretärin versuchte. Es sei noch früh, erklärte sie frostig, er wisse doch, dass Josh bis spätabends arbeite. Aber wenn es *unbedingt* nötig sei, könne sie ja nachschauen, ob er im Teeraum übernachtet habe. Fennimore erklärte, das sei nicht nötig, er schreibe ihm eine E-Mail. Nachdem er das getan hatte, setzte er sich in einen Sessel und döste ein wenig vor sich hin.

Nach der Nachricht von Howies Tod war die Stimmung im Team angespannt und gedrückt. Dunlap und Valance werteten die von Tate Trucking zur Verfügung gestellten PikePass-Daten von McIntyres Lkw aus. Obwohl er immer wieder einnickte, war Fennimore unterschwellig bewusst, dass Kate Simms in einer Ecke des Raums saß und ein gedämpftes Telefonat führte. CSI Roper und der britische Kriminaltechniker waren in ihrem improvisierten Labor, das sie in einem ungenutzten Sitzungsraum des Motels eingerichtet hatten, und widmeten sich den verschiedenen Abdrücken, die sie der Leiche abgenommen hatten.

Simms weckte Fennimore aus seinem Dämmer. Sie wirkte ernst. »Ich hatte gerade die schottische Polizei am Apparat«, sagte sie. »Josh ist nicht zu erreichen. Hast du mal mit ihm gesprochen?«

»Kürzlich?«, fragte er.

»Das interpretiere ich als Nein.« Simms erkannte es sofort, wenn er ausweichend antwortete. »Was zum Teufel hat er vor, Nick?«

Fennimore hatte das Gefühl, dass er es Josh schuldig war, auch hier »im Zweifel für den Angeklagten« zu plädieren – obwohl sich Josh schon vor Stunden hätte melden sollen. Bevor er sich aber eine Antwort ausdenken konnte, kam Roper in den Sitzungsraum geplatzt und begab sich sofort nach vorne. Seine Miene ließ darauf schließen, dass er etwas Wichtiges zu verkünden hatte. Dunlap rief Launer auf seinem Handy an, dann gruppierten sich alle um den Lautsprecher herum.

»Es ist McIntyre«, sagte Roper.

»Sind Sie sich sicher?«, fragte Launer aus der Leitung. »Die Leiche war ziemlich verbrannt.«

»Die Feuerwehr hat ihn mit dem Gesicht nach unten auf den Küchenfliesen gefunden. Als die Decke auf ihn draufgestürzt ist, hatte er die Hand unter dem Körper – das hat sie vor dem Feuer gerettet«, sagte der Kriminaltechniker und ließ die Finger seiner freien Hand am Saum seiner Chinos hoch und runter wandern. »Alle zehn Fingerabdrücke konnten wir nicht sicherstellen, aber es reichte, um sie mit denen auf dem Schließfach von Will McIntyre bei Tate Trucking zu vergleichen.«

»Gut, dass wir seine Identität kennen«, sagte Fennimore.

»Aber das beweist nicht, dass es eine Verbindung zu Sharla Jane gibt.«

Roper fing Fennimores Blick auf. »Erinnern Sie sich an die Abdrücke von einem rechten Daumen und einem Zeigefinger, die wir an der Gardinenhalterung in Sharla Janes Trailer gefunden haben?« Er schien vor Begeisterung überzusprudeln.

»Stimmen sie mit McIntyres Abdrücken überein?«

Ein kurzes Nicken. »Und größtenteils auch mit dem Teilabdruck der Handfläche auf der Propangas-Quittung, die wir an Laney Dawalts letzter Adresse gefunden haben.«

Fennimore verspürte eine wilde Freude.

»*Außerdem*«, sagte Roper, als wäre das noch nicht genug, »haben die Stiefel des Toten die richtige Größe. Die Sohlen sind von der Hitze in Mitleidenschaft gezogen, aber Profile dieser Art passen wunderbar zu dem Stiefelabdruck, den wir in Sharla Janes Trailer gefunden haben. Das Abnutzungsprofil scheint auch übereinzustimmen, aber das muss das Labor noch bestätigen.«

»Eins zu null für die Guten«, sagte Launer. »Aber ich muss Ihnen ja nicht mitteilen, dass uns mit McIntyres Tod nicht der geringste Ansatz für unsere Suche nach Faith und Ava bleibt.«

»Wenn McIntyre tot ist, wissen wir auch, dass er nicht derjenige gewesen sein kann, der auf Howie und Hicks geschossen hat«, sagte Ellis. »Da stellt sich die Frage, nach wem wir überhaupt suchen.«

»Nicht unser Problem«, sagte Dunlap.

Ellis hörte gar nicht hin. »Gehen wir nun einfach davon aus, dass es der Insektentöter des Professors war?«

»Einfach von irgendetwas auszugehen ist nie ratsam«, sagte Fennimore. »Aber in diesem Fall sprechen die Umstände schon für sich.«

»Für sich dafür oder für sich dagegen?« Wenn er ausgeruht war, konnte Ellis grantig sein. Kamen Schlafmangel, ein überhöhter Koffeinspiegel, hohe Luftfeuchtigkeit und eine schlechte Klimaanlage hinzu, wurde er zu einem grimmigen, von Krätze geplagten Bären. »Woher sollen wir wissen, dass er nicht einfach jemanden verärgert hat?«

»Wir wissen es nicht«, sagte Dunlap. »Aber das ist *nicht* unser Problem. Der schottische Insektentöter des Professors ist für die Ermittlungen zu den Schüssen ein heißer Kandidat, aber wenn er wirklich mit einem britischen Pass eingereist ist, dann ist er ein flüchtiger Ausländer, und dafür ist das FBI zuständig.«

»Das FBI und der Marshals' Service des Justizministeriums sind schon an der Sache dran«, sagte Dr Detmeyer.

»Sie haben bereits die Fluggastdaten der Flüge nach Tulsa, Oklahoma, und Houston, Texas, kontrolliert«, fuhr Dunlap fort. »Geflogen ist er offenbar nicht. Jetzt schaut man sich bei Autovermietungen in Chicago um, falls er die Strecke gefahren ist. Das FBI wird uns auf dem Laufenden halten.«

Ellis stieß ein zynisches Lachen aus. »Vergessen Sie es, Greg. Das FBI ist ein Schwarzes Loch – es saugt sämtliche Informationen auf und gibt nicht das Mindeste zurück.«

Die Atmosphäre war geladen, aber der FBI-Psychologe betrachtete Ellis mit kühler Beherrschung. »Dann können wir nur darauf hoffen, dass die Marshals bessere Kommunikationsstrukturen haben als das FBI.« Detmeyer ließ seinen Blick auf Ellis liegen, bis der Detective unbehaglich hin und her rutschte und wegschaute. Alle schienen nun ruhiger zu atmen.

»Und was ist, wenn McIntyres Mörder weiß, wo Faith und Ava sind?«, fragte Fennimore in die Stille hinein.

»Dann sollten wir besser schnell in die Gänge kommen«,

sagte Dunlap und schaute sich im Raum um. »Wo fangen wir an?« Ellis wollte etwas sagen, aber Dunlap hob einen Finger. »Sie nicht«, sagte er. »Sie haben sich ja schon hinlänglich geäußert.«

Ellis fuhr sich mit der Hand übers kurz geschorene Haar. Seine Kopfhaut wirkte rosig und heiß.

»McIntyre ist heimgekommen«, sagte Simms. »Er hat sich seine Opfer im vertrauten Umfeld gesucht. Laney Dawalt, Sharla Jane Patterson, Faith Eversley – alle wohnten innerhalb der Dreißigmeilenzone von Hays.«

»Also … konzentrieren wir unsere Suche auf sein Haus in Hays?«, schlug Valance vor.

»Tatsächlich hatte er mindestens zwei Anlaufpunkte«, sagte Detmeyer. »Das Haus seiner Familie in Hays und den Ort, wo er die Schiffscontainer hingebracht hat, wo auch immer das sein mag. Das könnte natürlich in der Nähe seines Zuhauses sein. Mit Sicherheit ist es irgendwo, wo er sich gut auskennt.«

»Ein Schiffscontainer ist ziemlich auffällig«, sagte Simms. »Er muss irgendwo stehen, wo er weder Interesse noch Verdacht erregt.«

»Was käme da infrage?«, fragte sich Dunlap. »Aufgegebene Lager, leere Grundstücke …«

»Lkw-Raststätten«, ergänzte Valance. »Er hat Faith an einem Truck Stop aufgegabelt.«

Jetzt ergriff Ellis wieder das Wort. »Er könnte ihn auch, für alle sichtbar, in einem Schiffsdock oder Lager aufgestellt haben.«

Fennimore schüttelte den Kopf. »Wenn es ein funktionierendes Lager wäre, müsste er doch Kontrollen zulassen, oder?«

Dunlap nickte. »Da wir staatenweit eine Suchmeldung herausgegeben haben, müssten wir ihn längst haben.«

Fennimore ging zur Karte an der Wand. »Er operiert in der Nähe seines Zuhauses, also sollten wir uns die I-44 von, sagen wir mal ... Claremore nach Vinita anschauen. Das wären so ungefähr vierzig Meilen, oder?«

Valance sah auf seinem Computer nach. »Gut geschätzt.«

»Wir wissen, dass er den letzten Mord in einem Frachtcontainer aufgenommen hat. Wir haben die ISO-Codes der beiden vermissten Schiffscontainer. Wir kennen Aussehen, Modell und Autokennzeichen des Sattelzugs, den er gestohlen hat. Wir wissen, dass er mit dem Lkw nicht heimgefahren ist, also muss er den Polo genommen haben. Von dem haben wir auch Beschreibung und Kennzeichen. Außerdem haben wir die PikePass-Abrechnungen aus den letzten acht Monaten mit Uhrzeit und Datum. Haben wir die Aufzeichnungen der Überwachungskameras aus dem Zeitraum, als Faith und Ava entführt wurden?«

»Ja, Sir«, sagte Valance wieder.

»Vermutlich gibt es an den Mautstationen eine Nummernschilderkennung, oder?«, erkundigte sich Fennimore.

»Bei uns in Missouri schon, aber in Oklahoma?« Der junge Detective zuckte mit den Achseln.

»Automatische Nummernschilderkennung haben wir an den Mautstationen und auch an ein paar Kreuzungen. Und sämtliche Autokennzeichen in Oklahoma sind mit der Nummernschilderkennung kompatibel.« Alle drehten sich zur Tür um, wo Deputy Hicks sich zu Wort gemeldet hatte, in einer frischen Uniform, die linke Schulter etwas ausgebeult. Den Daumen der Linken hatte sie hinter den Gürtel gesteckt.

»Abigail, ist alles ...«, fragte Fennimore.

»Mir geht es gut«, sagte sie, obwohl sie blass war und offensichtlich Schmerzen hatte. »Macht weiter.«

»Gut«, sagte Fennimore zögerlich und nahm den Faden

dann wieder auf. »Also, wir versuchen, uns vorzustellen, wie McIntyre zwischen seinem Zuhause und dem Lkw und zwischen dem Lkw und Sharla Janes Trailer hin und her gependelt ist. Wir sollten eine möglichst große Zeitspanne abdecken, damit wir den allerletzten Halt des Lkws ermitteln können, aber auch herausfinden, wann er in der Vergangenheit die Fahrzeuge ausgetauscht hat und mit seinem Wagen in die Wohnwagensiedlung zurückgefahren ist. Jeder Zeuge, der ihn gesehen hat, bringt uns näher an das jetzige Versteck des Sattelschleppers heran.«

Dunlap schaute Valance an.

»Bin schon dabei«, sagte der.

Dann wandte sich Dunlap an Hicks. »Deputy, Sie sollten wirklich heimgehen und sich ausruhen.«

»Bei allem Respekt, Sir«, sagte sie, »aber Sie sind nicht mein Chef.« Im nächsten Moment errötete sie, als wäre sie über ihre Dreistigkeit selbst erschrocken. Dann fuhr sie aber fort: »Interessiert Sie übrigens, warum McIntyre ein so obsessives Verhältnis zu Blut hat?«

*»Hatte«*, sagte Fennimore. »Er ist tot.«

»Mist«, sagte sie. »Die arme Mutter und das Kind. Wer hat ihn getötet?« Nach einem kurzen Moment ging es ihr selbst auf. »War das dieser Killer-Typ in dem Wäldchen, der auf Howie und mich geschossen hat?«

»Das wissen wir nicht«, sagte Dunlap, und Ellis schnaubte.

»Sie hatten angedeutet, dass Sie irgendetwas über McIntyres Vergangenheit herausgefunden haben?«, fragte Detmeyer.

»Ich habe mich ein bisschen mit den Sanitätern unterhalten, die mich zusammengeflickt haben«, sagte sie. »Die konnten sich noch gut an Will junior erinnern. Die McIntyres sind vor sechzehn Jahren aus Schottland in die

USA emigriert. Will war damals fünfzehn. Sobald er mit der Highschool fertig war, hat er sich einen Job als Pfleger im County-Krankenhaus gesucht. Dort ist er dann ständig um die Notaufnahme herumgeschlichen und wollte genau wissen, wie das alles funktioniert – Intubation, Transfusion und so weiter. Angeblich wollte er Rettungssanitäter werden. Er hatte die Gabe, immer aufzukreuzen, wenn sie wirklich blutige Einsätze hatten.«

»Ein verstörter und verstörender junger Mann«, sagte Detmeyer.

Hicks zuckte mit den Achseln. »Ich würde es einfach verdammt gruselig nennen. Eine der Intensivschwestern sagte allerdings, er habe ihr leidgetan. Er hatte ihr erzählt, dass er als Kind schwer krank gewesen war: Mit neun bekam er Leukämie – das war noch in Schottland. Seine Schwester, die damals sechzehn war, hat ihm Knochenmark gespendet. Irgendwann wurde sie plötzlich selbst krank. Sie bekam … Moment, ich hab's aufgeschrieben.« Sie griff in die Hemdtasche. »Hämochromatose«, las sie langsam vor. »Das ist, wenn sich im Körper zu viel Eisen anreichert. Die Mutter hat die Knochenmarkspende dafür verantwortlich gemacht.«

»Quatsch«, sagte Fennimore. »Das ist eine ererbte Disposition.«

»Vermutlich war Mom keine Wissenschaftlerin«, sagte Hicks und warf ihm einen düsteren Blick zu. »Aber egal, man behandelt die Krankheit, indem man die Patienten einmal die Woche zur Ader lässt, bis der Eisenspiegel wieder normal ist. Alle paar Monate wiederholt man die Prozedur, um ihn unter Kontrolle zu halten. Wills Schwester hatte nun leider eine grausame Angst vor Spritzen. Mom hat also den neunjährigen Jungen dazu gezwungen, bei seiner großen Schwester zu sitzen und sie zu unterhalten, während man sie zur Ader ließ. Sie erklärte, das sei das Mindeste, was er tun könne, wo es schon seine Schuld sei.«

Simms verzog das Gesicht. »Die Geschichte hat vermutlich kein gutes Ende genommen.«

»Die große Schwester hat sich gegen die Behandlung gesperrt und ist immer weggelaufen«, sagte Hicks. »Es kam zu Komplikationen – Leberschaden, Diabetes, Herzprobleme. Noch vor ihrem siebzehnten Geburtstag ist sie gestorben. Und der kleine Will war damals bei ihr, das muss man sich mal vorstellen. Als seine Momma die beiden fand, hielt er die Hand seiner Schwester und redete mit ihr, obwohl sie schon lange tot war.«

# 64

In gemäßigtem Tempo fuhr er über Seitenstraßen und behielt die Basecap auf. Die Pistole, die er dem Deputy abgenommen hatte, lag unter einer Mappe auf dem Beifahrersitz. In den Nachrichten hatte man den Namen der Leiche in dem Haus mit William McIntyre junior angegeben; er war gesucht worden, weil er sechs Frauen und Kinder umgebracht haben sollte. Offenbar hatte die Polizei also seine Fingerabdrücke. Was hieß, dass sich dieser unsagbar dämliche Trottel in seiner Gier nach Ruhm nicht an die Absprachen gehalten und Spuren im Trailer hinterlassen hatte.

Wills Identität kannte die Polizei also, aber zwischen ihm selbst und Will lagen Welten. Das Wichtigste war, diese Welten getrennt zu halten, auch wenn sie zu konvergieren drohten.

*Denk nach.*

Viel technisches Gerät hatte er in dem Haus nicht entdeckt, also musste er es erst finden, um es zerstören zu können. Es gab zwei Orte, an denen es sein konnte: in der Todeskammer oder in Sharla Janes Trailer. Von Letzterem wusste die Polizei bereits. Da beliebig viele Leute dort ein- und ausgehen konnten, hatte er Priorität. Nachdem Fergus seine Entscheidung getroffen hatte, stellte er das Navigationsgerät ein, damit es ihn zur Wohnwagensiedlung führte.

# 65

**Wohnwagensiedlung Lambert Woods, Williams County, Oklahoma**

Der Polizei-Cruiser hatte die Wohnwagensiedlung gegen Mitternacht verlassen. Riley wartet, aber er hat zwei Tage lang nichts als ein paar Schlucke Wasser aus einem Bach getrunken, und so treiben ihn Hunger und eine unstillbare Gier nach Wasser schließlich aus seinem Versteck hervor.

Fiebrig vor Durst kriecht er zur Rückseite des Hauses. Er holt sein Taschenmesser aus der Tasche, um das Polizeisiegel durchzuschneiden, bekommt aber die Klinge nicht heraus. Wimmernd versucht er es noch einmal, bis sie schließlich aufschwingt und einrastet. Er schneidet das Siegel durch und fummelt mit dem Messer im Schloss herum, bis es aufspringt.

Im Trailer riecht es muffig und alt, als hätte er jahrelang leer gestanden. Die Läden sind geschlossen, und die Tür zu Mommas Zimmer steht auf. Es ist schrecklich dunkel hier, und er kann sich nicht überwinden, ins Zimmer seiner Mutter hineinzuschauen. Vielleicht war es doch keine gute Idee heimzukehren, denkt er. Am besten holt er sich einfach etwas zu essen und zum Anziehen und verschwindet dann wieder im Wald. Sein Rucksack steht auf dem Polstersessel hinter dem Küchentresen. Die Polizei muss ihn durchsucht und dann dort stehen gelassen haben, da er leer war. Er bückt sich unter dem Tresen durch, um ihn zu holen, und stopft ihn mit Getränkedosen und Käse voll. Im Gefrierfach findet er noch ein Stück Brot. Die offene Tür zum

Raum seiner Momma behält er immer im Blick, aber jetzt wird er vom Kühlschranklicht geblendet und kann in der Dunkelheit nichts mehr erkennen. Plötzlich stehen ihm die Nackenhaare zu Berge, und er wird panisch. Er knallt die Kühlschranktür zu und eilt am Bad vorbei in sein Zimmer.

Ein Fensterladen hat sich verklemmt, und die Scheibe ist nicht vollständig abgedunkelt, also duckt er sich unter das Fensterbrett. Gierig reißt er eine Dose auf und stürzt den Inhalt hinunter. Prompt muss er aufstoßen und erbricht das meiste wieder. Nun trinkt er in kleineren Schlucken, bis seine Kehle nicht mehr so brennt. Sein Blick fällt auf den Kleiderschrank; er ist geschlossen, aber zwischen Tür und Rahmen hat sich ein Stück Stoff verfangen, als würde ihm jemand die Zunge herausstrecken.

Es dauert einen Moment, bis er sich ein Herz fasst, aber dann steht er auf und öffnet den Schrank. Außer seinen Sachen und einem Paar Turnschuhe ist nichts drin. Da er nicht länger bleiben will als unbedingt nötig, nimmt er ein T-Shirt, eine Hose und die Schuhe und steckt sie in seinen Rucksack. Als er ihn aufsetzt, sieht er auf dem Bett eine Hose und ein T-Shirt liegen. Die muss Momma dorthin gelegt haben, für ihren großen Ausflug, mit dem sie den Beginn der Sommerferien feiern wollten. Seine Beine geben nach, und plötzlich kniet er auf dem Boden und lässt den Tränen freien Lauf.

Er rollt sich zusammen, da ihm alles wehtut, am meisten sein Kopf. Mit einer Hand bekommt er die Bettdecke zu fassen, zieht sie zu sich hinab und bleibt dann auf dem Boden liegen, zu schwach, zu müde und zu zerschlagen, um weiterzumachen.

# 66

Ich bin nicht besonders talentiert, sondern einfach nur leidenschaftlich neugierig.

Einstein

**Einsatzzentrale der Sonderermittlungsgruppe, Westfield, Oklahoma**
**Mittwoch, bei Sonnenaufgang**

Von Faith und Ava war in Will McIntyres Haus keine Spur zu finden. Die Kriminaltechnik entdeckte eine Kamera und etliche DVDs – Letztere durch die Hitze beschädigt, aber die Beschriftung konnte zum Teil wieder kenntlich gemacht werden. Dann fanden sie noch persönliche und geschäftliche Korrespondenz, größtenteils von den Eltern und größtenteils zerstört. Man würde sie trotzdem auszuwerten versuchen. Jede Verbindung nach Hawick könnte ihnen McIntyres Komplizen liefern. Im Schlafzimmer der Mutter stieß man auf einen Andachtswinkel für die tote Schwester: Fotos von einem lächelnden Teenager, manche zusammen mit dem kleinen Will. Auf jedem Foto hatte er die Augen der Schwester mit einem Skalpell herausgeschnitten.

Fennimore hatte immer noch nichts von Josh gehört. Da er nicht schlafen konnte, saß er mit Handschuhen und Tyvek-Anzug an einer Werkbank in ihrem improvisierten Labor und hantierte mit einer Digitalkamera herum, während er darauf wartete, dass mit dem ersten Flug von Chicago nach Tulsa die Videos aus den Überwachungskameras eintreffen würden.

Er schob eine Standlupe über die Kamera, die er vorschriftsmäßig auf weißes Löschpapier gelegt hatte. Die Hülle war an einigen Stellen geschmolzen, und das Gehäuse hatte sich verzogen. Er hielt es in seinen behandschuhten Händen und fuhr die Linie des Akkufachs mit einem neuen Skalpell nach, als wollte er es an die ursprüngliche Stelle zurückziehen. Während sich auf dem Löschpapier Kohlestaub und Plastikabrieb sammelten, wurde die Klappe allmählich sichtbar. Nun schob er das Skalpell in eines der Scharniere und kratzte mit jedem Schnitt haarfeine Plastiklöckchen heraus.

Roper hielt das für Zeitverschwendung, aber Fennimore war neugierig, wie viel von der SD-Karte überlebt hatte. Außerdem bewahrte ihn die langwierige, mühselige Arbeit vor deprimierenden Grübeleien, was an sich schon die Mühe wert war.

Zweimal ersetzte er die Klinge des Skalpells, und schließlich gab das erste Scharnier mit einem feinen Klicken nach. Nun widmete er sich dem anderen. Nach weiteren zwanzig Minuten konnte er den kleinen, länglichen Plastikdeckel vom Gehäuse entfernen. Das schwarze Plastik der SD-Karte war teilweise mit dem Deckel und dem Akku verschmolzen, sodass er alles in einem Stück herausholen musste. Die Kontakte schienen aber intakt zu sein.

Mit sanften, gleichmäßigen Skalpellstößen trennte er den Akku von der Karte. Die Kupferkontakte waren verfärbt, aber unversehrt. Er drehte die SD-Karte um, die immer noch mit der beschädigten Klappe verschmolzen war, und betrachtete sie unter der Lupe; sie war leicht verbogen, könnte aber immer noch in einen Kartenschlitz passen. Schnell fuhr er sein Netbook hoch, entfernte mit einem Radiergummi die Kohlespuren von den Kontakten und schob die Karte in den dafür vorgesehenen Slot.

Er hielt den Atem an. Das Dialogfeld öffnete sich automatisch und bot ihm eine Liste von Optionen an. Jetzt atmete er ganz langsam wieder aus, als könnte eine abrupte Bewegung das Bild in Millionen digitaler Einzelteile zerlegen. Mit einem Klick gab er den Befehl, die Dateien in den Computer zu importieren. Als die Bilder auf seine Festplatte übertragen wurden, sausten sie im Eiltempo durch, als würde ein Falschspieler einen Stapel Karten durch den Daumen gleiten lassen. Ein paar Bilder waren beschädigt, und man sah nur das Foto-Icon und eine Fehlermeldung. Aber es gab auch andere: Bilder aus Sharla Janes Trailer, die er sofort als solche erkannte; eines sah aus wie das Innere eines Containers – *des* Containers –, der auf einem Betonboden stand.

Roper schaute ihm über die Schulter. »Sie haben es also doch geschafft«, sagte er, und Fennimore grinste. Aber beim nächsten Bild, dem letzten auf der Karte, verging ihm das Grinsen. Es war Faith Eversley. Sie war an eine Palette gebunden, die wie jene aussah, an die man Sharla Jane vor ihrer Ermordung gefesselt hatte.

»Scheiße«, sagte er. »Scheiße.«

Sein Handy klingelte, und er schaute aufs Display. »Josh«, sagte er. »Wo zum Teufel haben Sie gesteckt?«

»Es waren ein paar harte Tage«, sagte der Doktorand auf seine typisch ausweichende Art. »Die *Hawick News* haben etwas gefunden. Eine Dreizehnjährige. Sie haben sie unter Steinen begraben, Nick.«

»Sie?«

»So wie die Leiche gefunden wurde, muss irgendjemand sie am Boden festgehalten haben. Da es keine Kopfverletzung gab, hatte man sie offenbar nicht bewusstlos geschlagen. Die Polizei ging davon aus, dass es mindestens zwei gewesen sein müssen. Ich habe Ihnen ein paar Zeitungsartikel geschickt.« Josh erzählte gleich weiter. »Die Polizei hat ihre Schulfreunde vernommen – ein paar Stunden, bevor man sie gefunden hat, wurde sie mit einem unbekannten Jugendlichen zusammen gesehen. Soeben habe ich die Liste mit den Jungen von ihrer Schule bekommen. Ich schicke sie Ihnen jetzt.«

Fennimore öffnete zunächst die Zeitungsartikel, die aus einer Zeit vor sechzehn Jahren datierten. Es konnte kein Zufall sein, dass die gesamte Familie McIntyre im selben Jahr in die Vereinigten Staaten ausgewandert war. Dann öffnete er den zweiten Anhang: Will McIntyre war eine Klasse über Isla gewesen, dem ermordeten Mädchen.

Er erzählte Josh, dass sie den Mörder mit großer Wahrscheinlichkeit gefunden hatten. Er heiße McIntyre und sei in dem brennenden Haus umgekommen. »Wir denken, dass er von seinem Komplizen umgebracht wurde«, sagte Fennimore. »Normalerweise würde ich sagen, dass es gut ist, wenn man einen mordlüsternen Dreckskerl von der Straße hat«, fuhr er fort. »Aber dieser hier hat vor über elf Stunden eine Mutter und ein Kind entführt. Sie sind immer noch vermisst.«

»Scheiße.«

»Tja. Hören Sie, Josh. Das FBI hat eine Skizze von dem Mann angefertigt, den wir suchen. Ich schicke Ihnen den Link. Können Sie den an Ihre Polizeikontakte, an den Zeitungsarchivar und eventuell auch an die Schule weiterleiten? Sechzehn Jahre sind eine lange Zeit, aber Lehrer haben ein gutes Gedächtnis – wenn die beiden schon als Schüler unzertrennlich waren, wird es irgendjemandem aufgefallen sein.«

»Klar. Können Sie die Skizze an die E-Mail-Adresse

schicken, von der ich Ihnen beim letzten Mal geschrieben habe?«

Fennimore war gar nicht aufgefallen, dass er eine andere Adresse benutzt hatte. »Wir waren uns doch einig, Josh, dass Sie für unsere Kommunikation nur die Uni-Adresse benutzen.«

»Das ist nur eine Vorsichtsmaßnahme. Es hat sich ein kleines Sicherheitsproblem ergeben – nichts Schlimmes.«

»Sie sind an der Jagd auf zwei Serienmörder beteiligt, Josh. Jede noch so winzige Lücke in den Sicherheitsvorkehrungen ist mehr als schlimm. Schießen Sie los.«

Er hörte, dass Josh in den Hörer atmete. »Mein Computer ist weg.«

»Gestohlen?«, fragte Fennimore. »Oder verloren?«

»Gestohlen.«

»Wann?«

»Heute Nacht.«

»Und wie? Jetzt lassen Sie sich doch nicht die Würmer aus der Nase ziehen, Josh. Erzählen Sie mir einfach, was passiert ist.«

»Ich habe jemanden mit in meine Wohnung genommen. Einen Mann, besser gesagt.«

Verrückterweise war alles, was Fennimore denken konnte: *Er ist schwul – wie zum Henker konnte mir das entgangen sein?*

»Ich habe uns ein Glas Wein eingeschenkt, und er muss mir irgendetwas hineingetan haben. Ich weiß«, fügte er hinzu, bevor Fennimore es sagen konnte. »Ich bin ein Trottel. Aber er war hübsch – und ich habe nicht wirklich mit dem Kopf gedacht.«

»Warum denken Sie, dass er Ihnen etwas in den Wein getan hat?«

»Wir haben uns unterhalten. Es war kurz vor Mitternacht – Montag nach hiesiger Zeit. Und dann … Ich kann mich an nichts mehr erinnern, bis ich irgendwann am Dienstag wieder aufgewacht bin.«

Fennimore schloss die Augen und kniff sich in die Nasenwurzel. »Was hat die Polizei gesagt?«

Josh gab keine Antwort.

»Sie haben es nicht angezeigt? Josh, Sie müssen das der Polizei melden.«

»Nein«, sagte Josh.

»Wenn man Ihnen etwas in den Wein getan hat, könnten Sie vergewaltigt worden sein …«

»Bin ich aber nicht. Ich habe eine toxikologische Analyse gemacht, mithilfe eines … Abstrichs. Man hat mir etwas in den Wein getan, aber ich wurde *nicht* vergewaltigt.«

»Hören Sie, wenn Ihnen das peinlich ist …«

»Nick«, ging er dazwischen. »Ich schäme mich nicht für meine sexuelle Orientierung. Ich möchte nur nicht, dass meine … DNA im System landet.«

»Warum?« Seit über einem Jahr arbeiteten sie nun zusammen, aber Fennimore hatte nicht die geringste Ahnung, was es mit der pathologischen Geheimniskrämerei seines Doktoranden auf sich hatte.

Josh schwieg beharrlich.

»Nun gut«, sagte Fennimore. »Aber eines sollten Sie bedenken: Als forensischer Wissenschaftler werden Sie an jedem Tatort, den Sie begehen, eine DNA-Probe abgeben müssen. Entweder finden Sie sich damit ab oder Sie können sich gleich einen anderen Job suchen.«

Das hatte ein gezielter Schock sein sollen, aber Josh sagte einfach: »Solche DNA-Proben werden nicht ins System gestellt.«

Normalerweise genoss Fennimore ihre kleinen Scharmützel. Heute fand er das nicht witzig.

»Josh«, sagte er drohend.

»Ich weiß, tut mir leid. Mir ist schon klar, was Sie meinen, wirklich, aber damit muss ich mich nicht gerade jetzt auseinandersetzen. Dieser Typ war nämlich nicht hinter *mir* her. Er wollte weder Geld noch Sex. Er hat nur den Computer mitgenommen.«

»Woran arbeiten Sie gerade?«, fragte Fennimore.

»Das meiste wissen Sie: die Transkription dieser Aufnahmen, ein bisschen Wortmusteranalyse, die Morde in Großbritannien, meine Doktorarbeit.«

»Haben Sie eine Backup-Kopie Ihrer Dateien?«

Ein leichtes Zögern. »Klar.«

»Josh?«

»Natürlich habe ich die.« Er klang beleidigt. »Mein Computer ist außerdem verschlüsselt. Aber was ich Ihnen die ganze Zeit mitzuteilen versuche, ist, dass er nicht an *mir* interessiert war.«

»An wem dann?«

Josh schwieg.

»An mir?«

»An Rachel und Suzie.«

Fennimores Halsmuskulatur spannte sich an. »Was haben Sie ihm genau mitgeteilt?«

»Nun kommen Sie schon, Nick.«

Fennimores Gedanken flogen zu McIntyres Komplizen. Aber der Mann, der McIntyre umgebracht hatte, konnte ja nicht an zwei Orten gleichzeitig sein. Warum sollte also ein Fremder Joshs Computer stehlen?

»Dieser Mann, den Sie abgeschleppt haben – wie sah der aus?«

»Was weiß ich … Bart, kurze Haare. Hübsch.«

»Himmel …« Fennimore rieb sich mit der Hand übers Kinn und nahm sich einen Moment, um sich zu beruhigen.

Dann griff er nach der Maus, um Josh den Link des FBI zu schicken. »Schauen Sie sich die Zeichnung an«, sagte er. »Ist sie angekommen?«

Nach ein paar Sekunden sagte Josh: »Ja.«

»Und – ist er das?«

»Keine Ahnung, Nick. Irgendwie kommt er mir bekannt vor, aber …«

»Hören Sie, Josh«, sagte Fennimore und konnte sich nur mühsam beherrschen. »Vor ein paar Tagen bekam ich eine anonyme E-Mail. Irgendjemand hat mir ein Foto von einem Mädchen geschickt – es dürfte so alt sein wie Suzie jetzt.« Josh brauchte nicht zu wissen, dass er dachte, dass es Suzie *war*. »Und jetzt erzählen Sie mir, dass Sie von einem Mann angesprochen wurden, der sich so sehr für Rachel und Suzie interessiert, dass er Ihnen an die Hose geht, um an Ihre Informationen heranzukommen.«

Josh wollte etwas erwidern, aber Fennimore unterbrach ihn. »Sie hätten mir sofort mitteilen müssen, dass der Computer gestohlen ist. Stattdessen muss ich die Informationen mühselig aus Ihnen herauskitzeln. Sie haben mir wichtige Fakten vorenthalten, Josh.«

»Professor …«

»Ich will nichts mehr hören«, sagte Fennimore. »Tun Sie, was ich gesagt habe, und melden Sie sich, sobald Sie etwas wissen. Und sollten Sie eine Art Flashback haben und zu dem Entschluss kommen, den Mann auf der FBI-Zeichnung doch zu kennen, möchte ich es sofort wissen. Nicht erst zwei Stunden später, wenn Sie Zeit hatten, sich eine Geschichte auszudenken.«

»Bitte, Nick. Ich war offen und ehrlich mit Ihnen.«

»Ich bin mir nicht sicher, Josh, ob Sie das überhaupt können. Wenn dieser Fall abgeschlossen ist, sind wir fertig miteinander – ich werde Sie einem anderen Betreuer zuweisen.«

Er beendete die Verbindung und starrte auf das Foto von Faith Eversley.

»Professor?«, sagte Roper.

Fennimore stöhnte innerlich. »Tut mir leid, dass Sie das mit anhören mussten.«

»Kein Problem.« Er klang vorsichtig, als fürchtete er, ebenfalls zum Opfer von Fennimores Zorn zu werden. »Aber, Professor, das Foto anzustarren nützt auch niemandem etwas.«

»Das ist das aktuellste Foto, das wir haben«, sagte Fennimore, wohlwissend, dass er wie ein fieberkranker Idiot klang. »Das ist das Innere des Containers, wo sie sich vermutlich genau in diesem Moment befindet.«

»Das stimmt – es ist das *Innere*. Aber was ist mit dem Bild vom Container selbst? Vielleicht liefert es uns Hinweise auf den Aufenthaltsort.« Ropers Tonfall war schmeichelnd, als wollte er einen Selbstmörder dazu bewegen, von der Kante eines Wolkenkratzers wegzutreten.

*Vielleicht stehe ich tatsächlich am Abgrund*, dachte Fennimore und klickte das vorletzte Bild in der Datei an. Der Container stand auf Beton, und in der linken oberen Ecke war ein Stück blauer Himmel zu sehen. Das war es aber auch schon – es gab nicht den geringsten Hinweis auf den Standort. Wieder öffnete er das Bild von Faith in dem Container. Roper schüttelte den Kopf und wandte sich ab.

Erschöpfung, Hoffnungslosigkeit und Wut machten ihn wahnsinnig, aber er konnte nicht anders. Die Sonderermittlungsgruppe hatte ihren Fokus eingeengt, indem sie McIntyres Bewegungen durch Mautstationen und über Kreuzungen verfolgt hatte, aber das reichte nicht. Sie kannten die Zeiten, wann der Lkw auf die Interstate 44 gefahren war und sie wieder verlassen hatte, und sie hatten die Daten und Zeiten, an denen der Wagen gesehen worden war. Bislang konnten sie aber keine Verbindung zwischen beidem herstellen. Es war alles eine Frage des Timings; sie brauchten nur noch einen einzigen zeitlichen Bezugspunkt …

Plötzlich hatte er es, und die Erkenntnis traf ihn derart unvermittelt, dass sein Kopf rauschte.

»Roper, können Sie Greg Dunlap anrufen?«

Innerhalb einer Sekunde stand Roper neben ihm und wollte schon den Kurzwahlknopf drücken, fragte dann aber noch einmal nach, was er gefunden hatte.

»Digitalfotos haben eine Zeit- und Datumsanzeige. Und dies hier«, sagte er mit Blick auf das Foto von Faith Eversley auf seinem Bildschirm und klickte auf die rechte Maustaste, »ist das letzte Foto, das wir haben.«

Durch den Rechtsklick hatte sich ein Kontextmenü geöffnet. Er scrollte zu »Eigenschaften« und klickte auf »Details«. Unter der Überschrift »Aufnahmedatum« stand das aktuelle Datum und eine Zeit.

»Dieses Foto wurde heute Morgen um elf nach drei aufgenommen. Das ist, warten Sie, vierzig Minuten, bevor wir zu McIntyres Haus kamen, nicht wahr?«

»So ungefähr«, sagte Roper. »Und der vorläufige Bericht der Rechtsmedizin besagt, dass er erhebliche Verletzungen hatte – gebrochene Knochen, eine Schädelfraktur und so weiter. Der Täter muss ihn also eine Weile in der Mangel gehabt haben.«

»Demnach muss McIntyre den Container in der Nähe seines Hauses abgestellt haben – zehn, zwanzig Minuten Fahrzeit höchstens, würde ich sagen.«

Roper rief Dunlap an und übermittelte die Information, während Fennimore weiterscrollte und sich wunderte, wie viele Informationen mit jedem Digitalbild gespeichert wurden. Format und Auflösung; Blende und Belichtungszeit; Kameramodell und Effekte – alles, was einen begeisterten Hobbyfotografen interessieren könnte. Nachdem er die Angaben überflogen hatte, fiel sein Blick auf eine andere Zeile. Unter der Überschrift »Advanced Photo« befand sich eine Sonderkategorie, die seine eigene Kamera nicht besaß. Er erstarrte. Roper hatte es im selben Moment auch gesehen.

»Heilige Scheiße«, sagte Roper. »Bleiben Sie dran, Greg, wir können Ihnen die genaue Stelle sagen.«

Die neue Kategorie, die Fennimore die Sprache verschlagen hatte, hieß: »GPS«. Jetzt hatten sie den exakten Längen- und Breitengrad des Containers.

# 67

Die GPS-Daten des Bildes führten sie zu einer geschlossenen Tankstelle fünfzehn Meilen vor Hays. Die Zapfsäulen waren abgebaut worden, aber das Gebäude stand noch. Sieben Polizeiwagen, der Übertragungswagen des lokalen Radiosenders, Launers handzahme Journalisten und ein Krankenwagen trafen innerhalb weniger Minuten auf dem Gelände ein. Simms hegte keinerlei Zweifel, dass die staatlichen Fernsehsender auch schon unterwegs waren.

Von vorne war nichts zu sehen, aber als sie um das Gebäude herumgingen, standen sie genau davor: Auf sein Transportgestell aufgebockt, glänzte ein rostroter Vierzig-Fuß-Container in der dunstigen Hitze. Von dem Sattelschlepper war nichts zu sehen. Es waren dreißig Grad, und die Temperatur im Container würde mindestens noch einmal zehn Grad höher sein. Die Sanitäter hielten sich also schon einmal bereit, als zwanzig Polizisten loseilten, die Lage sondierten und sich dann in zwei Teams aufteilten. Zehn Leute stürmten das verlassene Gebäude, während sich der Rest um den Container kümmerte. Die Verschlussstange war mit einem Vorhängeschloss gesichert, das aber mit einem Bolzenschneider schnell geknackt war. Zwei Männer stießen die Tür auf, und aus dem Innern schlug ihnen eine Welle heißer Luft mit einem scharfen, atemberaubenden Ammoniakgestank entgegen. Ein Deputy und ein Detective aus St Louis kletterten mit gezogenen Waffen hinein. Der Deputy kam kurze Zeit später wieder heraus, die Pistole im Holster, die Hand vor der Nase, und rief nach dem

Notarzt. Als er hinuntersprang, fing er Launers Blick auf und schüttelte den Kopf.

»Das Mädchen?«, fragte Launer.

»Nein, Sir.«

Sekunden später kam ein Sanitäter aus dem Container geschossen und landete auf dem Asphalt.

»Sie lebt«, rief er über die Schulter. »Wir brauchen Wasser – viel Wasser. Sie glüht förmlich.« Polizisten und Deputys schwärmten aus, um Wasserflaschen aus ihren Fahrzeugen zu holen. Zwei brachten sogar Fächer mit, um für Kühlung zu sorgen. Die Sanitäter kamen mit zwei Beuteln Kochsalzlösung wieder und bemühten sich minutenlang um Faith Eversley, besprühten sie mit Wasser und flößten ihr Flüssigkeiten ein, während draußen die Suche nach ihrem vermissten Kind weiterging.

Zwanzig Minuten später wurde Faith Eversley auf einer Trage zum Krankenwagen gerollt, kaum bei Bewusstsein. Mittlerweile waren mehrere Übertragungswagen eingetroffen, darunter zwei Lastwagen von Fox News, wie Simms sah. Launer marschierte zielstrebig auf sie zu, aber Dunlap hielt ihn zurück.

»Wir sollten auf die Ergebnisse der Suche warten, bevor wir ein Statement abgeben, Sheriff.«

»Nun, Sie haben natürlich das Recht auf eine eigene Meinung«, sagte Launer lächelnd und klopfte ihm auf die Schulter. Für die Kameras würde es so aussehen, als gratuliere er einem Kollegen. Dunlap lächelte nicht.

Fennimore fing Simms' Blick auf. »Eine Achtjährige wird vermisst, und er macht schon wieder Wahlkampf«, sagte er und schien zu allem fähig.

»Das ist nicht unser Problem, Nick«, sagte Simms.

Hicks kam aus der verlassenen Tankstelle, und sie schauten sie erwartungsvoll an.

Sie schüttelte den Kopf. »Wir haben alles auf den Kopf gestellt. Da drinnen gibt es nur Staub und Spinnweben.«

Simms warf Fennimore einen Blick zu; er wirkte bleich und angespannt. »Wir müssen den Sattelschlepper finden«, erklärte er.

»Der Sheriff wird einen Deputy zurücklassen, um ein Auge auf alles zu haben, während die Kriminaltechnik die Spuren sichert«, sagte Hicks. »Alle anderen machen sich wieder auf die Suche. Ich soll mit Faith ins Krankenhaus fahren, für den Fall, dass sie zu Bewusstsein kommt.«

»Wo fangen wir an?«, fragte Fennimore.

Hicks warf Simms einen unsicheren Blick zu. »Sie sollten bei den Detectives aus St Louis bleiben, Professor.«

»Von wegen.« Er marschierte bereits zu dem SUV, den er gemietet hatte.

»Ich fahre mit ihm«, sagte Simms. »Haben Sie eine Vorstellung, wo wir anfangen können?

»Wir wissen, dass er in der Nähe sein muss«, sagte Hicks. »Er musste vom Sattelschlepper zum Container laufen, und wer hier zu Fuß herumläuft, fällt unweigerlich auf. Daher würde ich *ganz* in der Nähe suchen.«

Simms bedeutete Fennimore, langsamer zu fahren, als er auf die Ausfahrt zuschoss. Sie stieg ein und nahm ihr Netbook vom Armaturenbrett. »Diese Raserei bringt nichts«, sagte sie. »Er könnte ganz in der Nähe sein.«

Der GPS-Karte zufolge gab es eine Meile in südwestlicher und zwei Meilen in nordöstlicher Richtung ein paar Farmhäuser. Sie entschieden sich für das näher gelegene. Die Farm war noch in Betrieb, und die Familie war gerne bereit, ihnen sämtliche Scheunen zu zeigen, falls man die kleine Ava dann schneller finden würde – offenbar brachte das lokale Kabelfernsehen die Leute halbstündlich auf den neuesten Stand.

Die Scheunen waren bis oben hin mit frischem Heu gefüllt; außerdem stellte man die landwirtschaftlichen Maschinen dort ab. Einen Lkw fanden sie nicht.

Fennimore öffnete sein Netbook und zeigte dem Farmer das Satellitenbild von seinem nächsten Nachbarn. »Wissen Sie, wem diese Farm gehört?«

Der Mann betrachtete stirnrunzelnd die Ansammlung von grauen Dächern. »Oh, das ist gar keine Farm«, erklärte er schließlich. »Das war vor Ewigkeiten mal ein Viehfutterhandel. Als ich noch jung war, haben sie bei Dawson's auch immer ein Autokino gehabt. Aber Ihr Bild ist ein wenig veraltet. Bei den Stürmen von den Großen Seen letzten Monat wurde das Dach abgetragen – seither finden wir ständig Teile davon auf unserem Land.«

»Ein Viehfutterhandel könnte der perfekte Ort sein, um einen Lkw zu verstecken«, sagte Fennimore.

»Lass uns nachsehen«, sagte Simms.

Das Hauptgebäude lag an einem Schotterweg mit Schlaglöchern, fünf Minuten vom Highway entfernt. Das Dach fehlte, genau wie der Farmer gesagt hatte. Die Aluminiumwände, die sich vom Metallskelett gelöst hatten, wackelten und klapperten beim geringsten Lüftchen. Von der Kinoleinwand hatte nur der Rahmen überlebt: eine zwanzig Meter breite Holzkonstruktion, die mit der Rückseite zum Schotterweg stand. Die dicht nebeneinandergenagelten Latten, die sich über die gesamte Länge zogen, ließen das Gestell wie einen riesigen Gitterzaun aussehen. Als sie näher kamen, sah Simms hinter dem Gestell den schattenhaften Umriss von etwas Großem, Sperrigem.

»Da«, sagte sie.

Fennimore trat das Gaspedal durch, und Sekunden später kamen sie mit einer schlitternden Vollbremsung wenige

Meter vor einem Peterbilt 387 zum Stehen. Fennimore hatte schon die Hand am Türgriff, aber Simms hielt ihn zurück. »Du bleibst hier. Ruf Dunlap an und gib die Koordinaten durch.« Bevor er noch etwas sagen konnte, war sie schon aus dem Wagen gesprungen und rannte auf den Lkw zu.

Der Kühlergrill war so groß wie sie selbst; Simms fühlte, dass er Hitze abstrahlte. Behände kletterte sie zur Fahrertür hoch, aber die war abgeschlossen. Kurz darauf gesellte sich Fennimore zu ihr und rüttelte an der Tür zur Schlafkabine – ebenfalls fest verschlossen. Nun versuchte er es an der Beifahrertür, wieder vergeblich.

Simms beschirmte die Augen und versuchte, in die Fahrerkabine hineinzuschauen. »Ich sehe nichts, verdammt.« Dann zog sie einen kurzen schwarzen Zylinder aus der Tasche und machte eine Schleuderbewegung, durch die er wie eine Autoantenne auf gut dreißig Zentimeter ausfuhr.

»Wie hast du denn den durch die Sicherheitsschleuse am Flughafen gebracht?«, fragte er.

Sie schenkte ihm ein flüchtiges Lächeln. »Hab ich gar nicht.« Den Teleskopschlagstock hatte sie nach dem anschaulichen Erlebnis in East St Louis im Internet gekauft.

Sie drehte den Kopf vom Seitenfenster weg, legte den Arm über die Augen und verpasste der Scheibe mit der abgerundeten Spitze der Waffe einen Schlag. Nachdem sie das zwei, drei Mal wiederholt hatte, zerbrach die Scheibe und ließ Scherben auf sie herabregnen.

»Aber von mir wird es niemand erfahren, wenn du es nicht verrätst«, fügte sie hinzu und langte ins Innere, um die Tür zu öffnen.

Zwischen Fahrerkabine und Schlafkabuff hatte McIntyre ein mit Vinyl laminiertes Holzpaneel mit Schiebetür eingebaut. Die Tür war mit einem Vorhängeschloss gesichert.

»Ava«, rief Simms durch die Holzwand. »Ava Eversley?«

Sie lauschte und meinte, in der Kabine ein leises Rascheln zu hören. »Ava, mein Name ist Kate. Ich bin bei der Polizei ... Der Sheriff ist auch bald da.«

Nichts zu hören.

»Wir sind gekommen, um dich zu deiner Mommy zu bringen«, sagte Simms.

Ein leises, ersticktes Geräusch und ein Schniefen.

Sie nickte Fennimore zu, das Gesicht von Erleichterung überflutet. »Die Hilfe ist auf dem Weg«, sagte er leise.

»Es ist entsetzlich stickig hier«, murmelte Simms. »Ich versuche mal, ein Loch in die Kabine zu brechen.« Dann sprach sie wieder lauter: »Ava, wir werden dich da rausholen.« Sie rammte den Stahlstock unter den Metallbeschlag des Schlosses und versuchte, ihn abzuhebeln. Er gab nach, aber nur ein wenig. Schwitzend versuchte sie es noch einmal. Die Schrauben im Beschlag knackten und kamen ein winziges Stück zum Vorschein. Keuchend hielt sie inne, um wieder zu Atem zu kommen.

»Lass mich mal«, sagte Fennimore.

Sie reichte ihm den Schlagstock und verließ die Kabine, damit er genug Platz hatte. Bei seinem ersten Versuch brach der Stock ab, aber er wischte sich mit dem Ärmel den Schweiß von der Stirn und machte dann mit dem verbleibenden Drittel weiter. Der Metallbeschlag gab im selben Moment nach wie der Schiebemechanismus der Tür. Fennimore fiel in die Kabine zurück und knallte mit dem Kopf gegen die Windschutzscheibe.

»Nick!«, rief Kate.

»Alles okay«, rief er und rappelte sich wieder auf. »Aber ich kann sie nicht sehen.« Er fummelte das Holzpaneel hinter den Sitzen hervor, und Simms nahm es an der Kabinentür entgegen. »Hinter der Wand ist ein Schrank. Ich werde ihn jetzt öffnen.«

Simms kam im selben Moment in die Kabine geklettert, als die Schranktür aufflog. Ava hockte auf ihren Schenkeln, gefesselt und mit Klebeband geknebelt. Über ihr Gesicht rannen Tränen.

Fennimore machte besänftigende Geräusche, aber sie wich vor ihm zurück. »Ich möchte dich doch nur herausheben, Ava«, sagte er. »Damit wir dich zu deiner Momma bringen können. Dies ist Kate, und der Sheriff wird auch bald da sein.«

Das kleine Mädchen machte sich ganz klein, quetschte sich in eine Ecke des winzigen Raums und versuchte, trotz des Knebels zu sprechen.

»In Ordnung«, sagte er. »Gut. Dann lass mich doch wenigstens den Knebel abnehmen, damit du mir sagen kannst, was du möchtest. In Ordnung?«

Sie nickte unmerklich.

»Es wird ziepen, aber das dauert nur eine Sekunde.«

Wieder nickte sie, die blauen Augen weit aufgerissen, und ließ ihn ein Stück von dem Klebeband entfernen.

»Ich kann hier nicht raus, weil mich dann das Monster schnappt«, sagte sie hicksend und schluchzend.

»Hier gibt es kein Monster«, sagte er.

»Doch«, wimmerte sie. »Ich habe es gehört. Der Mann hat gesagt, ich soll ruhig sein, sonst kommt es mich holen.«

Die Aluminiumwand des alten Gebäudes bewegte sich im Wind und stöhnte wie die Gefolterten in der Hölle. Das kleine Mädchen schrie auf.

»Ahh, das ist nur der Wind«, sagte Fennimore und bemühte sich um den weichen, schleppenden Akzent aus Oklahoma. »Das ist nur der Wind, der mit dem Aluminium an der alten Scheune da spielt.« Das Wort »Aluminium« sprach er amerikanisch aus. »Außerdem hat Chief Simms eine Pistole – was, Chief?«

»Beim ersten Anzeichen für Ärger bin ich bereit«, sagte Simms. »Und ich ziehe blitzschnell.«

Das kleine Mädchen dachte einen Moment nach und schob sich dann auf dem Po vor.

Fennimore hob sie aus dem Schrank und drückte sie an sich. »Jetzt ist alles in Ordnung«, murmelte er. »Du bist jetzt in Sicherheit.« Sie steckte den Kopf unter sein Kinn und schluchzte, wie nur Kinder es vermochten. Simms hörte die Erleichterung heraus, dass ihre Qualen vorüber waren, Trauer wegen der unendlichen Angst, die sie ausgestanden hatte, Einsamkeit und Sehnsucht nach ihrer Mutter. Sie streckte die Hände aus, um das kleine Mädchen zu übernehmen, aber Fennimore schien sie nicht hergeben zu wollen. Schließlich reichte er sie über den Fahrersitz hinüber, und Simms trug das kleine Mädchen blinzelnd ins Sonnenlicht.

# 68

**Wohnwagensiedlung Lambert Woods, Williams County, Oklahoma**
**Mittwoch, acht Uhr morgens**

Als Riley aufwacht, ist schon Tag. Das entsetzliche Gefühl der Einsamkeit ist immer noch da und hat sich wie eine Schlange in seinen Eingeweiden eingenistet, aber er fühlt sich jetzt ein wenig gestärkt. Er schiebt die Decke beiseite, nimmt seine Jacke, setzt seine Basecap auf und schultert den Rucksack. Als er sich umdreht, sieht er etwas Graues aufblitzen. Unter seinem Fenster steht ein Auto.

Schnell duckt er sich wieder und schaut dann ganz vorsichtig hinaus. Wie ein Polizeiwagen sieht es nicht aus und auch nicht wie ein Wagen der Tulks. Er hält die Luft an und lauscht, aber er hört nichts als das Pumpen seines Herzens. Die Vordertür ist keine zwei Meter weg von ihm, im Wohnraum. Bis zur Hintertür ist es viel weiter. Er schleicht sich aus seinem Zimmer heraus. Die Badezimmertür zu seiner Rechten steht einen Spalt auf. War das schon, als er gekommen ist? Er kann sich nicht mehr erinnern.

Mit zitternden Beinen geht er noch einen Schritt. Die Badezimmertür öffnet sich, und dann steht da ein Mann und schaut ihn an – nicht Will, sondern jemand anders. Der Mann wirkt schockiert, aber nur im ersten Moment, dann wird er plötzlich sauer – auf eine böse Weise sauer – und kommt einen Schritt auf ihn zu. Der Raum schrumpft zusammen, und der Mann wird immer größer und größer, als würde er den gesamten Raum ausfüllen. Es führt kein Weg an ihm vorbei. Der Junge ist wie erstarrt. Der Mann holt aus, aber jetzt erwacht Rileys Instinkt wieder, und er duckt sich. Der Mann verliert das Gleichgewicht und taumelt gegen den Küchentresen. Riley wirft sich zu Boden, krabbelt zwischen seinen Beinen hindurch und schmeißt einen Hocker um. Er greift nach dem Verschluss der Vordertür, dreht ihn herum und lehnt sich mit der Schulter gegen die Tür. Sie bewegt sich nicht. *Das Absperrband!*

Der Mann kickt den Hocker aus dem Weg und tut einen Satz.

Der Junge schreit und wirft sich noch einmal gegen die Tür. Er hört, wie das Absperrband reißt, und fällt hinaus. Bevor er auf dem Boden landet, hält ihn etwas auf. Der Mann hat ihn am Rucksack gepackt. Riley strampelt und versucht, sich zu befreien, aber der Mann lässt ihn an den Trägern seines Rucksacks über dem Fußboden schweben. Bevor Riley schreien kann, reißt ihn der Mann in den Trailer zurück und knallt seinen Kopf gegen den Türrahmen. In seinen Augen explodieren Lichter, ein scharfer Schmerz schießt ihm in den Schädel …

# 69

Die Basis für Optimismus ist pure Angst.

Oscar Wilde

**Einsatzzentrale der Sonderermittlungsgruppe, Westfield, Williams County, Oklahoma Mittwochvormittag**

Die Sonderermittlungsgruppe feierte ihren Erfolg bei einem späten Frühstück im Hotel. Der Hotelbesitzer hatte den Fernseher auf Fox News gestellt, wo Detective Dunlap und Sheriff Launer vor der versammelten Presse Statements abgaben. Launer, der feierlich und respektvoll auf dem Podium stand, grinste wie ein Hai – offenbar hatte die Befreiung von Faith und Ava seine Umfragewerte in die Höhe schießen lassen. Hicks entschuldigte sich bald und verließ das Motel, um die Schmerzmittel zu nehmen, die ihr der Arzt im Krankenhaus mitgegeben hatte.

Fennimore fuhr sie nach Hause. Auf der gesamten Fahrt sagte sie kaum ein Wort. An der Haustür schaute er ihr ins Gesicht und sagte: »Es kann eine gewisse Enttäuschung sein, wenn ein Fall so endet.«

»Das ist es ja gerade«, sagte sie. »Der Fall ist überhaupt nicht abgeschlossen. Natürlich ist mir auch klar, dass man Prioritäten setzen muss. Bei Faith und Ava waren wir noch im Bereich der ersten achtundvierzig Stunden und hatten damit gute Erfolgschancen. Aber was ist mit Riley Patterson? Niemand hat ihn auch nur erwähnt.«

»Wir werden die Suche wiederaufnehmen, wenn sich die Leute erst einmal erholt haben«, sagte Fennimore. »Du wirst schon sehen.«

Als er zum Motel zurückfuhr, musste er sich allerdings eingestehen, dass er auch nicht mehr daran glaubte, Riley Patterson lebend wiederzufinden. Hätte er sich bei der Suche nach dem Jungen mehr Mühe geben können? Hatte er in Sharla Janes Trailer irgendetwas übersehen? Er dachte an die Fotos auf der SD-Karte in der Kamera, die sie aus McIntyres Haus gerettet hatten. Warum hatte McIntyre überhaupt Fotos vom Inneren des Trailers gemacht? Eine Uhr, Raumschmuck, ein Festplattenrekorder, der Rauchmelder – nicht gerade die üblichen Schnappschüsse. Nach diesen prosaischen Motiven folgten dann gleich die beiden Fotos vom Schiffscontainer – seiner Todeskammer – und von Faith Eversley.

Als er zurückkam, war die Party noch in vollem Gange. Fennimore gesellte sich zu einer Gruppe, die sich bei Kaffee und Pancakes unterhielt: Simms, CSJ Roper und Valance. Fennimore kam gleich auf die Fotos zu sprechen.

»Wir waren uns doch einig, dass Sharla Janes Trailer nicht der Tatort war«, sagte er. »Warum sollte er dann Fotos dort machen?«

»Seiner Kreditkartenabrechnung ist zu entnehmen, dass er die Kamera erst vor sechs Wochen gekauft hat«, sagte Valance. »Vielleicht wollte er sich damit vertraut machen, bevor er sich sein nächstes Opfer sucht.«

»Möglich«, sagte Fennimore. »Aber wenn er sie gekauft hat, um Fotos von seinen Opfern zu machen, hätte er dann nicht in der Todeskammer geübt? Und warum gab es keine Fotos von Sharla Jane?«

»Das wissen wir doch gar nicht«, sagte Simms. »Viele Bilder konnte man schließlich gar nicht öffnen.«

»Trotzdem ist es komisch, dass er sich derart banale Gegenstände ausgesucht hat.«

»Serienmörder sind oft banal«, sagte Simms. »Sie heben sich nur durch das hervor, was sie *tun.*« Dann stand sie auf und schob ihren Stuhl unter den Tisch.

»Wohin gehst du?«, fragte Fennimore.

»Schlafen. Und das solltest du auch tun. Du musst loslassen, Fennimore. Du hast diesen fiebrigen Blick.« Beiden war nur zu bewusst, was sie meinte. Wenn Fennimore in dieser Stimmung war, konnte er tollkühn werden. Ihm war klar, dass sie seine Verzweiflung bemerkt hatte, als er die achtjährige Ava im Arm gehalten hatte. Den Zimtgeruch des Mädchens hatte er immer noch in der Nase – ein Geruch, der ihn immer an seine eigene Tochter erinnerte. Deshalb hatte er sich auch schwergetan, sie an Simms weiterzureichen. Sie loszulassen war, als würde er Suzie loslassen.

Simms hielt seinem Blick stand, eine stumme Aufforderung, ihrem Rat zu folgen, aber er runzelte nur die Stirn und schaute weg. Irgendwann schüttelte sie den Kopf und ging.

Die anderen am Tisch folgten ihr bald, um sich auszuruhen oder zu schlafen. Fennimore hingegen bekam die Bilder von Sharla Janes sauberem Trailer nicht aus dem Kopf.

Er ging auf sein Zimmer und legte sich aufs Bett, konnte aber nicht schlafen. Irgendwann fuhr er sein Netbook hoch und betrachtete die Bilder, die das Feuer überlebt hatten: eine Uhr, Raumschmuck, ein digitaler Festplattenrekorder, der Feuermelder. Nichts Besonderes. Konnten es Trophäen von einem anderen Opfer sein? Die Uhr vielleicht und auch das Dekozeug, aber der Rauchmelder? Nein. Es musste eine andere Bewandtnis damit haben. Schwer auszumalen, was diese schlichten, alltäglichen Dinge für eine Bedeutung haben sollten: Dinge, die man in jedem Haushalt sah und nicht einmal bemerkte.

Plötzlich ging ihm ein Licht auf.

Er rief Roper auf seinem Handy an.

»Haben Sie den Festplattenrekorder mitgenommen?«

»Was?« Der Kriminaltechniker klang, als hätte er ihn aus dem Tiefschlaf gerissen.

»Den Videorekorder aus Sharla Janes Trailer – haben Sie den mitgenommen?«

»Natürlich.«

»Und Ihnen ist nichts daran aufgefallen?«

»Professor, ich habe in den letzten zwei Tagen zwei Stunden geschlafen. Ich bin wirklich müde.«

»Das kann ich verstehen«, sagte Fennimore. »Aber diese Fotos …«

Roper stöhnte. »Ich lege jetzt auf.«

Dann war die Leitung tot.

Der Raum, den sie als Labor benutzten, war abgeschlossen. In der Hoffnung, im Speisesaal jemanden anzutreffen, ging er wieder zurück, aber dort waren jetzt nur noch eine Kellnerin und der Hotelbesitzer, die nach dem späten Frühstück der Sonderermittlungsgruppe aufräumten. Hicks konnte er auch nicht erreichen, weil sie die Anweisungen des Arztes offenbar ernst genommen und sich mit Schmerzmitteln vollgestopft hatte. Dreimal rief er sie auf dem Handy an und wurde dreimal an die Mailbox weitergeleitet.

Der diensthabende Deputy im Sheriff's Office forderte ihn auf, schlafen zu gehen: Der Sheriff habe gesagt, die Sonderermittlungsgruppe treffe sich erst um vier Uhr nachmittags wieder.

Die Schlichtheit der Gegenstände, die der Mörder so gewissenhaft fotografiert hatte, gab den Ausschlag. McIntyre hatte sich von den Frauen und ihren »Forderungen« schnell abgestoßen gefühlt, und doch hatte er sie nicht sofort umgebracht. Warum? Weil sein Mentor einen derart starken Einfluss auf ihn hatte, dass er selbst über Tausende von Meilen hinweg McIntyres impulsive Natur kontrollieren konnte. Er musste ihn überredet oder eingeschüchtert haben, damit er die Morde monatelang hinauszog. Noch ein Warum.

Fennimore konnte sich nur eine sinnvolle Erklärung vorstellen: Der andere Mann wollte die Opfer zuerst beobachten.

Möglicherweise verbargen sich hinter diesen schlichten, unauffälligen Haushaltsgegenständen heimliche Überwachungssysteme. Er wusste, dass solche Spione so eingerichtet werden konnten, dass man über Wi-Fi Zugriff darauf hatte oder die Bilder aus der Kameraperspektive auf SD-Karte aufzeichnen konnte. Da der Trailer ziemlich abgeschieden lag, war Wi-Fi unwahrscheinlich. Es war eher anzunehmen, dass McIntyre seinem Komplizen Filmmaterial über das normale häusliche Leben seiner Opfer geschickt hatte.

Für McIntyres Komplizen war es vor allem um Kontrolle gegangen. Und wenn die beiden Männer in Sharla Janes Haus miteinander gesprochen hatten – über Telefon oder Skype –, dann würden die Spione es eingefangen haben.

Fennimore nahm den Schlüssel von der Kommode in seinem Zimmer und überquerte den Parkplatz, als sich die ersten Zikaden regten. Er hatte schließlich ein eigenes Auto, und den Weg zur Wohnwagensiedlung Lambert Woods kannte er auch.

# 70

**Wohnwagensiedlung Lambert Woods, Williams County, Oklahoma**
**Mittwoch, halb zwölf**

Fergus fuhr seinen Mietwagen direkt vor die Haustür. Der Ort war abgelegen, aber er wollte kein Risiko eingehen. Er öffnete den Kofferraum und kam wenig später mit dem Kind wieder aus dem Haus. Der Junge war in eine Decke eingewickelt und passte noch neben die Elektronik, die Fergus sichergestellt hatte. Fergus hatte gewusst, wo er die Geräte suchen musste, weil er genaue Anweisungen erteilt hatte, wo Will sie platzieren sollte. Außerdem hatte er darauf bestanden, dass Will sie fotografierte. Jetzt hatte er alle beisammen – bis auf eines: Wo der Festplattenrekorder stehen sollte, war nur ein Staubrand zurückgeblieben. Er hatte immer schon prophezeit, dass Wills Impulsivität ihn noch einmal umbringen würde, und es war kein Trost, dass er recht behalten hatte. Schließlich hing er jetzt mit drin. Er hatte mit Will geskypt, um ihm zu sagen, wo er Sharla Janes Leiche entsorgen sollte. Die Videofunktion hatten sie nicht benutzt, aber auch nicht den Stimmverzerrer, sodass sich seine echte Stimme jetzt auf der SD-Karte der im Festplattenrekorder versteckten Überwachungskamera befand. Er tröstete sich damit, dass die Polizei den Rekorder gar nicht mehr genau untersuchen würde, jetzt, da sie Will hatte und auch die Frau und das Kind wiederaufgetaucht waren.

Er schlug den Zipfel der Decke über das Kind und holte seine improvisierte Tatortausrüstung heraus: Handschuhe,

Überschuhe, Bleiche und Lappen. Im Trailer durfte keinerlei Spur von ihm zurückbleiben. Der Kampf mit dem Jungen hatte die Sache erschwert, aber Fergus wusste, wie man gründlich vorging. Er knallte die Kofferraumklappe zu und kehrte ins Haus zurück.

Fennimore ließ den Wagen auf dem Weg zu Sharla Janes Trailer ausrollen und stieg aus. Vor dem Haus parkte ein Wagen, das Polizeisiegel war zerstört, und das Absperrband am Türrahmen war gerissen. Die Vordertür stand auf. Fennimore lauschte. Tief im Wald hörte man den pfeifenden Ruf eines Vogels, und die Zikaden lärmten bereits wie eine alte Dampfmaschine, aber aus dem Trailer war kein Laut zu hören. Vorsichtig schob er mit den Fingerspitzen die Haustür auf und lugte um den Türpfosten herum. Am Rahmen klebte Blut. Er holte sein Handy aus der Tasche und drückte die Kurzwahltaste für Simms' Nummer. Es klingelte ein paar Mal, dann schaltete sich die Mailbox an.

»Kate«, sagte er leise. »Ich bin an Sharla Janes Trailer. Ein grauer Ford Matrix parkt davor.« Er gab das Autokennzeichen durch. »Das Siegel ist aufgebrochen, und am Türrahmen klebt Blut. Ich gehe jetzt rein.«

Er holte tief Luft, stieß die Tür auf und schaute nach rechts und nach links. Den Grundriss der Wohnung kannte er: großes Schlafzimmer rechts, Bad und kleineres Schlafzimmer – Rileys Zimmer – links, jenseits des Küchentresens. Alle drei Türen standen offen. Er roch Bleiche und sah Latexhandschuhe und einen Putzlappen auf dem Küchentresen liegen. Als er sich gerade zurückziehen wollte, um auf Verstärkung von der Polizei zu warten, hörte er ein Wimmern. Die Nackenhaare standen ihm zu Berge. Im selben Moment sah er die Basecap eines Jungen unter einem Barhocker am Küchentresen liegen, blutverschmiert.

Sein Herz setzte aus. Riley? Als er aus dem Kinderzimmer einen leisen Klagelaut hörte, war seine Entscheidung getroffen. Mit pochendem Herzen schlich er durch den Wohnraum und zog aus dem Messerblock auf dem Küchentresen ein Messer. Als er am Bad vorbeikam, schaute er hinein: Es war leer. Dann also ins Kinderzimmer. Er stieß die Tür derart heftig auf, dass sie von der Wand zurückprallte.

Im nächsten Moment sah er zu seiner Rechten eine Bewegung und drehte sich um, als sich auch schon ein Mann auf ihn warf und ihn zu Fall brachte; das Messer fiel zu Boden und rutschte unters Bett. Er rang nach Luft und versuchte, sich zu wehren, aber der Mann hatte ihn im Schwitzkasten. Schließlich warf Fennimore den Kopf zurück und knallte ihn seinem Angreifer direkt gegen den Mund. Der Mann stöhnte auf, und Fennimore konnte sich entwinden. Im Nu war er auf den Beinen und erkannte den Mann, der bei seiner Lesung in Chicago gewesen war: Es war der Schotte mit der Leidenschaft für Insektenvernichtung. Fennimore wollte ihn packen, aber der Mann trat aus und erwischte ihn am Schienbein. Heißer Schmerz explodierte, und Fennimore fiel auf die Knie. Erneut holte der Mann aus und traf ihn an der rechten Schläfe. Fennimore taumelte zurück und knallte mit dem Kopf gegen die Wand. Sein Schädel dröhnte, und ihm wurde speiübel. Als er aufstehen wollte, gaben seine Beine unter ihm nach. Dann wurde ihm schwarz vor Augen …

# 71

Greg Dunlap schoss mit Blinklicht und heulender Sirene durch das Tor zur Wohnwagensiedlung. Ein SUV des Sheriff's Office hing fast an seiner Stoßstange.

»Der Wagen, dessen Kennzeichen der Professor durchgegeben hat, ist bei einer Autovermietung am Flughafen von St Louis registriert«, sagte Dunlap. »Wir sollten den Namen des Mannes jeden Moment erfahren.«

Simms hatte im selben Moment zu ihrem Handy gegriffen, als sich die Mailbox eingeschaltet hatte. Wenn sie gesehen hätte, dass es sich um Fennimores Nummer handelte, hätte sie das Gespräch vielleicht abgewiesen; letztlich hatte aber die Neugierde der Polizistin gesiegt, und sie hatte die Nachricht abgehört. Als sie vernahm, dass der Trailer aufgebrochen worden war und Fennimore hineingehen wollte, hatte sie nicht einen Moment gezögert. Sie hatte Dunlap, Launer und Valance geweckt – und selbst Ellis aufgescheucht.

Mit einem scharfen Schlenker bog Dunlap in den Weg zur Anhöhe ein, und Simms klammerte sich an den Haltegriff.

Zwanzig Meter vor dem Haus kam Dunlap schleudernd zum Stehen, um nicht in Fennimores SUV hineinzufahren, der hinter einem grauen Toyota Matrix parkte.

Er kontrollierte die Gurte seiner kugelsicheren Weste. »Sie bleiben im Hintergrund«, sagte er zu Simms. »Wenn das unser schottischer Freund ist, wissen wir, dass er bewaffnet ist und skrupellos Gebrauch von seinen Waffen macht.

Wenn Sie ihn sehen, haben Sie nur eines zu tun: ihm aus dem Weg zu gehen und sich aus der Schusslinie zu halten.«

»Ich bin offiziell befugt, eine Schusswaffe zu tragen und zu benutzen«, sagte Simms. »Und ich verfüge über genug gesunden Menschenverstand, um zu wissen, wann ich mich besser wegducke.«

Er schien überrascht über die Schärfe ihrer Antwort.

»Entschuldigung«, sagte sie. »Ich bleibe in Deckung, das verspreche ich Ihnen. Aber holen Sie Fennimore sicher da raus, ja?«

Ein dritter SUV fuhr vor, und neun Polizisten und Deputys sprangen heraus, darunter auch Hicks. Alle trugen kugelsichere Westen. Sie gingen gebückt und suchten hinter ihren Fahrzeugen Deckung. Zwei Beamten signalisierten Dunlap, sie sollten ins Haus eindringen, während er zwei andere zur Rückseite des Hauses schickte. Der Rest kümmerte sich um den grauen Matrix und Fennimores SUV.

Die Windschutzscheibe und das Fenster an der Fahrerseite des Mietwagens waren verdunkelt. Im Schatten unter den Bäumen sah es so aus, als hätte der Wagen getönte Scheiben, aber als sie näher kamen, erkannten sie, dass Blut an den Scheiben klebte. Im Wageninnern wimmelte es bereits von Fliegen.

Auf Dunlaps Nicken hin ging Valance mit gezogener Waffe um den Wagen herum zum Beifahrersitz. »Das Fenster auf der Beifahrerseite ist offen.« Er bückte sich, um einen Blick hineinzuwerfen, und wich wieder zurück. »Dort sitzt eine Leiche.« Er räusperte sich. »Kopfschuss.«

Simms' Mund füllte sich mit Spucke. *Fennimore?*

»Es ist nicht Fennimore.«

*Nicht Fennimore. Gott sei Dank.*

Valance schaute über das Wagendach hinweg. »Im Fußraum des Beifahrers liegt eine Pistole.«

»Nicht anfassen«, sagte Dunlap. »Die Kriminaltechnik wird sich darum kümmern.«

Die Polizisten, die den SUV inspiziert hatten, gaben Entwarnung.

Aus dem Innern des Trailers war ein Schrei zu hören. »Hier liegt einer.«

Simms' Herz setzte aus.

Ellis steckte seinen Kopf zur Tür heraus. »Was dieses Arschloch sagen wollte, ist, dass wir einen Verletzten gefunden haben. Wir brauchen sofort einen Notarzt.«

»Herrgott, Ellis.« Simms rannte bereits auf den Trailer zu. »Sie sind genauso ein Arschloch. *Wer* braucht einen Notarzt? Und was für eine Art von medizinischer Hilfe braucht diese Person?« In einem Anfall von Aberglauben hatte sie das Gefühl, dass sie das Schlimmste provozieren würde, wenn sie Fennimores Namen aussprach. Eine Sekunde später erschien im Schatten hinter Ellis eine Gestalt; dann trat Fennimore, auf den Deputy gestützt, zur Tür heraus. Er blutete aus einer Kopfwunde.

Als er die Treppe betrat, sackten ihm die Beine weg, und der Deputy konnte ihn kaum noch halten. Simms war sofort zur Stelle und nötigte Fennimore sanft, sich auf die Treppe zu setzen.

»Riley?«, fragte er.

»Wir sind gerade erst gekommen«, sagte Simms. »Wir haben uns noch nicht überall umgesehen.«

»Da war ein Mann im Trailer«, sagte er. »Ist er davongekommen?«

»Wir haben eine Leiche«, sagte sie.

»Lass sehen.« Er wollte aufstehen, aber sie hielt ihn fest.

»Jetzt bleib doch erst mal einen Moment sitzen und hol Luft.«

Vom Highway drangen Sirenen herüber und kündigten

das Eintreffen der Verstärkung an. Bis vom County-Krankenhaus ein Krankenwagen eintreffen würde, konnte es noch eine Weile dauern.

»Hat jemand einen Erste-Hilfe-Kasten im Wagen?«, fragte Simms, und Valance rannte sofort los. Simms ging in die Hocke und schaute Fennimore ins Gesicht.

»Es tut mir leid, Kate.«

»Ich würde dir eine knallen, wenn er mir nicht zuvorgekommen wäre«, sagte sie.

Er stöhnte. »Ich weiß«, sagte er. »Wenn ich zugebe, dass ich ein Idiot bin, darf ich ihn dann sehen?«

»Gleich.«

Valance reichte ihr eine sterile Kompresse, die sie auf die Wunde presste. Dann zwang sie ihn, einen Schluck Wasser zu trinken.

Mit der Verstärkung traf auch CSI Roper ein. Er zog Überschuhe und Schutzanzug an und ging zu dem grauen Mietwagen. Eine Minute später richtete er sich wieder auf. »Ich habe einen Pass.« Er hielt ein Bündel Dokumente in der behandschuhten Hand. Ganz oben lag ein Ausweis mit einem rotbraunen Einband, der Simms bekannt vorkam.

»Britischer Pass«, sagte Roper. »Fergus Elliott. Schottischer Nationalität.«

»Ich möchte ihn sehen«, sagte Fennimore erneut.

Simms schaute Dunlap an. Der nickte, und sie halfen Fennimore, zu dem Matrix zu gehen.

Im Wagen waren Blut und Gehirn verspritzt, und Fennimore musste ein Stück gegen den Wind gehen und ein paarmal durchatmen, bevor er genau hinschauen konnte.

»Das ist er«, sagte er. »Das ist der Insektenmann. Er hatte sich im Kinderzimmer versteckt. Und ich dachte, es sei Riley.« Er richtete sich auf und schnaubte Luft aus den Nasenlöchern aus. Die Leiche begann bereits zu verwesen.

»Das Spritzmuster deutet darauf hin, dass die Kugel von rechts in den Schädel eingedrungen ist, vermutlich durch das offene Fenster in der Beifahrertür.«

Simms warf Dunlap einen Blick zu. »Ich denke, er wird die Sache überstehen.«

Dunlaps Augenwinkel verzogen sich zu Tausenden von Fältchen.

Hinter dem Absperrband hatte sich bereits eine Menschenmenge versammelt. Der Sheriff schickte Deputy Hicks hin, um sie in Schach zu halten. Sie tat es, ohne sich ihren Ärger, dass man sie an den Rand des Geschehens verdammte, anmerken zu lassen. Ein paar Gesichter erkannte sie wieder. Mr Goodman, Sharla Janes direkter Nachbar, befand sich auch darunter. Hicks hatte ihn überprüft, nachdem sie und Chief Simms ihn vernommen hatten. Als Erwachsener hatte er sich nichts zuschulden kommen lassen, und die Akte zu einem Delikt aus Jugendzeiten war versiegelt, daher hatte sich ihr Verdacht nicht erhärten lassen. Er winkte sie zu sich.

»Haben Sie den Jungen gefunden?« Das klang so, als würde er das für naheliegend halten.

»Noch nicht. Können Sie mir etwas über den Jungen erzählen?« Sie stellte wieder offene Fragen, um aus ihm herauszulocken, was sie selbst nicht wusste.

»Ich habe ihn heute Morgen am Zaun gesehen.«

Ein Murmeln ging durch die Umstehenden.

»Wann?«

»Um die Morgendämmerung herum.« Goodman zupfte sich an seinem kleinen Kinnbart und genoss die allgemeine Aufmerksamkeit. »Er hat mich nicht gesehen, aber ich ihn. Er ist hinter dem Haus herumgeschlichen.«

»Warum zum Teufel haben Sie nicht die Notfallnummer

angerufen? Sie wissen doch, dass der Junge seit fünf Tagen vermisst wird.«

Er verschränkte die Arme und versuchte, wie ein harter Mann rüberzukommen, was gar nicht zu ihm passte. »Halten Sie mich etwa für einen Polizeispitzel?«

»Nein, Sir. Mr Goodman. Ich halte Sie für einen erbärmlichen Pädophilen mit einem Hass auf kleine Jungen, die Ihre Spielchen nicht mitspielen.« Das hätte sie nicht sagen sollen, aber sie war stinksauer – man ließ sie in ihrem eigenen Fall auf Schaulustige aufpassen, die Schmerzen in ihrer Schulter brachten sie fast um, und sie konnte es nicht fassen, dass sie geschlafen hatte, als sie Riley in Sicherheit hätte bringen können.

Goodman starrte sie schockiert an.

»Ich weiß nicht, wovon Sie reden«, sagte er. An der allgemeinen Unruhe um ihn herum konnte man allerdings ablesen, dass die Nachbarn ihre eigenen Schlüsse zogen und plötzlich begriffen, was sie zuvor lediglich irritiert hatte.

Goodman leckte sich die Lippen. »Dieser Junge ist gefährlich«, rief er mit wildem Blick. »Er lügt und klaut, und er hat mich geschnitten. Schauen Sie hier ...«

Sie drehte ihm den Rücken zu und ging zurück zu den Polizisten und Deputys.

»Riley war hier?«, fragte Dunlap, als sie dort ankam.

Sie nickte. Ihre Nackenmuskulatur war angespannt.

»Dann muss er in der Nähe sein.«

Alle Blicke richteten sich auf den Toyota.

Dunlap wandte sich an Roper. »Würden Sie bitte den Kofferraum öffnen.«

Sie versammelten sich am Heck des Wagens, die Hände am Holster. Eine Decke verbarg, was im Kofferraum lag. Dunlap nickte Valance zu. Der trat vor, nahm die Decke mit Daumen und Zeigefinger und zog sie vorsichtig beiseite.

Auf einer Seite befand sich ein Koffer; darauf lagen eine Laptop-Tasche und ein Sammelsurium an elektronischen Gerätschaften. Hicks kannte sie von den Fotos, die Fennimore aus der Digitalkamera gerettet hatte. Daneben lag ein kleiner Rucksack, aus dem ein Kinder-T-Shirt herausschaute.

»Verdammt«, sagte Valance. »Da ist Blut auf der Decke.«

# 72

Sie suchten im Zwischenraum unter Sharla Janes Trailer und im Wald hinter dem Zaun; von dem Jungen keine Spur. Die Kriminaltechnik unterzog Goodmans Trailer und seinen Wagen einer forensischen Untersuchung, fand aber nichts, das auf Riley Pattersons Anwesenheit hindeutete. Seit Hicks' Auseinandersetzung mit Goodman hatten sich mehrere Kinder der Siedlung über ihn beschwert. Die Polizei erwirkte einen Durchsuchungsbefehl und beschlagnahmte seinen Computer und seine Kamera. Auf seinem Computer fand man zweihundert anstößige Kinderbilder – mehr als genug, um ihn dafür zu verurteilen.

Von der schottischen Polizei erfuhr man, dass sich Fergus Elliott, der Tote im Mietwagen, und McIntyre auf der Highschool in Hawick kennengelernt hatten, als Fergus sich auf seinen Abschluss vorbereitete. Sie waren zwei Jahre auseinander, aber was ihre Begabung anging, lagen Welten zwischen ihnen. Ein Lehrer erinnerte sich an McIntyre als einen traurigen, verlorenen, ziemlich unreifen Schüler, der Jahre nach dem Tod seiner Schwester immer noch nicht darüber hinweggekommen war. Als Elliott sein Schulmentor wurde, schienen sie sich auf Anhieb zu verstehen. Den Lehrern fiel auf, dass McIntyre auflebte, mehr Kontakte hatte und unter Elliotts Führung sogar einen Freundeskreis aufbauen konnte. Bei den Mädchen war er besonders beliebt.

Die Kugel, die Elliott getötet hatte, stammte aus Deputy Howards Pistole, die man am Tatort sichergestellt hatte. Howies Fingerabdrücke befanden sich darauf und auch die von Elliott. Für Sheriff Launer war das ein Triumph, obwohl das Verschwinden von Rileys Leiche ein absolutes Rätsel und eine Quelle großer Trauer war, wie Launer sagte. Der Presse erklärte er, dass Elliott die Leiche sicher irgendwohin gebracht habe, bevor er dann zurückgekehrt sei, um die Putzaktion zu vollenden. Dabei wurde er von Fennimore gestört und griff den Professor an. Als er die Sirenen der Deputys des Williams County hörte, hat er sich lieber erschossen, als sich zu ergeben. Die Polizisten aus St Louis kamen in seiner Version der Ereignisse gar nicht vor.

Zwei Tage später, bevor er zum Flughafen in Tulsa aufbrach, hielt Fennimore vor dem Bungalow von Abigail Hicks. Die Wunde an der Schläfe heilte allmählich, aber er humpelte immer noch. Am Wochenende sollte er beim Jahrestreffen der amerikanischen Mordermittler in St Louis einen Vortrag halten. Seine Arbeit im Williams County sei sowieso abgeschlossen, erklärte er. Hicks war immer noch krankgeschrieben, wollte sich aber am Samstag seinen Vortrag anhören. Fennimore schlug vor, gemeinsam zum Flughafen zu fahren, und bot ihr sogar an, ihren Flug zu bezahlen, aber sie lehnte ab.

»Habe ich etwas Falsches gesagt?«, fragte er.

»Nein, nichts.« Sie hatte allerdings gesehen, wie Chief Simms ihn angeschaut hatte, als er blutüberströmt aus dem Trailer gekommen war. Hicks schätzte Offenheit in diesen Dingen, daher teilte sie es ihm mit und sagte ihm auch, was das ihrer Meinung nach zu bedeuten hatte. Er wirkte überrascht, dass Simms irgendetwas für ihn empfinden sollte, machte aber kein Hehl daraus, dass die Gefühle auf Gegenseitigkeit beruhten. Das reichte.

Hicks dankte ihm für sein Angebot und erklärte, dass

sie noch etwas erledigen müsse, bevor sie sich ganz auf die Konferenz konzentrieren könne.

Seit Goodman gesagt hatte, dass er Riley Patterson an jenem Tag am Zaun gesehen hatte, bekam sie den Jungen nicht mehr aus dem Kopf. Und dann war da noch dieses Gesicht, das sie an dem Tag am Rande der Menge erblickt hatte. Immer, wenn sie an Riley Patterson dachte, tauchte auch dieses Gesicht wieder vor ihren Augen auf. Es war das Gesicht von Waylon, Marsha Tulks jüngstem Sohn.

Mrs Tulk trat auf die Veranda, als Hicks sich mit der Tür ihres SUVs abmühte.

»Deputy Hicks«, sagte sie mit einem Lächeln. »Ich hoffe, es geht Ihnen besser.«

»Leidlich, Ma'am, danke.«

»Nicht in Uniform heute?«, fragte Mrs Tulk und musterte den zusammengeflickten Suzuki.

»Ich bin nicht im Dienst.« Hicks lächelte. »Dies ist ein Freundschaftsbesuch.«

»Das werden wir ja sehen.« Nach einer Weile kicherte Mrs Tulk, um ihren Worten die Schärfe zu nehmen. »Aber kommen Sie doch herein. Draußen ist es zu heiß.«

Sie reichte Hicks eisgekühltes Wasser und bat sie, am Küchentisch Platz zu nehmen. Der Raum war sauber und anheimelnd, der Tisch groß genug für acht Leute. Mrs Tulk stellte einen Teller Kekse darauf und setzte sich dann Hicks gegenüber, die robusten Unterarme auf das grobe Holz gelegt.

»Also, was führt Sie her, Deputy?«

»Eigentlich würde ich gerne mit Ihrem Jüngsten sprechen – Waylon, nicht wahr?«

»Er ist im Moment nicht da«, sagte Mrs Tulk. »Darf ich fragen, warum Sie mit meinem Sohn sprechen wollen?«

»Er war am Haus der Pattersons, als wir den toten Mann im Wagen fanden. Ich habe mich nach dem Grund gefragt.«

»Das Land um den Lambert Hill gehört den Tulks«, sagte sie mit einem ungläubigen Lächeln. »Er braucht keinen Grund, um auf dem Land seiner Familie herumzulaufen.«

»Ich dachte, dass er vielleicht etwas gesehen hat.«

»Die Polizei hat ihn noch am selben Tag vernommen. Er hätte es sicher gesagt.«

»Manchmal dauert es ein, zwei Tage, bis ein Ereignis einen Sinn ergibt – besonders, wenn es um einen gewaltsamen Tod geht.«

Mrs Tulks Augen waren plötzlich eiskalt. »Was wollen Sie damit sagen?«

»Nichts, Ma'am«, sagte Hicks, aber sie musste an Waylons glühenden Blick denken, teils panisch, teils wütend. »Allerdings wirkte er ziemlich aufgewühlt.«

»Es war ja auch ein entsetzliches Ereignis.« Sie schauten sich an, und nach einer Weile sagte Mrs Tulk: »Ein Mann, der sich selbst das Leben nimmt.«

»Da könnte ich nur zustimmen – wenn es denn so gewesen sein sollte«, sagte Hicks. »Aber er muss Professor Fennimore eins über den Schädel gezogen, ihn in den Trailer geschleppt, sämtliche Beweise zusammengerafft und sie im Kofferraum verstaut haben … nur um sich dann hinters Steuer zu setzen und sich zu erschießen.« Sie machte eine Pause. »Nein, das ergibt keinen Sinn.«

Mrs Tulk schnaubte. »Wollen Sie damit sagen, dass an jenem Tag Gerechtigkeit geübt wurde?«

Hicks sog Luft ein und zögerte, aber schließlich sagte sie doch: »Ja, das will ich.«

Die ältere Frau nickte zustimmend.

»Aber ich kann nicht schlafen, weil ich mir Sorgen mache, was Riley Patterson zugestoßen sein könnte.«

»Der Sheriff denkt, dass Elliott die Leiche fortgeschafft hat.«

»Der Sheriff kann nicht einfach denken, was ihm passt.«

Mrs Tulk fixierte sie wie ein Fuchs ein Huhn. »Wie ich hörte, haben Sie diesen Perversen verhaftet, diesen Goodman.«

»Er darf sich auf zwanzig Jahre Knast einstellen.«

»Das muss doch ein Trost sein, oder?«

Sie nickte. »Für die Kinder, die er belästigt hat.«

Mrs Tulk schaute Hicks in die Augen und verstand sie offenbar besser als viele andere Menschen. »Aber Sie glauben nicht, dass Riley dazugehörte?«

»Nein, Ma'am. Und während es für mich eine große Genugtuung ist, Goodman einzulochen, bringt es Riley nicht nach Hause, nicht wahr?«

»Was glauben Sie denn, was passiert ist, Deputy?«, fragte Mrs Tulk.

»Dass irgendjemand Riley aus dem Kofferraum geholt hat.«

»*Riley*, sagen Sie, und nicht die *Leiche*. Dieser Jemand soll ihn also befreit haben?«

»Ich denke, das war seine Absicht.«

»Dann hat man dem armen Waisenkind vermutlich einen christlichen Dienst erwiesen.«

»Aber es wäre ein Fehler, das Kind dem Schutz des Staats zu entziehen.«

Mrs Tulk lächelte. »Denken Sie denn, dass der Staat das Kind beschützt hat, als es diesen Schutz brauchte?«

»Nein, Ma'am, das denke ich nicht, aber das hatten wir ja schon. Es gibt aber Leute da draußen, die wissen müssen, dass es dem Jungen gutgeht.«

»Wer?«, fragte Mrs Tulk. »Sheriff Launer, damit er dem Jungen vor laufender Kamera durchs Haar wuscheln kann, um ein paar zusätzliche Stimmen zu gewinnen? Oder die überstaatliche Ermittlergruppe, von der in den Nachrichten ständig die Rede ist? Die könnte sich diese Feder dann an den Hut stecken, was? Oder die Kinderschutzbehörde, die zu Lebzeiten seiner Mutter einen *so fantastischen Job* gemacht hat? Eines will ich Ihnen sagen, Deputy: All diese Leute, die Nachrichten schauen, bei ihrem Morgenkaffee über die Sache palavern oder in der Kirche für den Jungen beten – in wenigen Wochen werden sie sich nicht einmal mehr an seinen Namen erinnern.«

»Das stimmt nicht, Ma'am …«

Aber Mrs Tulk redete einfach weiter. »Dieses Kind hätte sowieso kein Zuhause, wohin es zurückkehren könnte. In diesem Moment würde es schon bei irgendwelchen Pflegeeltern versauern.« Sie neigte den Kopf. »Haben Sie auch nur eine vage Vorstellung davon, was es bedeutet, in eine Pflegefamilie zu kommen, Deputy?«

»Ich war fünf Jahre in einer staatlichen Pflegeeinrichtung, bevor ich adoptiert wurde, Ma'am«, antwortete Hicks scharf. »Ich habe eine verdammt klare Vorstellung davon.«

Plötzlich schaute Mrs Tulk sie mit ihren kleinen, harten Augen anders an. »Dann haben Sie offenbar ein persönliches Interesse an der Sache.« Sie schniefte. »Das erklärt alles. Aber wenn es so ist, dann müssten Sie eigentlich alles tun, um Kinder vor den Kinderschutzbehörden zu schützen.«

Hicks hatte keine Lust, Mrs Tulk ihre Meinung über die Kinderschutzbehörde mitzuteilen. Sie schaute der älteren Frau in die Augen. »Vielleicht haben Sie recht. Vielleicht werden alle anderen aufgeben. Aber ich verspreche Ihnen, dass ich es nicht tu. Ich werde weitersuchen. Ich werde niemals aufgeben.«

»Ich hatte mal eine Hündin, die auch so war«, sagte Mrs

Tulk freundlich. »Sie folgte einer Fährte, bis sie umfiel. Egal, womit man sie lockte oder ihr drohte, dieses Mistvieh kam einfach nicht zurück.« Sie hielt inne. »Ich musste sie erschießen, um sie von ihrem Elend zu erlösen.«

Hicks lächelte und klopfte auf den Pistolengriff in ihrem Holster. »Vermutlich konnte sie nicht zurückschießen.«

Mrs Tulk fuhr sich mit der Zunge über die Zähne und seufzte. Sie schob den Plätzchenteller beiseite, wischte die Krümel vom Tisch und klopfte sich die Hände ab.

»Was würde Sie beruhigen, mein Kind?«, fragte sie.

»Zu wissen, dass Riley in Sicherheit ist, eine gute Erziehung genießt und eine Chance im Leben hat.«

»Und wenn man Ihnen das zusichern würde?«

Hicks' Blick war hart und herzlos. »Ich würde erwidern, dass man nichts glauben soll, was man nicht mit eigenen Augen sieht.«

Mrs Tulk schien nachzudenken und kratzte sich träge an ihrem fetten Ellbogen. Dann hievte sie ihren mächtigen Körper hoch und ging zur Hintertür.

»Caleb!«, rief sie. Ihre Stimme schien ein Loch in die morgendliche Stille zu reißen. Die Hunde, die irgendwo angekettet waren, heulten alle zusammen los.

Dann stand sie da und beobachtete Hicks' Reaktion, als ein schwarzhaariger Junge die Treppe hochkam, die Glastür aufriss und in die Küche platzte, als passte ihm diese Unterbrechung gar nicht.

»Was ist denn?«, fragte er.

Er war neun oder zehn. Im Vergleich mit den Bildern, die sie von Riley hatten, war er langgliedriger, und sein Gesicht war weniger kindlich. Sein Haar wies nicht die geringsten Spuren von Rot auf, aber Hicks merkte, dass auch das Licht nicht so darin schimmerte, wie man es von natürlichem schwarzen Haar erwarten würde.

Als er sie sah, blieb er wie angewurzelt stehen und hätte sich auf dem schnellsten Weg wieder verzogen, wenn Mrs Tulk ihm nicht den Weg versperrt hätte. Einen Moment lang dachte Hicks, er würde versuchen, über diesen Berg von einer Frau hinüberzuklettern. Die runzelte aber nur die Stirn und trat einen Schritt auf ihn zu, was schon reichte, um ihn erstarren zu lassen.

»Deputy Hicks, das ist Caleb«, sagte sie. »Der jüngste Sohn der Tochter meiner Schwester.«

»Ich habe gar keinen Cruiser draußen gesehen«, sagte er kleinlaut. »Nur eine zusammengeflickte Schrottmühle.«

Hicks verschränkte die Arme. »Hast du gerade mein Auto beleidigt?«

Mrs Tulk sagte: »Caleb ist aufsässig und frech, aber er wird sich sofort entschuldigen.«

Er schaute schnell zwischen den beiden Frauen hin und her. Zunächst war er verwirrt, aber dann riss er die Augen auf und schien zu begreifen, dass er in dieser Geschichte eine Rolle zu spielen hatte. »Ja, Ma'am«, sagte er. »Es tut mir leid, dass ich Ihr Auto als Schrottmühle bezeichnet habe.«

Hicks dachte, dass sie sauer sein sollte, weil sie jetzt schon zum zweiten Mal beleidigt wurde, aber dieser Junge hatte unglaublich blaue, strahlende Augen und setzte sie gezielt ein, um sie zu bezaubern. »Nun, Caleb«, sagte sie ernst. »Ich denke, dass ich dir dieses eine Mal verzeihen kann.«

»Ja, Ma'am.« Er warf Mrs Tulk einen Blick zu und schien ihr anzusehen, dass sie mehr von ihm erwartete. »Äh, danke, Deputy. Ma'am. Kann ich jetzt gehen? Ich habe noch ein paar Hausarbeiten zu erledigen.«

»Die laufen nicht davon«, sagte Mrs Tulk. »Deputy Sheriff Hicks hat mich soeben nach diesem rothaarigen Kind gefragt – Riley Patterson. Du kanntest ihn, nicht wahr?«

Sein Gesicht erstarrte. »Ich habe ihn wohl mal im Wald gesehen.« Er strich sich das Haar aus der Stirn, und Hicks sah den Schatten eines blauen Flecks. »Dieser Junge war immer da und hat Gruben gegraben und Feuerchen gemacht.«

»Weißt du, was aus ihm geworden sein könnte, Caleb?«, fragte Hicks und beobachtete ihn genau. »Wir sind uns nämlich ziemlich sicher, dass er im Kofferraum dieses Mannes war. Und wir wissen, dass er verletzt ist, weil wir an der Decke im Kofferraum sein Blut gefunden haben.«

»Vielleicht hatte er nur Nasenbluten oder so.«

»Viele halten ihn für tot.«

»Nein, nein. Er hatte immer ein Taschenmesser dabei. Ich denke, dass er vielleicht das Schloss von dem Kofferraum geknackt hat und weggelaufen ist. Mir hat er mal erzählt, dass er schon oft abgehauen ist.«

»Und wo denkst du, könnte er hin sein?«

»Wahrscheinlich ist er nach Oklahoma City gegangen.«

»Jetzt erfindest du einfach irgendetwas«, sagte Mrs Tulk.

»Nein, Ma'am – äh – Tante Marsha. Er hat immer gesagt, dass er dorthin gehen will, wenn er erwachsen ist.«

»Nun, erwachsen ist er aber noch nicht«, sagte Hicks. »Er ist erst neun Jahre alt.«

»Neuneinhalb.« Er wurde rot. »Hat er jedenfalls behauptet.«

»Das ist ziemlich jung, um in die große, weite Welt zu gehen.«

»Er kann schon auf sich aufpassen.« Der Junge legte den Kopf auf die Seite und atmete tief ein, als hätte er beschlossen, ihr reinen Wein einzuschenken. »Deputy, Sie sollten Ihre Zeit nicht mit ihm verschwenden«, sagte er. »Dieser rothaarige Junge ist eine Nervensäge. Wissen Sie, dass er den Perversen mit seinem Messer angegriffen hat?«

»Ist das wahr?«

»Ja, Ma'am.« Er nickte und schaute sie mit seinen treuherzigen blauen Augen an. »Wenn Sie mich fragen, vergessen Sie ihn am besten. Man weiß nie, auf was für Ideen ein derart verzweifelter Mensch kommt.«

»Danke für den Ratschlag, Caleb«, sagte Hicks. »Aber ich kann nicht gut schlafen, solange ich nicht weiß, dass der Junge gut aufgehoben ist.«

»Ist er aber. Er mag es gerne hie…« Er geriet ins Stolpern. »… wo er ist.«

»Woher willst du das wissen?«

Seine Augen schossen vom Fernseher zu Mrs Tulk, dann zum Couchtisch und dann zum Telefon an der Wand hinüber. »Er hat mich angerufen.«

»Hier?«, fragte Hicks und folgte seinem Blick, als wäre das eine erstaunliche Enthüllung. »Auf diesem Telefon?« Sie zog die Augenbrauen zusammen, tippte sich ans Kinn und gab vor, darüber nachzudenken. »Dann könnten wir ja vielleicht die Nummer herausfinden, von der er angerufen hat, um ihn zu suchen.«

»Neiiin! Er möchte nicht, dass ihn jemand suchen kommt.«

Hicks musterte den Jungen und wusste absolut nicht, was sie unternehmen sollte. Er wirkte nicht traumatisiert und schien auch keine Angst zu haben – außer davor, hier wegzumüssen. Er wirkte gut genährt und gesund und sprang wie ein Gummiball herum, wie ein Neunjähriger es tun sollte. Sie könnte es jemandem erzählen – Kent Whitmore zum Beispiel – und ihm die schwere Entscheidung überlassen. Unwillkürlich musste sie aber daran denken, was ihr der große, sanfte Team-Adam-Berater bei der Mountain Home Conference im letzten Frühjahr über den Hurrikan Katrina erzählt hatte: Das Team Adam hatte jedes einzelne »verlorene« Kind wieder mit seiner Familie vereinen können, was sie mit großem Stolz erfüllt hatte. Aber man durfte auch nicht verschweigen, dass ein paar der Kinder absolut nicht zurückgewollt hatten; inmitten der glücklich vereinten Familien hatte es Kinder gegeben, die geweint und sich an ihre Pflegeeltern geklammert hatten. Die Männer des Team Adam beriefen sich auf Statistiken, weil eine Erfolgsquote von hundert Prozent etwas ist, mit dem man nicht hinterm Berg hält. Trotzdem fragte sich Simms, ob man den Zahlen, wenn es damals Alternativen gegeben hätte, eine solche Bedeutung zugeschrieben hätte. Die Frage war unfair, so wie es nicht fair wäre, Whitmore um Rat zu bitten. Und so gerne sie diese Last mit jemandem geteilt hätte, gab es sicher einen Grund, warum sie ihren Verdacht für sich behalten und nicht einmal Fennimore ins Vertrauen gezogen hatte.

Der Junge schaute Mrs Tulk verzweifelt und hilfesuchend an. Er war den Tränen nahe, und Mrs Tulk warf Hicks einen eiskalten Blick zu. Vielleicht war das ein perverser Gedanke, aber Hicks gefiel es, dass Marsha Tulk angesichts der Qual des Jungen aufrichtig empört war.

»Hat Riley denn erzählt, bei was für Leuten er jetzt wohnt?«, fragte Mrs Tulk.

»Bei Leuten, denen es am Arsch vorbeigeht, was andere denken«, sagte der Junge und wischte sich mit dem Handrücken die Nase ab.

»Solche Wörter wirst du in meiner Anwesenheit nicht benutzen«, fuhr Mrs Tulk ihn an.

»Entschuldigen Sie bitte, Ma'am«, sagte er zerknirscht. »Ich wollte sagen, dass sie sich nicht darum scheren, was andere denken.« Er konzentrierte sich, da er offenbar wusste, dass er jetzt das Richtige sagen musste. »Er mag die Familie, bei der er jetzt ist. Es ist eine große Familie, aber er hat ein eigenes Zimmer. Die Leute besitzen viel Land und

Gewässer zum Angeln und Wald zum Spielen. Und das Essen ist gut.«

Mrs Tulk faltete ihre mächtigen Hände über dem Bauch und wirkte erfreut.

»Ein bisschen Land wird er selbst bebauen, das gefällt ihm, und er ist auch ziemlich gut darin. Außerdem muss er im Haus mithelfen – manche Arbeiten gefallen ihm, manche nicht so sehr. Die älteren Brüder bringen ihm jede Menge bei. Niemand hackt auf ihm herum, außer dem jüngsten Sohn, der ein bisschen überheblich ist, aber von dem hält er sich einfach fern.« Er warf Mrs Tulk einen verstohlenen Blick zu, und ihre Mundwinkel zuckten.

Einen Moment lang schauten sich die beiden Frauen über den Kopf des Jungen hinweg an.

»Man kann Grundnahrungsmittel anbauen, und man kann andere Pflanzen anbauen«, sagte Hicks und ließ durchblicken, dass ihr völlig klar war, was Mrs Tulks Jungs im Wald so trieben. »Und dann gibt es die Zubereitung. Ich weiß natürlich, dass man mit Kochen Geld verdienen kann, aber wenn ich wüsste, dass Riley zum professionellen Koch ausgebildet werden …«

Ein Schatten legte sich über die kleinen, harten Augen der Frau. »Sie sind neu im Williams County, daher wissen Sie bestimmte Dinge vermutlich nicht«, sagte sie. »Ich bin seit fast sechzehn Jahren Witwe. Mein Mann war mit Harlan, meinem Ältesten, in der Stadt, um einzukaufen. Aus der Gasse hinter dem Geschäft hörten sie Schreie und gingen nachschauen, was da los war. Da war eine Frau, die so laut schrie, dass es selbst Lazarus von den Toten erweckt hätte. Der Teufel sei in ihr Haus eingedrungen und würde verruchte Dinge mit ihren Kindern tun, schrie sie.

Sie war vollkommen aus dem Häuschen, und mein Mann hatte Angst um ihre Kinder, also folgte er ihr mit Harlan in ihre heruntergekommene Zweizimmerwohnung. Belege für die verruchte Tat fanden sie tatsächlich, aber der Teufel war nicht im Haus. Die Frau hatte ihre drei Kinder selbst erstochen – das älteste war erst vier Jahre alt gewesen. Und das jüngste war mit einem Steakmesser in den Boden gerammt worden.«

Der Junge riss die Augen auf, und Hicks sagte: »Mrs Tulk.«

»Besser, er hört es, als dass er so wird«, erwiderte sie. »Diese verdammte Meth-Süchtige zog eine Pistole und schoss sechsmal auf meinen Mann, während er noch neben ihrem Baby kniete.« Sie war nicht den Tränen nahe, und ihr versagte auch nicht die Stimme, aber sie musste trotzdem einen Moment innehalten. »Und jetzt sagen Sie mir bitte, Deputy, ob Sie allen Ernstes glauben, dass ich dieses Gift in meiner Nähe oder in der meiner Familie dulden würde.«

»Nein, Ma'am, ich glaube nicht, dass Sie das tun würden.«

Der Junge wurde zappelig. »Sind wir jetzt fertig, Tante Marsha?«

Marsha Tulk schaute Hicks mit hochgezogenen Augenbrauen an. »Sind wir das?«

Hicks neigte den Kopf. »Noch nicht ganz.«

Mrs Tulk verdrehte die Augen, als hätte sie doch gewusst, dass das noch kam. »Was wollen Sie?«, fragte sie und griff nach ihrem Geldbeutel.

»Dass er zur Schule geht«, sagte Hicks.

Die ältere Frau wirkte überrascht, aber sie fasste sich schnell, ließ den Geldbeutel in der Tasche und kramte stattdessen nach einem Taschentuch. »Okay.«

Der Junge wirkte entsetzt. »Aber, Ma'am ...«

Mrs Tulk warf ihm einen scharfen Blick zu, und er verstummte. »Meine Jungs sind zur Elementary in Westfield gegangen.«

Er entspannte sich ein wenig.

»Ich werde einmal im Monat vorbeikommen«, fuhr Hicks fort, »und mich erkundigen, wie es Riley geht und wie er in der Schule zurechtkommt. Du hältst also besser Kontakt mit ihm, Caleb, denn ich erwarte einen umfassenden Bericht, in dem du mir nur die Wahrheit erzählst.« Jetzt warf *sie* dem Jungen einen scharfen Blick zu, und er wand sich. »Wenn ich *nicht* die Wahrheit erfahre und falls ich zu dem Eindruck gelangen sollte, dass Riley nicht glücklich und wohlbehalten ist oder diesem überheblichen kleinen Sohn nicht aus dem Weg gehen kann, dann werde ich wohl doch mit der Kinderschutzbehörde sprechen müssen.«

Zum ersten Mal erkannte sie so etwas wie Angst in den Augen des Jungen.

Mrs Tulk legte ihm die Hand aufs schwarze Haar. »Mach dir keine Gedanken«, sagte sei. »Das wird nicht geschehen, da du immer die Wahrheit über Riley erzählen wirst.« Sie schaute Hicks ins Gesicht. »Der Junge wird ganz bestimmt gut versorgt sein.«

Hicks reichte dem Jungen ihre Visitenkarte. »Meine Handynummer steht auf der Rückseite«, sagte sie. »Du kannst mich jederzeit anrufen, wenn du denkst, dass Riley Hilfe braucht.« Er nahm sie und nickte. Sie legte ihm die Finger unters Kinn und hob es an, bis er ihr in die Augen schaute. »Jederzeit, Tag und Nacht. Haben wir uns verstanden?«

Wieder nickte er. »Ja, Ma'am. Deputy Hicks.«

# Epilog

Wahrheit besteht in nichts als Beweisen.

Nick Fennimore

Fennimore saß am Schreibtisch in seiner Hotelsuite in St Louis. Er hatte seinen Vortrag gehalten und neue Kontakte geknüpft und brachte sich nun auf den neuesten Stand, was den Fall anging. Man hatte ihm mitgeteilt, dass auf den Spionagegerätschaften, die Elliott aus Sharla Janes Trailer gestohlen hatte, Laney Dawalt und Sharla Jane Patterson zu sehen waren, die beiden letzten Opfer. Die Spionagekamera in Sharla Janes Schlafzimmer hatte eine wütende Auseinandersetzung zwischen ihr und McIntyre aufgezeichnet: Riley hatte sich verspätet, obwohl McIntyre zum Ferienbeginn einen Ausflug organisiert hatte. Er schimpfte, dass Riley keinerlei Respekt vor ihm habe und es an Dankbarkeit fehlen lasse. Um ihn zu beruhigen, willigte Sharla Jane in ein Sexspielchen ein. Das war es, was der Junge am Abend des Mordes an Sharla Jane noch mitbekam. Riley Patterson wurde, wie Billy Dawalt, immer noch vermisst.

In der Zwischenzeit hatte die schottische Polizei Fergus Elliotts Gehöft durchsucht und in einem Kabuff einen versteckten Computer entdeckt; die Festplatte war verschlüsselt und würde nicht analysiert werden können. Als sie weitersuchten, fanden sie schließlich hinter einer falschen Wand im Kellergeschoss Videobänder und Digitalaufnahmen, die bis zu sechzehn Jahre alt waren und bis zur Vergewaltigung und dem Mord an Isla Bain in Hawick zurückgingen. Wahrscheinlich war sie das erste Opfer der beiden gewesen. Die Sammlung war penibel mit Daten und Namen beschriftet: Alle fünfzehn Opfer in den Vereinigten Staaten waren aufgelistet – und noch fünfzehn weitere.

Zeitliche Berechnungen hatten ergeben, dass sich Elliott, der Toningenieur war, zum Zeitpunkt des Verschwindens von Rachel und Suzie mit einer Band auf einer Japan- und Australien-Tournee befunden hatte. Und Josh bestätigte, dass der Mann, der ihm etwas in den Wein gemischt hatte, nicht Elliott gewesen war. Fennimore öffnete eine Kopie von dem Foto aus Fergus Elliotts Pass und zog es neben das digitale Phantombild von dem Mann, der Josh beraubt hatte. Er war hübsch und dunkelhaarig und hatte einen Bart, volle Lippen und eine gerade Nase. Elliott hatte ein längliches Gesicht, sandfarbene Haare, eine schmale Nase und dünne, farblose Lippen.

Blieb also die Frage, wer Joshs Laptop gestohlen hatte – und warum. Josh hatte gezögert, als er ihn gefragt hatte, ob er Backup-Kopien von seinen Dateien habe. Gab es etwas, von dem Josh keine Sicherungskopie hatte – irgendetwas, das er nicht auf einer externen Festplatte oder in der Cloud wissen wollte? Irgendetwas vielleicht, für das er sich schämte?

Eine Stunde später starrte er immer noch auf seinen Computer, als es plötzlich an seiner Zimmertür klopfte. Er klappte den Computer zu, bevor er zur Tür ging. Es war Kate Simms, die Geschenke mitgebracht hatte. Eines war eine halbe Flasche Jack Daniel's, das andere waren Neuigkeiten von der schottischen Polizei.

Während sie zu erzählen begann, schüttete sie Bourbon in ein Zahnputzglas und sah zu, wie er einen Schluck nahm. »An Isla Bains Kleid, das sie zum Zeitpunkt ihres Todes trug, hafteten winzige Spermaspuren«, erzählte sie. »Damals war das natürlich zu wenig für einen DNA-Test, aber es war noch in einem guten Zustand, als sie es sichergestellt haben.«

»Man konnte also jetzt ein brauchbares Profil erstellen?«

Simms nickte. »Die Analytiker werden es mit der DNA von Elliott und McIntyre vergleichen. Es wird aber keine große Überraschung für uns sein, wenn es von den beiden stammt.«

»Islas Eltern wird es trotzdem helfen, wenn sie wissen, dass diese Männer nicht mehr frei herumlaufen«, erwiderte Fennimore.

Sie trank einen Schluck Bourbon. »Es tut mir leid, dass dir diese Ermittlungen nicht weitergeholfen haben.«

Er nickte. »Ich hatte allerdings gehofft, dass du Interpol kontaktiert und etwas über das Foto in Erfahrung gebracht hast.«

»Hab ich«, sagte sie, obwohl sie nur ungern damit herauszurücken schien. »Das Foto wurde tatsächlich in Paris aufgenommen. Aber, Nick, das bedeutet nicht, dass das Mädchen auf dem Foto tatsächlich Suzie ist. Oder dass es dir weiterhilft, wenn du dich deswegen verrückt machst.«

»Ich weiß.« Das war gelogen, weil er sich sicher war, dass es sich um Suzie handelte, und fast genauso sicher, dass ihn das Bild zu ihr führen würde. Aber er würde immer wieder lügen, wenn es ihn auch nur ein winziges Stückchen weiterbringen würde.

»Dann versprich mir, dass du dieses verdammte Bild nicht angestarrt hast, als ich an die Tür geklopft habe.«

»Und wenn doch?«

»Durch deine Grübeleien wirst du sie nicht wiederfinden, Nick. Wie sagst du immer so schön? ›Wahrheit besteht in nichts als Beweisen.‹ Die machen dir nichts vor. Und anders als Zeugen ändern sie auch nicht ihre Meinung.«

»Davon bin ich tatsächlich überzeugt«, sagte er. »Aber den Beweisen muss man nachlaufen – selbst wenn sie zweifelhaft oder wenig vielversprechend wirken und einen möglicherweise in eine Sackgasse führen. Und in diesem Moment ist das Foto der einzige Beweis, den ich habe, Kate.«

»Möglich. Es könnte aber auch einfach ein weiterer Schnappschuss von einem dieser Idioten sein, die dich quälen wollen.«

»Ich werde es im Hinterkopf behalten«, sagte er, streckte die Hand aus und gab sich Mühe, das Zittern zu unterdrücken.

Simms zog ein zusammengefaltetes Blatt Papier aus ihrer Umhängetasche und reichte es ihm. Die obere Hälfte war ein Stadtplan von Paris, die untere ein vergrößertes Foto von der Rolltür des Kastenwagens, der ungefähr hundert Meter von dem Pärchen entfernt auf der Straße parkte.

»Du hattest recht«, sagte sie. »Es war ein Banden-Code. Darüber ließ sich der Ort leicht bestimmen.«

Von dem Distrikt hatte Fennimore noch nie gehört, aber Google würde Abhilfe schaffen. Er klappte den Laptop wieder auf, und das Phantombild von Joshs Täter wurde sichtbar.

»Wer ist das denn?«, fragte sie.

»Weiß ich noch nicht. Kommt er dir bekannt vor?«

Sie beugte sich vor, um sich das Bild genauer anzuschauen, und er nahm den warmen Bourbongeruch in ihrem Atem wahr. »Irgendwie schon – auf eine sehr allgemeine Weise. Aber das ist ja auch ein Computerbild, Nick«, sagte sie. »Die basieren auf allgemeinen Charakteristika. Worum geht es denn?«

»Josh hat es geschickt.« Er starrte auf den Bildschirm, während er darüber nachdachte, was für eine Lüge er ihr auftischen sollte. »Sie haben sich in einer Bar getroffen, und der Mann hat sich nach Rachel und Suzie erkundigt.«

»Journalist«, sagte sie und drehte den Laptop zu sich herum, damit sie den Bildschirm besser sehen konnte.

»Glaub ich nicht«, sagte er.

»Wenn jemand solche Fragen stellt, ist er meistens Journalist.«

Fennimore schüttelte den Kopf. Der Mann, der Josh etwas in den Wein getan und ihn dann bestohlen hatte, riskierte fünf Jahre Gefängnis dafür. So ein Risiko würde selbst der übelste Schmierenreporter nicht eingehen. Aber das konnte er Kate nicht sagen. Der Diebstahl hatte nichts mit ihrem Fall zu tun, und die Dateien auf dem Computer waren gesichert. In Schottland würde er Josh unter vier Augen fragen, was auf der Festplatte war, das einen Mann dazu verleiten konnte, ihn derart hinters Licht zu führen. Er wollte den Studenten nicht vergrämen.

Simms musterte ihn eine Weile. »Da steckt mehr hinter, nicht wahr? Lass mich raten – Joshs ominöse Vergangenheit?«

Er gab keine Antwort.

»Hatte ich's mir doch gedacht.« Sie warf ihm einen ernsten Blick zu. »Okay, wie du willst.« Dann betrachtete sie wieder das Phantombild. »Aber warum hast du mich gefragt, ob mir der Typ bekannt vorkommt? Denkst du, wir kennen ihn?«

Kate Simms stellte immer gute Fragen.

»Ich wünschte, ich wüsste die Antwort.« Er nahm den Laptop, schaute in die computergenerierten Augen und hätte ihnen die Wahrheit am liebsten entrissen.

»Nick, hör auf damit. Das ist wie mit diesem verdammten Foto, das du ständig anstarrst.«

Sein Herz setzte aus, und als es wieder einsetzte, pochte

es langsam und schwer. Das war's. Er lud das Foto von dem Mädchen in Paris hoch. Der Mann an ihrer Seite – wie alt war er? Dreißig? Fünfunddreißig?

Kate stöhnte, als sie das Foto sah.

»Schau«, sagte er und zoomte das Gesicht des Mannes heran. Dann passte er die Größe des Phantombilds an, damit Simms die beiden vergleichen konnte. »Dieselbe Nase, derselbe Mund. Die Haare sind anders, aber das lässt sich ja leicht bewerkstelligen.«

Sie schüttelte den Kopf und wollte protestieren, aber er sagte: »Bitte, Kate. Nur noch eine Minute. Lass es mich demonstrieren.«

Er öffnete Photoshop und importierte das Foto aus Paris. »Falls es derselbe Typ sein sollte, hat er abgenommen ... Die Haare sind kürzer ... Jetzt noch einen Bart hinzugefügt ...« Schnell nahm er ein paar Veränderungen vor. Die Ähnlichkeit war verblüffend.

Mit gerunzelter Stirn setzte sie sich neben ihn. »Könnte sein«, sagte sie. »Aber vielleicht machst du dir auch etwas vor, Nick.«

Er warf die Hände hoch. Wissenschaftlicher Skeptizismus war normalerweise sein Metier.

»Okay«, sagte er. »Wenn es dir dann besser geht, ziehe ich einen Experten hinzu, damit er die Bilder vergleicht.«

»Und falls er dir zustimmt, was hast du dann vor?«

»Ich werde ihn finden«, sagte er. »Und dann finde ich auch Suzie.«

# Dank

Viele Menschen haben bei der Entstehung dieses Buchs mitgeholfen. In Oklahoma war Mike Nance, der Mitbegründer von IACCI – der International Association of Cold Case Investigators – ein fantastischer Führer, Organisator, Gastgeber, Geschichtslehrer und Berater (besuchen Sie die Facebook-Seite der Organisation). Seinen Bemühungen verdanken wir den Zugang zu vielen Mitarbeitern der Strafverfolgungsbehörden. Unser Dank gebührt den Abteilungen und Dienststellen, die uns herzlich willkommen geheißen und sich trotz ihrer Arbeitsbelastung Zeit genommen haben, unsere oft wunderlichen Fragen geduldig und humorvoll zu beantworten. Besonderen Dank an Pamela Hammers und Brian Keuster, Staatsanwälte des Bundesstaats Oklahoma, die stellvertretende Staatsanwältin Nullonney, Richter Tom Gillert, CSI Margaret Loveall, Special Agent Vicky Lyons vom Oklahoma State Bureau of Investigation (OSBI), einem Ableger des FBI, und an die forensische Anthropologin Angela Berg. Die Ermittler der Mordkommission Tulsa, Oklahoma, haben zwei bedeutende Elemente beigetragen: Kontext und Charakteristika. Die Geschichten, die sie zu erzählen haben, würden ein eigenes Buch füllen – wenn denn Zeit wäre, sich zusammenzusetzen und zuzuhören.

In St Louis waren es Bill Baker, der Leiter der Abteilung Schwerkriminalität, und Joe Burgoon, der »Gottvater« der Mordermittler und nun Ermittler der Abteilung für unaufgeklärte Verbrechen im County St Louis, die uns wertvolle Einblicke in die Arbeit von Mordkommissionen und des Nationalen Zentrums für vermisste und ausgebeutete Kinder (NCMEC) und des Teams Adam gewährt haben. Diesem Roman ist das in jeder Hinsicht zugutegekommen. Ein Gegengewicht zu ihren aberwitzigen Geschichten war die Schilderung von Hingabe, stiller Demut und tiefem Mitleid, die sich in diesem und in zukünftigen Romanen widerspiegeln werden. Nur am Rande: Das Restaurant Dominic's on the Hill gibt es wirklich, und man bekommt dort das beste italienische Essen von ganz St Louis. Aufrichtiger Dank für wertvolle Hinweise geht an Dr Mary Case, leitende Rechtsmedizinerin von St Louis, und Dr James Grieve, forensischer Pathologe aus Großbritannien, die unsere Geschichte vor ein paar unglaubwürdigen Szenarien bewahrt haben. Die Entscheidung für die traumatische Asphyxie war genau richtig.

*Hawick Word Book* von Douglas Scott war äußerst hilfreich bei den Recherchen zu den Scottish Borders. Eine erhellende, mit vielen farbigen Hervorhebungen versehene E-Mail-Diskussion mit Dr Caroline Logan über die Psychopathologie von Serienmördern war entscheidend für die Schöpfung zweier sehr böser Männer. Besonders hilfreich war der Austausch über Hämochromatose, der ein paar disparate Ideen zusammenführen half.

»Knallhart« ist ein Ausdruck, den man oft mit den Menschen verbindet, die Mörder ihrer verdienten Strafe zuführen. Für uns war es eine ständige Quelle der Überraschung und Freude, Männern und Frauen zu begegnen, die von einem tiefen Mitgefühl mit den Opfern und ihren Familien erfüllt waren.